鲁迅日记 ❶

鲁迅 著

图书在版编目（CIP）数据

鲁迅日记：1-3/鲁迅著. —北京：人民文学出版社，2022
ISBN 978-7-02-016390-8

Ⅰ.①鲁… Ⅱ.①鲁… Ⅲ.①鲁迅日记—作品集 Ⅳ.①I210.7

中国版本图书馆 CIP 数据核字（2020）第 099620 号

责任编辑　刘　伟　陈　悦
装帧设计　陶　雷
责任印制　任　祎

出版发行　人民文学出版社
社　　址　北京市朝内大街 166 号
邮政编码　100705

印　　刷　三河市宏盛印务有限公司
经　　销　全国新华书店等

字　　数　1347 千字
开　　本　880 毫米×1230 毫米　1/32
印　　张　58.875　插页 6
版　　次　2006 年 12 月北京第 1 版
印　　次　2022 年 1 月第 1 次印刷

书　　号　978-7-02-016390-8
定　　价　118.00 元（全三册）

如有印装质量问题，请与本社图书销售中心调换。电话:010-65233595

说　　明

　　本书收入作者自1912年5月5日至1936年10月18日所写的日记。作者生前未发表过。1951年上海出版公司曾据手稿出版影印本,其中1922年部分因手稿失落付阙。1959年、1976年我社两次出版排印本,并将许寿裳所录存的1922年部分片断补入,作为附录。1981年据此编入《全集》,并加注释。

　　此次在1981年版的基础上据手稿重作核校,并对注释作了修订补充。有关核校、注释的说明,如下:

　　(一)手稿中的古字,除必要保存者外,都已改为现行通用字。

　　(二)手稿中的笔误,以下列方式订正:误字(包括颠倒),加〔　〕号,排仿宋体;漏字,加〔　〕号,排仿宋体;衍字,加〖　〗号,不变字体;存疑,用[？]号;个别西文或日文讹误则径予订正,不作标示。

　　(三)日记中所记与鲁迅交往的人物和书报刊的注释总附于全部日记之末(第十七卷),其余注释均排于每月日记之末。

　　(四)1922年日记,仍将许寿裳录存的片断列为附录。

目 录

壬子日记〔一九一二年〕…………………………… 1
　壬子北行以后书帐
癸丑日记〔一九一三年〕…………………………… 43
　癸丑书帐
甲寅日记〔一九一四年〕…………………………… 101
　甲寅书帐
乙卯日记〔一九一五年〕…………………………… 157
　乙卯书帐
丙辰日记〔一九一六年〕…………………………… 213
　书帐
丁巳日记〔一九一七年〕…………………………… 273
　书帐
戊午日记〔一九一八年〕…………………………… 317
　书帐
己未日记〔一九一九年〕…………………………… 359
　书帐
日记第九〔一九二〇年〕…………………………… 395
　书帐

日记第十〔一九二一年〕…………………………… 425
　　书帐

日记十二〔一九二三年〕…………………………… 461
　　书帐

日记十三〔一九二四年〕…………………………… 501
　　书帐

日记十四〔一九二五年〕…………………………… 551
　　书帐

日记十五〔一九二六年〕…………………………… 607
　　书帐

壬子日记

五　月

五日　上午十一时舟抵天津。[1]下午三时半车发,途中弥望黄土,间有草木,无可观览。约七时抵北京,宿长发店。夜至山会邑馆[2]访许铭伯先生,得《越中先贤祠目》一册。

六日　上午移入山会邑馆。坐骡车赴教育部[3],即归。予二弟信。夜卧未半小时即见蜚虫[4]三四十,乃卧卓上以避之。

七日　夜饮于广和居[5]。长班[6]为易床板,始得睡。

八日　致二弟信,凡三纸,恐或遗失,遂以快信去。下午得二弟信,二日发。夜饮于致美斋,国亲作主。

九日　夜小雨。微觉发热,似冒寒也。

十日　晨九时至下午四时半至教育部视事,枯坐终日,极无聊赖。国亲移去。

十一日　上午得二弟、信子、三弟信,五日发。午就胡梓方寓午餐。夕董恂士来,张协和亦至,食于广和居。董君宿于邑馆,以卓卧之。

十二日　星期休息。晨协和来。午前何燮侯来,午后去。下午与季茀、诗荃、协和至琉璃厂[7],历观古书肆,购傅氏《纂[籑]喜庐丛书》一部七本,五元八角。寄二弟信。

1

十三日　午阅报载绍兴于十日兵乱,十一犹未平。不测诚妄,愁绝,欲发电询之,终不果行。夕与季芾访燮和于海昌会馆。

十四日　晨以快信寄二弟,询越事诚妄。

十五日　上午得范爱农信,九日自杭州发。

十六日　下午蒯若木来。夕蔡国青来,饭后去。

十七日　大雨。宣武门左近积水没胫,行人极少,予与季市往返共一骡车。

十八日　晴。下午吴一斋来。董恂士、张协和来,与季市俱至广和居,蔡国亲已先在,遂共饭。夜恂士宿季市处。

十九日　与恂士、季市游万生园[8]。又与季市同游陶然亭,其地有造象,刻梵文,寺僧云辽时物,不知诚否。[9]苦望二弟信不得。夜得范爱农信,十三自杭州发。

二十日　晨得宋子佩信,十二自越发。上午得童鹏超信,十三自越发,谬极。

二十一日　上午顾石臣至部来访,谢不见。晚散步宣武门外,以铜元十枚得二花卉册,一梅,一夫渠,题云恽冰绘,恐假托也。

二十二日　晚顾石臣来,纠缠不已,良久始去。

二十三日　晨寄范爱农、宋子佩信。下午得二弟信,十四日发,云望日往申迎羽太兄弟。又得三弟信,云二弟妇于十六日下午七时二十分娩一男子[10],大小均极安好,可喜。其信十七日发。晚寄二弟信。

二十四日　梅君光羲贻佛教会第一、二次报告各一册。

二十五日　下午至琉璃厂购《李太白集》一部四册,二元;《观无量寿佛经》一册,三角一分二;《中国名画》第十五集一册,一元五角。

二十六日　星期休息。下午同季市、诗荃至观音寺街青云阁[11]啜茗,又游琉璃厂书肆及西河沿劝工场[12]。

二十七日　得二弟信,二十一日发。

二十八日　晨寄二弟及其夫人信。晚谷青来。

二十九日　无事。

卅日　得津帖六十元。[13]晚游琉璃厂,购《史略》一部两册,八角;《李龙眠白描九歌图》一帖十二枚,六角四分;《罗两峰鬼趣图》一部两册,两元五角六分。

卅一日　下午寄二弟信。晚得二弟、三弟信,廿六日发。夕谷清招饮于广和居,季市亦在坐。

*　　*　　*

〔1〕　舟抵天津　1912年2月,南京中华民国临时政府教育部总长蔡元培任命鲁迅为教育部部员。3月,孙中山辞去临时政府大总统职,由袁世凯在北京继任,教育部迁北京。鲁迅于4月底与许寿裳一同从绍兴出发,取道上海,从上海坐船抵天津,再乘火车至北京。

〔2〕　山会邑馆　即山阴、会稽两县会馆。本年因两县合并,改称绍兴县馆,又名绍兴会馆。在宣武门外南半截胡同。鲁迅6日迁居于此,到1919年11月21日迁往八道湾宅。

〔3〕　教育部　1912年3月,中华民国临时政府迁都北京,教育部设于西单南大街旧学部原址,于5月6日开始办公。

〔4〕　蜃虫　指臭虫。

〔5〕 广和居　与绍兴县馆相近的一家饭馆。

〔6〕 长班　即长工、长期仆役。

〔7〕 琉璃厂　日记又作留黎厂、留离厂、琉瓈厂、瑠璃厂。街市名。位于今和平门外,因旧有琉璃窑而得名。清代乾隆年间起逐渐发展成为书籍、古玩、碑帖、文具等店铺集中地。

〔8〕 万生园　即万牲园。清光绪末年农工商部在原三贝子花园等旧址建农事试验场,内设动物园,俗称万牲园,1908年对外开放,为中国最早的动物园。现改建为北京动物园。

〔9〕 陶然亭　在北京城南的慈悲庵内,建于清康熙三十四年(1695)。慈悲庵建于元代,庵内存有辽代寿昌五年(1099)慈智大德师佛顶尊胜大悲陀罗尼幢,为梵文。

〔10〕 即周丰一。

〔11〕 青云阁　前门外观音寺街的一家商场。楼上有玉壶春茶座。

〔12〕 劝工场　又称劝业场。前门外西河沿的一家国货商场。其南门通廊房头条。

〔13〕 津帖六十元　自1912年5月至同年7月,教育部因初迁北京,薪金级别未定,部员每月一律暂发生活费六十元。

六　月

一日　下午寄二弟、三弟信。晚同恂士、铭伯、季市饮于广和居。

二日　星期休息。午后铭伯、季市、诗荃同游万生园。张协和、游观庆来,不值。

三日　夜腹痛。收二十七、八日《民兴日报》各一分。

四日　得范爱农信,三十日杭州发。

五日　下午寄二弟信。晚雨有雷,少顷霁。

六日　下午雨。得二弟信,三十日发。夜补绘《於越三不朽图》[1]阙叶三枚。

七日　阴。得升叔信,二日九江发。收初一日《民兴日报》一分。得杜海生信。

八日　晚访杨莘士于吴兴会馆。国亲来。收五月卅一日《民兴报》一分。

九日　晨商生契衡来。上午至青云阁理发。午后赴琉璃厂购《四印斋校刻词三种》一部四册,一元;善化童氏刻本《沈下贤集》一部二册,二元五角;《畿辅丛书》本《李卫公会昌一品集》一部六本,二元。得二弟信,三日杭州发。收初二、三《民兴报》各一分。夜大雷雨。

十日　晨寄二弟信。寄杜海生信。上午得三弟信,初四日发。收四日《民兴日报》一分。午后与齐君宗颐赴天津,寓其族人家,夕赴广和楼考察新剧[2],则以天阴停演,遂至丹桂园观旧剧。

十一日　上午至日租界加藤洋行购领结一,六角五分;革履一,五元四角。午后赴天乐园观旧剧。夜仍至广和楼观新剧,仅一出,曰《江北水灾记》[3],勇可嘉而识与技均不足。余皆旧剧,以童子为之,观者仅一百卅余人。

十二日　晚自天津返北京。微雨。得二弟及信子信,并六日发。收五日《民兴报》一分。

十三日　晚小雨。饮于广和居,国亲为主,同席者铭伯、季市及俞英崖。收六、七日《民兴日报》各一分,有《童话研究》[4],起孟作也。

十四日　晨寄三弟及二弟妇信。午后与梅君光羲、吴[胡]君玉搢赴天坛及先农坛,审其地可作公园不。[5] 收八日《民兴报》一分。

十五日　午寄二弟信。下午得二弟及三弟信,并九日发。收九日《民兴日报》一分。

十六日　星期休息。上午赴青云阁购袜子、日伞、牙粉等共二元六角。又赴琉璃厂购《龚半千画册》一本,八角;陈仁子《文选补遗》、阮刻《列女传》各一部,共六元。下午寄二弟及三弟信。晚协和、谷青来谈。

十七日　收十日、十一日《民兴报》各一分。大热。

十八日　晨头痛,与齐寿山闲话良久始愈。晚雷雨。

十九日　旧端午节。收十二日《民兴报》一分。夜铭伯、季市招我饮酒。

二十日　收十三日《民兴日报》一分。

二十一日　下午四时至五时赴夏期讲演会[6]演说《美术略论》,听者约三十人,中途退去者五六人。收十四日《民兴日报》一分。收共和党[7]事务所信。

二十二日　得二弟信,十五日绍兴发。又得升叔信,十六日九江发。收十五、十六日《民兴日报》各一分。蔡总长元培于昨日辞职。收共和党证及徽识。

二十三日　星期休息。上午寄三弟信,内附与二弟信一小函。下午董恂士来谈,晚饮于广和居,铭伯亦去,季市为主。

收十七、十八日《民兴日报》各一分。

二十四日　无事。

二十五日　雨,傍午霁。午后视察国子监及学宫[8],见古铜器十事及石鼓,文多剥落,其一曾刓以为臼。中国人之于古物,大率尔尔。

二十六日　上午太学守者持来石鼓文拓本十枚,元潘迪《音训》二枚,是新拓者,我以银一元两角五分易之。下午得二弟信,二十一日杭州发,内附《童话研究》草稿四枚。收十九、二十日《民兴日报》各一分。收全浙公会信,内《全浙公会章程草案》四纸,发起者孙宝瑚、汪立元、王潜、李升培、王葵、王亮等,皆不相识,未知其人如何,拟置不报。

二十七日　下午假《庚子日记》二册读之,文不雅驯,又多讹夺,皆记拳匪事[9],其举止思想直无以异于斐、澳野人。齐君宗颐及其友某君云皆身历,几及于难,因为陈述,为之瞿然。某君不知其名氏,似是专门司司员也。收二十一日《民兴日报》一分。

二十八日　午后小雨,旋止。四时赴夏期讲演会述《美术略论》,至五时已。收三弟信,二十二日发。收二十二日《民兴报》一分。晚复雨,旋止。

二十九日　晨寄二弟信。又寄三弟信。收本月津帖六十元。下午至直隶官书局购《雅雨堂丛书》一部二十册,十五元;《京畿金石考》一部二册,八角。得二弟妇信,附芳子信一纸,二十三日发。收二十三日《民兴报》一分。夜饮少许酒。

三十日　星期休息。上午谢西园来,云居香炉营头条谢宅,商生契衡亦至,饭于广和居,午后并去。收二十四日《民兴报》一分。

* * *

〔1〕 补绘《於越三不朽图》 补绘其中的明代越中先贤朱东武、胡幼恒、余岸修三人像,并录图赞及跋。1913年7月10日在绍兴又补绘过三页,并嘱周建人录赞及跋一页。

〔2〕 考察新剧 据教育部官制,鲁迅所在社会教育司司掌范围有"关于文艺音乐演剧等事项",故往考查。新剧,即早期现代话剧,又称"文明戏"。

〔3〕《江北水灾记》 本年长江以北大片地区发生水灾,天津一带尤为严重。该剧即据此创作。

〔4〕《童话研究》 周作人作,在绍兴《民兴日报》发表后寄请鲁迅修改,后以《童话略论》为题刊载于《教育部编纂处月刊》第一卷第八册(1913年9月)。

〔5〕 当时农林部建议将天坛改建为林艺试验场,将先农坛改建为畜牧试验场。拱卫军则拟在先农坛设军械库。京师议事会则拟将二处改为公园。教育部派鲁迅等前往考察改建公园的可行性。天坛,明清帝王祭天、祈谷的场所,始建于明永乐十八年(1420);先农坛,明清帝王祭祀先农神的场所,始建于明永乐十八年。后均于1915年作为公园开放。

〔6〕 夏期讲演会 教育部为普及社会教育而举办。设有政治、哲学、佛教、经济、文化教育等科目,邀请中外学者讲演,鲁迅亦被聘讲《美术略论》。本日起至7月17日共讲四次。讲稿佚。

〔7〕 共和党 1912年5月9日在上海成立,由统一党、民社等六政团联合组成,设总部于北京。黎元洪为理事长,张謇、章炳麟等为理

事,汤化龙、范源濂、王家襄等为干事。不久,章炳麟因对理事选举不满,愤而退出。该党拥戴袁世凯,为拉拢关系,多方散发党证、党徽,鲁迅对此未予置理。

〔8〕 视察国子监及学宫 国子监又称太学,在北京安定门内成贤街,为元明清三代最高学府。学宫即孔庙,与国子监毗邻,庙中藏有周代祭器及石鼓。当时教育部拟在国子监设历史博物馆,故鲁迅前往视察。

〔9〕 拳匪事 指十九世纪末我国北方发生的义和团运动。参加者多为山东、直隶(今河北)一带的农民、手工业者和城市游民,他们以设拳会、练拳棒及其他迷信方式组织群众,初以"反清灭洋"为口号,后改为"扶清灭洋",被清统治者利用攻打外国使馆,焚烧教堂,1900年被八国联军和清政府共同镇压。光绪二十六年五月十七日(1900年6月13日)上谕始称他们为"拳匪",此前的上谕称"义和拳会"。

七 月

一日 部改上午七时半至十一时半为理事时间。〔1〕得二弟信,六月二十六日杭州发。收六月二十五日《民兴日报》一分。

二日 蔡总长第二次辞职。收协和还金五元。收二十六日《民兴报》一分。

三日 下午与季市浴于观音寺街之升平园,甚适。至琉璃厂购明袁氏本《世说新语》一部四册,二元八角,尚不十分刓弊,惜纸劣耳。又《草堂诗余》一册,二角,似是《词学丛书》残本也。

四日 上午寄二弟信。午得陈子英信,二十七日绍兴发。

又得三弟信并《近世地理》一册,二十八日绍兴发。收廿七、廿八日《民兴报》各一分。

五日 大雨。下午四时赴讲演会,讲员均乞假,听者亦无一人,遂返。寄三弟信,内附与二弟妇及芳子信一小函。得二弟信,三十日发。夜又大雷雨。

六日 雨。晨寄二弟信。午得三弟信,二十九日发。收二十九日《民兴日报》一分。晚与季市同饮于广和居。

七日 星期休息。晨得刘楫先信,初一日上虞发。午得二弟信,初一日发。收六月卅、七月一日《民兴日报》各一分。午后协和、谷青来。夜雨。

八日 雨。上午得上海通俗教育会[2]信并《通俗教育研究录》一册。

九日 晴。下午收二日、三日《民兴日报》各一分。临时教育会议[3]开始。夜小雨。

十日 晴,热。上午九时至十时诣夏期讲习会述《美术略论》,听者约二十余人。午前赴东交民巷[4]日本邮局寄东京羽太家信并日银十圆。下午与季市访蔡孑民于其寓,不值。夜小雨。

十一日 寄三弟信,内附与二弟信一小函,又与二弟妇笺一枚。收小包一,内 P. Gauguin:《Noa Noa》、W. Wundt:《Einführung in die Psychologie》各一册,六月二十七日绍兴发。夜读皋庚所著书,以为甚美;[5]此外典籍之涉及印象宗者,亦渴欲见之。夜收初四日《民兴日报》一分。夜大雨。

十二日 晴。下午得二弟信,五日发。又得三弟信,六日发。晚收五日、六日《民兴日报》各一分。夜雨。闻临时教育会议竟删美育,[6]此种豚犬,可怜可怜!

十三日　雨。无事。

十四日　晴。星期休息。晨寄二弟及三弟信。上午张协和、杨莘士来。收初七日《民兴日报》一分。下午偕铭伯、季市饮于广和居,甚醉。夜又收初八日《民兴日报》一分。

十五日　上午至教育会傍听少顷。下午部员为蔡总长开会送别,不赴。收初九日《民兴日报》一分。

十六日　晨收本月分津帖六十元。收初十日《民兴日报》一分。夜雨。

十七日　雨。教育部次长范源濂代理总长。上午九时至十时在夏期讲会述《美术略论》,初止一人,终乃得十人,是日讲毕。傍午晴。下午谢西园来谈,假去十圆。晚饮于季市之室。

十八日　上午收十一日《民兴日报》一分。下午大热,动雷。

十九日　晨得二弟信,十二日绍兴发,云范爱农以十日水死。悲夫悲夫,君子无终,越之不幸也,于是何几仲辈为群大蠹。午收十二、十三日《民兴日报》各一分。下午与季市访蔡子民不遇,遂至董恂士家,与钱稻孙谈至晚才返。

二十日　上午寄二弟信。又寄陈子英信。收十四日《民兴报》一分。下午赴青云阁购日用什物,又至琉璃厂购《黄子久秋山无尽图卷》一册,五角;《梦窗词》一册,四角;《老学庵笔记》二册,八角。晚杨莘士、钱稻孙来,遂同饮于广和居,季市亦往。夜大雨。

二十一日　阴。星期休息。上午雨。胡孟乐来。杜海生来。下午大雨。蔡谷青来。晚得二弟及三弟信,十五日发。又收十五日《民兴报》一分。

二十二日　大雨,遂不赴部。晚饮于陈公猛家,为蔡子民饯别也,此外为蔡谷青、俞英厓、王叔眉、季市及余,肴膳皆素。夜作均言三章,哀范君也,录存于此:

风雨飘摇日,余怀范爱农。华颠萎寥落,白眼看鸡虫。
世味秋荼苦,人间直道穷。奈何三月别,竟尔失畸躬!
海草国门碧,多年老异乡。狐狸方去穴,桃偶已登场。
故里寒云恶,炎天凛夜长。独沈清泠水,能否涤愁肠?
把酒论当世,先生小酒人。大圜犹茗艼,微醉自沈沦。
此别成终古,从兹绝绪言。故人云散尽,我亦等轻尘!

二十三日　雨。天气颇寒。上午收十七日《民兴日报》一分。下午杜海生来。俞英厓以吴镇及王铎画山水见视。

二十四日　阴。上午得羽太家信,十七日东京发。收夏期讲演会车马费十元。收十六、十八日《民兴日报》各一分。午后微雨。

二十五日　阴。下午寄二弟信,内附与三弟笺一枚。钱稻孙来。

二十六日　晴。闻教育部总长为范源廉。下午谢西园来。得二弟信,二十日发。收二十日《民兴日报》一分。俞英厓、王叔眉两君来。

二十七日　上午寄二弟信。午得二弟及三弟信,二十一日发。收二十一日《民兴报》一分。晚与季市赴谷青寓,燮和亦在,少顷大雨,饭后归,道上积潦二寸许,而月已在天。

二十八日　星期休息。晨稻孙来,午饭于广和居,季茀、莘士在坐。饭后赴吴兴馆,夜又饭于便宜坊。收十九日《民兴日报》一分。雨。

二十九日　阴。无事。夜雨。闻董恂士为教育部次长。

三十日　晴。午后收二十二及二十三日《民兴日报》各一分。下午赴中国通俗教育研究会,傍晚乃散。此会即在教育部假地设之,虽称中国,实乃吴人所为,那有好事！晚恂士来,饭于季市之室。

三十一日　晴,午后雨。本部开谈话会,总、次长演说。下午收二十四、二十五日《民兴日报》各一分。傍晚晴。

*　　　*　　　*

〔1〕　理事时间　教育部自1912年起规定"就业细则",办公时间为:4月至6月,上午九时半至十二时,下午一时半至四时半;7月至8月,上午八时至十一时半,下午休息;9月至次年3月,上午十时至十二时,下午一时至四时半。在实施中常有改动。

〔2〕　上海通俗教育会　应作中国通俗教育研究会。由南京临时政府教育部部分官员和社会名流发起的半官方教育团体。1912年4月28日成立于南京。理事有黄炎培、伍博纯等。临时政府北迁后,其事务所由南京移上海,另在北京教育部设总会机关的"通信处",由伍博纯等主持。7月中旬后,临时教育会议在京召开期间,该会借机大量发展会员。

〔3〕　临时教育会议　教育部为改变清朝学制而召集各地代表举

行的一次咨询性会议,是民国成立后第一次中央教育会议。1912年7月10日至8月10日在教育部礼堂举行。有教育部及各地教育专家八十余人出席,提出议案九十二件,议决二十三件。会前(8月9日)曾举行茶话会,由蔡元培介绍临时教育会议的性质。

〔4〕 东交民巷　位于北京崇文门附近。清末辟为外国使馆区。

〔5〕 皋庚　即高更(P. Gauguin,1848—1903),法国印象派代表画家之一。所作《诺阿·诺阿》一书描写南太平洋的塔希提岛毛利族的淳朴民情及海岛风光。鲁迅曾有意翻译此书,1929年购入法文原版,1932年购入日文版,并在同年5月《文艺连丛》广告中预告将以"罗怃"的笔名翻译此书,后未果。

〔6〕 临时教育会议竟删美育　在临时教育会议上,教育总长蔡元培曾将清末学部的"忠君、尊孔、尚公、尚武、尚实"的五项教育方针,改为"军国民教育、实利主义、公民道德、世界观、美育",会议议决删除其中"美育"一项。

八　月

一日　午后稻孙来,在季巿之室,遂同往琉璃厂,购《埤雅》一部四本,二元,似明刻也。晚饮于广和居,颇醉。

二日　午前得二弟信,二十七日发,有哀范爱农诗,云:天下无独行,举世成委靡。皓皓范夫子,生此叔季时。傲骨遭俗嫉,屡被蝼蚁欺。侘傺尽一世,毕生清水湄。今闻此人死,令我心伤悲。扰扰使君辈,长生亦尔为! 收廿七日《民兴日报》一分。午后寄二弟信。录汪文台辑本《谢沈后汉书》[1]一卷毕。又收廿六日《民兴报》一分。晚杨莘士招饮于广和居,同席者章演群、钱稻孙、许季黻。夜风,微雨。

三日　雨,上午晴。无事。

四日　晴。星期休息。上午收廿八日《民兴日报》一分。午后钱稻孙、杜海生来。晚蒯若木来。

五日　上午冯汉叔至部见访。午收二十九日《民兴日报》一分。下午赴部听教育会议员说各地教育状况,而到者止浙江二人。晚雨,有风。

六日　雨。伍博纯来劝入通俗教育研究会甚力,却之不得,遂允之。收卅日《民兴日报》一分。

七日　晴。上午冯汉叔至部见访。午归寓途中车仆堕地,左手右膝微伤。见北京报载初五日电云,绍兴分府卫兵毁越铎报馆。[2]收七月卅一日、八月一日《民兴日报》各一分。晚得二弟所寄小包,内复氏《美术与国民教育》一册,福氏《美术论》一册,均德文,一日付邮。

八日　上午得二弟信,二日发。下午寄二弟信。钱稻孙来。

九日　晨得谢西园信并还银十圆。午后张燮和来,同季市饮酒少许。夜雨。

十日　阴,午后雨。晚小饮于季市之室。

十一日　雨。星期休息。午后杜海生来。下午杨莘士、钱稻孙来。晚收二弟所寄德文思氏《近世造形美术》一册,初五日付邮。

十二日　晴。数日前患咳,疑是气管病,上午就池田医院[3]诊之,云无妨,惟神经衰弱所当理耳。与水药、粉药各二日分,价一元二角,又初诊费二元。下午得二弟及三弟信,初六日发。半夜后邻客以闽音高谈,猎猎如犬相啮,不得安睡。

十三日　阴。上午寄二弟及三弟信。

十四日　晴。上午至池田医院就诊。午后同季市至廊房头条劝工场饮茗,余又理发。复至土地祠神州国光社[4]购《南雷余集》一册,《天游阁集》一册,共一元二角。夜饮于季市之室,食蒲陶、鳆鱼、杏仁。得二弟所寄小包二,内《域外小说集》第一、第二各五册,初八日付邮,余初二函索,将以贻人者也。

十五日　以《或外小说》贻董恂士、钱稻孙。午后张协和来。晚写汪文台辑本《谢承后汉书》八卷毕。阅赵蕤《长短经》,内引虞世南史论,录之。

十六日　阴。自本日起以上午九时至下午四时半为办公时间,此为部令破旧定规则者也。午大雨,下午晴。得二弟所寄 V. van Gogh:《Briefe》一册,十日付邮。夜饮于季市之室。

十七日　晴。上午往池田医院就诊,云已校可,且戒勿饮酒。假得《续谈助》二册阅之。

十八日　星期休息。午得二弟信,十二日发。下午寄二弟信。

十九日　下午谢西园来,未遇,见其留刺。旧历七夕,晚铭伯治酒招饮。

二十日　上午同司长并本部同事四人往图书馆[5]阅敦煌石室所得唐人写经,又见宋元刻本不少。阅毕偕齐寿山游十刹海[6],饭于集贤楼,下午四时始回寓。

二十一日　午后蔡国青来。得冯汉叔名刺,知上午来访。

二十二日　晨见教育部任命名氏,余为佥事。[7]上午寄蔡国青信。晚钱稻孙来,同季市饮于广和居,每人均出资一元。归时见月色甚美,骤游于街。

二十三日　得二弟信,十六日发。晚钱稻孙来,因同至琉璃〔厂〕购纸,又至神州国光社购《古学汇刊》第一编一部两册,价一元五分。夜胃痛。

二十四日　上午寄二弟信。午后赴钱稻孙寓。

二十五日　星期休息。上午许诗荃、商契衡来。午后钱稻孙来,同往琉璃厂,又赴十刹海饮茗,旁晚归寓。

二十六日　阴,雷,午后雨一陈即霁。晚寄二弟信。

二十七日　晴。下午往钱稻孙寓,又同至余寓,即去。晚协和来。夜半风雨,大雷。

二十八日　晴。与稻孙、季市同拟国徽告成[8],以交范总长,一为十二章,一为旗鉴,并简章二,共四图。下午得二弟信,内附二弟妇及三弟信,二十二日发。收二十一及二十二日《民兴日报》一分,盖停版以后至是始复出,余及启孟之哀范爱农诗皆在焉。晚稻孙来,大饮于季市之室。

二十九日　上午致伍博纯信。下午收二十三日《民兴报》一分。晚稻孙、协和来。

三十日　阴。下午收本月俸百二十五元,半俸也。夜半雨。

三十一日　晴。上午寄二弟及二弟妇并三弟信。下午收廿五日《民兴日报》一分。晚董恂士招饮于致美斋,同席者汤哲存、夏穗卿、何燮侯、张协和、钱稻孙、许季黻。

鲁 迅 日 记（一）

* * *

〔1〕 录汪文台辑本《谢沈后汉书》 清代汪文台辑有《七家后汉书》二十一卷，其中包括三国谢承《后汉书》八卷、晋代谢沈《后汉书》一卷。本日鲁迅录《谢沈书》毕，8月15日写《谢承书》毕。

〔2〕 毁越铎报馆 1912年7月31日，绍兴军政分府撤销建制，遣散卫队。次日，解散后的卫队士兵以《越铎日报》记载失实为由，将该报馆捣毁。

〔3〕 池田医院 日本医生池田开设在北京石驸马大街的医院。鲁迅从这时起到次年经常在该院诊病。

〔4〕 神州国光社 1908年邓实创办于上海，北京设分社。原印行碑帖、古籍及美术书刊，1929年陈铭枢接办后进行改组，由王礼锡任总编辑，出版社会科学及新文艺书籍。1930年，鲁迅曾为其编辑《现代文艺丛书》。

〔5〕 指京师图书馆。创始于1909年（宣统元年），馆址在什刹海附近广化寺内。1912年4月由教育部接管，5月任江瀚（叔海）为馆长，8月27日开馆。鲁迅为筹建该馆做过很多工作，也曾利用它的藏书写作《中国小说史略》等书。

〔6〕 十刹海 通称"什刹海"，是北京地安门以西三处相连的水面的总称，因当地旧有十座古刹而得名。自清代以来逐渐成为休憩游乐之地。

〔7〕 指任命鲁迅为教育部佥事。临时大总统袁世凯于8月21日任命周树人等三十二人为教育部佥事。8月26日鲁迅又被委兼任负责文化、艺术等方面工作的社会教育司第一科科长。按当时官制，"参事"、"佥事"都由总长推荐，总统任免。

〔8〕 拟国徽告成 当时总统府着鲁迅、许寿裳和钱稻孙同拟国徽。钱稻孙绘图，鲁迅撰说明。说明并图案以《致国务院国徽拟图说明

18

书》为题刊于《教育部编纂处月刊》第一卷第一册(1913年2月)。现编入《集外集拾遗补编》。

九 月

一日 星期休息。晨得二弟信,二十六日发。收二十六日《民兴日报》一分。上午与季市就稻孙寓坐少顷,同至什刹海,已寥落无行人,盖已过阴历七月望矣。午饭于四牌楼之同和居,甚不可口。下午至青云阁购什物二三种,又赴琉离厂有正书局购《中国名画》第一至第十集共十册,计银十二圆,佐以一木匣,不计值也。

二日 雨。无事。夜书致东京信两通,翻画册一过,甚适。

三日 阴。上午至交民巷日本邮局寄羽太氏信并银二十圆,又寄相模屋[1]信并银三十圆,季市附寄银十圆。下午晴。收二十七、八日《民兴报》各一分。以一小包寄家,内摩菰二十两,剌夹六具,狗皮膏六枚。

四日 上午以一小包寄家,内桃、杏、频果脯及蜜枣四种。晚稻孙来,遂同饮于广和居,铭伯、季市亦去。夜寄二弟及三弟信,而函后题初五日发。

五日 上午同司长及数同事赴国子监,历览一过后受午饭,饭后偕稻孙步至什刹海饮茗,又步至杨家园子买蒲陶,即在棚下啖之,迨回邑馆已五时三十分。收廿九及三十日《民兴日报》各一分。夜吴君秉成来。

六日 阴。上午赴本部职员会,仅有范总长演说,其词甚

19

怪。午后赴大学专门课程讨论会[2],议美术学校课程。下午稻孙来,晚饮于季黻之室。收卅一日《民兴报》一分。

七日　雨。下午赴钱稻孙寓。晚见李梦周于季市处。

八日　阴。星期休息。上午同季市往留黎厂,在直隶官书局购《式训堂丛书》初二集一部三十二册,价六元五角。会微雨,遂归。收九月一日《民兴报》一分。午后晴。翻《式训堂丛书》,此书为会稽章氏所刻,而其版今归吴人朱记荣,此本即朱所重印,且取数种入其《槐庐丛书》,近复移易次第,称《校经山房丛书》,而章氏之名以没。记荣本书估,其厄古籍,正犹张元济之于新籍也。读《拜经楼题跋》,知所藏《秋思草堂集》即近时印行之《庄氏史案》,盖吴氏藏书有入商务印书馆[3]者矣。下午雨一陈即霁。晚稻孙招饮于便宜坊,坐中有季市与汪曙霞及其兄。

九日　晴,下午风。得二弟信,二日发。收二日、三日《民兴报》各一分。

十日　晨寄二弟信。下午得二弟信,四日发。收四日《民兴日报》一分。

十一日　下午收八月廿四日《民兴报》一分。晚胡孟乐招饮于南味斋,盖举子之庆也,同席共九人,张、童、陶均不知其字、俞伯英、许季茀、陈公猛、杨莘士及我。

十二日　下午与同事杂谈清末琐事。晚收初五日《民兴日报》一分。制被一枚,银五元。

十三日　阴。晨寄二弟信。下午小雨。收六日、七日

《民兴报》各一分。晚稻孙来,并招季市饮于广和居。风颇大。

十四日　晴。午收本月半俸百二十五元。浣旧被,工三百〔4〕。

十五日　星期休息。上午往青云阁购日用什物共三元。又至留黎厂购《开元占经》一部二十四册,三元;《蒋南沙画册》一册,一元二角。得二弟信,附二弟妇及三弟笺,八日发。收八日《民兴报》一分。

十六日　上午得羽太家信,九日东京发。收九日《民兴报》一分。微不适,似是伤风。

十七日　上午寄二弟信,附与二弟妇并三弟信。收十日《民兴日报》一分。

十八日　上午寄羽太家信,附与福子笺一枚。上午得相模屋书店叶书〔5〕。下午得二弟并三弟信,十二日发。收十一日《民兴日报》一分。晚寄二弟信。夜邻室有闽客大哗。

十九日　晚稻孙至,与铭伯、季市同饮于广和居。收十二日《民兴报》一分。

二十日　阴,下午雨。收二弟所寄《绥山画传》一册,十四日付邮。收十三、十四日《民兴报》各一分。夜雨不已。邻室又来闽客,至夜半犹大嗥如野犬,出而叱之,少戢。

二十一日　晴,风。晨寄二弟信。季市搜清殿试策,得先祖父卷〔6〕,见归。晚寿洙邻、钱稻孙来。

二十二日　晴,风。星期休息。上午收十五日《民兴日报》一分。下午自《全唐诗》录出虞〔世〕南诗一卷。

21

二十三日　下午收十七、十八日《民兴日报》各一分。

二十四日　午后同稻孙至留黎厂购《述学》二册，八角；《拜经楼丛书》七种八册，三元。得二弟信，十六日发。收十六日《民兴日报》一分，又拾九日者又一分。晚袁文薮来。蒋抑卮来。

二十五日　阴历中秋也。下午钱稻孙来。收二十日《民兴日报》一分。晚铭伯、季市招饮，谈至十时返室，见圆月寒光皎然，如故乡焉，未知吾家仍以月饼祀之不。

二十六日　阴。晨寄二弟信。下午收廿一日《民兴报》一分。晚张协和来。七时三十分观月食约十分之一，人家多击铜盘以救之，此为南方所无，似较北人稍慧，然实非是，南人爱情漓尽，即月真为天狗所食，亦更不欲拯之，非妄信已涤尽也。

二十七日　晴。下午收二十二日《民兴报》一分。得二弟所寄小包，内全家写真一枚，又二弟妇抱丰丸写真一枚，我之旧写真三枚，袜子两双，德文《植物采集法》一册，十四日付邮。晚饮于劝业场上之小有天，董恂士、钱稻孙、许季黻在坐，肴皆闽式，不甚适口，有所谓红糟者亦不美也。

二十八日　下午风。得二弟信，二十三日发。晚钱稻孙来。宋汲仁来，宋名守荣，吴兴人，似是本部录事也。

二十九日　星期休息。上午张协和来即去。寄二弟及二弟妇信。下午钱稻孙来，又同游劝工陈列所一周，即就所中澄乐园饮茗而归。蒋抑卮来。收二十四日《民兴日报》一分。

三十日　上午致江叔海信，又致蒋抑卮信，为之介绍阅图书馆所藏秘笈也。收二十五日《民兴日报》一分。晚得宋紫佩信,廿五日发。

* * *

〔1〕 相模屋 日本东京的一家旧书店。小泽民三郎开设。鲁迅留日时常往购书,回国后也经常向该店邮购。1916年小泽民三郎去世,次年该店倒闭。

〔2〕 大学专门课程讨论会 民国初年,学堂课程设置多沿袭清朝。为求改革,教育部特邀教育专家讨论课程改进办法。鲁迅作为部内专家应邀出席。

〔3〕 商务印书馆 1897年创办于上海,在国内各大中城市设有分馆多处。1932年"一·二八"战争中,它在上海的大部分机构被日军炸毁,后部分恢复。鲁迅在北京、厦门、广州、上海时都常往该馆的分馆购书。也曾在该馆主办的刊物上发表著译或在该馆印行单行本。

〔4〕 工三百 指工钱三百文。

〔5〕 葉書 日语:明信片。

〔6〕 先祖父卷 鲁迅祖父周福清于清同治十年(1871)中进士的殿试卷。

十 月

一日 晨寄二弟信。又寄宋子佩信。前与稻孙往留黎厂,见小字本《艺文类聚》一部,稻孙争购去,今忽愿归我,因还原价九圆受之。此书虽刻版不佳,又多讹夺,然有何义门印,又是明板,亦尚可藏也。下午寄相模屋书店信。得二弟及三弟信,廿六日发。

二日　晚稻孙来,又同铭伯、季市饮于广和居。

三日　无事。

四日　风挟沙而曇,日光作桂黄色。下午钱稻孙来。季天复来,季字自求,起孟同学也。

五日　雨,冷,午后雨止而风,益冷。

六日　晴,风。星期休息。上午钱稻孙来,又同季市至骡马市小骨董店,见旧书数架,是徐树铭故物而其子所鬻者,予购得《经典释文考证》一部,价止二元,惜已着水。又见蔡子民呈徐白摺[1],楷书,称受业,其面有评语云:牛鬼蛇神,虫书鸟篆。为季市以二角银易去。人事之迁变,不亦异哉!午后访季自求、寿洙邻。下午往留黎厂购笺纸并订印名刺,又购《敦煌石室真迹录》一部,银一两。晚寄二弟、二弟妇及三弟信。得二弟信,内有《童话研究》改定稿半篇,十月一日发。

七日　无事。以《或外小说集》两册赠戴螺舲,托张协和持去。晚邻闽又嗥。

八日　捐北通州兵祸[2]救济金一元。

九日　午后风。无事。

十日　国庆日[3]休息。上午同许铭伯、季市、诗荃、诗苓至留黎厂观共和纪念会[4],但有数彩坊,而人多如蚁子,不可久驻,遂出。予取名刺,并以二元购《前后汉纪》一部而归。晚饮于广和居,同席五人,如往留黎厂者。今日特冷。钞补《经典释文》两叶。

十一日　微雨即晴。晨得二弟信并《童话研究》半篇,五日发。上午寄二弟信。

十二日　晴。下午寄二弟信。晚得二弟所寄小包二，内《古小说拘沈》[5]草稿、越人所著书草稿[6]等十册，《支那繪画小史》一册，七日付邮。又得二弟信，附安兑然卮言[7]二篇，七日发。钞补《史略》一叶。夜腹忽大痛良久，殊不知其何故。

十三日　阴。星期休息。腹仍微痛。终日订书，计成《史略》二册，《经典释文》六册。

十四日　雨。晚丁《经典释文》四册，全部成。夜大风。

十五日　晴，风。上午寄二弟小包两个：甲，《拜经楼丛书》八册，《草堂诗余》一册。乙，《齐物论释》《梦窗词》《南雷余集》《天游阁诗集》《实斋信摭》各一册，《实斋札记》二册。午后收本月半俸百二十五元。得二弟及三弟信，十日发。访游观庆于龙泉寺，不值。晚寿洙邻来，并招饮于广和居。

十六日　晴。晚补写《北堂书钞》一叶。

十七日　晨张协和代我购得狐腿裘料一袭，价卅元，自持来。上午寄二弟及三弟信。下午至劝工场理发。晚季自求来谈，以《或外小说集》第一、二册赠之。

十八日　阴。上午得相模屋书店邮片，十二日发。

十九日　晴。梅撷云赠《佛学丛报》第一号一册。晚许铭伯招饮于杏花春，同坐者有陈姓上虞人，忘其字，及俞月湖、胡孟乐、张协和、许季市。

二十日　风。星期休息。上午往留黎厂购《汗简笺正》一部，三元；《北梦琐言》一部，四角；《读画录、印人传》合刻一部，一元。午后昙。晚得二弟信，附《希腊拟曲》二篇[8]，十五日发。

二十一日　昙。上午得阮立夫信,十六日九江发。下午微雪。晚书估持旧书来售,不成。

二十二日　昙。上午寄二弟信并银五十元。下午微雪。晚同许铭伯、季市、诗荃饮于广和居。

二十三日　晴。无事。

二十四日　雨。晚得二弟信,十九日发。收十九日《民兴日报》一分。捐贫儿院[9]银一圆。

二十五日　晴。上午代季市寄相模屋信。戴螺舲见恽冰画,定为伪作。晚收二十日《民兴日报》一分。

二十六日　阴。上午寄二弟信。下午同季市、协和至小市[10],拟买皮衣不得,复赴大栅阑,亦不成,遂至青云阁饮茗,遇范亦陈,予购布三元。又至留黎厂购《郑板桥道情墨迹》一册,三角;《舒铁云手札》一册,四角;《中国名画》第十六集一册,一元五角。归寓已晚。收二十一日《民兴日报》一分。夜修钉《述学》两册,至一时方毕。

二十七　晴。星期休息。午后张协和来。下午钱稻孙来。本馆祀先贤[11],到者才十余人,祀毕食茶果。夜微风,已而稍大,窗前枣叶蔌蔌乱落如雨。

二十八日　风,昙,午后晴。收廿三日《民兴报》一分。

二十九日　晴。上午得俞乾三函,二十三日上虞发。晚收二十四日《民兴日报》一分。蔡国亲来。

三十日　阴,午后雨。得沈商耆信,二十五日上海发。得天觉报社信,[12]二十四日绍兴发,内出版露布[13]一枚,征文广告一枚,宋子佩列名。夜风,见月。

三十一日　晴。上午得二弟并三弟信,二十五日发。收二十五日《民兴日报》一分。下午收二十六日《民兴报》一分。

*　　*　　*

〔1〕　徐　徐树铭,字寿蘅,湖南长沙人。清道光进士,曾任浙江乡试考官、会试总裁。蔡元培是徐树铭的所得士,故自称"受业"。白摺,应考的试卷。徐在蔡的试卷上批"牛鬼蛇神,虫书鸟篆",有违师生之道,故鲁迅叹其"不亦异哉"。

〔2〕　北通州兵祸　北通州,即河北通县(今属北京)。本年8月24日晚,皖系军阀姜桂题驻通州部队骚乱,一夜之间,通州商民受灾者不下数千户,数万灾民困苦流离。

〔3〕　国庆日　民国参议院于本年9月28日议决将武昌首义日10月10日定为国庆节。

〔4〕　共和纪念会　指中华民国首届共和纪念会,在北京琉璃厂厂甸举行,到会群众约十万人。宋教仁担任大会主席。会场内设陈列馆、运动场、演剧场等。

〔5〕　《古小说拘沈》　即《古小说钩沉》。鲁迅从少年时期积累此书材料,自日本回国后继续辑校。此时他嘱周作人将存于绍兴的草稿寄来,以后又不断进行增订修改。

〔6〕　越人所著书草稿　鲁迅早年辑录的越人著书逸文抄本,是他后来编辑《会稽郡故书杂集》的底本。

〔7〕　安兑然卮言　安兑然,即安徒生,丹麦童话作家。卮言,指童话。此处所指一篇为《公主》,另一篇未详。

〔8〕　《希腊拟曲》　短篇小说,周作人作。两篇分别为《媒媪》、

《塾师》,后发表于1916年10月1日《中华小说界》第十期,署名启明。

〔9〕 贫儿院　全称北京贫儿院。日记又作孤儿院。创办于1911年7月。曾收容辛亥革命中牺牲者的三十余名孤儿。蔡元培是该院赞助人及名誉董事。本年8月该院为兴建房舍募集捐款,此后鲁迅曾多次认捐。

〔10〕 小市　原称晓市,古玩杂物集市。在崇文门一带和宣武门一带分别有东小市和西小市。鲁迅常去的是西小市。

〔11〕 本馆祀先贤　绍兴县馆每年春秋两季在馆内仰蕺堂举行祭祀本籍先贤的仪式,旅京同乡参祭。

〔12〕 得天觉报社信　鲁迅的学生宋琳等创办的绍兴《天觉报》将于11月1日创刊,鲁迅应邀为题祝辞:"敬祝天觉出版自由"。又绘《如松之盛》画一幅。

〔13〕 露布　公告。

十一月

一日　晴。上午寄二弟及三弟信,附银圆及状面拟稿各一枚。

二日　上午得袁总统委任状[1]。下午赴留黎厂购《秋波小影册子》一册,四角;《眉庵集》二册,八角;《济南田氏丛书》二十八册,四元;《说文释例》十册,三元;《邵亭诗钞》并《遗诗》二册,一元。又购粗本《雅雨堂丛书》一部二十八册,四元。晚钱稻孙来。收二十七、二十八日《民兴日报》各一分。

三日　星期休息。午后往青云阁买拭牙粉一盒。收二十九日《民兴日报》一分。下午至晚均补写《雅雨堂丛书》阙叶,凡得六枚,至十一时方止。夜风。收《平报》一分,是送阅者。

四日　晴,风。晚杨莘士介绍衣工吴姓者来,付裘令制,并先与银一元。得二弟信,三十日发。收本日《平报》一分。

五日　晴,大风,冷甚,水冻,入夜尤甚。

六日　上午寄二弟信。晚王伟人、钱稻孙来,并同季市饭于广和居。

七日　大风,甚冷。上午收补十月分俸银九十五元。晚陈仲书来。得陈子英信,一日发。收卅及卅一日《民兴报》各一分,二日《天觉报》第二号一分。

八日　阴。下午赴观音寺街购御寒衣冒等物共十五元。寄沈商耆上海信。是日易竹帘以布幔,又购一小白泥炉,炽炭少许置室中,时时看之,颇忘旅人之苦。夜风。

九日　晴。晨得二弟信,三日发。收三日《天觉》及《民报》各一分。上午复陈子英信,又复阮立夫函。下午往西升平园浴。赴留黎厂买纸,并托清秘阁买林琴南画册一叶,付银四元四角,约半月后取。晚邀铭伯、季市饮于广和居,买一鱼食之。收十月卅日及本月四日《民兴日报》各一分。夜作书两通,啖梨三枚,甚甘。夜半腹痛。

十日　星期休息。上午季自求、刘历青来。午后寄二弟信。又寄相模屋信。下午至夜补写《雅雨堂丛书》五叶。饮姜汁以治胃痛,竟小愈。

十一日　夏揖颜来,不遇。夜补写《雅雨堂丛书》两叶。

十二日　付温处水灾[2]振捐二元,钱稻孙经手。晚收六日《天觉报》一分。夜补写《雅雨堂丛书》中《大戴礼》目录后语阙叶凡二枚,全书补完。

十三日　付上海共和女学校捐款一元,顾子言经手。常君赠《中国学报》第一期一册。晚得二弟信,并附二弟妇、芳子及三弟笺,八日发。收七日《天觉报》一分。夜风。

十四日　上午寄二弟《中国学报》第一期一册。午后清秘阁持林琴南画来,亦不甚佳。

十五日　上午寄二弟并二弟妇信,附与芳子及三弟笺各一枚。

十六日　午后收本月俸银二百二十元。往看夏司长,索其寓居不得。往留黎厂购《董香光山水册》一册,一元二角;《大涤子山水册》一册,一元;《石谷晚年拟古册》一册,八角。过敷家坑海昌会馆看张协和,不值。蒋百器来过,不值。晚得二弟并二弟妇信,十一日发(5)。收十日、十一日《天觉报》各一分。

十七日　阴。星期休息。上午谢西园来。寄二弟信并银五十元(五),以双挂号去。陈公侠来。钱稻孙来。许铭伯将赴天津,往别之。午后赴留黎厂神州国光社购《唐风图》、《金冬心花果册》各一册,共银三元九角。又往文明书局〔3〕购元《阎仲彬惠山复隐图》、《沈石田灵隐山图》、《文征明潇湘八景册》、《龚半千山水册》、《梅瞿山黄山胜迹图册》、《马扶曦花鸟草虫册》、《马江香花卉草虫册》、《戴文节仿古山水册》、《王小梅人物册》各一册,又倪云林山水、恽南田水仙、仇十洲麻姑、华秋岳鹦鹉画片各一枚,共银八元三角二分。晚钱稻孙又来。收十二日《天觉报》一分。

十八日　晴,风。上午得许季上信,十四日奉天发。

十九日　晚收十三、十四日《天觉报》各一分。

二十日　上午得齐寿山、戴芦舲、许季上自奉天来函,午后复之。

二十一日　午后赴打磨厂保商银行易日本币。赴东交民巷日本邮局寄羽太家信并日银五十元,又寄相模屋书店信并日银五十元,附季市书款十元。下午闻国亲疡生于髀,与季市同往看之。晚收十六日《天觉报》一分。

二十二日　下午收十七日《天觉报》一分。寄二弟信（六）。夜腹痛。

二十三日　午后商契衡来。下午腹痛,造姜汁饮服之。晚得二弟所寄书三包,计《小说拘沈》草稿一迭,J. Meier-Graeve:《Vincent van Gogh》一册,《或外小说》第一、第二集各五册,并十八日发。夜风。院中南向二小舍,旧为闽客所居者,已虚,拟移居之,因令工糊壁,一日而竣,予工资三元五角。

二十四日　星期休息。上午得二弟信,十七日发（6）。收十八日《天觉报》一分。季市为购得《古学汇刊》第二编来,计二册,价一元又六分。午后昙,有雪意。下午以一小篚邮寄二弟,篚内计《中国名画》第一至第十三集共十三册,又《黄子久秋山无尽图卷》、王孤云《圣迹图》、《徐青藤水墨花卉卷》、《陈章侯人物册》、《龚半千细笔山水册》、《金冬心花果册》均一册,又《越中先贤祠目序例》一册,补写《北堂书钞》阙叶一叶。以挂号去,邮资八角。晚缝人持衬衫及罩袍来。收十九日《天觉报》一分。

二十五日　晴。以《或外小说集》第一、第二册赠夏穗卿先生。晚收二十日《天觉日报》一分。

二十六日　上午寄二弟信(七)。晚收二十一日《天觉报》一分。

二十七日　昙,午后晛。晚得二弟、二弟妇及三弟信,二十二日发。收二十二日《天觉报》一分。

二十八日　上午相模屋书屋寄来《国歌集》两册,价共二角九分,即交沈商耆。下午移入院中南向小舍。晚收二十三日《天觉报》一分。

二十九日　昙,冷。晚收二十四日《天觉报》一分。夜微雪。

三十日　昙,午后晴。下午赴劝业场为二弟觅复活祭日赠高医士之品,遂购景泰窑磁瓶一双,文采为双龙云物及花叶,皆中国古式,价银五元。自二十七日起修缮《埤雅》,至今日下午丁毕,凡四册。晚收二十五日《天觉报》一分。夜风。购木匣并布,纫作小包。

* * *

〔1〕　得袁总统委任状　委任状,原件作"任命状"。民国元年8月21日发,文为:"任命周树人为教育部佥事。此状。""荐字第肆百肆拾玖号"。

〔2〕　温处水灾　本年浙江温州、处州水灾,受灾地方四十余处,灾民数万。

〔3〕　文明书局　1902年俞复等创办于上海,北京设有分店。鲁迅常往购书,并于1914年1月将周作人所译《炭画》交该局出版。

十二月

一日　风而日光甚美。星期休息。午寄二弟、二弟妇并三弟信（八）。张协和来。下午寄二弟一小包，内花瓶一双。至南通州[1]会馆访季自求，以《或外小说》两册托其转遗刘霁青。而季自求则以《大隋开府仪同三司龙山公墓志铭》一枚，《大秦景教流行中国碑》暨碑额、碑侧共四枚见赠。晚得二弟信，二十六日发（8）。收二十六日《天觉报》一分。

二日　晴。上午得许季上奉天来信。晚王伟忱来。夜腹微痛。

三日　上午寄二弟信（九）。收《通俗教育研究录》第三期一册。晚收二十八日《天觉报》一分。

四日　午后收陈焕章著《孔教论》一本，上海寄。晚收二十九日《天觉报》一分。

五日　午后得相模屋书店两叶书，并二十九日发。赴池田医院乞药，云气管支及胃均有疾，馀良，付初诊费二元，药资一元二角。晚收三十日《天觉报》一分。是日始晚餐啜粥。

六日　昙，午后日光小见。觉胃痛渐平，但颇无力。晚得二弟信，初一日发（9）。夜大风。

七日　晴，风。上午得东京羽太家信，一日发。寄相模屋信。赴池田医院付药资一元二角。下午往留黎厂购《顾西眉画册》一册，八角；《说文古籀疏证》一部四册，一元五角。收初二日《天觉报》一分。

八日　星期休息。卧至十二时。午后寄二弟信（十），《古学汇刊》第一、二编共四册。收三日《天觉报》一分。

九日　无事。

33

十日　午前赴医院,而池田适出诊,因买原药归,资一元四角。

十一日　晚得二弟信,六日发(10)。午后二时服写利药十粒,至十时半验。

十二日　上午许季上、戴芦舲、齐寿山自奉天调核清宫古物[2]归,携来目录十余册,皆磁、铜及书画之属。又摄景十二枚,内有李成《仙山楼阁图》,极工致。又有崔白刻丝《一路荣华图》,为鹭鸶及夫容,底本似佳,而写片不善。午后与许季上等访夏司长于兵部洼寓所,留约一小时。

十三日　上午寄二弟信(十一)。

十四日　午后收二年历书一册。下午赴留黎厂购《王无功集》一册,五角;《景德镇陶录》一部四册,乙元;《戴文节销寒画课》一帖十枚,六角四分;《费晓楼士女画册》一册,八角。收地学协会[3]信。许季上来。游允白来,以《或外小说集》二册赠之。有人寄《女子师范风潮闻见记》一册来。

十五日　星期休息。上午常毅箴以书来招观剧,未赴。午后得二弟信,十一日发(11)。

十六日　上午豫支本月俸一百元。游允白索《或外小说》,更以二部赠之。

十七日　夜游允白来言乞假事。

十八日　上午寄二弟及三弟信,附家用百元,《函夏考文苑议》一小册(十二)。午后与数同事游小市。下午收十四日《越铎报》一分。晚蒯若木来。

十九日　大雪终日。午后同夏司长赴图书馆,途中冷甚。

晚食山药作饭。

二十日　晴。下午往廊房头条劝业场理发。

二十一日　晨微雪即止。午后赴青云阁,购履一两,价二元二角。又往留黎厂,购问经堂本《商子》一本,二元;《梦溪笔谈》一部四册,二元。又觅得《晚笑堂画传》一部,甚恶,亦以七角银购致之,以供临习。下午得二弟信,十六日发(12),又二弟妇暨丰丸摄景一枚,同日发。收十六日《越铎》一分。晚烹两鸡〔蛋?〕并面食之,以为晚食。夜风。

二十二日　晴。星期休息。旧历冬至也,季巿云。闻许铭伯昨自天津归,午后往看之。同季巿赴贤良寺见章先生[4],坐少顷。往正蒙书局看陈仲书,不值。赴浴室。又赴瑞蚨祥买斗篷一袭,银十六元;手衣一具,银一元。晚回寓,知季天复午后见过,留字而去。收十七日《越铎日报》一分。

二十三日　上午寄二弟信(十三)。得相模屋书店葉书并审美书院出版书目一册,均十六日发。

二十四日　无事。

二十五日　下午得二弟信,二十日发,又邮片一枚,二十一日发(13)。收十五、十九、二十日《越铎报》一分。晚此间商务印书馆分馆忽送《新字典》一册至寓,殊莫测其用意。夜雨雪。

二十六日　积雪厚尺余,仍下不止。晨赴铁师子胡同总统府同教育部员见袁总统[5],见毕述关于教育之意见可百余语,少顷出。向午雪霁,有日光。

二十七日　晴。上午收支剩本月俸百二十元,假季巿七十,协和二十。

二十八日　上午寄二弟信并《希腊拟曲》译稿一帖(十四)。午后招张协和、许季市同至瑞蚨祥购马卦一件,共银二十元八角。赴留黎厂购《中国学报》第二期一册,四角,报中殊无善文,但以其有《越缦日记》,故买存之。又购胡敬撰刻《南薰殿图象考、国朝院画录、西清札记》三种合刻一部四册,三元,闻此版已归书肆云。夜胃小痛。

二十九日　星期休息。午后收二十四、二十五日《越铎日报》各一分。夜风。

三十日　上午寄二弟《中国学报》第二期一册。夜铭伯以火腿一方见贻。

三十一日　午后同季市至观音寺街购齿磨[6]一、镜一、宁蒙糖一,共银二元。又共啜茗于青云阁,食虾仁面合。晚铭伯招饮,季市及俞毓吴在坐,肴质而旨,有乡味也,谈良久归。

＊　　＊　　＊

〔1〕　南通州　旧州名,民国后改为南通县(今属江苏)。

〔2〕　调核清宫古物　本年9月12日,教育部成立美术调查处,鲁迅参加该处领导工作。11月8日,许季上、戴螺舲、齐寿山赴奉天(今沈阳)调核清故宫的美术物品,返京后鲁迅和他们同往司长夏曾佑寓汇报工作。

〔3〕　地学协会　学术团体。1909年8月成立,傅增湘为总理,顾琅等为评议员。1912年2月12日改选蔡元培为总裁,顾琅等仍为评议员。同年冬该会曾多方联络,以图发展。

〔4〕　赴贤良寺见章先生　因章太炎恣意评骘时政,袁世凯政府用委"专使"的方式将他派往满洲。鲁迅与许寿裳在章太炎临行前专往

拜晤。

〔5〕 见袁总统 自12月24日始,袁世凯举行接见各部荐任官仪式,每日分三四批,由各部总长率领谒见。教育部官员为第十一批。

〔6〕 齿磨 日语:牙粉。

壬子北行以后书帐

齐物论释一册　〇·三〇　四月二十八日
鬼灶拓本一枚　〇·八〇
於越先贤象传二册　三·〇〇
高士传并图二册　三·〇〇
宋元本书目三种四册　二·〇〇　四月二十九日
百华诗笺谱二册　四·二〇
实斋信摭一册　〇·三六
实斋乙卯及丙辰札记二册　〇·七二
陈章侯人物册一册　〇·七二
中国名画第十一至十三集三册　三·六〇　　　一八·七〇〇
於越先贤祠目序例一册　许铭伯先生所与
徐青藤水墨画卷一册　一·〇〇　五月八日
王孤云圣迹图一册　一·二〇
纂喜庐丛书七册　五·八〇　五月十二日
李太白集四册　二·〇〇　五月二十五日
观无量寿佛经图赞一册　〇·三一二
中国名画第十五集一册　一·五〇
仿宋本史略二册　〇·八〇　五月三十日
李龙眠九歌图十二枚　〇·六四

罗两峰鬼趣图二册　二·五六　　　　　　　　　一五·八一二

四印斋校刊词三种四册　一·〇〇　六月九日

沈下贤文集二册　二·五〇

会昌一品集六册　二·〇〇

龚半千细笔画册一册　〇·八〇　六月十六日

阮刻顾恺之画列女传四册　四·〇〇

陈仁子文选补遗十二册　二·〇〇

石鼓文并音训拓本十二枚　一·二五　六月二十六日

雅雨堂丛书二十册　一五·〇〇　六月二十九日

孙星衍京畿金石考二册　〇·八〇　　　　　　二八·三五〇

明袁氏刻本世说新语四册　二·八〇　七月三日

草堂诗余一册　〇·二〇

老学庵笔记二册　〇·八〇　七月二十日

梦窗词一册　〇·四〇

黄子久秋山无尽图卷一册　〇·五〇　　　　　四·七〇〇

埤雅四册　四·〇〇　八月一日

南雷余集一册　〇·六〇　八月十四日

天游阁诗集一册　〇·六〇

古学汇刊二册　一·〇五　八月二十三日　　　六·二五〇

中国名画第一至第十集十册　一二·〇〇　九月一日

式训堂丛书初二集三十二册　六·五〇　九月八日

蒋南沙华鸟草虫册一册　一·二〇　九月十五日

大唐开元占经二十四册　三·〇〇

述学二册　〇·八〇　九月二十四日

拜经楼丛书七种八册　三·〇〇　　　　　　二六·五〇〇

明刻小字本艺文类聚十册　九·〇〇　十月一日

敦煌石室真迹录二册　一·三五　十月六日

经典释文考证十册　二·〇〇

荀悦前汉纪袁宏后汉记合刻十六册　二·〇〇　十月十日

汗简笺正四册　三·〇〇　十月二十日

北梦琐言二册　〇·四〇

读画录印人传合刻二册　一·〇〇

郑板桥道情词墨迹一册　〇·三〇　十月二十六日

舒铁云王仲瞿往来手札墨迹一册　〇·四〇

中国名画第十六集一册　一·五〇　　　　二〇·九五〇

秋波小影册子一册　〇·四〇　十乙月二日

眉庵集二册　〇·八〇

济南田氏丛书二十八册　四·〇〇

说文释例十册　三·〇〇

邵亭诗钞并遗诗二册　一·〇〇

雅雨堂丛书二十八册　四·〇〇

中国学报第一期一册　常君国宪赠　十一月十三日

董香光山水册一册　一·二〇　十一月十六日

大涤子山水册一册　一·〇〇

王石谷晚年拟古册一册　〇·八〇

金冬心花果册一册　一·四〇　十一月十七日

唐风图一册　二·五〇

阎仲彬惠山复隐图一册　〇·二四

沈石田灵隐山图一册　一·一二

文征明潇湘八景册一册　〇·六四

龚半千山水册一册　〇·九六

梅瞿山黄山胜迹图册一册　一·四四

马扶曦花鸟草虫册一册　〇·九六

马江香花卉草虫册一册　〇·七二

戴文节仿古山水册一册　〇·九六

王小梅人物册一册　〇·九六

倪云林山水一枚　〇·〇八

恽南田水仙一枚　〇·〇八

仇十洲麻姑仙图一枚　〇·〇八

华秋岳鹦鹉图一枚　〇·〇八

古学汇刊第二编二册　一·〇六　十一月二十四日　二九·四八〇

大隋开府仪同三司龙山公墓志铭拓本一枚　季君自求赠 十二月一日

大秦景教流行中国碑并碑额碑侧拓本共四枚　同上

顾西眉画册一册　〇·八〇　十二月七日

说文古籀疏证四册　一·五〇

王无功集一册　〇·五〇　十二月十四日

景德镇陶录四册　一·〇〇

戴文节销寒画课一帖十枚　〇·六四

费晓楼仕女册一册　〇·八〇

问经堂校刻本商子一册　二·〇〇　十二月二十一日

梦溪笔谈四册　二·〇〇

中国学报第二期一册　〇·四〇　十二月二十八日
南薰殿图象考院画录西清札记三种合刻四册　三·〇〇
　　　　　　　　　　　　　　　　　　　一二·六四〇
总计一六四·三八二〇

　　审自五月至年莫,凡八月间而购书百六十余元,然无善本。京师视古籍为骨董,唯大力者能致之耳。今人处世不必读书,而我辈复无购书之力,尚复月掷二十余金,收拾破书数册以自怡说,亦可笑叹人也。华国元年十二月三十一日灯下记之。

癸丑日记

正 月

一日　晴，暖。上午得二弟信，去年十二月二十六日发(14)。午后同季市游先农坛[1]，但人多耳。回看杨仲和，未遇。夜以汪氏、孙氏两辑本《谢承书》相校[2]，尽一卷。

二日　上午杨仲和来。午后寄二弟信(一)。同季市访协和于海昌馆，坐一小时。赴留黎厂循览书画骨董肆，无所获。常毅箴来过，未见。

三日　午后有周大封来访，自云居笄头山，父名庆榕，与我家为同族。晚铭伯来别，云明日晨复赴天津。夜风。

四日　上午赴部，有集会，设茗酒果食，董次长演说。午后得阮立夫九江来信。晚间得二弟所寄《事类赋》一部，去年十二月二十六日发。晚留黎厂肆持旧书来阅，并无佳本，有尤袤《全唐诗话》及孙涛《续编》一部，共八册，尚直翻捡［检］，因以五金买之。

五日　星期休息。午后协和来贷金二十，季市招出游，遂同赴前门内临记洋行购茶食二种，又合买饼饵果糖付协和，以贻其孺子。赴青云阁饮茗，将晚回邑馆。

六日　昙，甚冷。晚首重鼻窒似感冒，蒙被卧良久，顿愈，仍起阅书。

七日　昙。上午寄二弟信(二)。下午雨霰。晚得二弟信,去年十二月三十日发(15)。

八日　晴。天气转温。晚得二弟信,一月四日发(1)。

九日　晴,午后昙。步至小市看所列地摊,无所可买。

十日　上午寄二弟信(三)。夜风。

十一日　晴。下午许季上忽欲入清宫之门以望南海子[3],遂相约驰往,然终为守监所阻,不得进。季上乃往西长安街,予则至前门内西美居买饼饵一元而归。

十二日　晴,风。上午蔡国卿来。午后得二弟及三弟信,八日发(2)。往南通州馆访季天复,坐半小时。下午往官书局[4]购《寒山诗》一本,一元;《樊南文集补编》一部四本,三元。又阅旧书肆,得《水经注汇校》一部十六本,刻甚草率,而价止一元。晚得二弟寄小包二,内德文《卢那画传》一册,珂纳柳思《有形美术要义》一册,日文《小供之画》一册,并六日发。

十三日　午后得江叔海信,即复之。收五日《越铎报》,有孙德卿写真,与徐伯荪、陶焕卿等遗象相杂厕,可笑,然近人之妄亦可怖也。

十四日　无事。

十五日　晨微雪如絮缀寒柯上,视之极美。上午晛。寄二弟并三弟信(四)。

十六日　晴。上午得羽太母信,十六日发。

十七日　上午寄羽太家信。寄二弟《开元占经》一部,分作两包。午后见游允白自汉寿县来信。下午得初六至初十日

《越铎报》各一分。

十八日　午后往留黎厂书肆,见寄售敦煌石室所出唐人写经四卷,墨色如新,纸亦不甚渝敝,殆是罗叔蕴辈从学部[5]窃出者。每卷索五十金,看毕还之。购《功顺堂丛书》一部二十四本,四元,书不甚佳,而内有《西清笔记》、《泾林杂记》、《广阳杂记》等可读。晚收十一、十二日《越铎报》各一分。

十九日　日曜休息。季市烹一鹜招我午饭,诗荃亦在。晚得二弟及二弟妇信(3),又葉书一,均十三日发。收十三至十五日《越铎》各一分。夜风。

二十日　昙,上午微雪即霁。寄二弟并二弟妇信(五)。

二十一日　昙,晨微雪即止。一日无事。

二十二日　晴,风。下午得二弟信,十七日发(4)。收十六至十八日《越铎》各一分。

二十三日　晴。晚夏揖颜来访,计不见已近十年。

二十四日　雪而时见日光。上午寄二弟信(六)。晚雪止,夜复降,已而月出。

二十五日　微雪。晨忽有人突入室中,自称姓吕,余姚人,意在乞资,严词拒之。午后雪止,有日光。收十九日《越铎报》一分。晚得二弟所寄写书纸五帖计五百枚,十九日付邮。

二十六日　晴。日曜休息。午后收二十及二十一日《越铎报》各一分。晚得二弟及三弟信并三弟所作《茶店闲话》四则,二十二日发(5)。收廿二日《越铎》一分,又廿一、廿二日《警铎》各一分。夜得二弟所寄《山越工作所標本目錄》一册,

45

二十二日发。

二十七日　午后收本月俸二百二十元。晚阮和孙来访，并偕一客姓曾，是寿洙邻亲戚云。

二十八日　晴，风。上午钱稻孙到部，云前日抵京，以石刻贯休作《十六应真象》相赠。石刻于清乾隆时，在圣因寺，今为朱瑞所毁。张稼庭至部来访。午后往西河沿交通银行以纸币易银元。协和返资二十，季市七十。夜大风。

二十九日　晴。上午寄二弟及三弟信，附家用五十元，书籍费二十元(七)。往交民巷日本邮局寄与相模屋信，托其购书，并银三十元，又季市书款十元。下午往烂缦胡同寿洙邻寓访阮和孙，坐少顷。收二十三至二十五日《越铎日报》各一分。

三十日　无事。

三十一日　晴，微风。上午寄陈子英信。

*　　　*　　　*

〔1〕　游先农坛　是日为"共和大纪念日"，内务部礼俗司在先农坛设立的古物保存所免费开放，游人甚多。

〔2〕　以汪氏、孙氏两辑本《谢承书》相校　《谢承书》，即谢承《后汉书》。鲁迅于上年8月15日抄讫汪文台辑本，今日起又用清代孙志祖辑本与之互校。3月5日开始抄写校订本。

〔3〕　南海子　北京清故宫西侧的三个皇家花园湖，分别称南海、中海和北海。始开凿于金元间，蒙古语称湖为"海子"。

〔4〕　官书局　指直隶官书局，在琉璃厂内。

〔5〕 学部　清政府1905年废止科举制度后于次年设立的最高教育学术机关。1912年改为教育部。罗叔蕴(1866—1940)，名振玉，字叔蕴，浙江上虞人，曾任学部参事。1899年，敦煌鸣沙山石室所藏唐人写本文献被发现后，罗振玉等人曾据以辑录刊刻多种丛书，其中包括大量佛经。

二　月

一日　午后往留黎厂书肆购《十七史》不成。晚收廿六日《越铎》一分。

二日　星期休息。上午得二弟信，附《贺新年篇》一纸，为《天觉报》作者，二十七日发(6)。王君懋熔来谈，午刻去。午后许季上来，同往留黎厂阅书，购《尔雅翼》一部六册，一元。又购北邙所出明器〔1〕五具，银六元，凡人一、豕一、羊一、鸷一，又独角人面兽身物一，有翼，不知何名。晚收廿七、廿八《越铎》各一分，又廿八日《警铎》一分。

三日　上午寄二弟信(八)。下午同季市、季上往留黎厂，又购明器二事：女子立象一，碓一，共一元半。

四日　昙。早上夏揖颜来访。下午收二十九日《越铎》一分。夜大风。

五日　晴，风。晨得二弟信，三十一日发(7)。午后同齐寿山往小市，因风无一地摊，遂归。过一骨董肆，见有胆瓶，作豇豆色，虽微瑕而尚可玩，云是道光窑，因以一元得之。范总长辞职而代以海军总长刘冠雄，下午到部演说少顷，不知所云。赴临记洋行购饼饵、饴糖共三元。晚收二弟所寄《无机化学》译稿三册,三十一日发,为诗荃所欲假观者,即交季市,托转赠之。收三十一日及一日《越铎》各一分,又三十日《越铎》及《警铎》各一分。收李鸿梁信。季市招饮,有蒸鹜、火腿。

六日　晴。旧历元旦也。午后即散部往琉璃厂,诸店悉闭,仅有玩具摊不少,买数事而归。

七日　上午寄二弟信(九)。午后风。下午寿洙邻、曾丽润、阮和孙来访,坐少顷,同赴南味斋夕餐。

八日　晴,风。上午赴部,车夫误躧地上所置橡皮水管,有似巡警者及常服者三数人突来乱击之,季世人性都如野狗,可叹!午后赴留黎厂买得朱长文《墨池编》一部六册,附朱象贤《印典》二册,十元。又《陶庵梦忆》一部四册,一元,此为王文诰所编,刻于桂林,虽单行本,然疑与《粤雅堂丛书》本同也。下午往看季市,则惘惘如欲睡,即出。晚谷青来,假去二十元。

九日　晴。上午得二弟信并蘗书一,均五日发(8)。收二日《越铎》一分。星期休息日也。午后赴琉璃厂,途中遇杨仲和,导余游花[火]神庙[2],列肆甚多,均售古玩,间有书画,然大抵新品及伪品耳,览一周别去。视旧书肆,至宏道堂买得《湖海楼丛书》一部二十二册,七元;《佩文斋书画谱》一部三十二册,二十元。其主人程姓,年已五十余,自云索价高者,总因欲多赢几文之故,亦诚言也。又云官局书颇备,此事利薄,侪辈多不愿为,而我为之。夜风。

十日　晴,风。夜季市贻火腿一块。

十一日　上午复李鸿梁信。

十二日　统一纪念日[3]，休假。上午得陈子英信，五日发。收八日《越铎》一分。午后寄二弟信(十)。赴厂甸[4]阅所陈书画。买《画征录》一部二册，三角；《神州大观》第一集一册，一元六角半，此即《神州国光集》所改，而楮墨较佳，册子亦较大。拟自此册起，联续买之。

十三日　昙。下午有美国人海端生者来部，与次长谈至六时方去，同坐甚倦。

十四日　晴。夕蔡谷青来。夜大风。胃小痛。

十五日　大风。上午得二弟并三弟信，九日发(9)。前乞戴芦舲画山水一幅，今日持来；又包蝶仙作山水一枚，乃转乞所得者，晴窗披览，方佛见故乡矣。午后同戴芦舲游厂甸及花[火]神庙。教育部简作读音统一会会员，[5]下午有茗谈会，不赴。常毅箴欲得商务馆《新字典》，即以所有者贻之。晚收初九日《越铎日报》一分。

十六日　晴。星期休息。上午收十至十二日《越铎报》各一分。午后杜亚泉来。下午陈子英、张协和、季自求来。晚招子英、协和饮于广和居。收二弟所寄《或外小说集》第一、第二各五册，十二日付邮。

十七日　上午寄二弟及三弟信(十一)。午后同沈商耆赴图书馆访江叔海，问交代日期。[6]

十八日　晨得夏揖颜信，云将南旋，赴部途中遇之，折回邑馆，赠以《或外小说》第一、二各二册。下午同沈商耆往夏司长寓，方饮酒，遂同饮少许；复游花[火]神庙，历览众肆，盘

49

桓至晚方归。夕得相模屋书店葉書,十一日发。

十九日　上午常毅箴赠《中国学报》第三期一册。下午得二弟信,十四日发(10)。收十三至十五日《越铎日报》各一分。夜风。

二十日　晴,午后昙。退部赴劝业场理发,又买不倒翁两个,拟以贻二弟。赴花[火]神庙览一切摊肆,购得《欧[瓯]钵罗室书画过目考》一部四册,价一元。又至厂甸一游,寥落已甚。晚得相模屋书店葉書,十二日发。

二十一日　昙。大风。晚寄二弟《中国学报》第三期一册。

二十二日　晴,风。上午收十六日《越铎报》一分。寄二弟信(十二)。陈象明母丧,致奠仪一金。下午朱迪先、马幼舆、陈子英来谈,至晚幼舆先去,遂邀迪先、子英饭于广和居。

二十三日　晴。星期休息。午后收十七至十九日《越铎》各一分。午后季自求、刘立青来,立青为作山水一幅,是蜀中山,缭以烟云,历二时许始成,题云:十年不见起孟,作画一张寄之。晚同饭于广和居。得二弟信,十八日发(11)。

二十四日　午后得相模屋所寄小包二个,内《筆耕園》一册,三十五圆;《正倉院誌》一册,七十钱;《陈白阳花鸟真迹》一册,一圆,并十二日发。夜风。

二十五日　上午收王造周自开封来信,问子英寓处,即复之。午后寄相模屋信。夜风。

二十六日　晨子英之仆池叔钧来。午收到本月俸银二百四十元。午后收二十至二十三日《越铎报》各一分。收二弟所寄格子纸三帖共五百枚,二十日发。戴芦舲来看《筆耕园》，以为甚佳，晚同往广和居饮。夜胃小痛，多饮故也。

二十七日　晨杨仲和来。上午寄二弟信并本月家用五十元〔三〕。午后同徐〔齐〕寿山、许季上游小市。下午季市遣人来取去《或外小说集》第一、二各一册，云袁文薮欲之。

二十八日　晴，风。无事。

* * *

〔1〕　北邙　山名，又称邙山、芒山，在河南洛阳市北。东汉及魏的王侯大臣多葬于此。明器，即随葬物品。鲁迅2日及3日购得明器七件后，按实物绘图两幅，并作明器图说明，现以《自绘明器略图题识》为题编入《集外集拾遗补编》。

〔2〕　火神庙　在北京琉璃厂东端北侧。旧历正月初四到二十八日例有集市，多售古玩。

〔3〕　统一纪念日　1912年2月12日清帝下《退位诏》，命袁世凯全权在北京组织临时共和政府，与南方民军协商统一事宜。袁世凯因定每年此日为南北统一纪念日。

〔4〕　厂甸　在琉璃厂，店肆麇集，每年夏历正月初一至十六日百货骈集，游人纷至，俗称逛厂甸。

〔5〕　简作读音统一会会员　简，选拔。本年2月15日至5月15日，教育部选聘部内外专门人员组成读音统一会。该会后来制定注音字母三十九个，于1918年由教育部颁布施行。

〔6〕　因京师图书馆原馆长江瀚（字叔海）调任四川盐运使，馆长由教育部社会教育司司长夏曾佑兼任，实际负责人为鲁迅与沈商耆，故前往交接。

三 月

一日 晴。晨得二弟信,二十三日发(12)。收二十三日《越铎》一分。午同戴芦舲、齐寿山饭于四海春。午后同季市赴升平园浴。往留黎厂购《六艺纲目》一部二册,八角;《法苑珠林》一部四十八册,十一元;《初学记》一部十六册,二元二角。晚季市宴友于玉楼春,为之作陪,同席者朱迪先、芷青、沈尹默、陈子英、王维忱、钱稻孙、戴芦舲、〔陈子英〕。协和、谷青各还款二十元。

二日 昙。星期休息。上午游允白来,云昨自沪返,以《姚惜抱尺牍》一部见赠。收二十四至二十六日《越铎日报》各一分。午后陈子英来。戴芦舲、朱遏先、沈尹默来。子英云已移居延寿寺街花枝胡同,晚同往视之,饮酒一巨碗而归。夜得二弟所寄德文《鬼怪奇觚图》一册,二十五日付邮。返子英旧欠款二百元。夜大饮茗,以饮酒多也,后当谨之。

三日 下午归途遇子英、遏先、幼舆,遂同至遏先寓小坐,并观其所买书。

四日 上午寄二弟信(十四)。下午子英来,晚并同季市饭于广和居,夜十时去。

五日 晴,大风。午后同戴芦龄往胡梓方家,观其所集书画,皆近人作也。下午得二弟并三弟信,二十八日发(13)。收廿七至一日《越铎报》各一分。夜大风。写谢承《后汉书》始[1]。

六日 晴。上午季市往日本邮局,托其寄相模屋书店信并银二十圆。下午同沈商耆往夏司长家。晚子英来,即去。

七日　午后同沈商耆赴图书馆商交代事务。

八日　上午寄二弟及三弟信(十五)。午后往留黎厂买得《白华绛跗阁诗集》一部二册,价五角。晚得宋紫佩来信,一日绍兴发。收二日《越铎日报》一分。

九日　星期休息。上午得二弟信,三日发(14)。午后收三日、四日《越铎报》各一分。下午子英在季市处,往谈,见张卓卿来,晚同饭于广和居。收二弟所寄德文《近世画人传》二册,三日付邮。

十日　下午朱遏先、马幼舆来。

十一日　昙,午后晴。下午往留黎厂买《古学汇刊》第三期一部两册,一元五分。

十二日　晴。午后赴读音统一会,意在赞助以旧文为音符[2]者,迨表决后竟得多数。下午得二弟信(15)并西冷[泠]印社[3]书目一册,并六日发。收六至八日《越铎报》各一分。夜子英来,少坐而去。

十三日　昙。上午寄二弟信(十六)并《埤雅》一部四册,《尔雅翼》一部六册,缘三弟欲定中国植物之名,欲得参稽,以书来索,故付之也。晚李君来。

十四日　晴。午后林式言至部来访,并访协和。夜谷青来。

十五日　同戴芦舲至海天春午餐。午后收九日《越铎》一分。

十六日　星期休息。午后收十至十二日《越铎》各一分。得钱中季书,与季市合一函。下午整理书籍,已满两架,置此何事,殊自笑叹也。晚得二弟信,十一日发(16)。夜风。

十七日　昙。午后赴读音统一会,三时退。晚王惕如来谈,赠藏文历书一册。

十八日　昙。上午寄二弟信(十七)。晚子英在季市处,往谈。夜颇觉不适,似受凉。

十九日　昙,风。上午得二弟信,十五日发(17)。头痛身热,就池田诊,云但胃弱及神经亢奋耳,付诊及药资三元二角。午后同夏司长、戴芦舲往图书馆。收十三至十五日《越铎》各一分。夜大风。

二十日　晴,风。疾未愈,在寓养息。下午子英、稻孙皆见过视疾,孙稻[稻孙]夜方去。

二十一日　晴。病颇减,仍不往署。午后得稻孙函并贻卤瓜壹瓶。

二十二日　昙。疾大减,赴部。上午沈尹默、朱遏先见访,未遇。午往池田医院取药,付资一元二角。午后得何燮侯信。得相模屋书店葉書,十三日发。收十六日《越铎》一分。看月食。

二十三日　晴。星期休息。午前寄二弟信(十八)。收十七至十九日《越铎报》各一分。下午许季上来谈。得二弟并三弟信,十九日发(18)。

二十四日　晴,大风。懒不赴部。午后谢西园来。晚何燮侯招饮于厚德福,同席马幼舆、陈于盦、王幼山、王叔梅、蔡谷青、许季市,略涉麻溪坝事[4]。

二十五日　晴,风。无事。

二十六日　上午赴池田医院。下午收本月俸二百四十元。同夏司长、胡绥之赴瑠琉[璃]厂买土偶不成,我自买小灶一枚,铜圆三十。游书肆,买《十七史》一部二十八函,三十元;《邵亭知见传本书目》一部十本,十四元。晚稻孙来,同季市饮于广和居。收廿一、廿二日《越铎》各一分。

二十七日　昙。午后赴西河沿交通银行以纸币易银。又赴东交民巷日本邮局寄羽太家信并银二十五元,又寄相模屋书店信并银四十五元,又代季市寄十五元。夜风。写谢承《后汉书》毕,共六卷,约十余万字。

二十八日　晴。上午寄二弟及三弟信(十九),附本月家用五十元。夜写定谢沈《后汉书》一卷。[5]

二十九日　晴,小风。上午赴池田医院诊并取药,付值一元二角。午后往前门内临记洋行买牙粉、肥皂及饼饵等。晚收二十三日《越铎》一分。夜写定虞预《晋书》集本。[6]

三十日　昙。星期休息。上午王懋镕来访,尚卧未见。午后子英来。下午得二弟信,二十四日发(19)。收三[二]十四至二十六日《越铎报》各一分。收二弟所寄《小学答问》五册,《沈下贤集》抄本[7]二册,乌丝阑纸三帖,并二十四日付邮。晚紫佩到京,至邑馆。

三十一日　上午得吕联元自新昌来信。收《通俗教育研究录》第六期一册。午后同夏司长及戴螺舲往全浙会馆,视其戏台及附近房屋可作儿童艺术展览会会场不。[8]下午寄二弟信并买书钱五元(二十)。夜写虞预《晋书》毕,联目录十四纸也。

＊　　＊　　＊

〔1〕 写谢承《后汉书》始　这是鲁迅手写谢承《后汉书》集校定本。本月27日写毕,并作《谢承〈后汉书〉序》。序文现编入《古籍序跋集》。

〔2〕 赞助以旧文为音符　读音统一会在核定音素、采定字母时争论激烈。在字母问题上主要分三派:一、偏旁派,仿日本片假名,用音近之汉字,任取其偏旁笔画为字母;二、符号派,自定符号以为字母;三、罗马字母派。各派争持不下时,鲁迅与许寿裳、朱希祖、马幼渔、钱稻孙等,提议以章炳麟1908年所拟的一套标音符号为基础制定字母,获得通过。

〔3〕 西泠印社　以"保存金石、研究印学"为宗旨的艺术团体,并出版发售金石、考古、美术等方面书籍和用品,1904年创立于杭州。其后社长吴昌硕在上海另设西泠印社,经营图书、治印等业务。

〔4〕 麻溪坝事　麻溪坝在绍兴北部临浦镇东南,明清以来当地人常为该坝的废留发生纷争。1912年省议会陈请废坝,县议会反对。双方均通电各省同乡会及北京政府,争执不已。本月,当地天乐乡的四十八村村民群起将该坝拆除。

〔5〕 写定谢沈《后汉书》一卷　鲁迅于上年8月2日从汪辑本中录出,本日写定。

〔6〕 写定虞预《晋书》集本　鲁迅校录已经散佚的晋代虞预《晋书》,于3月31日抄毕并作序。序文现编入《古籍序跋集》。

〔7〕 《沈下贤集》抄本　本日收到之抄本,系鲁迅1912年初在南京时与许寿裳等借江南图书馆藏书录出并作校勘。1914年4月6日起又据此本誊正。

〔8〕 指选择儿童艺术展览会会场事。1912年9月,教育部决定

于次年夏季举行全国儿童艺术展览会。本年3月各地展品陆续送到，本日鲁迅与夏曾佑等开始选择会场。后因反袁的"二次革命"爆发，展览会延至1914年4月开幕。

四 月

一日　晴。午后同夏司长、齐寿山、戴芦舲赴前青厂观图书分馆[1]新赁房屋，坐少顷出。又同齐、戴至青云〔阁〕饮茗。

二日　上午得二弟信，二十九日发(20)。下午收廿七、八《越铎》各一分。

三日　下午子英来。

四日　昙。上午得朱可铭信，南京发。午后雨。收《教育部月刊》第一卷第一、二册各一册。晚复可铭信。赠图书馆、夏司长、戴芦舲、许季上《小学答问》各一册。

五日　昙。午寄二弟及二弟妇信(二十一)。下午赴留黎厂，买得《旧五代史》、《旧唐书》各一部共八函四十八册，价银六元；又《秋浦双忠录》一部六册，三元。又索得《越中古刻九种》石印本一册，因是王氏止轩所集，聊复存之。晚收二十九日《越铎》一分。

六日　晴，风。上午收三十一日及本月一日、二日《越铎》各一分。午后许季上来。下午得二弟信，附所抄《意林》四叶，三十一日发(21)。王懋镕（字佐昌）来，赠《小学答问》一册。是日星期。

七日　昙，风。许季上赠《劝发菩提心文》一册，《等不等观杂录》一册。午后协和还十元。

八日　晴。国会开会[2]，放假。午后往留黎厂闲步，购得《三辅黄图》一部二册，价二元，书是灵岩山馆本，后并入《经训堂丛书》中。又代张梓生购《养鸡学》一册，九角；《养鸡全书》一册，七角。访子英，不在，其使者叔钧出应，云晨八时即为许先生呼去。下午谷青来。

九日　昙。晨得二弟信，五日发(22)。上午寄二弟书一包，内《古学汇刊》第三期两册，《养鸡学》、《养鸡全书》各一册。午后得羽太家信，云祖母病亟，三日发。收四日《越铎》一分。

十日　晴。上午寄二弟信(二十二)。午后得相模屋书店叶书，三日发。得羽太家函，告祖母于四日八时逝去，四日发。下午昙。

十一日　昙，风。午后往日本邮局寄羽太家信，附银三十元。下午寄二弟及二弟妇信(二十三)。

十二日　晴。上午得羽太家信，又得相模屋叶书，并六日发。下午往留黎厂购得《陶山集》一部捌册，一元六角；《华阳国志》一部四册，二元；《后知不足斋丛书》一部三十五册，十一元。收六日《越铎》一分。

十三日　昙。星期休息。上午得二弟信，八日发(23)。得李霞卿信，九日南京发。午后子英来。下午往临记洋行购领结及饼饵。访遏先不遇，在协和处坐少顷。

十四日　晴。无事。夜风。

十五日　午前寄二弟信(二十四)。午后同夏司长及戴螺舲往图书馆。收七至九日《越铎》各一分。

十六日　上午谢西园来。得二弟及二弟妇信,十一日发。收十至十二日《越铎》各一分。下午得二弟所寄《Der Nackte Mensch in der Kunst》一册,十日付邮。

十七日　无事,惟闻参事与陈总长意不合,已辞职。[3]

十八日　昙,下午雨。天气骤冷,归时受寒大嚏。

十九日　晴。上午钱允斌来,名聘珍,旧杭州师范[4]博物科学生。收十三日《越铎》一分。下午至临记洋行买饼饵。至留离厂游步,又入书肆买得叶氏《观古堂汇刻书并所著书》一部,十元。又《赵似升长生册》一部二册,二角,此书本无足观,以是越人所作,聊复存之。晚朱遏先、马幼舆来。宋汲仁来。得二弟信,十六日发(25)。

二十日　星期。上午寄二弟信(二五)。得本部通知,云陈总长以中央学会[5]事繁,星期亦如常视事,遂赴部,则无事,午后散出,不得车,步归。途中见书摊有《会稽王氏银管录》一册,以铜圆八枚买之。晚收十四至十六日《越铎日报》各一分。

二十一日　昙。午后复李霞青信。晚楼春舫来。

二十二日　微雨终日。闻董次长辞职。[6]晚钱允斌来。夜月出。

二十三日　昙。下午收十九日《越铎》一分,晚又收十七及十八日报各一分。夜濯足。

二十四日　雨。无事。

二十五日　晴。上午寄二弟信(二十六)。寄钱允斌信。下午陈子英来,晚季市邀同饭于广和居。朱遏先、沈君默、马幼舆、钱稻孙来。寿洙邻来。

二十六日　上午得阮立夫绍兴来信。午后往寿洙邻寓，又同往财政部介于陈公猛。归途过临记洋行，买饼饵少许。往海昌会馆访戴芦舲，见沈君默、朱遏先，而马幼舆亦在。芦舲为取来本月俸二百四十元，即以四十还之。下午收二十日《越铎》一分。夜风。

二十七日　晴。星期休息。晚社会教育司同人公宴冀君贡泉于劝业场小有天饭馆，会者十人。得二弟信，二十一日发(26)。

二十八日　下午寄一小包与二弟，内储《筆耕園》一册，《白阳山人花鸟画册》一册，《罗两峰鬼趣图》二册，《雅雨堂丛书》十五册(粗本)，《赵似升长生册》二册，镊子十枚。晚稻孙来，季市呼饮于广和居，小醉。夜风。

二十九日　上午子英来，云便将归去。午后得羽太家信，三月廿四日发。

三十日　上午得二弟信，二十六日发(27)。午前寄二弟信并月用五十元(二十七)。下午晦，雷，大风，微雨少顷止。晚食蒸山药、生白菜、鸡丝。

*　　　*　　　*

〔1〕图书分馆　京师图书馆所在的广化寺地处僻远，房屋破旧潮湿，不宜保存书籍，故教育部在另觅馆址的同时，租得宣武门外前青厂民房一座，于本年6月开设分馆。1914年迁至前青厂西口永光寺街，1916年初又迁至宣武门外香炉营四条胡同。

〔2〕 国会开会　辛亥革命后,由各省都督派参议员三人组成"临时参议院"为立法机关,是一院制。它接受孙中山的辞职,选举袁世凯为临时总统,并议决以北京为首都。但袁图谋任正式总统,乃催促临时参议院制定正式国会参议、众议两院选举法,改成两院制;1912年12月匆匆办理了两院初选,本年2月完成复选;是日开成国会首次会议。本年10月4日公布《总统选举法》,6日选出袁世凯为正式总统。

〔3〕 指教育部参事辞职事。教育总长陈振先在筹备中央学会选举中任意更改原章程,徇私舞弊,为此教育部参事钟观光、蒋维乔、汤中、王桐龄等呈请辞职以示抗议。后酿成教育部全体辞职风潮。

〔4〕 指浙江两级师范学堂。1909年秋起,鲁迅曾在该校任教一年。

〔5〕 中央学会　袁世凯政府拟仿英国皇家学会而设的机构,由教育总长直接掌握。后因确定会员资格问题酿成风潮。

〔6〕 董次长辞职　董恂士因教育部经费支绌,种种主张不能实行,又因中央学会选举问题引起轩然大波,早有辞意。4月21日,陈振先未与董商议,即任用亲信四人为教育部参事、司长、佥事,董益感不满而提出辞职。随后,陈振先因受到教育部内外反对,也提出辞职。

五　月

一日　晴。上午寄二弟《雅雨堂丛书》一包十三册,此二十八日所寄之余。午后赴劝业场理发并饮茗。晚子英来,招之至广和居饮,子佩同去。夜齿大痛,不得眠。

二日　陈总长去。午后得羽太家寄来羊羹一匣,与同人分食太半。下午齿痛。往花枝胡同访子英,未遇,以其明日归越,托以一小包寄家,内《纂〔纂〕喜庐丛书》一部,《赵〔李〕龙眠白描九歌图》一帖,棉衣一袭。假子佩十元。

三日　午前与部中人十余同赴董次长家,速其至部视事。[1]午后赴王府井牙医徐景文处治牙疾,约定补齿四枚,并买含嗽药一瓶,共价四十七元,付十元。过稻香村买饼干一元。

四日　星期休息。上午董恂士、钱稻孙来,饭于季市处,午后去。下午往留离厂旧书肆阅书,无所得而归。

五日　晨寄二弟信(二十八)。上午往徐景文处治牙。午同徐[齐]寿山、戴芦舲往海天春午餐。下午同许季市往崇效寺观牡丹,[2]已颇阑珊,又见恶客纵酒,寺僧又时来周旋,皆极可厌。得二弟信,初一日发(28)。收三十日《越铎》一分。宋紫佩往天津。

六日　昙。下午收二日《越铎》一分。晚钱允斌来,索去十元,云学资匮也。夜风。

七日　晴。下午收三日《越铎》一分。晚稻孙以柬来招饮于广和居,赴之,唯不饮酒,同坐有朱遏先、沈君默、张稼庭、戴芦舲。夜小雨。

八日　晴。下午与齐寿山往戴芦舲寓,拟同游法源寺[3],不果。收四日《越铎》一分。晚阮和孙来。

九日　晴,风。下午得宋紫佩天津来信。收初五日《越铎日报》一分。

十日　晴。晨得二弟信,六日发(29)。寄二弟信(二十九)。午后以法源寺开释迦文佛降世二千九百四十年纪念大会[4],因往瞻礼,比至乃甚嚣尘上,不可驻足,便出归寓。收六日《越铎》一分。晚往徐景文处治齿,归途过临记买饼饵一元。得戴芦舲简。夜大风。

十一日　星期休息。赒邵伯迥一元。上午得戴芦舲简招往夏司长寓,至则饮酒,直至下午未已,因逃归。收七日《越铎》一分。晚往徐景明[文]寓补齿毕,付三十七元。

十二日　昙,上午收八日《越铎》一分。午后往琉璃厂买《古学汇刊》第四编一部二册,一元。商契衡来,并偕旧第五中校[5]生三人,一王镜清,二人忘名。阮和孙来,并携二客,一邹、一张。夜小雨。

十三日　晴。上午寄二弟信(三十)。午后昙。下午收九日《越铎》一分。夜微雨,旋即月见。

十四日　晴,风。下午收十日《越铎》一分。谢西园来。晚沈衡山来。

十五日　晴。晨得二弟信,十一日发(30)。得杨莘士信,九日西安发。收十一日《越铎日报》一分。

十六日　上午收十二日《越铎》一分。午后同夏司长赴图书馆,又步什刹海半周而归。夜风。

十七日　午后赴西升平园浴。下午许诗荃偕童亚镇、韩寿晋来,均在大学[6],托为保证,并魏福绵、王镜清二人,许之,携印去。阮和孙于明日赴热河,来别。致何燮侯信。致宋紫佩信。夜收十三日《越铎》一分。

十八日　晴,风。星期休息。上午田多稼来,名刺上题"议员",鄙倍可厌。收十四日《越铎》一分。午前寄二弟信(卅一)。午后往琉璃厂买《七家后汉书补逸》一部六册,一元;

《赏奇轩四种》一部四册,四元;《乐府诗集》一部十弍册,七元;《林和靖集》一部二册,一元。下午收二弟所寄德文《近世画人传》二册,十三日付邮。晚黄于协字元生来。夜王铁渔来谈。季市移去。

十九日　晴。晚得宋紫佩信,十八日发。收十五日《越铎》一分。

二十日　下午得二弟信,十六日发(31)。收十六日《越铎报》一分。

二十一日　上午寄二弟书两包,计《乐府诗集》十二册,《陶庵梦忆》四册,《白华绛跗阁诗集》二册,《古学汇刊》第四编二册。下午收十七日《越铎》一分。

二十二日　下午收十八日《越铎》一分。夜王铁如来谈。

二十三日　上午寄二弟信(三十二)。得二弟信,十九日发(32)。午后同夏司长、戴芦舲往前青厂图书分馆。下午得二弟所寄二弟妇及丰丸写真一枚,亦十九日发。夜收十九日《越铎》一分。

二十四日　午后赴劝工场,欲买皮箧,无当意者。过稻香村购饼饵、肴馔一元。下午收二十日《越铎》一分。得二弟所寄小包一,乃以转寄东京者,十四日发。

二十五日　晴。星期休息。午前雷,骤昙,雨一陈即霁。午后得二弟寄来残本《台州丛书》十八册,二十一日付邮。

二十六日　晴。上午收二十二日《越铎》一分。午后赴东交民巷日本邮局寄小包一。晚吴君秉成来。

二十七日　午后收本月俸二百四十元。下午王铁如来。

收二十三日《越铎》一分。

二十八日　上午寄二弟信(三十三)并本月家用五十元。下午同许季上往观音寺街晋和祥饮加非,食少许饼饵。得二弟信,二十四日发(33)。收二十四日《越铎》一分。

二十九日　午后同齐寿〔山〕、戴芦舲往图书馆,借得《绀珠集》四册、钞本残《说郛》五册归。下午得陈子英信,二十五日发。收廿五日《越铎》一分。童亚镇、韩寿晋来还印章。夜阅《说郛》,与刻本大异[7]。

三十日　晴。下午得宋子佩天津来信,二十八日发。

三十一日　上午寄二弟信(卅)。午后往观音〔寺〕街晋和祥买食物两元。下午收二十六、二十七日《越铎日报》各一分。晚商契衡、王镜清、魏福绵、陈忘其名,共四人来,要至广和居夕食,夜十时去。

* * *

〔1〕　指敦促董恂士回部视事。5月1日,袁世凯准陈振先辞去教育部兼职,并令董恂士代理部务,董拒不就任。于是部员推鲁迅等请董速出维持部务。5月7日,董乃到部视事。

〔2〕　崇效寺　在北京宣武门外白纸坊陈家胡同。因多枣树,又称"枣花寺"。寺中植有牡丹四十余种,每年春夏间游人甚众。

〔3〕　法源寺　在北京广安门内。始建于唐武则天万岁通天元年(969)。初名悯忠寺,后改顺天寺、崇福寺,清雍正十二年(1734)改现名。是北京市内现存历史最悠久的名刹。

〔4〕　释迦文佛降世二千九百四十年纪念大会　释迦文佛即释迦牟尼。本年夏历四月初一至初八日,法源寺举行释迦文佛二九四〇年

圣诞纪念大会,并借所设水陆道场,追荐前清隆裕太后及民国死难诸先烈。大会还展出寺内珍藏宝物、名画、古佛舍利等。

〔5〕 指浙江省立第五中学。其前身为绍兴府中学堂,鲁迅于1910年9月至1911年11月间曾在该校任教。1912年改名为浙江省立第五中学。

〔6〕 指北京大学,日记又作太学。其前身为京师大学堂,1898年(光绪二十四年)创立,1912年改现名。鲁迅1920年8月至1926年7月曾在该校任教,1929年、1932年两次北上探亲时也曾应邀往作讲演。

〔7〕 夜阅《说郛》,与刻本大异　鲁迅借阅《说郛》,是为了从中校录《云谷杂记》,后于6月1日录写。这里的刻本,指清顺治初陶珽编刻的一百二十卷本。该刻本冗滥芜杂,虽袭《说郛》之名,但已非原貌。

六　月

一日　晴。星期休息。上午收二十八日《越铎》一分。午后昙,风,天气甚热。昨今两夜从《说郛》写出《云谷杂记》[1]一卷,多为聚珍版本[2]所无,惜颇有讹夺耳,内有辨上虞五夫村一则[3]甚确。

二日　上午得二弟信,五月二十九日发(34)。收廿九日《越铎》一分。下午同夏司长、戴芦舲、胡梓方赴历史博物馆[4]观所购明器土偶,约八十余事。途次过钟楼,停车游焉。

三日　下午收三十日《越铎》一分。夜小雨。补写《台州丛书》两叶。

四日　雨,晚霁。夜补写《台州丛书》阙叶四枚。

五日　小雨。上午寄二弟信(三十五)。午后寄宋紫佩信。赴夏司长家商量图书分馆事。下午收五月卅一日及六月一日《赴［越］铎》各一分。晚黄元生来，对坐良久，甚苦。夜补写《台州丛书》两叶。

六日　晴。上午得相模屋书店叶书，询子英所在。午后同关来卿先生往图书馆并还所假书，别借宋本《易林注》二册。晚商生契衡来，云将归去。夜写《易林注》。

七日　晴。晨许铭伯来访。得二弟信，三日发(35)。午后昙。往琉璃厂买四川刻本《梦溪笔谈》一部四本，三元。书肆又赠《红雪山房画品》一册。往晋和祥购饼饵一元五角。收初二日及初三日《越铎》各一分。晚宋紫佩自天津来。夜写《易林》。

八日　星期休息。终日大雨。终日写《易林》。夜大风。

九日　旧端午。上午小雨即止。复相模屋书店信。下午收四日、五日《越铎》各一分。夜写《易林》残本卷三、卷四一册毕。

十日　晴。上午得二弟信，附芳子笺一枚，六日发(36)。寄二弟信(卅六)。下午收六日《越铎日报》一分。晚得杨莘耜所寄玩具一匣，五月九日西安发。夜抄《易林》少许。

十一日　晨谢西园来，假去十元。下午往许季上及胡梓芳家。收七日《越铎》一分。夜录《易林》。

十二日　晴，午后昙。寄陈子英信。寄相模屋信，代许季上索杂志目录。下午关来卿先生来访。收八日《越铎》一分。夜抄《易林》卷第十三毕。

十三日　晴，燠。午后得羽太家信，福子所作，七日发。下午收九日《越铎》一分。夜抄《易林》。

十四日　上午寄二弟信,附答芳子笺一枚(三十七)。午后同沈商耆、戴芦林往齐寿山家看石竹。晚许诗荃来,又偕一范姓者,未问其字。夜抄《易林》。

十五日　小雨。星期休息。上午收十日及十一日《越铎》各一分。下午写《易林》卷第十四毕。买得旧皮箧一只,令作纻布套,共银五元。

十六日　晴。午同齐寿山、戴芦舲往海天春饭。下午得二弟信,十一日发(37)。晚季市来邀至其寓晚饭,夜归。收十二日《越铎》一分。宋汲仁来,即去。夜雨一陈。

十七日　晴。得卢润州信,十三日镇江发。得金剑英信,十二日开封发。午后同沈商耆赴夏司长家午饭,关来卿、戴芦舲亦在。下午收十三日《越铎》一分。作归计[5],制一箱夹,价一千,又买摩菰六斤,价十元,平果脯、桃脯四斤,价二元,拟持归者也。

十八日　上午寄二弟信(三十八)。复卢润州信。复金剑英信。下午赴劝业场理发。赴晋和祥买糖饵、齿磨、提包等,共四元。收十四日《越铎》一分。

十九日　上午收十五日《越铎》一分。午后理行李往前门外车驿,黄元生、宋紫佩来送。下午四点四十分发北京,七点二十分抵天津,寓泰安栈,食宿皆恶。

二十日　晴。上午十点二十分发天津。车过黄河涯,有孺子十余人拾石击人,中一客之额,血大出,众哗论逾时。夜抵兖州,有垂辫之兵时来窥窗,又有四五人登车,或四顾,或无端促卧人起,有一人则提予网篮而衡之,旋去。

二十一日　上午一时发兖州，下午一时抵明光。车役一人跃车不慎，仆于地，一足为轮所碾，膝已下皆断，一足趾碎。三时抵滁州，大雨，旋止。四时半顷抵浦口，又大雨，乘小轮舟渡长江，行李衣服尽湿，暂止第一楼，楼为扬州人所立，不甚善。往润昌公司买毛毡、烟卷等七元八角。夜往沪宁车站，十时半发南京，盖照旧日早半小时云。车中对坐者为一陈姓客，自云杭人，昔在杭州中学与杨莘士同事云云。

二十二日　昙。上午七时抵上海，止孟渊旅舍，尚整洁，惜太忙耳。令役人往车站取行李不得，自往取之。理事者云，以号数有误，故非自往认者不与。午后往中华书局[6]交戴芦舲所寄物。往虹口日本饼饵店买饼饵二匣，一元八角。往归仁里西泠印社购景宋本《李翰林集》一部六册，又《渠阳诗注》一部一册，《宾退录》一部四册，《草莽私乘》、《鸡窗闲[丛]话》、《蕙櫋琐[杂]记》各一部，各一册，《董解元西厢记》、《元九宫词谱》各一部，各二册，共价十元二角八分，后二书拟以赠人。下午在寓大睡至晚。夜出三马路买巴且实[7]一房，计二十八斤，价一元半。

二十三日　昙。晨赴沪杭车站，七时三十分发上海。上午雨，少顷霁。午后十二时四十分抵南星。有兵六七人搜检行李，敡纸包二三破之。雇轿渡钱江，水涨流急，舟甚鲜，行李迟三小时始至。遂由俞五房[8]雇舟向绍兴，舟经萧山，买杨梅、桃实食之。夜雨一陈。

二十四日　晴。晨七时半到家。午后伍仲文来。

二十五日　上午陈子英来。午后子英以名刺邀至成章女学校[9]。少顷伍仲文至,冯季铭、张月楼从焉,同览学校一周。夜招仲文饭。

二十六日　晨同三弟至大路浙东旅馆,偕伍仲文乘舟游兰亭,又游禹陵。归路经东郭门登陆,步归。仲文于晚八时去越云。夜小雨旋止。

二十七日　昙,夜雨。

二十八日　晴。上午同三弟往大街闲步,又往第五中学校访旧同事。出过故书肆,取《说铃》前集一部十册,以清旧款。午后刘楫先来。夜雨。

二十九日　雨。上午书贾持旧书来,绝少佳本,拣得已蠹原刻《后甲集》二册,不全明晋藩刻《唐文粹》十八册,以金六圆六角买之。

三十日　晴。上午钱锦江、周子和、章景鄂、叶谱人、经泰来、蒋庸生来。午后书贾王晴阳来,持有《质园集》一部,未买。宋紫佩之兄来,送茶叶、笋干等,报以摩菰一包。

＊　　＊　　＊

〔1〕　从《说郛》写出《云谷杂记》　指从明抄本《说郛》第三十卷中写出的《云谷杂记》,一卷,四十九条,称"《说郛》本"。鲁迅在卷末附有短跋,跋文现编入《古籍序跋集》。

〔2〕　指聚珍版本《云谷杂记》,清乾隆朝修《四库全书》时从《永乐大典》中辑出,一百二十余条,分四卷,用武英殿聚珍版印行,是后来的流行本。

〔3〕　五夫村一则　指《说郛》本《云谷杂记》中《五大夫》一条。

该条辨明上虞五夫村并非秦始皇封松为五大夫之地,而是因"有焦氏墓于此,后五子皆位至大夫,因而得名"。秦始皇的封松树应在泰山。

〔4〕 历史博物馆 教育部于1912年7月向国务会议建议就国子监旧署筹设历史博物馆,不久即获同意,在国子监彝伦堂设筹备处,并开始清查原有藏品和采购北邙等地出土文物。此项工作属社会教育司第一科职责,鲁迅常至此督察。1918年历史博物馆迁至午门前左右朝房,1926年7月正式开放。

〔5〕 作归计 鲁迅拟于19日回绍兴探亲,此次返籍前后共五十天,8月7日返京。

〔6〕 中华书局 1912年创办于上海,在国内各大中城市设有分局多处。鲁迅在1914年1月曾将周作人译《劲草》投寄该局,未被采用。

〔7〕 巴且实 巴且,即巴蕉。巴且实系指作为果品的粉芭蕉、灰芭蕉。

〔8〕 俞五房 即俞五房过塘行,设在西兴镇上的一家承办行李托运、代雇舟轿的运输行。

〔9〕 成章女学校 为纪念近代民主革命家陶成章而设的一所小学。1912年4月由陈琳珊、胡士杰等创办。陈子英为校董会长。鲁迅曾支持该校的创立。

七 月

一日 晴。晨小舅父返安桥头。上午得伍仲文信,二十九日杭州发。书贾王晴阳来,持有童二如《画梅歌》诸家评本一部,共三册,有二如自题面,未买。午后同二弟往南街施医局看芳叔。又至成章女校看校长郭某,未询其字,云是蔡国卿之妻兄也。

二日　午前陈子英来。夜不能睡,坐至晓。

三日　丰丸伤风,往诊陆炳常。上午得戴芦舲函并银百五十元,二十七日发。

四日　雨。搭凉棚。午后延陆炳常来诊母亲、芳子、丰丸。

五日　昙。晨寄戴螺舲信。午后同二弟、三弟往大街明达书庄买会稽章氏刻本《绝妙好词笺》一部四册,五角六分。又在墨润堂买仿古《西厢十则》一部十本,四元八角。并购饼饵、玩具少许。由仓桥街归,道经蒋庸生家,往看之。下午小舅父至。夜大雨。

六日　小雨。午后陆炳常来诊。

七日　小雨,下午晛。

八日　昙。午前得宋子佩信,三日发。下午陆炳常来诊。

九日　雨。无事。

十日　昙。晨小舅父归安桥。午后车耕南来。晚小雨即止。补绘《於越三不朽图赞》三叶,属三弟录赞并跋一叶。

十一日　晴。晨车耕南来。下午朱可铭来。

十二日　晴,热。午后小舅父至。下午陆炳常来诊。

十三日　晴,热。下午往绍兴教育会[1],同二弟至奎元堂看旧书,买得《六十种曲》一部八十册,王祯《农书》一部十册,共银二十六元。归途经秋官第,为丰丸买碗四枚。

十四日　晴,下午大雨动雷,旋止。小舅父大病,三弟守视之,夜不睡,予亦同坐至三点钟。

十五日　晴,下午暴雨,小有雷,少顷止。小舅母来。

十六日　晴。晨得戴芦舲信,十一日北京发。上午宋知方来。下午陆炳常来诊。晚小雨。

十七日　小雨。上午李霞卿来。

十八日　昙,晚雨。无事。

十九日　晴,午雨。下午寄戴芦舲信。

二十日　雨。无事。

二十一日　晴。晨小舅父、小舅母归安桥。上午孙福源来。

二十二日　晴。城中有盗百余人,军士搜捕,城门皆阖,欲行未果。〔2〕

二十三日　晴,热。城门仍未开。

二十四日　无事。下午寄戴芦舲信。

二十五日　城门悉启。

廿六日　晴,甚热。晨因丰丸发热,往诊陆炳常。夜不睡。

廿七日　丰丸热减。下午乘舟向西兴。以孑身居孤舟中,颇有寂聊之感。

廿八日　晨抵西兴,作小简令舟人持归与二弟。即由俞五房雇轿渡江至南星驿。午后车发,即至拱宸,登大东公司船向上海。

二十九日　晨抵嘉兴,遂绕朱家角,抵沪时下午五时。当舟至码头时,绝无客栈招待,舟人、车夫又朋比相欺,历问数客店,均以人满谢绝,遂以重值自雇二车至虹口松崎洋行投宿。

73

夜以邮片一寄二弟,告途中景况。

三十日　昙。终日在旅店中。午后小雨即止。下午寄二弟一叶书。

三十一日　昙。仍终日枯坐旅馆中,购船票又不得,闷极。

*　　*　　*

〔1〕绍兴教育会　全称绍兴县教育会。1909年(宣统元年)成立。1911年夏扩大改组为山会教育会,选杜海生为会长。1912年改为绍兴县教育会,会长罗飔伯,副会长周树人、傅励臣。1913年4月改选周作人任会长。

〔2〕本日因土匪骚扰东皋,军士闭城搜捕,故鲁迅未能启程。

八　月

一日　雨,上午晴。旅店为购得向津房舱票一枚,价十元。舟名"塘沽",明日四时发。

二日　晴。午后购日译都介纳夫著《烟》一册,银一元四角。二时登"塘沽"船,房甚秽陋,有徐翘字小梦者同居,云至青岛。寄二弟一邮片。四时舟发。

三日　晴。在舟中。夜十二时抵青岛。

四日　晴。在舟中。下午三时发青岛。

五日　晴。在舟中。下午三时抵大连。

六日　晴。在舟中。上午九时发大连。

七日　晴。上午八时半抵天津,寓富同栈。寄二弟邮片一枚。下午二时赴天津西站登车，二时半车发，六时半抵北京，七时到寓。得二弟三十日所发邮片，云丰丸热已渐退。朱焕奎来，又邀往便宜坊晚饭，并呼其弟来，字石甫。

八日　晴。晨寄二弟一葉书。赴部。收相模屋书店信，六月二十六日发，又小包一个，内德文《印象画派述》一册，日文《近代文学十講》一册，《社会教育》一册，《罪と罰》前篇一册，七月二十六日发。午后许季上来假去《法苑珠林》三函。下午往季市寓，缴出沈寿彭托寄食物两种，协和亦在，晚饭后归。夜宋子佩来。收七月二十九至三十一日《越铎报》各一分。

九日　上午收一日《越铎》一分。以《元九宫词谱》赠沈商耆，《董解元西厢记》赠戴芦舲。收七月俸二百四十元，又六月俸余资七十四元，由芦舲交与。钱稻孙赠《史目表》一册，念敏先生作。又高士奇《元书画考》写本二册，是春间托朱遏先在浙江图书馆雇人写出者。下午寄二弟信（一）。以茶叶一匣、火腿一方馈黄元生。往神州国光社买《古学汇刊》第五编一部，一元五分；《神州大观》第二集一册，一元六角五分。又往晋和祥买糖饵两种，共一元。得二弟葉书，二日发。

十日　晴，热。星期休息。午后收二日《越铎》一分。

十一日　雨，上午风，小雨，午后止。宋子佩来。下午得二弟信，四日发(1)。夜季市来。

十二日　昙。晨寄二弟信（二）。上午往交民巷日本邮局寄羽太家信并银二十圆。又寄相模屋书店信并银五十元，又代子英五十元，代协和、季市各十元。午后同戴芦舲、许季上游雍和宫,次至历史博物馆。往晋和祥买食物二元。至升平园浴。收三日《越铎》一分。晚关来卿先生来访。

十三日　晴,热。上午寄陈子英信。

十四日　午后收六至八日《越铎》各一分。晚子佩来。续写宋残本《易林》起。

十五日　上午寄二弟信并七月分家用五十元(三)。午后昙,旁晚雨一阵。夜得二弟信,九日发(2)。夜半雨。

十六日　小雨,上午霁。午后往璃琉〔琉璃〕厂,在广文斋买古泉十八品,银一圆。

十七日　雨。星期休息。终日在馆写书。

十八日　昙,午后晛。收十日《越铎》一分。往琉璃厂广文斋买古泉二十一品,银二元六角。又赴直隶官书局买《古今泉略》一部十六册,十二元;《古金待访〔问〕录》一部一册,四角。晚何燮侯以柬招饮于广和居,同席者吴雷川、汤尔和、张稼庭、王维忱、稻孙、季市。

十九日　昙,午后晴。收十一日《越铎》一分。下午宋子佩来。晚季天复来,又同至其寓,小坐归。

二十日　晴,大热。上午寄二弟信(四)。下午得二弟信,十四日发(3)。晚大风,少顷雷雨,旋即止息。夜收十三、十四日《越铎》各一分。咳,似中寒也。

二十一日　晴。晨得二弟所寄 E. W. Bredt:《Sittliche oder Unsittliche Kunst?》一册,十四日付邮。还稻孙代付《元〔书〕画考》传写费三元。午后访蔡谷清,病方愈。旁晚闲步宣武门大街,遇戴芦舲,同归谈少顷。

二十二日　晴。无事。夜半风,大雨。

二十三日　雨。上午寄二弟《文学十講》一册。午后晴。赴前门临记洋行买饼饵一元八角,又往观音寺街晋和祥买牛肉二罐,直八角。下午得车耕南信,十八日杭州发。

二十四日　晴。星期休息。晨得二弟信,十八日发(4)。上午寄二弟信(五)。下午往青云阁理发,次游琉璃厂,复至宣武门外,由大街步归,见地摊有"崇宁折五"钱一枚,乃以铜圆五枚易之。

二十五日　晴。夜续钞《易林》毕,计"卷七之十"四卷,合前钞共八卷。

二十六日　上午得相模屋书店信,十八日发。得羽太家信,十九日发。晚风,小雨。

二十七日　昙。上午寄二弟信(六)。收本月俸百七十元,余七十元为公债票,未发。午后小雨。补写《台州丛书》中之《石屏集》起。[1]晚宋紫佩来还银十圆。

二十八日　昙。天气转凉。午后小雨旋止。得二弟信,二十二日发(5)。

二十九日　晴。上午同沈商耆往中国银行换取见银。复车耕南信。下午有名刺题陈治格者来,听其谈论,似是小舅父之婿。往吴兴会馆访杨莘士,未遇。夜风。

三十日　上午得杨莘士柬并玩具十二事,皆山陕所出,又唐塑印佛象一枚,云得之陕西。午后风。晚许季市来,十时半去。

三十一日　晴。星期休息。上午寄二弟信(七)并本月家

77

用百元。晚访季自求于南通县馆。

* * *

〔1〕 是日起录写《石屏集》,11月16日抄毕。

九 月

一日 晴。无事。

二日 上午得二弟信,八月二十二日发(6)。旧同学单新斋来谋生活无著,劝之归,送川资十元,托燮和、仲文持去。午同齐寿山出市,食欧洲饼饵及加非,又饮酒少许。晚马幼舆来,略坐即去。夜宋子佩来,十时半去。

三日 无事。天气转温,蚊子大出。

四日 昙。上午从稻孙索得《文始》一册,是照原稿石印者。午约王屏华、齐寿山、沈商耆饭于海天春,系每日四种,每人每月银五元。下午小雨,旋止。晚王惕如来谈。

五日 晴。上午得二弟信,八月三十日发(7)。寄二弟信(八)。杨莘士赠《诸葛武侯祠堂碑》拓本一枚。齐寿山赠《说戏》一册,其兄如山所作。午后步小市,买古泉三枚。夜写《石屏集》序目毕。王惕如来谈。

六日 午后游步小市。下午出部无车,缓缓步归。

七日 晴,风。星期休息。下午至青云阁,又赴留黎厂买古泉六种,共银二元。

八日 昙,午晛。下午得二弟信并古泉目录二纸,二日发(8)。晚黄元生来。夜小风。

九日　小雨。晨得寿洙邻柬招饮。上午寄二弟信（九）。下午霁。

十日　晴，风。晚寿洙邻来，同至醉琼林夕餐，同席八九人，大半忘其名姓。得二弟所寄旧小说译稿三本[1]，又《童话略论》[2]一篇，三日付邮。

十一日　上午以《教育部月刊》第一至四期寄与二弟。胡孟乐贻山东画像石刻拓本十枚。

十二日　下午得二弟信，五日发（9）。晚风。

十三日　大风。上午寄二弟信（十）。下午至留黎厂清秘阁买纸墨。得陈子英信，六日发。晚与黄元生信。关来卿先生来访。

十四日　晴。星期休息。晨黄元生来，未见。上午本立堂书贾来持去破书九种，属其修治，豫付工价银二元。晚王佐昌来。

十五日　晨关来卿先生来。上午总长汪大燮到部，往见之。下午得二弟信，八日发（10）。蔡谷卿以电话来要晚餐，遂至其寓，同坐者为其家属及王惕如、倪汉章。饭毕欲归无车，乃同王惕如步至宣武门外，始呼得之。途次小雨，比到大雨。今日是旧中秋也，遂亦无月。

十六日　晴，风。上午寄二弟书籍两卷，计《教育部月刊》第五至第七期共叁册，《劝发菩提心文》、《等不等观杂录》各一册，《说戏》一册，西藏文二年历书一册。下午昙，晚小雨[一]陈即止。夜影写《石屏诗集》卷第一毕，计二十七叶。

十七日　晴。上午寄二弟信（十一）。下午昙，夜雨。

十八日　雨。海天春肴膳日恶,午间遂不更往,沈商耆见返二元五角。下午霁。得二弟信,十二日发(11)。张协和馈煮栗一瓯,用以当饭,食之不尽。晚关来卿先生来访。

十九日　晴,风。上午本立堂书贾来。晚宋紫佩来。

二十日　晴,大风。无事。

二十一日　晴,风。星期休息。晨得宋子方信,十四日临海中学发。上午寄二弟信(十二)。寄陈子英信。午前许季上来谭。午后邑馆行秋祭,倪汉章、许季市、蔡谷清见过。

二十二日　午前往察院胡同伍仲文寓,饭后归。下午得二弟信,十六日发(12)。

二十三日　上午寄二弟信(十三)。下午往留黎厂搜《嵇中散集》不得,遂以托本立堂。复至文明书局买《南湖四美》一册,价九角,皆吴芝瑛所藏,画止四帧。晚关来卿先生来。朱遏先送《文始》一册。

二十四日　下午写《石屏集》卷第二毕,计二十二叶。

二十五日　上午寄宋知方信。下午忽昙忽睍[晛],旁晚雨一陈。

二十六日　晴。下午收本月俸银一百七十元,其公债券七十元云于下月补发。得二弟信,弍拾日发(13)。晚许季市来,即去。宋紫佩来,十时去。

二十七日　上午寄二弟信(十四)。午后往观音寺街买什物。晚商契衡来,复送火腿一只。赴广和居,稻孙招饮也,同席燮侯、中季、稼庭、遏先、幼渔、莘士、君默、维忱,又一有[有一]人未问其名,季市不至。

二十八日　星期休息。又云是孔子生日[3]也。昨汪总长令部员往国子监,[4]且须跪拜,众已哗然。晨七时往视之,则至者仅三四十人,或跪或立,或旁立而笑,钱念敏又从旁大声而骂,顷刻间便草率了事,真一笑话。闻此举由夏穗卿主动,阴鸷可畏也。归途过齐寿山家小坐。路遇张协和方自季市寓出,复邀之同往,至午归。下午小睡。晚国子监送来牛肉一方。紫佩来,即去。

二十九日　午前稻孙持来中季书,索《或外小说》。午后往中国银行换取见银。

三十日　上午以《或外小说集》二册交稻孙,托以一册赠中季,一册赠黄季刚。

*　　　*　　　*

〔1〕　译稿三本　指周作人译小说《炭画》、《黄蔷薇》及《劲草》三稿。

〔2〕　《童话略论》　周作人作,经鲁迅介绍刊于《教育部编纂处月刊》第一卷第八册。参看本卷第8页注〔4〕。

〔3〕　孔子生日　据传孔子生日是夏历八月二十七日,是日为公历9月28日。按1912年1月1日民国成立后于次日通电全国改用公历纪年。

〔4〕　国子监,参看本卷第9页注〔8〕。清末至民国初年,政府每年旧历二月、八月的丁日在国子监毗邻的孔庙举行祭礼,称"丁祭"。又旧历八月二十七日为孔子诞辰,故教育部举行祭礼。祭礼中所用牲礼祭后分发参祭者。

十 月

一日　晴。上午寄二弟信并九月分家用百元(十五)。午后往图书馆寻王佐昌还《易林》,借《嵇康集》一册[1],是明吴鲍庵丛书堂写本。下午得二弟信,二十四日发(14)。夜抄《石屏集》卷第三毕,计二十叶。写书时头眩手战,似神经又病矣,无日不处忧患中,可哀也。夜风。

二日　晨祁伯冈来。下午王镜清来,未遇。

三日　昙,上午大雨,下午霁,天气转凉。得二弟信,二十八日发(15)。

四日　晴。午后往留黎厂神州国光社买《神州大观》第三集一册,一元六角五分。又至观音〔寺〕街晋和祥买饼饵二元。晚许季市招饮于广和居,同席共十一人,皆教育部员。

五日　昙,冷。星期休息。上午睨。寄二弟信(十六),又寄饼饵一匣以与丰丸。午后昙,时时小雨。往留黎厂李竹齐观古泉,买得"齐小刀"二十枚,价一元;"平阳币"二枚,"安阳币"一枚,"夕叟"一枚,共一元;又史思明"得壹元宝"一枚,价二元。往本立堂问所订书,大半成就。见《嵊县志》一部,附《剡录》,共十四册,以银二元买之,令换面叶重订。下午魏福绵、王镜清来,又持茗一裹见赠。夜雨大降。车耕南来,云下午抵此,居中西旅馆。

六日　昙,上午睨,耕南移入邑馆,交来家所托带火腿一方,又赠茗一瓶,饼干一罐。

七日　晴。上午得二弟信,三日发(16)。得陈子英信,二日发。午邀张协和同往瑞蚨祥买狐腿衣料一袭,獭皮领一条,共三十六元。晚送季市、协和火腿各一方。

八日　昙。上午以昨所购裘作小裹寄越中。午后寄魏福绵信。晚宋子佩来。

九日　昙,冷。上午寄二弟信(十七)。下午商契衡来。夜钞《石屏集》卷四毕,计二十叶。夜半雨。

十日　雨。国庆日休假。上午雨止。寄许季上信,又自寄一信,以欲得今日特别纪念邮局印耳。午闻鸣炮,袁总统就任也。下午大雨,天候转冷,卧片时。得许季上所寄一邮片、一函。

十一日　晴。得昨所自寄书。午后游小市,自部步归。下午王镜清、韩寿谦来。夜写《石屏集》第五卷毕,计十一叶。

十二日　星期休息。上午得二弟信,八日发(17)。本立堂持所修书籍来,与工直六元讫。午前寄陈子英信。晚许季上来还《法苑珠林》三函,谈至夜去。

十三日　昙,午后大雨即霁。下午往日邮局寄东京羽太家信并银十五元。晚雨旋止。

十四日　晴,风。上午寄二弟信(十八)。午后雨,夜见月。

十五日　晴,风。无事。夜以丛书堂本《嵇康集》校《全三国文》,摘出佳字,将于暇日写之。

十六日　午后寄王镜清信。下午得二弟信,十二日发(18)。晚韩寿谦来。夜译日文论[2]。

十七日　上午陶冶一至部来访。晚关来卿先生来,宋紫佩亦来,少顷偕去。夜译。

十八日　昙,午后霁。晚许季上来。夜译论毕,约六千字,题曰《儿童之好奇心》,上野阳一著也。

十九日　星期休息。上午关来卿先生来。张协和来。寄二弟信(十九)。午蔡谷青来。午后大风。韩寿谦、寿晋来。晚宋子佩来。夜续校《嵇康集》。

二十日　晴,风。夜校《嵇康集》毕,作短跋系之。续写《石屏集》第六卷。

二十一日　午后通俗图书馆[3]开馆,赴之。以译文付《教育部月刊》。晚得二弟十七日发(19)信。

二十二日　晚至同丰堂就宴,诗荃订婚,季市代铭伯招也,同席约十余人。

二十三日　上午寄二弟书一卷,内《教育部月刊》第八期一册,《会稽王氏银管录》一册。晚许季上来。

二十四日　晴,大风。上午寄二弟信(二十)。晚宋子佩来。

二十五日　上午忆农伯至部见访。下午至青云阁理发,又买加非薄荷糖。往西河沿同升客寓访忆农伯,坐少顷,同至邑馆,晚往广和居,夕餐后别去。得二弟所寄《绍兴教育会月刊》五册,二十一日发。

二十六日　星期休息。上午董恂士来,午去。下午往留黎厂神州国光社购《国学汇刊》第六编一部二册,价一元五分,第一集竣矣。往前青厂图书分馆访关来卿先生,见之,子佩外出。晚得二弟信,二十二日发(20)。夜大冷。

二十七日　上午寄二弟《古学汇刊》第五、六编共四本。午后收本月俸银一百七十元,其公债券七十元仍未发。晚许季市来,贻以《绍兴教育会月刊》一本。

二十八日　上午寄二弟信(二十一)。以《绍兴教育会月刊》一册贻钱稻孙。午后戴芦舲往中国银行,托以支券换取纸币。夜风。写《石屏集》卷六毕,计四十六叶。发热,似中寒,服规那丸[4]。

二十九日　晴,风。在部终日造三年度豫算及议改组京师图书馆事[5],头脑岑岑然。

三十日　晴。王仲猷将结婚,贺二元。下午往前青厂图书分馆交撤旧馆员回本馆函一件。得东京羽太家信,二十四日发。夜服规那丸一。

三十一日　下午得二弟信,二十七日发(21)。晚许季市来。宋紫佩来。夜著棉衣。写《石屏诗集》第七卷毕,计十八叶。服规那丸一。

*　　*　　*

〔1〕　借《嵇康集》一册　鲁迅为辑校《嵇康集》,借到丛书堂写本《嵇康集》作底本,用黄省曾、汪士贤、程荣、张溥、张燮等刻本,以及类书、古注等引文进行辑校。自本月15日始,至1924年6月基本完成。其间并为该书作序、跋、逸文考、著录考。1931年11月又以影宋本《六臣注文选》校勘一遍。校本在鲁迅生前未能出版。

〔2〕　即《儿童之好奇心》。日本上野阳一(1883—1957)著,鲁迅本月18日译毕,21日交《教育部编纂处月刊》。11月发表于该刊第一卷第十册,收入《译丛补》。

〔3〕　通俗图书馆　全称京师通俗图书馆。社会教育司主办,由第二科管理。初设宣武门内大街,1919年底迁至宣武门内头发胡同。

鲁迅常往联系工作,借阅图书并赠与书刊。

〔4〕 规那丸 即奎宁丸,日记又作鸡那丸、金鸡那小丸、金鸡纳丸、鸡那霜丸。当时用作退热药。

〔5〕 改组京师图书馆事 教育部拟扩充、改组京师图书馆,特指派鲁迅等会同该馆人员清理、移交,并准备迁址。

十一月

一日 昙,上午晴。寄二弟信并十月家用百元(仁)。午后同夏司长往什刹海京师图书馆。下午往观音寺街升平园浴,又至稻香村买香肠、熏鱼。夜录《石屏集》卷八毕,计六叶。

二日 雨。星期休息。午后王仲猷在铁门安庆会馆结婚,往观,礼式以新式参回教仪式为之。

三日 晴。下午得二弟信,十月三十日发(22)。得忆农伯信,二日保定发。季市贻煮鸭一碗,用作夕肴。晚季市来。夜腹小痛,似食滞。

四日 午同钱稻孙饭于益锠[1],食牛肉、面包,略饮酒。下午得二弟所寄书一束,内《急就篇》一册,写本《岭表录异》[2]及校勘各一册,又《文士传》及《诸家文章记录》缉稿共二册,十月三十一日付邮。

五日 昙,午后雨。夜车耕南、王铁如来谈。夜半大风。

六日 晴,风。上午寄二弟信(二十三)。午后同稻孙布置儿童艺术品。[3]

七日 午同钱稻孙出市买饼饵、饮牛乳以代饭。夜写

《石屏集》卷九毕,计二十五叶。

八日　上午得二弟信,四日发(23)。午后赴留黎厂有正书局买石印《傅青主自书诗稿》一册,三角半;《金冬心自书诗稿》一册,三角。又至稻香村买食物一元。晚商契衡来。季市来。

九日　晴,风。星期休息。午后宋子佩来。黄元生偕其一友来。张协和来。蔡谷青醉而来,睡至晚起去。夜季市来。

十日　无事。

十一日　上午寄二弟信(二十四)。得二弟信,七日发(24)。午同稻孙至小店饭。晚王佐昌来。

十二日　昙,大风。上午赴东交民巷日本邮局寄羽太家信并银四十五元,又寄相模屋书店信并银二十元。下午寄家一小包,内果脯五种。

十三日　晴,大风。上午寄二弟及弟妇信(二十五)。下午赴通俗图书馆。

十四日　晴。晚季市来。

十五日　上午关来卿先生来。下午得陈子英信,十一日发。晚伍仲文招饮,以钱张仲素赴长江一带视察法政校也,同席有王君直、钱稻孙、毛子龙。夜写《石屏集》卷十毕,计三十叶。

十六日　星期休息。上午得二弟邮片,十二日发(24A)。陶冶一来。朱遏先来,赠《南宋院画录》一部四册,过午去。午后赴留黎厂有正书局买宋陈居中绘《女史箴图》一册,二元四角。出青云阁至晋和祥饮牛乳买饴而归。许季上见过,不值。夜钞《石屏集》跋二叶毕,于是全书告成,凡十卷,序目一卷,总计二百七十二叶,历时八十日矣。

十七日　大风。下午季市贻番椒酱一器。晚季市来。夜得二弟信,十三日发(25)。

十八日　晴。上午寄二弟信(二十六)。晚得二弟所寄《绍教育会月刊》第二号五册,十四日付邮。

十九日　午后收三年历书一册,本部分送。晚季市来。

二十日　昙,午后晴。历史博物馆送藏品十三种至部,借德人米和伯持至利俾瑟雕刻展览会[4]者也,以其珍重,当守护,回寓取毡二枚,宿于部中。夜许季上来谈,九时去。不眠至晓。

二十一日　上午米和伯来部取藏品去。午与稻孙、芦舲饭于益锠。下午回寓,得二弟信,十七日发(26)。晚季市来,与以《越教育会月刊》第二号一册。

二十二日　午后往留黎厂买《折疑论》一部二册,五角,又《郡斋读书志》一部十册,三元。次复往稻香村买食物而归。晚季市贻野禽一器,似竹鸡。夜商生契衡来。

二十三日　晴,风。星期休息。午前寄二弟信(二十七)。下午王生镜清来,又一许姓,是其同学。沈后青来,名鉴史,东浦人,子英相识者。晚宋子佩来。

二十四日　昙,冷。无事。

二十五日　晴。下午得王镜清、魏福绵二生函。

二十六日　黎明雨雪,积半寸,上午霁。许季上以《大唐西域记》一部相赠,计四本,常州新刻本也。午后收本月俸二百十六元,系九成。下午得二弟信,二十二日发(27)。

二十七日　晴。午后往第六邮局易汇兑券。下午得相模屋书店信,廿日发。晚季市来。夜风。

二十八日　上午寄二弟信并本月家用百元(二十八)。寄陈子英信。午后得羽太家信,二十二日发。晚王仲猷邀饮于华宾馆,席中皆同事。夜归见魏福绵留笺。始用炉火。

二十九日　下午陈仲篪为阮姓者募去银一元。蔡谷青将赴杭,与季市、协和共饯之,晚饮于广和居,同席又有王惕如、陈公猛、胡孟乐。散后季市、协和来谈,十时半去。

三十日　微雪。星期休息。午霁。

＊　　＊　　＊

〔１〕　益锠　日记又作益昌。设在北京西单大街的西餐馆。1913年冬至1917年间鲁迅同齐寿山、钱稻孙等常往该店用餐和购买食品。

〔２〕　《岭表录异》　原书佚,1910年至1911年初鲁迅在武英殿聚珍本基础上校订增补,并作校勘记。

〔３〕　指为举办全国儿童艺术展览会做准备工作。

〔４〕　利俾瑟雕刻展览会　应作"万国书业雕刻及他种专艺赛会"。该会定于1914年5月至8月在德国莱比锡举行。因我国雕刻、印刷历史悠久,故德方委托留华德侨米和伯博士在北京设立筹备处,以征集展品。

十二月

一日　晴。上午得二弟信,二十六日发(28)。夜风。

二日　晴,风。晚季市来。

三日　上午寄二弟信(二十九)。得二弟信,二十九日发(29)。晚宋子佩来。得季市笺。夜许铭伯先生来访,前日自天津归云。

四日　上午寄二弟信(三十)。寄东京羽太家信。晚雷志潜来,名渝,桂阳人,旧图书馆员也。商生契衡来言明年假与学费事。

五日　上午以《观古堂丛书》寄二弟,计三十二册,分作四包。

六日　昙,午后晛。赴留黎厂买书,无可者,以一元购《宝纶堂集》一部而归。又至临记洋行买饼饵、面包半元。晚往季市寓访铭伯先生,谈三小时。

七日　昙。星期休息。午后寄二弟书二包,内《式训堂丛书》一部三十二册。又小包一,内摩菰一斤,古泉二十四枚:"齐小刀"十二,"明月泉"一,"小泉直一"一,"常平五铢"二,"五行大布"一,"周元厌胜泉"一,"顺天"、"得壹"各一,"建炎"、"咸淳"各一,"绍兴"二也。下午楼客来,忘其字。赴留黎厂,欲补《唐文粹》残本不得。买得《越缦堂骈体文》附《散文》一部四册,一元,板心题《虚霩居丛书》,其全书未见,当是未刻成,或已中辍矣。晚关来卿先生来访。

八日　昙,风。上午得二弟信,四日发(30)。午后寄二弟信(三十一)。顾养吾赠《统计一夕谈》一小本,稻孙绘面。晚许铭伯先生来访。

九日　晴。无事。

十日　无事。晚雷志潜来。

十一日　上午寄二弟信(卅二)。下午访铭伯先生,未遇。晚与协和、季市饮于广和居。

十二日　大风。上午许铭伯先生来。晚陶书臣自越来,交至二弟函,前月三十日写。陶云来应法官试验而不知次第,乃为作书,令持以询蔡国亲。少顷返云,托病不见,但予规则一册。

十三日　上午得二弟信,九日发(31)。午前陶书臣来部,为托沈商耆作书介于徐企商,俾讯应试各事。下午赴临记洋行买饼饵、齿磨等。铭伯先生将赴黑龙江,晚在广和居饯之,并邀协和、季市,饭毕同至寓居,谈二小时而去。

十四日　星期休息。午后往留黎厂神州国光社买《黄石斋手写诗》一册,二角。又至有正书局买《释迦谱》一部四册,七角;《虞世南汝南公主墓志铭》一册,七角。又《东庙堂碑》一册,五角;《元明古德手迹》一册,三角。晚铭伯、季市招饮于寓所,赴之,席中有俞月湖、查姓忘其字、范云台、张协和及许诗荃,九时归。夜雪。

十五日　雪。上午寄二弟信(三十三)。晚协和饯许铭伯先生于玉楼春,亦赴其招,并有季市,夜归。

十六日　晴,风。晚宋紫佩来。

十七日　下午寄马幼舆书,索《艺文类聚》。

十八日　上午收《艺文类聚》三十二册。下午得二弟信,十四日发(32)。晚许季上来谭,饭后去。夜宋守荣送其自著书十余册来,欲令作序。

十九日　上午寄东京羽太家家信。下午留黎厂本立堂书估来取去旧书八部,令其缮治也。夜季市来,即去。续写《嵇中散集》。夜半微雪。

二十日　晴。上午寄二弟信(三十四)。午后往王府井大街徐景文医寓,令修正所补三齿。归途过临记洋行买饼干三匣,拟托宋子佩寄家。晚雷志潜来。

二十一日　星期休息。午后祁柏冈来招饮,谢去之。得陈子英信,十六日发。往徐景文医寓理齿讫,酬以二元。往留黎厂买《徐骑省集》一部八册,二元五角。夜宋紫佩来,假去二十元。夜半风起。

二十二日　午后陶望潮来函假十元,交陈墨涛转付。晚季市来。

二十三日　上午陶书臣留书辞行,晨已启行向越。得二弟信,十九日发(33)。晚齐寿山来。商契衡来。宋紫佩来。

二十四日　上午得二弟所寄《绍兴县教育会月刊》第三期五册,十九日发。紫佩昨云午后启行往越中,乃遣人携一书簏并一函托其寄家,簏内图籍二十七种一百四十三册,帖四种二十二枚,饼干三合,果脯二合,旧衣裤各一件。午自至益锠吃饭及点心。下午宋守荣忽遣人来索去其书。晚季市贻烹鸠一双。

二十五日　上午寄二弟信(三十五)并《萝庵游赏小志》一册。教育部令减去佥事、主事几半[1]。相识者大抵未动,惟无齐寿山,下午闻改为视学云。

二十六日　午后收本月俸二百十六元,仍实发九成也。下午雷志潜来函,责不为王佐昌请发旅费,其言甚苛而奇。今之少年，不明事理，良足闵叹。晚又有部令，予与协和、稻孙均仍旧职，齐寿山为视学，而胡孟乐则竟免官，庄生所谓不胥时而落者是矣。

二十七日　午后往交通银行为社会教育司存款，遇季市、协和，遂同赴劝业场广福楼饮茗，将晚散出。沈后青于下午来访，未遇。得二弟信，二十三日发(34)。夜车耕南来谈。

二十八日　星期休息。午后往崇文门外草厂九条横胡同访沈后青，未遇。往观音寺街晋和祥买饼饵、饴糖、牛肉、科科等等共三元。往留黎厂神州国光社买钱谦益《投笔集笺注》一本，五角。又《神州大观》第四期一册，一元五角，邮费一角五分。又至清秘阁买信笺信封等共五角。下午祁柏冈来招饮，谢不赴。沈后青来。许季市、张协和来。夜大风。黄元生来，其论甚奇，可笑。

二十九日　晴，小风。上午寄二弟信并本月家用一百元(三十六)。晚留黎厂本立堂旧书店伙计持前所托装订旧书来，共一百本，付工资五元一角五分。惟《急就篇》装订未善，令持归重理之。夜大风。

三十日　晴。上午赠钱稻孙《绍教育会月刊》第三期一册。晚许季市来，即去，赠《绍教育会月刊》第三期一册。夜写《嵇康集》毕，计十卷，约四万字左右。

三十一日　上午寄陈子英信。雷志潜来部言王佐昌病卒于宝禅寺，部与恤金百元。午后赠通俗图书馆《绍兴教育会月刊》第一至第三期各一册。晚季市、协和各赠肴二品。头微痛，似中寒，服规那丸三粒。夜伍仲文馈肴一器，馒头一盘。

93

＊　＊　＊

〔1〕 减去佥事、主事几半　据1912年8月2日由临时大总统公布的参议院议决《修正教育部官制》规定：教育部设佥事三十二人，主事不得超过八十人。1913年冬修正官制，减为佥事十八人，主事四十二人。

癸 丑 书 帐

全唐诗话八册　五·〇〇　一月四日
水经注汇校十六册　一·〇〇　一月十二日
寒山诗集一册　一·〇〇
樊南文集补编四册　三·〇〇
功顺堂丛书二十四册　四·〇〇　一月十八日
贯休画十六应真象石刻十六枚　钱稻孙所赠　一月二十八日
　　　　　　　　　　　　　　　一四·〇〇〇
尔雅翼六册　一·〇〇　二月二日
墨池编六册印典二册　一〇·〇〇　二月八日
陶庵梦忆四册　一·〇〇
佩文斋书画谱三十二册　二〇·〇〇　二月九日
湖海楼丛书二十二册　七·〇〇
画征录二册　〇·三〇　二月十二日
神州大观第一集一册　一·六五
中国学报第三期一册　常毅箴所贻　二月十九日
瓯钵罗室书画过目考四册　一·〇〇　二月二十日
筆耕園一册　三五·〇〇　二月二十四日
正倉院誌一册　〇·七〇
陈白阳花鸟真迹一册　一·〇〇

嘉泰会稽志并续志十册　二〇·〇〇　二月二十一日起孟在越买得
　　　　　　　　　　　　　　　　　　九八·六五〇

六艺纲目二册　〇·八〇　三月一日

法苑珠林四十八册　一一·〇〇

初学记十六册　二·二〇

姚惜抱尺牍四册　游允白所赠　二月二日

白华绛跗阁诗集二册　〇·五〇　二月八日

古学汇刊第三期二册　一·〇五　二月十一日

翻汲古阁本十七史一百七十四册　三〇·〇〇　二月二十六日

邵亭知见传本书目十册　一四·〇〇　　　　　六〇·〇〇

秋浦双忠录六册　三·〇〇　四月五日

翻聚珍本旧唐书旧五代史共四十八册　六·〇〇

越中古刻九种石印本一册　索得

劝发菩提心文一册　许季上赠　四月七日

等不等观杂录一册　同上

三辅黄图二册　二·〇〇　四月八日

陶山集捌册　一·六〇　四月十二日

华阳国志四册　二·〇〇

后知不足斋丛书三十五册　一一·〇〇

赵似升长生册二册　〇·二〇　四月十九日

观古堂汇刻书及所著书三十二册　一〇·〇〇

会稽王氏银管录一册　〇·〇八　四月二十日　　三五·八八〇

古学汇刊第四编二册　一·〇〇　五月十二日

七家后汉书补逸六册　一·〇〇　五月十八日

赏奇轩四种四册　四·〇〇

乐府诗集十二册　七·〇〇

林和靖诗集二册　一·〇〇　　　　　　　　　　一四·〇〇〇

成都刻本梦溪笔谈四册　三·〇〇　六月七日

红雪山房画品十二则一册　书肆贻

景宋本李翰林集六册　二·八〇　六月二十三[二]日

魏鹤山渠阳诗注一册　〇·七〇

宾退录四册　四·二〇

草莽私乘一册　〇·二一〇

蕙榜杂记一册　〇·二一〇

鸡窗丛话一册　〇·二一〇

后甲集二册　〇·六〇　六月二十九日

残明晋藩本唐文粹十八册　六·〇〇　　　　　一七·九三〇

绝妙好词笺四册　〇·五六〇　七月五日

仿古西厢十则十册　四·八〇

汲古阁六十种曲八十册　二四·〇〇　七月十三日

王桢[祯]农书十册　二·〇〇　　　　　　　　三一·三六〇

史目表一册　钱稻孙所与　八月九日

古学汇刊第五编二册　一·〇五

神州大观第二集一册　一·六五

古今泉略十六册　一二·〇〇　八月十八日

古金待问录一册　〇·四〇　　　　　　　　　一五·一〇〇

文始一册　从钱稻孙君索得　九月四日　后转赠子英

诸葛武侯祠堂碑拓本一枚　杨君莘士持赠　九月五日
武梁祠画像佚存石拓本十枚　胡君孟乐赠　九月十一日
南湖四美一册　〇·九〇　九月二十三日　　　　〇〇·九〇〇
神州大观第三集一册　一·六五〇　十月四日
嵊县志附剡录十四册　二·〇〇　十月五日
国学汇刊第六编二册　一·〇五〇　十月二十六日　四·七〇〇
傅青主自写诗稿一册　〇·三五　十一月八日
金冬心自写诗稿一册　〇·三〇
南宋院画录四册　朱遏先赠　十一月十六日
陈居中女史箴图一册　二·四〇
折疑论二册　〇·五〇　十一月二十二日
郡斋读书志十册　三·〇〇
大唐西域记四册　许季上所赠　十一月二十六日　六·五五〇
宝纶堂集八册　一·〇〇　十二月六日
越缦堂骈文附散文四册　一·〇〇　十二月七日
黄石斋手书诗卷一册　〇·二〇　十二月十四日
释迦谱四册　〇·七〇
虞世南汝南公主墓志铭一册　〇·七〇
初拓虞书东庙堂碑一册　〇·五〇
元明古德手迹一册　〇·三〇
徐骑省集八册　二·五〇　十二月二十一日
投笔集笺注一册　〇·五〇　十二月二十八日
神州大观第四期一册　一·七五　　　　　　　九·一五〇
　　总计三一〇·二二〇

本年共购书三百十元又二角二分,每月平匀约二十五元八角五分,起孟及乔峰所买英文图籍尚不在内。去年每月可二十元五角五分,今年又加增五分之一矣。十二月卅一日灯下记。

甲寅日记

正月

一日　晴,大风。例假。上午徐季孙、陶望潮、陈墨涛、朱焕奎来,未见。杨仲和馈食物,却之。午后季市来。往敷家胡同访张协和,未遇。遂至留黎厂游步,以半元买"货布"一枚,又开元泉一枚,背有"宣"字。下午宋守荣来,未见。晚得二弟信,去年十二月二十八日发(35)。

二日　晴,风。例假。上午郑阳和、雷志潜来,未见。午后得二弟所寄《癸社》杂志一册,去年十二月二十八日付邮。晚五时教育部社会教育司同人公宴于劝业场小有天,稻孙亦至,共十人,惟许季上、胡子方以事未至。

三日　晴。例假。午前寄二弟信(一)。午后童杭时来。下午至东铁匠胡同访许季上,未见。往留黎厂买《听桐庐残草》一本,一角,亦名《会稽王孝子遗诗》。又《陆放翁全集》一部,内文稿十二册,诗稿附《南唐书》二十四册,共三十六册,十六元,汲古阁刻本也。又以银二角买《纪元编》一册,以备翻检。

四日　晴。星期休息。午后许季上来。得二弟信,去年十二月三十一日发(36)。下午张协和来。戴芦舲来。晚商契衡来谈,言愿常借学费,允之,约年假百二十元,以三期付与,三月六十元,八月、十二月各三十元,今日适匮,先予十元。

　　五日　始理公事。上午九时部中开茶话会,有茶无话,饼饵坚如石子,略坐而散。午后汤尔和来部见访,似有贺年之意。下午陶望潮至部见访,归前借款十圆。夜风。

　　六日　晴,大风。晨教育部役人来云,热河文津阁书[1]已至京,促赴部,遂赴部,议暂储大学校,遂往大学校,待久不至,询以德律风[2],则云已为内务部员运入文华殿,遂回部。下午得二弟所寄写书格子纸两帖,可千枚,二日付邮。

　　七日　晴,风。上午得二弟信,三日发(1)。午同人以去年公宴余资买饼饵共食之。

　　八日　晴。上午寄二弟信(二)。赗陈乐书银二元。

　　九日　无事。夜车耕南、俞伯英来谈。耕南索《绍兴教育会月刊》,以三册赠之。

　　十日　上午得二弟并二弟妇信,六日发(2)。午与齐寿山、徐吉轩、戴芦苓往益昌食面包、加非。过石驸马大街骨董店,选得宋、元泉十三枚,以银一元购之。下午往晋和祥买牛舌、甘蕉糖各一器,一元一角。

　　十一日　星期例假。午后往青云阁理发,又至留黎厂神州国光分社买《古学汇刊》第七期一部二册,一元五分。又至本立堂,见《急就章》已修讫,持以归。

　　十二日　上午寄二弟书[书]籍二包,计《宝纶堂集》一部八册,《越缦堂骈文》附散文一部四册,《听桐庐残草》一册,《教育部月刊》第十期一册。寄上海中华书局函并二弟译稿《劲草》[3]一卷。夜季市来。

十三日　昙,上午睨［晲］。寄二弟并二弟妇信(三)。得东京羽太家信,六日发。得陈师曾室汪讣,与许季上、钱稻孙合制一挽送之,人出一元四角。晚风。得二弟所寄书籍四包,计《初学记》四册,《笠泽丛书》一册,《会稽掇英总集》四册,石印张皋文《墨经解》,蒋拙存书《续书谱》,竹坨抄《方泉诗》、《傅青主诗》各一册,《李商隐诗》二册,八日付邮。

十四日　晴,风。下午得二弟及二弟妇信,又明信片一,并十日发(3)。

十五日　晴,风。上午寄二弟及二弟妇信,又与宋紫佩笺一枚,属转寄(四)。下午得二弟所寄《西青散记》散叶一包,十日付邮。晚许季上来,同至广和居饭。作书夹五副。

十六日　昙。晚顾养吾招饮于醉琼林,以印二弟所译《炭画》[4]事与文明书局总纂商榷也。其人为张景良,字师石,允代印,每册售去酬二成。同席又有钱稻孙,又一许姓,本部秘书,一董姓,大约是高等师范学堂教授也。得蔡谷清母讣。闻季市来过,未遇。夜得宋子佩信,十二日发。写《舆地纪胜》中《绍兴府碑目》四叶。

十七日　晴。晨寄二弟信(五)。上午得关来卿先生信,十三日杭州发。又寄二弟信(五甲)。午后往交通银行,又至临记洋行买食物。下午访许季上。蒯若木赴甘肃来别,未遇,留刺而去。晚季市来。

十八日　星期例假。上午得二弟信,十四日发(4)。午后往留黎厂有正书局买《六朝人手书左传》一册,四角;《林和靖手书诗稿》一册,四角;《祝枝山草书艳词》一册,三角;《吴谷人手书诗稿》一册,四角。又至神州国光社买唐人写本《唐均残卷》一册,一元,并为二弟购《江苏江宁乡土教科书》共三册,五角。下午昙,有雪意。晚得二弟所寄《百孝图》下册一本,会稽俞葆真辑,属访其全书,亦十四日付邮也。

十九日　晴,风。上午寄二弟《乡土教科书》三册。下午赒蔡谷青三元。

二十日　上午寄二弟信(六)。晚许季上来,饭后去。夜季市来。

二十一日　晚童杭时招饮,不赴。朱焕奎来并送食物二包,辞之不得,受之。季市来。

二十二日　张阆声、钱均夫到部来看。晚复关来卿先生函,又复宋子佩函。夜濯足。

二十三日　午后收本月俸银二百十六元。教育部欲买石桥别业为图书馆,同司长及同事数人往看之。下午得二弟信(5)并《绍兴教育会月刊》第四期五册,并十九日发。夜绍人沈稚香、陈东皋来,持有二弟书,十八日写。风。

二十四日　晴,大风,午后止。往前门临记洋行买饼饵五角。又至留黎厂买《元和姓纂》一部四册,一元;《春晖堂丛书》一部十二册,四元,内有《思适集》可读。

二十五日　晴。星期休息。上午寄二弟信(七)。午前丁葆园来。得黄于协信,又中华书局信,云寄回《劲草》一卷,未到。陈东皋及别一陈姓者来。季自求来,午后同至其寓,又游小市。沈后青来,未遇。祁柏冈来,贻食物二匣。许季上贻粽八枚,冻肉一皿。今是旧历十二月三十日也。夜耕男来谈。

得二弟信,二十二日发(6)。

二十六日　晴。旧历元旦也。署中不办公事。卧至午后二时乃起。下午关来卿先生来。

二十七日　上午得中华书局寄回《劲草》译稿一卷。得二弟所寄英译显克微支作《生计》一册,又《或外小说》第一、第二各四册,并二十二日发。午后赴部,仅有王屏华在,他均散去。略止,即往游留黎厂,无可观者,但多人耳。入官书局买得《徐孝穆集笺注》一部三本,三元。

二十八日　上午童鹏超来。寄二弟信(八)。晚季市来,赠以《绍教育会月刊》第四期一册。

二十九日　上午得二弟信,二十五日发(7)。赠稻孙《绍月刊》四期一册。为徐吉轩保应试知事[5]者曰计万全,湖北人,他二保人为吉轩及沈商耆。

三十日　许季上之女三周岁,治面邀赴其寓,午后往,同坐者戴芦舲、齐寿山及其子女四人。下午得二弟所寄旧文凭两枚,二十五日付邮。夜雪。

三十一日　昙。上午童鹏超送食物三事,令仆送还之。午后同徐吉轩游厂甸,遇朱遏先、钱中季、沈君默。下午魏福绵同一许姓名叔封者来,乞作保人,应知事试,允之,为签名而去。晚许季市来。夜邻室王某处忽来一人,高谈大呼,至鸡鸣不止,为之展转不得眠,眠亦屡醒,因出属发音稍低,而此人遽大漫骂,且以英语杂厕。人类差等之异,盖亦甚矣。后知此人姓吴,居松树胡同,盖非越中人也。

* * *

〔1〕 热河文津阁书 指《四库全书》。此书乾隆四十七年编成后抄写七部,其中一部藏于承德"避暑山庄"的文津阁,共三万六千多册。教育部拟充实京师图书馆,将之调京后,被内务部截取。经多次交涉,于次年9月移交教育部。

〔2〕 德律风 英语Telephone的音译,意为电话。

〔3〕 《劲草》 历史小说,俄国阿·康·托尔斯泰著。周作人留日时自英译本重译,鲁迅曾予帮助并作序。此时鲁迅为之投寄中华书局,不久被退回。

〔4〕 《炭画》 中篇小说,波兰显克微支著。周作人留日时自英译本重译。曾先后投寄商务印书馆和中华书局未被采用。经鲁迅与上海文明书局联系后于本年4月出版。

〔5〕 应试知事 袁世凯在复辟帝制过程中,令教育部与内务部联合举办"县知事考试"。第一届考试在1914年2月15日举行,应试者需三人作保。1914年至1915年曾先后举办考试多次,其间辗转托请鲁迅作保者三十多人。

二 月

一日 晴。星期休息。上午寄二弟信并正月家用百元(九)。午后访季市未见,因赴留黎厂,盘桓于火神庙及土地祠书摊间,价贵无一可买。遂又览十余书店,得影北宋本《二李唱和集》一册,一元;陈氏重刻《越中三不朽图赞》一册,五角,又别买一册,拟作副本,或以遗人;《百孝图》二册,一元;《平津馆丛书》(重刻本)四十八册,十四元。沈后青、童鹏超来访,未遇。晚季市贻烹鹜一皿。季市来。

二日　午后来雨生至部来访。晚季市来,赠以《三不朽图赞》一册。夜得二弟函,三十日发(8)。

三日　昙。上午来雨生至部来访,为保任惟贤、任陞两人,均萧山人。下午为徐吉轩保周琳、李缵文两人,均湖北人。晚童亚镇来。得季市函。夜宋芷生来访,持有子佩书。

四日　昙。上午同事凌煦来保去余瑞一人。午后童亚镇来保去杨凤梧一人,诸暨人也。下午宋芷生来部,为保之。晚季市来。

五日　晴,风。上午季市将其大儿世瑛来开学。[1]午前为许季上保翟用章一人,山西人,为冀醴亭所介绍。下午为齐寿山保刘秉鉴一人,直隶人。王镜清来。夜得二弟及二弟妇信,二日发(9)。

六日　上午寄二弟信(十)。午后王镜清来部,为保徐思旦一人,上虞人。下午许季市来。许季上来,饭后去。

七日　大雪竟日。午后得胡孟乐函,即复之。夜得朱舜丞函并馅儿饼一盘。有一不知谁何者突来寓中,坚乞保结,告以印在教育部,不甚信,久久方去。

八日　晴。星期休息。午前朱逷先来谈,至午,食馅儿饼讫,同至留黎厂观旧书,价贵不可买,遇相识甚多。出观书店,买得新印《十万卷楼丛书》一部一百十二册,直十九元。其目虽似秘异,而实不耐观,今兹收得,但足以副旧来积想而已。童鹏超来,未见。下午沈后青来。许季上来,谈至晚。

九日　昙。午前得童鹏超函。午后奠王佐昌三元,寄参谋部第五局卢彤代收。晚许季市来,约明日晚餐。

十日　昙。午前寄二弟信(十一)。晚赴季市寓晚餐,见其仲兄仲南,方自邓县来。同坐者又有协和、诗苓。夜得二弟信,七日发(10)。

十一日　晴。无事。

十二日　晴。纪念日[2]休息也。上午祁柏冈来,未见。夜得谦叔信,十日南京发。

十三日　无事。晚宋芷生来,谈至夜半去。

十四日　上午寄二弟及二弟妇信(十二)。夜得陈子英信,十一日发。

十五日　星期休息。午后略昙。宋守荣来,不之见。下午季自求来。晚车耕南来,云明日往浦口。夜得二弟信,十二日发(11)。写孙志祖谢氏《后汉补逸》起[3]。

十六日　昙,下午雨,今年第一次雨也。晚宋紫佩自越至,持来二弟书,初五日写。

十七日　雨雪杂下,午后止。晚宋紫佩来。

十八日　雪,映午止。复伯撝叔信。赴图书分馆访关来卿先生,未见,返部遇之。

十九日　昙。午前寄二弟信(十三)。午后晛。下午得二弟信,十五日发(12)。晚宋子佩来。

二十日　晴。上午寄二弟信(十四)。夜车耕南来,云明日决往浦口。陈仲篪来。

二十一日　晴。汪大燮辞职,严修代之,未至部前以蔡儒楷署理。下午昙。许季市来。

二十二日　星期休息。午后小昙。下午季自求来。许季上来。晚马幼舆、朱遏先来。夜得二弟信并所译《儿童之绘画》[4]三叶,十九发(13)。得沈养之信,十九日发。

二十三日　晴。下午商生契衡来。

二十四日　晴,小风。晚魏生福绵、王生镜清来。夜风。

二十五日　上午寄二弟信,附与蔡国亲笺一枚,令转寄(十五)。下午许季市来。晚子佩来。夜得伯撝叔信,二十二日南京发。紫佩还旧假款十元。

二十六日　下午收本月俸银二百十六元。晚宋守荣寄书来,多风话。

二十七日　下午得二弟及三弟信,又《儿童之艺术》译稿二叶,二十三日发(14)。得宋知方信,十九日台州发。夜许季市来。

二十八日　午后往通俗图书馆,又往稻香村买物。复宋知方信。晚宋子佩来。

*　　*　　*

〔1〕　世瑛来开学　指由鲁迅为之开蒙。旧时儿童至学龄,常请饱学长者为之上第一次课,谓之开蒙。鲁迅当日教了"天"、"人"及"许世瑛"共五字。

〔2〕　纪念日　指"统一纪念日"。参见本卷第51页注〔3〕。

〔3〕　写孙志祖谢氏《后汉补逸》起　《后汉补逸》即《后汉书补逸》,鲁迅于3月14日抄毕。

〔4〕　《儿童之绘画》　论文。英国张伯伦(A. F. Chamberlain)所著《儿童》一书中的一节。该书系鲁迅1913年9月从日本相模屋购得。

三 月

一日　晴。星期休息。午后寄二弟及三弟信(十六)。下午出骡马市闲步,次至留黎厂,买小币四枚,曰"梁邑"、"戈邑"、"长子"、"襄垣",又"万国永通"一枚,共二元。夜风。

二日　昙。晨往郢中馆要徐吉轩同至国子监,以孔教会中人举行丁祭[1]也,其举止颇荒陋可悼叹,遂至胡绥之处小坐而归,日已午矣。夜小雨即霁,见星。得二弟信并所译张百仑《儿童之绘画》三叶,全篇已毕,二十七日发(15)。

三日　晴。上午寄商契衡信,附致蔡谷青一函。晚许季上来谭,饭后去。

四日　无事。

五日　雨。午后取得国库券[2]三枚,补去年八月至十月所折俸者也。晚风,仍雨。

六日　雨,大风。上午寄二弟信(十七)。寄文明书局张师石信,又英译显克微支小说一册。午后霁。得二弟所寄《绍兴教育会月刊》第五期五册,二月二十一日付邮,途中延阁至十四日,可谓异矣。晚寄二弟明信片一(十七甲)。夜雨。

七日　晴,大风。无事。

八日　晴。星期休息。上午得二弟及二弟妇信,四日发(16)。下午往看夏司长,不值。

九日　上午赵汉卿来,未遇。午后昙。往日本邮局寄羽太家信并月用等二十五元。又为许季上寄藏经书院[3]五角买《续藏经目录》,为二弟寄丸善[4]一元买本年《学燈》。下午同戴芦舲往夏司长寓,饭后归。夜风。得雷[来]雨生招饮束。

十日　昙。无事。

十一日　昙。上午寄二弟及二弟妇信(十八)。复伯撝叔信。夜季巿来。宋子佩来。

十二日　雨雪杂下。上午得张师石信,九日上海发。午后雪止而风,夜见月。

十三日　晴,风。下午得二弟及二弟妇信,九日发(17)。晚季巿遗火腿一方。

十四日　晴。午后赴留黎厂游良久,无所买。下午关来卿先生来。傍晚写谢氏《后汉书补逸》毕,计五卷,约百三十叶,四万余字,历二十七日。夜风。

十五日　星期休息。午后赴留黎厂托本立堂订书,又至荣宝斋买纸笔共一元。又至文明书局买《宋元名人墨宝》一册,六角;《翁松禅书书谱》一册,四角;《梁闻山书阴符经》一册,一角五分。

十六日　上午寄二弟信(十九)。转寄李霞卿函于宋子佩。晚录《云谷杂记》[5]起。

十七日　午与齐寿山、钱稻孙、戴螺舲至宣南第一楼午饭。下午得二弟函,附芳子笺,十三日发(18)。芳子于旧历二月四日与三弟结婚,即新历二月二十八日。晚紫佩来,并持来李霞卿信,八日所作。

十八日　小风。脱裘。午与钱稻孙、戴螺舲至宣南第一楼午食,齐寿山踵至,遂同饭。下午得三弟与芳子照相一枚,初七日付邮。

111

十九日　上午寄陈子英信。寄伯撝叔信。复李霞卿信。

二十日　下午蔡国青来,未遇。魏福绵、王镜清来言互汇用费,付二百元。夜风雨。

二十一日　昙。上午寄二弟信,附与芳子信(二十)。午后晴。赴劝业场理发,并买食物二种共八角。从王仲猷家分得板箧一具,付直七角。得经子渊母讣,赙二元。

二十二日　晴。星期休息。上午得二弟信,十八日发(19)。得伯撝叔信,十八日发。午前许季上来。杜海生来。下午季自求来。陈公侠来。晚楼春舫来。夜写张清源《云谷杂记》毕,总四十一叶,约一万四千余字。

二十三日　昙。晚宋子佩来还十元。夜风。

二十四日　风,雨雪,午前霁。下午得东京羽太家信,十七日发。往细瓦厂看蔡谷青、陈公侠,不值。

二十五日　晴,大风。上午得二弟信,二十一日发(20),云已收到魏生汇款二百元,是为本月及四月分月费。复伯撝叔函。下午与稻孙往宣南第一楼餐。晚童亚镇来。夜许诗荃来。

二十六日　晴。上午寄二弟信(二十一)。收本月俸二百十六元。午与稻孙至益锠午饭,又约定自下星期起,每日往午食,每六日银一元五角。下午许季上来。晚季自求、刘立青来。夜风。

二十七日　下午得东京羽太家信,转来藏经总会与许季上叶书一枚。得二弟所寄《绍兴教育会月刊》第六期五册,二十三日付邮。

二十八日　上午往东交民巷日邮局寄羽太家信并银十元,托买物。午同季市、协和往益锠饭。午后往留离厂本立堂取所丁旧书。下午蔡国青来。晚商契衡来取去学费五十元。

二十九日　星期休息。上午得二弟及二弟妇信,二十五日发(21)。午后往留黎厂买得《小万卷楼丛书》一部十六册,四元五角。祁柏冈来,未遇。下午昙,雷,风,雨。

三十日　晴。上午寄二弟及二弟妇信(二十二)。蒋抑卮来,未遇。下午许季市来。晚童亚镇、韩寿晋来取去学费三十元,云汇还家中。

三十一日　上午寄二弟信(二十三)。下午昙,风,夜雨。

*　　*　　*

〔1〕　孔教会中人举行丁祭　孔教会,1912年秋陈焕章等在上海发起成立,邀康有为任会长。总会后迁至北京。曾发行《孔教会杂志》。"丁祭",每年仲春或仲秋的上旬丁日举行的祭孔典礼。

〔2〕　国库券　1912年5月,北洋政府财政部公布"国民公债筹集办法",开始发行国库券。

〔3〕　藏经书院　日本出版机构,1902年由滨田竹坡创设于东京。1902年至1912年间出版《大日本校订训点大藏经》、《大日本续藏经目录》等。

〔4〕　丸善　指丸善书店,即丸善株式会社。日本东京的一家大书店,除发行新书刊外,还经营代办欧美书刊。鲁迅留日时常往该店购书。回国后仍托其邮购图书。

〔5〕　录《云谷杂记》　鲁迅在上年6月1日抄毕《云谷杂记》(《说郛》本)后,陆续校订并作批注。本日开始誊清,22日写毕,成为

定本。

四　月

一日　晴。上午往长巷二条来远公司访蒋抑卮,见蒋孟平、蔡国青,往福全馆午饭后同游历史博物馆,回至来远公司小坐归寓。下午昙,风。晚魏福绵来。夜微雨成雪,积数分。

二日　昙。午午[?]寄大学豫科教务处信,送童亚镇、韩寿晋二生保结。

三日　昙。下午得二弟信,附三弟妇信,三十日发(22)。

四日　晴,风。午后往留黎厂神州国光社买《古学汇刊》第八期一部,一元五分,校印已渐劣矣。又至直隶官书局买《两浙金石志》一部十二册,二元四角。至前青厂图书分馆。夜季市来。

五日　晴,风。星期休息。午寄二弟信(二十四)。午后许季市来。下午往季市寓,坐少顷。魏福绵取知事试验保结去,已为作保而忘其名。晚关先生来。

六日　上午寄上海食旧廛旧书店函,向乞书目也,店在新北门外天主堂街四十三号。得戴芦舲天津来信,昨发。向齐寿山借得二十元。汤聘之持来雨生绍介信来属为作保,以适无印章,转托沈商耆保之。夜坐无事,聊写《沈下贤文集》目录五纸。[1]

七日　晴,大风。无事。夜写《沈下贤集》一卷。

八日　上午得二弟信,四日发(23)。得宋知方信,二日台州发。晚魏福绵来保去一人徐思庄,五日所保者冯步青云。

夜季市来。

九日　上午得羽太重久葉書,二日发,已入市川炮兵第十六联队第四中队。晚季市遗青椒酱一器。夜写《沈下贤集》第二卷了。

十日　昙。上午寄二弟信,附与三弟妇笺一枚(二十五)。晚紫佩来。夜小雨。

十一日　昙。上午得羽太重久信,三日发。下午杜海生来,十一时去。夜写《沈下贤文集》第三卷毕。

十二日　昙。星期休息。上午得二弟信,八日发(24)。下午晴。写毕《沈集》卷第四。季自求来。晚得上海食旧廛寄来书目一册。

十三日　晴。上午得羽太家信,六日发。

十四日　晴,大风。上午赴交通银行以百元券易五元小券。赴日本邮局寄羽太家信并银十五元,为重久营中之用,又寄相模屋书店信并银二十元,又代张协和寄五元。下午邓国贤来属保知事,未持印,转托齐寿山代之。晚宋紫佩来,为保宋芷生去,又携一人曰徐益三者来,亦为保之。

十五日　晴,大风。上午寄二弟信(二十六)。下午至孔社[2]观所列字画书籍一过。晚王屏华来,保去一人谢晋,萧山人。许季上来。朱舜丞及其弟来,邀往便宜坊饭。

十六日　晴。傍晚写《沈下贤集》卷五毕。夜风。

十七日　晴,风。下午得二弟信,十三日发(25)。晚季市遗火腿烹鸡一器。夜大风。写《沈下贤文集》卷第六毕。

十八日　晴。下午往有正书局买《选佛谱》一部,《三教平心论》、《法句经》、《释迦如来应化事迹》、《阅藏知津》各一部,共银三元四角七分二厘。

十九日　晴。星期休息。午后往有正书局买《华严经合论》三十册,《决疑论》二册,《维摩诘所说经注》二册,《宝藏论》一册,共银六元四角又九厘。晚宋子佩来。夜小风。写《沈下贤文集》卷七毕。

二十日　上午寄二弟信(二十七)。夜裘君善元来谭。

二十一日　上午得二弟信,十七日发(26)。午后一时全国儿童艺术展览会[3]开会。下午得羽太重久叶书,十四日发。

二十二日　昙。夜裘君善元来谭。

二十三日　晴。晚访许季市,无可谭而归。夜写《沈下贤文集》卷第八毕。

二十四日　无事。晚许季上来,夜去。

二十五日　昙。上午寄二弟信(二十八)。晚风。

二十六日　晴。星期。上午仍至教育部理儿童艺术展览会事,下午五时始归寓。得二弟信,二十二日发(27)。夜裘君来谭。

二十七日　小雨,上午霁。收本月俸二百十六元。得相模屋书店叶书,二十日发。午后稻孙持来文明书局所印《炭画》三十本,即以六本赠,校印纸墨俱不佳。夜写《沈下贤文集》卷第九毕。

二十八日　晴。上午赠通俗图书馆《炭画》一册,又张阆声一册。下午得二弟信,云已收童生亚镇家汇款一百七十元,二十四日发(28)。夜寄二弟小包二个,其一《炭画》十册,其一

《百孝图》二册、《释迦如来应化事迹》三册。

二十九日　上午寄二弟信(二十九)。晚宋子佩来。

三十日　下午得东京羽太家信,二十三日发。晚徐吉轩招饮于其寓,同席者齐寿山、王屏华、常毅箴、钱稻孙、戴螺舲、许季上。晚得二弟所寄《绍兴教育会月刊》第七期五册,二十六日付邮。夜裘善元君来谈。

＊　　＊　　＊

〔1〕　指誊清1912年春在南京时的自抄本《沈下贤文集》。至5月24日誊完。

〔2〕　孔社　袁世凯扶植的一个尊孔团体,1913年4月成立于北京。本年4月举行成立周年纪念活动。

〔3〕　全国儿童艺术展览会　会场设在教育部礼堂等处,按展品省份分为十一展室,展出字画、刺绣、编织、玩具等,展期一月。其间鲁迅常往值班。

五　月

一日　晴。《约法》[1]发表。下午童生亚镇来取去汇款一百四十元讫。晚访季市。

二日　上午代社会教育司寄日本京都藏经书院信。

三日　星期。上午得陈子英信,廿八日发。得二弟信并论文一篇,廿九日发(29)。访季自求,坐少顷。访许季上,未遇。午后仍赴展览会理事至晚。夜俞雨苍来,自云魏福绵之友,住本馆中。

四日　晴,风。晨寄二弟信(三十)。上午教育总长汤化龙到部。晚陈公侠来。

五日　上午赠季市《炭画》二册,托以其一转赠铭伯。晚裘君同董仿都来,名敩江,某校长。

六日　无事。

七日　无事。晚许诗荃来假去《无机质学》一册。

八日　昙。下午得二弟信,四日发(30)。夜季市来。大风,朗月。

九日　晴。上午寄二弟信(三十一)。晚夏司长治酒肴在部招饮,同坐有齐寿山、钱稻〔孙〕、戴螺舲、许季上,八时回寓。

十日　星期。上午仍至展览会办事,晚六时归寓。得伯㧑叔信,七日发。魏生福绵来假去十五元。

十一日　晴,风。无事。

十二日　昙。上午次长梁善济到部,山西人,不了了。午后小雨即霁。下午大发热,急归卧,并服鸡那丸两粒,夜半大汗,热稍解。

十三日　昙,风。热未退尽,服规那丸四粒。午后会议。下午得二弟信,又文稿两篇,并是初九日发(31)。夜许季市来。

十四日　晴。晨寄二弟信(三十二)。服规那丸一粒。赴西长安街同记理发。上午至石驸马大街池田医院拟就诊,而池田他出,遂至其邻北京医院,医士为侯希民,云热已退,仍与药两瓶,一饮一嗽,资一元三角,又诊资一元。晚戴螺舲在其寓招饮,别有齐寿山、钱稻孙、徐吉轩、常毅箴、王屏华、许季上六人,出示其曾祖文节公[2]画册并王奉常、王椒畦仿古册,皆佳品,夜九时归寓。夜风。

十五日　晨至丞相胡同第一女子小学答访董仿都,未遇留刺。往观音寺街买草冒一顶,一元八角。往留黎厂文明书局买《般若灯论》一部三册,《中观释论》一部二册,《法界无差别论疏》一部一册,《十住毘婆沙论》一部三册,总计一元九角一分一厘也。下午服规那丸二粒。晚宋紫佩来。许季市来。裘善元来。

十六日　上午得羽太重久叶书,三日日本千叶发。晚间季市遗肴一皿。夜风。

十七日　星期。上午仍至展览会治事,下午六时归寓。关卓然来过,未遇。晚大风。夜写《沈下贤文集》第十卷毕。送裘善元《炭画》译本一册。

十八日　雨,上午住。得二弟信,十四日发(32)。

十九日　晴。上午寄二弟信并补本月家用三十元(三十三)。下午赴留黎厂国光社买《神州大观》第五期一册,一元六角五分。晚小风。

二十日　下午四时半儿童艺术展览会闭会,会员合摄一影。晚童亚镇来假去银五元。许季市来,十一时去。

二十一日　午后会议。夜圈点《劲草》译本。

二十二日　上午往察院胡同访胡绥之,未遇。午后昙。晚雨一陈,动雷。夜大风,星见。

二十三日　晴,风。上午开儿童艺术审查会[3]。午后赴留黎厂有正书局买《中国名画》第十七集一册，一元五角。又《华严三种》一册，一角四厘。赴青云阁买牙皂、手巾等一元。晚许季上来，饭后去。得二弟及三弟信，十九日发(33)。

二十四日　星期休息。上午寄二弟及三弟信(三十四)。寄钱稻孙信。写《沈下贤文集》第十一卷毕。午后大风。裘子元来谈。夜写《沈下贤文集》第十二卷并跋毕，全书成。

二十五日　上午得钱稻孙信。下午大风，入夜益烈。

二十六日　昙。上午得二弟信并《希腊牧歌》一篇[4]，绎希腊小说二篇，二十二日发(34)。午前动雷。午后收本月俸二百十六元。下午大风。季市来寓，赠以《绍兴教育会月刊》第六、七期各一册。寄钱稻孙信。

二十七日　晴。下午得二弟所寄《绍兴教育会月刊》第八期五册，二十三日付邮。

二十八日　上午寄二弟信(三十五)。寄伯撝叔信。午后昙，大风。晚朱舜臣来，持赠卷烟两匣，烧鸡两只，角黍[5]一包。以角黍之半转馈裘子元，半之又半与仆人。夜小雨。

二十九日　晴，风。旧历端午，休假。晨常毅箴来，未见。上午裘子元来。午季市贻烹鹜、盐鱼各一器。下午许季市来，赠以《绍兴教育会月刊》第八期一册。许季上来，并赠莓[6]一包，分一半与季市。

三十日　晨许季市来。往日本邮局寄相模屋信，并代子英汇书资三十元，合日本币二十七圆。午后寄袁文薮《炭画》一册。下午同陈仲谦往图书分馆，又同关来卿先生至豫章学堂看屋[7]。晚常毅箴招饮其寓，同席徐吉轩、齐寿山、许季上、戴芦舲、祁柏冈、朱舜丞，九时归邑馆。夜风。

三十一日　雨。星期休息。晨寄陈子英信。上午得二弟信，二十七日发(35)。午后雨住风起，天气甚凉。往有正书局买《思益梵天所问经》一册，《金刚经六译》一册，《金刚经、心经略疏》一册，《金刚经智者疏、心经靖迈疏》合一册，《八宗纲要》一册，共银八角一分。晚晴。

*　　*　　*

〔1〕《约法》　指《中华民国约法》。这部约法改《临时约法》中的责任内阁制为总统制，废国务院改设总统府政事堂，为袁世凯恢复帝制作准备。

〔2〕文节公　即戴熙(1801—1860)，字醇士，清钱塘人，书画家。太平天国攻陷杭州时，赋绝命诗投池自尽，谥文节。

〔3〕儿童艺术审查会　全国儿童艺术展览会闭幕后，教育部即指派鲁迅、陈师曾等负责评审优品送巴拿马万国博览会展出。鲁迅等本月25日开始评选，6月24日结束。评出甲等奖一五一人，乙等奖四二三人。

〔4〕《希腊牧歌》　杂文，周作人于本月20日作。

〔5〕角黍　即粽子。

〔6〕莓　即草莓。

〔7〕至豫章学堂看屋　拟为京师图书馆觅新址。鲁迅与前青厂图书分馆馆长关来卿一起四出寻屋。

六　月

一日　晴。上午寄二弟信(三十六)。下午雨，晚晴。许诗荃来。夜许季市来,并还旧欠三十六元五角,诸有出入讫,九时去。裘子元来,夜半方去。

二日　微雨,上午晴。与陈师曾就展览会诸品物选出可赴巴那马[1]者饰之,尽一日。下午雨。

三日　晴。上午得二弟信,五月三十日发(36)。下午往有正书局买佛经论及护法著述等共十三部二十三册,价三元四角八分三厘,目具书帐。夜裘子元来。许季市来。写《异域文谭》[2]讫,约四千字。

四日　上午得钱稻孙信。寄许季市信并《异或文谈》稿子一卷,托转寄庸言报馆人。晚季市来。夜寄稻孙信。

五日　无事。夜裘子元来。

六日　晴。上午寄二弟信(三十七)。午后往西升平园浴。往留黎厂李竹泉家买圆足布一枚,文曰"安邑化金";平足布三枚,文曰"戈邑",背有"兴"字,曰"兹氏",曰"闵";又"埍"字圆币二枚,共三元五角。往清秘阁买信纸信封五角。往有正书局买《心经金刚经注》等五种六册,《贤首国师别传》一册,《佛教初学课本》一册,共计银九角九分三厘。下午昙,大风,夜雨。

七日　晴。星期休息。上午得二弟及三弟信,又丰丸画一枚,三日发(37)。午后风。祁柏冈来。下午魏福绵、王镜清二生来,魏还银十五元。

八日　上午得王造周函。

九日　晴,风。上午寄二弟书籍一包,内《释迦谱》四本,《贤首国师别传》一本,《选佛谱》二本,《佛教初学课本》一本。午后陈师曾贻三叶虫僵石[3]一枚,从泰山得来。夜许季市及诗荃来谈,十一时半去。

十日　上午寄二弟信(卅八),并古泉拓片三枚。得相模屋书店葉書,四日发。下午发明信片一枚答王造周,寄杭州。晚宋紫佩来。夜许季市来。

十一日　晴,午后昙。下午小雨即霁。

十二日　上午得二弟信,八日发(38)。

十三日　下午同王维忱往看钱稻孙病,已愈,坐少顷出。至沈君默斋中,见其弟及马幼舆,少顷钱中季亦至,语至晚归。风。

十四日　小雨。星期休息。将午霁。午后往观音寺街晋和祥买饼饵一元。下午商生契衡来。晚许季上来,饭后去。

十五日　晴,热。上午寄二弟信(三十九)。

十六日　上午得二弟信,十二日发(39)。晚大雨一陈即霁。

十七日　晴。下午寄马幼舆书,向假《四明六志》。夜胃小痛。

十八日　大热。无事。晚马幼舆令人送《四明六志》来,劳以铜元二十枚也。

十九日　无事。晚大风,小雨。

二十日　晴。上午寄二弟信(四十)。午后雨一陈,下午大风。晚许季市来赠写真一枚,在团城金时栝树下照也,又贻笋干一包。夜王惕如来。

二十一日　晴。星期休息。晨蔡屺卿来,未见。上午得二弟信,十七日发(40)。下午访许季上,以季市之笋干少许赠之。又欲访季自求,未果。

二十二日　晚车耕南来。魏福绵、王镜清二生来,将回越,托汇银百五十元,为本月及七月费用,又僵石一枚与三弟。季市来。

二十三日　晴。上午寄二弟信(四十一)。下午大雷雨,向晚稍霁,俄顷又雨终夜。

二十四日　小雨。上午得三弟信,十九日发。下午晴。晚韩寿晋、童亚镇二生来,假去二十元,寄存讲义一包,考毕欲回越也。

二十五日　昙。上午赴交民巷日邮局易为替券[4]五十圆。下午晴。

二十六日　晴。上午收本月俸二百十六元。下午昙。得二弟信并旧日本邮券一帖,二十二日发(41)。晚小雨。夜宋紫佩来。

二十七日　晴。下午访董恂士,不值。晚韩生寿谦来假去十五元。夜小雨。

二十八日　晴。星期休息。上午黄元生来,未见。午寄二弟信并银六十元,合前托王镜清汇越者共二百一十元,内百元为本月家用,百十元还李赋堂,又为替券一枚五十元,令转寄东京,又附与三弟笺一枚,文明书局印行黄[?]《炭画》约言[5]一分(四十二)。下午张协和来。季自求来,赠以《炭画》一册。

二十九日　昙,上午小雨,午霁。与稻孙出买馒头食之。

三十日　晴,午后昙。下午得二弟信并所录《会稽记》、《云溪杂记》各一帖[6]，二十六日发(42)。晚小风雨，夜大雨。

* * *

〔1〕 指巴拿马太平洋万国博览会。该会系为庆祝巴拿马运河建成而举行，1915年1月1日在美国旧金山开幕。全国儿童艺术展览会闭幕后，从展品中选出一〇四种共一二五件，交中国筹备巴拿马赛会事务局运往展出。

〔2〕《异域文谭》 日记又作《异或文谈》，此稿《庸言报》未见刊出。疑为周作人关于希腊文学的几篇文章，鲁迅抄改后，于1915年集为《异域文谭》一书，由绍兴墨润堂印行。

〔3〕 三叶虫僵石 三叶虫，上古生物，盛于寒武纪，灭于二迭纪，距今二亿三千万年前。僵石，化石。

〔4〕 為替券 日语：汇票。

〔5〕《炭画》约言 即本年1月16日鲁迅代表周作人与上海文明书局代表订立的印行《炭画》合同。

〔6〕 此二帖均系周作人录自《嘉泰会稽志》，共四页，寄鲁迅供整理《会稽郡故书杂集》之用，稿现存。

七 月

一日 晴。自本日起部中以上午八至十一时半为办公时间。上午寄二弟信(四十三)。午后理发。下午小睡，起写《典录》[1]至夜。

二日 昙。午同齐寿山至益锠，饭已往许季上寓，约之同游畿辅先哲祠。下午得二弟所寄《绍兴教育会月刊》第九期五册,六月二十八日付邮。

三日　晴。午同陈师曾往钱稻孙寓看画帖。夜许季市来。

四日　昙。上午得二弟信并丰丸画一枚,六月三十日发(43)。午后赴留黎厂买《四十二章经等三种》一册,《贤愚因缘经》一部四册,共七角二分〔一〕厘,又买《国学汇刊》第九期一部二册,一元五分。下午雨。许季上来。

五日　小雨。星期休息。午后寄二弟书一包,计《起信论》两本,僧肇《宝藏论》一本,护教诸书七本,共十本也。下午晴。晚宋紫佩来。

六日　晴。上午寄二弟信(四十四)。

七日　昙,午小雨,下午大雨,顿凉。

八日　雨。上午得重久葉书,言已退队,一日东京发。午后晴。下午许季上来。

九日　晴。无事。晚雨。夜邻室博簺扰睡。

十日　小雨。上午得二弟信并日本邮券一帖,五日发(44)。又得二弟信,言弟妇于五日下午十一时生一女[2],又附《会稽旧记》[3]二叶,六日发(45)。得钱稻孙信。下午霁。晚许诗荃来。夜小雨。

十一日　昙。上午寄二弟信(四十五)。午后赴晋和祥买糖二瓶。又往有正书局买阿含部经典十一种共五册,六角四分;《唐高僧传》十册,一元九角五分。

十二日　晴,大热。星期休息。下午访董恂士。夜裘子元来。

十三日　晴,午后大雷雨,下午霁。无事。夜又大雨。

十四日　雨,午后霁。夜裘子元来。又雨。

十五日　昙,上午晴。得二弟信并所录《会稽先贤传》[4]一纸,十一日发(46)。

十六日　小雨,上午晴。寄二弟信(四十六)。下午盛热。夜雷电,大雨。

十七日　昙,上午晴,盛热,下午风。往升平园浴,又至晋和祥买食物一元。晚小雨,夜雷电,大雨一陈,热亦不解。

十八日　昙,风。午大雨一陈,午后霁。晚细雨,夜大雨。

十九日　昙,午前许季上来。午后小雨。裘子元来。今日星期休息也。

二十日　昙,上午得二弟信并邮券一帖,十六日发(47)。晚宋子佩来。

二十一日　晴。上午寄二弟信(四十七)。午前同沈商耆往看筹边学校房屋可作图书馆不。夜许季市来,赠以《绍兴教育会月刊》第九期一册。

二十二日　晴,热。下午往留黎厂买古泉不成,购《曹集铨评》二册归,价一元。

二十三日　大热,晚大风,下少许雨。腹写。

二十四日　雨,午后晴,下午又雨一陈。

二十五日　雨。上午得二弟信,二十一日发(48)。夜大雨。

二十六日　晴。星期休息。上午寄二弟信(四十八)。午往季市寓,晚归。

二十七日　昙。上午收本月俸二百四十元。捐入佛教经典流通处二十元,交许季上。午雨一陈即晴。下午许季市来。晚雷,大风雨,少顷霁。

二十八日　晴。上午朱舜丞来。下午得许季市笺并《大方广佛华严经著述集要》一夹十二册,《十二门论宗致义记》一部,《中论》一部,《肇论略注》一部,各二册,从留黎厂代买来,共直三元二角二厘。

二十九日　上午寄二弟书籍三包:一,《贤愚因缘经》四本,《肇论略注》二本;二,《大唐西域记》四本,《玄奘三藏传》三本;三,《续高僧传》十本。托许季上寄金陵刻经处[5]银五十元,拟刻《百喻经》[6]。午前同钱稻孙至观音寺街晋和祥午饭。又至有正书局买《瑜伽师地论》一部五本,二元六角;《镡津文集》一部四本,七角八分;梁译、唐译《起信论》二册,一角五分六厘。夜邻室大赌博,后又大诤,至黎明诤已散去,始得睡。

三十日　晨得二弟信,言重久已到上海,二十六日发(49)。

三十一日　上午寄二弟信并本月家用一百元(四十九)。下午宋守荣来,其名剌忽又改名宋迈而字洁纯云。访许季市还买经钱,并借《高僧传》一部归。晚杜海生来。夜雷电,大风雨,良久止。

*　　*　　*

〔1〕《典录》　即晋代虞预所撰《会稽典录》,原书佚。鲁迅从

《太平御览》等书中辑出,并作《〈典录〉序》,后均收入《会稽郡故书杂集》。序文现编入《古籍序跋集》。

〔2〕 即周谧,又名静子。

〔3〕《会稽旧记》 即晋代贺循所撰《会稽记》,原书佚。此系周作人遵鲁迅嘱从《宝庆会稽续志》、《会稽三赋注》等书中辑出,鲁迅整理重抄后,曾作《贺循〈会稽记〉序》,后均收入《会稽郡故书杂集》。序文现编入《古籍序跋集》。

〔4〕《会稽先贤传》 原书佚。此系周作人遵鲁迅嘱从《太平御览》、《初学记》等书中辑出,鲁迅整理重抄后,作《谢承〈会稽先贤传〉序》,后均收入《会稽郡故书杂集》。序文现编入《古籍序跋集》。

〔5〕 金陵刻经处 日记又作南京刻经处。清末居士杨文会创办于南京成贤街。专事刻印佛经,规模大而校刻精确。所刻佛经在亚洲各佛教国很有影响。

〔6〕 拟刻《百喻经》 鲁迅为祝母寿,托金陵刻经处刻印《百喻经》一百册,前后共汇款六十元,1915年1月印成。余资六元拨刻《地藏十轮经》。

八 月

一日 晴。下午往晋和祥及稻香村,共买食物二元。夜小风。

二日 晴。星期休息。王书衡寄其父讣,赙二元。上午访季自求于南通馆,贻以日本邮券十余枚。游留黎厂书肆,大热,便归。下午小雨。

三日 昙,上午晴。无事。

四日 晴。晨得二弟信,言重久已入越,七月三十一日发

(50)。下午刘历青来,晚同至广和居饭,以柬招季自求,未至。夜雨少许。

五日　晴。上午寄二弟信(五十)。

六日　晴,下午昙。无事。夜胃痛。

七日　雨,下午晴。访许季市还《高僧传》,借《弘明集》。胃痛。

八日　昙,上午晴,下午复昙。往有正书局买〔唐〕、宋、明《高僧传》各一部十册,《续原教论》一册,共银一元九角三分七厘。又至观音寺街买食物五角。

九日　晴,风。星期休息。上午得二弟信并虞世南文一叶,五日发(51)。下午许季上来。寿洙邻来。得二弟所寄《越中文献辑存》书四本,又日译显克微支《理想乡》一本,均三日付邮。夜九时季上去。

十日　上午寄二弟信(五十一)。晚又寄一邮片,告以书籍已至。夜雨。

十一日　雨,上午晴。得重久邮片,七月二十七日上海所发,今日始达,共阅十六日。佣剃去辫发,与银一元令买冒。午季市遗食物二品,取鹜还梅糕,以胃方病也。下午得朱遏先信,问启孟愿至太学教英文学不。夜大风雨。

十二日　晴。午后一时至三时有行政方针讨论会,自本日起为社会教育司也。下午寄许季上信。晚复朱遏先信。夜宋子佩来。齿痛。

十三日　晴,大热。上午寄伯撝叔信南京。夜范芸台、许诗荃来。

十四日　晴,大热。上午得二弟信,十日发(52)。下午风雨一陈。

十五日　上午寄二弟信(五十二)。午后昙,雨大降,旁晚少霁。

十六日　昙。星期休息。上午晴。午前季自求来,下午同至宣武门外大街闲步。晚往观音寺街买食物二元。夜宋子佩来。风,大雷雨。

十七日　晴。下午钱稻孙来。

十八日　午前见策令,进叙四等[1]。理发。下午同徐吉轩至通俗图书馆小坐,次长亦至。夜雷,大风雨。写《志林》四叶。[2]

十九日　昙。下午得二弟信,十五日发(53)。许季上来。晚得朱舜丞信。夜许季市来,即去。

二十日　晴。上午寄二弟信(五十三)。答朱舜丞信。部令给四等奉。晚沈生应麟来,旧绍府校生,名刺云字仁俊,假去银二十元。夜陶书臣来谭。

二十一日　昙。上午得伯撝叔信,十八日南京发。午后小雨。

二十二日　昙。上午得二弟信,十八日发(54)。午后许季市来,同至钱粮胡同谒章师,[3]朱遏先亦在,坐至旁晚归。雨。

二十三日　晴,风。星期休息。上午寄二弟信(五十四)。午后往留黎厂有正书局买《老子翼》四册,《阴符道德冲虚南华四经发隐》合一册,又石印《释迦佛坐象》、《华严法会图》各一枚,《观音象》四枚,共银一元八分。

二十四日　晴。午后行政方针研究会讫。观象台[4]送月刊《气象》一册。始食蒲陶。下午杜海生来,晚同至广和居饭。

二十五日　下午季市来。

二十六日　上午收本月奉银二百八十元。夜季市来。

二十七日　晨得二弟信,二十三日发(55)。上午裱糊居室,工三元。午后赴邮政局,又至临记及稻香村共买食物一元。下午往升平园浴。往留黎厂直隶官书局买《墨子闲诂》一部八册,三元;《汪龙庄遗书》一部六册,二元;《驴背集》一部二册,六角。

二十八日　上午寄二弟信并本月家用百元(五十五)。下午常毅箴来保去投考知事者一名,王樞,山阴人。晚朱遏先来。

二十九日　昙。午前至图书分馆借《资治通鉴考异》一部十册。下午往留黎厂买栗壳色纸二枚,锥一具。又至观音寺街买牛肉、火腿各四两。夜子佩来。

三十日　晴。星期休息。上午得二弟信并儿童学书目录二纸,二十六日发(56)。午后访许季市,与以书目,在客室坐少顷归。晚大风,又雷电而雨,良久止也。

三十一日　晴。上午寄二弟信并《闺情》[5]译文一篇,新希腊人蔼氏作,其所旧译,云将入《炙社杂志》,故还之(五十六)。夜许诗荃来。

※　　※　　※

〔1〕 进叙四等　按当时《中央行政官官等法》,除特任官外,官分九等,佥事属荐任官,有四五两等。鲁迅原为五等官,现提至四等。

〔2〕 写《志林》四叶　鲁迅校录后并作《〈志林〉序》。序文现编入《古籍序跋集》。

〔3〕 至钱粮胡同谒章师　1913年8月,章太炎因共和党事务由上海赴北京,遭袁世凯软禁。先禁于一所已废军校,后移龙泉寺。1914年6月,章太炎绝食抗议,遂移东城钱粮胡同。鲁迅等弟子常往探视。直至1916年袁世凯死后,章才获释。

〔4〕 观象台　我国古代观测天文和气象的机构,明清两代属"钦天监"管理,在北京建国门内。建于明正统七年(1442),1912年改称中央观象台,归教育部管辖。

〔5〕《闺情》　小说,希腊蔼夫达利阿谛思著。周作人将它与另两篇译文以《新希腊小说三篇》为题,发表于1914年12月出版的《叒社丛刊》第二期。

九　月

一日　晴。自本日起教育部以上午十时至下午四时半为办公时间。午同齐寿山至益锠饭。下午陈仲骞赠《泛梗集》一部,吴之章著,排印本。

二日　昙。上午得二弟信,八月二十九日发(57)。颇燠,夜有雷。

三日　昙。午前得相模屋书店邮片,八月二十八日发。夜小雨。

四日　昙。晨至交通银行换钱券,又至交民巷日邮局寄东京羽太家信并月用钱二十元,又寄相模屋书店信并书籍费

133

四十元,一·二七换,共需七十六圆八角。上午齐寿山赠深州桃一枚。午同陈师曾至益昌饭。夜子佩来。旧七月十五日也,孺子多迎灯。月食。

五日　昙。上午寄二弟信(五十七)。下午直睡至晚。童亚镇、王式乾、徐宗伟来,童贻茗二罐,又还旧所假二十五元。夜雨一陈,俄又大雨。

六日　晴。星期休息。上午许季市来。午后至琉璃厂买《十二因缘》等四经同本一册,《起信论直解》一册,《林间录》二册,共五角五分二厘。又买明南藏本《大方广泥洹经》、《般涅槃经》、《入阿毗〔达〕磨论》各一部,各二册,共一元五角;严氏《诗缉》一部十二册,一元五角。下午访季市,还《宏明集》,借《文选》。晚大风,雷,小雨。

七日　雨,上午晴。得二弟信,三日发(58)。下午同许季上至琉璃厂保古斋买得《阿育王经》一部,阙第二、三两卷,又《付法藏因缘经》一部,阙第一卷,共十册,价二元。晚陶望潮来。

八日　昙。晚童亚镇来。夜寄陈公侠信。以《大方等泥洹经》二册赠季上。

九日　昙,大风。晨童亚镇、王式乾、徐宗伟来,各贻以《炭画》一册,又同至工业专门学校[1]为作入学保人,计王、徐二人,又徐元一人。午后晴。

十日　风。上午寄二弟信(五十八)。午后游小市,无所买。下午得陈公侠信。

十一日　晴。午往许季上寓。下午韩寿晋来并还银十五元，其兄寿谦所假也。

十二日　晨得二弟信，七日发(59)。上午寄陶望潮信，附介绍于陈公侠之函一封。寄二弟书籍两包，一：《过去见在因果经》一，《镡津文集》四，《老子翼》四，《阴符等四经发隐》一，共十本。一：《宋高僧传》八，《明高僧传》二，《林间录》二，《续原教论》一，共十三本。午后至有正书局买憨山《老子注》二册，又《庄子内篇注》二册，共五角九分。又至保古斋买《备急灸方附针灸择日》共二册，二角。次至稻香村买食物三品，五角也。下午与宋紫佩信，还《通鉴考异》，借《两汉书辨疑》及《三国志注补》，共十七册。晚紫佩来。

十三日　昙。星期休息。上午许季上来。午前雨一陈即晴。下午往图书分馆还昨所借两书，又至临记洋行买饼饵一元。途中又遇大雨一陈，又即晴。夜风，雷电又雨，少顷复霁。从季上借得《出三藏记集》残本，录之，起第二卷。

十四日　晴。上午许季上赠木刻印《释迦立像》一枚，梵书"唵"字一枚。午后以去年所得九、十两月国库券二枚买内国公债一百八十元。下午昙，夜大雷雨。

十五日　晴。上午寄二弟信(五十九)。下午昙。晚商契衡、王镜清来。

十六日　晴。以总统生日休假一日。晨得二弟信，十二日发(60)。下午往琉璃厂买《长阿含经》一部六本，《般若心经五家注》一本，《龙舒净土文》一本，《善女人传》一本，共银一元五角三分四厘。得许季上信，借去《付法藏因缘经》五本，《金刚经六译》及众家注论共八本。

十七日　昙。上午得相模屋书店邮片,十日发。午后许季上自常州天宁寺邮购内典来,分得《金刚经论》一本,《十八空百广百论合刻》一本,《辨正论》一部三本,《集古今佛道论衡》一部两本,《广弘明集》一部十本。晚朱舜丞来,即去。夜季市来,索去《或外小说集》第一、第二各一册。

十八日　大雷雨,上午稍止。晚风,夜顿凉,著两夹衣。

十九日　昙。上午寄二弟信(六十)。从许季上分得《菩提资粮论》一册。下午晴。商契衡来,付与学资六十元,本年所助讫。夜食蟹。陶书臣来谭。

二十日　晴。星期休息。上午得二弟信,十六日发(61)。午后陶望潮来。

二十一日　上午寄二弟信(六十一)。

二十二日　晴,风。下午往图书分馆借《晋书辑本》等九册。晚沈衡山来。

二十三日　上午还许季上经钱三元。下午收到文官甄别合格证书[2]一枚。夜许季市来。宋子佩来。风。

二十四日　晴。上午得东京羽太家信,十九日发。夜风。

二十五日　晴。晨得二弟信,二十一日发(62)。

二十六日　昙。晨寄二弟信(六十二)。上午收本月俸钱二百八十元。下午晴。同许季上往有正书局买佛经,得《大安般守意经》一部一册,《中阿含经》一部十二册,《阿毗达磨杂集论》一部三册,《肇论》一册,《一切经音义》一部四册,共银四元二角六分二厘。又至晋和祥行买帽一,价二元七角。

二十七日　昙。星期休息。上午得沈尹默、朊士、钱中季、马幼渔、朱遏先函招午饭于瑞记饭店，正午赴之，又有黄季刚、康性夫、曾不知字，共九人。下午在书摊买《说文发疑》一部三本，铜元六十枚。写《出三藏记集》至卷第五竟，拟暂休止。

二十八日　晴。无事。

二十九日　昙，午后小雨即晴。下午往西什库第四中学[3]，其开校纪念日也，小立便返。

三十日　晴。上午得二弟信，二十六日发（63）。得陈子英信，二十五日发。晚得朱舜丞来函假去四元。不甚愉，似伤风，夜服金鸡那小丸两粒。

*　　*　　*

〔1〕　工业专门学校　即国立北京工业专门学校，在北京西四牌楼祖家街，设有机械、电机、机织、应用化学等科。

〔2〕　文官甄别合格证书　经文官高等委员会甄别核准，发给鲁迅教育部佥事合格证书。

〔3〕　西什库第四中学　在北京西安门内西什库后库，创立于1906年，1912年9月更名为京师公立第四中学。

十　月

一日　晴。上午寄二弟信并九月家用百元（六十三）。寄日本东京乡土研究社[1]银三元。午后走小市一遍。晚服规那丸二粒。夜许季市来。

二日　昙，午后风。本部开会，为作文以与新闻事也。晚服规那丸二粒。

三日　昙。午至益锠饭。午后又开会　仍是昨事。下午雨。夜服规那丸三粒。

四日　雨。星期,又旧历中秋也,休息。午后阅《华严经》竟。下午霁。许季上来。许季市贻烹鹜一器。晚服规那丸二粒。

五日　昙。上午得二弟信,一日发(64)。下午又开会,仍是前日事也。夜服丸二粒。宋紫佩来。夜半雨,大雷电,一辟历。

六日　晴。上午寄二弟信(六十四)。得二弟所寄《出三藏记集》一本,二日付邮。下午本司集会,讨论诸规程事起。晚王屏华来,假去十元。服规那丸二粒。

七日　晴,风。午后寄南京刻经处印《百喻经》费十元。晚服规那丸二粒。夜齿痛。

八日　晴。上午得二弟信,四日发(65)。午后理发。

九日　午后游小市。下午至留黎厂买纸笔,又买《中心经》等十四经同本一册,《五苦章句经》等十经同本一册,《文殊所说善恶宿曜经》一册,共银三角八分八厘。

十日　昙。国庆日休息。下午晴。至留黎厂宝华堂买《丽楼丛书》一部七册,《双梅景闇丛书》一部四册,《唐人小说六种》一部二册,《三教源流搜神大全》一部二册,共银七元。夜审《会稽典录》辑本。

十一日　晴。星期休息。上午寄二弟信(六十五)。高等师范附属小学[2]开二周年纪念会,下午赴观,遇戴螺舲,至晚回寓。

十二日　昙,午后晴。下午得二弟信,八日发(66)。得陶望潮信,即复之。

十三日　晴。改作皮袍,工三元。

十四日　昙。无事。晚宋紫佩来。

十五日　晴。上午寄二弟信(六十六)。与宋紫佩简并还前所借图书馆《晋纪辑本》等九册。得二弟所寄《绍县小学成绩展览会报告》四册,四日付邮。下午出律师保结二:冀贡泉、郭德修,并山西人。

十六日　晴。上午得二弟信,十二日发(67)。

十七日　晨赴日邮局寄羽太家信并银三十五元,托制儿衣。下午收观象台所送民国四年历书一本。晚寄陈子英信。

十八日　昙,风。星期休息。上午得宋知方信,十一日台州发。午小雨。寄二弟信(六七)。本馆秋祭,许仲南、季市见过。下午季自求来,见雨大降,逸去。夜风。

十九日　晴,大风。季自求昨遗落一烟管,晨往还之。

二十日　晴,风。无事。夜甚冷。

二十一日　晴。上午得二弟信,十七日发(68)。

二十二日　上午寄二弟信(六十八)。寄宋子方信台州。

二十三日　午后同常毅箴游小市,又至戴芦舲寓。

二十四日　昙,午晴。同钱稻孙至小店饭。下午与许仲南、季市游武英殿古物陈列所[3],殆如骨董店耳。晚张协和来。

二十五日　晴。星期休息。上午得二弟信,廿一日发

(69)。得青年会函。午后至留黎厂直隶官书局买陈昌治本《说文解字附通检》一部十册,是扫叶山房翻本,板甚劣,价二元。又至有正书局买《大萨遮尼乾子受记经》一部二册,《天人感通录》、《释迦成道记注》各一册,《法海观澜》一部二册,《居士传》一部四册,共银一元六角七分二厘。又石印《谢宣城集》一本,二角五分。下午陶望潮来。晚往许季市寓。夜胃小痛。

二十六日　晴。上午寄二弟书籍一包,内《宿曜经》一,《释迦成道记注》、《三宝感通录》、《龙舒净土文》、《善女人传》各一,《佛道论衡实录》二,《辨正论》二〔三〕共十册。收本月俸钱二百八十元,即买公债百元,抵以旧有之国库券,不足,与见钱。王屏华还十元。齐寿山与药饼三十枚,是治呼吸器病者也。晚陶书臣属作保人。

二十七日　雨。上午寄二弟信(六十九)。赠钱稻孙《绍教育会月刊》六至十共五册。

二十八日　晴。无事。夜杜海生来。

二十九日　雨。上午得二弟信,二十五日发(70)。午后晴,夜雨。

三十日　晴。晚宋紫佩来。

三十一日　昙。上午寄二弟信并本月家用一百元(七十)。午后雨。

* * * *

〔1〕 乡土研究社　日本杂志社。1913年3月柳田国男创立,出

版民俗研究杂志《乡土研究》,1917年3月停刊。

〔2〕 高等师范附属小学　即国立北京高等师范学校附属小学,1912年成立,校址在厂甸。

〔3〕 古物陈列所　属内务部,1914年10月11日开幕,展出承德清行宫及沈阳清故宫两处所藏文物古玩。

十一月

一日　雨。星期休息。夜风。

二日　雨。晨得二弟信,上月廿九日发(71)。晚风。

三日　晴,大风。午与张仲素、齐寿山、钱稻孙就小店饭。

四日　晴,大冷有冰。上午寄二弟书一包:《丽楼丛书》七册,《唐人小说六种》二册,《三教〔教〕搜神大全》二册,《驴背集》二册,共十三册也。晚始持火炉入卧室。陶书臣来。

五日　上午寄二弟信(七十一),又《功顺堂丛书》一部二十四册,作一包。午后同齐寿山、常毅箴、黄芷洄游小市,买"大泉五十"两枚,"直百五铢"、"半两"各一枚,直一百五十文。

六日　晴,大风。上午得二弟信,二日发(72)。午后同齐寿山、常毅箴游小市。乞桂百铸画山水一小帧。《之江日报》自送来。夜胃小痛。

七日　晴。午后至小饭店午膳。同去者有齐寿山、许季上、钱稻孙,主人张仲素。下午同许季上往留黎厂买《复古编》一部三本,银八角。又《古学汇刊》第十编一部二册,银一元五分。

八日　昙。星期休息。上午寄二弟信并刻书条例[1]一纸(七十二)。晚诗荃来借《化学》。

九日　晴,风。午后与钱稻孙游小市。晚童亚镇来假去银三十元。

十日　晴。上午寄二弟书籍二包,计《古学汇刊》第七至第十编八册共一包,《居士传》四册、《复古篇[编]》三册、《会稽郡故书杂集》草本[2]三册共一包。下午昙。晚宋紫佩来。夜雨雪。

十一日　昙。午后得二弟信,七日发(73)。又得陶念卿先生信,亦七日发。

十二日　昙。上午寄二弟信(七十三),又书籍一包,计憨山《道德经注》二册,《庄子内篇注》二册,《天人感通录》一册,《会稽郡故书杂集》初稿三册。

十三日　昙,午后晴。下午自部至许季上家小坐。得宋紫佩来信。

十四日　晴,大风。午后往城南医院访毛漱泉。

十五日　晴。星期休息。下午往留黎厂,途遇季自求方来,因同往,至宝华堂买《说文校议》一部五册,《说文段注订补》一部八册,共价四元。归过南通馆坐少顷,持麻糕一包而归。夜得二弟信,十二日发(74)。

十六日　晴,午同齐寿山之市饭。

十七日　上午寄二弟信(七十四)。午后同常毅箴、黄芷涧之小市。夜雨。

十八日　晴。午后游小市。夜得二弟信,十五日发(75)。

十九日　昙,上午晴。午后同齐寿山之市饭。

二十日　晴。午后之小市买古泉七枚,直铜元三十,有"端平折三"一枚佳。晚季市送肴一器。

二十一日　晴。上午寄二弟信(七十五)。午后之小市。夜韩寿晋来假去二十元。

二十二日　晴。星期休息。上午得陈子英信,十八日发。午后刘立青来,捉令作画。季自求来。许季上来,借《阅藏知津》去。魏福绵来。晚至广和居餐,同坐有程伯高、许永康、季自求,而立青为主。

二十三日　晴,风。上午得二弟信并柳恽诗二叶,十九日发(76)。午后之小市,因大风地摊绝少。晚宋紫佩来。

二十四日　晴。无事。

二十五日　午后得羽太福子函,十六日发。夜许季市来。

二十六日　昙。上午寄二弟信(七十六)。答陶念钦先生信。得二弟所寄书籍两束,计《小学答问》二部二册,《文史通义》一部六册,《慈闱琐记》一册,二十二日付邮。午后至东交民巷寄相模屋书店信,代子英汇书款日金三十圆,需中银至四十元。下午得妇来书,二十二日从丁家弄朱宅发,颇谬。晚童亚镇来,言已汇款百元于家,因即付之,复除下前所借之三十元,与之七十。

二十七日　晴。上午得二弟信,二十三日发(77)。夜译《儿童观念界之研究》[3]讫。

二十八日　昙。上午寄陈子英信。下午至有正局买汤注陶诗石印本一册,银二角。又封套一束,五分。晚魏福绵来取去银百元,云便令家汇与二弟也。夜毛漱泉来,赠以《炭画》一册。

二十九日　昙。星期休息。午晴。午后往南通县馆访季自求,以《文史通义》赠之。至青云阁买牙粉一合,六角。至文明书局买仇十州绘文徵明书《飞燕外传》一册,一元六角。《黄癭瓢人物册》一册,九角六分。夜风。

三十日　昙。上午得二弟明信片,云由童亚镇家汇款百元已到,二十六日发。夜微风。

* * * *

〔1〕刻书条例　指绍兴许广记刻书铺刻印《会稽郡故书杂集》的协议。

〔2〕《会稽郡故书杂集》草本　鲁迅10月21日作序后,于10月30日将序寄周作人;是日和12日将草本与初稿寄回绍兴,交许广记刻书铺刻印。

〔3〕《儿童观念界之研究》　日本高岛平三郎(1865—1947)作。译文发表于《全国儿童艺术展览会纪要》(1915年3月)。

十二月

一日　晴,上午昙。寄二弟信(七十七)。午后风。晚季市来。

二日　晴。上午得二弟信,前月二十八日发(78)。

三日　昙。上午收十一月俸银二百八十元。午后从王仲猷买得新华银行储蓄票[1]一枚,价十元,第六十万二千四百七十五号。

四日　晴。上午与季市函。

五日　午后同常毅箴之小市,买古泉二枚,正书"唐国通宝"一枚,"洪化通宝"一枚,共五铜元。下午往流黎厂买《支那本大小乘论》残本七册,价二元。夜胃痛。

六日　晴。星期休息。上午寄二弟信(七十八)。商契衡来。下午往留黎厂买南宋泉五枚"庆元折三"背"五"、"六"各一枚,"绍背"三"字定折二"背"元"字一枚,"咸淳平泉"枚,又一价五角。又买《神州大观》第六集一册,一元七角五分;《三论玄义》一册,一角零四厘。夜服姜饮。得二弟信,三日发(79)。风。

七日　晴,风。午后同齐寿山出饮加非。以支那本藏经"情"字二册赠许季上。寄商契衡信托借《类说》,不得。童亚镇来贻茗二合,假去二十元。晚子佩来。

八日　上午寄朱遏先函。午后同齐寿山、戴螺舲、许季上至益锠饮加非。得相模屋书店明信片,二日东京发。

九日　晨至交民巷日邮局寄羽太家信,附与福子笺一枚,银二十五圆,内十五元为年末之用也。午后同夏司长往留黎厂买书,自买《楷帖四十种》一部四册,《续楷帖三十种》一部四册,分装两匣,价共十六元八角五分。

十日　上午寄二弟信(七十九)。午后往留黎厂代部买书。陈师曾为作山水四小帧,又允为作花卉也。

十一日　昙。午后同齐寿山之小市。下午风。

十二日　晴。上午得二弟信,附芳子信又书目二纸,八日发(80)。午后邀仲素、寿山、芦舲、季上至益昌饭。得朱遏先信,本日发。晚访季市。商契衡来。

十三日　星期休息。午后季市来,又同至马幼渔寓,见君默、叵士、遏先、中季,晚归寓,还幼渔《四明六志》一部。夜宋紫佩来。季市来。服药治胃。

十四日　昙,下午风。买益昌饼饵两种。

十五日　晴。上午寄二弟信,附答芳子笺(八十)。送程伯高《小学答问》一册。下午风。晚季市送蒸鸭火腿一器。夜毛漱泉来。得陈子英信,十二日发。十二时顷小舅父自越中来,谭至二时顷。其行李在天津,借与被褥。

十六日　无事。夜大风。

十七日　昙。上午得二弟信,十三日发(81)。夜风一陈。

十八日　晴。午后至同记理发。晚绕小市归。

十九日　午同稻孙至益昌饭,又买饼饵一合,一元二角。午后同季市至劝业场。

二十日　星期休息。上午寄二弟信(八十一)。午前许季上来谈。下午至留黎厂买《尔雅正义》一部十本,一元。又石印汉碑四种四册,一元二角五分。又买古竟一面,一元,四乳有四灵文。小舅父交来家托寄鱼干一合,又送牛肉两小合。

二十一日　昙。午后与齐寿山至小市。夜风。得二弟信,十八日发(82)。

二十二日　晨雪积半寸,上午霁。毛漱泉将返越,来别,假银二十元。午后同徐吉轩、许季上至通俗图书馆检阅小说。

二十三日　冬至。休息。午后季市来,即同至马幼渔寓,晚归。伤风。

二十四日　晴。午后同齐寿山至小市。夜季市来。

二十五日　上午稻孙来，以《哀史》二册见借。寄二弟信(八十二)。同馆朱姓者尚无棉衣，赠五元，托陈仲篪转授。晚许诗荃来。夜风。

二十六日　午后得二弟所寄印书格子纸十枚，十九日发。晚童亚镇、王镜清来。

二十七日　晴，风。星期休息。午后至有正书局买《黄石斋夫人手书孝经》一册，三角；《明拓汉隶四种》、《刘熊碑》、《黄初修孔子庙碑》、《匋斋藏瘗鹤铭》、《水前拓本瘗鹤铭》各一册，共价二元五角五分。下午得二弟信，附三弟妇笺，二十三日发(83)。得重久信，同日发。晚童亚镇来假去银三十元。

二十八日　上午得本月俸二百八十元，托齐寿山存二百元，颁当差者八元。

二十九日　昙。午后同齐寿山至益昌饭。

三十日　昙。上午寄二弟信，附与芳子笺(八十三)。寄陈子英信。得羽太家信，二十日发。午后至留黎厂文明书局买《文衡山手书离骚》一册，又《诗稿》一册，《王觉斯自书诗》一册，《王良常楷书论书賸语》一册，《王梦楼自书快雨堂诗稿》一册，《沈石田移竹图》一册，共价银壹元四角三分五厘。又至有正书局买《张樗寮手书华严经墨迹》一册，参角五分；《黄小松〔所〕藏汉碑五种》一部五册，一元二角。下午助湖北赈捐[2]二元，收观剧券一枚。买清秘阁纸八十枚，笔二支，价二元。晚舅父来谈，假去十元。季市来。夜风。

147

三十一日　晴。上午往马幼渔寓,见朱遏先、沈尹默、叚士、钱中季、汪旭初、吴[胡]仰曾、许季市,午饭后归。得陈师曾明信片。晚本部社会教育司同人公宴于西珠市口金谷春,同坐为徐吉轩、黄芷涧、许季上、戴芦舲、常毅箴、齐寿山、祁柏冈、林松坚、吴文瑄、王仲猷,共十一人。夜黄元生来。张协和送肴饵,受肴返饵。

*　　*　　*

〔1〕 储蓄票　当时财政部为缓解财政困难,委托新华银行发行储蓄票一千万元。原定三年内分三次抽签返还,后延期返还并贬值。

〔2〕 湖北赈捐　1914年秋,湖北江汉、襄阳等三十余县水、旱、虫灾严重,仅汉川等四县灾民即多达六十万人。9月19日,湖北省向北京政府请求救济。

甲寅书帐

听桐庐残草一册　〇·一〇　一月三日

陆放翁全集三十六册　一六·〇〇

古学汇刊第七期二册　一·〇五　一月十一日

六朝人手书左氏传一册　〇·四〇　一月十八日

林和靖手书诗稿一册　〇·四〇

祝枝山手书艳词一册　〇·三〇

吴谷人手书有正味斋续集之九一册　〇·四〇

唐人写本唐均残卷一册　一·〇〇

元和姓纂四册　一·〇〇　一月二十四日

春晖堂丛书十二册　四·〇〇

徐孝穆集笺注三册　三·〇〇　一月二十七日　　二七·六五〇

影北宋本二李唱和集一册　一·〇〇　二月一日

陈氏重刻越中三不朽图赞一册　〇·五〇

百孝图二册　一·〇〇

朱氏重刻平津馆丛书四十八册　一四·〇〇

十万卷楼丛书一百十二册　一九·〇〇　二月八日　三五·五〇〇

梁闻山书阴符经一册　〇·一五　三月十五日

翁松禅书书谱一册　〇·四〇

宋元名人墨宝一册　〇·六〇

小万卷楼丛书十六册　四·五〇　三月二十九日　　　五·六五〇

古学汇刊第八期二册　一·〇五　四月四日

两浙金石志十二册　二·四〇

法句经一册　〇·一三　四月十八日

三教平心论一册　〇·一三

阅藏知津十册　二·〇〇

选佛谱二册　〇·三一二

释迦如来应化事迹三册　〇·九〇

华严经合论三十册　五·七二　四月十九日

华严决疑论二册　〇·二八六

维摩诘所说经注二册　〇·三五一

宝藏论一册　〇·〇五二　　　　　　　　　一三·三三一

般若灯论三册　〇·六五　五月十五日

大乘中观释论二册　〇·三九

大乘法界无差别论疏一册　〇·一四三

十住毘婆沙论三册　〇·七二八

神州大观第五期一册　一·六五　五月十九日

中国名画第十七集一册　一·五〇　五月二十三日

华严眷属三种一册　〇·一〇四

思益梵天所问经一册　〇·二〇八　五月三十一日

金刚般若经六种译一册　〇·一九五

金刚经心经略疏一册　〇·一三六

金刚经智者疏心经靖迈疏合一册　〇·一四三

八宗纲要一册　〇·一二八　　　　　　　　五·九七四

大乘起信论梁译一册　〇·〇七八　六月三日

大乘起信论唐译一册　〇·〇七八

大乘起信论义记二册　〇·四一六

释摩诃衍论四册　〇·五九八

发菩提心论一册　〇·〇七八

显扬圣教论四册　〇·七八〇

破邪论一册　〇·一一七

护法论一册　〇·〇七一

折疑论二册　〇·二〇八

一乘决疑论一册　〇·〇七一

慈恩寺三藏法师传三册　〇·五二〇

三宝感通录一册　〇·二三四

清重刻龙藏汇记一册　〇·二三四

贤首国师别传一册　〇·〇五　六月六日

心经金刚经宗泐注一册　〇·一一四

心经直说金刚决疑一册　〇·一五〇

心经释要金刚破空论一册　〇·一五〇

心经二种译实相般若经合一册　〇·〇八五

金刚经宗通二册　〇·一八〇

佛教初学课本一册　〇·一三六　　　　　　四·四七六

四十二章经等三种合本一册　〇·〇四五　七月四日

贤愚因缘经四册　〇·六七六

国学汇刊第九期二册　一·〇五〇

过去现在因果经一册　〇·二三四　七月十一日

楼炭经二册　〇·二四七

四谛等七经同本一册　〇·〇七一

阿难问事佛等二经同本一册　〇·〇五二

唐高僧传十册　一·九五〇

曹集铨评二册　一·〇〇　七月二十二日

中论二册　〇·三七二　七月二十八日

十二门论宗致义记二册　〇·二四一

大方广华严著述集要十二册　二·二六二

肇论略注二册　〇·三二七

瑜伽师地论五册　二·六〇〇　七月二十九日

镡津文集四册　〇·七八〇

起信论二种译二册　〇·一五六　　　　　一三·〇一八

续原教论一册　〇·一〇四　八月八日

宋高僧传八册　一·五六〇

明高僧传二册　〇·二七三

老子翼四册　〇·六五　八月二十三日

阴符等四经发隐一册　〇·一八二

定本墨子闲诂八册　三·〇〇　八月二十七日

汪龙庄遗书六册　二·〇〇

驴背集二册　〇·六〇　　　　　　　　　八·三七〇

泛梗集二册　陈仲骞赠　九月一日

十二因缘四经同本一册　〇·〇五八　九月六日

起信论直解一册　〇·二〇八

林间录二册　〇·二八六

152

佛说般泥洹经二册　〇·五〇

佛说大方广泥洹经二册　〇·五〇　九月八日持赠许季上

入阿毗达磨论二册　〇·五〇

严氏诗缉十二册　一·五〇

付法藏因缘经五册　一·〇〇　九月七日

阿育王经五册　一·〇〇

憨山道德经解二册　〇·二八　九月十二日

憨山庄子内篇注二册　〇·三一〇

备急灸方附针灸择日编集二册　〇·二〇

长阿含经六册　一·〇一四　九月十六日

般若心经五家注一册　〇·一一七

龙舒净土文一册　〇·二四七

善女人传一册　〇·一五六

金刚般若密经论一册　〇·一八七　九月十七日

辨正论三册　〇·三七四

十八空百广百论合刻一册　〇·一五四

古今佛道论衡录二册　〇·二四二

广弘明集十册　一·七六

菩提资粮论一册　〇·一五四　九月十九日

大安般守意经一册　〇·〇八四　九月二十六日

中阿含经十二册　二·五二〇

阿毗昙杂集论三册　〇·五二八

肇论一册　〇·一三〇

一切经音义四册　一·〇〇

鲁 迅 日 记（一）

说文发疑三册　〇·四六〇　九月二十七日　　　　一五·一七八
中心经等十四经同本一册　〇·一二　十月九日
五苦章句经等十经同本一册　〇·一六八
文殊所说善恶宿曜经一册　〇·一〇〇
丽楼丛刻七册　三·〇〇　十月十日
双梅景闇丛书四册　二·〇〇
唐人小说六种二册　一·〇〇
绘图三教源流搜神大全二册　一·〇〇
大萨遮尼乾子授记经二册　〇·三三六　十月二十五日
释迦成道记注一册　〇·一〇〇
天人感通录一册　〇·〇六
法海观澜二册　〇·三三六
居士传四册　〇·八四〇
陈氏本说文解字附通检十册　二·〇〇
谢宣城集一册　〇·二五〇　　　　　　　　　一一·三一〇
复古编三册　〇·八〇　十一月七日
古学汇刊第十编二册　一·〇五
说文校议五册　二·〇〇　十一月十五日
说文段注订补八册　二·〇〇
陶靖节诗集汤注一册　〇·二〇　十一月二十八日
仇十州飞燕外传图一册　一·六〇　十一月二十九日
黄瘿瓢人物册一册　〇·九六〇　　　　　　　八·六一〇
支那本大小乘论静至逸字共七册　二·〇〇　十二月五日
　　　　　　　　　　　　　　情字二册于七日赠许季上
三论玄义一册　〇·一〇四
　　　　　　　十二月六日

154

神州大观第六集一册　一·七五〇

晋唐楷帖四十种四册　一〇·一五　十二月九日

续楷帖三十种四册　六·七〇

尔雅正义十册　一·〇〇　十二月二十日

泰山秦篆二十九字一册　〇·二五

汉石经残字一册　〇·二〇

东海庙残碑一册　〇·四〇

天发神谶碑一册　〇·四〇

明拓汉隶四种一册　〇·六〇　十二月二十七日

汉刘熊碑一册　〇·三〇

魏黄初修孔子庙碑一册　〇·二五

匋斋藏瘗鹤铭二种一册　一·〇〇

水前拓本瘗鹤铭一册　〇·四〇

黄石斋夫人手书孝经定本一册　〇·三〇

文衡山书离骚真迹一册　〇·三五　十二月三十日

文衡山自书诗稿一册　〇·二一

王觉斯诗册一册　〇·一四五

王良常论书賸语一册　〇·一四

王梦楼自书诗稿一册　〇·一四

沈石田移竹图一册　〇·三五

张樗寮华严经墨迹一册　〇·三五

黄小松臧汉碑五种五册　一·二〇　　　　二八·七八九

　　总计一七七·八三四,较去年约减五分之二也。十二月卅一日夜记。

乙卯日记

正 月

一日　昙。例假。午后晴。季市送二肴,转送舅父。下午得齐寿山明信片。得二弟信,去年十二月二十八日发(84)。狄桂山来访。晚季上来,饭后同至第一舞台观剧[1],十二时归。

二日　晴。例假。上午钱稻孙来。张协和来。午后宋紫佩来。往留黎厂直隶官书局买《说文解字系传》一部八册,二元;《广雅疏证》一部八册,二元五角六分。下午王式乾、徐宗伟来,假去二十元。刘立青、季自求来,晚至广和居饭。

三日　晴,风。星期例假。午后寄二弟书籍两包:《放翁文集》一部十二册一包,《诗集》八册一包。下午车耕南来。陶书臣来。晚得二弟信,十二月卅日发(85)。

四日　晴。上午寄二弟信(一)。赴部办事,十一时茶话会。午后同汪书堂、钱稻孙至益昌饭。下午寄二弟书籍一包,内《阅藏知津》一部十本,《后甲集》一部二本。又发明信片一枚。夜风。

五日　晴。午前全部人员摄景。下午赴交通银行取公款。

六日　昙。上午得二弟信,二日发(1)。寄二弟《剑南诗稿》十六本,分作二包。寄西泠印社信并银九元,豫约景宋本《陶渊明集》二部四元,景宋本《坡门酬唱集》一部三元,《桃花扇》一部一元二角,邮费八角。午后雨雪,至夜积半寸。

七日　晴。上午寄二弟信(二)。得二弟信,三日发(2)。下午刘济舟至部见访。晚刘升持来醉枣一升,取一半,与百文。宋紫佩来。

八日　微雪。午后至日本邮局取《乡土研究》二十册。晚魏福绵来。

九日　微雪。上午寄二弟《乡土研究》一包。

十日　晴。星期休息。午前寄二弟信(三)。午后往南柳巷访刘济舟,未遇。至文明书局买《因明论疏》一部二册,四角三分;石印宋本《陶渊明诗》一册,五角。访季自求,不值。下午舅父及陈中簏移住绒线胡同板桥土地庙。晚风。

十一日　昙,大风。上午得二弟信,七日发(3)。《百喻经》刻印成,午后寄来卅册,分贻许季上十册,季市四册,夏司长、戴芦舲各一册。收拾历来所购石印名人手书及石刻小册,属工汇订之,共得三十本也。夜商生契衡来取去学费三十元。

十二日　晴,大风,烈寒。午后赠稻孙《百喻经》一本。

十三日　晴,风,甚冷。上午寄二弟《百喻经》六本一包。午后同齐寿山至益昌饭。下午得二弟所寄《叕社丛刊》第二期一册,去年十二月二十七日付邮。

十四日　昙,冷。上午许季上来。寄二弟信(四)。

十五日　晴。午后同常毅箴游小市。下午韩生寿谦来。又赠稻孙《百喻经》二册,汪书堂一册。夜宋子佩来。

十六日　晴,风。午后同齐寿山饭于益昌。下午至留黎厂官书局买仿苏写《陶渊明集》一部三册,直四元。得二弟信,十二日发(4)。晚约伍仲文、毛子龙、谭君陆、张协和五人共宴刘济舟于劝业场玉楼春饭店。

十七日　晴。星期休息。午后季自求来,以《南通方言疏证》、《墨经正文解义》相假,赠以《百喻经》一本。往留黎厂买《观自得斋丛书》一部二十四册,直五元。晚书工来,令订《法苑珠林》及佗杂书,付资二元。

十八日　晴。午后同汪书堂、齐寿山、钱稻孙饭于益昌。

十九日　昙。上午寄二弟信(五)。得二弟信,十五日发(5)。赠陈师曾《百喻经》一册。

二十日　雨雪。上午得羽太家叶书,十四日发。夜雪止,风。

二十一日　昙。午后同稻孙之益昌饭。晚蒋抑之来,赠以《百喻经》、《炭画》各一册。

二十二日　晴。上午寄二弟信(六)。夜最写邓氏《墨经解》[2],殊不佳。雨雪。

二十三日　雨雪。午后同齐寿山至益昌食茗饵。徐吉轩举子弥月,公贺之,人出一元。下午往留黎厂。

二十四日　晴。星期休息。上午得二弟信,二十日发(6)。夜雨雪。蒋抑之来。

二十五日　微雪,上午晴,下午昙。

二十六日　微雪。上午杨莘士自陕中归,见赠大秦景教流行中国碑[3]额拓本一枚。下午往许季上家,乞得金鸡纳丸八粒。晚季市赠肴一皿。

二十七日　晴,大风。上午寄二弟信(七),又《教育公报》七本一包。午后收本月俸银二百八十元。夜胃痛,起服重炭酸素特一匕。

二十八日　晴。午后游小市,买"折二嘉熙通宝"一枚。夜杨莘士赠古泉六枚,又小铜器一枚,似是残蚀弩机。大风。

二十九日　晴,大风。上午得二弟信,二十五日发(7)。得伯㧑叔信,由南京托一便人携来。捐与湖北水灾振捐银二元。午后同稻孙至益昌饭。

三十日　晴。午后与稻孙、寿山至益昌饭,饭后游小市。下午至留黎厂买《说文系传校录》一部二册,一元;《随轩金石文字》一部四册,二元四角。晚徐吉轩招饮于便宜坊,共十三人,皆社会教育司员。

三十一日　晴。星期休息。上午寄二弟信并本月费百元(八)。午前同季市往章先生寓,晚归。杜海生来。夜大风。

*　　　*　　　*

〔1〕至第一舞台观剧　湖北省赈灾京剧义演,假座北京前门外西柳树井大街第一舞台举行。鲁迅于1914年12月30日捐助湖北赈款,得到观剧券一张。是为鲁迅最后一次观看京剧。

〔2〕最写邓氏《墨经解》　最写,即撮写。《墨经解》,原名《墨经正文解义》。鲁迅因其"重行更定之文,虽不尽确,而用心甚至,因录以备省览"。只撮录正文未录其注解,题作《墨经正文》。1918年重阅时作《〈墨经正文〉重阅后记》,现编入《集外集拾遗补编》。

〔3〕 大秦景教流行中国碑　唐代的基督教碑刻。唐贞观九年(635)基督教聂斯脱利派(景教)僧侣阿罗本自波斯来中国,建波斯寺,后称大秦寺。建中二年(781)立此碑,上刻中文碑记一千七百八十字,概述景教在中国流传的经过。明代天启三年(1623)在陕西周至出土。

二　月

一日　晴。午后同季市至益昌饭。夜风,微雪。

二日　雨雪。上午得二弟信,正月二十九日发(8)。得毛漱泉信,二十九日余姚发。午后陈师曾为作冬华四帧持来。夜王生镜清来。

三日　晴,午后昙。会议学礼。[1]晚风。

四日　晴,大风。午后同齐寿山之小市。晚季市来。

五日　晴,风。上午寄二弟信(九)。杨莘士赠《陕西碑林目录》一册。午后同张仲素、齐寿山、许季上至益昌饭。下午往留黎厂。晚季市送青椒酱一器。

六日　昙,风。午后往交通行以豫约券易公债正券。至留黎厂买《吉金所见录》一部四本,二元;《汇刻书目》一部二十本,三元。杨莘士赠《颜鲁公象》拓一枚,又《刘丑奴等造象》拓一枚,不全。夜宋紫佩来。胃痛。

七日　晴,星期休息。上午许季上来。午后昙。得二弟信,三日发(9)。

八日　晴,大风。午后同齐寿山之益昌饭。下午得二弟所寄《经律异相因果录》一册,正月九日付邮,历时一阅月乃至也。书工丁旧书讫,给直二元。

九日　晴。午后至小市。得朱迪先函并《说类［类说］》十册。戴螺舲赠肴一器。

十日　晴。上午寄二弟信(十)。夜车耕南来。陈仲箎来,先在窗外窃听良久始入,又与耕南大诤,乃面斥之,始已。

十一日　晴,风。午后同齐寿山至小市。夜季市来。

十二日　上午得二弟信,附《会稽郡故书杂集》样本二叶,八日发(10)。得工业专门学校函,索所保诸生学费,即函童亚镇,令转催之。午后饭于益昌,稻孙出资,别有书堂、维忱、阆声、寿山四人,又同至小市。夜伍仲文送肴饵两种,取其一半。

十三日　晴,大风。令木工作书夹板七副,直一元四角。午后至新帘子胡同访小舅父,坐约半时出。晚王生镜清来。祁柏冈送饼干一合,卷烟两合。

十四日　晴。旧历乙卯元旦。星期休息。上午季市来,交与银三百元。午前往章师寓,君默、中季、遏先、幼舆、季市、彝初皆至,夜归。季自求、童亚镇并来过,未遇。得钱中季信。

十五日　晴。补春假休息。午寄二弟信,又还《会稽书集》样本二叶(十)。午后往厂甸,人众不可止,便归。在摊上买《说文统系第一图》拓本,泉二百;宋、元泉四枚,泉四百五十。下午往季市寓还旧借书三册。夜宋紫佩来。周友芝来,又送雨前一合。

十六日　昙。午后同黄芷涧往小市,尚无地摊。下午得二弟信,十二日发(11)。夜季自求来。

十七日　昙。下午同陈师曾往访俞师,未遇。

十八日　晴。上午得童亚镇信,昨发。午后昙。往益昌饭。

十九日　昙。上午寄二弟信(十二)。午后往益昌饭,稻孙亦至。夜大风。

二十日　晴,大风。午后同钱稻孙、汪书堂至益昌饭。下午往留黎厂及火神庙,书籍价昂甚不可买,循览而出。别看书肆,买《说文句读》一部十四册,价四元。晚王生镜清来言愿代汇本月月费,先付四十元。

二十一日　晴。星期休息。上午舅父来假去十五元。许季上来。午后至季自求寓还《墨经正义》及《南通方言疏证》,又同至厂甸,以铜元二十枚买"壮泉四十"一枚,系伪造品。又买《纫斋画剩》一部四册,三元。至书肆买《毛诗稽古编》一部八册,景宋王叔和《脉经》一部四本,袖珍本《陶渊明集》一部二本,共银十元。夜车耕南来谈。

二十二日　晴。午后同齐寿山饭于益昌。晚助人五百文。

二十三日　晴,风。受五等嘉禾章[2]。午后同汪书堂、钱稻孙之益昌饭。下午同稻孙、季市游厂甸,买"大布黄千"二枚,其直半元。夜得二弟信,十七日发(12)。

二十四日　昙。上午寄二弟信(十三)。夜雨雪。

二十五日　雨雪。午后季市还银五十元。夜月见。

二十六日　昙。上午得二弟信,二十二日发(13)。午后收本月奉银二百八十元。夜风。

二十七日　大风,霾。午后同汪书堂、钱稻孙之益昌饭。

晚韩寿晋、徐宗伟、王式乾来,徐还前假银二十元。夜风定月出。

二十八日　晴。星期休息。上午小风。午后往厂甸买十二辰竟一枚,有铭,鼻损,价银二元。又唐端午竟一枚,一元。又入骨董肆,买"直百"小泉一枚,似铁品;又"大平百金"鹅眼泉一枚,"百金"二字传形;又"汉元通宝"平泉一枚,共价一元。往劝业场买牙粉、肥皂,稻香村买肴饵,共一元二角。下午王镜清来,付银六十元。

* 　 * 　 * 　 *

〔1〕 会议学礼　袁世凯任总统期间,推行祭孔礼,要求循古制。教育部为此专门集中培训执事和陪祀人员。

〔2〕 五等嘉禾章　袁世凯制定勋章等级,大勋章为总统佩戴,下分九等,均刻嘉禾,以绶色分别等级,称嘉禾章。另外尚有陆军白鹰勋章和海军文虎勋章。鲁迅按官阶受五等嘉禾章。

三　月

一日　晴。上午寄二弟信(十四)。季市还银五十元。午后同齐寿山往益锠午饭。晚童亚镇来还前假银五十元。夜季自求来,赠鼯鼠蒲桃镜[1]一枚,叶上有小圈,内楷书一"马"字,言得之地摊,九时去,赠以《小学答问》一册。十时得二弟及三弟信,言三弟妇于二月二十五日丑时生男[2],旧历为正月十二日也,信二十六日发(14)。

二日　晴。上午寄西泠印社信并银六元。午后同王维忱、汪书堂往新帘子胡同看屋,[3]又饭于益昌。下午开教育设施要目讨论会。晚宋子佩来。

三日　晴。上午寄二弟及三弟信(十五)。午后同齐寿山、钱稻孙饭于益昌,钱均夫后至。往日本邮政局寄羽太家信并银二十元,又福子学费八元,三月至六月分。往中国银行以豫约券换公债票。夜大风撼屋,几不得睡。

四日　大风,霾。午后寄朱遏先信并还《类说》十本。

五日　晴。午后同汪书堂、杨莘士、钱稻孙饭于益昌。夜宋子佩来借五十元。得谦叔函,三日南京发。

六日　昙。得吴雷川之兄讣文,上午赙二元。午后同汪书堂、钱稻孙、齐寿山饭于益昌。下午往留黎厂买《金石契》附《石鼓文释存》一部五本,《长安获古编》一部二本,共银七元。夜宋子佩来。买版箱式。

七日　昙,大风。星期休息。上午得二弟信,三日发(15)。

八日　晴。上午寄二弟信(十六)。复谦叔函。寄朱遏先函。寄钱中季函。午后同陈师曾、钱稻孙至益昌饭,汪书堂亦至。饭毕同游小市。下午昙,风。

九日　晴。午后理发。下午得西泠印社复信。陶望潮来。

十日　晴,午后昙。赴孔庙演礼,下午毕,同稻孙觅一小店晚餐已归寓。晚车耕南来。季自求来,云十二日赴四川。

十一日　昙。上午得二弟信并南齐造象拓本一枚,七日发(16)。得西泠印社所寄《越画见闻》一部三册,《列仙酒牌》

一册,《续汇刻书目》一部十册。午后同常毅箴游小市,买三古泉共铜元八枚。晚子佩来。

十二日　昙。上午寄二弟信(十七)。晚得钱〔中〕季信,即复之。夜车耕南来,言明日往山东,假去银十元。

十三日　晴,风。午后同齐寿山、钱均夫至益昌饭,又游小市。子佩明日归越中,下午往图书分馆托寄二弟信一函,摩菰一匣约一斤半,古泉一匣五十三枚,书籍一箧一百七十五册,附石刻拓本十四叶。往留黎厂官书局买残本《积学斋丛书》十九册,阙《冕服考》第三、第四卷一册,价银三元。晚商契衡来。夜得宋知方信,七日台州发。

十四日　晴。星期休息。午后许季上来。下午陈公猛、毛漱泉来,季市来,傍晚并去。夜得二弟信,十一日发(17)。

十五日　晴,午后昙。赴孔庙演礼。

十六日　晴。上午寄二弟信(十八)。夜往国子监西厢宿。

十七日　晴。黎明丁祭,在崇圣祠执事,〔4〕八时毕归寓。上午得二弟所寄《跳山摩厓》石刻拓本四枚,《妙相寺造像》拓本二枚,十三日付邮。息一日。

十八日　晴。上午赠陈师曾《建初摩厓》、《永明造象》拓本各一分。午后得福子信,十二日发。下午风。

十九日　晴。上午得二弟信,十五日发(18)。午后游小市。下午从稻孙借得《秦汉瓦当文字》一卷二册,拟景写之。赴清秘阁买纸一元。

二十日　晴。午后往新帘子胡同看小舅父。许季上与潼关酱芜菁二支。

二十一日　昙。星期休息。上午童亚镇来假五元。寄二弟信(十九)。午后晴。往直隶官书局买《咫进斋丛书》一部二十四册,六元四角。陈伯寅于十七日病故,赙五元。下午往许季市寓,贻以《建初摩厓》、《永明造象》拓本各一分。

二十二日　晴,风。无事。

二十三日　晴。午后同汪书堂往小市。下午寄陈公猛《百喻经》一册。夜得二弟明信片,二十日发。

二十四日　霾。上午得二弟信,二十日发(19)。夜风。徐耨仙来,持有陈子英函。

二十五日　晴,风。无事。

二十六日　晴。上午得宋子佩信,二十二日绍兴发。寄二弟信(二十)。午后同汪书堂、齐寿山于益昌饭,又游小市。夜季市来。

二十七日　雨雪。午后同齐寿山至益昌饭。下午王镜清来托保投考知事人一名,张驿,嵊人。夜月出。

二十八日　晴,风。星期休息。上午得二弟信,二十四日发(20)。午后罗扬伯来。毛漱泉来。下午胡绥之来并赠《龙门山造象题记》二十三枚,去赠以《跳山建初摩厓》拓本一枚。

二十九日　晴。上午得王式乾信,昨发。得二弟所寄《汇刻书目》二十册,二十五日付邮。午后同汪书堂至小市。赠汤总长、梁次长《百喻经》各一册。夜景写《秦汉瓦当文字》一卷之上讫,自始迄今计十日。

三十日　晴。午后至小市。下午王镜清来托保去万方、陈继昌二人,万,上虞,陈,新昌。夜宋芷生来。

三十一日　晴。上午寄二弟信(二十一)。午后至益昌饭,共八人,朱炎之主。又往小市。下午收本月奉泉二百八十元。夜周友芷交来车耕南信。

*　　*　　*

〔1〕　䛡鼠蒲桃镜　即《坟·看镜有感》中说到的"海马葡萄镜"。

〔2〕　即周冲,周建人与羽太芳子之长子。

〔3〕　往新帘子胡同看屋　仍为京师图书馆寻找新址。7月决定迁往安定门内方家胡同国子监南学。

〔4〕　在崇圣祠执事　教育部"丁祭"时,各司派出陪祀员五人,执事员三十二人。鲁迅被派为在崇圣祠正位执事十人之一。

四　月

一日　晴。上午得二弟信,二十八日发(21)。下午王式乾来,付与银百元,由剡中汇还家中,为三月份家用。夜风又小雨。

二日　晴。上午寄二弟《教育公报》第八、第九期各一册。午后之小市。夜魏福绵来托保去投考知事者四人:楼启元,萧山人;朱兆祥、俞韫、赵松祥,并诸暨人。

三日　昙。上午保投考知事者二人:景万禄、白尔玉,并山西人,由许季上介绍。午后往留黎厂买瓷质小羊一枚,银三角,估云宋瓷,出彰德土中。又买《古学汇刊》第十一集二册,银一元五分。下午商契衡来,交与学资三十元,又保四人:何晋荣、董尔陶,新昌人;赵秉忠、杜俊培,诸暨人。

四日　晴,风。星期休息。上午寄二弟信(二十二)。寄西泠印社信并银八元。寄西安吴葆仁信并银五元,托买帖,杨莘士作札。下午之街闲步。

五日　晴,大风。下午蔡谷青忽遣人送火腿一只。

六日　晴,大风。上午得二弟信又一明信片,并二日发(22)。赠陈寅恪《或外小说》第一、第二集,《炭画》各一册,齐寿山《炭画》一册。

七日　晴,风。午后得福子信,一日发。

八日　晴。上午寄二弟书籍一包,内《会稽掇英总集》四本,《金石契》四本,《石鼓文释存》一本。托陈师曾写《会稽郡故书杂集》书衣[1]一叶。午后至小市。下午蔡谷青来,未遇。夜风。

九日　晴,风。上午寄二弟信并师曾所写书衣一叶(二十三)。夜胃小痛。

十日　晴。上午得二弟信附《永明造象记》二枚,六日发(23)。得钱中季信并《会稽故书杂集》书面一叶。得西泠印社明信片。赠张阆声《永明造象》拓片一枚。午后访俞恪士师,未遇。至清秘阁买纸笔,合一元。晚写《秦汉瓦当文字》一卷之下讫,计十二日。夜王铁如来。毛漱泉来。

十一日　晴。星期休息。上午得宋子佩信,五日绍兴发。午后访俞恪士师,略坐出。至留黎厂买《文字蒙求》一册,《吴越三子集》一部八册,银六角。又买马曹拓片一枚,二角。磁碗一枚,一元。下午韩寿晋来还银二十元。西泠印社寄来

《遯庵古镜存》二册,《秦汉瓦当存》二册,《敦交集》一册。

十二日　昙,风。无事。

十三日　晴。上午寄二弟信(二十四)。得二弟所寄《建初摩厓》、《永明造象》拓本各二分,九日付邮。午前龚未生到部来访。晚许季上来,饭后去。夜得二弟信,附芳子笺,十日发(24)。胃痛颇甚。

十四日　晴,风。上午寄西泠印社信。寄胡绥之信并《永明造象》拓片一枚。夜风。

十五日　晴。上午龚未生来部。午后寄羽太家信,附与福子笺二枚,又银七元,为冲买衣。晚寿洙邻暨其戚来。夜得胡绥之信。

十六日　晴。上午寄二弟信,附与芳子笺(二十五)。又寄《遯庵瓦当存》二本,《古镜存》二本,《二李倡和集》一本,《敦交集》一本,《教育公报》第十期一本,《儿童艺术展览会纪要》二本,分两包。午后张阆声赠所臧古陶文字拓片一枚。

十七日　昙。午后往图书分馆还《秦汉瓦当文字》,并托丁书。访季上不值,留火腿二方,一转赠寿山。访毛漱泉,略坐,买胃药八角归。

十八日　昙。星期休息。午后至劝业场访《文始》,得之,买一册,银一元五角。又至图书分馆取所丁书。夜得二弟信,十五日发(25)。

十九日　昙。午后同陈师曾之小市,以银一元买残本《一切经音义》及《金石萃编》一束。

二十日　雨。上午收西泠印社所寄《补寰宇访碑录》四册。夜得二弟信,十七日发(26)。

二十一日　晴,风。上午寄二弟信(二十六)。寄陈子英信。下午赴留黎厂神州国光社买《神州大观》第七集一册,一元六角五分。又至直隶官书局买《金石续编》一部十二本,二元五角;《越中金石记》一部八册,二十元。

二十二日　晴,风。午后同陈师曾至小市。

二十三日　晴,风。无事。夜得二弟并三弟信,二十日发(27)。

二十四日　晴,风。午后往图书分馆,又往留黎厂。夜宋紫佩从越中至,持来笋干一包,茗一包。

二十五日　晴。星期休息。午后风。访许季上、祁柏冈,各送笋干一包。往留黎厂买《射阳石门画像》等五纸,二元;《曹望憘造象》拓本二枚,四角。下午往稻香村买食物。

二十六日　小雨,上午寄二弟信(二十七)。

二十七日　昙。上午得二弟信,二十四日发(28)。收西泠印社所寄仿宋《陶渊明集》一部四册。午后至小市。收本月奉银二百八十元。下午又至小市。夜雨。

二十八日　晴。上午寄二弟书籍一包:《笠泽丛书》二册,《越画见闻》三册,《列仙酒牌》一册,并有木夹。午后至邮局寄上海伊文思图书公司[2]信并银五十元,为三弟买书。又寄西泠印社信并银十三元,自买书。下午宋紫佩还银三十元,便偿笋干价三元。从图书分馆假得《小蓬莱阁金石文字》,景写家所藏本阙叶一枚。

二十九日　晴。上午与伍仲文信并笋干一包。下午季市遗鹭一器。

三十日 晴,风。上午寄二弟及三弟信并本月家用百元(二十八)。

* * * *

〔1〕《会稽郡故书杂集》书衣 鲁迅托陈师曾和钱玄同为《会稽郡故书杂集》封面题签。陈师曾本日所写封面题字,于次日寄往绍兴;钱玄同所书封面字也于10日寄到。后采用陈师曾的题签。

〔2〕伊文思图书公司 英国人爱德华·伊文思(Edward Evens)在上海北四川路三十号开设的书店,以销售西文书为主。

五 月

一日 晴。上午得二弟信,四月二十七日发(29)。午后往留黎厂买《黾池五瑞图》连《西狭颂》二枚,二元;杂汉画象四枚,一元;武梁祠画象并题记等五十一枚,八元。下午许季上来。魏福绵来假去二十元。夜毛漱泉来。

二日 晴。星期休息。上午小舅父来。午后昙,大风。往图书分馆托丁书。往留黎厂买《张思文造象题记》拓本等六种十枚,银二元。往观音寺街买牙粉、袜、饼干、牛肉等共四元。车夫衣敝,与一元。

三日 晴。上午寄二弟信(二十九)。下午同钱稻孙、许季上往图书分馆。

四日 晴。午后理发。夜得二弟信,一日发(30)。得西泠社明信片,一日发。

五日　晴,午后昙,风。无事。夜大雨。

六日　晴。上午得西泠印社所寄《两汉金石记》六册,《丛书举要》四十四册,《罗鄂州小集》两册,景宋刻《京本通俗小说》二册,分三包。寄二弟信(三十)。寄西泠印社信并补邮费二角,以券代之。夜韩寿晋来。雷雨一陈。

七日　昙。无事。夜雨。

八日　晴。午后同齐寿山、汪书堂往小市。下午往直隶官书局买《金石萃编》一部五十册,银十四元。晚商契衡来。

九日　晴。星期休息。上午得二弟信,五日发(31)。下午往留黎厂买汉石刻小品三枚,画象一枚,造象三枚,共银三元。又造象四种共七枚,银二元二角。得季自求信,四月三十日渝城发。晚得季市笺并假关中、中州《金石记》四册。夜半邻室诸人聚而高谈,为不得眠孰。

十日　晴,风。晨五时起。上午寄二弟信(三十一)。午后杨莘耜交来向西安所买帖,内有季上、季市者,便各分与,自得十种,直约二元。

十一日　晴,晚大风。夜季市来。得二弟信,八日发(32)。

十二日　晴。上午得车耕南信并还银十元,十日济南发。

十三日　昙。午前寄二弟信(三十二)。晚小雨。罗扬伯来。

十四日　昙。午前令部役往邮局取耕南寄款,局不肯付。下午雨。夜风。

十五日　晴。午后从邮局取得耕南款十元。夜得二弟信,十二日发(33)。

十六日　昙。星期休息。午后至留黎厂买《文叔阳食堂画象》一枚,武氏祠新出土画象一枚,又不知名画象一枚,共银二元。又买纸一元。下午晴。访许季上不值,至益昌买食物一元归。夜雨。

十七日　昙。上午寄二弟信(三十三)。下午雨。往许季上寓。晚魏福绵来。

十八日　晴。晨许季上来。下午陶念卿先生自越中至。晚往许季市寓还中州及关中《金石记》,并以景宋本《陶渊明集》赠之。

十九日　晴。午后之小市。夜得二弟信,十六日发(34)。

二十日　晴。下午小舅父来。夜小雨。得二弟明信片,十七日发。

二十一日　晴。上午寄二弟信(三十四)。午后同钱稻孙至小市。晚季市致一肴也。

二十二日　晴。下午许季上来并赠酱莴苣四枚。王镜清来。

二十三日　晴。星期休息。上午得二弟信,十九日发(35)。午后毛漱泉来。下午往留黎厂买济宁州画象一枚,银一元。晚买薄荷酒等一元。

二十四日　昙。午后同稻孙、师曾往小市。下午得舅父信。

二十五日　晴。下午往舅父寓。

二十六日　晴。上午寄二弟信(三十五)。下午紫佩来还二十元。晚小雨一陈即止。魏福绵来。夜得二弟信,二十三日发(36)。

二十七日　晴。无事。

二十八日　晴。无事。

二十九日　晴。上午寄西泠印社信并银八元。收本月奉银二百八十元。午后至小市。下午同许季市往章师寓,归过稻香村买食物一元。晚王镜清来,付百元汇作本月家用。魏福绵来,饭后去。夜交陶念卿先生六十元。重订小本《陶渊明集》四本。

三十日　昙。星期休息。上午寄二弟信(三十六)。许季市来。午后得二弟所寄《汉碑篆额》一部三本,二十六日付邮。龚未生来。下午往留黎厂买《张敬造象》六枚,一元五角。又《李夫人灵第画鹿》一枚,一元;《鲁孝王石刻》一枚,五角,疑翻刻也。夜得二弟信,二十七日发(37)。

三十一日　晴。无事。

六　月

一日　晴。上午寄二弟信(三十七)。午后昙。往国子监南学。晚雨。

二日　晴,下午昙,雨一陈复霁,夜雨。

三日　晴。托紫佩觅工制单马卦一件,共银五元四角。

四日　晴,下午雷雨一陈。晚钱稻孙来,同至广和居饭,邀季市不至。

五日　晴。上午得二弟信,一日发(38)。寄二弟书籍一包：小本《陶渊明集》一部二本,《广弘明集》一部十本。下午得蒋抑卮书并钞文澜阁[1]本《嵇中散集》一部二册。夜修补《汉碑篆额》讫。

六日　晴,风。上午徐宗伟、徐元来。陈公猛来。许季上来。寄二弟信(三十八)。下午至留黎厂买《群臣上寿刻石》等拓本三种四枚,共银二元四角。又至稻香村买食物一元。夜许季市来,假去五十元。

七日　晴。上午西泠印社寄至《百汉研碑》一册,《求古精舍金石图》四册,共一包。

八日　晴,下午大风。无事。夜修丁《金石萃编》讫。

九日　昙,风。上午得二弟信,五日发(39)。晚许季市来。

十日　晴。上午寄二弟信(三十九),又书籍一包,计《百汉研碑》一册,景宋《通俗小说》二册,《鄂州小集》二册,《教育公报》第十一、十二期各一册。杨莘士从西安代买石刻拓本来,计《梵汉合文经幢》一枚,《摩利支天等经》一枚,《田僧敬造象记》共二枚,《夏侯纯陀造象记》共二枚,《钳耳神猛造象记》共四枚,共直银一元。

十一日　晴。午后昙。先后令书工修书二十四本,付工直一元。夜得二弟信,八日发(40)。

十二日　晴。下午得小舅父明信片,昨发。

十三日　晴。星期休息。上午往小舅父寓,已集行李,云明日归。祁柏冈送茗四包。午后昙,风。往李铁拐斜街,欲卖公债票充用,不得。往留黎厂买《赵阿欢造象》等五枚,三角。

又缩刻古碑拓本共二十四枚，一元，帖店称晏如居缩刻，云出何子贞，俟考。买《古学汇刊》第十二期二册，一元五分。下午许季上来。晚雷雨一陈即霁。夜齿痛失眠。

十四日　雨。师曾遗小铜印一枚，文曰"周"。晚晴，星见。

十五日　晴，风。上午寄二弟信（四十）。向稻孙假银五十元。夜得二弟信并《魏黄初十三字残碑》拓本一枚，十二日发（41）。

十六日　雨。上午寄蒋抑之信。寄羽太家信并月用十五元，九月讫，又信子买衣物费十五元，福子学费六元。铭伯先生自黑龙江归，下午往访之。晚令工往稻香村买食物一元。夜铭伯先生来。

十七日　晴。旧端午，夏假。上午得二弟所寄桃华纸百枚，十二日付邮，许季上托买。寄二弟信并与二弟妇笺（四十一）。下午许季市来，并持来章师书一幅[2]，自所写与；又《齐物论释》一册，是新刻本，龚未生赠也；又烹鹜一器，乃令人持来者。夜雨。

十八日　昙，午后晴。至小市。夜雨。

十九日　晴。午后同徐吉轩、戴螺舲至学校成绩品陈列室。往留黎厂买《孟广宗碑》一枚，北齐至后唐造象十二种十四枚，共值四元。许季上借《北史》二函，送与之。得二弟所寄《会稽郡故书杂集》二十册，十五日付邮，便赠念卿、子佩各一册，图书分馆一册。夜访季市，赠《杂集》一册，又铭伯先生一册。

二十日　晴。星期休息。上午得二弟信,十六日发(42)。寄二弟《越中金石记》八本,《汉碑篆额》三本,均有木夹,又《龙门造象二十品》二十三枚,分作二包。午后许季市来。下午许季上来,取去《会稽杂集》二册。往留黎厂官书局买《筠清馆金文》一部五本,四元;《望堂金石》八本,六元。晚朱遏先、钱中季来,各遗《会稽杂〔集〕》一册,又以三册托分致沈尹默、臤士、马幼渔。

二十一日　晴。上午寄二弟信(四十二)。赠陈师曾《会稽故书杂集》一册。下午同戴螺舲往南学。晚访胡绥之。夜雨。

二十二日　晴。上午从齐寿山假三十元。午后理发。下午樊朝荣名镛,董恂士介绍来。夜风。得二弟信并"马卫将作"砖拓本二枚,十九日发(43)。

二十三日　晴,下午雨。无事。

二十四日　晴。上午寄二弟信(四十三)。寄钱中季信并《永明造象》拓本一枚。寄朱遏先信并《建初买地》、《永明造象》拓本各一枚。送朱孝荃《建初买地记》一枚。夜商契衡来,交与《会稽郡故书杂集》一册,属转赠剡中图书馆。

二十五日　晴。上午寄商契衡《儿童艺术展览会报告》一册。

二十六日　晴。上午收本月奉银二百二十七元八角。自此至十月末,当扣四年度公责共二百八十元。还稻孙五十元,还齐寿山十元。午后往留黎厂代稻孙买《缪篆分均》一部,二元。下午得二弟信,二十二日发(44)。晚铭伯先生来。魏福绵来，付五十元属汇家，又赠以《会稽郡故书杂集》一册。夜得季自求信，十三日成都发。

二十七日　晴。星期休息。上午致念卿先生银六十元。午后往留黎厂买《会稽掇英总集》一部四本，《魏稼孙全集》一部十四本，共八元。下午许季上送还《北史》二函。晚大风雨。

二十八日　晴。上午得三弟所寄《亨达氏生物学》译稿上卷一册，二十四日付邮。寄二弟《求古精舍金石图》四本，《文始》一本，作一包。晚许诗荃来。夜王镜清来。

二十九日　晴。上午寄二弟信（四十四）。

三十日　晴。上午得二弟信，二十六日发（45）。下午徐宗伟来，假与二十元。

*　　*　　*

〔1〕　文澜阁　清代庋藏《四库全书》的七大阁之一，在杭州西湖孤山南麓。

〔2〕　指章太炎所书条幅，内容录《庄子·天运》："变化齐一，不主故常。在谷满谷，在阬满阬。涂却守神，以物为量。"

七　月

一日　晴。改办公时间为上午八时半至十二时。午后眠二小时。下午往留黎厂买《李显族造象碑颂》、《潞州舍利塔下铭》各一枚，共一元。又借《寰宇贞石图》六本。得福子信，六月廿五日发。晚许诗荃来。

二日　昙。上午得二弟所寄《千甓亭古专图释》四本,廿七日付邮。午后晴。下午往观音寺街买履一两,一元六角,饼干一匣,一元四角。浴。

三日　小雨。上午寄二弟信(四十五)。午后往留黎厂买《常岳造象》及残幢等共四枚,又《凝禅寺三级浮图碑》一枚,共银二元。还《寰宇贞石图》。

四日　雨。星期休息。上午得二弟信,六月卅日发(46);又西泠印社书目及《学镫》各一册,前一日发。旁午晴。午后往留黎厂买《杨孟文石门颂》一枚,阙额,银二元;又《北齐等慈寺残碑》及杂造象等七枚,四元;又《北魏石渠造象》等十一种十五枚,并岳琪所藏,共八元。往季市寓。晚邀铭伯先生、季市及季市[?]至广和居饭。

五日　晴。无事。

六日　晴。午后得二弟信,二日发(47)。晚往黄子涧寓饭。

七日　晴。上午寄二弟信(四十六)。午后会议。下午敦古谊帖店持拓本来,买《同州舍利塔额》一枚,《青州舍利塔下铭》并额二枚,共价银一元五角。

八日　晴。午后得二弟所寄《汉碑篆额》三本,童话六篇[1],四日付邮。下午沈康伯来。晚许季上来。

九日　晴。下午往许季上寓。得二弟信并《古学汇刊》散叶一包,五日发(48)。

十日　晴。上午寄二弟信(四十七)。下午往留黎厂敦古谊买《张荣千[迁]造象记》三枚,《刘碑》、《马天祥造象记》各一枚,《岐州舍利塔下铭》一枚,共三元三角。

十一日　晴。星期休息。上午得二弟所寄《古学汇刊》散叶一包,七日付邮。下午访许季上,归过益昌买食物一元。夜大雨。

十二日　雨,上午晴。午后会议。夜风。

十三日　晴。上午得二弟信,九日发(49)。下午往季市寓。夜铭伯先生来。

十四日　昙,午后疾雨一陈,下午晴。

十五日　雨。上午寄二弟信(四十八)。午后大雨。下午得蒋抑卮信并明刻《嵇中散集》[2]一卷,由蒋孟频令人持来,便校一过。许季上来。晚铭伯先生来。

十六日　昙。上午复抑卮信并还《嵇中散集》,仍托蒋孟频。下午晴。往中国银行取三年公责利子八元四角。晚刘历青来还经三册,往广和居饭已而去。夜得二弟信,十三日发(50)。

十七日　昙。上午还稻孙《哀史》二册。下午往留黎厂买《高伏德等造象》三枚^{北魏景明四年,石在涿州}直五角;《居士廉富等造象》二种四枚^{东魏兴和二年一枚,又武定八年一枚,并河南新出土}直三元。晚小雨,夜大雨。

十八日　晴。星期休息。上午往季市寓。午后雨,下午晴。季市送一肴来。晚陈仲箎作函借泉,而署其夫人名,妄极,便复却。夜刘历青来。

十九日　晴。上午寄二弟信(四十九)。午往许季上寓,其次女周岁,食面。午后访戴芦舲。下午乔君曾劬来。许季市来,并贻笋煮豆一合。刘历青来。夜写《百专考》一卷毕,二十四叶,约七千字。夜雷雨。

二十日　晴。上午访胡绥之,未遇。得二弟明信片,十六日发。向紫佩假十元。下午往图书分馆。夜以高丽本《百喻经》校刻本一过。

二十一日　晴。午后会议。晚铭伯先生来。夜雷雨。

二十二日　雨。午后得二弟信,十九日上海发(51)。晚晴。

二十三日　晴。上午寄二弟信(五十)。下午许季上来。晚雷雨一阵。

二十四日　晴。午后往徐景文寓疗龋齿。得沈康伯信。夜往季市寓。

二十五日　晴。星期休息。上午访许季上。访胡绥之,未遇。午访季自求,得《鹤山文钞》一部。下午王铁如以入川来别。晚昙,雷。写《出三藏记集》第一卷讫,据日本翻高丽本。夜雨。

二十六日　昙。上午收本月奉泉二百二十六元九角。午后往徐景文寓疗齿,付资十元。访胡绥之。下午得二弟信,廿二日越中发(52)。夜雨。

二十七日　晴。上午得二弟寄来书籍一包,计《再续寰宇访碑录》二册,《读碑小笺》一册,《眼学偶得》一册,《唐风楼金石文字跋尾》一册,《风雨楼臧石》拓本六枚,又蝉隐庐书目一本,二十三日付邮。寄二弟信(五一)。

二十八日　晴。晨得二弟信并"河平"专、"甘露"专文拓本各一枚,廿四日发(53)。上午寄二弟订定《古学汇刊》一部二十四册,两包。寄上海西泠印社信并银六元。季市还银五十元。

二十九日　晴。上午寄二弟信并本月家用百元(五十二),又《脉经》四本,《汉碑篆额》三本,《千甓亭专图》四本,《续汇刻书目》十本,分作两包。午后骤雨一陈即霁,下午又大风雨一陈。

三十日　晴,下午大雨,顷霁。访许季上。

三十一日　晴。上午往日邮局寄相模屋函并银三十元,二弟买书直也。又代协和寄十元,季上寄二元。还齐寿山二十元。午后往徐景文寓治齿,往临记洋行买牙粉、牙刷等一元。下午往留黎厂买"三字齐刀"三枚,直二元。买《垣周等修塔像记》拓本一枚,五角。下午许季上来。晚季自求来,赠以《会稽郡故书杂集》一册也。

*　　　*　　　*

〔1〕　童话六篇　系周作人搜集的绍兴民间童话故事。
〔2〕　明刻《嵇中散集》　为张溥刻本。鲁迅是日以之校初校本。

八　月

一日　晴。上午得二弟信并专目乙本,前月二十七日发(54),又《交阯都尉沈君阙》拓本一枚,同日付邮。下午往留黎厂买《丘始光造象》等拓本十种共大小十四枚,直七元。大雨一陈。晚寄二弟信(五十三)。

二日　昙,夜雨。

三日　晴。上午得福子信,七月廿七日发。下午敦古谊帖店送来石印《寰宇贞石图》散叶一分五十七枚,直六元。

四日　晴。午后开会。得二弟信,七月三十一日发(55)。

五日　晴。上午寄二弟信(五十四)。寄魏福绵信。得重久信,七月二十八日东京发。季上母六旬生日送礼,午与同事往贺,既面而归。下午得西泠印社寄来《艺风堂考臧金石目》八册,《阮盦笔记》二册,《香东漫笔》一册,二日付邮。小雨即霁。晚理发。刘历青来。

六日　昙。午后往徐景文寓疗齿。往留黎厂买古专拓本四枚,善业埿拓本二枚,共五角。下午得西泠印社明信片,三日发。晚冀育堂招饮于泰丰楼,同席十人。夜雨。

七日　昙,午后晴。师曾为代买寿山印章三方,共直五元,季上分去一块。下午小雨。寄二弟信(五十五)。寄西泠印社信。前代宋子佩乞吴雷川作族谱序,雷川又以托白振民,文成,酬二十元,并不受,约以宴饮尽之,晚乃会于中央公园[1],就闽菜馆夕餐,又约季市、稻孙、维忱,共六人。

八日　昙。星期休息。上午得二弟信,四日发(56)。午前往高升店访冀育堂,已行。往留黎厂。陶书臣来。下午访许季上未遇,遂游小市,又至通俗图书馆访王仲猷,假书数册而归。张协和来,未遇。

九日　晴。午后会议,下午往张协和寓。

十日　晴。上午寄二弟《秦汉瓦当文字》二册,《百专考》一册,古砖拓本五枚,共一包。

十一日　晴。上午寄二弟信(五十六)。助广东水灾振一元。师曾为二弟刻名印一,放专文,酬二元。午后得二弟信,七日发(57)。西泠印社寄书目来,九日发。夜小雨。

十二日　晴。上午往日邮局寄羽太信并银六元。寄二弟信(五十七)。下午毛漱泉来。敦古谊送造象拓本来,买三种五枚,二元三角。

十三日　晴。午后往徐景文寓补齿,付三元讫。归过稻香村买中山松醪两罂,牛肉半斤。下午得二弟信,附建宁专、长生未央瓦拓片各一,初九日发(58)。得西泠印社信,十日发。夜雷雨。

十四日　雨。上午寄二弟信(五十八)。师曾代购印章三块,直四元五角。

十五日　晴。星期休息。上午访陈师曾。访许季上。下午往留黎厂买《张龙伯造象记》、《道冲修塔记》各一枚,共直银八角。晚雨。

十六日　晴。上午得二弟信,十二日发(59)。下午许季上来。

十七日　晴。上午寄二弟信(五十九)。得三弟所译《生物学》中、下卷稿子二册,又芳子及冲摄景一枚,十三日付邮。下午雷雨。

十八日　昙。上午得相模屋书店信,十日发。

十九日　晴。午后在通俗教育研究会[2]。夜雷雨。

二十日　晴。晨得二弟信,十六日发(60)。午后往方家胡同图书馆[3]。

二十一日　晴。上午寄二弟信(六十)。午后往留黎厂。下午复往留黎厂买晋《王明造象》拓本四枚,隋比丘僧智道玩等造象四枚,共直银四元。晚颇热,赴西升平园浴。夜大风,雷,小雨。

二十二日　晴。星期休息。午后陈公猛来。下午胡绥之来。寿洙邻来。

二十三日　晴。上午得二弟信并泉、竟等拓片三枚,十九日发(61)。午后往留黎厂商务书馆买《贾子次诂》一部二册,一元。又《曲阜碑碣考》一册,二角,排印本也,不善。晚许季上来。

二十四日　晴。上午寄二弟信(六十一)。

二十五日　晴,〖无〗上午雨。无事。晚晴,风。得二弟信,廿一日发(62)。

二十六日　晴。上午得二弟寄来女谧摄景一枚,二十二日付邮。午后季市来。下午大风雨一陈,俄顷霁矣。

二十七日　晴,风。上午寄二弟信(六十二)。午后得李霞卿函,廿二日越中发。

二十八日　晴,午后雨一陈。下午许季上来。

二十九日　昙。星期休息。晚小雨。

三十日　晴。上午得二弟信,二十六日发(63)。收本月奉泉二百八十元。

三十一日　昙。晨阮久荪来。上午寄二弟信并本月家用一百元(六十三)。寄蟫隐庐〔信〕并银二十二元,买书。王屏华中风落职归,助三元。午后约久荪来谈,晚至广和居饭。

雨。夜胃痛。

* * *

〔1〕 中央公园　在北京天安门西侧。原为明清皇家祭祀土地神、五谷神的社稷坛。1914年辟为公园。1928年改称中山公园。

〔2〕 通俗教育研究会　继中国通俗教育研究会之后,由教育部另行筹办的官方组织,以"研究通俗教育事项、改良社会、普及教育"为宗旨,会员由京师各有关机构选派。本年8月3日教育部委派包括鲁迅在内的二十九人加入该会,8月19日召开"预备会议",讨论该会成立的各项具体筹备工作。9月1日又派鲁迅兼任该会小说股主任,迄次年2月辞去该项兼职,改任小说股审核干事。

〔3〕 方家胡同图书馆　1915年6月教育部指定在国子监南学设立京师图书馆筹备处,7月间该筹备处即由广化寺迁至国子监南学新址。因国子监南学位于方家胡同,故称方家胡同图书馆。此时该馆已由夏曾佑专任馆长。

九　月

一日　雨。自此日起教育部全日理公事。午后同戴芦舲往内务部协议移交《四库全书》办法[1]。下午晴。敦古谊送汉画象拓本来,未买。

二日　晴,大风。上午得重久信,浅草发。午邀白振民、吴雷川、王维忱、钱稻孙、许季市至益昌饭,仍用作宋氏谱叙款。

三日　晴。上午得二弟及三弟信,三十日发(64)。托师曾刻印,报以十银。

四日　昙。上午寄二弟并三弟信(六十四)。访陈公猛，未遇。往日邮局寄重久信并银十元。午后寄陈公猛信。得重久东京来信，又一叶书，廿八、廿九两日发。下午小雨。命仆买膏药、蜜饯等共七元。

五日　晴。星期休息。上午许季上来。午后得二弟信，一日发(65)。往留黎厂买"至正"泉二枚，箭镞三枚，唐造象拓本一枚，共一元。买明刻本《陆士龙集》一部，《鲍明远集》一部，每四本，共五元。买《封三公山碑》、《封龙山颂》、《报德象碑》拓本各一枚，共四元八角。

六日　晴。晨陆润青来访。得蟫隐庐信，三日发。寄二弟信(六十五)并小包二，内膏药十二枚，五月五日竟一枚，蒲桃竟一枚，宋、元泉三枚，印章三方，蜜果三种六斤。午后往通俗教育研究会[2]。夜李霞卿自越中至，交来二弟函，并"马卫将作"专一块，干菜一合。又已置五十元在家中，便先付与二十五元。

七日　晴。上午寄蟫隐庐信并银八元。午后同师曾往小市。许季上赠《金刚经嘉祥义疏》一部二本，李正刚排印本。晚李霞青来。

八日　晴。上午寄二弟信(六十六)。李霞卿来，同往大学为之作保。午后寄陈公猛信。陈师曾刻收藏印成，文六，曰"会稽周氏收藏"。

九日　晴。上午得二弟信，五日发(66)。以"马卫将〔作〕"专贻汪书堂。以《域外小说集》二册贻张春霆。夜大风，前有测候所天气豫报，云日内有暴风，此傥是邪？阅《复堂日记》。

十日　晴,风。晨得二弟明信片,六日发(67)。晚齐寿山邀至其家食蟹,有张仲素、徐吉轩、戴芦舲、许季上,大饮啖,剧谭,夜归。

十一日　晴。上午寄二弟信(六十七)。午后赴文庙演礼。晚王式乾、徐宗伟来,徐还银二十元,又童亚镇所假者五元。

十二日　晴。星期休息。上午许铭伯先生来。午后蒋抑卮来。下午得二弟所寄来小包一,内《秦金石刻辞》一册,《蒿里遗珍》一册。得上海蟫隐庐所寄来书籍一包,内《流沙队简》三册,《权衡度量实验考》一册,《四朝宝钞图录》一册,《金石萃编校字记》一册,《万邑西南〔山〕石刻记》一册,三日付邮。晚访陶念卿先生,夜就国子监宿。

十三日　晴。黎明祭孔,在崇圣祠执事,八时讫归寓。上午得二弟信并《贾道贵造象》拓本一枚,铜镜拓本二枚,九日发(67)。下午风。紫佩从李霞卿处持水笔十支来,亦二弟所寄。

十四日　晴。上午寄二弟信(六十八)。下午西泠印社寄来《说文古籀拾遗》一部二册。晚许季上来看《流沙坠简》。商契衡来。

十五日　昙。上午得二弟信并竟拓三枚,十一日发(68)。得蟫隐庐信[明]信片。得西泠印社明信片。大雨。得重久叶书二枚,九日发。午后往通俗教育研究会小说股第一次会[3]。下午得李霞卿信,本日发。

十六日　晴。休假。上午寄二弟信(六十九)。复李霞卿信。复西泠社信。午前往留黎厂买古矢镞二十枚,银三元。下午得二弟所寄写书格子纸一千二百枚,《三老讳字忌日记》拓本一枚,十二日付邮。

十七日　晴。上午得二弟信,十三日发(69)。

十八日　昙,上午晴。午后得二弟所寄《绍兴教育杂志》四至九期共六册,十二日付邮。得宋知方信,十二日台州发。晚季市来,赠玫瑰蒲陶二房,又向之假得银十五元。夜寄西泠印社信并银三元,又附吴雷川先生买书帐一枚,信一函。小雨。

十九日　晴。星期休息。上午寄二弟信(七十)。得龚未生夫人讣,章师长女,有所撰《事略》[4]。下午得蟫隐庐所寄《秦汉瓦当文字》二册,《郑厂所藏泥封[封泥]》一册,书目一册,八日付邮,又别买《通俗编》八册,已寄越中。夜商契衡来,付学资四十元,又托交李霞卿银二十三元二角,所汇款清讫。风。紫佩、霞卿来,赠《会稽故书》一册。

二十日　晴。晚协和为其弟定婚宴媒人,邀作陪,同坐十人。

二十一日　晴。下午得二弟信,十七日发(70)。又《符牌图录》一册,《往生碑》拓本四枚,共一包,同日寄。得重久信,十四日发。周友之来。晚韩寿谦来,为作书致大学为寿晋请假。夜得沈康伯信,本日发。小雨。

二十二日　昙。上午寄二弟信(七十一)。答沈康伯信。午后赴研究会。[5]雨。

二十三日　昙,风。旧历中秋也,休假。下午许铭伯先生来看《永慕园丛书》。晚季市致鹜一器,与工四百文。夜月出。

二十四日　昙。向季上假十元。午后雨。

二十五日　晴。上午得二弟信,二十一日发(71)。

二十六日　晴。星期休息。上午寄二弟信(七十二)。复宋知方信。往钱粮胡同吊龚未生夫人,赙二元。下午徐仲荪来。

二十七日　晴。上午得西泠印社信,廿四日发。收本月奉泉二百八十元,还季市十五元,季上十元。晚许季上来。

二十八日　晴。上午西泠印社寄来《文馆词林汇刊》一部五本,廿四日付邮。

二十九日　晴。午后赴通俗教育会。[6]得羽太家信,二十四日发。晚高阆仙招饮于同和居,同席十二人,有齐如山、陈孝庄,馀并同事。得二弟信,附芳子信,二十五日发(72)。陈师曾为刻名印成。中寒不适。

三十日　昙。上午寄二弟信,附杂文稿四篇(七十三),又本月家用一百元,又寄小包一,内《秦金石刻辞》一册,《秦汉瓦当文字》二册,《流沙队简》并《补遗》三册,《权衡度量实验考》一册,《蒿里遗珍》一册,汉石刻拓本共十一枚,"大泉五十"一枚,"至元通宝"二枚。寄上海蟫隐庐函并银十三元。送张阆声《往生碑》拓本一枚。午后同汪书堂游小市,买得《石鼓文音释》二枚,直六铜元,拟赠季市。晚雨。夜服规那丸三枚。

〔1〕 协议移交《四库全书》办法　热河文津阁所藏《四库全书》运京为内务部截取后,经教育部多次交涉,1915年8月25日内务部始同意归还教育部,由京师图书馆收藏,故教育部派鲁迅等往商移交手续及日期。此项工作至10月12日结束。

〔2〕 参加通俗教育研究会成立大会。会上由首任会长梁善济发表有关该会宗旨的演说,并推选高步瀛等三十三人为干事。

〔3〕 小说股第一次会　这次会议在鲁迅主持下讨论了本股办事细则、例会日期及进行方法等。

〔4〕 《事略》　即《亡女叕事略》。9月8日,章太炎长女、龚未生之妻章叕自缢身亡,章太炎于11日撰此文。

〔5〕 指小说股第二次例会。会上讨论办事细则,并由股员分任调查、审核、编辑、翻译工作。

〔6〕 指小说股第三次例会。会上讨论工作进行方法,并由鲁迅推定起草小说审核标准的人选。

十 月

一日　晴。午后理发。晚虞叔昭招饮于京华春,共九人,皆同事。夜有甘润生来访,名元灏,云是寿师时同学。临卧服规那二丸,觉冷。

二日　晨小雨一陈。午后同师曾、书堂游小市。下午许季上来。王、魏二生来。夜得二弟信,九月廿九日发(73)。临卧服规那丸二粒。

三日　昙。星期休息。下午往留黎厂买《樊敏碑》复刻拓本一枚,一元。雨一陈。

四日　晴。上午富华阁送来杂汉画象拓本一百卅七枚，皆散在嘉祥、汶上、金乡者，拓不佳，以十四元购之。上午寄二弟信，附与芳子笺一（七十四）。祁柏冈丁父忧，下午赙二元。

五日　晴。晨祁柏冈来。下午得李霞卿笺。夜服规那丸二。

六日　晴。午后赴通俗教育研究会。[1]

七日　晴。上午寄二弟书二包：《长安获古编》二册，《郑厂所臧泥封[封泥]》一册，《万邑西南山石刻记》一册，《阮庵笔记》二册，《香东漫笔》一册，《随轩金石文字》四册，《双梅景闇丛书》四册附《杨守进自订年谱》一册，《教育公报》三册，丸善《学鐙》一册。午仍以宋氏谱序润笔延客，共九人。朱孝荃诒麻菌一合，云惟浏阳某处二十里地有之。下午得二弟信，三日发(74)。得蟫隐庐明信片，三日发。常毅箴生子弥月，贺一元。

八日　晴。上午寄二弟信（七十五）。寄宋紫佩信，托呼工制衣并交材工钱十元。午后同师曾游小市。张协和之弟于十日娶妇，贺四元。

九日　晴，风。补国庆假。上午念钦先生来，午同至广和居饭。晚常毅箴招饮于安庆会馆。夜许季上来。雨。

十日　雨。星期休息。午后往张协和寓，观礼毕，归。

十一日　晴。上午得二弟信，七日发(75)。

十二日　晴。上午寄二弟信（七十六）。郭令之赠《急就章草法考》二册，《偏旁表》一册，石印大本。午后往通俗教育研究会。

十三日　晴。午后赴通俗教育研究会。[2]晚许季市来。

十四日　晴。午后赴日邮局寄羽太家信并冬季月用及学费二十一元,年末用十元。夜得二弟信,十一日发(76)。

十五日　晴。上午得二弟所寄《越中三子诗》、《兰言述略》、《邵亭行述》各一册,共一包,十日付邮。下午许季上来。晚许诗荃来,还《化学》一册。

十六日　晴。上午寄二弟信〔(七十七)〕。下午往留黎厂买《元宁造象记》二枚,《张神洛买田券》拓本一枚,共直一元。

十七日　晴。星期休息。下午徐元来。晚蟫隐庐寄来《云窗丛刻》一部拾册,《碑别字补》一册,又《严州图经》、《景定严州续志》、《严陵集》各一部,部二册,用外国劣纸印之,并成恶书。

十八日　昙,大风。上午寄蟫隐庐〔信〕并邮券五角六分。夜补书。

十九日　晴,大风。换棉衣。赴通俗教育研究会。得二弟信,十五日发(77)。

二十日　晴。上午寄二弟信(七十八)。午后至小市。

二十一日　晴。上午得二弟所寄《会稽郡故书杂集》十册,十七日付邮。

二十二日　晴。上午寄马彝初《会稽故书集》一册。午后至小市。夜得二弟信,十九日发(78)。

二十三日　昙。上午寄二弟信(七十九)。得福子信,十七日发。下午往图书分馆。往留黎厂买《爨龙颜碑》、《端州石室记》拓本各一枚,共值四元。

二十四日　小雨。星期休息。上午蟫隐庐寄来甲寅年《国学丛刊》八册。许季上来。晚韩寿晋来。

二十五日　晴。上午得二弟信，二十一日发(79)。下午龚未生到部访。

二十六日　晴。上午寄二弟信并《张神洛买地券》拓本一枚(八十)。收本月奉泉二百八十元，假季上百元。午后龚未生来，以《洪氏碑目》返之。医学专门学校[3]三年记念，下午往观，不得入，仍回部。陆续属工订书共三十余册，晚具成持来，与资一元。

二十七日　晴，大风。上午往日邮局寄福子信并银廿圆，合华银廿五元。午后赴通俗教育研究会。[4]师曾赠"后子孙吉"专拓本二枚，贵筑姚华所藏。

二十八日　晴。下午通俗教育研究大会。[5]晚季市贻青椒酱一器。

二十九日　昙。上午得二弟信，二十五日发(80)，言妇于二十四日夜十时生一女[6]。下午张总长招见。晚同陈师曾至留黎厂游。夜风。

三十日　晴，风。上午寄二弟信(八十一)，又《吴越三子集》八册，《越中三子诗》三册，"后宜子孙"专拓本二枚，《教育公报》二册，共一包。午后同寿山、书堂、稻孙游小市。下午往留黎厂买《郭氏石室画象》十枚，《感孝颂》一枚，并题名及杂题记等九枚，共银五元。又沂州画象共十四枚，银三元。又《食斋祀园画象》、《孔子见老子画象》各一枚，并旧拓，孔象略损，共二元。又《纸坊集画象》、不知名画象各一枚，共六角。又造象拓本十二种十四枚,共四元。晚念钦先生来,紫佩招至广和居共饭,李霞〔卿〕亦至也。

三十一日　晴。星期休息。午许铭伯先生邀饭,赴之,季市、诗荃、世英、范伯昂、云台同坐,午后归。下午昙。夜邵明之自杭州来,谈至十一时去,寓于中西旅馆云。

* * *

〔1〕　指小说股第四次例会。会上讨论小说审核标准,主要研究小说分类问题。

〔2〕　指小说股第五次例会。会上修正小说审核标准,并决定先就通俗图书馆内现藏小说着手调查。

〔3〕　医学专门学校　即国立北京医学专门学校。1912年筹办,校址在后孙公园,校长为汤尔和。

〔4〕　指小说股第六次例会。会上讨论向通俗图书馆借书办法及前经教育部审核而未由该会复核的小说应如何办理等问题。

〔5〕　指通俗教育研究会第二次全体大会。会上由新任教育总长张一麐致"训辞",鼓吹小说要"寓忠孝节义之义",并宣布由新任教育次长袁希涛兼任该会会长。

〔6〕　即周作人次女周若子。

十一月

一日　昙,午后晴。无事。

二日　晴。上午寄二弟小包一,内《云窗丛刻》一部,浏阳麻菌两束,古镞二包,四神鉴一枚,陕西玩具十余事。晚许铭伯先生及季市邀明之饭,约往共话,协和亦来,十时半回寓。

三日　晴。无事。

四日　晴。上午得二弟信,三十日发(81)。寄二弟信(八十二)。上午同许季上赴孙冠华家吊。下午出江西振捐[1]一元。夜大风。

五日　晴,风。晚许季上来。

六日　昙。午后往留黎厂买"白人"[2]、"甘丹"刀等五枚,二元;"正光"砖拓本一枚,一元;《薛㲀姬造象》拓本等五种,二元;《山右石刻丛编》一部廿四册,六元。

七日　晴。星期休息。下午商契衡来。

八日　晴,大风。上午得二弟信,四日发(82)。午后得羽太家信,附福子笺,二日发。

九日　晴。上午寄二弟信(八十三)。夜风。

十日　晴,晚风。寄二弟明信片一枚,问书目。夜大冷,用火炉。雨雪。

十一日　晨起见积雪可三分高。天晴。无事。

十二日　昙,下午晴。得二弟及三弟信,八日发(83)。

十三日　晴。上午寄二弟信(八十四)。下午往留黎厂买货布四枚,布泉一枚,又方足小币五枚,"大中折十"泉一枚,共三元。遇孙伯恒,遂至商务馆坐少顷,观土俑及杂拓本并唐人写经。

十四日　昙。星期休息。下午魏福绵来。

十五日　雨。上午得二弟信,十一日发(84)。向齐寿山假十元。下午许季上还百元。

十六日　晴,风。上午寄二弟信(八十五)。午后诒季市货布二枚。晚陈师曾来看汉画象拓本。

十七日　晴,大风。午后开通俗教育研究会。[3]夜孙奠胥字瀚臣者来。

十八日　晴。无事。夜大风。

十九日　晴。上午得二弟信,十五日发〔(85)〕。午后同陈师曾、何沧苇往小市。认北京冬季施粥捐三元,总长所募。

二十日　晴。上午寄二弟信(八十六)。午后至清秘阁买纸三元。在敦古谊买《爨宝子碑》等拓本三种,三元。又磁州出土六朝墓志六种,三元。沈康伯将赴吉林,晚与伍仲文、张协和公钱于韩家潭杏花春,坐中又有范逸丞、稚和兄弟及顾石臣。赠朱孝荃《会稽郡故书集》一册。

二十一日　晴。星期休息。上午得二弟信并"永和"专拓本一枚,十七日发(86),又《欧米文学研究手引》一册,十五日寄。云和魏兰字石生来,有未生介绍函。午范逸丞、顾石臣招饮于陕西巷中华饭庄,坐中一如昨夕。下午从协和假五元,往留黎厂买《王绍墓志》拓本一枚,银五角。

二十二日　晴。上午寄二弟信(八十七)。还齐寿山十元,张协和五元,伍仲文二元二角。

二十三日　晴。无事。

二十四日　晴。午后赴通俗教育研究会。[4]下午往通俗图书馆假《顺天通志》二册。晚师古斋持拓本来,选取匋斋臧汉画象残石一枚,银一元,《臧石记》未载。又《许始造象》四枚,二元。夜得二弟信并梁专拓本二枚,廿一日发(87)。

二十五日　晴。午同师曾至小市。夜风。

二十六日　晴。上午寄二弟信(八十八)。收本月奉泉二百八十元。午后同陈师曾至小市。晚许季上来。夜大风。

二十七日　晴,风。上午杨莘耜赠《周天成造象》拓本一枚。午后往青云阁买毡履一两,银二元二角。往留黎厂式古斋视拓本,得《薛山俱、薛季训、薛景、乡宿二百他人等造象》拓本四枚,云是日本人寄售,原石已出中国,索价颇昂,终以六元得之。又至别肆买《刘平周造象》三枚,《陈叔度墓志》一枚,银二元。晚商生契衡来,付与学资四十元。

二十八日　晴。星期休息。午后往敦古谊买《白石神君碑》二枚,《郑道忠墓志》等六枚,造象二种八枚,共十三元。下午小舅父来,并交茗一合。

二十九日　晴。上午得二弟信,二十五日发(88)。晚往敦古谊帖店。夜季市来。

三十日　晴。上午寄二弟信,附寓中见有书目一枚(八十九)。晚韩寿谦来。

＊　　　＊　　　＊

〔1〕　江西振捐　1915年7月江西霪雨成灾,抚、赣诸江河与鄱阳湖水同时泛滥,灾情严重。

〔2〕　"白人"　疑为"白匕"之误。"白匕",古代刀币之一种。

〔3〕　指小说股第八次例会。会上讨论查禁小说宜预先通饬案。(第七次例会于11月10日举行,日记未记。)

〔4〕　指小说股第九次例会。会上讨论查禁及改良小说案。(第十次例会在12月1日举行,日记未记。)

十二月

一日 晴。无事。

二日 昙。上午蟫隐庐寄来书目一本。夜风。

三日 晴。上午得二弟信,十一月廿九日发(89)。宋紫佩之族人回越,托携回书籍一包,计《神州大观》七册、《历代钞币图录》一册、《莫邵亭行述》一册、《兰言略述》一册与二弟,又德文《植物标本制作法》一册与三弟。得寿师母讣,以呢幛子一送洙邻寓。午后同师曾游小市。

四日 晴。上午寄二弟信(九十)。午后至琉璃厂买重纸十五枚,五角。又买《杜文雅造象》二枚,《苍颉庙碑》并阴、侧共四枚,二元六角;又《延光残碑》、《郑能进修邓艾祠碑》各一枚,三元。晚许季上来。夜齿痛。

五日 晴。星期休息。寿洙邻设奠于三圣庵,上午赴吊。午后裘子元结婚,往贺,馈二元。下午往留黎厂买高庆、高贞、高盛碑,《关胜颂德碑》,《比丘道瑝造象记》拓本各一枚,共三元;又专拓片共十六枚,二元。添得《履和纯残碑》一枚,似摹刻。

六日 昙。午后听青年会中人余日章演说。晚季市遗肴一器。夜大风。

七日 晴,冷。午后由师曾持去《往生碑》拓本一枚与梁君。夜雨雪。

八日 晴。上午得二弟信,三日发(90),又一信,四日发(91)。

九日 昙。上午寄二弟信(九十一)。

十日 微雪。无事。

十一日　晴。午后至留黎厂买王僧、李超墓志共三枚,三元五角;又《无极山碑》一枚,《陈君残碑》并阴二枚,《青州默曹残碑》三枚,《孝宣公高翻碑》一枚,《标异义乡慈惠石柱颂》共大小十一枚,《孙宝憘造象》等共六枚,《仲思那造桥记》一枚,共银八元六角。晚得徐宗伟信,八日发。

十二日　昙。星期休息。上午得二弟信,八日发(92)。下午铭伯先生来。

十三日　晴,大风。上午寄二弟信(九十二)。复徐生宗伟信。

十四日　晴。晚得徐生宗伟信,本日发。

十五日　晴。无事。

十六日　昙。下午本部为黄炎培开茶话会,趣令同坐良久。晚大风。

十七日　晴,风。上午得二弟信,十三日发(93)。季上匃[1]人洒扫圣安寺,助资二元。

十八日　晴。上午寄二弟信(九十三)。午师曾赠《爨龙颜碑》拓本一枚。午后往留黎厂买《高肃碑》一枚,《贺若谊碑》全拓一枚,《司马景和妻孟墓志》一枚,共银三元五角。晚王生镜清来。夜齿大痛,失睡至曙。

十九日　晴。星期休息。午后至瑞蚨祥买绸六尺,二元。至徐景文处疗齿,取含嗽药一瓶。下午至流离厂买《华阴残碑》、《报德玉象七佛颂》各一枚,银二元。又《爨龙颜碑》并阴全拓二枚,于纂、时珍、李谋墓志各一枚,共十二元。念卿先生来,未遇。晚往季市寓,饭后归。

二十日　晴。上午得二弟信,十六日发(94)。午后往小市。夜大风。

二十一日　晴,风。上午寄二弟信(九十四),又《教育公报》二册,五年历书一册。许季上长男弥月,以绸为贺。

二十二日　晴。午后开通俗教育研究会,集者止四人,辍会。

二十三日　晴。冬至例假。上午陶望潮来。

二十四日　下午代小舅父收由越汇款五百元。晚至徐景文寓疗龋齿。

二十五日　晴。上午收本月奉泉二百八十元。午后为小舅父往中国银行取汇款,转存交通银行。赴留黎厂买《西门豹祠堂碑》并阴二枚,一元五角;《曹恪碑》一枚,二元;《宋买造象》、《张法乐造象》各一枚,一元;杂造象五枚,一元。晚得二弟信,廿一日发(95)。许铭伯先生来。

二十六日　晴。星期休息。上午寄二弟信(九十伍)。午周友芝来。下午往大栅阑买熏鱼、豆腐干等,共五角。往徐景文寓疗齿。晚范云台、许诗荃来,各遗以《会稽郡故书杂集》一册。

二十七日　晴。上午得二弟信,二十三日发(96)。晚李霞卿来假卅元。

二十八日　晴。上午王式乾、徐宗伟、徐元来,共支八十元。晚寄二弟信(九十六)。夜王镜清来假去四十元。

二十九日　晴。午后理发。

三十日　昙。上午得二弟信,廿六日发(97)。得李霞卿信,昨发。

三十一日　昙。上午寄二弟信(九十七)。答李霞卿信。下午往留黎厂买《孟显达碑》拓本一枚,一元;《神州大观》第八集一册,一元六角五分。往徐景文寓治齿。晚张协和馈肴一合,与仆泉四百。季市遗肴一器,与仆泉二百。

* * *

〔1〕 勼　同鸠,也同纠。聚合的意思。

乙卯书帐

说文解字系传八册　二·〇〇　一月二日

广雅疏证八册　二·五六

景宋本陶渊明集四册　二·〇〇　一月六日

景宋本坡门酬唱集六册　三·〇〇

桃华扇传奇二册　一·二〇

因明入正理论疏二册　〇·四〇三　一月十日

石印宋本陶渊明诗一册　〇·五〇

仿苏写本陶渊明集三册　四·〇〇　一月十六日

观自得斋丛书二十四册　五·〇〇　一月十七日

大秦景教流行中国碑额拓本一枚　杨莘士赠　一月二十六日

说文系传校录二册　一·〇〇　一月三十日

随轩金石文字四册　二·四〇　　　　二五·〇六三

颜鲁公画象拓本一枚　杨莘士赠　二月六日

吉金所见录四册　二·〇〇

朱氏汇刻书目二十册　三·〇〇

说文统系第一图拓本一枚　〇·二〇　二月十五日

说文句读十四册　四·〇〇　二月二十日

纫斋画賸四册　三·〇〇　二月二十一日

毛诗稽古编八册　七·〇〇

景宋王叔和脉诀四册　二·五〇

袖珍本陶渊明集二册　〇·五〇　　　　　二二·二〇〇

金石契四册附石鼓文释存一册　四·〇〇　三月六日

长安获古编二册　三·〇〇

越画见闻三册　二·一〇　三月十一日

列仙酒牌一册　〇·七〇

续汇刻书目十册　三·〇〇

残本积学斋丛书十九册　三·〇〇　三月十三日

咫进斋丛书二十四册　六·四〇　三月二十一日

龙门造象题记拓片二十三枚　胡绥之赠　三月二十八日　二二·二〇〇

古学汇刊第十一集二册　一·〇五〇　四月三日

文字蒙求一册　〇·二〇　四月十一日

吴越三子集八册　〇·四〇

汉马曹拓片一枚　〇·二〇

遯庵秦汉瓦当存二册　三·二〇

遯庵瓦当[古镜]存二册　三·二〇

敦交集一册　〇·七〇

文始一册　一·五〇　四月十八日

补寰宇访碑录四册　〇·七〇　四月二十日

神州大观第七集一册　一·六五　四月二十一日

金石续编十二册　二·五〇

越中金石记八册　二〇·〇〇

射阳石门画象拓本等五种七枚　二·〇〇　四月二十五日

205

曹望憘造象拓本二枚　〇·四〇　　　　　　　三七·七〇〇
武氏祠堂画象并题记拓本五十一枚　八·〇〇　五月一日
黾池五瑞图并西狭颂二枚　二·〇〇
杂汉画象四枚　一·〇〇
两汉金石记六册　六·〇〇　五月六日
丛书举要四十四册　六·〇〇
景宋京本通俗小说二册　一·二〇
罗鄂州小集二册　〇·三〇
金石萃编五十册　一四·〇〇　五月八日
汉石刻小品拓本三枚　一·〇〇　五月九日
汉永建五年食堂画象一枚　〇·五〇
宋敬业造象拓本等三种三枚　一·五〇
田胜晖造象拓本等三种六枚　一·二〇
佛象巨碑拓本一枚　一·〇〇
西安所买杂帖十种二十枚　二·〇〇　五月十日
文叔阳食堂画象等三枚　二·〇〇　五月十六日
济宁州画象一枚　一·〇〇　五月二十三日
张敬造象六枚　一·五〇　五月三十日
李夫人灵第画鹿一枚　一·〇〇
五凤二年石刻一枚　〇·五〇　　　　　　　五一·七〇〇
群臣上寿刻石拓本一枚　〇·六〇　六月六日
裴岑纪功碑拓本一枚　〇·八〇
道兴造象并古验方二枚　一·〇〇
百汉研碑一册　三·〇〇　六月七日

求古精舍金石图四册　五·〇〇

梵汉合文经幢等五种十枚　一·〇〇　六月十日

赵阿欢造象等五枚　〇·三〇　六月十三日

晏如居缩刻古碑二十四枚　一·〇〇

古学汇刊第十二期二册　一·〇五〇

齐物论释一册　龚未生交季市持来　六月十七日

孟广宗碑一枚　二·〇〇　六月十九日

齐至后唐造象十二种十四枚　二·〇〇

筠清馆金文五册　四·〇〇　六月二十日

望堂金石八册　六·〇〇

会稽掇英总集四册　四·〇〇　六月二十七日

魏稼孙全集十四册　四·〇〇　　　　　三五·七五〇

李显族造象碑颂一枚　〇·八〇　七月一日

潞州舍利塔下铭一枚　〇·二〇

常岳造象等四种四枚　一·〇〇　七月三日

凝禅寺三级浮图碑一枚　一·〇〇

杨孟文石门颂一枚　阙额　二·〇〇　七月四日

北齐等慈寺残碑及杂造象等九枚　四·〇〇

岳琪所藏造象十一种十五枚　八·〇〇

同州舍利塔额一枚　〇·五〇　七月七日

青州舍利塔下铭并额二枚　一·〇〇

张荣迁造象记三枚　一·〇〇　七月十日

刘碑造象铭一枚　一·〇〇

马天祥等造象记一枚　〇·八〇

岐州舍利塔下铭一枚　〇·五〇
高伏德等造象三枚　〇·五〇　七月十七日
居士廉富等造象二种四枚　三·〇〇
鹤山文钞十二册　季自求贻　七月二十五日
垣周修塔象记拓本一枚　〇·五〇　七月三十一日　二五·八〇〇
丘世光造象等十种十四枚　七·〇〇　八月一日
寰宇贞石图散叶五十七枚　六·〇〇　八月三日
艺风堂考臧金石目八册　三·七〇〇　八月五日
阮盦笔记五种二册　〇·八〇
香东漫笔一册　〇·三〇
古专拓本四枚　〇·二〇　八月六日
善业埿拓本二枚　〇·三〇
齐杨就造象拓本等三种五枚　二·三〇　八月十二日
张龙伯造象记等拓本二种二枚　〇·八〇　八月十五日
王明造象拓本四种四枚　二·〇〇　八月二十一日
比丘僧智道玩等造象拓本四枚　二·〇〇
贾子次诂二册　一·〇〇　八月二十三日　　二六·四〇〇
永初三公山碑拓本一枚　三·〇〇　九月五日
元氏封龙山颂拓本一枚　〇·八〇
李清造报德象碑拓本一枚　一·〇〇
霍大娘造象拓本一枚　〇·一〇
陆士龙集四册　二·五〇
鲍明远集四册　二·五〇
金刚经嘉祥义疏二册　许季上赠　九月七日

流沙坠简三册　一三·八〇　九月十二日

权衡度量实验考一册　三·〇〇

四朝宝钞图录一册　五·二〇

金石萃编校字记一册　〇·五〇

万邑西南山石刻记一册　〇·四〇

说文古籀拾遗二册　一·二〇　九月十四日

通俗编八册　二·六〇　九月十九日

秦汉瓦当文字二册　五·四〇

郑厂所臧泥封［封泥］一册　〇·三〇

文馆词林汇刊五册　三·〇〇　九月二十八日　　四八·三〇〇

樊敏碑朱拓本一枚　一·〇〇　十月三日

嘉祥苓散汉画象拓本一百卅七枚　一四·〇〇　十月四日

玉烟堂本急就章草法考二册偏旁表一册　郭令之诒　十月十二日

元宁造象记张神洛买田券拓本共三枚　一·〇〇　十月十六日

云窗丛刻十册　八·〇〇　十月十七日

碑别字补一册　〇·六〇

严州图经二册　〇·五〇

景定严州续志二册　〇·四五

严陵集二册　〇·五〇

爨龙颜碑拓本一枚　三·二〇　十月二十三日

端州石室记拓本一枚　〇·八〇

甲寅年国学丛刊八册　四·三五　十月二十四日

后子孙吉专拓本二枚　陈师曾诒　十月二十七日

郭氏石室画象并感孝颂等二十枚　五·〇〇　十月三十日

沂州杂画象十四枚　三·〇〇

食斋祠园画象一枚　一·〇〇

孔子见老子画象一枚　一·〇〇

济宁杂画象二枚　〇·六〇

杂造象十二种十四枚　四·〇〇　　　　　四九·〇〇〇

正光二年砖拓本一枚　一·〇〇　十一月六日

薛戠姬造象拓本等五种七枚　二·〇〇

山右石刻丛编二十四册　六·〇〇

爨宝子碑拓本一枚　〇·八〇　十一月二十日

程晢碑拓本一枚　〇·八〇

宝梁经拓本一枚　一·四〇

磁州出土六朝墓志并盖拓本十二枚　三·〇〇

王绍墓志拓本一枚　〇·五〇　十一月二十一日

汉画象残石拓本一枚　一·〇〇　十一月二十四日

许始等造象拓本四枚　二·〇〇

周天成造象拓本一枚　杨莘耜赠　十一月二十七日

薛山俱二百人等造象拓本四枚　六·〇〇

刘平周等残造象拓本三枚　一·八〇

陈叔度墓志一枚　〇·二〇

白石神君碑并阴二枚　一·〇〇　十一月二十八日

郑道忠墓志一枚　五·〇〇

淳于俭墓志等五枚　二·〇〇

杜文雅等造象四枚　二·五〇

杜照贤等造象四枚　二·五〇　　　　　三九·五〇〇

苍颉庙碑并阴侧共四枚　二·〇〇　十二月四日

延光残碑一枚　一·五〇

郑能进修邓艾祠碑一枚　一·五〇

杜文雅等造象二枚　〇·六〇

光州刺史高庆碑一枚　〇·六〇　十二月五日

营州刺史高贞碑一枚　〇·六〇

侍中高盛碑一枚　〇·六〇

冀州刺史关胜颂德碑一枚　〇·六〇

比丘道琔造象记一枚　〇·六〇

杂古专拓片十六枚　二·〇〇

王僧墓志并盖二枚　二·〇〇　十二月十一日

李超墓志一枚　一·五〇

标异义乡慈惠石柱颂十一枚　三·〇〇

青州默曹残碑三枚　一·五〇

无极山碑一枚　一·〇〇　案此三公山神碑也目误　十八日注

孝宣公高翻碑一枚　〇·七〇

陈君残碑并阴二枚　一·〇〇

杂造象六枚　一·〇〇

仲思那造桥碑一枚　〔〇〕·四〇

兰陵王高肃碑一枚　一·〇〇　十二月十八日

贺若谊碑一枚　一·五〇

司马景和妻孟墓志一枚　一·〇〇

华岳庙残碑一枚　一·〇〇　十二月十九日

报德玉象七佛颂一枚　一·〇〇

爨龙颜碑并阴全拓二枚　九·〇〇
李谋墓志一枚　〇·六〇
时珍墓志一枚　〇·四〇
于纂墓志一枚　二·〇〇
西门豹祠堂碑并阴二枚　一·五〇　十二月二十五日
曹恪碑一枚　二·〇〇
宋买造象并侧一枚　〇·五〇
张法乐造象一枚　〇·五〇
杂造象并舍利塔铭五枚　一·〇〇
孟显达碑一枚　一·〇〇　十二月卅一日
神州大观第八集一册　一·六五　　　　四八·三五〇
　　总计四三二·九六三〇　十二月卅一日灯下记。

丙辰日记

正　月

一日　晴。例假。晨富华阁持拓本来。午后陶书臣来。许季上来。

二日　微雪。例假。上午往徐景文寓疗齿。往观音寺街买绒裤二要，三元。往留黎厂买历日一本，泉五十。买《吴谷朗碑》拓本一枚，五角。又魏《李璧墓志》并阴共二枚，银乙元五角。下午童亚镇来函假资用，即答谢之。夜整理《寰〔宇〕贞石图》[1]一过。录碑。

三日　晴。例假。上午得二弟信，附三弟上小舅父笺一枚，十二月三十日发(98)。晚李霞卿、尹宗益来。夜风。

四日　昙。休假。午寄二弟信(一)。午后晴。下午往留黎厂买《古志石华》一部八本，值二元。买《赵郡宣恭王毓墓志》并盖二枚，《杨乹志》一枚，《张盈志》并盖二枚，《刘珍志》并阴二枚，《豆卢实志》一枚，《开皇残志》一枚，《护泽公寇君志》盖一枚，《李琮志》一枚，阙侧，共银五元。买《宕昌公晖福寺碑》并阴共二枚，银六元。夜补写《尔雅补郭》一叶。

五日　雨雪。赴部办事，午后茶话会并摄景[2]。夜同人公宴王叔钧于又一村。

六日　微雪。晚宋子佩将来《晋祠铭》并复刻本，又《铁

213

弥勒象颂》各一枚,芷生所贻。

七日　雨雪。午后往小市,无地摊。下午往交通银行取民国四年下半年公责利子八元四角。往徐景文寓疗齿。

八日　晴。上午得二弟信,三日发(1)。午后往羊圈胡同沈家访小舅父,则已居旃檀寺后身教场路西十九号陈宅,踪往见之,交银三百元汇去年十月至十二月家用,又从铭伯先生家转汇款二百元,又越中代汇出款五百元,共一千元,并三弟来信一枚。晚寄二弟信(二)。夜风。

九日　晴,大风。星期休息。沈商耆父七十生日,上午往贺,并与同事合送寿屏。午后到留黎厂买信纸信封等共五角。买《鄐君开道记》旧拓本一枚,"钜镛"二字未泐,值二元。

十日　晴。午后审知《鄐君开道记》为重开后拓,持往还之,别易较旧者一枚,"巨鹿"二字微可辨,直减五角。买《唐邕写经碑》、《首山舍利塔碑》、《宁赞碑》各一枚,共二元五角。晚王式乾来还二十元。

十一日　晴。午后游小市。

十二日　晴。上午得二弟信,八日发(2)。汪书堂代买山东金石保存所[3]臧石拓本全分来,计百十七枚,共直银十元,即还讫,细目在书帐中。

十三日　晴。上午得二弟所寄《校碑随笔》六本,《绍兴教育杂志》第十期一本,八日付邮。寄二弟信(三),又蜜果二合作一包。午后与汪书堂、陈师曾游小市,买《吴葛祚碑》额拓本一枚,铜币四。下午开通俗教育会员新年茶话会,摄景而散。代小舅父收沈宅函,即转寄讫。

十四日　晴。午后游小市。下午往徐景文寓补齿一枚,并药资共银八元。

十五日　晴。上午往交民巷日邮局寄羽太家信并银三十六圆,附与福子笺一枚。午后游于小市。下午往留黎厂以山东金石保存所臧石拓本之陋者付敦古谊,托卖去。买《杨叔恭残碑》并阴、侧共三枚,一元五角;《张奢碑》一枚,一元五角;《高肃碑》并阴二枚,二元;《王迁墓志》一枚,四角。河南存古阁臧石拓本全分卅种四十六枚,四元。原卅二种四十九枚,价五元,今除已有者得上数,目在书帐中。

十六日　晴。星期休息。上午得小舅父信,昨发。得二弟信,十二日发(3)。商契衡来。许季上来。午前小舅父来。

十七日　晴。上午寄二弟信(四)。参观医学专门学校。[4]午后往小市。

十八日　晴。午后往小市。得蒋竹庄父、兄讣,与同人合送幛子,分一元五角。

十九日　晴。上午得二弟信并《咸通专造象》拓本一枚,十五日发(4)。午后杨千里赠《饮流斋说瓷》二本。晚徐宗伟来取十五元。

二十日　昙。上午往日邮局寄羽太家信并银十元,托买什物。午后往小市买瓷印色合一个,铜元四十二枚。吴鍊百嫁女,送贺礼一元。

二十一日　昙。上午寄二弟信(五)。从齐寿山假二十元。午后晴,大风。

二十二日　晴,大风。上午陈师曾与印泥可半合。午后往留黎厂买《响堂山刻经造象》拓本一分,共六十四枚,十六元。又晋立《太公吕望表》一枚,五角;东魏立《太公吕望表》并阴二枚,一元。晚因肩痛而饮五加皮酒。

二十三日　晴。星期休息。午往陈仲骞家饭,有松花江白鱼,同坐九人。下午铭伯先生来。晚许季市来。

二十四日　晴。上午得二弟信,廿日发(5)。祝荫庭丧母,赙一元。午后往小市。

二十五日　晴。上午寄二弟信(六)。午后往小市,买嵩岳石人顶上"马"字拓本三枚,共五铜元,分赠师曾一枚。

二十六日　晴。上午祁柏冈送磁州所出墓志拓片六枚。午后往小市。下午收本月奉泉二百八十元,便还协和十元,季市、寿山各二十元。寄徐宗伟信。晚子佩来,还李霞卿旧假款三十元。夜得二弟信并《永明造象》拓本四枚,廿三日发(6)。

二十七日　晴。午后往小市。晚徐宗伟来,交与四十五元,并前付共百元,汇越中作本月家用。徐元来,交与四十元。

二十八日　晴。黄芷涧丧妇,上午赴吊,又与同人合送绸幛,分一元。托朱孝荃买《维摩诘所说经》等共十册,合银一元三角二分。午后往小市。

二十九日　晴。上午寄二弟信并银百元,作二月家用(七);又寄《教育公报》二册,附磁州所出墓志六枚,拟赠朱渭侠。转小舅父函一。赠张阆声《会稽故书杂集》一。赠陈师曾《唐邕写经碑》拓本一,以得鼓山[5]全拓而縢出也。午后往小市。下午往留黎厂买《无量义经、观普贤行法经》合刻一册,八分。买《衡方碑》一枚,二元;《宋永贵墓志》并盖二枚,五角；买《张怦墓志》并盖二枚，一元。

三十日　晴，风。上午得二弟信，廿六日发(7)；又得竹纸千二百枚，砖拓片四种，《绍兴教育杂志》第十一期一册，同日付邮。裘子元来。午后往留黎厂买《三公山碑》、《校官碑》、《竹叶碑》、《王基残碑》、《韩君碣》、大小字《定国寺碑》、《造龙华寺碑》拓本各一枚，共银十一元。本日星期休息。

三十一日　晴。午后往小市。

＊　　＊　　＊

〔1〕　整理《寰〔宇〕贞石图》　因《寰宇贞石图》一书搜录的石刻拓片未严格按时间顺序编排，不同版本颇有出入，目录亦时有改刻，故鲁迅重予整理。1915年7月1日"借《寰宇贞石图》六本"，8月3日购"《寰宇贞石图》散叶一分五十七枚"，随即据该书整理出拓片二三一种，贴成五册，写有总目及说明，各册又列有碑石名称、年代、地点的详目。编讫作《〈寰宇贞石图〉整理后记》，现编入《古籍序跋集》。

〔2〕　茶话会并摄景　教育总长张一麐邀集全体部员举行茶话会表示贺年，并征询此后教育应取之方针。

〔3〕　山东金石保存所　山东省立的文物保护机构。在济南大明湖畔山东省图书馆内。建于1909年（清宣统元年）。收藏金石、书画、碑帖、古籍等一万七千余件，并有常设陈列。

〔4〕　参观医学专门学校　教育部直接管辖的北京专门以上学校有八所，其中包括北京大学和北京医学专门学校等。是日鲁迅代表教育部前往视察并报告教育现状。

〔5〕　鼓山　在福建福州市东郊，山中有始建于唐代建中四年(783)的涌泉寺及多处古迹名胜。下文的绳出，同重出。

217

二 月

一日　晴。上午寄二弟信(八)。午后往小市。

二日　晴。午后往小市。旧除夕也,伍仲文贻肴一器、馒首廿。

三日　晴。旧历丙辰元旦,休假。午后昙。无事。

四日　昙。休假。上午得二弟信,三十日发(8)。午后季市来。

五日　昙。休假。上午寄二弟信(九)。许季上来。午后晴,游厂甸。下午访季市不值,见铭伯先生,谈良久归。晚饮酒。

六日　晴。星期休息。午后昙。无事。

七日　晴,大风。上午得羽太家信,二十九日发。得重久信,卅日发。

八日　晴,风。上午得二弟信,附《永明造象》拓片一枚,四日发(9)。以《永明造象》与何邕威一枚,朱孝荃一枚。从许季上乞得磁州墓志拓片六枚。

九日　晴,风。上午寄二弟信(十)。肄古斋送拓片来阅,买得元演、元祐、穆胤墓志各一枚,共九元。又《寇文约修孔子庙碑》《郭显邕造象》《维摩诘经残石》共五枚,共三元。晚往季上家。

十日　晴。上午得二弟信并"永和"专拓本一枚,六日发(10)。夜大风。

十一日　晴。上午寄二弟信(十一)。寄念卿先生信。晚季上来。夜风。

十二日　晴。上午得二弟所寄专拓片三枚,八日付邮。午后往留黎厂买《武平造象》、《武定残碑》拓本各一枚,共一元。又《李宪墓志》拓本一枚,一元。

十三日　晴,风。星期休息。上午念卿先生来,同往广和居午饭。

十四日　晴。上午得二弟信并专拓一枚,十日发(11)。晚季上过访。夜大风。

十五日　晴。上午寄二弟信(十二)。

十六日　晴。晚魏福绵、王镜清来。

十七日　晴,下午大风。晚宋子佩来。

十八日　晴。上午得二弟信,十四日发(12)。

十九日　晴。上午宜古斋送拓本来,拣留《武平七年道俗百余人造象》一枚,五角;《王怜妻赵氏墓志》一枚,疑摹刻,五角;《讳易墓志》一枚,二元。寄二弟信(十三)。下午寄王镜清信。晚往季市寓并假银二十元。

二十日　晴。星期休息。上午许铭伯、季市、世英同来,即往西华门内游传心殿,观历代帝王象,又有绘书及绣少许。午后往留黎厂买《爨宝子碑》一枚,《文安县主墓志》一枚,各一元。又《兖州刺史残墓志》一枚,五角。买"宅阳"及"匋易"方足小币共五枚,一元。又日光大明镜一枚,一元。夜雨雪。

二十一日　雨雪。无事。

二十二日　昙。上午得二弟信,十八日发(13)。得重久信,十六日发。下午雨雪。

二十三日　昙。午前寄二弟信(十四)。

二十四日　晴,大风。下午韩寿谦来。赙杨月如一元。

二十五日　昙,风。午后游小市,地摊尚甚少。

二十六日　晴。上午收本月奉泉二百八十八元,还季市二十元。吴雷川创景教书籍阅览所,捐四元。晚商契衡来。夜铭伯先生来。

二十七日　昙。星期休息。晨图书分馆开馆[1],有茶话会,赴之。午前往留黎厂买《魏郛珍碑》一枚,阙侧,银一元五角。又《高肃碑》阳换《隽脩罗碑》并阴二枚。得二弟信并专拓片二枚,二十三日发(14)。下午徐元来,付与银五十元,合前付共百卅元,汇作家用。

二十八日　晴,风。上午得二弟所寄抱丰丸立照照象一枚,二十四日付邮。午前寄二弟信(十五)。晚商契衡来,付与学资四十元,合前陆续所假,共银三百元,至今日所约履行讫。

二十九日　晴。虞叔昭结婚,公送缎幛,分一元。下午往夏先生寓。

*　　*　　*

〔1〕图书分馆开馆　该馆由前青厂西口永光寺街迁至宣武门外香炉营四条胡同,是日举行开馆茶会,3月1日正式接待读者。

三　月

一日　晴。晨至交民巷寄重久信并银五元。

二日　晴。上午得二弟信,二月二十七日发(15)。

三日　晴,大风。上午寄二弟信(十六)。夜写《法显传》起。[1]濯足。

四日　晴,大风。午后至沈宅访小舅父,云在陈宅,复往迹得之,交银二百四十二元一角,内除旧欠及越中帖水诸费实三百元,诸汇款事并清讫。

五日　晴,大风。星期休息。午后往留黎厂买《松滋公元苌温泉颂》一枚,《诸葛子恒平陈颂》一枚,《洺州澧水石桥碑》一枚,共二元五角。

六日　晴,风。上午得二弟信,二日发(16)。寄王镜清信。董恂士五日卒,下午讣来,乃赴之。

七日　晴。上午寄二弟信(十七)。午后往小市。晚王镜清来。

八日　晴。夜子佩来谭。

九日　晴。上午得龚未生信。晚王叔钧招饮于又一村,同席共十人。

十日　晴。上午得二弟信,六日发(17)。得李霞卿信,昨发。致念卿先生函。

十一日　雨雪,积寸许,上午晴。寄二弟信(十八)。得念卿先生信。午后昙。往留黎厂买得孔庙中六朝、唐、宋石刻拓本共十四枚,价四元。又《武德于府君义桥石象碑》并碑阴、两侧拓本共四枚,一元,《萃编》所录无侧;又在敦古谊买《宇文长碑》一枚,《龙藏寺碑》并阴、侧共三枚,《建安公构尼寺碑》一枚,此碑据《金石分域编》阴、侧当有题名,缪氏《金石目》无,当别访之,三种共直三元。

十二日　晴,风。星期休息。上午得二弟信,八日发(18)。得宋知方信,七日台州中学发。午后往留黎厂直隶官书局买《五代史平话》一部二册,三元六角;汪刻《六朝廿一家集》中零本五种五册,五元四角。遇朱逷先,谈少顷。往宜古斋置孔庙汉碑拓本一分十九枚,三元;《赵芬残碑》二枚,《正解寺残碑》四枚,各一元。

十三日　晴。上午寄龚未生信。寄韩寿谦信。寄念卿先生信。午前寄蔡谷青信,季巿同署。晚寄二弟信(十九)。夜拔去破牙一枚。

十四日　昙。上午寄宋知方信。下午得念卿先生信。夜风。

十五日　晴。上午寄二弟《教育公报》第十至十二期各一本,又磁州所出墓志六种六枚,《李璧墓志》二枚,《李谋墓志》一枚。寄王镜清信。午后大风。晚往季巿寓,饭后归。是日专门学校成绩展览会[2]开会。

十六日　晴,风。上午得二弟信,十二日发(19)。下午韩寿谦来,付与银百,汇家用。夜写《法显传》讫,都一万二千九百余字,十三日毕。

十七日　晴,风。上午寄二弟信(廿)。午后理发。

十八日　晴。午后往徐景文寓治齿,付一元讫。下午小舅父来。

十九日　晴,星期休息。午后往留黎厂买《嵩高灵庙碑》并阴二枚,《嵩阳寺碑》一枚,共二元。又《安喜公李使君碑》,造象残碑,李琮、寇奉叔墓志,《法憼禅师塔铭》各一枚,共三元五角。下午赴展览会场,见铭伯先生一家俱在,同至益昌食茗饵讫便归。

二十日　昙。舒伯勤丧妇讣来,赙四元,与伍仲文合寄之。午后同陈师曾游小市。下午往留黎厂。得二弟所寄《绍兴教育会杂志》第十二期一册,十六付邮。晚阮和孙来。夜风。

二十一日　晴,风。下午赙董恂士家十元。晚和孙来。

二十二日　晴,大风。上午寄二弟信(廿一)。得二弟信,十八日发(20)。晚宜古斋送拓本来,选得《谭棻墓志》一枚,《杜乾绪造象》一枚,共银二元。

二十三日　晴,风。无事。

二十四日　晴,风。上午和孙来。晚约和孙往广和居饭,夜别去,明日赴繁峙也。

二十五日　晴。午后收本月奉泉三百。下午往留黎厂买《麃孝禹碑》一枚,银四元。又济宁州学所藏汉、魏石刻拓本一分大小共十七枚,银四元;鲁王墓前二石人题字二枚,银五角。

二十六日　昙。星期休息。上午得二弟信,廿二日发(21)。赴吊董恂士。午后晴,风。铭伯先生来。下午魏福绵来。夜宋子佩来。

二十七日　晴。上午寄二弟信(廿二)。董恂士出殡,部员路祭。午后往小市。

二十八日　晴,夜风。无事。

二十九日　晴,午后风。无事。

三十日　昙。上午得二弟信,廿六日发(22)。得朝叔信,廿四日发。寄二弟《说文校议》一部五册,《湖海楼丛书》一部二十二册,分作三包。晚修订《咫进斋丛书》一部讫,凡廿四册,费工三日。

三十一日　晴。上午寄二弟信(廿三)。得福子信,二十五日发。午后往东交民巷寄羽太家信并银卅五元,八月分止。下午风。

* * * *

〔1〕写《法显传》起　《法显传》,述东晋高僧法显等赴中印度寻求经律事迹。鲁迅于3月16日抄讫。

〔2〕专门学校成绩展览会　指全国专门以上学校成绩展览会,1915年8月开始筹备,主要由专门教育司负责,次年2月18日鲁迅被任为干事。3月15日展览会在教育部礼堂开幕,4月15日结束。参加展出的学校共六十八所。

四 月

一日　昙。午后往留黎厂买《张迁碑》并阴共二枚,一元;《刘曜残碑》一枚,五角。下午张协和来,晚同至季市寓,饭后归。夜雨雪,积半寸。

二日　晴。星期休息。上午得二弟信,三月二十九日发(23)。午后往留黎厂买《韩仁铭》一枚,《尹宙碑》一枚,二元五角。又《受禅表》、《孙夫人碑》、《根法师碑》各一枚,二元。往学校成绩展览会,少住即还。

三日　晴。上午寄二弟信,附答朝叔笺一枚(廿四)。午后大风。

四日　晴,大风。晚仪古斋来,买得《洛州老人造象碑》、《王善来墓志》,共直二元。

五日　晴。晚徐元来。夜紫佩来。

六日　晴。午后紫佩回越,托寄二弟信一函,又书籍两箧,共二十八部二百六十四册。下午得二弟信,二日发(24)。晚商契衡来。

七日　昙。上午寄二弟信(廿五)。得李霞卿信,即复。午后往小市。晚徐涵生来访。

八日　昙。午后往留黎厂买《苏慈志》一枚,一元。又拓本付衬二十一枚成,共工直六元。夜李霞卿来假银十元,遗茗一合。

九日　晴,大风。星期休息。无事。

十日　晴,风。夜腹写。

十一日　晴。上午得二弟信,七日发(25)。

十二日　晴。上午寄二弟信(廿六)。午后往小市。晚季市来。

十三日　晴。上午得宋子佩信,十日沪上发。下午往耀文堂观帖,买《邹县佳城堡画象》六枚,三元;姚贵昉藏石拓片十二枚,四元,似多伪刻。又得《莱子侯刻石》、《李家楼画象》、《张奢碑》、《鞠彦云墓志》并盖、《淳于俭墓志》、《诸葛子恒平陈颂》阴、《杜文庆造象》各一枚,共银五元。晚裘子元来。魏福绵、王镜清来。

十四日　晴。上午托紫佩在上海所购河南安阳新出土墓志七种寄至,计七枚,共直十元,十日付邮。午食甚闷闷。下午王式乾、徐宗伟来。晚往许季市寓,饭后乃归。夜裘子元来谈。

十五日　小雨即晴。午后往神州国〔光〕社买《神州大观》第九集一册,一元六角。又往青云阁步云斋买履一两,亦一元六角。下午昙。得重久信。

十六日　晴。星期休息。上午得铭伯先生柬,午后同游农事试验场[1],晚归。

十七日　晴。上午寄二弟信(二十七)。得福子信。夜雨。

十八日　昙。上午得二弟信,十二日发(26)。午后晴。

十九日　雨。上午得二弟所寄邮片,十四日午发(27)。晚晴。韩寿晋来。

二十日　晴。上午得宋子佩信,十五日杭发。晚裘子元来。

二十一日　昙。上午寄二弟信(廿八)。晚周友芝来。钱均夫来。

二十二日　雨。下午许季上来假《艺文类聚》。

二十三日　晴。星期休息。上午得二弟笺,十七日发(28)。午后往留黎厂买《嵩山三阙》拓本一分,大小十一枚,二元;《曹植碑》一枚,一元;又买黄石厓造象五种四枚,二元;《张角残碑》一枚,一元。下午裘子元来。许季市来。

二十四日　昙。午后往留黎厂震古斋买《元氏法义卅五人造象》拓本一枚,石已佚;又《仲思那造硵碑》一枚,共二元。晚雨。

二十五日　昙。上午得宋子佩信,廿日越发。寄二弟信(二十九)。午后往小市。

二十六日　晴。上午寄宋子佩信。寄韩寿晋信。陈师曾赠印一枚,"周树所藏"四字。午后收本月奉泉三百元。下午同师曾往留黎厂看拓本,买得《造交龙象残碑》一枚;《邑义六十人造象颂》一枚,又二枚,似两侧;又塔颂一枚,安阳万佛沟石刻之一,共与银乙元。

二十七日　晴。午后往小市。下午寄王式乾信。晚许季上来。

二十八日　晴,风。上午得二弟明信片,廿一日发(29),又信,廿三日发(30)。晚王式乾来,假与银四十元,约后汇越中。

二十九日　昙。上午得二弟信,廿四日发(31)。寄二弟信(三十)。午后寄蔡谷青信。往留黎厂买《石墙村刻石》一枚,《居摄坟坛刻石》二枚,《王偃墓志》并盖[阴]二枚,灵寿祁林院北齐造象五枚,《贾思业造象》一枚,《纪僧谐造象》一枚,刘思琬等残造象一枚,共银四元。夜风。

三十日　昙。星期休息。上午甘君来。午后游留黎厂,历数帖店,无所可得。馆举秋祭[2],下午许铭伯先生、季市、寿洙邻均因便来谭,少顷去。晚魏福绵、王镜清来。

✽　　✽　　✽

〔1〕　农事试验场　参看本卷第4页注〔8〕。

〔2〕　此处"秋祭"应为"春祭"。参看本卷第28页注〔11〕。

五　月

一日　昙。午后往小市。午后雨即止而风。

二日　晴,下午大风。无事。夜得二弟明信片,廿八日发(32)。

三日　晴。上午寄二弟信(卅一)。下午风。寄王镜清信。

四日　晴,下午大风。无事。夜濯足。

五日　晴,风。无事。

六日　晴。上午得二弟信,一日发(33)。午后大风。往留黎厂买《刘曜残碑》一枚,一元;画象一枚,有题字,又二枚无字,二元;《郑道昭登百峰山五言诗石刻》一枚,二元;黄石厓魏造象六枚,二元;驼山唐造象一百二十枚,四元;仰天山宋造象十七枚,一元。下午以避喧移入补树书屋[1]住。

七日　晴。星期休息。上午寄二弟信(三十二)。午后往留黎厂以拓片付表。又买《吹角坝摩厓》一枚,二元;《朱鲔室画象》十五枚;杂山东残画象四枚,五元;杂六朝小造象十六枚,三元;又添《白云堂解易老》拓本一枚。甘君来。李霞卿来并还银十元。周友芝来,多发谬论而去。下午裘子元来。王镜清来。

八日　晴。午后赠师曾家臧专拓一帖。蟫隐庐寄书目来。夜魏〔福〕绵来。

九日　晴。上午富华阁持拓片来。寄二弟信(三十三)。下午得二弟信，四日发(34)。

十日　晴。下午往震古斋买六朝造象四种七枚，二元。徐元来。晚铭伯先生来。送朱造五《百喻经》一册。

十一日　晴。无事。晚许季市来。夜风。

十二日　晴。上午寄二弟信(三十四)。得蔡谷青信，九日苏州发。

十三日　雨。上午得二弟信，七日发(35)，又明信片一枚，八日发(36)。下午往留黎厂买《鞠彦云墓志》并盖二枚，三元；《源磨耶圹志》一枚，二元；王俱等造四面象四枚，二元；泰安徂徕山磨厓二分各七枚，共五元；别有《杨显叔造象》一枚添入。表拓片三十四枚，工五元。晚晴，风。

十四日　晴。星期休息。上午富华阁帖店来。寄二弟信(三十五)。审昨所买《鞠彦云志》为翻刻，午后往留黎厂易《郭休碑》并阴二枚。又买旧拓《淳于俭墓志》一枚，一元五角；《大业始建县界碑》二枚，五角。以上在震古阁。往官书局代吴雷川买《敦艮斋遗书》一部五本，二元。往富华阁买冯焕、李业、杨发、贾夜宇阙各一枚，三元；《司马长元石门题字》二枚，一元；《魏三体石经》残字一枚，三元。下午商契衡来。

十五日　晴。上午以徂徕山摩厓一分赠师曾。下午昙。夜雨。

十六日　昙。午后往小市。下午晴。寄蔡谷青信。

十七日　晴。晨铭伯先生来。得宋子佩信，九日越中发。

下午自部归,券夹落车中,车夫以还,与之一元。晚潘君企莘自越来,交起孟函并茶叶一合去,假二十元券与之,俾留见金。夜裘子元来。雷雨。

十八日　昙。上午寄二弟信(三十六)。从张阆声假二十元。下午晴。往留黎厂。

十九日　昙。上午得二弟信,十三日发(37)。下午晴,风。送王宅、杨宅奠金四元。

二十日　晴。午后往留黎厂买《武班碑》并阴二枚,《天监井阑题字》一枚,《高进臣买地券》一枚,安阳残石四种六枚,共六元。晚往铭伯先生寓,饭后归。夜魏福绵来。

二十一日　晴。上午得二弟信,十六日发(38)。寄二弟信,附《高进臣买地券》拓本一枚(三十七)。往留黎厂买《李孟初神祠碑》一枚,二元;《封龙山颂》一枚,一元;《姜纂造象》旧拓本一枚,一元五角。下午李霞卿来,假与五元。晚风。星期也,休息。

二十二日　晴。午后往杨仲和家吊。得徐元信,廿日发。夜雨。腹写。

二十三日　昙。上午寄二弟信片(三十八)。赴王维白家吊。下午雷雨。晚晴。

二十四日　晴。晚潘企莘来。

二十五日　晴。午后潘企莘至部属保。下午商契衡属保其友三人。

二十六日　晴,大风。上午得二弟明信片,二十日发(39)。得宋子佩明信片,二十三日沪上发。下午往王维忱寓。

晚寄二弟明信片(三十九)。

二十七日　晴,下午大风。得二弟妇信,二十二日发。夜烈风。

二十八日　晴,大风。星期休息。上午得李霞卿信,昨发。寄二弟及弟妇信(四十)。午许季上来。赴长椿寺吊范吉陆母丧,同人合送幛子,分一元。下午往留黎厂买旧拓《武荣碑》一枚,值六元,其内二元以售去之《爨龙颜碑》款抵之。又买《帅僧达造象》一枚,五角。尹宗益来。晚甘君来。王镜清来。夜雨。背痛。

二十九日　晴。上午收本月奉泉三百元。寄王镜清信。寄徐元信。还阃声二十元。下午得二弟明信片,廿四日发(40)。晚寄二弟信(四十一)。韩寿谦来假去十元。许铭伯先生来。

三十日　晴。选拓本八种,下午赴敦古谊令表托。徐宗伟、徐元来假去银五十元。王维忱来。夜王镜清来代魏福绵假去三十元。背痛未除,涂碘醇。

三十一日　晴。上午陈师曾示《曹真残碑》并阴初出土拓本二枚,"诸葛亮"三字未凿,云仿古斋物,以十元收之。又江宁梁碑全拓一分,内缺《天监井床铭》,计十六枚,是稍旧拓本,是梁君物,欲售去,亦收之,直十六元。下午理发。师范校[2]寄杂志一册。夜潘企莘率一谁何来。

*　　*　　*

〔1〕　移入补树书屋　鲁迅在绍兴县馆初住东部藤花馆西屋,

1912年11月28日迁至藤花馆南向小舍，自此又移居县馆西部补树书屋，直至1919年11月。

〔2〕 指国立北京高等师范学校。该校前身为京师大学堂师范馆，1908年独立，称京师优级师范学堂。1912年改名北京高等师范学校，1923年7月改组为国立北京师范大学，1928年11月起称国立北平大学第一师范学院，1929年8月独立为北平师范大学。鲁迅自1920年8月至1926年8月在该校兼任讲师；1929、1932年两次北上探亲时都应邀讲演。

六 月

一日 晴。无事。

二日 晴。上午得二弟明信片，五月廿八日发(41)。

三日 晴，热。上午寄二弟明信片(四十二)。下午往留黎厂买《元鸷墓志》一枚，《元鸷妃公孙氏墓志》一枚，共银三元。又取表成帖片十枚，工一元六角。

四日 晴。星期休息。上午吴方侯来，名祖藩。下午昙，雷雨。

五日 晴。旧历端午也，休息。上午得二弟明信片，五月卅一日发(42)。商契衡来。往季市寓午饭，下午归。夜蒋抑之来。

六日 昙。上午得李霞卿函。得羽太家信，附信子笺，五月卅日发。午晴。夜寄二弟信片(四十三)。寄李霞卿信片。

七日 晴。午后同师曾往小市，地摊绝少。晚商契衡来。宋子佩自越中至，交来二弟函并干菜一合，又送笋干一合，新茗二包。

八日　晴。夜铭伯先生来。

九日　晴。上午得二弟妇信,四日发。下午得二弟信,三日发(43),经绍卫戍司令部检过,迟到。得李霞卿信。晚商契衡来。许季上来。

十日　晴。上午寄二弟信,附与弟妇笺一枚(四十四)。得二弟信,五日发(44)。午后风。往留黎厂买汉中石刻拓本一份,除《郙君开道记》,共十二枚,直六元。又买《高湛墓志》一枚,二元。晚韩寿晋来。甘润生来。

十一日　晴,风。星期休息。上午祝宏猷庆安、尹翰周德松来。午后昙。往留黎厂属表拓本可九十种。下午小雨即止。洙邻兄来。

十二日　晴。上午寄二弟明信片(四十五)。

十叁日　小雨。上午得二弟信并《〈蜕龛印存〉序》[1]一叶,七日发(45)。

十四日　小雨。上午朱孝荃贻青椒酱一器。下午大雷雨。向虞叔昭借衣。

十五日　晴。晨寄二弟明信片(四十六)。上午部派赴总统府吊祭[2],共五人。午后往许季上寓。下午风。

十六日　晴。晨尹翰周来。下午得二弟明信片,十日发(46)。得阮久孙信片,十二日繁峙发。还虞叔昭衣。卢闰州来。晚宜古斋持拓片来,撰留隋《暴永墓志》并盖二枚,直二元,云山西新出土,未详何县。

十七日　晴。上午寄阮久荪信片。午后往留黎厂取所表拓片，共工泉十元。下午西泠印社寄书目一册至。夜许诗荃来。风雨。

十八日　晴。星期休息。上午往留黎厂买《平等寺碑》一枚，《道兴造象》并治疾方大小三枚，《正解寺残碑》四枚、阴二枚，共四元。又至青云阁买草冒、袜、履，共四元。午后洙邻来。下午雨一陈即晴。晚寄二弟信片（四十七）。

十九日　晴。下午李霞卿来，假与银三十元。得二弟所寄《癸社杂志》第三期一册，十四日付邮。晚雨。

二十日　晴。下午得二弟信，十四日发（47）。王式乾、徐宗伟来。晚昙，雷。

二十一日　晴。上午寄二弟信，附改定《印存序》一篇（四十八）。晚铭伯先生来。

二十二日　晴，风。晨得二弟信，十六发（48），又信片，十八日发（49）。上午铭伯先生来属觅人书寿联，携至部捕陈师曾写讫送去。潘企莘来别，云明日归。晚有帖估以无行失业，持拓本求售，悲其艰窘，以一元购《皇甫驎墓志》一枚。夜雷雨。

二十三日　昙，上午晴。寄二弟信片（四十九）。下午帖估来，不买。

二十四日　晴。午后往留黎厂付表拓本三十二枚。晚李估来，买造象三种，二元。

二十五日　昙。星期休息。上午尹翰周来，午后始去。得李霞卿信，晨发。得朝叔信，二十日太仓发。下午小雨。晚吴祖藩来。

二十六日　昙。上午得二弟信,二十一日发(50)。下午雨。

二十七日　晴。上午寄二弟信片(五十)。午雨一阵即霁,下午风。

二十八日　晴,风。袁项城出殡,停止办事。午后往留黎厂。夜雷雨。

二十九日　晴。上午得二弟信,二十五日发(51)。下午宜古斋来,置《暴永墓志》并盖二枚而去。仿古斋来,师曾所介绍也。夜濯足。大雷雨。

三十日　昙。上午寄二弟信(五十一)。下午往留黎厂。

＊　　＊　　＊

〔1〕《〈蜕龛印存〉序》　《蜕龛印存》,绍兴杜泽卿(别号蜕龛)所作的篆刻印谱集。此"序"由周作人起草,鲁迅改定后于6月21日寄回。

〔2〕　指吊祭袁世凯。本年6月6日袁世凯死,国务院公布丧事条款:自殓奠后一日起至释服日止,在京文武各机关除公祭外,按日轮班前往行礼。又按奠祭事项规定,入祭者需着大礼服,因此十四日日记有"向虞叔昭借衣"事。

七　月

一日　晴。部改上半日办事。上午收六月奉泉三百。午后往留黎厂宜古斋买《仓龙庚午残碑》一枚,初拓本《嵩高灵庙碑》并阴、侧三枚,精拓本《白实造中兴寺碑》一枚,《栖岩寺舍利塔碑》一枚,阙额,共直五元。下午访古斋来,买《百人造象》、《明范上造象》各一枚,共一元。

二日　晴,风。星期休息。午后往季巿寓。往留黎厂。

三日　晴。晨得二弟信,六月廿九日发(52)。午陶念钦先生来。晚许季上来。

四日　晴。上午寄二弟信(五十二)。晚尹翰周又来。夜风。

五日　晴。上午寄二弟及弟妇合信(五十三)。午往留黎厂取所表拓本,付工直五元。又买《萧宏西阙》一枚,有莫友芝[1]监拓图记,《菀贵造象》一枚,共银一元。夜大雷雨。

六日　昙,下午雷雨。无事。

七日　晴。买二木箧盛拓本,直一元五角。晚铭伯先生来。甘润生来。周友芝来。夜得二弟信,附小造象拓片一枚,三日发(53)。

八日　晴。上午寄二弟信(五十四)。寄朱渭侠信。下午往留黎厂。往升平园浴。往铭伯先生寓。晚陶望潮招宴,赴辞。微雨。夜大雷雨。

九日　晴。星期休息。上午季巿来。齐寿山来,同至季巿寓,午后归。小雨。

十日　昙。下午访古斋来。晚潘企莘来。感寒发热,服规那丸二枚卧。

十一日　晴。午后往访古斋视拓本,得石刻十三枚,砖十枚,无一佳品,而其直七元,当戒。夜蒋抑之来。得二弟明信片,八日发(54)。

十二日　昙。腹写甚。下午得蒋抑卮信。夜服撒酸铋重曹达[2]。

十三日　晴。上午寄二弟信(五十五)。往日邮局寄相模屋书店函并银三十圆。下午往留黎厂买《尔雅音图》、《汉隶字原》各一部,共六元。

十四日　晴。上午寄西泠印社函并银八圆买书,午后又补寄邮券三角。

十五日　晴。上午得二弟信,十一日发(55)。下午大风,雷雨一陈霁。

十六日　晴。星期休息。上午寄二弟信,附刘立青、林纾画各一枚(五十六)。甘润生来。午后往留黎厂买《大云寺石刻》拓本一分,大小十枚,又《淄州凤皇画象题字》二枚,共银二元。

十七日　晴。午后同陈师曾至其寓斋。

十八日　晴。上午得二弟信,十四日发(56)。得羽太家信,十一日发。午后往京师图书馆。晚尹宗益来。作札半夜,可闵!

十九日　晴。上午寄潮叔函并《司法例规续编》一册。寄羽太家信。寄二弟及弟妇函,附与三弟及东京寄来各笺〔(五十七)〕。下午潘企莘来。晚季市馈鹜一器。

二十日　晴。午后得李霞卿笺。午后往季市寓。晚季上来。

二十一日　昙。上午得西泠印社函并《古泉丛话》一册,《艺风堂读书记》二册,《恒农冢墓遗文》一册,《汉晋石刻墨影》一册,作一包,十九日付邮。午与徐吉轩、齐寿山、许季上共宴冀育堂于益昌。下午潘企莘来。晚铭伯先生来。夜下血。

二十二日　晴。上午得二弟信,告冲十八日上午殇,其日发(57)。午后往留黎厂取所表拓本四十九枚,付工伍元。下午寄二弟信(五十八)。夜大风。

二十三日　晴。星期休息。午后往留黎厂买石印杜堇《水浒图赞》一册,铜元廿。

二十四日　晴。晨得二弟信,二十日发(58)。夜下血。

二十五日　晴。上午寄二弟信(五十九)。下午往留黎厂买杂汉画象二枚,《贾思伯碑》并阴三枚,《刘怀民墓志》一枚,共七元。

二十六日　晴,午后风。下午得二弟信,廿二日发(59)。

二十七日　晴。下午张燮和来。

二十八日　晴。上午得二弟信,廿四日发(60)。得二弟妇信,廿五日发。下午昙。寄二弟及弟妇信(六十)。往留黎厂买端氏[3]臧石拓本一包,计汉、魏、六朝碑碣十四种十七枚,六朝墓志二十一种廿七枚,六朝造象四十种四十一种[枚],总七十五种八十五枚,共直二十五元五角。又《张景略墓志》一枚,五角。往西升平园理发并浴。晚子佩来,假去十元。夜小雨。

二十九日　雨,午后止。下午许季上来。夜复雨。

三十日　昙。星期休息。上午得二弟信,廿六日发(61)。午后晴。往留黎厂买《沈君阙》侧画象二枚,一元。下午陈公孟来。

三十一日　晴。上午寄二弟信(六十一)。下午往季市寓。晚风。

＊　　＊　　＊

〔1〕　莫友芝(1811—1871)　字子偲,号郘亭,贵州独山人,清代学者。道光举人,咸丰间曾为曾国藩幕,力荐李鸿章任职。

〔2〕　撒酸铋重曹达　一种止痢剂。

〔3〕　端氏　指端方(1861—1911),字午桥,号匋斋,满洲正白旗人,清末大臣。曾任两江总督、直隶总督等职。精于金石学,收藏甚富。死后所藏金石拓本等流散。鲁迅先后于本年起至1919年共购得其藏石拓片及瓦当等拓本九百三十枚。

八　月

一日　晴。上午寄李霞卿信。夜雨。

二日　昙。上午得二弟信,七月廿九日发(62)。

三日　晴。上午寄二弟信(六十二)。得羽太家信,七月廿六日发。晚德古斋来。

四日　晴。上〔午〕收七月分奉泉三百元。午后往小市。下午往留黎厂买《群臣上寿刻石》一枚,《沈君阙》二枚,共三元;《郙阁颂》一枚,二元;杂造象五种五枚,一元。得三弟信,有二弟附言并张普先砖拓三枚,《侯海志》拓一枚,七月卅一日发(63)。施万慧师居天竺费银十元,交季上。夜子佩假去十元。

五日　晴。上午寄羽太家信。下午商契衡来。晚雷。

六日　晴。星期休息。上午寄二弟及三弟信(六十三)，又寄《汉晋石刻墨影》、《历代符牌图录》、《水浒图赞》共三册一包。得二弟信，二日发(64)。寄韩士泓信。祁柏冈来。下午寿洙邻来。雷。

七日　昙。午后往北海。晚雷雨一陈霁。

八日　昙。上午寄二弟信(六十四)。午后晴。下午德古斋来，续收端氏所藏造象拓本三十二种卅五枚，七元。又拓本表成卅枚，工三元。

九日　晴。下午雷雨一陈霁。得二弟信，五日发(65)。晚又小雨。

十日　晴。上午寄二弟信(六十五)。下午赴留黎厂买《郝氏志》并盖二枚，一元。

十一日　晴，下午雨。得二弟信，七日发(66)。得吴方侯信，子佩交来。

十二日　晴。午后寄韩士泓信。下午往留黎厂，续收端氏所藏石刻小品拓片二十二种二十五枚，六元。又专拓片十一枚，一元。得二弟信，八日发(67)。裘子元来。晚寄二弟信(六十六)。全日酷热，蝉夜鸣。夜半雨。

十三日　雨。星期休息。上午风，晴。午后复雨。许季上来。下午杜海生来。

十四日　大雨。午后寄二弟信(六十七)。

十五日　昙。午后大雨，下午晴。得二弟信，十一日发(68)。

十六日　晴。上午寄二弟信(六十八)。寄吴方侯信。下午得吴方侯信。

十七日　昙。午前得朝叔信,十三日发。下午晴,旋雨。许季上来。晚子佩来,假去银四十元,代邵。

十八日　晴。下午得二弟信,十四日发(69)。晚铭伯先生来。

十九日　晴。上午往日邮局寄羽太家信并银二十八圆。午后往留黎厂德古斋买六朝小造象十壹种十二枚,共一元。

二十日　晴。星期休息。上午寄二弟信(六十九)。午后往季上寓。往留黎厂买白佛山造象题名大小共三十二枚,银四元,内二枚有开皇年号。往稻香村买食物四角。下午陈公孟来。

二十一日　晴。下午得二弟信,十七日发(70)。晚寄二弟信(七十)。

二十二日　晴。上午得李霞卿笺,子佩交来。

二十三日　晴。无事。

二十四日　晴。午汪书堂约赴四川饭馆午餐。晚往铭伯先生寓,夜归。

二十五日　晴。上午得二弟信,廿一日发(71)。午后得羽太家信,十九日发。晚寄二弟信(七十一)。夜子佩来还泉二十元。大雨。

二十六日　大雨,上午晴。得吴方侯信。下午得韩士鸿信。念卿先生来。

二十七日　雨。星期休息。上午王子馀来。下午宋芷生寄《山右金石记》一部。

二十八日 晴。无事。

二十九日 昙。上午得羽太家信,廿三日发。下午得二弟信,廿五日发(72)。

三十日 晴。晨寄二弟信(七十二)。转寄小舅父信。上午寄韩士鸿信。寄蔡谷青信。午后同汪书堂之小市。下午往留黎厂。

三十一日 晴。上午得二弟信,廿七日发(73)。得西泠印社明信片,又《东洲草堂金石跋》一部四册,三元。午后昙,风。

九 月

一日 晴。上午寄二弟信(七十三)。答西泠印社明信片。

二日 昙。上午得吴方侯信,廿九日发。子佩还邵款卅元。季上假廿元。下午风。往留黎厂看拓本,无所取。别买《中国名画》第十八集一册归,价一元五角。夜雨。

三日 大雨。星期休息。表糊房舍,以三弟欲来。下午晴。季上来谭。

四日 晴。上午得二弟信,八月卅一日发(74)。夜季市来。

五日 晴。上午寄二弟信(七十四)。夜三弟同霞卿到,收二弟信。

六日 晴。上午震古斋帖店来,买薛甿姬、公孙兴造象各一枚,共银一元。霞卿交来火腿二只、茗二包。夜齐寿山来,取去火腿一只、茗一包。

七日　晴。上午得二弟信,三日发(75)。午后往留黎厂。

八日　昙。上午寄二弟信,附三弟笺(七十五)。表拓本三十枚成,工五元。下午震古斋来售云峰太基山摩厓刻旧拓不全本,卅一种卅三枚,值十五元。

九日　昙,午后晴。往留黎厂买《白驹谷题刻》二枚,齐造象二枚,共二元。晚小雨。

十日　晴,风。星期休息。上午得二弟信,附三弟妇笺,六日发(76)。午前铭伯先生来。庆云堂持拓片来,买取汉残石一枚,有"孝廉司隶从□"字,价一元。同三弟往益昌,俟子佩,饭后同赴中央公园,又游武英殿[1],晚归。

十一日　晴。上午寄二弟信,附三弟笺(七十六)。下午收八月分奉泉三百。

十二日　晴。旧历中秋,休息。上午得二弟信,八日发(77)。午前童萱甫来。午后同三弟出游,遇张协和,俱至青云阁饮茗,坐良久,从留黎厂归。晚又同往铭伯先生寓饭。

十三日　晴。下午寄二弟信(七十七)。晚铭伯先生来。夜商契衡来。

十四日　昙。上午得二弟信(78),又拓本一束三种十四枚,并十日发。

十五日　晴。下午得阮久孙函,十日繁峙发。

十六日　晴。上午寄二弟信,附三弟笺(七十八)。复阮久孙信。午后得曾根信,八日发。下午赴汤宅吊,公送幛二,分二元。往留黎厂买《王遗女墓志》一枚,一元。得吴祖藩信,九日严州发。晚许季上来。

十七日　昙。星期休息。上午徐元、宗伟、王式乾来。得二弟信,十三日发(79)。赙纪宅四元。午后往洪宅祝,同人公送屏一具,分二元。同三弟游万生园。下午微雨。晚买蒲陶二斤归。

十八日　晴。上午庆云堂帖店来,买取元倪、叔孙固、穆子岩墓志各一枚,又造象一种四枚,共直八元。午后往交民巷邮局。得蔡谷卿信,十五日杭州发。得宋知方信,九日台州发。夜潘企莘来假银二十元。

十九日　昙。上午寄二弟信,附三弟笺(七十九)。寄吴方侯信。寄宋知方信。下午陈师曾赠古专拓片一束十八枚。

二十日　昙。上午得二弟信,附三弟妇笺,十六日发(80)。寄蔡谷青信。晚雨。

二十一日　晴,风。上午寄二弟信(八十)。晚邀张仲苏、齐寿山、戴芦舲、许季上、许铭伯、季市在邑馆饭。

二十二日　晴。上午得二弟明信片,十八日发(81)。夜商契衡来。

二十三日　晴。午后往留黎厂买《师旷墓画象》四枚,王法现、陈神忻、高岭以东诸村造象各一枚,《郑道昭题刻》小种二枚,共直三元。

二十四日　晴。星期休息。上午许季上来。同三弟往升平园理发并浴。至南味斋午餐。又至季上寓,同往西长安街观影戏,至晚归寓。

二十五日　晴。上午得二弟信,廿一日发(82)。

二十六日　晴。上午寄二弟信(八十一)并《古泉丛话》一册,《艺风堂读书记》二册,六年历书一册,作一包。晚往季市寓饭,同坐十人。夜风。

二十七日　晴。午后寄二弟明信片(八十二)。晚帖估来,买晋阙、魏志各一,共二元五角。

二十八日　昙,冷。上午托稻孙买书,交银十元。晚帖估来,买造象二种,共乙元。

二十九日　昙。上午得二弟信,廿五日发(83)。午后同师曾至小市。夜雨。

三十日　晴。上午寄二弟信(八十三)。得福子信,二十四日发。下午往留黎厂。晚帖贾来,买取王曜、□显、崔暹墓志共四枚,《廉富造象》四枚,《吕升欢造象》二枚,杂造象四枚,《胡长仁神道碑》额一枚,共五元。夜同三弟往大栅阑观影戏,十一时归寓。

*　　　*　　　*

〔1〕　武英殿　在故宫西华门内,初为皇帝斋戒和召见大臣之殿,李自成入京时在此登基,后为多尔衮办公地;清康熙起为宫廷校刊典籍之所,所刊刻书籍世称"殿本"。

十月

一日　晴。星期休息。午后同三弟往青云阁饮茗。下午至长安街观影戏。

二日　晴。上午陶念钦先生来。

三日　晴。上午得二弟信,九月廿九日发(84)。得阮和荪信,五台发。得吴方侯信。

四日　晴。上午车耕南来。寄二弟信(八十四)。寄和孙信。

五日　晴。上午得二弟信并专拓片三纸,一日发(85)。午后托子佩往兴业银行[1]汇银三十元至家,并寄二弟一函(八十五)。陈仲骞母寿往贺,同人共送寿屏,分二元。晚邀子佩及三弟往广和居饭。

六日　昙,风。下午章介眉先生来。

七日　昙。上午寄二弟信(八十六)。得曾根信,二日发。下午雨。

八日　雨。星期休息。上午季市来。得二弟信,四日发(86)。下午晴。

九日　晴。上午得二弟明信片,五日发(87)。寄二弟信(八十七)。寄阮和荪信。

十日　晴。国庆日,休息。上午铭伯先生来。午后往留黎厂买《神州大观》第十集一册,一元五角。又晋《太公吕望表》并碑阴题名共二枚,《廉富造象》碑阴并侧共三枚,合一元。往大荔会馆访章介眉先生,不值。晚许铭伯、季市在广和居饯三弟行,诗荃、诗英亦至。

十一日　晴。休息。午后同三弟至青云阁饮茗并买饼食。晚许季上来。

十二日　晴。清晨三弟启行归里,子佩送至车驿,寄回

《恒农冢墓遗文》一册,《神州大观》第九、第十,《中国名画集》第十八各一册,章先生书一幅。上午得二弟信,八日发(88)。晚风,小雷雨。夜大风。

十三日　晴,冷。上午寄二弟信(八十八)。

十四日　晴。上午得二弟信,十日发(89)。午后昙。往留黎厂买王显、羊定墓志各一枚,二元。晚得和孙信,九日发。

十五日　晴,风。星期休息。上午韩寿晋来。往留黎厂以拓片付表,又买《天柱山东堪石室铭》一枚,《岁在壬申建》一枚,《白云堂中解易老也》一枚,共银二元。午后得九孙明信片,十二日发。晚寄和孙信。庆云堂帖店来,买《邓太尉祠碑》并阴二枚,二元五角;《圣母寺造象》四枚,一元五角。

十六日　晴。上午得宋知方信,十三日杭州发。寄二弟及三弟信(八十九)。

十七日　晴。上午得二弟信,十三日发(90)。得三弟明信片,十四日上海发。

十八日　晴。晚往季市寓。

十九日　晴。休假。上午往许季上寓。午后往留黎厂豫约《金石苑》一部,付券十一元。夜寄二弟信(九十)。

二十日　晴。上午得三弟信,十六日家发。

二十一日　晴,下午昙。无事。

二十二日　晴。上午得二弟信,十八日发(91)。往张协和寓吊其祖母丧,并赙四元。午后往留黎厂,买《陆希道墓志》盖一枚,一元。杂造象三种五枚,毗上残石一枚,共二元。

二十三日　昙。上午寄二弟及三弟信(九十一)。徐班侯生日赴祝之，同人公送幛子，分二元。晚敦古谊帖店来，付表拓片。王式乾来。

二十四日　晴，大风。上午铭伯先生来。收九月分奉泉三百。晚往留黎厂。

二十五日　晴。上午得二弟信附丰丸习字一枚，廿一日发(92)。晚商契衡来。

二十六日　晴。寄二弟信(九十二)。得三弟及三弟妇信，廿二日发。

二十七日　昙。上午寄实业之日本社[2]银二元三角，定杂志。午后往浙江兴业银行汇本月家用百。得李霞卿信，晚以明信片复。

二十八日　昙。上午寄二弟及三弟、三弟妇信(九十三)。

二十九日　晴。星期休息。上午得二弟信，廿五日发(93)。得和荪信，廿五日发。午后往留黎厂买端氏臧石拓本二十七种三十三枚，又别一枚（戴氏画象），共直八元。往观音寺街买衣二枚，五元。午后李霞卿来假去银十元，赠以《说文系统图》拓本一枚。

三十日　昙。上午得久孙信，廿四日发。午后往警署。晚又往警署。久孙到寓。

三十一日　晴。午前寄二弟信(九十四)。寄和孙信。得钱稻孙信，廿五日东京发。下午久孙病颇恶，至夜愈甚，急延池田医士诊视，付资五元。旋雇车送之入池田医院，并别雇工一人守视。

﹡ ﹡ ﹡ ﹡

〔1〕 兴业银行　即浙江兴业银行。1906年4月创办于杭州,北京等地设有分行。鲁迅同乡友人蒋抑卮为该行董事,鲁迅很多银钱事务均由该行办理。

〔2〕 实业之日本社　日本杂志社。1897年大日本实业学会成员光冈威一郎创办《实业之日本》月刊。该社还出有《妇人世界》杂志等。

十 一 月

一日　晴。下午赴池田医院。子佩代霞卿还银五元。夜铭伯先生来。

二日　昙。上午得二弟及三弟信,十月廿九日发(94)。得宋知方信,十月廿八日上虞发。

三日　昙。午前赴池田医院。寄二弟信(九十五)。得三弟寄来《上海指南》一册,十月廿九日发。晚往池田医院。

四日　昙。晨铭伯先生来。从季市假银百。下午雨。寄钱稻〔孙〕信。晚往池田医院。夜寄和苏信。

五日　雨。星期休息。祁柏冈葬母设奠,午前赴吊。晚往池田医院付诸费用泉,又为买药足一月服,共银三十三圆。夜风。呼工蓝德来。

六日　雨。黎明起,赴池田医院将久孙往车驿,并令蓝德送之南归。给蓝德川资五十元,工泉十元,又附一函。上午寄二弟信(九十六)。下午得二弟信,附芳子笺,二日发(95)。夜风。

七日　昙,风,大冷。下午得二弟信,三日发(96)。晚韩寿晋来。

  八日　晴。上午寄二弟信(九十七)。寄和荪信。午后寄丸善书店银二元,为二弟买书。晚往留黎厂取所表拓本,付工泉五元。夜帖贾来,购取《仙人唐公房碑》并阴二枚,二元。

  九日　晴。上午得二弟信,五日发(97)。晚许季上来。裘子元来。夜罗扬伯来。

  十日　晴。上午得和荪信,四日发。往浙兴业银行汇还久荪泉百,由家转,并致二弟信(九十八)。

  十一日　晴。下午得稻孙葉书,即答讫。

  十二日　晴,风。星期休息。上午得二弟及三弟信,八日发(98)。寄二弟及三弟信(九十九)。午前往留黎厂买《章仇禹生造象》并阴二枚,《仲思那造桥碑》一枚,杂造象五枚,共二元。又端氏臧石拓本四种四枚,一元。下午念钦先生来。

  十三日　晴。上午寄和孙信。得吴方侯信。得王铎中信。

  十四日　晴。上午得久孙信,九日越中发。蓝德自越还,持来梦庚函,复与工泉十元,从季上假之。下午得稻孙明信片,八日东京发。齐寿山赠《李宝臣纪功碑》拓本一枚。

  十五日　晴。上午得二弟信,十一日发(99)。寄阮梦庚信。复王文灏信。下午得和孙信,十日发。夜复和森信。

  十六日　晴。上午寄二弟信(百)。得稻孙信,十日发。晚季市遗辣酱一器。

  十七日　晴。下午沈仲久来部访。得和荪信,十三日发。

  十八日　晴。上午得二弟、三弟信,十四日发(100)。夜铭伯先生来。

十九日　晴。星期休息。上午寄二弟、三弟信（一百一）。往金台旅馆访罗扬伯。午后往孝顺胡同鞋店。下午往留黎厂买《上尊号奏》、《受禅表》共三枚，三元；蜡补《马鸣寺碑》一枚，一元。晚寄二弟信（一百二）又碑目一卷。

二十日　晴。上午稻孙寄来《岩石学》一部二册，价八元三角，为三弟买。午后理发。收十月分奉泉三百，中券三、交券七[1]。

廿一日　晴。上午还季上泉十，季市泉五十。

廿二日　晴。下午得二弟信，十八日发（101）。得三弟信，同日发。

廿三日　昙。上午寄二弟、三弟信（一百三）。往日邮局，以祭日休息[2]。

廿四日　昙。上午往日邮局，寄羽太家信并泉四十。得稻孙明信片，十八日发。下午往留黎厂表拓本，又买汉残碑拓本，未详其名，云出河南者一枚，又《讳彻墓志》一枚，《元氏墓志》并盖二枚，端氏臧石拓片三种四枚，共泉四元，添《阳三老食堂》拓片二枚。晚子佩招饮于广和居。李霞卿来。

二十五日　昙，风。上午得吴方侯信，廿日发。夜子佩还霞卿款五元。

二十六日　昙，风。星期休息。上午得二弟信，廿二日发（102）。得和孙信，廿一日发。午后往留黎厂买石刻拓本，凡安阳残石四种，阙一枚，今共五枚，四元；足拓《禅国山碑》一枚，四元；隋石经残石一枚，《段怀穆造塔残石》一枚，《六十人造象》一枚,各一元;杂造象四枚,五角;《李崧残石》一枚,五角;《襄阳张氏墓志》十种十六枚,一元。下午季自求、卢闰州来,未遇。晚寄二弟碑目一卷。

二十七日　晴,风。上午访季自求于南通馆。寄二弟信(百四)。晚至医校访汤尔和,读碑,乞方。得二弟信,二十三日发(103)。

二十八日　晴。上午往劝业场,又至孝顺胡同鞋店。

二十九日　晴。上午寄二弟信(百五)。寄和孙信。下午从齐寿山假二十元。寄念钦先生信。得二弟信,廿五日发(104)。夜得季市信。商契衡来。

三十日　晴。上午陈师曾贻印章一方,文曰"俟堂"[3]。午后往施家胡同浙江兴业银行汇家十一月、十二月零用泉二百,又母亲生日用泉六十,汇泉六元五角,估谩去一元。晚往留黎厂取所表拓片,付工三元。至耀文堂内震古斋买杂六朝造象四种四枚,泉四角。又《王槃虎造象》一枚,帖估拓送,云从山东买来,已有天津丁姓客定购矣;又文殊般若碑侧题名一枚,似新拓,《校碑随笔》谓旧始有,殊不然也。

＊　　　＊　　　＊

〔1〕中券三、交券七　中券、交券指中国银行、交通银行发行的钞票。袁世凯政府因国库空虚,1916年5月下令这两种钞票停止兑现,造成贬值,只能按六或七折使用,因交券略高于中券,故流通时需按比例搭配。这里所说"中券三、交券七"即二者在工资中各占三成和七成。

〔2〕祭日休息　本日为日本的"新尝祭",故日本邮局休息。

〔3〕 俟堂　鲁迅笔名。曾于《俟堂专文杂集》等书、文中使用。

十二月

一日　晴。休暇。上午铭伯先生来。季上来。张协和来，遗糖二合。午后潘企莘来。祁伯冈来，遗饼饵二合，即以一合转遗季上。寿洙邻来。下午往留黎厂，又至劝业场买鞋一两八元，盥洗杂物一元。晚卢润州来，季自求旋至，同往广和居饭，邀刘历青，适出。

二日　晴。上午得二弟信，十一月廿八日发（105）。又得信子信，同日下午发（106）。寄二弟信（百六）。午后许铭伯、季市、季上、齐寿山、朱孝荃贻杯盘各二事。托齐寿山买果脯、摩菰十四元。晚至孝顺胡同为芳子买革履一两，十四元。魏福绵、王镜清来。季市来。潘企莘来。夜祝庆安来。李慎斋来，贻摩菇四合。甘润生来。陶望潮来。

三日　晴。归省发程，〔1〕晨八时半至前门车驿登车南行。

四日　晴。夜九时到上海，住中西旅馆。

五日　晴。上午往神州国光社买风雨楼所藏吉金拓本十二种十二枚，三元六角；《唐人写法华经》残卷一本，五角。至商务印书馆买《涵芬楼秘笈》第一集八册，二元四角；英文游记一册，七角四分。至中华书局买《艺术丛编》第一至第三各一册，八元四角。至爱兰百利公司买检温计二枚，二元六角。午后往宁沪车驿取行李。往虹口李宅为许季上送函并佛象、摩菰。往乍浦路梅月买饼饵四合，四元；别购玩具五种，一元。

往西泠印社买《刘熊残碑》阴并侧拓本二枚,一元四角;《高昌壁画精华》一册,六元五角;印泥一两,连合三元。往东京制药会社为久孙买药三种,量杯一具,五元。

六日　晴。晨至沪杭车驿乘车,午后抵南星驿,渡江雇舟向越城。

七日　晴。晨到家。夜雨。

八日　昙。午后同二弟至中学校[2]访章鲁瞻、刘楫先。至元泰访心梅叔。至墨润堂买玉烟堂本《山海经》二册,《中州金石记》二册,《汉西域传补注》一册,共直三元。

九日　昙。午后寄季市信。寄季上信。

十日　昙。星期。无事。

十一日　昙。午后客至甚众。[3]

十二日　晴。下午唱"花调"[4],夜唱"隔壁戏"[5]及作小幻术。雨。

十三日　晴。旧历十一月十九日,为母亲六十生辰。上午祀神,午祭祖。夜唱"平湖调"[6]。

十四日　晴。晚邵明之来,饭后去。得福子信。

十五日　晴。客渐渐散去。上午三弟妇大病,延医来。

十六日　晴。中学校开会追悼朱渭侠,致挽联一副。

十七日　晴。星期。无事。

十八日　晴。上午得季上信,十四日发。下午雨。寄龚未生信。晚张伯焘来访。

十九日　雨。无事。

二十日　晴。上午寄季市信并《林中之宝》一篇,威尔士作,二弟译。寄宋子佩信并《或外小说》第二集一册。

二十一日　晴。午前张伯焘来。夜三弟妇以大病卧哭,五时始睡。

二十二日　雾。上午张伯焘来约至东浦访陈子英,晚同入城,至大路别。

二十三日　晴。上午得吴方侯信,十八日发。

二十四日　晴。星期。上午得宋子佩信,二十日发。得久孙信,廿一日发。夜雨。

二十五日　雨。上午得吴方侯信,二十日发。夜大风,冷。

二十六日　晴。上午寄许季上信。寄宋子佩信。

二十七日　晴。下午寄宋成华信。

二十八日　昙。上午得季上信,廿四日发。宋知方、蒋庸生来。午后寄宋成华信。宋知方贻火腿二。下午往朱宅。晚雨雪。夜陈子英来。

二十九日　雨雪。午后寄许季上信。

三十日　雨雪。上午得季市信,廿六日发。得宋子佩信,附转宋知方信,同日发。

三十一日　雨。无事。

* 　* 　*

〔1〕　指鲁迅因母亲六十寿辰回绍省亲。本日启程,次年1月7日返京,前后三十六天。

〔2〕　指绍兴浙江省立第五中学。

〔3〕 指亲友来贺鲁迅母寿。鲁母生日为夏历十一月十九日(阳历12月13日),旧俗寿辰前一天先设宴"暖寿",故是日午后即有客至。

〔4〕 "花调" 一种由盲女弹三弦演唱的曲子。

〔5〕 "隔壁戏" 口技的一种。演员一人在帐幔内,模拟各种声音,表演简单的情节。

〔6〕 "平湖调" 又作"平调",绍兴地方的一种说唱。一般由五人演出,一人司三弦并说唱,其他四人分别以胡琴、琵琶、扬琴、洞箫伴奏。

书　　帐

吴谷朗碑拓本一枚　〇·五〇　正月二日
李璧墓志并阴拓本二枚　一·五〇
古志石华八册　二·〇〇　正月四日
六朝墓志等七种十枚　五·〇〇
宕昌公晖福寺碑并阴二枚　六·〇〇
晋祠铭一枚　宋芷生寄来　正月六日
晋祠铭翻刻本一枚　同上
铁弥勒象颂一枚　同上
鄐君开褒余道记一枚　二·〇〇　正月九日　次日还讫
鄐君开褒余道记一枚　一·五〇　正月十日
唐邕写经碑一枚　一·〇〇　二十九日赠陈师曾以鼓山全拓中亦有之也
栖岩寺舍利塔碑一枚　一·〇〇
正议大夫宁赞碑一枚　〇·五〇
山东金石保存所藏石拓本一百十九枚　一〇·〇〇　正月十二日
　　汉永和封墓刻石一纸跋一纸
　　汉梧台里社碑额并阴二纸跋一纸
　　汉建初残专一纸
　　汉画象十纸跋一纸
　　嘉祥画象十纸跋一纸

257

汉画象残石二纸

汉作虎函题刻一纸

梁陶迁造象并阴侧四纸

魏李璧墓志并阴二纸　三月十五日与二弟

魏李谋墓志一纸　同上

魏张道果造象三纸跋一纸

魏崔承宗造象一纸

魏鹿光熊造象一纸

齐世业寺造象二纸

隋开皇残造象二纸

唐天宝造老君象并阴侧四纸

唐李拟官造象一纸

周颜上人经幢八纸

石鼓旧本摹存一纸

说文统系图一纸

佛遗教经十纸　下午赠许季上

复刻法华寺碑十纸　已下五种于十五日付敦古谊出售

竹山连句十纸

岳侯送北伐诗一纸

陆继之摹禊帖一纸

朱氏集帖二十八纸

衡阳太守葛祚碑额一枚　〇·〇三　正月十三日

杨叔恭残碑并阴侧三枚　一·五〇　正月十五日

河南存古阁臧石拓本全分卅种四十六枚　原卅二种四十九枚今除已有者二种三枚　四·〇〇

姚景郭度哲卌人等造象一枚　　天统三年十月

王惠略等五十人造象一〔枚〕　　武平五年七月

王亮等造象一枚　　年月缺

邓州舍利塔下铭一枚　　仁寿二年四月

寇遵考墓志并盖二枚　　开皇三年十月

寇奉叔墓志并盖二枚　　同前

张波墓志并盖二枚　　大业三年十一月

羊□墓志一枚　　大业六年九月

姜明墓志一枚　　大业九年二月

张盈墓志并盖二枚　　大业九年三月　已有未收

张盈妻萧墓志并盖二枚　　同上

豆卢实墓志并盖二枚　　大业九年十月　铭还

任轨墓志并盖二枚　　仁寿四年二月

薄夫人墓志并盖二枚　　贞观十五年五月

齐夫人墓志并盖二枚　　贞观廿年五月

李护墓志并盖二枚　　贞观廿年六月

张通墓志一枚　　贞观廿二年七月

王宽墓志并盖二枚　　永徽五年五月

王朗墓志并盖二枚　　龙朔元年四月

竹氏墓志并盖二枚　　龙朔元年九月

宋夫人墓志并盖二枚　　龙朔三年二月

爨君墓志一枚　　龙朔九年十月

袁弘毅墓志一枚　　麟德元年十一月

王和墓志并盖二枚　　乾封二年十月

张朗墓志一枚　　乾封二年闰十二月

康磨伽墓志并盖二枚　　永淳元年四月

康留买墓志一枚　　永淳元年十月

刘松墓志一枚　　天圣二年十月

刘元超墓志并盖二枚　　开元六年十一月

严氏墓志盖一枚

篆楷二体孝经残石一枚

未知名碑一枚

勃海太守张奢碑一枚　　一·五〇

兰陵王高肃碑并阴二枚　　二·〇〇

王迁墓志一枚　　〇·四〇

响堂山造象刻经拓本六十四枚　　一六·〇〇　　正月二十二日

晋刻太公吕望表一枚　　〇·五〇

东魏刻太公吕望表并阴二枚　　一·〇〇

嵩山石人冠上马字拓本三枚　　〇·〇五　正月二十五日　即日分与师曾一枚

磁州所出墓志拓本六种六枚　　祁伯冈赠　正月二十六日　廿九日寄越赠朱渭侠

维摩诘所说经一本　　〇·一三二　　正月二十八日

胜鬘经宋唐二译一本　　〇·〇九

弥勒菩萨三经一本　　〇·〇五四

净土经论十四种四本　　〇·六二四

妙法莲华经三本　　〇·四二

无量义观普贤行法二经一本　　〇·〇八〇　　正月二十九日

衡方碑拓本一枚　　二·〇〇

宋永贵墓志并盖二枚　〇·五〇

张怦墓志并盖二枚　一·〇〇

校官碑一枚　一·〇〇　正月三十日

祀三公山碑一枚　一·〇〇

竹叶碑一枚　一·五〇

王基残碑一枚　四·〇〇

骠骑将军韩君墓碣一枚　〇·五〇

高敳修寺颂一枚　一·〇〇

高敳造象碑一枚

造龙华寺碑一枚　一·〇〇　　　　　　　　　七一·五二〇

磁州所出墓志拓片六枚　从许季上索来　二月八日
　　　　　　　　　　　三月十五日与二弟

元祐墓志一枚　三·〇〇　二月九日

元演墓志一枚　三·〇〇

穆胤墓志一枚　三·〇〇

寇文约修孔子庙碑一枚　一·〇〇

郭显邕造象一枚　〇·五〇

维摩诘经残石三枚　一·五〇

武定残碑一枚　〇·五〇　二月十二日

邑师道略三百人等造象一枚　〇·五〇

李宪墓志一枚　一·〇〇

道俗百余人造象一枚　〇·五〇　二月十九日

王怜妻赵夫人墓志一枚　〇·五〇

讳堃墓志一枚　二·〇〇

爨宝子碑一枚　　一・〇〇　二月二十日

兖州刺史残墓志一枚　　〇・五〇

文安县主墓志一枚　　一・〇〇

隽脩罗碑并阴二枚　　以高肃碑阳换来　二月二十七日

郘珍碑一枚无侧　　一・五〇　　　　　　　二一・〇〇〇

元苌温泉颂一枚　　一・〇〇　三月五日

诸葛子恒平陈颂一枚　　一・〇〇

洺州澧水石桥碑一枚　　〇・五〇

孔庙六朝唐宋碑拓本十四枚　　四・〇〇　三月十一日

　　宗圣侯孔羡碑一枚　　黄初元年

　　鲁郡太守张猛龙清颂碑并阴二枚　　正光三年

　　李仲璇修孔子庙碑一枚　　兴和三年　阴侧有题名此阙

　　郑述祖夫子庙碑一枚　　乾明元年

　　陈叔毅修孔子庙碑一枚　　大业七年

　　孔颜赞残碑并阴二枚　　开元十一年　阴政和六年
　　　　　　　　　　　　　　侧有孔昭薰题记此阙

　　兖公颂碑一枚　　天宝元年　侧有宋人题名此阙

　　文宣王庙门记一枚　　大历八年　有阴侧此阙

　　新修庙记一枚　　咸通十一年　侧有题名此阙

　　孔勖祖庙祝文一枚　　天圣八年

　　祖庙祝文一枚　　景祐二年

　　孔子手植桧赞一枚　　无年月

宇文长碑一枚　　〇・八〇

于府君义桥石像碑并阴侧四枚　　一・〇〇

龙藏寺碑并阴侧三枚　一・二〇

建安公构尼寺铭［碑］一枚　一・〇〇

汪刻廿一家集中零本五种五册　五・四〇　三月十二日

五代史平话二册　三・六〇

曲阜孔庙汉碑拓本十三［二］种十九枚　三・〇〇

　　鲁孝王刻石并题记二枚

　　乙瑛碑一枚

　　谒庙残碑一枚

　　孔谦碣一枚

　　孔君碣一枚

　　礼器碑并阴侧共四枚

　　孔宙碑并阴二枚

　　史晨前碑一枚后碑一枚

　　孔彪碑并阴二枚

　　熹平残碑一枚

　　孔褒碑一枚

　　汝南周君碑并题记二枚

赵芬残碑二枚　一・〇〇

造正解寺残碑四枚　一・〇〇

嵩高灵庙碑并阴二枚　一・五〇　三月十九日

嵩阳寺碑一枚　〇・五〇

安喜公李使君碑一枚　一・五〇

造交龙像残碑一枚　〇・五〇

李琮墓志并侧一枚　〇・五〇

263

法懃禅师塔铭一枚　〇·五〇
寇奉叔墓志一枚　〇·五〇
谭棨墓志一枚　一·五〇　三月二十二日
杜乾绪造象一枚　〇·五〇
麃孝禹碑一枚　四·〇〇　三月二十五日
济宁州学汉碑拓本一分共十七枚　四·〇〇
　　永建食堂画象一枚
　　北海相景君铭并阴二枚
　　郎中郑固碑一枚残石一枚
　　司隶校尉鲁峻碑并阴二枚
　　执金吾丞武荣碑一枚
　　尉氏令郑季宣碑并阴二枚两侧近人题刻二枚
　　朱君长题名一枚
　　孔子见老子画象一枚
　　胶东令王君庙门碑一枚
　　庐江太守范式碑并阴二枚
鲁王墓前二石人题字二枚　〇·五〇　　　　四〇·五〇〇
张迁碑并阴二枚　一·〇〇　四月一日
刘曜残碑一枚　〇·五〇
韩仁铭一枚　一·〇〇　四月二日
尹宙铭一枚　一·五〇
受禅表一枚　〇·八〇
孙夫人碑一枚　〇·八〇
根法师碑一枚　〇·四〇

洛州乡城老人佛碑一枚　〇·五〇　四月四日

王善来墓志一枚　一·五〇

苏慈墓志一枚　一·五[〇]〇　四月八日

勃海太守张奢碑一枚　〇·八〇　四月十三日

邹县焦城堡画像六枚　三·〇〇

济宁李家楼画象一枚　〇·二〇

姚贵昉臧石拓片十二枚　四·〇〇

鞠彦云墓志并阴拓本二枚　一·五〇

诸葛子恒平陈颂碑阴一枚　一·〇〇

淳于俭墓志一枚　一·〇〇

杜文庆造象一枚　〇·二〇

莱子侯刻石一枚　〇·三〇

神州大观第九集一册　一·六〇　四月十五日

安阳新出墓志拓片七枚　一〇·〇〇　四月十四日

嵩山三阙十一枚　二·〇〇　四月二十三日

张角残碑一枚　一·〇〇

黄石厓造象五种四枚　二·〇〇

曹子建碑一枚　一·〇〇

元氏法义卅五人造象一枚　一·〇〇　四月二十四日

仲思那造桥碑一枚　一·〇〇

造交龙象碑残石一枚　〇·六〇　四月二十六日

杂造象等拓本四枚　〇·四〇

隶韵六册　三·五〇　四月二十九日

石墙村刻石一枚　〇·五〇

居摄坟坛刻石二枚　〇·五〇
王偃墓志并阴二枚　一·〇〇
杂造像记八枚　二·〇〇　　　　　　　四八·六〇〇
刘曜残碑一枚　一·〇〇　五月六日
汉画象三枚　二·〇〇
登百峰山诗一枚　二·〇〇
黄石厓魏造象六种五枚　二·〇〇
驼山唐造象百二十枚　四·〇〇
仰天山宋造象十七枚　一·〇〇
吹角坝摩厓一枚　二·〇〇　五月七日
朱鲔石室画象十五枚　四·〇〇
杂汉画象四枚　一·〇〇
杂六朝造象十六枚　三·〇〇
杂六朝造象四种七枚　二·〇〇　五月十日
鞠彦云墓志并盖二枚　三·〇〇　审为复刻次日还讫　五月十三日
源磨耶圹志一枚　二·〇〇
徂徕山摩崖七枚　二分共五·〇〇　五月十五日赠师曾一分
开皇年王俱造四面象四枚　二·〇〇
杨显叔造象一枚　添入
郛休碑并阴二枚　三·〇〇　五月十四日
淳于俭墓志一枚　一·五〇
始建县界碑二枚　〇·五〇
李业杨发贾夜宇阙共三枚　二·〇〇
冯焕阙一枚　一·〇〇

司马长元石门题字二枚　一·〇〇

魏三体石经残字一枚　三·〇〇

安阳残碑四种六枚　三·〇〇　五月二十日

武班碑并阴二枚　〇·六〇

天监井阑题字一枚　〇·六〇

安喜公李君碑一枚　一·五〇

高进臣买坟地券一枚　〇·三〇

封龙山颂一枚　一·〇〇　五月二十一日

李孟初神祠碑一枚　二·〇〇

旧拓姜纂造象一枚　一·五〇

武荣碑一枚　六·〇〇　五月二十八日

帅僧达造象一枚　〇·五〇

旧拓曹真碑并阴二枚　一〇·〇〇　五月三十一日

萧梁石刻拓本一分十六枚　一六·〇〇

　　建陵阙二枚　萧秀东碑额一枚　萧秀西碑额一枚　萧秀西碑阴一枚　萧秀西阙一枚　萧憺碑额一枚　萧憺碑一枚　萧宏阙二枚　萧绩阙二枚　萧正立阙二枚　萧景西阙一枚　萧暎西阙一枚　次日审出萧宏东阙重出一枚西阙缺一枚　　七九·〇〇〇

华山王元鸷墓志一枚　二·〇〇　六月三日

元鸷妃公孙氏墓志一枚　一·〇〇

汉中石刻十二枚　六·〇〇　六月十日

高湛墓志一枚　二·〇〇

暴永墓志并盖二枚　二·〇〇　六月十六日

皇甫驎墓志一枚　一·〇〇　六月二十二日
杂造象三种三枚　二·〇〇　六月二十四日　　　一六·〇〇〇
仓龙庚午残碑一枚　一·〇〇　七月一日
嵩高灵庙碑并阴侧三枚　二·五〇
白实造中兴寺碑一枚　〇·五〇
栖岩寺舍利塔碑一枚　一·〇〇
一百人造象一枚　〇·六〇
明范上造象一枚　〇·四〇
萧宏西阙一枚　〇·八〇　七月五日
菀贵造象一枚　〇·二〇
作虎函题刻一枚　〇·五〇　七月十一日
汉画象一枚　〇·五〇
首山舍利塔碑并阴大小四枚　一·五〇
王偃墓志并盖二枚　一·〇〇
杂造象七枚　三·〇〇
杂古专拓片十枚　〇·五〇
尔雅音图三册　三·〇〇　七月十三日
汉隶字原六册　三·〇〇
淄州朋埄画象二枚　〇·五〇　七月十六日
大云寺碑拓一分十枚　一·五〇
艺风堂读书记二册　〇·九〇　七月二十一日
古泉丛话一册　〇·五〇
恒农冢墓遗文一册　二·三〇
汉晋石刻墨景一册　二·三〇

杂汉画象二枚　乙·〇〇　七月二十五日
贾思伯碑并阴三枚　一·〇〇
刘怀民墓志一枚　五·〇〇
匋斋藏石拓本七十五种八十五枚　二五·五〇　七月廿八日
张景略墓志一枚　〇·五〇
沈君阙侧画象二枚　一·〇〇　七月卅日　　　　　六二·〇〇〇
群臣上寿刻石一枚　一·〇〇　八月四日
沈君左右阙二枚　二·〇〇
析里桥郙阁颂一枚　二·〇〇
杂造象五种五枚　一·〇〇
端氏所藏造象卅二种卅五枚　七·〇〇　八月八日
郝夫人墓志并盖二枚　一·〇〇　八月十日
匋斋臧石小品拓片二十二种二十五枚　六·〇〇　八月十二日
匋斋臧专拓片十一枚　一·〇〇
杂造象十一种十二枚　一·〇〇　八月十九日
白佛山造象题名大小卅二枚　四·〇〇　八月二十日
山右金石记十册　宋芷生寄来　三·〇〇　八月二十七日
东洲草堂金石跋　三·〇〇　八月三十一日　　　　三二·〇〇〇
中国名画集第十八乙册　一·五〇　九月二日
薛戢姬及公孙兴造象各一枚　一·〇〇　九月六日
荥阳郑公摩厓诸刻卅一种卅三枚　一五·〇〇　九月八日
白驹谷题刻二枚　一·〇〇　九月九日
北齐造象二种二枚　一·〇〇
司隶从□残碑一枚　一·〇〇　九月十日

王遗女墓志一枚　一·〇〇　九月十六日

元倪墓志一枚　二·五〇　九月十八日

叔孙固墓志一枚　二·五〇

穆子岩墓志一枚　二·五〇

吴羊造象四枚　〇·五〇

王法现造象等三种三枚　一·八〇　九月廿三日

云峰山题刻另种二枚　〇·四〇

师旷墓画象四枚　〇·八〇

晋赵府君墓道二枚　一·五〇　九月廿七日

崔君墓志一枚　一·〇〇

六朝造象二种二枚　一·〇〇　九月廿八日

廉富造象四枚　一·〇〇　九月卅日

吕升欢造象二枚　一·〇〇

天保造象二种二枚　〇·四〇

造象残石二枚　〇·三〇

胡陇东王神道一枚　〇·三〇

□显墓志一枚　〇·六〇

王曜墓志并盖二枚　〇·八〇

崔遹墓志一枚　〇·六〇　　　　　　　　　三九·〇〇〇

神州大观弟十集一册　一·五〇　十月十日

晋太公吕望表并阴二枚　〇·五〇

廉富造象碑阴并侧三枚　〇·五〇

王显墓志一枚　一·〇〇　十月十四日

羊定墓志一枚　一·〇〇

天柱山东堪石室铭一枚　一·五〇　十月十五日

白云堂中解易老也一枚　〇·二〇

岁在壬申建一枚　〇·三〇

修邓太尉祠碑并阴二枚　二·五〇

圣母寺造象四枚　一·五〇

金石苑六册　壹一·〇〇　十月十九日

陆希道墓志盖一枚　一·〇〇　十月二十二日

杂造象三种五枚　一·五〇

毗上残石一枚　〇·五〇

端氏臧石拓本二十七种三十三枚　八·〇〇　十月二十九日

　　　　　　　　　　三二·五〇〇

仙人唐公房碑并阴二枚　二·〇〇　十一月八日

仲思那造桥碑一枚　〇·五〇　十一月十二日

章仇禹生造象并阴二枚　一·〇〇

杂造象五枚　〇·五〇

端氏臧石小品四种四枚　一·〇〇

受禅表一枚　一·五〇　十一月十九日

公卿将军上尊号奏二枚　一·五〇

补本马鸣寺碑一枚　一·〇〇

河南未知名汉残碑一枚　一·〇〇　十一月二十四日

韦彻墓志一枚　一·〇〇

元买得墓志并盖二枚　一·〇〇

端氏石拓片三种四枚　一·〇〇

安阳残石四种五枚　四·〇〇　十一月二十六日

足拓禅国山碑一枚　四·〇〇

恭川李恭残石一枚　〇·五〇

六十人造象一枚　一·〇〇

隋佛经残石一枚　一·〇〇

隋段怀穆造塔残石一枚　一·〇〇

杂造象四种四枚　〇·五〇

襄阳张氏墓志十种十六枚　一·〇〇

杂魏齐造象三枚　〇·三〇　十一月三十日

隋造象一枚　〇·一〇

王磐虎造象一枚　震古斋贻

文殊般若碑侧一枚　同上　　　　　　　二六·四〇〇

风雨楼臧吉金拓片十二枚　三·六〇　十二月五日

唐人写经石印本一册　〇·五〇

涵芬楼秘笈第一集八册　二·六〇

艺术丛编第一至第三集三册　八·四〇

汉刘熊残碑阴并侧拓本二枚　一·四〇

高昌壁画精华一册　六·五〇

山海经二册　二·〇〇　十二月八日

中州金石记二册　〇·六〇

汉书西域传补注一册　〇·四〇　　　　二八·〇〇〇

　　总计四九六·五二〇

丁巳日记

正　月

一日　雨。上午阮立夫来。下午雨雪。

二日　昙。无事。

三日　晴。上午得羽太内[1]贺年信。夜雇舟向西兴,至柯桥大风,泊良久。

四日　晴,风。午后至西兴,渡江住钱江旅馆。晚入城至兴业银行访蔡谷青,又遇寿拜耕,饭后归寓。夜寄二弟、三弟信(一)。

五日　晴。拂晓乘车,午后抵上海,止周昌记客店。往蟫隐庐买乙卯年《国学丛刊》十二册,价六元。下午往兴业银行访蒋抑之,坐少顷同至其家,以唐《杜山感兄弟造象》拓本一枚见赠,云是蒋孟苹臧石,去年购自陕西,价数千金也。晚归寓。夜寄二弟、三弟信(二)。

六日　昙。拂晓至沪宁车驿乘车向北京。午后渡扬子江换车。

七日　星期。晴。晚至天津换车,夜抵北京正阳门,即雇人力车至邑馆。

八日　昙。上午往季上寓,收五年十一月分奉泉三百,还齐寿山二十。到部。寄二弟信(三)。以火腿一贻季市,一贻季上。夜大风。

九日　晴，风。上午铭伯先生来。午后往留黎厂直隶官书局取《金石苑》一部六册，去年预约。在德古斋买《安丰王妃冯氏墓志》一枚，《讳珉墓志》一枚，共一元五角。夜李霞卿来。商契衡来。

十日　晴。上午托子佩至浙兴业银行汇家泉百十还旅费等，并与二弟函一(四)。晚韩寿晋来。夜潘企莘来。访蔡先生。[2]

十一日　晴。上午得二弟信，七日发(1)。张春霆赠《丰乐七帝二寺邑义等造象》二枚，《高归彦造象》、《七帝寺主惠郁等造象》各一枚，并定州近时出土。夜许铭伯先生、马孝先先生来。

十二日　晴。上午寄二弟信(五)。贻同事土物。夜往季市寓并还泉五十。

十三日　晴。上午得三弟信，八日发。夜大风。

十四日　晴。星期休息。上午往留黎厂买杂造象四种十枚，二元。又《美原神泉诗》并阴二枚，一元五角。下午徐元来。祁柏冈来。

十五日　晴。上午得二弟信，十一日发(2)。齐寿山贻馒首一包。

十六日　晴。上午寄二弟信(六)。得吴方侯信，十一日发。

十七日　晴，大风。沈商耆父没，设奠于长椿寺，下午同齐寿山、许季上赴吊，并赙二元。夜魏福绵来。

十八日　晴。无事。夜得蔡先生函,便往其寓。夜风。

十九日　晴。上午寄二弟《教育公报》二本,《青年杂志》十本,作一包〔(七)〕。得二弟信,十五日发(3)。晚帖估来,购取《□朝侯之小子残碑》一枚,《唐该及妻苏合葬墓志》并盖二枚,《滕王长子厉墓志》一枚,共泉三元五角。夜风。

二十日　晴。上午寄二弟信(八)。收去年十二月奉泉三百,又潘企莘还二十。晚大风。夜常毅葳来。

二十一日　晴。星期休息。上午许季市来。午后裘子元来。下午游留黎厂帖店,买《郑文公上碑》一枚,二元;《巩宾墓志》、《龙山公墓志》各一枚,二元;《豆卢通等造象记》一枚,五角。夜商契衡来。

二十二日　晴。春假。上午伍仲文、许季市各致食品。午前车耕南来。下午风。晚许季上来,并贻食品。旧历除夕也,夜独坐录碑,殊无换岁之感。

二十三日　晴。旧历元旦,休假。上午得二弟信,十九日发(4)。晚范云台、许诗荃来。

二十四日　晴。休假。午后王子馀来,赠以《会稽郡故书杂集》一册。寄二弟信(九)。寄吴方侯信。

二十五日　晴。上午得二弟信,廿一日发(5)。得重久信,十七日发。得蔡先生信,即答。

二十六日　晴。上午赴京师图书馆开馆式[3]。师曾赠自作画一枚。

二十七日　昙。沈衡山子汝兼结婚柬至,贺银二元。晚常毅葳来。

二十八日　晴。星期休息。上午沈仲久、甘闿生来。午后往留黎厂游一遍,在书肆买《籀髙述林》一部四册,《殷商贞卜文字考》一册,《历代画象传》一部四册,共银四元。

二十九日　晴。上午寄二弟信(十)。午后理发。

三十日　昙。上午得二弟信,二十六日发(6)。午后至浙兴业银行汇本月家用百元。朱孝荃假银十元。夜子佩来谭。

三十一日　雨雪。上午寄丸善书店银九圆。下午晴。寄重久信并银五圆。

＊　　＊　　＊

〔1〕　内　日语:"家"的意思。

〔2〕　访蔡先生　系请蔡元培介绍周作人往北京大学任教。后周作人于本年4月到京,任北京大学国学研究所教授。

〔3〕　京师图书馆开馆式　京师图书馆从广化寺迁至方家胡同国子监南学,本日举行开馆式,并合影留念。次日开放阅览。

二　月

一日　晴。上午得吴方侯信,正月廿九日杭发。

二日　晴。上午复吴方侯信。

三日　晴。上午寄二弟信(十一)。夜濯足。

四日　晴。星期休息。上午得二弟信,正月卅一日发(7)。得宋知方信,同日上虞发。午后往季市寓,即出。往通俗教育研究会茶话会,〔1〕观所列字画。下午游留黎厂,买《中国名画》第十九集一册,一元五角。晚吴一斋来。夜商契衡来。

五日　晴。午往中央公园,饭已赴午门阅屋宇,谓将作图书馆也,[2]同行者部员共六人。王叔钧持赠《李业阙》拓本一枚,《高颐阙》四枚,画象二十五枚,檐首字二十四小方,《贾公阙》一枚,云是当地刘履阶念祖所予。

六日　晴,风。上午寄乡土研究社银二圆十二钱。晚往季巿寓饭,同坐共九人。

七日　晴。上午得吴方侯信,二日越中发。

八日　晴。上午寄二弟信(十二)。寄宋知方信。寄王叔钧信。晚得二弟及三弟信,四日发(8)。

九日　晴。无事。

十日　昙。无事。夜雨雪。

十一日　昙,大风。星期休息。午后寄二弟及三弟信(十三)。

十二日　晴。统一纪念日,休假。上午得二弟信,八日发(9)。得吴方侯信,七日发。午后往留黎厂,以拓片付表,又买初拓本《张贵男墓志》一枚,交通券十元。

十三日　晴。上午寄二弟信并附师曾画一枚(十四)。丸善寄来《统系矿物学》一册。

十四日　晴。上午得三弟信,九日发。寄三弟《矿物学》一册。寄吴一斋信。

十五日　晴。上午得二弟信并《永明造象》拓本一枚,十一日发(10)。寄蔡先生信。得丸善书店信,九日发。夜商契衡来。

十六日　昙。上午寄二弟及三弟信,附汇券十圆,又邮券廿钱(十五)。下午朱孝荃还泉十。收正月奉泉三百。夜风。

十七日　昙,风。无事。

十八日　晴。星期休息。上午得蔡先生信。洙邻兄来。午后高师校送来《校友会杂志》一本。往震古斋买《张寿残碑》一枚,《南武阳阙题字》二枚,杂汉画象五枚,共二元;《高柳村比丘惠辅一百午十人等造象》一枚,一元;《曹望憘造象》四枚,十二元;稍旧拓《朱岱林墓志》一枚,五元。

十九日　晴,风。无事。丸善又寄《系统矿物学》一册至,盖错误。

二十日　晴。上午得二弟信,十六日发(11)。午前观文华殿、文渊阁诸地。

二十一日　晴。上午寄二弟信(十六)。寄蒋抑卮信。得丸善书店信,午后以《系统矿物学》一册付邮寄还。

二十二日　晴。午后赴孔庙演礼。晚得吴方侯信,十八日杭发。

二十三日　晴。上午得二弟信,十九日发(12)。夜至平安公司观景戏,后赴国子监宿。

二十四日　晴。晨丁祭,在崇圣祠执事。上午寄二弟信(十七)。得三弟信,二十一日发。夜从常毅箴假《中国学报汇编》五册。

二十五日　晴。星期休息。上午得二弟信,二十一日发(13)。下午昙。往留黎厂取所表拓本,计二十四种,工直四元。

二十六日　昙。上午得宋知方信,廿三日杭发。下午晴。

二十七日　晴。上午往交民巷易日币。午后往浙兴业银行汇本月家用泉百。

二十八日　晴,风。上午得二弟信,廿四日发(14)。寄二弟及三弟信附泉廿(十八)。夜潘企莘来。

* * * *

〔1〕　这次茶话会在教育部礼堂举行,会上陈列六朝以来名人书画一百五十余种,并演奏古乐。

〔2〕　指午门将作图书馆事。本年1月,教育部获准在故宫午门设置京师图书馆,在端门楼设置历史博物馆。故鲁迅等前往察看。后京师图书馆未迁午门,仅在该处设一小型图书馆;历史博物馆则于1918年始迁至午门前左右朝房。

三　月

一日　晴。上午得蒋抑之信,二月廿五日沪发。夜铭伯先生来。

二日　晴。午后收二月奉泉三百。

三日　晴,风。午后得福子信,二月廿五日发。夜商契衡来。

四日　晴。星期休息。上午得二弟信,二月廿八日发(15)。午后风。往留黎厂买《衡方碑》并阴二枚,《谷朗碑》一枚,"灵崇"二大字一枚,《王谟题名并诗刻》一枚,《庾公德政颂》一枚,共银五元。下午马孝先来,贻以《会稽故书集》

一册。

五日　晴。上午得宋知方信,二日杭州发。寄二弟信(十九)。寄羽太宅信,附致芳子、福子笺并泉五十四。晚得李霞卿明信片。

六日　晴。上午得二弟信,二日发(16)。午后往兴业银行购汇券泉九十。夜车耕南来。甘润生来,托保应文官考试人章炜。

七日　昙。上午寄二弟信,附旅费六十,[1]季市买书泉卅(廿)。

八日　晴。上午得二弟信,四日发(17)。夜寄蔡先生信。大风。

九日　晴,风。晚徐宗伟来假泉三十。

十日　晴。上午得二弟及三弟信,六日发(18)。晚得丸善信。得王式乾信。潘企莘明日归越,以德文典四本托持寄三弟。

十一日　晴。星期休息。午后寄二弟及三弟信(廿一)。寄王式乾信。午后往留黎厂买《僧惠等造象》并阴、侧拓本四枚,直二元。归审阴、侧是别一碑,下午复持往还之,别买《江阳王次妃石氏墓志》、《孙龙伯造象》各一,共六元。

十二日　昙。无事。夜微雪。

十三日　晴。上午得二弟信,九日发(19)。得芳子信,七日东京发。夜风。

十四日　晴。上午寄二弟信(廿二)。

十五日　晴。上午谢西园来。

十六日　晴。上午得二弟信,十二日发(20)。得芳子信,十日发。

十七日　晴。上午寄二弟信(廿三)。下午得吴方侯信,十三日杭发。夜商契衡来。

十八日　晴。星期休息。午后往留黎厂买洛阳龙门题刻全拓一分,大小约一千三百二十枚,直卅三元。又取表成拓本十枚,付工三元。

十九日　晴。上午得二弟信,十五日发(21)。午后寄羽太家信,附四五月分用泉十四,又附与芳子函乙。夜风。

二十日　晴。上午寄二弟信(二十四)。晚季市来,并持来代买河朔隋以前未著录石刻拓本卅种共四十八枚,顾鼎梅信云直见金廿元。

二十一日　昙。上午敦古谊持来《刘懿墓志》稍旧拓本一枚,以银五元收之。寄宋知方信。寄虞含章信并泉廿,付顾鼎梅拓本之直。

二十二日　微雪即霁。下午昙。谢西园来,未遇。

二十三日　晴。无事。

二十四日　晴。上午得二弟信,二十日发(22)。夜李霞卿来。商契衡来。

二十五日　晴。星期休息。上午陶念钦先生来。得三弟信,廿一日发。许季上来。午后往留黎厂买画象拓本一枚,杂专拓本二十一枚,共银二元。下午往季市寓。

二十六日　昙。上午得二弟信,廿二日发(23)。夜小雨。

二十七日　昙。午后理发。

二十八日　晴。上午得二弟信,廿四日发(24)。寄三弟信(乙)。夜濯足。

廿九日　晴。托师曾从同古堂刻木印二枚成,颇佳。晚韩寿谦来。

三十日　晴。上午得二弟信,廿六日发(25)。晚徐宗伟、王式乾来,付与泉五十,合前付卅共八十,汇作本月家用。

卅一日　晴。上午铭伯先生来。得芳子、福子信,廿五日发。晚季市赠火腿一器。

＊　　＊　　＊　　＊

〔1〕　鲁迅向蔡元培介绍周作人到北京大学任职,获蔡同意,故寄旅费。

四　月

一日　晴。午后往图书分馆访子佩。往留黎厂付表拓本,并买《泰山秦篆残石》一枚、《李氏像碑颂》一枚、《成公夫人墓志》一枚,共银二元。晚范云台、许诗荃来。夜二弟自越至,携来《艺术丛编》四至六集各一册、《古竟图录》一册、《西夏译莲华经考释》一册、《西夏国书略说》一册,均过沪所购,共泉十七元四角。翻书谈说至夜分方睡。

二日　晴。请假。午后同二弟至益昌午饭。下午霞卿来。夜商契衡来。

三日　晴。无事。

四日　昙,风。上午得羽太家信,附芳子、福子笺,三月卅一日发。得潘企莘信,三月卅日发。

五日　昙。上午蔡先生来。午后寄芳子蜜枣一合。夜魏福绵来。

六日　晴,风。午后寄芳子信并泉廿。下午往留黎厂买房周陀、燕孝礼墓志各一枚,共银二元五角。

七日　晴。上午得三弟信,二日发。下午同二弟游留黎厂,以《爨龙颜碑》易得《刁遵墓志》并阴二枚。夜许季上来。

八日　昙。星期休息。上午二弟之学生从余姚寄来《三老讳字忌日记》拓本二枚。午后寄三弟信(三)。访铭伯先生。下午徐元来。夜风。

九日　晴。下午收三月奉泉三百。夜同二弟往铭伯先生寓。

十日　晴。上午赠师曾《三老碑》一枚。下午得王式乾信。寄潘企莘信。

十一日　昙。午后往留黎厂买旧拓《白石神君碑》并阴二枚,银六元。

十二日　晴。无事。

十三日　晴。上午得三弟信,九日发(二)。

十四日　晴。夜马孝先来,赠以重出之墓志拓本五枚。

十五日　晴,风。星期休息。上午同二弟至留黎厂买《阎立本帝王图》一册,直一元二角。又至青云阁饮茗归。下午铭伯先生来。

十六日　晴。上午寄三弟信并家用泉五十,附与信子笺一(六)。下午师曾赠《强独乐为文王造象》一枚,新拓本。

283

十七日　霾。上午得三弟信,十三日发(四)。

十八日　晴,大风。午后往午门。

十九日　晴。晚季市来。

二十日　晴。上午得芳子及福子信,十四日发。买印泥一合,三元。

二十一日　晴。无事。

二十二日　晴。星期休息。上午得季市信。午同二弟往广和居饭,又至留黎厂买《神州大观》第十一集一册,一元六角五分。又取所表拓本十八枚,工二元四角。下午蒋抑之来,未遇。潘企莘、李霞卿来。晚范云台、许诗荃来。夜风。

二十三日　晴。上午寄丸善银十六圆五角,辰文社[1]银三圆五角。晚同二弟往许季上寓饭,同席共七人。夜蒋抑之来。

二十四日　晴。上午丸善寄来不列颠博物馆所臧《土俗品图录》一册。访协和。

二十五日　晴。上午得三弟信,廿一日发(六)。

二十六日　晴。上午寄三弟信(九)。得丸善书店信。夜风。

二十七日　晴,大风。上午得信子信,二十三日发。得沈衡山母讣,午后邮寄赙银二元至其寓。

二十八日　晴,风。上午敦古谊帖店来,购取《赞三宝福业碑》并额二枚,价乙元。芳子寄来煎饼二合。晚戴螺舲招饮,同二弟至其寓,合坐共七人。

二十九日　晴,风。星期休息。午后往留黎厂德古斋,得

《熹平元年黄肠石题字》一枚、《皇女残石》一枚、《高建墓志》、《建妻王氏墓志》、《高百年墓志》、《百年妻斛律氏墓志》各一枚,价六元五角,以大吉刻石、窆石残字等易取之。晚许季上来。

三十日　昙。上午寄芳子信并泉十。午后往浙兴业银行汇本月家用泉百并函。下午小雨立晴。

＊　　＊　　＊　　＊

〔1〕辰文社　日本东京的一家书店,店主为中岛卯三郎。

五　月

一日　晴。无事。

二日　晴。上午得信子笺,四月廿八日发。下午昙。晚雨。

三日　雨,午后晴。无事。

四日　昙,晚小雨。无事。

五日　昙。上午昙。得三弟信,一日发。午后小雨,下午晴。徐宗伟来假泉廿。

六日　晴。星期休息。上午同二弟往留黎厂,买《隶释》、《隶续》附汪本《隶释刊误》共八册,银十二元;《元显魏墓志》一枚,三元;六朝杂造象十一种二十八枚,共七元。午同往昌益[益昌]饭。午后风。夜得铭伯先生信片。

七日　晴,大风。上午丸善寄来《波兰说苑》一册。得辰文社信。

八日　晴,风。上午寄辰文社信。得意农伯信,七日磁州发。得丸善书店信。晚铭伯先生招饮于新丰楼,因诗荃聘礼也。同坐共九人。

九日　晴,风。下午寄丸善信。晚季自求来。商契衡来。

十日　昙。得吴雷川夫人讣,致赙二元。晚小雨。

十一日　小雨。上午得信子信,七日发。午后往浙江兴业银行。

十二日　晴。上午二弟就首善医院。得芳子信,五日发。下午韩寿晋来。晚致季市信并假泉卅。

十三日　晴。星期休息。上午得二弟妇并三弟信,九日发,又《或外小说集》十册。齐寿山来。许季上来。下午王铁如来。二弟延 Dr. Grimm 诊,云是瘄子[1],齐寿山译。得钱玄同信,即复。夜寄鹤顾先生信,为二弟告假。

十四日　晴,风。自告假。晨寄三弟并二弟妇信(十三)。上午季市来。得二弟妇信,十日发。午后潘企莘来。

十五日　晴,风。自告假。晨寄三弟及二弟妇信(十四)。晚许季上来。

十六日　晴。上午得杨莘耜信并鱼山书院[2]所藏汉画象拓本一枚,十一日山东滋阳发。顾鼎梅送《琬琰新录》一本,石印《元显魏墓志》一枚,季市交来。午后自请假。下午延 Dr. Diper 为二弟诊,齐寿山来译。

十七日　晴。晨寄三弟及二弟妇信(十五)。潘企莘来。

十八日　晴。上午往日邮局寄三弟妇信并泉百五十。得杨莘士信,十六日曲阜发。收四月奉泉三百。午后往留黎厂买《孙辽浮图铭》、《吴严墓志》、《李则墓志》各一分共五枚，八元。下午买藤椅二件，五元二角。李霞卿来。

十九日　昙。上午寄三弟及二弟妇信并本月家用泉百。还季市泉廿。午后往留黎厂买稍旧拓《太公吕望表》一枚，三元；《张安姬墓志》一枚，一元；六朝造象四种十三枚，六元。下午风，小雨。晚徐宗伟来还泉廿。夜商契衡来。夜大风。

二十日　晴。星期休息。上午得二弟妇信，十六日发。午后理发。

二十一日　晴。上午得杨莘士所寄汉画拓本一束，十六日曲阜发。晚季市以菜汤一器遗二弟。夜得蔡先生函并《赞三宝福业碑》、《高归彦造象》、《丰乐七帝二寺邑义等造象》、《苏轼等访象老题记》拓本各二分。

二十二日　晴。上午得丸善书店信，十五日发。寄蔡先生信。寄二弟妇信。寄忆农伯信。下午家寄来干菜一合，八日付邮。

二十三日　晴。晨得三弟及二弟妇信，十九日发（十二）。胡绥之嫁女，送银一元。

二十四日　晴。晨得三弟及二弟妇信，二十日发（十三）。上午寄三弟及二弟妇信（十七）。寄徐元信。代二弟寄孙福源、宋孔显信。午季市遗鱼一器。

二十五日　晴。上午得二弟妇信，言小舅父于廿日逝去，廿一日发（十四）。晚徐元来，付与泉五十汇作本月家用。

二十六日　晴。上午得三弟妇信，廿一日发。午后季市持药来。

　　二十七日　晴。星期休息。晨得三弟信,廿三日发(十五)。寄三弟及二弟妇信(十八)。上午往留黎厂买《天统四年残碑》一枚,隋《王君墓志》盖一枚,共一元。景宋写本《薛氏钟鼎款识》一部四册,三元。夜得李霞卿信。

　　二十八日　晴,风。上午得三弟信并碑签一束,二十四日发(十六)。寄李霞卿信。西泠印社寄来书目一册。季市遗肴一器。午后得丸善所寄小说二册一包。

　　二十九日　晴。晚韩寿谦来。

　　三十日　昙。午后微雨,大风。夜季自求来。

　　三十一日　小雨。上午得二弟妇信,廿七日发(十七)。得三弟妇信,廿四日发。得羽太家信,廿五日发。杨莘士寄拓本一束,凡汉画象十枚,《于纂墓志》翻本一枚,造象四枚,专三枚,皆济南金石保存所[3]藏石,卅日发。夜潘企莘来。宋子佩来。

＊　　　＊　　　＊

　　〔1〕瘄子　麻疹。周作人自5月8日发病,12日至北京首善医院,被误诊为感冒,后病情加重。因当时猩红热流行,鲁迅于次日延请格林博士诊,确诊为麻疹。

　　〔2〕鱼山书院　即渔山书院,在山东济宁。清道光十年(1830)济宁直隶州知州王镇创立。1905年改为第一高等小学堂。

　　〔3〕济南金石保存所　即山东金石保存所。参看本卷第217页注〔3〕。

六月

一日　晴。上午得杨莘士信,廿九日济南发。午昙。

二日　晴。上午得谢西园明信片,三十日苏州发。夜商契衡来。

三日　晴。星期休息。上午得三弟及二弟妇信,卅日发(十八)。夜魏福绵来。

四日　晴。晚季市遗肴一器。

五日　晴。晨得家信一日发(十九)。下午得三弟妇信,五月卅日发。

六日　昙,午后晴。无事。

七日　晴,风。上午得三弟妇信,一日发。

八日　晴,风。无事。

九日　晴。上午得汤尔和信并《东游日记》一册。收五月奉泉三百。

十日　晴。星期休息。上午得家信,六日发(二十)。寄家信(二十一)。许季上来。午前风,小雨。和孙来,留午餐。下午同二弟往升平园浴。往青云阁买履一两。过留黎厂买《小说月报》一册归。

十一日　晴。无事。

十二日　晴。无事。

十三日　昙,热。午后寄实业之日本社银四元,东京堂[1]二元。

十四日　晴。晨得家信,十日发(廿一)。上午往浙江兴业银行汇家用泉五十,又二弟买书泉廿,并信(廿二)。午后发热,至夜不解。

十五日 晴。病假。上午致戴芦舲、朱孝荃信。

十六日 晴。上午就池田医院诊,云是中暑。下午病假。

十七日 昙。星期休息。上午季市来。午后风,晴。往留黎厂买侯夫人、王克宽、讳直墓志各一枚,二元;六朝造象七种十三枚,四元五角。又买《函芬楼秘笈》第二集八册,二元五角。

十八日 昙,午后雨。无事。

十九日 大雨。上午得家信,十五日发(廿二)。午后晴。夜得蔡先生信。

二十日 晴。午后和荪来。夜寄和荪信。

二十一日 晴。下午徐元、徐宗伟来,假泉廿。

二十二日 晴。上午魏福绵来。午后李霞卿来。夜王镜清来。

二十三日 雨。阴历端午,休假。午季市遗肴二品。以饮麦酒,睡至下午。许季上来。

二十四日 昙。星期休息。午后晴。许诗荃来。马孝先来。夜商契衡来。

二十五日 昙。上午得芳子及重久明信片,廿一日沪发。得福子信,十六日发。得石川文荣堂[2]函,内书帐结讫。午后念钦先生来。

二十六日 晴。无事。

二十七日 晴。晨得三弟信,廿三日发。上午得重久信,同日越中发。午后得东京堂书店明信片,廿日发。夜风。

二十八日 晴,风。晚徐元、徐宗伟来,付泉九十,合前假泉汇作本月家用。

二十九日　晴。上午得家信,廿五日发(廿四)。晚企莘来。

三十日　晴。上午得东京堂所寄《露国现代之思潮及文学》一册。

＊　　＊　　＊

〔1〕　东京堂　日本东京的一家书店。1890年3月10日由高桥新一郎创立,1892年6月改为文武堂,1917年成为株式会社东京堂书店。

〔2〕　石川文荣堂　日本东京的一家书店。1916年相模屋书店主人去世后,善后事务由石川文荣堂处理。

七　月

一日　昙。星期休息。上午往留黎厂买《刘平周造象》一分共四枚,直式元,添入逢略、罗宝奴造象各一枚。少顷遭雨便归。下午晴。铭伯先生来。季市遗鱼干一器。

二日　晴。上午收六月奉泉三百。钱均甫代买江苏碑拓十八枚,直九元。

三日　雨。上午赴部与侪辈别。[1]午晴。齐寿山来。

四日　晴。上午铭伯先生来。下午戴螺舲、许季上来。晚协和来。

五日　晴。上午念钦先生来。潘企莘遗茗一包。下午访铭伯先生。

六日　晴。午后季上来。夜大风,雷电且雨。

七日　晴,热。上午见飞机。午齐寿山电招,同二弟移寓东城船板胡同新华旅馆,[2]相识者甚多。

八日　阴,晚雨。

九日　阴。下午发电告家平安。夜闻枪声。

十日　晴。旁晚雷雨。

十一日　晴。下午紫佩来。

十二日　晴。晨四时半闻战声甚烈,午后二时许止。事平,[3]但多谣言耳。觅食甚难。晚同王华祝、张仲苏及二弟往义兴局[4]觅齐寿山,得一餐。

十三日　晴。上午同二弟访许铭伯、季市,餐后回寓小句留。潘企莘来访。下午仍回新华旅馆宿。得宋知方信。

十四日　晴。时局小定。与二弟俱还邑馆。

十五日　星期。雨。下午王铁如来。许季上来。

十六日　昙。上午赴部。得丸善及东京堂函。午后同二弟至升平园理发并浴。又自至留黎厂取所表拓本,计二十枚,付工二元。会小雨,便归。夜大雨。

十七日　晴。下午得三弟信,十三日发。

十八日　晴。上午丸善寄来《支那土偶考》第一卷一册。夜雨。

十九日　昙,午晴,夜雨。

二十日　昙。寄宋知方信。午晴。下午昙。往留黎厂,逢雨归寓,复霁。夜潘企莘来。大雨。

二十一日　雨。无事。

二十二日　晴,风。星期休息。午后同二弟往中央公园。

二十三日　昙。下午雷雨彻夜。

二十四日　晴。午同张仲素、齐寿山往聚贤堂饭。夜雨。

二十五日　雨。上午往浙兴业银行汇家用泉二百。

二十六日　雨,下午晴,风,夜小雨。无事。

二十七日　昙,下午雨。无事。

二十八日　雨,午晴。无事。

二十九日　昙。星期休息。上午潘企莘来,午并二弟同至广和居饭,又游留黎厂已,别去。自与二弟往青云阁啜茗,出观音市[寺]街买饼干、糖各一合归。夜雨。

三十日　雨,上午霁。无事。

三十一日　晴。下午同齐寿山、许季上往大学访蔡先生,晚归。夜陈师曾来。

＊　　　＊　　　＊

〔1〕　指张勋复辟后鲁迅脱离教育部。本年7月1日,张勋拥戴清废帝溥仪"登极",鲁迅愤而去职,为此赴部与同人告别。

〔2〕　指张勋复辟后鲁迅避难东城。段祺瑞以拥护共和之名于7月3日在马厂誓师,讨伐张勋,所部逼近京郊。本日上午十时,南苑航空学校航空队向皇宫投弹三枚。6日起,城内居民纷纷避难,鲁迅等在齐寿山帮助下移寓新华旅馆。

〔3〕　指段祺瑞、张勋间的战事平息。本日清晨段祺瑞部向张军发动总攻,占领天坛等处,下午一时许攻破张宅,张勋逃进荷兰使馆,战事遂告结束。

〔4〕　义兴局　齐寿山家开设在东裱褙胡同的粮店,当时因无处购买食品,故鲁迅等往齐处用餐。

八　月

一日　晴。无事。夜大雷雨,屋多漏。

二日　晴,下午昙。寄徐元信,由上虞南城胡荣昌转交。

三日　晴。上午寄家信(卅五)。午后收七月奉泉三百。晚雷雨杂雹子。

四日　晴。下午得三弟信并帖签一束,极草率,七月卅日发。

五日　晴。星期休息。上午铭伯先生来。寄蔡先生信。寄三弟信。午前同二弟往留黎厂买"家之基迈"等字残石拓本一枚,五角;又造象残石拓本一枚,无题字,象刻画甚精细,似唐时物,云其石已入日本,故拓本价一元五角也。又至青云阁饮茗并午饭。出观音寺街买饼干一合归。下午洙邻兄来。季上携第二女来。

六日　昙,时复小雨。无事。

七日　晴。上午得羽太家信,一日发。寄蔡先生信并所拟大学徽章[1]。

八日　晴。无事。

九日　晴,大热。下午钱中季来谈,至夜分去。

十日　晴,热。晚商契衡来。

十一日　晴。无事。

十二日　昙。星期休息。上午蒋抑之来。

十三日　晴,风。上午得东京堂信并《日本一之画噺》一合五册。下午得家信,九日发(三十三)。夜得三弟所寄空白帖签一包,亦九日发。

十四日　晴。夜蒋抑之来。

十五日　晴。下午得蔡先生信。

十六日　晴。下午李霞卿来。晚子佩来并赠茗一包。

十七日　晴。午后得丸善书店信。晚钱中季来。

十八日　昙。上午得丸善所寄英文书目四册。下午往留黎厂付表拓本,并买《王基断碑》一枚,五角。

十九日　晴。星期休息。上午同二弟往西升平园浴已由留黎厂归。下午得李霞卿信,即答。封德三来。风。

二十日　昙。上午得东京堂所寄书三册。得徐元信,十四日上虞发。晚小雨。

二十一日　晨小雨。公园内图书阅览所[2]开始,乃往视之。上午霁。晚潘企莘来。杜海生来。

二十二日　雨。午后寄杜海生信。得洙邻兄信。

二十三日　昙。家寄茗二包,午后令人往邮局取得。下午大雨。

二十四日　晴。下午往留黎厂取所表拓本,凡三十枚,付工四元。

二十五日　晴。上午朱遏先来。

二十六日　昙。星期休息。上午虞叔昭来。午后端木善孚来。得吴方侯来[信]。晚许诗荃来。夜雨。

二十七日　晴。晚钱中季来。夜大风雨。

二十八日　昙。午后大雨一陈。晚寄沈商耆信。夜子佩来,还与茗直泉券十二枚。大雨。

二十九日　晴。上午封德三来。

三十日　晴。上午寄丸善书店泉廿,买书券[3]。

三十一日　晴。下午往留黎厂取所表拓本。晚季自求来。商契衡来。

＊　　＊　　＊

〔1〕拟大学徽章　鲁迅受蔡元培之托为北京大学设计校徽,徽圆形,为阳文美术体"北大"二字,于本日设计毕寄蔡。后即为该校所采用。

〔2〕公园内图书阅览所　该所以中央公园社稷坛之戟殿为阅览室及书库,本日开始接待读者。1925年更名为京师第三普通图书馆。

〔3〕书券　日本丸善书店于明治三十一年(1898)开始发行书券,顾客可凭书券换取等值的书籍及文具。

九　月

一日　昙。午后大雨一陈,晴。晚封德三招饭于香厂澄园,与二弟同往,坐中又有季自求、姚祝卿。夜雨。下午寄家八月用泉五十,从子佩假。

二日　星期休息。雨。下午封德三来。

三日　小雨。上午丸善寄至英文小说二册。

四日　晴。上午陶念钦先生来。得丸善书店信。

五日　小雨。无事。

六日　晴,风。上午寄东京堂银六圆。

七日　晴。上午寄东京堂信。

八日　晴。午后收八月奉泉三百。晚敦古谊持拓本来,无可得,自捡拓片二十九种付表。夜子佩来。潘企莘来。

九日　昙。星期休息。上午同二弟访季市不遇,遂至铭伯先生家,见范云台正从汴来,见赠安阳宝山石刻拓本一分,计魏至隋刻十九种、唐刻三十三种、宋刻一种,共八十二枚。午后张协和来。商契衡来。封德三来。下午许季上来。

十日　昙。夜季市来。

十一日　晴,风。下午往留黎厂。晚访季市,不值。

十二日　晴。夜李遐卿、宋子佩来。

十三日　晴。午后往浙江兴业银行寄家泉五十,补八月分。得宋知方信,九日发自杭州。夜许季市来。

十四日　昙。上午得丸善信,六日发。晚雨。

十五日　晴。午后理发。

十六日　晴。星期休息。上午王式乾来。季市来。夜雨。

十七日　雨。上午得徐元信,绍发。得吴方侯信,严州发。

十八日　雨。上午丸善寄来书籍二册。午后晴。晚往季市寓。

十九日　昙。上午得丸善所寄书券二枚并函。夜子佩来。

二十日　晴。晚许季上来。

二十一日　晴。午后往留黎厂买《曹真碑》并阴二枚,一元;《方法师等岩窟记》并刻经二枚,二元。得黄子涧之兄讣,赙一元。下午得封德三信,十八日上海发。夜季市来。

二十二日　晴。午后往图书分馆借《涅槃经》,复往留黎厂。夜商契衡来。得忆农伯信,十六日磁州发。雨。

二十三日　晴,风。星期休息。午后访铭伯先生不值,以书券二枚置其家,为诗荃贺礼。访季市不值。下午蒋抑之来。夜季市来。

二十四日　晴。上午铭伯先生来。得福子信,十八日发。夜钱中季来。

二十五日　晴。午后丸善寄来契诃夫小说英译一册。

二十六日　晴。上午得丸善信。夜商契衡来。寄季市信。

二十七日　昙。午后雨。寄商契衡信。捐顺直水灾[1]银二元。

二十八日　雨。上午寄意农伯信。寄钱中季信。寄宋知方信。

二十九日　晴。下午收本月奉泉三百。至图书分馆访朱孝荃。访季市不值。得钱玄同信。夜商契衡来。

三十日　晴。星期休息。上午杜海生来。季市来。潘企莘来。下午得封德三信,廿三日申发。泺邻兄来。朱蓬仙、钱玄同来。张协和来。旧中秋也,烹鹜沽酒作夕餐,玄同饭后去。月色极佳。铭伯、季市各致肴二品。

*　　*　　*

〔1〕顺直水灾　本年因南运河失修决口,河北发生大水灾,灾区波及一百余县,难民数百万。鲁迅曾先后于9月27日、10月26日、12

月26日三次捐款。顺，即顺天府（辖今北京及周边地区）；直，即直隶省（今河北）。

十月

一日　晴。补秋假。上午铭伯先生来。午后子佩来。

二日　晴。上午东京堂寄来陀氏小说三本，高木氏童话二本，共一包。

三日　晴。午后寄福子信。

四日　晴。晨富华阁持拓本来。下午宋迈来笺并《藤阴杂记》二部，每部二册。夜常毅葴来。

五日　昙。午后访杜海生，交泉百，下午至浙江兴业银行付泉五十五，并汇作九月家用。至留黎厂买《章武王太妃卢墓志》、《临淮王墓志》各一枚，《敦达墓志》并盖二枚，《元倪妻造象》一枚，共泉六元。季市持来专拓片一枚，"龙凤"二字，云是仲书先生所赠，审为东魏物，字刻而非印，以泉百二十元得之也。夜复宋迈信。

六日　昙。上午寄季市信，午后得复。

七日　晴。星期休息。上午同二弟至王府井街食饼饵已游故宫殿，并观文华殿所列书画，复游公园饮茗归。李遐卿来过，未遇，留笺并还泉二十，赠茗二合去。下午铭伯先生及季市来。

八日　晴。晚子佩来。钱玄同来。

九日　雨。无事。

十日　晴。国庆日休假。午后往观音寺街买饼干二合，又往留黎厂买《陶贵墓志》一枚,即南陵徐氏臧石,或以为翻本者,价二元。又高建及妻王、高百年及斛律墓志盖,共四枚,价一元。晚雷鸣,并小风雨。

十一日　晴,风。休假。午后商契衡来。

十二日　晴。午后同齐寿山访季上。得二弟妇信,二日发。晚寄季市信。

十三日　晴。晚钱玄同来。

十四日　晴。星期休息。上午许诗荃来。午后往留黎厂买魏《安乐王元诠墓志》一枚,十二元;魏《关中侯苏君神道》一枚,一元。夜子佩来。

十五日　晴。上午寄丸善泉廿。得潘企莘信,九日越中发。午后昙,夜雷雨。

十六日　晴。上午寄季市信。丸善寄来《古普林说选》一册。

十七日　晴。上午得丸善信。夜商契衡来。

十八日　晴。上午寄商契衡信。晚许诗荃来并赠《元钦墓志》一枚。子佩来。夜季市来。商契衡来。

十九日　晴。午后往问许季上疾。晚铭伯先生来,假泉二百。夜濯足。

二十日　晴。上午季市来,并同二弟游农事试验场。午后得东京羽太家〔家〕信,十二日发。下午往留黎厂买《荀岳墓志》一枚,《五百余人造象记》并阴二枚,寇凭、臻、演墓志各一枚,共泉十五元,内五元以重出拓本付与抵当讫,见付十元。又取所表拓本大小二十二枚,付工五元。

二十一日　昙。星期休息。午后李遐卿来。晚至铭伯先生家饭,二弟同往也。

二十二日　晴。午后往浙江兴业银行汇还子英泉百五十,子佩泉五十。晚在协和家饭,二弟亦至。夜蒋抑之来,未遇。

二十三日　晴。午后同齐寿山游小市。

二十四日　雨。午后往视许季上病。晚得李遐卿信,即复。夜蒋抑之来。

二十五日　雨。晚子佩来。

二十六日　雨。上午寄季市《饮流斋说瓷》二册,还《少年兵团》一册。下午收本月奉泉三百。振直隶水灾十一元。晚得李遐卿信并帖签四枚。得伯撝叔信,二十二日南京发。

二十七日　昙。午访季上并交所代领泉。晚雨。

二十八日　晴,大风。星期休息。上午李遐卿来。杜海生来。午后往留黎厂付表拓本,又买晋《冯恭墓志》、《杨范墓志》各一枚,共四元;又《姚纂墓志》一枚,极漫漶,云出曲阳,一元。又取《柽禁图》一枚,端氏木刻本也。

二十九日　晴。午后同齐寿山游小市。

三十日　晴。无事。

三十一日　晴。午后同齐寿山游小市。晚季市来。夜往视季上病。

十一月

一日　晴。午后往视季上病。托齐寿山买外衣一,泉廿。

二日　晴。上午买窒扶斯豫防药[1]一瓶,一元。得东京堂信并《文芸思潮論》一册。

三日　昙。午前同齐寿山往中央公园。下午买羊皮褂料一袭,泉廿。晚大风。

四日　晴,风。星期休息。午后往留黎厂买《张敬造象》一分六枚,五元;吴兴姚氏所臧六朝造象十种十三枚,六元;《贺长植墓志》一枚,二元。往大册阑买卫牛衣二套,十元,饼饵等三元。晚庄铁炉一具,九元。夜子佩来。冰。

五日　晴。午后往视许季上病。直隶振券开采,得烟卷四合。

六日　晴。上午命部役往邮局取得家所寄茗一包。

七日　昙。上午修缮屋顶。午后微雪。寄蔡先生信,代季上辞校课,寿山同署。

八日　晴。上午往视季上病。

九日　晴,大风。无事。

十日　晴,风。休假。午前同二弟往图书分馆访子佩。往瑞蚨祥买御冬衣冒、被褥,用泉券百廿。午后在青云阁饮啖。往留黎厂德古斋买汉画象拓本二种,一元,拓活洛氏旧臧,近买与欧人,有字,伪刻。又买《寇治墓志》拓本一枚,三元。

十一日　晴。星期休息。上午往杜海生寓交泉百,合前由二弟所交百泉,均汇越中,作上月及本月家用。视季上病,渐愈。季自求、刘历青来。下午往铭伯先生寓。潘企莘来。夜得三弟信,言芳子于六日午生一女[2]。

十二日　晴。午后往高等师范学校听校唱国歌[3]。晚铭伯先生来,还银百五十,作券二百[4]。夜钱玄同来。

十三日　晴。上午往浙兴业行存泉。

十四日　晴。下午寄许骏甫信。晚风。

十五日　晴。上午复伯攦叔信。复吴方侯信。

十六日　晴。午同齐寿山、戴螺舲至店饭。下午理发。晚子佩来。

十七日　晴。上午丸善寄书三本来。午同朱孝荃、齐寿山往视许季上病,已稍愈。夜商契衡来。风。

十八日　昙。星期休息。上午风,晴。韩寿晋来。午同二弟往观音寺街买食饵,又至青云阁玉壶春饮茗,食春卷。又在小店买北魏杂造象六枚,北周《张法师碑》一枚,共三元。出留黎厂至德古斋买《萧瑒墓志》并盖二枚,二元五角;《宋买造象》四枚,一元。又至敦古谊取所表拓片三十枚,工五元。

十九日　晴。阮和孙来,未遇,留名刺去。夜风。

二十日　晴。下午往留黎厂付表拓本。

二十一日　晴。午后游小市。晚和孙来,交家所寄笋菜干一合。

二十二日　晴。午后往视季上病。

二十三日　晴。上午丸善寄来《矿物学》一册。夜风。

二十四日　昙。上午以《矿物学》寄三弟。丸善来信。夜风。

二十五日　晴。星期休息。午前同二弟往留黎厂买张阿素、耿氏墓志各一枚,三元。又《魏宣武嫔司马氏墓志》一枚,以重出拓本五种十四枚易得,作直四元。午在青云阁中食。出观音寺街买肴食一元,胃药四元。午后二弟妇寄与绒袜一两并笺,十日付邮。下午潘企莘来。

二十六日　晴,风。午胃药一合寄家。晚得二弟妇信,廿三日发。

二十七日　晴。上午东京堂来叶书。下午寄二弟妇信,附二弟函去。和荪来,未见已去。夜子佩来。

二十八日　晴。上午得李遐卿信。

二十九日　晴。上午假遐卿泉十元,二弟将去。

三十日　晴。无事。

＊　　　＊　　　＊

〔1〕　窒扶斯豫防药　即伤寒病预防药。

〔2〕　即周鞠子。

〔3〕　听唱国歌。教育部拟废洪宪国歌,恢复《卿云歌》为国歌,为此教高等师范学校学生演唱,由教育部有关人员和教育界代表同往审听。

〔4〕　券　指中交券,又称中交票。参看本卷第252页注〔1〕。

十 二 月

一日　晴。上午寄中西屋[1]信。午后往视季上病。晚蔡谷青来。

二日　晴,大风。星期休息。午后洙邻兄来。下午谷清来。蔡先生来。

三日　晴。上午得二弟妇笺，廿九日发。东京堂寄来书籍四本，即以一本寄越中。

四日　晴。午后往浙江兴业银行汇上月家用泉百并附函。晚谷清来。

五日　晴。夜子佩来。风。

六日　晴。上午得二弟妇信，二日发。午后往视许季上病。

七日　昙，风。午后微雪即霁。无事。

八日　晴。上午得李遐卿信。午后往留黎厂取所表拓本，工三元。又买《食斋祠园画象》一枚，宫内司杨氏、乐陵王元彦墓志各一枚，《尹景穆造象》并阴二枚，佛经残石二枚，共直六元；又添《永元三年梁和买地铅券》、《延兴三年王君□专墓志》拓本各一枚，盖并伪作。夜商契衡来。风。

九日　晴，大风。星期休息。上午许诗荃来。夜潘企莘来。

十日　晴。无事。

十一日　昙，晚微雪即止。齿小痛。

十二日　晴。上午得三弟及三弟妇信，八日发。得宋知方信，九日杭州发。下午得宋迈信。晚蒋抑之来。

十三日　雨雪积寸余。午后丸善来信。晚铭伯先生遗肴二品。夜风。

十四日　晴，大风。上午中西屋来信。丸善寄来《德文学之精神》一册，英文，二弟买。下午收十一月奉泉三百，银一券九。往季上家视其病，并交代领之泉。晚宋子佩来。

十五日　晴。无事。

十六日　晴。星期休息。从李匡辅分得红煤半顿,券五枚。下午往留黎厂买《祀三公山碑》阴一枚,《石门铭后题记》一枚,《范思彦墓铭》一枚,《临淮王象碑》一枚,共六元。又至大册阑买食物归。夜杜海生来。

十七日　晴,风。午后视午门图书馆。夜韩寿晋来。

十八日　晴。汪书堂母寿,贺二元。张仁辅父故,赙一元。夜豸[2]来。

十九日　晴。上午东京堂来信。下午复往午门图书馆。

二十日　晴。无事。

二十一日　晴。午后寄羽太家信并泉卅,明年正至三月分。夜王式乾来,付泉廿五。

二十二日　晴。冬节休息。上午铭伯先生来。

二十三日　晴。星期休息。上午同二弟往留黎厂以拓本付表,并买孔庙杂汉碑七枚,《校官碑释文》一枚,《赵法现造象》二枚,共五元;又魏人墓志六枚,十五元;又齐、魏人墓志五枚,云是浙江王氏藏石,直十元。遂至青云阁饮茗并午食讫,买饼饵少许而归。晚钱玄同来谈。

二十四日　晴。上午寄家蜜枣、芥末共一合。得季市信,十九日发。霞卿还泉十。

二十五日　晴,大风。纪念日休假[3]。晚戴螺舲、齐寿山先后至,同往圣安寺,许季上夫人逝后三日在此作法事也。礼讫步归,已夜。

二十六日　晴。午后捐南开中学水灾振四元。夜风。

二十七日　晴。上午得二弟妇信。夜魏福绵来。夜风。

二十八日　晴,大风。上午得东京堂书籍三册。午同齐寿山及二弟在和记[4]饭。

二十九日　晴。午后同朱孝荃、齐寿山往视许季上病。下午以齿痛往陈顺龙寓,拔去龋齿,付泉三元。归后仍未愈,盖犹有龋者。

三十日　晴。星期休息。午前同二弟至青云阁富晋书庄买《古明器图录》一册,《齐鲁封泥集存》一册,《历代符牌后录》一册,共券十九元。复至陈顺龙寓拔去龋齿一枚,付三元。出留黎厂在德古斋小坐,购得周库汗安洛造象石一躯,券二十四元,端匋斋故物也。文字不佳,象完善。下午昙。

三十一日　昙。上午寄家信并本月用泉五十,附与二弟三弟妇笺各一枚,又寄《广陵潮》第七集一册。晚收奉泉券三百。收答诸贺年信函。夜濯足。

*　　*　　*

〔1〕　中西屋　日本东京的一家西文书店,1881年丸善书店经理早矢仕有开设于东京神田,1934年并入丸善书店。鲁迅留日时常去该店浏览,回国后仍有联系。

〔2〕　豸　指猫。

〔3〕　纪念日休假　1915年12月25日,蔡锷等联名通电反对袁世凯恢复帝制,宣布云南独立,由此爆发护国战争。袁世凯死后,国会于1916年12月21日公布的民国纪念日中,增加每年12月25日为云南首义纪念日。

〔4〕 和记　开设在西单绒线胡同的一家牛肉铺,兼售面条。1918年间鲁迅常在此午餐。

书　　帐

乙卯年国学丛刊十二册　六·〇〇　正月五日

唐杜山感兄弟造象拓本一枚　蒋抑之赠

魏安丰王妃冯氏墓志一枚　一·〇〇　正月九日

隋讳珉墓志一枚　〇·五〇

丰乐七帝二寺邑义造象二枚　张春霆赠　正月十一日

高归彦造象一枚　同上

七帝寺主惠郁等造象一枚　同上

杂造象四种十枚　二·〇〇　正月十四日

美原神泉诗并阴二枚　一·五〇

□朝侯之小子残碑一枚　二·〇〇　正月十九日

唐该墓志并盖二枚　一·〇〇

滕王长子厉墓志一枚　〇·五〇

郑文公上碑一枚　二·〇〇　正月二十一日

巩宾墓志一枚　一·〇〇

龙山公墓志一枚　一·〇〇

豆卢通等造象记一枚　〇·五〇

籀膏述林四册　一·六〇　正月廿八日

殷商贞卜文字考一册　〇·四〇

历代画象传四册　二·〇〇　　　　　二三·〇〇〇

中国名画第十九集一册　一・五〇　二月四日

李业阙一枚　王叔钧赠　二月五日

高颐阙大小五十三枚　同上

贾公阙一枚　同上

张贵男墓志一枚　一〇・〇〇　二月十二日

张寿残碑一枚　〇・五〇　二月十八日

平邑皇圣乡阙题字二枚　〇・五〇

杂汉画象五枚　一・〇〇

高柳村比丘惠辅等造象一枚　一・〇〇

曹望憘造象四枚　一二・〇〇

朱岱林墓志一枚　五・〇〇　　　　　　　　三一・五〇〇

衡方碑并阴二枚　二・〇〇　三月四日

谷朗碑一枚　一・〇〇

灵崇二大字　〇・五〇

王谟题名并诗刻一枚　〇・五〇

庾公德政颂一枚　一・〇〇

江阳王次妃石氏墓志一枚　六・〇〇　三月十一日

孙龙伯造象一枚　添入

龙门全拓大小乙千三百二十枚　三三・〇〇　三月十八日

河朔石刻卅种四十八枚　二〇・〇〇　三月二十日

刘懿墓志一枚　五・〇〇　三月廿一日

汉画象一枚　〇・五〇　三月廿五日

杂专拓片〔二〕十一枚　一・五〇　　　　　七一・〇〇〇

泰山秦篆残石一枚　〇・五〇　四月一日

李氏象碑颂一枚　〇·五〇

成公夫人墓志一枚　一·〇〇

房周陀墓志一枚　一·五〇　四月六日

燕孝礼墓志一枚　一·〇〇

刁遵墓志并阴二枚　三·〇〇　四月七日

白石神君碑并阴二枚　六·〇〇　四月十一日

阎立本帝王图一册　一·二〇　四月十五日

强独乐造象一枚　陈师曾赠　四月十六日

神州大观第十一集一册　一·六五　四月廿二日

赞三宝福业碑并额二枚　一·〇〇　四月廿八日

熹平元年黄肠石题字一枚　〇·五〇　四月廿九日

字皇女残石一枚　二·〇〇

高建墓志一枚　一·〇〇

高建妻王氏墓志一枚　一·〇〇

高百年墓志一枚　一·〇〇

高百年妻斛律氏墓志一枚　一·〇〇　　　　二三·八五〇

隶释隶续八册　一二·〇〇　五月六日

元显魏墓志一枚　三·〇〇

六朝造象十一种廿八枚　七·〇〇

鱼山书院汉画象一枚　杨莘士寄　五月十六日

孙辽浮图铭一枚　二·〇〇　五月十八日

吴严墓志并盖二枚　三·〇〇

李则墓志并盖二枚　三·〇〇

齐太公吕望表一枚　三·〇〇　五月十九日

张安姬墓志一枚　一·〇〇

六朝造象四种十三枚　六·〇〇

天统残碑一枚　〇·八〇　五月二十七日

隋王君墓志盖一枚　〇·二〇

景宋薛氏钟鼎款识四册　三·〇〇

汉画象十枚　杨莘士寄　五月卅一日

翻本于纂墓志一枚　同上

杂造象四种五枚　同上

杂专文三枚　同上　　　　　　　　　　四四·〇〇〇

侯夫人墓志一枚　一·〇〇　六月十七日

王克宽墓志一枚　〇·五〇

讳直墓志一枚　〇·五〇

意瑗法义造佛国碑四枚　一·五〇

潘景晖等造象三枚　一·〇〇

杂造象六枚　二·〇〇

涵芬楼秘笈第二集八册　二·五〇　　　　九·〇〇〇

刘平周造象四枚　二·〇〇　七月一日

杂造象二枚　添入

江苏梁碑十五枚　五·〇〇　七月二日　九月以抵表工估六元

禅国山碑一枚　二·〇〇

萧宏碑画象一枚　一·〇〇

墓阙残字九枚　一·〇〇　　　　　　　一一·〇〇〇

家之基迈残石一枚　〇·五〇　八月五日

唐刻佛象拓本一枚　一·五〇

王基断碑一枚　〇·五〇　八月十八日　　　　　　　二·五〇〇

安阳宝山石刻拓本六十二种八十二枚　范云台赠　九月九日

曹真残碑并阴二枚　一·〇〇　九月二十一日

方法师等造石窟记并经二枚　二·〇〇　　　　　　三·〇〇〇

藤阴杂记二部四册　宋洁纯赠　十月四日

龙凤专拓本一枚　陈仲书先生赠　十月五日

卢太妃墓志一枚　二·五〇

临淮王墓志一枚　二·五〇

郭达墓志并盖二枚　〇·八〇

元倪妻买造象铭一枚　〇·二〇

高建墓志盖等四枚　一·〇〇　十月十日

陶贵墓志一枚　二·〇〇

安乐王元诠墓志一枚　一二·〇〇　十月十四日

关中侯苏君神道一枚　一·〇〇

元钦墓志一枚　许诗荃赠　十月十八日

荀岳墓志一枚　二·五〇　十月二十日

包义五百余人造象并阴二枚　五·〇〇

寇凭墓志一枚　二·五〇

寇演墓志一枚　二·五〇

寇臻墓志一枚　二·五〇

冯恭墓志一枚　二·〇〇　十月廿八日

杨范墓志一枚　二·〇〇

姚纂墓志一枚　一·〇〇　　　　　　　　　　四二·〇〇〇

张敬造石柱佛象六枚　五·〇〇　十一月四日

姚氏臧杂造象十种十三枚　六·〇〇

贺长植墓志一枚　二·〇〇

汉画象残石二枚　一·〇〇　十一月十日

寇治墓志一枚　三·〇〇

北魏杂造象六枚　二·〇〇　十一月十八日

张法师碑一枚　一·〇〇

萧玚墓志并盖二枚　二·五〇

宋买造象四枚　一·〇〇

耿氏墓志一枚　一·五〇　十一月二十五日

张阿素墓志一枚　一·五〇

魏宣武嫔司马墓志一枚　四·〇〇　　　三〇·五〇〇

食斋祠园画象一枚　一·〇〇　十二月八日

宫内司杨氏墓志一枚　一·〇〇

元彦墓志一枚　二·〇〇

尹景穆造象并阴二枚　一·五〇

造佛经残石二枚　〇·五〇

三公山神碑阴一枚　一·〇〇　十二月十六日

石门铭后题记一枚　一·〇〇

范思彦墓铭一枚　一·〇〇

临淮王象碑一枚　三·〇〇

孔庙杂汉碑六种七枚　三·五〇　十二月二十五[三]日

校官碑释文一枚　〇·五〇

赵法现等造象二枚　一·〇〇

魏墓志六种六枚　一五·〇〇

314

东安王太妃陆　　文献王元湛　　　文献王妃冯

　　文献王妃王　　　元均　　　　　　元显

魏齐墓志五种五枚　一〇·〇〇

　　窦泰　　　　　　窦泰妻娄　　　　元惊

　　元宝建　　　　　石信

古明器图录一册　一〇·〇〇　十二月三十日

齐鲁封泥集存一册　六·〇〇

历代符牌后录一册　三·〇〇　　　　　　　　　　六一·〇〇〇

　　总计三六二·四五〇　十二月卅一日灯下记之。

戊午日记

正　月

一日　晴,风。休假。上午范云台、许诗荃、诗英来。洙邻兄来。午后往铭伯先生寓。下午潘企莘来。

二日　晴。休假。午后往留黎厂买《元固墓志》一枚,四元。季市宅遗肴二品。

三日　晴。休假。上午子佩来。午后得家信,有丰所作字。得和荪信,潞安发。得宋知方信。夜风。

四日　晴。上午赴部茶话会。二弟往富晋书庄购得《殷虚书契考释》一册,《殷虚书契待问编》一册,《唐三藏取经诗话》一册,共泉券十一元。晚徐宗伟来。王式乾来,交与泉七十五,合前款汇越中作十二月家用。黄厶[1]来属保应考法官。

五日　晴。上午寄和荪信。寄季市信并讲义[2]一卷。丸善寄来日历一帖。

六日　晴,风。星期休息。午后龙荫桐来。

七日　晴。上午得许伯琴片,三日武昌发。得羽太家信,十二月卅日发。得丸善书店信片并书目四册。夜风。

八日　晴。午后同齐寿山往视许季上。

九日　晴。下午往留黎厂付表拓本,并取已表者,工五元。寄李霞卿信。

十日　昙。午后同齐寿山之小市。赙李厶一元。

十一日　昙。上午两弟妇来信,七日发。晚霞卿来。夜子佩来。

十二日　晴,风。午后得李遐卿信,十日发。

十三日　晴。星期休息。午后同二弟至留黎厂德古斋,偶检得《上尊号碑》额并他种专、石杂拓片共六枚,付泉一元。又至北京大学访遐卿,并赴浙江第五中学同学会[3],有照相、茶话等,六时归寓。

十四日　晴。无事。

十五日　晴。夜景写《曲成图谱》毕,共卅二叶。风。

十六日　晴。上午寄家信,附造冢费用泉五十,又本月家用泉五十。

十七日　晴。无事。夜风。

十八日　晴,大风。上午丸善来信并书三册。东京堂来信。

十九日　晴,风。午后同朱孝荃访许季上。柯世五之弟娶妇,送二元。

二十日　晴。星期休息。午后往留黎厂震古斋买《校官碑》一枚,二元;《李琮墓志》连侧一枚,一元五角。复往敦古谊取所表拓本二十枚,付工三元。又买魏法兴等造象一枚,五角。

二十一日　昙,午风,晴。无事。

二十二日　晴。无事。

二十三日　微雪。午二弟来部,并邀陈师曾、齐寿山往和记饭。午后寄季市《新青年》一册,赠通俗图书馆、齐寿山、钱均夫各一册。夜韩寿谦来。

二十四日　晴。夜宋紫佩来。

二十五日　雨雪。午后理发。寄本月家用泉百,托协和从中国银行汇。

二十六日　晴。午后同齐寿山访许季上,又游小市。胃痛服药。

二十七日　晴。星期休息。午后往留黎厂买《张寿残碑》一枚,《冯晖宾造象》四枚,佛教画象二枚,出河南,共券五元。下午陶念钦先生来。三弟来信,言升叔殁于南京。

二十八日　晴。上午刘历青来。午后同齐寿山、戴螺舲之小市。晚许骏甫来。

二十九日　晴,风。无事。

卅日　晴。胃大痛。夜子佩来。

卅一日　晴。无事。

*　　*　　*

〔1〕　厶　古"某"字。

〔2〕　指《欧洲文学史》讲义。周作人著,经鲁迅修改。

〔3〕　浙江第五中学同学会　指"绍兴中学旅京同学会"聚会。浙江第五中学,参看本卷第66页注〔5〕。

二　月

一日　晴。午二弟来部,复同齐寿山往和记饭讫阅小市。

寄许季上信。

二日 晴。上午寄宋子佩信并一包。夜补钞《颐志斋感旧诗》一叶。

三日 昙。星期休息。午后同二弟往留黎厂买《瘗鹤铭》一枚,泉五元。至傍晚往洙邻兄寓饭,坐中有曾侣人、杜海生,夜归。

四日 雨雪。上午洙邻兄送食物四种。午后寄三弟信。收一月分奉泉三百,内银六十。夜子佩来,言明日归越中。得徐元信。

五日 晴。上午得绍兴修志采访处[1]信。

六日 晴。裘子元之弟在迪化,托其打碑,上午寄纸三十番[2],墨一条。下午往留黎厂代宋芝生买《元遗山诗注》一部六本,又自买《醉醒石》一部二本,各券六元。徐宗伟来假去银十元。

七日 昙。午后以《元遗山诗注》寄宋芝生太原。晚许俊甫来。

八日 昙。晚许俊甫来。夜风。

九日 晴,风。下午代齐寿山寄许俊甫函并泉廿。许铭伯先生来。张协和遗板鸭一只。晚钱玄同来。

十日 晴。星期休息。午后往留黎厂买《曹续生铭》、《马廿四娘买地券》拓本各一枚,二元。又至富晋书庄买《殷文存》一册,七元。下午范乐山先生宗镐来。许铭伯先生送肴二器。晚刘半农来。

十一日 晴。春节休假。午后同二弟览厂甸一遍。下午蔡谷青来。

十二日　晴。休假。下午往铭伯先生寓谈。

十三日　晴。休假。午后同二弟览厂甸,又至青云阁饮茗。寄马幼渔信。

十四日　晴。上午得丸善书店信三。

十五日　晴。下午得马叔平信。夜钱玄同来。

十六日　晴。晚商契衡来。夜风。

十七日　晴,风。星期休息。午后同二弟游厂甸及火神庙,买《神州大观》第十二集一册,券三元;又《写礼庼遗著》一部四本,三元;《江宁金石记》一部二本,二元。又买高师附属小学手工成绩品二事,铜元廿八枚。

十八日　晴。上午东京堂来信。夜改装《写礼庼遗著》四本作二本讫。

十九日　晴,风。上午东京堂寄来《口语法》一本,代钱玄同买。得二弟妇信。

二十日　晴。午后令工往日邮局取丸善所寄兑孚理斯《物种变化论》一册。

二十一日　昙,大风。午后寄子佩信。

二十二日　晴。上午丸善寄来英文三册并信。寄三弟《物种变化论》一册并函,附与二弟妇笺,又泉八十,本月家用,又泉廿,托子佩买书,附函。

二十三日　晴。上午得二弟妇信。晚铭伯先生来,赠以《青新[新青]年》一册。钱玄同来。

二十四日　晴。星期休息。午马叔平来。午后游厂甸,在德古斋买《元纂墓志》、《兰夫人墓志》各一枚,券七元。在富晋书庄买《碑别字》一部二本,二元。又在高师附中学手工成绩售品处买铁椎一具,铜元五十四枚。

二十五日　昙。上午得子佩信,十三日越中发。午后往日邮局寄丸善银十三元。

二十六日　晴。午后寄羽太家信并泉十五。收本月奉泉三百。

二十七日　晴。上午得季市信,二十二日南昌发。下午由部回寓取券。

二十八日　晴。托齐寿山换泉,共券六百,得银元三百五十四。夜钱玄同来。

＊　　＊　　＊

〔1〕　绍兴修志采访处　属绍兴劝学所,原拟修志,后未成。
〔2〕　番　量词,同"枚",亦即"张"。

三　月

一日　晴。下午往通俗图书馆。夜商契衡来。

二日　晴。午后寄家用泉百,二月分。夜钱玄同来。

三日　昙。星期休息。上午得二、三弟妇信,二月廿七日发。午后往留黎厂买《张僧妙碑》、姚伯多、锜双胡、苏丰国造象记[1]各一分,共大小十一枚,券八元。下午往铭伯先生寓。晚蔡国青及其夫人来。

四日　晴。上午得三弟信,二月廿八日发。得宋芷生信并拓片一包,廿八日太原发。

五日　昙。无事。夜商契衡来。

六日　晴。午后寄丸善银六元。夜濯足。

七日　晴。上午寄三弟《互助论》一册。下午寄宋芷生信。

八日　昙。上午寄阮和森信。夜雨即已。

九日　昙,大风。昨子佩自越至,今日下午送来所买《艺术丛编》第二年分六册,《说文古籀补》二册,《字说》一册,《名原》一册,共银廿三元,合券三十八枚。又家所寄糟鸡一合,自所买火腿一只,又贻冬笋九枚。

十日　晴,大风。星期休息。午后子佩来。

十一日　晴。上午分送图书分馆、钱均夫、齐寿山《新青年》各一册。又寄季市一册并函。赠戴螺舲笋三枚。下午得徐宗伟函,即复。陈师曾与好大王陵专拓本一枚。又同往留黎厂买杂拓片三枚,一元。又《曹全碑》并阴二枚,二元。

十二日　晴。无事。

十三日　晴。晚王铁如来。

十四日　晴。下午得丸善书店信。

十五日　晴。上午得宋芷生明信片,十一日发。午二弟至部,并邀齐寿山往和记饭。晚游小市。

十六日　晴。上午师曾赠古坅景印本四纸。夜子佩来。

十七日　昙。星期休息。上午许骏甫来。午后往留黎厂买十二辰镜一枚,券十元。《元显魏墓志》盖一枚,二元。又在青云阁买《隋唐以来官印集存》一册,六元。下午铭伯先生来。

十八日　昙。下午同陈师曾往留黎厂买西纸五十枚归。夜钱玄同来。

十九日　晴。上午丸善寄来书籍一包,即分寄越。午后往孔庙演礼。

二十日　晴。午后寄羽太家信并泉卅,又东京堂泉三。夜往国子监宿。

二十一日　晴。晨祀孔执事毕归寓卧。午后复往部少留。

二十二日　晴。上午得丸善信,即复之。晚杜海生来,交与泉百,汇越中用。夜得和荪信,十九日发。

二十三日　昙。上午陶念钦先生来。晚同二弟往洙邻家饮。夜雨。

二十四日　雨。星期休息。下午风。无事。

二十五日　晴,风。午后往留黎厂买未央东阁瓦拓片一枚,券一元。又买青羊竟一枚,"日有憙"竟一枚,合券十一元。夜子佩来。

二十六日　昙。上午寄和孙信。午后理发。收本月奉泉三百。

二十七日　昙。午后同师曾至其寓借书。寄家本月用泉百,海生汇款。

二十八日　昙。午后同戴螺舲游小市。下午小雨。夜钱玄同来。

二十九日　晴。上午得宋知方信,二十四日发。午后往留黎厂买得《更封残画象》一枚,《翟蛮造象》一枚,共二元。晚小雨。

三十日　晴,风。上午寄马叔平信。寄三弟《自然史》一册。得封德三信。午后游小市。夜潘企莘来。

三十一日　晴。星期休息。午后往留黎厂买《石门画象》并阴二枚,《李洪演造象》一枚,《建崇寺造象》并阴二枚,《杨显叔造象》一枚,《张神龙息□茂墓记》一枚,共泉八元。

＊　　＊　　＊

〔1〕姚伯多、锜双胡、苏丰国造象记　全名为《姚伯多兄弟等造老君象记》(北魏太和二十年)、《锜双胡二十人等造石象记》(北魏神龟三年)、《苏丰国等造释迦象记》(隋开皇十八年),鲁迅曾抄录这三种造象记。

四　月

一日　晴。上午寄季市《新青年》并二弟讲义[1]共一卷。得丸善明信片。午后游小市。赙李梦周二元。得马叔平信。

二日　晴。午后自至小市游。

三日　晴。上午得东京堂寄书籍二册并信。得丸善信。

四日　昙。上午寄东京堂及丸善信各一。午后寄常毅箴信并书二册。

五日　昙。晚钱玄同、刘半农来。夜风。

六日　晴。上午得福子信,三月卅一日发。午后游小市。

晚王式乾来。夜李霞卿来。宋子佩来。

七日 晴。星期休息。上午同二弟游留黎厂,又至公园饮茗,晚归。

八日 昙。休假[2]。上午得三弟及芳子信,四日发。下午铭伯先生来。

九日 昙。上午得福子照象一枚。得丸善信。夜诗荃来。

十日 昙。上午得二弟妇信,六日发。得许诗荃信。夜常毅葴抱其孺子来,并交券十五元,买《殷文存》及《古明器图录》去。

十一日 昙。上午赠陈师曾《张奢碑》一枚。午后往中国银行汇家用泉七十,上月分。下午同陈师曾往留黎厂同古堂代季市刻印,又自购木印五枚,买印石一枚,共六元。往德古斋买《□朝侯小子残碑》阴一枚,二元。又《杜霙等造象》四枚,三元。晚寄许诗荃信。

十二日 晴。午后东京羽太家寄来煎饼二合。

十三日 晴,大风。无事。

十四日 晴,大风。星期休息。上午往圣安寺弔许季上夫人。午后往留黎厂,以重出拓片就德古斋易他本,作券廿,先取残画象一枚,作券四元。又买北齐翟煞鬼墓记石一方,券廿,云是福山王氏旧物,后归溧阳端氏,今复散出也。下午马幼渔来。李霞卿来。

十五日 晴,午后风。无事。

十六日 晴。下午自游小市。

十七日　晴。上午东京堂来信并书一包。下午风。

十八日　晴。夜宋子佩来。

十九日　晴。上午得丸善信。午二弟来部,同至和记饭,并邀齐寿山。晚往留黎厂取季市印及所表字联,又取自刻木印五枚,工五元,所表拓本二十枚,工三元。

二十日　晴。上午得二弟妇信,十六日发。午后游小市。晚往铭伯先生寓,病未见,交出季市印及对联于其工人,属转送。

二十一日　昙。星期休息。午后往留黎厂德古斋,得画象砖拓片五枚,言是大吉山房所藏,又孙世明等造象五枚,共券四元,仍以重出拓本直推算,又取《姚保显造石塔记》一枚,无直。夜钱玄同来。

二十二日　晴,晚风。无事。

二十三日　昙。夜蒋抑之来。

二十四日　晴。上午得二弟妇信。得丸善书二本。下午游小市。晚小雨。

二十五日　晴。夜李霞卿来。风。

二十六日　晴。下午收本月奉泉三百。晚钱玄同来。

二十七日　晴,下午风。无事。

二十八日　晴。星期休息。午前往留黎厂买专拓九枚,二元,重本直易讫。又买韩显宗及赵氏墓志各一枚,共五元;造象三种四枚,共六元。午后铭伯先生来。下午鹤庼先生来。风。

二十九日　晴。午后往中国银行汇泉九十,本月家用。

戴芦舲贻腊肉一包。夜魏福绵来。雨。

三十日 雨。上午为二弟寄小包一于家。午后晴。

* * *

〔1〕 即周作人《欧洲文学史》讲义,参看本卷第319页注〔2〕。6月17日的讲义同此。

〔2〕 休假 本日为"国会成立纪念日"。第一次国会于1913年4月8日召开,1916年12月21日国会公布增加每年4月8日为国会成立纪念日。

五 月

一日 晴。无事。

二日 昙。下午往铭伯先生寓。晚玄同来。夜小雨。

三日 昙。午后往留黎厂,得玉函山隋唐造象大小卅五枚,《郗景哲等残造象》一枚,作直四元,以重出拓本易之。又得周《王通墓志》一枚,一元。晚得李霞卿信。夜潘企莘来。

四日 晴。无事。

五日 昙。星期休息。上午韩寿晋来。下午王式乾来,付与泉七十,并前徐宗伟所假泉十共八十,汇作四月家用。晚风。

六日 晴。上午寄季市《新青年》第四本乙本。午后游小市。夜蒋抑之来。

七日 晴。夜宋子佩来。

八日 晴。夜宋子佩来。

九日 晴。午后得东京堂明信片。往留黎厂买杂伪拓片六枚,二元。又取所表拓本廿一枚,工三元。晚澄云堂人来,选买端氏藏石拓片六种十八枚,五元。

十日　昙。午二弟来部,同齐寿山至和记饭。下午雨。寄伍仲文信。

十一日　雨。晚以师曾函往朱氏买专拓片,并见泉二,复云拓片未整理,泉收也。

十二日　晴。星期休息。下午昙,雷。得沈尹默信。夜钱玄同来。

十三日　晴。上午师曾交朱氏所卖专拓片来,凡六十枚,云皆王树枏所藏,拓甚恶,无一可取者。下午往留黎厂买《文士渊造象》二枚,题名残石一枚,杂专拓片七枚,各一元。晚铭伯先生携诗英来,云季市眷明日行。[1]

十四日　晴。晚宋子佩来。夜失眠。

十五日　晴。下午昙。无事。

十六日　晴。令图书分馆庖人治晚肴,月泉五元五。

十七日　昙。午后往留黎厂付表拓本。寄李遐卿信。

十八日　昙。上午徐以孙来。东京堂寄来书籍一包。晚往铭伯先生寓。

十九日　昙,大风。星期休息。小疾。

二十日　晴。头及四支痛。

二十一日　晴。许季上赠《梦东禅师遗集》一本。家寄来茗一合。晚服规那。

二十二日　晴。午后理发。晚寄子佩信。夜钱玄同来。失眠。

二十三日　昙。午后往图书分馆。往留黎厂德古斋买得恒农墓专拓片大小百枚，内重出二枚，二十四元。《江阿欢造象》一枚，《讳德墓志》一枚，各二元。夜雨。

二十四日　雨。上午得伍仲文信，廿日发。得三弟妇信。晚假于紫佩券廿。

廿五日　雨。下午得李霞卿信并帖签廿四枚。

廿六日　昙。星期休息。午后晴。铭伯先生来。晚得宋子佩信并为代购书箱四，连架二，共值券二十三元，付讫。夜失睡。

廿七日　晴。午后收本月奉泉三百。往留黎厂买马祠伯、殷双和造象各一枚，六角。往大栅阑买草冒一枚，二元。晚小雨。夜钱玄同来。

廿八日　晴。午后往中国银行汇家用泉百。晚寄铭伯先生信。子佩来。

廿九日　晴。上午孙伯康来，持有郦藕人信。得许季市信，廿三日发，午后复之。师曾持《黄初残石》拓片来，凡三石，云是梁间楼物，欲售去，因收之，直券廿。下午往留黎厂收《武猛从事□□造象坐》拓片二枚，一元四角。夜雷雨。

卅日　晴。上午得铭伯先生信。晚雷雨。

卅一日　晴，风。上午东京堂寄来《新進作家叢書》五册。午后二弟来部，同至东升平园浴，又至大栅阑内联升为丰定制革履。又由留黎厂德古斋假《嵩山三阙》全拓一卷而归。

＊　　＊　　＊

〔1〕 季市眷明日行　许寿裳(季市)于1917年9月被教育部任命为江西教育厅厅长,其家属于此时将前往,故许铭伯携其长子来辞行。

六 月

一日　晴。上午同二弟往大学校访蔡先生及徐以孙,阅《支那美术史彫塑篇》。午在第一春饭。午后游公园,遇小风雨,急归已霁。寄铭伯先生信。

二日　晴,风。星期休息。午后得徐以孙信并《吕超墓志》拓片一枚,及家藏金石小品拓片二十一枚,昨发。

三日　晴。上午得徐以孙信并转寄顾鼎梅所赠残石拓片九枚。二弟往邮局寄家用泉百,上月分。

四日　晴。上午得东京堂信。午后往留黎厂德古斋买《嵩山三阙画象》拓本一分计大小三十四枚,券三十六元。又晋残石并阴合一枚,一元。又至震古斋买《朱博残石》一枚,四元;《刘汉作师子铭》一枚,五角;《密长盛造桥碑》并阴二枚,一元;《千佛山造象》十二枚,二元;《云门山造象》十枚,一元。晚德古斋人来,为拓《库汗安洛象》及《翟煞鬼记》各六枚。风。

五日　晴。上午赠徐以孙《库汗安洛造象》、《翟煞鬼记》拓本各一枚,二弟持去。

六日　晴。上午得杨莘士信。晚李遐卿来。帖估来,买《仓龙庚午石》一枚,一元。

331

七日　晴。无事。

八日　晴。晚宋紫佩来。铭伯先生来。夜钱玄同来。

九日　昙。星期休息。下午洙邻兄来。

十日　晴。午后往留黎厂买《里社残碑》并阴二枚,似晋刻,又《元思和墓志》一枚,共券十二元,其内六元以售去之重出拓本抵消讫。

十一日　晴。上午寄杨莘士信。夜风,又雷雨。作《吕超墓志》跋[1]。

十二日　昙。上午寄以孙先生信。晚得铭伯先生信并肴二品。夜雷雨。

十三日　晴。夏节休假。无事。

十四日　晴。上午收东京堂所寄书籍一包。

十五日　晴。晚宋紫佩来。商契衡来。

十六日　晴。星期休息。上午铭伯先生来。午后寄常毅葳信并还与《中国学报汇编》五本。

十七日　晴。上午寄季市《新青年》及二弟讲义共一卷。寄二、三弟妇信。

十八日　晴,热。托齐寿山买羔皮五件,计直共券百,午后作二包寄家。

十九日　晴。上午钱稻孙赠《示朴斋骈文》一册。午后寄季市信。晚宋紫佩来。夜李霞卿来。雷雨。

二十日　晴。晨二弟发向越中。晚得钱玄同信。夜雷雨。

二十一日　雨。上午寄沈尹默信。

二十二日　晴。上午寄羽太家信并泉卅，七月至九月分。午后往留黎厂德古斋买《郎邪台刻石》拓本一枚，又汉画象一枚，有字，伪刻，共券六元。又在神州国光社买《神州大观》第十三集一册，石印《古泉精选拓本》二册，亦共券六元。下午得和孙信，十八日潞城发。晚小风雨。得沈尹默信。夜钱玄同来。

二十三日　晴。星期休息。上午子佩来。午后往铭伯先生寓。下午得以斅先生信，附介绍函二封。

二十四日　晴。上午得中西屋明信片。得伊文思书馆寄二弟信。代二弟寄大学文科教务处信，内试卷也。寄二弟信，附钱玄同笺（七四）。寄和孙信。夜李遐卿来。得三弟妇及丰、晨合照象一枚，廿日寄。

二十五日　晴。上午得二弟明信片，廿二日沪发。午雨一陈。晚衡山先生来。

二十六日　雨。上午得三弟信，十八日发（三二），又一函，廿二日发（三三）。得二弟明信片，廿一日南京发。寄二弟信，附与二弟及三弟妇笺，又以孙先生介绍拓专函二封。下午收本月奉泉三百。晚晴。

二十七日　晴。上午往中国银行汇本月家用泉百并函（不列号）。代二弟寄实业之日本社银三円六十钱，定《妇人世界》，从七月起。午后往留黎厂商务馆预约《愙斋集古录》一部，付半价，合券十三元五角。又买古币四枚，一元；《马氏墓志》一枚，一元。晚钱玄同来。夜子佩来还泉廿，又交宋孔显还二弟泉廿，赠以白玫瑰酒一罂。

二十八日　晴，大热。下午得浙江旅津公学[2]函。

晚雨。

二十九日　晴。上午得二弟信,廿五日越中发(卅四)。下午得中西屋寄二弟书一包,又丸善者一包,似误。访洙邻兄寓不得,因寄一函。夜孙伯康来别,言明日晨归。

三十日　昙。星期休息。晚钱玄同来。

* 　　* 　　*

〔1〕 作《吕超墓志》跋　《吕超墓志》,1917年在绍兴出土,仅存百十余字。鲁迅考证为南齐时刻石,曾作《吕超墓志铭跋》,现编入《集外集拾遗补编》。

〔2〕 浙江旅津公学　1909年创办。曾受蔡元培等的赞助。

七　月

一日　晴。上午寄二弟信(七十六),并书二本一包。得丸善信并书一包,又中西屋书一包,各一本,皆二弟所定。得家所寄茗二合。

二日　晴。上午寄二弟书二本一包。午同齐寿山至公园,下午从留黎厂归。

三日　晴。上午得丸善信并书二本一包。晚李遐卿来。

四日　昙。晨得二弟信,六月廿八日发(三八),又一函,卅日发(三九)。上午寄二弟信,附试卷一本(山)。晚雷雨。

五日　晴。上午寄徐以孙先生信。下午得钱玄同信,夜复之。王式乾来假中券卅。

六日　晴。上午得丸善信并书一本。患咳,就池田医院诊,云是气管炎也,与药二种。夜小雨。

七日　昙。星期休息。下午晴。铭伯先生来。

八日　晴。上午往池田医院诊。午得二弟信,四日发(四十)。

九日　晴,风。上午得二弟信,内《不自然淘汰》[1]译稿一篇,五日发(四十一)。得孙伯康明信片,五日杭州发。寄二弟信(七八)。寄丸善信。午后往留黎厂德古斋买《汉黄肠石题刻》大小六十二枚,券十三元;晋《张朗墓碑》并阴二枚,云是日本人臧石,券五元。夜录二弟译稿竟。

十日　晴。无事。

十一日　晴。上午寄钱玄同信。

十二日　晴。休假。上午得二弟信,八日发(四二)。得钱玄同信。午后往留黎厂。又往西升平园理发并浴。夜钱玄同来。

十三日　晴。上午得三弟信,附重久笺,八日发。寄二弟信并六月家用泉百(七九)。午得二弟所寄专拓片一包,九日发。夜轻雷。粘专拓。

十四日　晴。星期休息。上午得二弟信片,十日发。得玄同信。晚冯克书来,字德峻,旧越师范生,今在高师。夜范云台、许诗荃来谈。小雷雨。拓大同专二分。失眠。

十五日　晴。上午寄二弟信,附与三弟及重久笺各一(八〇)。得二弟信,十一日发(四三)。得李遐卿信。晚钱玄同来并交代领二弟六月上半薪水泉百廿。得刘半农信。

十六日　晴。上午寄刘半农信。晚刘历青来。夜雨。

十七日　昙。上午得二弟信,十三日发(四四),又专拓一包,同日付邮。寄二弟《希腊文学研究》一册。午晴。往池田医院诊。夜雷雨。

十八日　晴。上午得二弟信并译文一篇,十四日发(四五)。寄二弟信(八一)。晚小雨一陈。

十九日　晴。上午得羽太家信,十日发。午后往留黎厂买《比丘惠晖等造象记》并象后刻经共三枚,一元。大学送二弟六月下半月薪水百廿至,代收之。夜雨。

二十日　晴。上午得二弟信并译稿一篇,十六日发(四六)。寄钱玄同信。午后齐寿山遣工来,付与泉二百。下午小雨即止。得二弟所寄书籍一包,十六日付邮。晚宋子佩来。夜钱玄同来,交与二弟十四日所寄译文一篇,并自所作文一篇〔2〕。

二十一日　晴。星期休息。上午得刘半农信。下午寄二弟信(八二)。往铭伯〖伯〗先生寓。晚王式乾来假泉十。李遐卿来。夜大雨。

二十二日　雨。上午寄铭伯先生信。

二十三日　昙。上午得二弟信,十九日发(四七)。寄东京堂书店泉廿。

二十四日　晴。下午杜海生来。夜雷雨。

二十五日　晴。晨得二弟信,廿一日发(四八)。得丸善信二函。上午寄沈尹默信。寄二弟信(八三)。

二十六日　晴。上午收本月奉泉三百。午往杜海生寓交见泉百汇家,取据归。得二弟所寄书籍一本,译稿一篇,专拓四枚,廿二日付邮。晚得沈尹默信并诗。夜宋子佩来。

二十七日　晴。上午得二弟信,廿三日发(四九)。

二十八日　晴。星期休息。下午寄沈尹默信。李遐卿来。夜王式乾来还券卅,见泉十。盛热,失眠。

二十九日　晴。上午寄二弟信,附海生汇款据一枚(八四),又别寄《实用口语法》一册。往中国银行汇本月家用泉百。得二弟信,附《吴郡郑蔓镜》拓片[3]二纸,廿五日发(五十)。夜钱玄同来并持来《伊勃生号》十册。

三十日　昙,上午大雨。汤尔和赠《蝎尾毒腺之组织学的研究报告》一册,稻孙持来。午后晴。

三十一日　晴。上午寄二弟信(八五)并《伊孛生》一册。送《伊孛生》于铭伯先生一册,又寄季市一册。往日邮局以券二十三枚引换《殷虚卜辞》一册,阅之,甚劣。午后往留黎厂买《会仙友题刻》及《司马遵业墓志》各一枚,共券五元。下午刘半农来。夜雨。

＊　　＊　　＊

〔1〕《不自然淘汰》　短篇小说。瑞典斯特林堡著,周作人译,鲁迅录正。发表于《新青年》第五卷第二号(1918年8月)。

〔2〕即《我之节烈观》。后收入《坟》。

〔3〕《吴郡郑蔓镜》拓片　1917年山阴兰上乡吕超墓中出土。似铅质,已碎裂,有铭文。鲁迅参照古代文献及其它实物写成《吕超墓出土吴郡郑蔓镜铭考》,现编入《集外集拾遗补编》。

八　月

一日　小雨。上午得二弟信,廿八日发(五一)。寄家师范校简章四本。夜李遐卿来。

二日 雨。上午寄二弟信(八六)。晚晴。夜雨。

三日 雨。上午得二弟信并竟拓三枚,卅日发(五二)。

四日 昙。星期休息。下午铭伯先生来。晚晴。

五日 晴。上午得季市信,七月卅日发。寄二弟信(八七)。午后往留黎厂同古堂取所刻印章二枚,石及工价共券五元。下午得李遐卿信,附《大学日刊》一枚。夜钱玄同来并交二弟七月上半月薪水泉百廿。

六日 晴。上午得二弟信,二日发(五三)。得孙伯康信片,一日发,即答讫。下午刘半农、钱玄同来。许诗荃及其弟来。

七日 晴。下午洙邻来。夜子佩来。

八日 晴。上午得二弟信,四日发(五四)。寄二弟信(八八)。午后往留黎厂买"小泉直一"一枚,"布泉"二枚,小铜造象二坐,无字,共券六元。往青云阁买信笺一合,履一两,共券三元。下午得刘半农信。往铭伯先生寓还书,并交竟拓一枚,托转寄汴。夜雨。

九日 晴。上午赠师曾竟拓一枚。下午以银一元得小铜造象一区,沈氏物。夜潘企莘来。

十日 晴。上午得二弟信,六日发(五五)。得东京堂信片。寄蔡先生信。下午寄东京堂信。寄沈尹默信。夜雨。

十一日 雨。星期休息。晨寄二弟信(八九)。午后晴。游留黎厂,出青云阁至升平园理发并浴。晚复雨。

十二日　晴。休假。上午得二弟信,八日发(五六),即答(九十)。下午得沈尹默信,即答。收胡适之与二弟信。晚轻雷。

十三日　晴。上午收东京堂寄杂志六本,又别封一本。往浙江兴业银行写沪取汇券[1]一枚。夜校碑。

十四日　晴。晨得二弟信并专拓一枚,十日发(五七)。上午寄二弟信,附胡适之笺及汇券,计旅费及买书泉共百(九一)。寄徐以孙先生信并专拓片一束,"龟鹤齐寿"泉、吕超墓竟拓各一枚。

十五日　昙。上午得二弟函,内译稿一篇,十一日发(五八)。得钱玄同信,午后复之。夜紫佩来。

十六日　晴。上午得福子信,十日发。夜玄同来并交二弟薪水百廿,七月下半。

十七日　晴。上午得二弟信并《维卫象记》拓片一枚,十三日发(五九),又书一包,附文稿一篇,同日付邮。寄二弟信,附与二弟妇笺一枚(九二)。午后往留黎厂买杂汉画象六枚,《白驹谷题字》二枚,共券六元。下午得李遐卿信。夜刘半农来。

十八日　晴。星期休息。上午得二弟明信片,十四日发。下午往铭伯先生寓。晚大雷雨一陈。少顷月出。

十九日　晴。上午寄二弟信(九三)。

二十日　晴。午后得徐以慤先生信。得二弟信,附二弟妇笺,又镜拓片四枚,十六日发(六十)。

二十一日　晴。上午得二弟信,十七日发(六一)。寄二弟信,附与二弟妇笺(九四)。寄季巿信。午后铭伯先生送肴二器。夜李遐卿来。

二十二日　晴。上午寄徐以孙先生信。午后往留黎厂。

二十三日　昙。上午得二弟信,十九日发(六二)。午晴。晚杜海生来。夜子佩来。

二十四日　拂晓雨,晨霁。上午寄二弟信(九五)。下午又雨。

二十五日　昙。星期休息。上午得二弟信并译文二篇,廿一日发(六三),午寄复信(九六)。寄钱玄同信。下午铭伯先生来。夜雨。

二十六日　雨。上午得蔡谷青函并通知书一件,廿二日发。收奉泉三百。

二十七日　小雨。上午寄蔡谷青信。下午得孙伯康明信片,二十一日东京发。夜钱玄同来。伤风发热。

二十八日　晴。上午得二弟信并译稿一篇,廿四日发(六四),即复(九七)。午后寄蔡先生信。令刘升往中国银行汇本月家用泉百。晚铭伯先生来。夜得李遐卿信。

二十九日　晴。上午寄宋子佩信并还书。得汤尔和信。午后往留黎厂买《杨宣碑》一枚,《广业寺造象碑》一枚,共券四元。下午刘半农来,交与二弟所译小说二篇、《随感录》[2]一篇。夜得蔡先生信。

三十日　晴。上午得宋知方信,廿六日杭州发。寄二弟及三弟信(九八)。寄汤尔和信。午后往杜海生寓交泉百,取汇据一枚。下午得刘半农信,即复。夜子佩来。服规那丸四。

三十一日　晴。上午得丸善信并《法国文学》一册。得孙伯康信,廿五日发。午得[？]往齐寿山家饭,同坐张仲苏、王画初、顾石君、许季上、朱孝荃、戴螺舲,共八人。晚往铭伯先生寓。夜李遐卿来假去泉十五。

*　　*　　*

〔1〕　写沪取汇券　此系汇给周作人回京的旅费。周作人于6月20日回绍兴探亲,9月4日从绍兴出发回京,6日经上海取此款,于10日抵北京。

〔2〕　指《随感录二十四》,周作人作,发表于《新青年》第五卷第三号(1918年9月)。

九　月

一日　晴。星期休息。上午得二弟信,附专拓二枚,廿八日发(六五)。

二日　晴。上午寄三弟信,附汇据一枚,计泉百,上月及本月家用,又附通知书一函(九九)。午后得东京堂信,即复。寄孙伯康信又规程一束。

三日　晴。上午得二弟信,卅日发(六六)。下午雨。

四日　晴。上午寄刘半农信并文一篇[1],杂志八本。下午得玄同来信。晚往铭伯先生寓。王式乾来假去券卅。

五日　晴。上午寄钱玄同信。晚宋子佩来。

六日　晴。上午得二弟信,二日发(六七)。寄宋知方信。

七日　晴。上午托朱孝荃买《大乘法苑义林章记》一部七本,券三元。午后往留黎厂买汉专拓片三枚,杂造象拓片十枚,共券五元。

八日　晴。星期休息。李匡辅母故,设奠于广惠寺,上午赴吊并赙四元。夜发热,服规那丸二。

九日　昙。上午得二弟信片,六日上海发。下午往午门,出公园归寓已晚。夜铭伯先生来。服规那丸四粒。

十日　晴。上午胡君博厚来托为入学证人。午后小雨。往大学作证讫,访尹默,又遇幼渔,谈少顷出。晴。夜二弟到京,持来茗一大合,干菜一筐,又由上海购来书籍六种十三册,合券十二元,目在书帐。子佩、遐卿由驿同来,少坐去。谈至夜分睡。风。

十一日　晴。上午见三弟信,二弟持至。夜钱玄同来。

十二日　昙,午后晴。晚铭伯先生来。夜买慈善救济券二条。

十三日　晴。晚往铭伯先生寓。夜食蟹二枚。

十四日　晴,风。上午许季上赠天竺佛迹影片十一枚。

十五日　晴。星期休息。下午食蟹二枚。

十六日　昙。上午得羽太家信,七日发。得孙伯康信片,八日发。晚寄铭伯先生信。夜小风雨。

十七日　晴。上午寄羽太家信。午后寄玄同信。晚雨一阵霁。夜复寄玄同信。寄鸡声堂[2]信,二弟写。

十八日　晴,风。上午寄家果饵一合。午后往留黎厂买北周《华岳颂》并唐刻后碑共二枚,券二元。下午支本月奉泉百五十。晚杜海生来。夜濯足。

十九日　晴,风。阴历中秋,休假。午后洙邻兄来。下午小雨即晴。刘半农来。许季上来。晚铭伯先生送食物二器。

二十日　晴。下午同戴芦舲游小市。

二十一日　晴。下午往留黎厂买《殷虚书契精华》一册,券三元;《涵芬楼秘笈》第三至第五集共二十四册,券十二元。托刘半农卖去《殷虚卜辞》,得日金券廿元。晚赵鹤年君来。夜铭伯先生来。

二十二日　晴。星期休息。无事。夜录《唐风楼金石跋尾》起。

二十三日　晴。无事。

二十四日　昙。上午校《鲍氏集》[3]。夜宋子佩来。

二十五日　昙。午后寄赵绍仙信。下午校《鲍集》讫。季市夫人讣至,赙银四元,托协和汇寄。得王式乾信。晚赵绍仙来。夜风。

二十六日　晴。上午寄王式乾信。下午收本月奉泉百五十。晚杜海生来,交与泉二元,曾吕仁母寿屏资也。夜宋子佩来。作《随感录》一篇[4],四叶。

二十七日　晴。下午寄羽太家信并泉廿。往留黎厂买专拓片二十枚,券二元。夜大风,小雷雨,杂少许雹。

二十八日　晴。午后往留黎厂买瓦当拓片卅枚,币六元。又《中国名画》廿集一册,三元。

二十九日　晴,风。下午王式乾来,付与泉七十八元,合前假券卅,折见泉百,汇家用。夜得李遐卿信。钱玄同来。

三十日　晴,风。下午收蟫隐庐书目一册。

＊　　＊　　＊

〔1〕　即《随感录二十五》。后收入《热风》。

〔2〕　鸡声堂　日本的一家书店,1901年高岛大圆创办。

〔3〕　校《鲍氏集》　《鲍氏集》,指《鲍明远集》。鲁迅以清代毛斧季用宋本校勘过的版本校明代汪士贤校本,次日讫,并作《〈鲍明远集〉校记》,现编入《集外集拾遗补编》。

〔4〕　即《随感录三十三》。后收入《热风》。

十　月

一日　晴。休假。下午铭伯先生来。

二日　晴。上午寄家信并泉七十,上月家用。午后理发。

三日　昙。上午寄李遐卿信。午雨。下午寄还丸善英文书一册。晚晴,又雨。

四日　晴。午后往留黎厂。

五日　晴,大风。无事。

六日　晴,风。星期休息。下午钱玄同来。二弟发热卧,似流行感冒。

七日　晴。自发热。上午与潘企莘信,属请假。得二弟妇信,三日发。晚寄刘半农信。夜潘企莘来。服规那丸五。

八日　晴。续病假。上午得李遐卿信。服规那丸四。

九日　大风,小雨。续病假。下午得刘半农信。服规那丸四。

十日　晴。休假。上午许季上来。午后李遐卿来。晚刘半农、宋子佩来。

十一日　晴。续病假。午后齐寿山来。下午戴芦舲来。托子佩买绒裤二要，券八元；兜安氏补肺药四合，券五元，与二弟分服。

十二日　晴，风。上午寄三弟信。寄丸善书店信。夜子佩来。

十三日　晴，风。星期休息。无事。

十四日　晴。上午二弟往日邮局取《仏教之美术及歴史》一册来，价日金五円六角，合券七元。夜钞《唐风楼金石文字跋尾》讫，连目录共六十四叶。

十五日　晴，风。无事。夜写《淮阴金石仅存录》起。

十六日　晴。上午得徐宝谦信。午后往留黎厂定刻印，计"周氏"二字连石值券二元。买《三公山碑》并侧二枚，汉画象二枚，共券四元；魏、齐造象三种九枚，六元；《韩木兰墓铭》一枚，一元。

十七日　昙。午后游小市。雷、雹一阵霁，大风。得邵仲威、胡芬舟讣，各赙二元。

十八日　晴。上午得杜海生信。

十九日　晴。上午得二弟妇及三弟妇信。午后访杜海生，交泉六十。取印。

二十日　晴。星期休息。上午寄二、三弟妇信。午敦古谊帖店来，留造象三种，未议价。下午铭伯先生来。夜得李遐卿信，取同学会[1]帐目，属二弟明日与之。大风。

二十一日　晴。上午收三弟所寄德文书四本,十七日付邮。得东京羽太家信,五日发。午后往留黎厂敦古谊帖店买定造象二种八枚,券五元;卖与禹陵窆石拓本一枚,作券二元,添付券三元讫。

二十二日　晴。无事。

二十三日　晴。无事。

二十四日　晴。上午得三弟信。寄家信并本月用泉百,由海生汇。

二十五日　晴。夜宋子佩来。

二十六日　晴。上午收本月奉泉三百。下午访杜海生,补交泉四十。

二十七日　晴。星期休息。上午铭伯先生来。午后同二弟往留黎厂买《薛广造象》一枚,《合村长幼造象》四枚,各券三元。又《卢文机墓志》一枚,券一元。复至观音寺街青云阁饮茶,傍晚步归。寄东京堂书店信。

二十八日　昙,风。下午得李遐卿信。

二十九日　晴。上午寄王式乾信。

三十日　晴。上午寄季市《新青年》五之一、二各一本,《部令汇编》一本。

三十一日　晴。下午得王式乾信。

✻　　✻　　✻

〔1〕同学会　指浙江第五中学同学会。

十一月

一日　昙。上午得钱玄同信,午后复。小雨即止。夜作《随感录》二则。[1]

二日　晴,风。上午寄家信并泉九十,上月分。晚子佩来。

三日　晴。星期休息。夜钞《淮阴金石仅存录》并讫,总计八十九叶。雨。

四日　雨不止歇。无事。

五日　晴。无事。

六日　晴,风,始冰。午后寄钱玄同信,附二弟信。

七日　晴。无事。夜得钱玄同信。

八日　晴。午后得潘企莘信。买靴一两券三元。夜濯足。

九日　晴,风。上午得三弟信。午后服燕氏补丸四粒。晚泻三次。

十日　晴。星期休息。徐吉轩祝其父寿,午往并出屏资三元。范吉六嫁女,出幛资二元。午后李遐卿来。铭伯先生来。

十一日　晴。午后往观音寺街买绒衣一件,手衣一双,共券五元,又买食品少许。

十二日　晴。上午寄王式乾信。下午朱孝荃赠麻菌二束,晚铭伯先生来,分赠一束。

十三日　晴。上午得东京堂信片,二日发。午后二弟来部,同至留黎厂,在德古斋买《陆绍墓志》一枚,《永平残造象》

一枚,《比丘道琁造象记》并侧三枚,共券四元。又由青云阁出至升平园浴。晚钱玄同来。夜风。

十四日　晴。上午得李遐卿信。午后寄铭伯先生信。夜宋子佩来。

十五日　晴。无事。

十六日　微雪即止。无事。

十七日　晴。星期休息。上午许季上来。晚得钱玄同信。

十八日　晴。下午寄钱玄同信。夜得王式乾信。

十九日　晴。午后往瑞蚨祥买手衣二具,围巾二条,共券十八元,与二弟分用。又至信昌药房买碘钾二盎斯,苦味丁几五十格伦,共券二元二角。夜蒋抑之来。

二十日　晴。上午得二弟妇信。午后师曾持梁文楼所藏拓本数种来,言欲售,因选留《贾公阙》一枚,元公、姬氏墓志残石拓本各一枚,共券十六元。买鸡那霜丸一瓶,燕医生除痰药一瓶,共券七元。

二十一日　昙。上午东京堂寄到书籍五本。午后往中国银行汇本月家用泉百并信。夜大风。

二十二日　晴,风。无事。

二十三日　晴。夜季自求来。

二十四日　晴。星期休息。无事。

二十五日　晴。无事。

二十六日　晴。下午收本月奉泉三百。捐于欧战协济会[2]卅。

二十七日　晴。下午往留黎厂商务印书馆取《愙斋集古录》一部二十六册，付足预约后半价券十八元。

二十八日　晴。休息。下午铭伯先生来。晚刘半农、钱玄同来。

二十九日　昙。休假。下午雨雪。许季上来。夜风。

三十日　晴，风。晚得王式乾信。

*　　*　　*

〔1〕　即《随感录三十五》、《随感录三十六》。后均收入《热风》。

〔2〕　欧战协济会　第一次世界大战结束后，由美国总统威尔逊倡议成立的组织。该会为协助处理各战地军士、俘虏及华工的善后事宜，曾发动募捐。中国认募一亿七千万元。当时国务院明令公职人员凡薪俸百元以上者捐俸十分之一。

十二月

一日　晴。星期休息。无事。

二日　晴。上午寄家信并泉七十又五，前月分。下午往留黎厂买《攀古楼汉石纪存》一册，券一元。晚铭伯先生送肴二种。

三日　晴。午后理发。又买 Pepana[1] 一合，券六元。

四日　晴。晚钱玄同来。

五日　晴。无事。

六日　晴，风。上午寄家小包一。午二弟至部，邀齐寿山同至和记饭。夜宋子佩来。得李遐卿信。

七日　晴,风。无事。

八日　晴。星期休息。午后李遐卿来还泉十五,合券卅二元。潘企莘来。张协和来。

九日　晴。午后假与协和泉百。

十日　昙。午从齐寿山假泉百,转假协和。午后晴。得丸善信片。

十一日　晴。晚钱玄同、刘半农来。

十二日　晴。无事。

十三日　晴,晚风。无事。

十四日　晴。午后往留黎厂买《皆公寺尼道仕造象》一枚,《郭始孙造象》四枚,共券三元。

十五日　晴。星期休息。午后铭伯先生来。

十六日　晴。上午东京堂寄来书籍两本。晚宋子佩来。

十七日　晴。晚铭伯先生来。夜刘半农、钱玄同来。

十八日　晴。下午寄羽太家信并泉卅。

十九日　雨雪。无事。

二十日　雨雪。上午寄三弟信。

二十一日　晴,下午昙。无事。

二十二日　晴,风。星期休息。刘半农邀饮于东安市场中兴茶楼,晚与二弟同往,同席徐悲鸿、钱稻陵、沈士远、君默、钱玄同,十时归。

二十三日　晴。休假。午后铭伯先生来。

二十四日　晴。上午寄许季市《新青年》二本,又三弟一本并书二册一包。

二十五日　晴。休假。下午得二弟妇信。晚洙邻兄来。

二十六日　晴。上午寄二弟妇信。收本月奉泉三百。晚往东板桥马幼渔寓,吴稚晖、钱玄同及二弟俱先在,陈百年、刘半农亦至,饭后归。

二十七日　晴。午后往留黎厂买"安邑"币二枚,券三元。又《西狭颂》、《五瑞图》一分三枚,六元;残石二枚,二元;无名画象一枚,二元。晚王式乾来。夜得李遐卿信。

二十八日　晴。上午寄家信并泉百。午二弟至部,邀齐寿山同往和记饭。夜宋子佩来。

二十九日　晴。星期休息。午后许诗荃、诗荀来。铭伯先生来。下午陈百年、刘半农、钱玄同来。得三弟信,二十五日发。

三十日　晴。还齐寿山泉百。夜寄李遐卿信。

三十一日　昙。上午寄家信并泉七十,又代寿山制衣泉三十。东京堂寄来书籍二本。夜铭伯先生贻肴二器。夜大风。

* * *

〔1〕 Pepana　当为药名。周作人日记记为"ペパナ"一瓶,并于6日寄绍兴老家三支。

书　　帐

元固墓志一枚　四·〇〇　一月二日

殷虚书契考释一册　七·〇〇　一月四日

殷虚书契待问编一册　二·五〇

唐三藏取经诗话一册　一·五〇

校官碑一枚　二·〇〇　一月二十日

李琮墓志连侧一枚　一·五〇

魏法兴等造象一枚　〇·五〇

张寿残碑一枚　〇·五〇　一月廿七日

冯晖宾造象四枚　一·五〇

释教画象二枚　三·〇〇　　　　　二四·〇〇〇

瘞雀铭拓本一枚　五·〇〇　二月三日

醉醒石二本　六·〇〇　二月六日

曹续生铭记一枚　一·〇〇　二月十日

马廿四娘买地券一枚　一·〇〇

殷文存一册　七·〇〇　四月售出

神州大观第十二集一册　三·〇〇　二月十七日

写礼庼遗著四册　三·〇〇

江宁金石记二册　二·〇〇

元纂墓志一枚　五·〇〇　二月二十四日

352

兰夫人墓志一枚　二・〇〇

碑别字二册　二・〇〇　　　　　　　　　　三七・〇〇〇

张僧妙碑一枚　二・〇〇　三月三日

姚伯多等造象四枚　二・五〇

锜双胡等造象四枚　二・五〇

苏丰国等造象二枚　一・〇〇

合邑卅人等造象一枚　宋芷生寄　三月四日

陈氏合宗造象四枚　同上

艺术丛编第二年分六册　三四・〇〇　三月九日

说文古籀补二册　二・二〇

字说一册　〇・八〇

名原一册　一・〇〇

好大王专一枚　师曾赠　三月十一日

杂拓片三枚　一・〇〇

曹全碑并阴二枚　二・〇〇

元显魏墓志盖一枚　二・〇〇　三月十七日

隋唐以来官印集存一册　六・〇〇

未央东阁瓦拓一枚　一・〇〇　三月二十五日

更封残石一枚　一・〇〇　三月二十九日

翟蛮造象一枚　一・〇〇

石门画象并阴二枚　二・五〇　三月卅一日

李洪演造象一枚　二・五〇

建崇寺造象二枚　二・〇〇

杨显叔造象一枚　〇・五〇

张神龙息墓记一枚　〇·五〇　　　　　　　　六八·〇〇〇

□朝侯小子残碑阴一枚　二·〇〇　四月十一日

杜霙等造象四枚　三·〇〇

残画象一枚　四·〇〇　四月十四日

孙世明等造象五枚　二·〇〇　四月廿一日

画象砖五枚　二·〇〇

画象砖九枚　二·〇〇　四月二十八日

韩显宗墓志一枚　四·〇〇

赵氏墓志一枚　一·〇〇

安鹿交村造象一枚　一·〇〇

僧晕造象一枚　三·〇〇

范国仁造象二枚　二·〇〇　　　　　　　　二六·〇〇〇

玉函山隋唐造象卅五枚　四·〇〇　五月三日

郗景哲等造象残石一枚

王通墓志一枚　一·〇〇

杂伪拓片六枚　二·〇〇　五月九日

端氏臧石拓片六种十八枚　五·〇〇

王氏臧专拓片六十枚　三·〇〇　五月十一日

文士渊等造象并阴二枚　一·〇〇　五月十三日

题名残石一枚　一·〇〇

专拓片七枚　一·〇〇

梦东禅师集一册　许季上赠　五月二十一日

恒农墓专拓本百枚　二四·〇〇　五月二十三日

江阿欢造象一枚　二·〇〇

戊午日记〔一九一八年〕 书帐

讳德墓志一枚　二·〇〇
北齐造象二种二枚　〇·六〇　五月二十七日
黄初残石三枚　二〇·〇〇　五月二十九日
武猛从事□□造象坐二枚　一·四〇　　　　六八·〇〇〇
吕超墓志拓一枚　徐以驎先生寄　六月二日
金石小品拓片廿一枚　同上
残石拓片九枚　顾鼎梅赠　六月三日
嵩山三阙画象大小卅四枚　三六·〇〇　六月四日
晋残石并阴合一枚　一·〇〇
朱博残石一枚　四·〇〇
刘汉作师子铭一枚　〇·五〇
密长盛造桥碑并阴二枚　一·〇〇
千佛山造象十二枚　二·〇〇
云门山造象十枚　一·〇〇
仓龙庚午残石一枚　一·〇〇　六月六日
里社残碑并阴二枚　八·〇〇　六月十日
元思和墓志一枚　四·〇〇
示朴斋骈文一册　钱稻孙赠　六月十九日
郎邪台刻石一枚　五·〇〇　六月二十二日
汉画象一枚　一·〇〇
神州大观第十三集一册　二·七〇
古泉拓选印本二册　三·三〇
窔斋集古录预约　一三·五〇　六月廿七日
马氏墓志一枚　一·〇〇　　　　八五·〇〇〇

355

汉黄肠石拓片六十二枚　一三·〇〇　七月九日

张朗墓碑并阴二枚　五·〇〇

惠晖造象并刻经三枚　一·〇〇　七月十九日

殷虚卜辞一册　二三·〇〇　七月三十一日

会仙友题刻一枚　一·〇〇

司马遵业墓志一枚　四·〇〇　　　　　　　四七·〇〇〇

杂汉画象六枚　四·〇〇　八月十七日

白驹谷题刻二枚　二·〇〇

杨宣碑一枚　二·〇〇　八月廿九日

广业寺造象碑一枚　二·〇〇　　　　　　　一〇·〇〇〇

大乘法苑义林章记七册　三·〇〇　九月七日

汉专拓片三枚　一·〇〇

杂造象拓片十枚　四·〇〇

冕服考二册　二·〇〇　九月十日

选适园丛书四种五册　五·〇〇

闲渔闲闲录一册　一·〇〇

古兵符考略残稿一册　一·〇〇

铁云臧龟之余一册　二·〇〇

面城精舍杂文一册　一·〇〇

周华岳颂并唐后碑二枚　二·〇〇　九月十八日

殷虚书契精华一册　三·〇〇　九月二十一日

涵芬楼秘笈三至五集廿四册　一二·〇〇

杂砖拓片二十枚　二·〇〇　九月二十七日

瓦当拓片四十枚　六·〇〇　九月二十八日

中国名画第廿集一册　三·〇〇　　　　　　　四八·〇〇〇

三公山碑并侧二枚　二·〇〇　十月十六日

汉画象二枚　二·〇〇

洛音村人造象四枚　二·五〇

李僧造象四枚　二·五〇

牛景悦等造象一枚　一·〇〇

韩木兰墓铭一枚　一·〇〇

李元海等造象四枚　三·〇〇　十月二十一日

合邑人等造象四枚　二·〇〇

东莞令薛广造象一枚　三·〇〇　十月二十七日

合村长幼造象四枚　三·〇〇

卢文机墓志一枚　一·〇〇　　　　　　　二三·〇〇〇

陆绍墓志一枚　二·五〇　十一月十三日

永平残造象一枚　〇·五〇

道琔造象并侧三枚　一·〇〇

蜀贾公阙一枚　六·〇〇　十一月二十日

元公墓志一枚　五·〇〇

姬氏墓志一枚　五·〇〇

愙斋集古录廿六册　一八·〇〇　十一月廿七日　三八·〇〇〇

攀古楼汉石纪存一册　一·〇〇　十二月二日

皆公寺造象一枚　一·〇〇　十二月十四日

郭始孙造象四枚　二·〇〇

汉残石并阴一枚　一·〇〇　〔十二月二十七日〕

残石一枚　一·〇〇

西狭颂并前题二枚　三·〇〇
五瑞图连记一枚　三·〇〇
六朝画象一枚　二·〇〇　　　　　　　　一四·〇〇〇
　　总计券四八八·〇〇〇元,约合见泉三百元。

己未日记

一 月

一日　晴,风。休假。下午潘企莘来。

二日　晴。休假。午后同二弟往铭伯先生寓。夜濯足。

三日　晴,风。休假。下午沈士远来。

四日　晴。上午得许季市信。陈师曾为刻一印,文曰"会稽周氏"。

五日　晴。星期休息。上午得刘半农信。

六日　晴。上午丸善寄来手帐一册。

七日　晴。无事。夜刘半农、钱玄同来。

八日　晴。上午丸善寄来日历一帖。

九日　晴。下午得三弟妇信。晚往铭伯先生寓。宋子佩来。

十日　昙。无事。晚得重久信。夜雨雪。

十一日　昙,午后晴。无事。

十二日　晴。星期休息。下午刘半农来。晚钱玄同来。

十三日　大雪。无事。

十四日　晴。无事。

十五日　雨雪,大冷。上午寄铭伯先生信。寄三弟信。

十六日　昙。上午寄家信并泉六十,为齐寿山作衣费及年莫杂用。寄王式乾信。寄许季市信并《新潮》一册。寄张梓生《新潮》一册,代二弟发。夜雨霰。

十七日　昙。上午得李遐卿信。下午齐寿山还制衣泉五十五元。夜风。

十八日　昙,夜风。无事。

十九日　晴。星期休息。下午铭伯先生来。夜宋子佩来。

二十日　晴。得俞恪士先生讣,下午送幛子一。晚帖贾来,购取《高洛周造象》并阴、侧四枚,《天平残造象》三枚,共券二元。

二十一日　晴。下午二弟从大学购来《甲骨契文拓本》一部四册,纸、墨及拓工费共券十六元。夜钱玄同来。

二十二日　晴,下午昙。无事。

二十三日　晴。午后寄李遐卿信。下午往留黎厂买元文、元晖墓志各一枚,《元玕墓志》并盖二枚,《尔朱氏墓志》前后二石合拓一枚,共券十四元。张协和赠板鸭一个。夜寄铭伯先生信并赠羊羹一合。

二十四日　晴。晚李遐卿来。刘半农来。

二十五日　晴。上午帖店来,选购《南武阳阙画象》九枚,不全本一束,价券六元。又残造象二枚,券一元。午后往大同馆理发。

二十六日　晴。星期休息。下午得三弟信,廿二日发。

二十七日　晴。上午收本月奉泉三百。

二十八日　晴。上午寄三弟《新青年》一本。晚钱玄同来。

二十九日　昙。无事。

三十日　晴。午后寄东京堂泉十。寄钱玄同信片。

三十一日　晴。下午休息。许季上来。晚铭伯先生送肴二器,角黍、年糕二事至。夜得钱玄同信。背部痛,涂碘酒。

二　月

一日　晴。春节休假。无事。夜服规那丸三粒。

二日　晴。星期休息。上午寄铭伯先生及戴螺舲信,并各送北京大学游艺会[1]入场券一枚。午后同二弟往大学游艺会,晚归。许季上来。

三日　晴。休假。无事。

四日　晴。上午寄钱玄同信。寄季市《新青年》、《新潮》各一册。晚刘半农来。夜得钱玄同信。

五日　晴。无事。

六日　晴。戴螺舲存丸善日金十又二元,因画入二弟帐内,交与银八元,并代发函通知丸善书店,午后发。夜宋子佩来。

七日　晴,下午昙。无事。

八日　晴。无事。

九日　晴,风。星期休息。无事。

十日　晴。上午寄季市《新青年》一本,又寄三弟书四本。晚钱玄同来。

十一日　晴。午后同齐寿山往报子街看屋[2],已售。

十二日　晴。休假。[3]午后往图书分馆,俟二弟至同游厂甸,在德古斋买端氏臧专拓片一包,计汉墓专三百八十,杂专十一,六朝墓专廿五,唐、宋、元墓专七,总四百廿三枚,券五十元。又隋残碑一枚,券一元。向晚同往欧美同学会[4],系多人为陶孟和赴欧洲饯行,有三席,二十余人。夜归。

十三日　晴。上午得东京堂信。午后同齐寿山往铁匠胡同看屋,不合用。

十四日　晴。晚往德成[5]以银三百十二换日金券五百。

十五日　晴。无事。

十六日　晴。星期休息。上午寄钱玄同信。许诗荃来。午后同二弟至前门外京汉车站食堂午膳,又至留黎厂火神庙游,在德古斋买端氏所藏瓦当拓片卅二枚,券二元。

十七日　晴。无事。

十八日　昙,大风。晚得钱玄同信。

十九日　晴。无事。

二十日　晴。上午寄钱玄同信。寄孙庆林月刊二册。晚宋子佩来。

二十一日　晴。午后往留黎厂买延熹土圭拓本一枚,券三元。

二十二日　晴。上午从戴螺舲借券十。曹式如故,赙二元。王维白夫人故,赙一元。

二十三日　昙,风。星期休息。午后往铭伯先生寓。晚刘半农来。

二十四日　晴。午后看屋。

二十五日　晴。上午寄张梓生及三弟《周评》各一束。

二十六日　昙。上午东京堂寄到书籍一包三册。下午收本月奉泉三百。还戴螺舲十元。振河南水灾四元。

二十七日　晴。上午往林鲁生家，同去看屋二处。

二十八日　晴。晨往铭伯先生寓视疾。

＊　　＊　　＊

〔1〕　北京大学游艺会　北京大学学生会为筹集画法研究会资金，是日下午在北大二院礼堂举行游艺大会，会上演奏中西乐曲，并陈列各收藏家所藏宋元以来名画二百余件。

〔2〕　往报子街看屋　鲁迅因族人将绍兴新台门宅卖去，故拟举家北迁。今日起四出觅屋，8月19日买定八道湾十一号罗姓宅。

〔3〕　休假　本日为"南北统一纪念日"，参看本卷第51页注〔3〕。

〔4〕　欧美同学会　留学欧美人士的社团。1913年梁敦彦、萨镇冰、颜惠庆、詹天佑等发起成立于北京。会址始在西交民巷，1916年迁南河沿。

〔5〕　德成　北京的一家钱庄，可以兑换外币。

三　月

一日　晴。上午往铭伯先生寓。午后同林鲁生看屋数处。下午大风。晚钱玄同来。

二日　晴。星期休息。晚杜海生来。

三日　晴。上午得东京堂明信片。午后往留黎厂，在德古斋买得端氏所臧瓦当拓片与二月十六日所收无复緟者二百六十枚，价劵十四元。

四日　昙。晨往铭伯先生寓。午后赴孔庙演礼。

五日　昙。无事。

六日　晴。晨五时往孔庙为丁祭执事,九时毕,在寓休息。下午昙。李遐卿来。夜风。

七日　昙。无事。晚小雨。钱玄同来。

八日　昙。午后邀张协和看屋。夜雨雪。

九日　晴。星期休息。无事。

十日　晴。录文稿一篇讫,[1]约四千余字,寄高一涵并函,由二弟持去。夜风。

十一日　晴。午后同林鲁生看屋。下午往铭伯先生寓。

十二日　晴。午后看屋,又往留黎厂。夜宋紫佩来。

十三日　昙。上午寄季市杂志一卷,又寄张梓生一卷。得张梓生信,即复。下午得宋知方信。

十四日　晴。午后看屋。下午复出,且邀协和俱。

十五日　晴,风。上午收东京堂所寄书一包。晚往铭伯先生寓。

十六日　晴。星期休息。无事。

十七日　晴。上午寄宋子佩信并还书。

十八日　晴,风。上午代二弟寄哲学史〔一〕册与张梓生。夜钱玄同来。

十九日　晴。上午东京堂寄来小说一册并明信片。午同朱孝荃、张协和至广宁伯街看屋后在协和家午饭。晚宋子佩来。

二十日　晴。午后往留黎厂。

二十一日　晴。晚为三弟写文论。

二十二日　晴。上午寄羽太家信并泉卅。

二十三日　晴。星期休息。午后往铭伯先生寓。晚潘企莘来。

二十四日　晴,大风。无事。

二十五日　晴,风。无事。

二十六日　昙。齐寿山从河南归,午后至其寓谈,以《蔡氏造老子象记》、《张□奴等造象残题名》各一枚,洛阳《龙门侍佛画象》六枚见赠,傍晚归。夜宋子佩来。风。

二十七日　雨雪。无事。

二十八日　晴。上午寄安定门内千佛寺北京贫儿院明信片,认年捐叁元。三弟寄来茶叶一合,下午取得。

二十九日　晴,风。上午往浙江兴业银行汇泉于沪。寄铭伯先生信。晚二弟来部,同往留黎厂,在德古斋买《刘平国开道刻石》二枚,又《元徽墓志》一枚,共券八元。次至前门外西车站饭,同坐陈百年、刘叔雅、朱逷先、沈士远、尹默、刘半农、钱玄同、马幼渔,共十人也。

三十日　晴,风。星期休息。上午得李遐卿信。许诗荃来。晚许诗苓、诗荃在广和居招饮,与二弟同往,席中又有戴君一人。夜李遐卿来,假泉五去。

三十一日　晴。黎明二弟往前门驿,于其处会宋子佩、李遐卿,同发向越中。[2]晚风。

*　　*　　*

〔1〕　即《孔乙己》。写于1918年冬,本日抄讫。后收入《呐喊》。

〔2〕 周作人本日启程回绍兴,4月18日携眷往日本探亲,5月中旬只身返京。

四 月

一日 晴。晚王式乾来。牙痛,就陈顺龙医生治之。

二日 昙。上午得三弟信,三月廿八日发(廿五)。午后理发。

三日 晴。晨寄二弟及三弟信(卅九)。下午往疗齿。晚孙福源君来。

四日 晴。上午鸡声堂寄到《佛像新集》二本,代金引换[1]计券五元。晚往铭伯先生寓。夜钱玄同来。

五日 晴。上午得二弟信,二日上海发,即复(卅)。午后收三月奉泉三百。

六日 晴。星期休息。午后铭伯先生来。

七日 晴,大风。上午得三弟信,三日发(廿六)。下午寄孤儿院函。往陈顺龙医生寓治牙。买《涵芬楼秘笈》第六集一部八本,券三元五角。

八日 昙。休假。午付贫儿院年捐三元。下午寄李守常信。夜大风。

九日 晴,大风。上午得二弟明信片,五日绍兴发。午后寄二弟及三弟信(四一)。东京堂寄来《新潮》三月号一册。

十日 晴。下午往陈医生寓治牙。至留黎厂,以王树枬专拓片易得《崔宣华墓志》,作券三元。又买《元珍墓志》一枚,券五元。得刘半农信。

十一日　昙。下午收《新村》一本。

十二日　晴。上午得二弟信,八日发(二七)。代交齐寿山捐款三元于贫儿院。

十三日　晴。星期休息。下午刘半农来。洙邻兄来,顷之同往鲍家街看屋。收二弟所寄书一包五本,八日绍兴发。

十四日　晴。上午寄张梓生及三弟《周评》各一份。午同齐寿山往饭馆馆［饭］,戴螺舲亦至。下午往陈医生寓,值外出未遇。晚寄三弟信(四十二)。

十五日　晴。午后往陈顺龙医生寓补齿讫,计见泉五元,又索药少许来。至留黎厂有正书局买《中国名画》第二十一集一册,纪念六折,计券一元五角。下午得三弟所寄书二包共三本,十日付邮。夜风。

十六日　晴,大风。上午得钱玄同信,附李守常信。下午得傅孟真信,半农转。

十七日　晴。上午得二弟及三弟信,十三日发(二八)。寄傅孟真信。寄玄同信。

十八日　晴。上午得二弟信并译稿一篇,又书一包两本,皆十四日发(二九)。得铭伯先生信,午后复。至日邮局取书一包七册,金卅圆引换之,二弟所买。

十九日　晴。上午得二弟信,十五日发(三十)。往日邮局取书一包六册,日金廿円,亦丸善寄与二弟者。

二十日　雨。星期休息。无事。

二十一日　昙。上午得二弟明信片,十七日上海发。午后寄二弟及二弟妇信于东京。下午大风。

二十二日　晴。上午得三弟信,十八日发(卅一)。夜钱玄同来。李遐卿从越中至,交到《艺术丛编》三册,合券十五元,增刊一册,合券一元五角。又赠茗一合。

　　二十三日　晴。下午寄钱玄同信。李遐卿来。夜寄三弟信(四三)。

　　二十四日　晴,风。晚访铭伯先生,未回。

　　二十五日　晴,风。上午得铭伯先生信。夜成小说一篇[2],约三千字,抄讫。

　　二十六日　晴。上午得李遐卿信。得二弟明信片,二十日长崎发。夜濯足。

　　二十七日　晴。星期休息。上午李遐卿来还泉五。许季上来。得三弟信,廿三日发(三十二)。许诗芹来。下午风。往铭伯先生寓谈。

　　二十八日　晴。上午寄三弟信(四四)并《周评》二期。得李遐卿信。下午昙。访蔡先生。寄钱玄同信并稿一篇。收本月奉泉三百。协和还见泉百。夜小雨。寄沈尹默信。寄李遐卿信。

　　二十九日　晴。收东京堂寄杂志一本。午后大风。往浙江兴业银〔行〕存泉。往留黎厂买《定国寺碑》一枚,有额,券一元五角;又《王氏残石》一枚,杂专拓片八枚,共券二元。得二弟信,二十三日东京发。

　　三十日　晴。上午得三弟信并文稿半篇,廿六日发(三三)。下午昙,风。丸善寄到书籍一包二本。得钱玄同信,晚复。

＊　　　＊　　　＊

〔1〕 代金引换　日语:代收货价。

〔2〕 即《药》。二十八日寄钱玄同。后收入《呐喊》。

五　月

　　一日　雨。午后大风。往日邮局寄泉百并与二弟妇信。晚晴。得沈尹默信。

　　二日　晴。午后寄尹默信。下午同寿山至辟才胡同看地。

　　三日　晴。上午得二弟信,廿七日发。午后往前门外换钱。下午得三弟信并文稿半篇,三十日发(卅四)。得钱玄同信。晚孙福源君来。夜寄三弟信(四十五)。风。

　　四日　昙。星期休息。徐吉轩为父设奠,上午赴吊并赙三元。下午孙福源君来。刘半农来,交与书籍二册,是丸善寄来者。

　　五日　晴。午后寄三弟信(四十六)。得二弟信,卅日发。夜蒋抑之来。

　　六日　晴,下午昙,风。晚蔡谷青来。

　　七日　晴。下午董世乾来,旧中校生。晚铭伯先生贻肴二种。风一陈。

　　八日　昙。上午得三弟信,四日发(三十五)。下午往留黎厂。晚微雨。

　　九日　雨。晚铭伯先生招饮于新丰楼。夜得玄同信并杂志十册。

十日　昙。上午寄李遐卿信。午后寄三弟信(四七)。得二弟信,四日发。晚孙福源君来。李遐卿来并代购杂志六册。

十一日　昙。星期休息。上午许季上来。午后往铭伯先生寓。

十二日　昙。上午得三弟信,八日发(三十六)。寄沈尹默信。寄张梓生、许季市及三弟杂志各一卷。

十三日　晴。上午得三弟信,九日发(卅七)。晚寄三弟信(四八)。夜子佩至自越中,持来《弘农冢墓遗文》一册,衣四件,皆二弟托寄。又贻笋干一包,茗一囊。

十四日　晴。上午得二弟信,七日发。背痛。

十五日　晴。晚钱玄同来。

十六日　晴,风。上午得铭伯先生信。午后往留黎厂买《映佛岩摩崖》八枚,《南子俊造象》二枚,《长孙夫人罗氏墓志》一枚,共券十元。背至肩俱剧痛,夜服安知必林三分格阑之一。

十七日　晴。上午得三弟信,十三日发(卅八)。下午寄铭伯先生信。得二弟信,十日发。晚大学遣人送二弟脩金来,三、四两月共泉四百八十,附郑阳和信一封。

十八日　昙。星期休息。上午刘半农来。午后小雨。二弟从东京至,持来书籍一箱。夜赠朱孝荃笋干一包并信。

十九日　雨。上午寄三弟信(四九)。

二十日　晴。晨得三弟信,言芳子于十五日午后五时生一男子[1],并属命名,十五日发(卅九)。上午寄临潼知事阮翱伯信并拓片四枚。午后往留黎厂买残墓志一枚,《陈世宝造象》一枚,各券一元。晚雨一阵。夜宋子佩来。

二十一日　晴。午后寄郑阳和信。晚孙福源君来,赠以《小学答问》一册。

二十二日　晴。上午得三弟信,十八日发(四十)。得李遐卿信。

二十三日　晴。上午寄李遐卿信。下午往大学,得《马叔平所藏甲骨文拓本》一册,工值券四元。夜胡适之招饮于东兴楼,同坐十人。

二十四日　晴。上午得李遐卿信。夜风。

二十五日　昙。星期休息。下午铭伯先生来。洙邻来。玄同来。夜雨。

二十六日　晴。上午收奉泉三百。张协和还泉百。午后往戴螺舲寓问疾。

二十七日　晴。上午得三弟信,廿三日发(四一)。午后往施家胡同浙江兴业银行存泉。下午得李遐卿信。晚宋子佩来。

二十八日　晴。午后往前门大街,又至留黎厂。

二十九日　晴。上午得虞叔昭信,午后复之。下午与徐吉轩至蒋街口看屋。晚钱玄同来。

三十日　晴。午后昙,风。往大同馆理发。

三十一日　晴。上午得三弟信,廿七日发(四二)。得宋知方信,廿八日杭发。晚宋紫佩来。夜王式乾来。

* * *

〔1〕　即周建人与羽太芳子的次子周丰二。

六 月

一日　昙。星期休息。上午敦古谊帖店人来,选购《忠州石阙画象》六枚,世称《丁房阙》,实唐刻也,又《杨公阙》一枚,共券十元。午后寄齐寿山信。下午往铭伯先生寓。晚子佩招饮于颐香斋,与二弟同往。

二日　晴。旧历端午,休假。上午铭伯先生赠肴二皿。晚钱玄同来。

三日　晴,下午昙。同徐吉轩往护国寺[1]一带看屋。晚大风一陈后小雨。

四日　晴。晚洙邻兄来。孙福源来。

五日　晴。午后往留黎厂买《吕超墓志》一枚,券四元。夜得忆农伯信。

六日　晴。午后往留黎厂买《朱鲔石室画象》残拓十四枚,券三元。下午许诗荀来。晚二弟购来达古斋所藏铜器拓片百枚,券九元,合见泉五元四角。宋子佩来。

七日　晴。上午得阮翱伯所寄魏造象拓本三种十一枚并信。夜风。

八日　昙。星期休息。午后晴。下午刘历青来。

九日　雨,午后晴。往小市。下午得三弟信,五日发。得李遐卿信。

十日　晴。夜濯足。

十一日　昙,下午小雨。晚刘半农、钱玄同来。

十二日　晴。晨许诗荀来。晚往铭伯先生寓。夜子佩来。

十三日　晴,夜小雨。

十四日　晴。下午得李遐卿信。晚孙福源君来。夜雨。

十五日　晴。星期休息。下午李遐卿来。

十六日　晴。上午寄张梓生《新潮》二册。午后往留黎厂买金文拓片五枚,《孙成买地铅券》拓片一枚,共券三元。

十七日　晴。晚孙伏园、宋紫佩来。

十八日　晴,下午昙。无事。

十九日　晴,下午昙。晚与二弟同至第一舞台观学生演剧,计《终身大事》一幕,胡适之作;《新村正》[2]四幕,南开学校本也。夜半归。

廿日　昙。上午孙伏园来。下午雨。

廿一日　晴。上午寄忆农伯信。午后往留黎厂买尖足小币五枚,券五元。取《刘丑锐造象》拓本一枚,无直。

廿二日　晴。星期休息。无事。

廿三日　晴。无事。

廿四日　晴,热。夜许骏甫来。

廿五日　昙,风。夜得钱玄同信。

廿六日　晴,大热。上午收本月奉泉三百。赙贺君二元。

廿七日　晴。午后赙徐宅三元。

廿八日　晴。上午出国货制造所[3]资本见泉十。下午往留黎厂买较旧拓《西门豹祠堂〔碑〕》并阴二枚,直隶所出造象三种三枚,《大信行禅师塔铭碑》一枚,共券六元。寄子佩信并还《金石萴》一本。

廿九日　昙。星期休息。晚钱玄同来。夜雨。

三十日　小雨。午后晴。晚李遐卿来。夜大雨。

＊　　＊　　＊

〔1〕 护国寺　在北京西城西四牌楼以北,始建于元代,初名崇国寺,明代成化年间改称大隆善护国寺。清康熙时重修,改名护国寺。至民国初年已破败。周边有市集。

〔2〕 《新村正》　五幕新剧(话剧),天津南开新剧团集体创作。北京大学新剧团排演时将原有五幕压缩为四幕。

〔3〕 国货制造所　"五四"以后,部分北京大学学生出于排日义愤,自发组织该所,生产日用品以抵制"日货"。

七　月

一日　昙。午前罗志希、孙伏园来。下午大雷雨。

二日　雨,晨二弟启行向东京。[1]午后晴。下午许世瑾来。王式乾来。

三日　晴。休假。[2]下午往铭伯先生寓。

四日　晴。上午寄三弟信(五八)。下午得玄同信。晚雨。

五日　晴。上午寄钱玄同信。午后往前门外换泉。往留黎厂买《南石窟寺碑》一枚,券五元;《王阿妃砖志》一枚,券一元。下午孙伏园来。得陶书臣信。晚刘半农来。夜雷雨。

六日　晴。星期休息。上午蒋抑之来。

七日　晴。午后赴升平园理发并浴。往青云阁买鞋一双,券二元。又买《新噩访古录》一本,券一元。夜许诗荃来。

八日　晴。上午往东交民巷日邮局寄二弟信并泉四百。午后昙。下午许季上来。晚钱玄同来,夜去,托其寄交罗志希信并稿一篇[3]，又还书一本。又赠李遐卿杂志一册。交李守常文一篇，二弟译。

九日　昙。上午得三弟信，四日发（五十）。下午寄三弟信（五九）并寄《新青年》一册，《周评》三张，其二转张梓生。大学送来二弟《欧洲文学史》余利八元一角四分。晚孙伏园来。陶书臣来。夜得罗志希信并《新潮》稿纸四十枚。

十日　小雨。上午寄罗志希信。午后晴。约徐吉轩往八道弯看屋。夜刘半农、钱玄同来，即托其带去孔德学校[4]捐款见泉十元。

十一日　晴。晚宋子佩来。许季上来。

十二日　晴。上午得三弟信，八日发（五一）。得二弟信，六日鹿儿岛吉松发。晚小雨。得王倬汉信，言李遐卿入医院。

十三日　昙。星期休息。下午雨一陈。晚往铭伯先生寓。夜雨。

十四日　晴。上午得三弟信，十日发（五二）。寄二弟信。寄三弟信（六十）。午后得李遐卿信。访孙伏园。访徐吉轩。下午往留黎厂买《神州大观》第十四集一册，计券三元。夜雷雨。

十五日　晴。上午寄三弟《周评》一包。午后往八道弯量屋作图。

十六日　昙，晚雨。无事。

十七日　大雨。上午寄二弟信。为方叔买膏药二枚，寄三弟转交。下午许季上来假去泉卅。晚铭伯先生送肴二品。

十八日　昙。上午得二弟信,十一日高城发。午后大雷雨,室内浸水半寸。

十九日　雨。上午得三弟信,十五日发(五三)。得李霞卿信。午后晴。孙伏园来。寄三弟信(六一)。夜答李霞卿信。

二十日　晴。星期休息。上午收三弟所寄帐子一顶,茶叶一合。往妙光阁吊徐翼夫人丧。下午得李遐卿信。晚得钱玄同信。

二十一日　晴。上午寄二弟信。大学送来二弟之六月上半月奉泉百廿元。

二十二日　晴。上午寄三弟《周评》二张。得二弟信,十五日滨松发。下午孙伏园来。夜许诗荃来。

二十三日　晴。上午得三弟信,十九日发(五四)。午后拟买八道弯罗姓屋,同原主赴警察总厅报告[5]。往中央公园观监狱出品展览会[6],买蓝格毛巾一打,券三元。下午寄朱孝荃信。寄许诗荃信。晚钱玄同来。

二十四日　晴。上午寄三弟信(六二)。寄李遐卿信。

二十五日　晴。午得李遐卿信。夜孙伏园来。

二十六日　雨。上午寄二弟信。收本月奉泉三百。许季上还泉卅。得二弟信,廿一日东京发。为二弟及眷属租定间壁王氏房四大间,付泉卅三元。

二十七日　雨。星期休息。下午晴。孙伏园来。罗志希来。得李遐卿信。

二十八日　昙,下午晴。无事。

二十九日　晴。上午寄三弟《周评》二张。下午得三弟信,廿四日发(五五)。

三十日　晴。上午寄三弟信(六三)。午后同戴螺舲往看徐吉轩病。

三十一日　晴。上午得二弟信,二十四日发。寄钱玄同信并文稿八枚。[7]午后往护国寺理房屋杂务。晚宋紫佩来。夜雨。

* * *

〔1〕　周作人往日本接家属,8月10日回京。

〔2〕　休假　1917年张勋复辟结束后,国会定马场誓师讨张之日7月3日为"共和恢复纪念日",放假一天。

〔3〕　即《明天》。后收入《呐喊》。

〔4〕　孔德学校　以法国哲学家孔德(A. Comte,1798—1857)命名的一所中小学。1917年由北京大学部分同人筹办,并由北大一些师生担任教职。当时校址在方巾巷,后迁东华门大街。

〔5〕　赴警察总厅报告　清政府于光绪二十八年(1903)在北京设警察厅,民国后仍沿建制。民国政府规定,凡居民购房、修建等都由警察厅及其下属的警察分驻所管理。

〔6〕　监狱出品展览会　7月20日至23日,司法部在中央公园社稷坛举办监狱出品展览会,鲁迅应第一监狱教诲师宋琳之邀前往观看。

〔7〕　即《随感录六十一　不满》、《随感录六十二　恨恨而死》、《随感录六十三　"与幼者"》、《随感录六十四　有无相通》、《随感录六十五　暴君的臣民》、《随感录六十六　生命的路》六篇。后均收入《热风》。

八 月

一日　晴,下午昙。孙伏园来。

二日　晴。上午得三弟信,廿九日发(五六)。辰文馆寄来《俚谣》一册。大学遣工送二弟之六月下半月薪水百廿。午后往西直门内横桥巡警分驻所问屋事。晚子佩来谈。开译《或ル青年ノ夢》。[1]

三日　晴。星期休息。晚子佩来。钱玄同来。

四日　晴。上午得二弟信,廿六日发。寄三弟信(六四)并《周平》二张。午后托子佩买家具十九件,见泉四十。子佩、企莘、遐卿又合送倚子四个。下午得李遐卿信。

五日　晴。午后李遐卿来。下午许季上来。

六日　晴。上午得三弟信,二日发(五七)。得二弟信,七月廿八日发,又《访新村记》[2]稿十三枚,卅一日发。

七日　晴。上午得三弟信,三日发(五八)。得李遐卿信。得二弟信,七月卅一日发。寄季市《新青年》、《新潮》各一册。寄钱玄同信。下午敦古谊帖店持来《嵩顯寺碑记》一枚,购以券五元。晚宋子佩来。孙伏园来。夜寄朱孝荃信并规那丸十粒。

八日　晴,风。上午寄三弟信(六五)。

九日　晴,午后小雨一陈。寄许季上信。下午寿洙邻来。许骏甫来。

十日　昙。星期休息。午后二弟、二弟妇、丰、谧、蒙及重久君自东京来,寓间壁王宅内。晚宋子佩来。

十一日　晴。上午三弟寄来洋纱大衫二件。午后雨一陈。

十二日　晴。上午寄钱玄同信。下午得钱玄同信。晚小雨。

十三日　晴,大热。上午得钱玄同信,即复。

十四日　晴,热。无事。

十五日　雨,午后晴。下午钱玄同来。

十六日　晴。无事。

十七日　晴。星期休息。午后铭伯先生、诗荃、诗荀来。

十八日　晴。午后往市政公所[3]验契。得三弟信,十四日发(六十)。

十九日　晴。上午往浙江兴业银行取泉。买罗氏屋成,晚在广和居收契并先付见泉一千七百五十元,又中保泉一百七十五元。

二十日　晴。上午寄张梓生及三弟《周评》各二张。

二十一日　小雨,午后晴。往留黎厂买《刘雄头等造象》并侧三枚,券一元。往观音寺街买 Pepana 一瓶,盐一瓶,泉三元。访汤尔和。

二十二日　晴。下午寄三弟信。

二十三日　晴。下午罗志希、孙伏园来。夜风又雷雨。

二十四日　晴。星期休息。下午李遐卿来。

二十五日　晴。下午得李遐卿信并报纸二枚。夜许骏甫来。

二十六日　晴。上午收本月奉泉三百。

二十七日　晴。上午理发。午后雨一陈。

二十八日　晴。上午得三弟信,廿四日发。午后大雨。

二十九日　晴。无事。

三十日　晴。上午往浙江兴业银行存泉。往留黎厂买《元雯墓志》一枚,《元略墓志》一枚,共券七元。

三十一日　晴。星期休息。上午得陶书臣信并藤倚二个,付券十元。下午许诗荃来并交《吕超墓志》连跋一册,范寿铭先生赠。

* * *

〔1〕开译《或ル青年ノ夢》　《或ル青年ノ夢》,即《一个青年的梦》。四幕剧。日本武者小路实笃著。译文初发表于北京《国民公报》,刊至第三幕第二场时该报被禁,后经陈独秀建议,1920年1月起全文连载于《新青年》第七卷第二号至第四号。1922年7月由商务印书馆出版单行本。

〔2〕《访新村记》　即《访日本新村记》,周作人作。鲁迅于7日转寄钱玄同。后发表于《新潮》第三卷第一号。

〔3〕市政公所　管理城内修路、建筑测量等市政建设事务的政府机构。1928年后改为工务局。

九　月

一日　晴。无事。

二日　晴。无事。

三日　晴。下午得三弟信并汇券千[1],上月廿九日发。

四日　晴。午后往中国银行取泉千转存于浙江兴业银行。往留黎厂。

五日　晴。上午寄三弟信。晚宋子佩来。得陶书臣信并藤倚二,价券十一元。

六日　晴。午后二弟领得买屋冯单来。

七日　雨。星期休息。无事。

八日　昙。无事。

九日　晴。无事。

十日　晴。无事。

十一日　晴。上午得李霞卿信。

十二日　晴。无事。

十三日　雨。午后寄李遐卿信。下午钱玄同来。晚潘企莘来。夜得李遐卿信。风。

十四日　晴,风。星期休息。午后访铭伯先生。晚陶书臣来并赠铁制什器五件。得李遐卿信。

十五日　晴。下午得三弟信,十一日发。

十六日　晴。夜宋子佩来并赠茶一包。

十七日　晴,风。夜濯足。

十八日　晴。上午寄许季市、张梓生及三弟杂志各一卷。午后同齐寿山、徐吉轩及张木匠往八道弯看屋工。下午得李遐卿信。

十九日　晴。无事。夜得三弟信并泉六百。

二十日　晴。晨徐某打门扰嚷,旋去。午后往留黎厂。夜陶书臣来。

二十一日　晴。星期休息。午后陶书臣来,为保考试者四人。

二十二日　晴,午后昙。同陈仲骞、徐森玉、徐吉轩往市政公所议公园中图书馆事[2]。

二十三日　晴。无事。

二十四日　晴。无事。

二十五日　晴。无事。

二十六日　晴。午后往中国银行取泉。下午收本月奉泉三百。捐湖北水灾[3]赈款六元。晚小雨。

二十七日　晴。无事。

二十八日　雨。星期休息。午后罗及李来,为屋事。

二十九日　晴。上午得宋知方信。

三十日　晴。午后往孔庙演礼。

*　　　*　　　*

〔1〕　系绍兴新台门老屋售款的一部分。十九日所收汇款同。

〔2〕　公园中图书馆事　教育部拟在北京先农坛筹设图书馆及教育品萃卖所,派鲁迅等前往洽谈有关事宜。

〔3〕　湖北水灾　是年入夏后湖北大雨成灾,沿江二十多县均被水淹。

十　月

一日　晴,午后小雨。无事。

二日　晴。晨二时往孔庙执事,五时半毕归。午后许诗堇来并持交《或外小说》二本。晚宋子佩偕沈君来。夜雷雨。

三日　雨,下午晴。无事。

四日　昙。上午往兴业银行取泉,又买除痰药二合。下午晴。

五日　晴。星期休息。上午得沈尹默信并诗。午后往徐吉轩寓招之同往八道弯,收房九间,交泉四百。下午小雨。

六日　昙。午后往警察厅报修理房屋事。

七日　晴。无事。

八日　晴。旧历中秋,休假。上午孙伏园来。晚铭伯先生送肴二品。夜得李遐卿信。

九日　晴。无事。

十日　晴。休假。上午往八道弯视修理房屋。

十一日　昙。午后往洪桥警察分驻所验契。下午雨。

十二日　晴。星期休息。午洙邻兄来。午后同重君及丰往西升平园浴,并至街买什物。

十三日　晴。无事。

十四日　晴。午后往瑞蚨祥买布匹之类。夜齿痛。

十五日　晴。上午寄李遐卿信。午后服规那丸三粒。

十六日　晴。下午往八道弯宅。

十七日　晴。午后往留黎厂买张俊妻墓专三枚,《王僧男墓志》并盖二枚,《刘猛进墓志》前后二枚,《彭城寺碑》并阴及碑坐画象总三枚,共券十二元。下午付木工见泉五十。得李遐卿信。

十八日　晴,午后雨,晚复晴,大风。无事。

十九日　晴。星期休息。上午同重君、二弟、二弟妇及丰、谧、蒙乘马车同游农事试验场,至下午归,并顺道视八道弯宅。

二十日　昙。休假。午后访铭伯先生。下午风,晚晴。

二十一日　晴。无事。

二十二日　晴。无事。

二十三日　晴。下午往八道弯宅。

二十四日　晴。下午往大册阑买衣服杂物。

二十五日　晴,夜风。无事。

二十六日　晴。星期休息。无事。

二十七日　晴。上午收本月奉泉三百。付木工见泉五十。下午往自来水西分局,并视八道弯宅。

二十八日　晴。无事。

二十九日　晴。晨至自来水西局约人同往八道弯量地。夜大风。

三十日　晴,冷。晚宋子佩来。

三十一日　晴。午后理发。

十一月

一日　晴。下午往八道弯宅。

二日　晴。星期休息。上午李霞卿来。下午往留黎厂买《吕光□墓记》一枚,《李子恭造象》一枚,共券一元。往大册阑。

三日　晴。午后往浙江兴业银行取泉。

四日　晴。下午同徐吉轩往八道弯会罗姓并中人等,交与泉一千三百五十,收房屋讫。晚得李遐卿信。

五日　晴。无事。

六日　晴。无事。

七日　昙,风,午晴。下午往八道弯宅。

八日　晴。下午付木工泉五十。

九日　晴。星期休息。上午孙伏园、春台来。下午许诗荛来。

十日　昙。午后往八道弯。晚小雨。夜刘半农来。

十一日　晴。无事。

十二日　昙。上午往八道弯。

十三日　晴。上午托齐寿山假他人泉五百,息一分三厘,期三月。在八道弯宅置水道,付工值银八十元一角。水管经陈姓宅,被索去假道之费三十元,又居间者索去五元。下午在部会议。晚宋子佩来。

十四日　晴。午后往八道弯宅,置水道已成。付木工泉五十。晚潘企莘来。夜风。收拾书籍入箱。

十五日　晴。上午得李遐卿信,晚自至。夜收拾什物及书籍。

十六日　昙。星期休息。上午蒋抑卮来。午后寄遐卿信。下午许诗荛来并致铭伯先生及季巿所送迁居贺泉共廿。夜收拾什物在会馆者讫。风。

十七日　晴,夜风。濯足。

十八日　晴。午后往八道弯宅。得李遐卿信。

十九日　晴。午后得晨报馆信。

二十日　晴。上午往铭伯先生寓。午后得蒋抑之信。晚孙伏园来。宋子佩来。

二十一日　晴。上午与二弟眷属俱移入八道弯宅。[1]

二十二日　晴。上午寄晨报馆信。午后往留黎厂买嵩显寺及南石窟寺碑阴各一枚，佛经残石四枚，共券五元。往陈顺龙牙医生寓，属拔去一齿，与泉二。过观音寺街买物。夜风甚大。

二十三日　晴，风。星期休息。下午陈百年、朱遏先、沈尹默、钱稻孙、刘半农、马幼渔来。

二十四日　晴。下午寄晨报馆信。往历史博物馆。

二十五日　晴。午后得罗志希信。

二十六日　昙。上午收本月奉泉之半，计券一百五十。午后寄罗志希信。上书请归省。[2]付木工泉五十。重校《青年之梦》[3]第一幕讫。

二十七日　晴。午后补领本月奉泉百五十。

二十八日　晴。午后往前门外。

二十九日　晴。午后付木工泉百七十五，波黎泉四十。凡修缮房屋之事略备具。

三十日　晴，风。星期休息。午后朱遏先来。下午宋子佩来，又李遐卿来。

＊　　＊　　＊

〔1〕　移入八道弯宅　鲁迅是日迁此，至1923年8月2日移住砖塔胡同六十一号。共在此居住三年又八个月。

〔2〕　指请假回绍兴接母亲、朱安及周建人一家迁京定居。12月

1日启程,29日返京,共二十九天。

〔3〕 重校《青年之梦》 《青年之梦》,即《一个青年的梦》。此剧译文将重刊于《新青年》,故鲁迅重加校译。

十 二 月

一日 晴。晨至前门乘京奉车,午抵天津换津浦车。

二日 晴。午后到浦口,渡扬子江换宁沪车,夜抵上海。车中遇朱云卿君,同寓上海旅馆。

三日 雨。晨乘沪杭车,午抵杭州,寓清泰第二旅馆。午后至中国银行访蔡谷清。下午至捷运公司询事。夜往谷清寓饭。

四日 雨。上午渡钱江,乘越安轮,晚抵绍兴城,即乘轿回家。

五日 昙。下午传梅叔来。

六日 晴。午后车耕南来。郦藕人来。

七日 昙。星期。上午阮久孙来。午得蔡谷清信。

八日 晴。收理书籍。

九日 晴。上午得二弟信,五日发。下午心梅叔来。

十日 晴。无事。

十一日 雨。上午得二弟信并《新青年》七之一一册,七日发。午后似发热,小睡。夜服规那丸一粒。

十二日 昙。上午寄二弟信。

十三日 晴。午后寄陈子英信。下午得许季上信。晚郦藕人来。

十四日　晴。星期。下午寄许季上信。寄蔡谷青信。买专一枚,上端及左侧有字,下端二字曰"虞凯",馀泐,泉五角。

十五日　晴。午后得潘企莘信。

十六日　晴。上午得蔡谷青信。得二弟信,十二日发。

十七日　晴。上午陈子英来。晚张伯焘来。夜方叔出殡。

十八日　晴。无事。估人又取"虞凯"专去,言不欲售,遂返之。

十九日　晴。上午得朱可铭信。午后郦藕人来。晚传叔祖母治馔饯行,随母往,三弟亦偕。夜雨。

二十日　雨。午后寄潘企莘信。赙徐贻孙银一元。晚霁。

二十一日　晴。星期。上午得二弟信,十七日发。午后寄蔡谷青信。寄捷运公司信。晚心梅叔来。夜理行李粗毕。

二十二日　晴。晨寄徐吉轩信。寄朱可铭信。寄二弟信。与三弟等同至消摇溇扫墓[1],晚归。

二十三日　雨。上午得蔡谷青信并任阜长画一幅。午后画售屋押。

二十四日　晴。下午以舟二艘奉母偕三弟及眷属携行李发绍兴,蒋玉田叔来送。夜灯笼焚,以手按灭之,伤指。

二十五日　晴。晨抵西兴,由俞五房经理渡钱塘江,止钱江旅馆。谷青属孙君来助理。午后以行李之应运者付捷运公司。入城访谷青,还任阜长画。

二十六日　晴。晨乘杭沪车发江干。至南站前路轨损,遂停车,止上海楼旅馆,甚恶。夜半乘夜快车发上海。

二十七日　昙。晨抵南京,止中西旅馆。上午雨。午渡扬子江,风雪忽作,大苦辛,乃登车,得卧车,稍纾。下午发浦口。晚霁。

二十八日　晴。晚抵天津,止大安旅馆。

二十九日　晴。晨发天津,午抵前门站。重君、二弟及徐坤在驿相迓,徐吉轩亦令刘升、孙成至,从容出站,下午俱到家。

三十日　晴。上午赴部,送铭伯先生火腿一只,笋干一篓;徐吉轩两当二件,龙眼一篓;戴螺舲笋干一篓。午后理发。下午收本月奉泉三百。

三十一日　晴。上午送齐寿山龙眼一篓。午后往留黎厂买孔神通、李弘枰墓志各一枚,券四元。得墓志专四块,一曰"大原平陶郝厥",一曰"苌安雍州刘武妻",一曰"李臣妻",一曰"□阿奴",共见泉廿。又明器二事,一犬一鹜,出唐人墓中,共见泉二。专出定州,器出洛阳也。下午寄蔡谷青信。寄朱可铭信。

＊　　＊　　＊

〔1〕　消摇溇扫墓　消摇溇,绍兴城郊西南阮江村的地名。该地麦芽山上有鲁迅祖父周福清、生祖母孙氏、继祖母蒋氏墓。此次返乡期间,鲁迅又将父亲周凤仪、四弟椿寿及幼妹端姑之墓从南门外龟头山移至此处。

书　　帐

高洛周造象四枚　一·五〇　一月廿日

天平残造象三枚　〇·五〇

大学所臧契文拓本四册　一六·〇〇　一月廿一日

元文墓志一枚　二·〇〇　一月廿三日

元晫墓志一枚　五·〇〇

元玗墓志并盖二枚　三·〇〇

尔朱氏墓志二石合一枚　四·〇〇

南武阳阙画象九枚　六·〇〇　一月廿五日

残造象二枚　一·〇〇　　　　　　　　　三九·〇〇〇

端氏臧专拓片四百廿三枚　五〇·〇〇　二月十二日

开皇十三年残碑一枚　一·〇〇

端氏臧瓦当拓片卅二枚　二·〇〇　二月十六日

延熹土圭拓本一枚　三·〇〇　二月廿一日　　　五六·〇〇〇

端氏臧瓦当拓片二百六十枚　一四·〇〇　三月三日

蔡氏造老子象记一枚　齐寿山赠　三月二十六日

张□奴等残造象一枚　同上

龙门侍佛画象六枚　同上

刘平国开道刻石二枚　六·〇〇　三月二十九日

元徽墓志一枚　二·〇〇　　　　　　　　　二二·〇〇〇

仏像新集二册　五・〇〇　四月四日

涵芬楼秘笈第六集八册　三・五〇　四月七日

崔宣华墓志一枚　易得　四月十日

元珍墓志一枚　五・〇〇

中国名画第廿一集一册　一・五〇　四月十五日

艺术丛编三册　一五・〇〇　四月二十二日

艺术丛编增刊一册　一・五〇

定国寺碑并额二枚　一・五〇　四月廿九日

王氏残石一枚　一・〇〇

杂专拓片八枚　一・〇〇　　　　　　　三五・〇〇〇

映佛岩磨厓八枚　八・〇〇　五月十六日

南子俊造象二枚　一・〇〇

长孙夫人墓志一枚　一・〇〇

残墓志一枚　一・〇〇　五月二十日

陈世宝造象一枚　一・〇〇

马叔平所臧契文一册　四・〇〇　五月二十三日　一六・〇〇〇

丁房阙画象六枚　八・〇〇　六月一日

杨公阙一枚　二・〇〇

吕超墓志一枚　四・〇〇　六月五日

不全本朱鲔墓画象十四枚　三・〇〇　六月六日

达古斋所臧铜器拓片百枚　九・〇〇

合邑二百廿人造象四枚　阮翱伯寄赠　六月七日

邑子七十人等造象四枚　同上

七十人造象三枚　同上

391

杂金文拓片六枚　　三·〇〇　　六月十六日

西门豹祠〔堂〕碑并阴二枚　　二·〇〇　　六月廿八日

刘黑等造象一枚　　〇·五〇

僧慧炬造象一枚　　〇·五〇

鲁叔□等造象一枚　　一·〇〇

大信行禅师塔碑一枚　　二·〇〇　　　　　　三五·〇〇〇

南石窟寺碑一枚　　五·〇〇　　七月五日

王阿妃墓志一枚　　一·〇〇

新疆访古录一册　　一·〇〇　　七月七日

神州大观第十四集一册　　三·〇〇　　七月十四日　　一〇·〇〇〇

嵩显寺记一枚　　五·〇〇　　八月七日

刘雄头等造象并侧三枚　　一·〇〇　　八月二十一日

元雯墓志一枚　　三·五〇　　八月卅日

元略墓志一枚　　三·五〇

吕超墓志一枚跋一册　　范先生赠　　八月三十一日　　一三·〇〇〇

张俊妻刘墓专三枚　　二·〇〇　　十月十七日

王僧男墓志并盖二枚　　二·〇〇

刘猛进墓志二枚　　五·〇〇

彭城寺碑并阴、坐三枚　　三·〇〇　　　　　　一二·〇〇〇

吕光□墓记一枚　　〇·五〇　　十一月二日

李子恭造象一枚　　〇·五〇

嵩显寺碑阴一枚　　一·〇〇　　十一月二十二日

南石窟寺碑阴一枚　　二·〇〇

佛经残石四枚　　二·〇〇　　　　　　六·〇〇〇

孔神通墓志一枚　二·〇〇　十二月卅一日
李弘枰墓志一枚　二·〇〇　　　　　　　四·〇〇〇
一年共用券二百四十八元。

日 记 第 九

一 月

一日　晴。休假。午后潘企莘来。

二日　昙。休假。下午风。无事。

三日　晴。休假。下午陶书臣来。夜得铭伯先生信。

四日　晴。星期休息。下午钱玄同来。

五日　晴。上午寄张伯焘《国乐谱》二本。午后昙。往大册阑买被。又往留黎厂，因疑"郝厥"专是伪作，议易"赵向妻郭"专。

六日　昙。午后往本司胡同税务处税房契，计见泉百八十。晚骨董肆人来易专去，今一块文曰"京上村赵向妻郭"。夜风。

七日　昙。午后游小市。添买木器。

八日　晴。午后游小市，买磁玩具一。往历史博物馆。

九日　晴。午后寄铭伯先生信并杂志二本。

十日　晴。下午往池田医院为沛取药，并问李明澈君疾。晚本司同事九人赠时钟一、灯二、茶具一副。

十一日　昙。星期休息。上午微雪，夜风。无事。

十二日　晴，大风。上午得车耕南信。午后往池田医院延医诊沛，晚复往取药。晚背痛。

十三日　晴。午后赙季自求夫人券五元,与二弟同具。下午得阮和〔苏〕信,又别寄《程晢碑》、《宝泰寺碑》拓本各一枚,夜到。

十四日　晴。背痛,休假,涂松节油。

十五日　晴。午后游小市。

十六日　晴。午后往池田医院为沛取药。买家具。以重出之《吕超志》拓本在留黎厂易得晋郑舒夫人及隋尉娘墓志各一枚,作券四元。

十七日　晴。上午同僚送桃、梅花八盆。

十八日　晴。星期休息。上午蒋抑之来。午后孙伏园来。夜风。《或ル青年ノ夢》全部译讫。

十九日　晴。上午在越所运书籍等至京,晚取到。夜小风。

二十日　晴。午后往留黎厂同古堂买墨合、铜尺各二,为三弟。至德古斋买《王谋[诵]墓志》一枚,券三元。至浙江兴业银行访蒋抑之,不值,留笺并《嵇中散集》写本一册。夜风。

二十一日　晴。无事。

二十二日　晴。无事。

二十三日　晴。午后往历史博物馆。

二十四日　晴。午后往小市买《道俗七十八人等造象》、《昙陵昙初等造象》拓本各一枚,共券半元。腹写,夜服药二丸。

二十五日　晴。星期休息。午后李遐卿、赵之远来。许诗荃来。

二十六日　晴。下午赴国歌研究会[1]。

二十七日　晴。下午会议。

二十八日　昙。午后得羽太母信,廿一日发。

二十九日　昙。无事。

三十日　雨雪。无事。

三十一日　雨雪。上午得车耕南信。下午得李遐卿信并文三篇。夜风甚大。

* * *

[1] 国歌研究会　1919年11月由教育部设立,12月鲁迅、沈彭年、钱稻孙、李觉、陈锡赓被指派为干事。袁世凯任总统期间曾制定国歌《中国雄立宇宙间》,袁死后废止。北洋政府为制定新国歌,设立该会,延聘文学家、音乐家共同创作。1920年10月定《卿云歌》为国歌。国会决定自1921年7月1日起正式使用。1927年南京国民党政府成立后废止。

二　月

一日　昙,大风。星期休息。无事。

二日　晴。下午会议。

三日　晴。午后寄季市杂志一本。

四日　晴。下午得铭伯先生信。夜风。

五日　晴。午后寄铭伯先生信。

六日　昙。夜濯足。

七日　昙,午后晴。无事。

八日　晴。星期休息。上午张协和来。夜风。

九日　晴。上午赴京师图书分馆。午后往留黎厂买元延明、元钴远、元瑰、元维、于景、王诵妻元氏墓志各一枚,《于景志》盖一枚,《太平寺残摩厓》一枚,《开化寺邑义造象》四枚,共券廿元。下午收一月上半月奉泉百五十。还齐寿山所代假泉二百,息泉十一元七角。寄新潮社[1]信并李宗武稿一篇。

十日　晴。上午得宋知方信。寄阮和荪信。寄李遐卿信。

十一日　晴。午后访章子青,不值。下午得李遐卿信。

十二日　晴。休假。无事。

十三日　昙。无事。

十四日　微雪。无事。

十五日　晴。星期休息。下午整理书籍。

十六日　晴。上午得朱可铭信。收一月分后半月奉泉百五十。还齐寿山所代假百元。午后往徐吉轩寓。游小市。

十七日　雨雪。下午支本月奉泉二百四十。还齐寿山所代假泉二百,利泉八。

十八日　微雪。上午得金宅信。午后访铭伯先生,未见。

十九日　晴。休假。旧历除夕也,晚祭祖先。夜添菜饮酒,放花爆。徐吉轩送广柑、苹果各一包。

二十日　晴。休假。午后铭伯先生及诗荃来。

二十一日　昙。休假。无事。

二十二日　雨雪。星期休息。下午宋子佩来。夜风。

二十三日　晴,风。无事。

二十四日　晴。下午寄宋紫佩信借书。

二十五日　晴。午后往通俗图书馆借书。晚得宋紫佩信。

二十六日　大雪。病假。

二十七日　昙,下午晴。无事。

二十八日　昙。午后往留黎厂买元思、元文、李媛华墓志各一枚,残石一枚,有"祥光"等字,云出云南,共券八元。又石蜠一坐,泉三元。晚微雪。

二十九日　昙。星期休息。修理旧书。夜风。

＊　　＊　　＊

〔1〕　新潮社　北京大学部分学生和教员组织的社团。1918年11月19日成立。主要成员有傅斯年、罗家伦、杨振声、周作人等,曾出版《新潮》月刊、《新潮丛书》、《新潮文艺丛书》。1920年10月以后该社的出版发行工作由孙伏园、李小峰负责。鲁迅除曾为《新潮》月刊撰译稿件外,还将所著《呐喊》、《中国小说史略》和所译童话剧《桃色的云》等交由该社出版发行。

三　月

一日　晴。午后游厂甸,买齐《高厶残碑》并阴共二枚,券二元。又取伪作《鲁普墓志》一枚,不计值。

二日　晴。午后理发。

三日　晴。无事。

四日　晴。午后从齐寿山假泉五十。

五日　晴。午后至图书分馆访宋子佩。游厂甸,买元寿妃麹、宁陵公主、元羽墓志各一枚,共券十元。

六日　晴。午后至图书分馆访宋子佩。游厂甸,买《孔丛子》四本,《古今注》一本,《中兴间气集》二本,《白氏讽谏》一本,共券六元。

七日　晴。星期休息。午后蒯若木来。晚得宋紫佩信。

八日　晴。无事。

九日　昙。上午发邀客帖子。下午雨。

十日　晴。午后往前门外买药及吸入器,直共三元。

十一日　晴。无事。

十二日　晴。无事。

十三日　晴。午前裘子元持来拓片四种,前托其弟在新疆拓得者,一为《金刚经残刻》,一为《麹斌造寺碑》,一为《麹斌芝造寺界至记》,似即前碑之阴,一为《张怀寂墓志》。自选较善者各一种。

十四日　昙。星期休息。午宴同乡同事之于买宅时赠物者,共二席,十五人。得蒯若木函。

十五日　晴。无事。

十六日　晴。午赴西车站,蒯若木招饮,遇蒋抑之。下午得张伯焘函。

十七日　晴。孙冠华嫁妹,送礼一元。

十八日　晴。午后往孔庙演礼。

十九日　昙。夜小雨又风。无事。

二十日　晴。向晨赴孔庙,晨执事讫归睡,午后起。

二十一日　星期休息。下午蒋抑之来并还《嵇康集》一本。晚小雨,夜风。

二十二日　昙。午后往留黎厂。

二十三日　晴。晚许诗荀来。

二十四日　晴。无事。

二十五日　晴。午后往历史博物馆。

二十六日　晴。无事。

二十七日　昙,夜小雨。无事。

二十八日　昙。星期休息。无事。

二十九日　小雨。无事。

三十日　晴。午后从戴螺舲假泉百。

三十一日　晴。甚疲,请假。

四　月

一日　昙。续假。晚许季上来。夜极小雨下。

二日　晴。下午寄宋子佩信。谢仁冰嫁妹,送礼泉一。

三日　晴,大风。午后往留黎厂,买元遥及妻梁墓志各一枚,《唐耀墓志》一枚,共见泉五元。

四日　晴。星期休息。无事。

五日　晴。无事。

六日　晴。下午游护国寺。

七日　晴。午后会议。

八日　晴。休假。下午收到许季市所寄《嵩山三阙》拓本五枚,《嵩阳寺碑》并阴、侧合二枚,《董洪达造像》并阴、侧合二枚。

九日　晴。无事。

十日　昙。上午收三月上半月奉泉百廿。还戴芦舲百。高阆仙母生日,送公份三元。午后同钱稻孙游小市。夜风。

十一日　昙。星期休息。下午微雨即霁。

十二日　昙,风。无事。

十三日　晴。无事。

十四日　晴。午后何燮侯来访。

十五日　晴。上午得陈公侠信。得铭伯先生信。

十六日　晴。午后往铭伯先生寓。下午往江西会馆[1],赴国乐研究会。晚庭前植丁香二株。

十七日　晴。午后往午门。[2]

十八日　晴。星期休息。上午得未生信。下午马叔平、幼渔、朱遏先、沈士远来,赠叔平以新疆石刻拓片三种。

十九日　晴。午后游中央公园。下午至午门。

二十日　晴,风。午后游中央公园。下午至午门。理发。

二十一日　晴。上午收上月所余奉泉百八十。还齐寿山五十。午后寄陈公侠信。

二十二日　晴。午后至午门。

二十三日　晴。下午二弟购来《涵芬楼秘笈》第七、第八两集,共泉四元四角。晚钱稻孙钱沈尹默行,招饮,同席共九人。夜风。

二十四日　晴。午后往留黎厂买《剪灯新话》及《余话》共二册,泉五元。下午往午门。得朱可铭信。得马叔平信。

寄宋紫佩信还书。

二十五日　晴。星期休息。午后同母亲、二弟及丰游三贝子园。晚赴高阆仙招饮于江西会馆。浴。

二十六日　晴。无事。

二十七日　晴。午后往午门。晚钱稻孙来。得宋知方信。

二十八日　晴。午后往留黎厂买《刘华仁墓志》一枚,泉一元。又至青云阁买鞋一两,泉一元四角。下午往午门。夜风。

二十九日　昙,午后晴。无事。

三十日　晴。下午往午门。

*　　*　　*

〔1〕　江西会馆　在北京宣武门外大街,建于1883年(清光绪九年)。

〔2〕　为整理德国商人俱乐部"德华总会"藏书。德国在欧战中战败后,上海德国商人俱乐部所藏德、俄、英、法、日等文书籍由教育部作为战利品接收,堆放在午门楼上进行分类、整理。鲁迅参加这项工作,负责审阅德、俄文书籍。本年4月至11月日记中有关"往午门"的记载均指此事。后来鲁迅翻译《工人绥惠略夫》的底本即来自这批德文书。

五　月

一日　晴。午后往午门。

二日　晴。星期休息。上午以高阆仙母八十寿辰,往江西会馆祝,观剧二出而归。得陈公侠信。

三日　晴。午后往午门。

四日　晴。下午寄朱可铭信。寄宋知方信。晚许骏甫来。

五日　昙,晚极小雨。无事。

六日　晴。下午往午门。

七日　晴。无事。

八日　晴。下午往午门。

九日　晴。星期休息。无事。

十日　昙。午后往留黎厂。

十一日　晴。上午齐寿山赠《元绪墓志》一枚。下午往午门。晚至中央公园俟二弟至饮茗。[1]

十二日　晴。午后往午门。夜濯足。

十三日　昙。小疾休息。

十四日　晴。下午收四月份半俸泉百五十。

十五日　昙,下午小雨。无事。

十六日　昙。星期休息。沛周岁,下午食面饮酒。小雨。

十七日　晴。新潮社送《科学方法论》一册。

十八日　晴。无事。

十九日　晴。沛大病,夜延医不眠。

二十日　晴。黎明送沛入同仁病院[2],芳子、重久同往,医云肺炎。午归,三弟往。下午作书问三弟以沛状,晚得答,言似佳。

二十一日　晴。上午往病院。

二十二日　晴。在病院。托二弟从齐寿山假泉百。

二十三日　晴,大风。星期休息。在病院,上午一归,晚复往。

二十四日　晴。在病院,沛病甚剧。下午往大册阑购物。

二十五日　昙。在病院,晚归。夜半重久来,言沛病革,急复驰赴病院。

二十六日　晴。沛转安。上午往部。夜在病院。

二十七日　晴。上午往部。夜在病院。

二十八日　晴。上午往部。夜在病院。

二十九日　昙。上午往部。午后访汤尔和。往留黎厂买元谧、元恩、元顼、李元姜墓志各一枚,计泉五元。下午往病院,晚归家。雷雨一陈。

三十日　雨。星期休息。上午濯足。午后晴。晚往病院。

三十一日　晴。上午往部。夜在病院。

* 　* 　*

〔1〕 为参加胡适邀集的《新青年》第八卷编辑讨论会。出席者有李大钊、胡适、张申甫、钱玄同、顾孟余、陶孟和、陈百年、沈尹默、严慰慈、王星拱、朱遏先、周作人等共十二人。

〔2〕 同仁病院　又称同仁会北京医院,1904年日本财团法人同仁会设于东单。本年7月直皖战争中,鲁迅曾将家属送往该院避难。

六　月

一日　晴。上午往部,午回家。得宋子佩信。夜在病院。

二日　昙。上午往部。午后理发。夜在病院。雷雨。

三日　晴。上午往部。还子佩书一册。午回家。夜在病院。雷雨。

四日　晴。上午往部。夜在病院。

五日　晴。上午往部。夜在病院。

六日　晴。星期休息。上午母亲与丰至病院视沛,乃同回家。晚小雨。许诗荀来。

七日　晴。午往病院。下午赴国歌研究会。夜在病院。

八日　晴。上午往部。下午往病院,晚归家。

九日　晴。上午往部。夜在病院。大雨。

十日　昙。上午往部。午晴,归家。夜在病院。

十一日　晴。上午往部。从戴螺舲假泉五十。夜在病院。

十二日　晴。上午在部。午往通俗图书馆。夜在病院。大雨。

十三日　雨。星期休息。在病院。下午得钱稻孙信。

十四日　昙。上午在部。夜在病院。

十五日　晴。上午往部。下午收四月下半月奉泉百五十。还戴螺舲五十。保俞物恒留学美国。夜雨,回家。

十六日　晴。无事。

十七日　晴。午后往同仁病院略视。下午得李霞卿信。

十八日　晴,大风。晚许诗荀来。

十九日　晴。午后往同仁病院视沛。

二十日　晴。星期,又旧端午,休息。

二十一日　晴。休假。无事。

二十二日　晴。上午收五月上半月奉泉百五十。午后往同仁病院视沛。下午得刘半农信片,五月三日英国发。

二十三日　晴。无事。

二十四日　晴。午后往同仁病院。往历史博物馆。夜风。

二十五日　小雨,午后晴。二弟买来《神州大观》第十五集一册,泉一元五角。

二十六日　晴。午后往同仁医院视沛,二弟亦至,因同至店饮冰加非,又至大学[1]。夜风。

二十七日　晴。星期休息。晚大风,雷,小雨,夕复晴。

二十八日　晴。午后往留黎厂买《元容墓志》一枚,泉乙。

二十九日　晴。无事。

三十日　晴。午后往同仁病院。下午得朱可铭信。

*　　　*　　　*

[1]　至大学　是日两人在北京大学得到陈望道致二人信及所译《共产党宣言》第一个中文全译本。

七　月

一日　晴。午后往同仁病院。

二日　昙,上午小雨。

三日　晴。休假。无事。

四日　晴。星期休息。晚大雨。无事。

五日　晴。上午部开茶话会。午后往同仁病院视沛。晚李遐卿来。夜小雨。

六日　晴。休假。母亲病，夜延山本医士诊。

七日　晴。无事。

八日　晴。无事。

九日　晴。上午德三至部来访。午后往齐寿山家，饭后乃至同仁病院视沛。下午得尹默信。

十日　晴。上午收五月奉泉卅。又从齐寿山假泉四十。

十一日　晴。星期休息。无事。

十二日　晴。上午往山本病院[1]。下午雨。

十三日　晴。上午往同仁医院。下午沛退院回家。从齐寿山假泉卅。晚罗志希、孙伏园来。夜雷雨。

十四日　晴。无事。

十五日　小雨，午晴。下午沛腹写，延山本医生诊。夜雨。

十六日　晴。晨沛复入同仁病院。上午从本部支五月余奉百廿。

十七日　曇。下午宋子佩来。钱玄同来。

十八日　晴。星期休息。消息甚急。[2]夜送母亲以下妇孺至东城同仁医院暂避。

十九日　晴。上午母亲以下诸人回家。

二十日　晴。午至山本医院取药。

二十一日　晴。下午理发。

二十二日　晴。午前往山本医院取药。

二十三日　晴。无事。

二十四日　晴。午前往山本医院取药。买书架六。下午整理书籍。

二十五日　晴。星期休息。理书。

二十六日　晴。无事。

二十七日　大雨。上午从齐寿山假泉十。

二十八日　晴。无事。

二十九日　晴。无事。从齐寿山假泉廿。

三十日　晴,大热。无事。

三十一日　无事。

＊　　＊　　＊

〔1〕　山本病院　即山本医院,日本人山本忠孝开设于旧刑部街。1920年至1926年间鲁迅及其亲友常往该院治病。三一八惨案后,鲁迅曾在该院避难。

〔2〕　指直皖战争中皖军溃败的消息。本年7月8日开始的直皖战争,15日在京郊大战,18日皖军溃败,企图窜入北京,引起市民惊恐。19日皖系段祺瑞通电辞职后停战。

八　月

一日　晴。星期休息。无事。

二日　晴。上午得车耕南信。午后从徐吉轩假泉十五。从戴芦舲假泉廿。

三日　晴。无事。

四日　昙,下午雨。无事。

五日　晴。午前往山本医院取药。小说一篇[1]至夜写讫。

六日　晴。晚马幼渔来送大学聘书[2]。得李遐卿信。

七日　晴。上午寄陈仲甫说一篇。午前往铭伯先生寓。

八日　晴。星期休息。无事。

九日　晴。无事。

十日　昙。夜写《苏鲁支序言》[3]讫,计二十枚。

十一日　晴。无事。

十二日　晴。无事。

十三日　晴。午前访章子青先生,取泉卅,由心梅叔汇来。

十四日　晴。上〔午〕还徐吉轩泉十五。下午昙。

十五日　晴。星期休息。无事。

十六日　晴。晨访蔡先生,未遇。晚寄汤尔和信。

十七日　晴。上午寄蔡先生信。

十八日　晴,下午昙,风。无事。

十九日　小雨。无事。

二十日　晴。上午从齐寿山假泉十。下午雨。晚得蔡先生信。

二十一日　昙。下午宋子佩来。寄蔡先生信。晚李遐卿来并送平水新茗一包。

二十二日　昙。星期休息。午后晴。无事。

二十三日　晴。午后寄李遐卿信,假泉十二。夜雨。

二十四日　晴。上午从齐寿山假泉十。得李遐卿信。寄朱孝荃信。

二十五日　晴。无事。

二十六日　晴。午后得李遐卿信,即复,并假来泉八。傍晚雨一陈。得高等师范学校信[4]。夜寄毛子龙信。

二十七日　晴,下午雨一陈,夜大雨。无事。

二十八日　昙,午后晴。无事。

二十九日　晴。星期休息。午后整理书籍。

三十日　晴。午后往留黎厂。又至青云阁买鞋一双。

三十一日　晴。无事。

* * *

〔1〕　即《风波》。此稿7日寄陈独秀。后收入《呐喊》。

〔2〕　大学聘书　指北京大学聘任鲁迅为国文系讲师的聘书,讲授中国小说史等课。1923年后又被增聘为北京大学研究所国学门委员会委员。

〔3〕　《苏鲁支序言》　德国尼采作,鲁迅译文发表于《新潮》第二卷第五期(1920年9月),发表时题作《察拉图斯忒拉的序言》。后收入《译丛补》。

〔4〕　指收到北京高等师范学校聘任信。参看本卷第232页注〔2〕。

九　月

一日　昙。下午得高师校信。夜雨。

二日　晴。上午寄大学信。寄高师校信。

三日　晴。无事。

四日　晴。上午寄女子师范学校[1]信。

五日　昙。星期休息。夜小雨。无事。

六日　晴,夜风。无事。

七日　晴。无事。

八日　昙。上午得宋知方信。得高师校信。

九日　昙。无事。

十日　晴。午后访宋子佩。下午得高师校信。

十一日　昙。午后访宋子佩,假泉六十。夜雨。

十二日　雨。星期休息。无事。

十三日　雨。休息。无事。

十四日　昙。无事。

十五日　晴。午后理发。

十六日　昙,风。无事。

十七日　晴。无事。

十八日　晴。无事。

十九日　晴。星期休息。晨得高师校信。得时事新报馆信[2]。

二十日　昙。无事。夜雨。

二十一日　晴。无事。

二十二日　小雨,上午晴。得封德三信。下午得高师校信。得朱可铭信。

二十三日　晴,夜雨。无事。

二十四日　昙。下午收六月上半月奉泉百五十。还戴螺舲泉廿。

二十五日　晴。下午孙伏园来谈丛书事。[3]晚齐寿山至自西山,并赠梨实、核桃各一包。

二十六日　晴。星期,又旧历中秋,休息。晚微雨。无事。

二十七日　昙。补中秋假。上午朱可铭来。晚雨。

二十八日　昙。上午还齐寿山泉廿。夜濯足。

二十九日　晴。午后寄时事新报馆文一篇。[4]夜雨。

三十日　晴。无事。

＊　　＊　　＊

〔1〕　女子师范学校　即北京女子高等师范学校,后改称北京女子师范大学,日记又作女师、女师校、女师范校、女子师校、女子师范、女子师范校、女高师校、女师大、女子师范大学、第二师范学院、女子文理学院。位于宣武门内石驸马大街。其前身为1908年(清光绪三十四年)设立的京师女子师范学堂,1912年改称北京女子师范学校。1919年改组为国立北京女子高等师范学校,1924年改为国立北京女子师范大学。鲁迅于1923年10月兼任该校国文系讲师,讲授中国小说史等课。1925年女师大风潮中,他支持学生运动。1928年该校改称北平大学第二师范学院,后又改称北平大学女子文理学院。鲁迅1929年和1932年两次北上探亲时都曾应邀前往讲演。

〔2〕　上海《时事新报》副刊《学灯》拟出国庆专辑,来信向鲁迅约稿。

〔3〕　指新潮社准备出版《文艺丛书》事。

〔4〕　即《头发的故事》。后收入《呐喊》。

十 月

一日　昙。上午复高师校信。下午小雨。

二日　昙,夜雨。无事。

三日　晴。星期休息。下午子佩来。夜风。

四日　晴。无事。

五日　晴。无事。

六日　晴,夜大风。

七日　晴。无事。

八日　晴。孔诞休息。上午马幼渔来。

九日　晴。无事。

十日　晴。星期休息。上午得陈百年明信片。午后往美术学校国歌研究会听演唱。[1]下午得钱玄同明信片。

十一日　昙。补昨双十节假。上午齐寿山来。晚雷雨一陈。

十二日　晴。无事。

十三日　晴。夜得封德三信。

十四日　晴。午后寄封德三信。

十五日　晴。夜得李霞卿信。

十六日　昙。晚朱可铭往许州去。

十七日　晴。星期休息。无事。

十八日　晴。上午收六月下半月奉泉百五十。还李遐卿泉廿。午后同徐吉轩往中央公园顺直赈灾会[2]。

十九日　晴。夜得宋子佩信片。

二十日　晴,夜小风。无事。

二十一日　晴。无事。

二十二日　晴。夜得北京大学信。译《工人绥惠略夫》[3]了,共百廿四枚。

二十三日　晴。上午复大学信。

二十四日　晴。星期休息。上午许季上来。

二十五日　晴。上午得封德三信。

二十六日　晴。无事。

二十七日　晴。上午从齐寿山假泉二百。夜月食。

二十八日　昙。午后游小市。

二十九日　晴。无事。

三十日　晴。无事。

三十一日　晴。星期休息。无事。

※　　※　　※

〔1〕往美术学校国歌演唱会听演唱　美术学校,即北京美术学校,在西单京畿道。是日,教育部在该校召开国歌审定会,延请北京各机关长官莅会评审,并派教育部各级官员多人为接待员,鲁迅为其中之一。

〔2〕中央公园顺直赈灾会　本年陕西、河南、直隶、山东、山西五省大旱,灾民二千五百万人,死亡五十万人,灾区共达三百十七县。其中直隶九十余县颗粒不收。本月16、17、18三天在中央公园举行顺直赈灾游艺会进行募捐。

〔3〕译《工人绥惠略夫》　鲁迅据德译本重译。在齐寿山帮助下整理后,次年4月18日寄沈雁冰,发表于《小说月报》第十二卷第七至

九、十一至十二号(1921年7月至9月、11月至12月)。

十 一 月

一日　晴。无事。

二日　晴。午后往留黎厂,在中华书局豫约《簠室殷契类纂》一部,先付半价见泉二元。

三日　昙。午后往许季上寓,又引其子至山本病院诊。下午大风。封德三来部,假与泉五元。夜微霰即止。

四日　晴。无事。

五日　晴。夜濯足。

六日　晴。无事。

七日　晴。星期休息。夜小雨。无事。

八日　昙。无事。

九日　晴。午后得封德三信。下午理发。寄仲甫说一篇[1]。

十日　晴。无事。

十一日　晴。午后封德三来部,假与泉十五。

十二日　晴。午往图书分馆访子佩,借《文苑英华》六本。

十三日　晴。无事。

十四日　晴。星期休息。上午得李遐卿信。

十五日　晴。无事。

十六日　晴。上午收七月分奉泉三百。还齐寿山二百。

十七日　晴。无事。

十八日　昙。午后往图书分馆。夜小雨。

十九日　晴。午后往午门。

二十日　晴,风。晚马幼渔来,赠以重出之《会稽掇英集》一部。

二十一日　晴。星期休息。无事。

二十二日　晴。下午得李遐卿信。

二十三日　晴。发热,休息。上午服蓖麻子油二勺,写二次。

二十四日　晴。午李遐卿持来《小説ノ作リ方》一本,其弟宗武见赠者。午后得宋紫佩信并订成之书二十六本,工泉千。

二十五日　晴。病,休息。夜服规那十厘。

二十六日　晴。病,休息。夜服规那十厘。

二十七日　晴。上午从齐寿山假泉十。下午得青木正儿信,由胡适之转来。[2]

二十八日　晴。星期休息。订旧书。午后昙。

二十九日　晴。疲劳,休息。

三十日　晴。无事。

* 　*　 *

〔1〕　即《幸福》。小说,俄国阿尔志跋绥夫作,鲁迅译文发表于《新青年》第八卷第四号(1920年12月),后收入商务印书馆《现代小说译丛》。

〔2〕　本年9月,青木正儿在所编《支那学》杂志第一至第三号发表《以胡适为中心潮涌浪漩着的文学革命》一文,对鲁迅及其《狂人日

记》作了较高的评价,称鲁迅为"有远大前程的作家"。本月又来信致意,鲁迅于12月14日复信致谢。参看201214(日)致青木正儿信。

十 二 月

一日　晴。上午从李遐卿假泉卅。

二日　昙。上午收八月上半月奉泉百五十。还齐寿山泉十。午后往留黎厂买汉残碑阴一枚,《田迈造象》并侧三枚,《惠究道通造象》〔一〕枚,杂造象五种六枚,共泉四元。夜风。

三日　昙。无事。

四日　昙,夜雨雪。无事。

五日　雨雪。星期休息。晚朱遏先、马幼渔来。

六日　晴。无事。

七日　微雪。休假。午后同母亲至八宝胡同伊东牙医院[1]疗齿。

八日　晴。午后游小市。

九日　昙。上午寄大学信,晚得答。

十日　晴。无事。

十一日　晴。夜濯足。

十二日　晴。星期休息。夜大风。无事。

十三日　晴。午后往张阆声寓借《说郛》两本。

十四日　晴。无事。

十五日　晴。上午从齐寿山假泉五十。寄青木正儿信。

十六日　晴。午后往图书分馆还子佩代付之修书泉一千文。往留黎厂。夜地震约一分时止。[2]

十七日　晴。下午得高等师范学校信。

十八日　昙。午前许骏夫来。午后大风。

十九日　晴。星期休息。无事。

二十日　晴。午后寄张阆声信并书二种七本。

二十一日　晴。无事。

二十二日　晴。冬至,休假。

二十三日　晴。得许季上信,星加坡发。

二十四日　晴。午许季巿来。午后往大学讲。[3]

二十五日　晴。休假。下午钱玄同来并代马叔平还《孝堂山石刻》。

二十六日　晴。星期休息。下午许季巿来并送南丰桔一合。夜风。

二十七日　晴。无事。

二十八日　晴。上午从齐寿山假泉廿。

二十九日　昙,午后晴。午后从朱孝荃假泉五十。

三十日　雨雪。无事。

三十一日　晴,午后微雪。往留黎厂买《三体石经残石》一枚,杂造象四种五枚,一元。晚收八月下半月及九月分奉泉四百五十。还齐寿山百七十,朱孝荃五十。

*　　*　　*

〔1〕　伊东牙医院　日本人伊东丰作经营的牙科医院,在北京崇文门内八宝胡同。

〔2〕　地震约一分时止　甘肃海原地区发生强烈地震,波及北京。

〔3〕 本日开始在北京大学国文系讲课。初为每周五讲一小时"中国小说史"课程,后渐增至一周三次,课程增加文艺理论,讲厨川白村的《苦闷的象征》。

书　　帐

程哲碑一枚　和荪兄赠　一月十三日

宝泰寺碑一枚　同上

郑舒夫人残墓志一枚　以吕超志易得　一月十六日

尉富娘残墓志一枚　同上

王诵墓志一枚　三・〇〇　一月二十日

昙陵昙初等造象一枚　〇・二〇　一月二十四日

道俗七十八人等造象一枚　〇・三〇　　　　　三・五〇〇

元延明墓志一枚　四・〇〇　二月九日

元钻远墓志一枚　二・〇〇

于景墓志并盖二枚　三・〇〇

元瑰墓志一枚　二・〇〇

元维墓志一枚　二・〇〇

王诵妻元氏墓志一枚　四・〇〇

太平寺残摩厓一枚　一・〇〇

开化寺造象四枚　二・〇〇

元思墓志一枚　二・〇〇　二月二十八日

李媛华墓志一枚　四・〇〇

元文墓志一枚　二・〇〇

祥光残碑一枚　二・〇〇　　　　　　　　　三〇・〇〇〇

高厶残碑并阴二枚　二·〇〇　三月一日

宁陵公主墓志一枚　四·〇〇　三月五日

元羽墓志一枚　三·〇〇

元寿妃麹墓志一枚　三·〇〇

孔丛子四册　一·〇〇　三月六日

崔豹古今注一册　二·〇〇

中兴间气集一册　二·〇〇

白氏讽谏一册　一·〇〇

金刚经残石一枚　裘君从新疆拓寄

麹斌造寺碑一枚　同上

麹斌芝造寺界至记一枚　同上

张怀寂墓志一枚　同上　　　　　一八·〇〇〇

元遥墓志一枚　见泉二·〇〇　四月三日

元遥妻梁墓志一枚　二·〇〇

唐耀墓志一枚　一·〇〇

嵩山三阙五枚　许季市寄来　四月八日

嵩阳寺碑二枚　同上

董洪达造象二枚　同上

涵芬楼秘笈第七集八册　二·二〇　四月二十三日

涵芬楼秘笈第八集八册　二·二〇

剪灯新话及余话二册　五·〇〇　四月廿四日

刘华仁墓志一枚　一·〇〇　四月二十八日　见泉一五·四〇〇

元绪墓志一枚　齐寿山赠　五月十一日

元谳墓志一枚　二·〇〇　五月廿九日

元恩墓志一枚　一・〇〇

元项墓志一枚　一・〇〇

李元姜墓志一枚　一・〇〇　　　　　　　　　　五・〇〇〇

神州大观第十五集一册　一・五〇　六月廿五日

元容墓志一枚　一・〇〇　六月廿八日　　　　　二・五〇〇

汉碑阴残石一枚　〇・五〇　十二月二日

田迈造象并侧三枚　一・〇〇

惠究道通造象一枚　〇・五〇

杂造象五种六枚　二・〇〇

三体石经残石一枚　一・〇〇　十二月卅一日　　六・〇〇

杂造象四种五枚　一・〇〇

　　总计用券五一・五元，六折合见泉三〇・九元，又见泉二八・九元，总合用泉五一・八元。

日 记 第 十

一 月

一日　晴,大风。休假。无事。

二日　晴。休假。星期。上午得张伯焘信。下午孙伏园来。

三日　晴。休假。午后得胡适之信,即复。

四日　晴。休假。上午洙邻兄来。下午宋子佩来。

五日　晴。午后往留黎厂买王世宗等造象二枚,杂造象五种六枚,共三元;杂专拓片七枚,一元;《豆卢恩碑》一枚,一元。又以《李璧墓志》、龙门廿品、磁州六种换得《元景造象》、《霍扬碑》各一枚。

六日　晴。午同季市至益昌饭。下午代二弟寄羔皮一件于陈兴模南京。

七日　晴。午后寄马叔平信并还怡安堂振券价泉五元。

八日　晴。无事。

九日　晴。星期休息。无事。

十日　晴。午后从陈师曾索得画一帧。夜风。

十一日　晴。无事。

十二日　昙。午后往高师校讲。[1]

十三日　晴。无事。

十四日　晴。午后往大学讲。

十五日　晴。午后寄高师校信并名簿。

十六日　晴。星期休息。晚得宋子佩信。

十七日　晴。午后理发。

十八日　昙。夜濯足。

十九日　晴。上午得玄同信。午后往高师校讲。

二十日　晴。上午寄李守常信。下午还图书分馆书。

二十一日　晴。午后往北京大学讲。寄高等师范学校讲义稿并信。夜风。

二十二日　晴。下午宋紫佩来。

二十三日　晴。星期休息。无事。

二十四日　晴。无事。

二十五日　晴。午后寄张伯焘信并《国乐谱》一枚。下午同徐吉轩至护国寺视市集。夜得胡适之信。

二十六日　晴。上午得啸唫阮宅[2]信,言姨母于阴历十二月十三日丑时逝世。午后往高等师范学校讲。在德古斋买得《元飍墓志》,《元详墓志》各一枚,共二元。又杂专拓片三枚,《李苞题名》残刻一枚,各五角。在利远斋买梨膏一瓶,糖果六十个。以胡适之信转寄钱玄同。[3]

二十七日　雨雪。上午寄朱可铭信。夜风。

二十八日　晴。午后往大学讲。下午往留黎厂取得《簠室殷契类纂》一部四册,合前豫约所付共泉四元。寄高师校讲稿。

二十九日　晴。无事。

三十日　晴。星期休息。无事。

三十一日　晴。无事。

*　　*　　*

〔1〕　往高师校讲　本日开始在北京高等师范学校国文系讲中国小说史课程。自此时起至1922年12月每周三下午、1923年至1925年6月每周五上午授课。

〔2〕　啸唫阮宅　啸唫，地名，位于绍兴城北三十公里（今属上虞）。鲁迅大姨母嫁当地阮有俊。

〔3〕　1920年底与1921年初，胡适两次写信给《新青年》同人，指责该刊宣传马克思主义的"色彩过于鲜明"，提出发表宣言说明"不谈政治"，改变编辑方针。本年1月3日，鲁迅收到他第一封信，即复函表示"以为不必"；25日得第二封信后，又再次表示异议。

二　月

一日　晴，夜风。无事。

二日　晴。午后往蒯若木家吊其夫人。往师校讲。

三日　晴。午后收去年十月份奉泉三百。付振捐十五。还齐寿山百元。寄日本京都其中堂[1]信并泉四元四十钱购书。

四日　晴。上午收去年十一月上半俸泉百五十。还李遐卿泉卅。午后往大学讲，复在新潮社小坐。寄蟫隐庐信并泉四元四角购书。下午在学界急振会[2]。晚收大学九月、十月薪水共泉卅六。

五日　晴。上午寄阮宅信并奠仪三元。午后往留黎厂买

《霍君神道》一枚,段济、郭达、李盛墓志各一枚,《段模墓志》并盖二枚,梁瑰、孔神通墓志盖各一枚,《樊敬贤造象》并阴二枚,共泉六元。买商务书馆所印宋人小说五种七册,共泉二元。下午同徐吉轩至护国寺集买得条卓一个,泉二元。

六日 晴。星期休息。午后往留黎厂买《元鸾墓志》一枚,壹元。又买商务馆印宋人小说十五种共二十二册,六元。

七日 晴。午后至山本医院为徐吉轩译。夜得胡适之信。

八日 晴。春节休假。上午寄新青年社说稿一篇。[3]

九日 晴。休假。无事。

十日 昙。休假。上午张仲苏来。

十一日 晴。无事。

十二日 昙。休假。校《嵇康集》一过。

十三日 晴。星期休息。无事。

十四日 晴。午后至浙江兴业银行购汇券五十。略看留黎厂。在商务印书馆买《涑水纪闻》一部二册,《说苑》一部四册,共一元二角。夜钱玄同送来《汉宋奇书》一部二十本。

十五日 晴。上午寄宋紫佩信并汇券泉五十。晚风。

十六日 晴,大风。上午其中堂寄来《水浒画谱》二册,《忠义水浒传》前十回五册,书目一册。午后往高等师范校讲。

十七日 晴。午后游厂甸。

十八日 晴,风。午后往大学讲。

十九日 晴。上午得其中堂书店信。午后寄李遐卿信。

寄蟫隐庐信。

二十日　晴。星期休息。上午得李遐卿信。

二十一日　晴。午后寄大学讲稿,三弟持去。晚得钱玄同信并代买《新话宣和遗事》四本,价泉四元。

二十二日　晴。上午得阮宅信。得蟫隐庐信片并《拾遗记》二本,甚劣,价八角。

二十三日　晴。上午寄蟫隐庐信。午后往高师校讲。过留黎厂,买《铁桥漫稿》一部四本,洋三元。

二十四日　晴。夜得李守常信。得大学信。

二十伍日　昙。上午在途中捐急赈一元。下午往美术学校。得和孙信。

二十六日　晴,大风。上午得宋紫佩信,廿一日绍兴发。夜濯足。

二十七日　晴。星期休息。午后同重君、三弟及丰游公园,又登午门,在楼上遇李遐卿,又同游各殿,饮茗归。

二十八日　昙。从张阆声假得《青琐高议》残本一册,托三弟写之。夜风。

*　　*　　*

〔１〕　其中堂　日本京都的一家古籍书店。1921年至1929年间鲁迅常向它邮购书籍。

〔２〕　学界急振会　1920年华北五省大旱,全国组织急募赈款大会,本日教育部成立学界急赈会。

〔３〕　即《故乡》。后收入《呐喊》。

三　月

一日　昙,大风。无事。

二日　昙,风。午后往高师讲。买《邑义五十四人造象》一枚,云出山西大同,又《敬善寺石象铭》一枚,共泉一元。以明刻六卷本《嵇中散集》校文澜阁本[1]。

三日　晴。无事。

四日　晴,风。午后往大学讲。

五日　晴。无事。

六日　晴,风。星期休息。无事。

七日　晴。午后往徐吉轩寓,代为延医诊视。晚得李君宗武信。

八日　昙。午后往徐吉轩寓。下午校《嵇中散集》毕。

九日　晴。午后往高师校讲。往图书分馆访子佩,尚未到。

十日　晴。下午访徐吉轩。晚子佩来并持来托购之宋人说部书四种七册,《艺术丛编》九册,共二十六元二角四分,又赠茶叶一袋,板鸭一个,笔四支。夜风。

十一日　晴,风。午后往大学讲。[2]

十二日　晴,风。午后往孔庙演礼。

十三日　晴。星期休息。下午风。无事。

十四日　晴。午后访徐吉轩。李君宗武为买得《北斋水浒画伝》一本,价一元二角,由遐卿交来。夜写《青琐高议》讫[3]。

十五日　未明赴孔庙执事。昙。

十六日　晴。上午寄马幼渔信。收去年十一下半月奉泉百五十。付振捐廿七,煤泉廿八。下午至图书分馆补还紫佩泉六元二角四分,合前汇买书余泉,共还泉卅。往留黎厂。寄邵次公以《域外小说集》一本。

十七日　晴。午后蟫隐庐寄来《拾遗记》一本,又《搜神记》二本,不全。

十八日　晴。上午寄蟫隐庐信并还《搜神记》。

十九日　昙,夜风。无事。

二十日　晴。星期休息。下午理发。夜校《嵇康集》,用赵味沧校本。

二十一日　晴。无事。

二十二日　晴。无事。

二十三日　昙。午后往留黎厂买云峰山题刻零种三种四枚,杂专拓片三枚,共泉二元五角。又为历史博物馆买瓦当二个,三元。夜微雪。

二十四日　微雪。无事。

二十五日　昙。无事。

二十六日　雨雪。无事。

二十七日　晴。星期休息。上午得马叔平信。夜落门齿一枚。

二十八日　晴。无事。

二十九日　晴。上午得李鸿梁信。从齐寿山假泉五十。下午二弟进山本医院。〔4〕

三十日　晴。午后往山本医院。

三十一日　昙。午后往留黎厂买《陑赤齐造象》三枚，《孙旿卅人等造象》三枚，共二元；《宋仲墓志》一枚，五角。晚孙伏园来。

＊　　＊　　＊　　＊

〔1〕　以明刻六卷本《嵇中散集》校文澜阁本　六卷本指明代张燮编刻的《七十二名家集》中所收《嵇中散集》；文澜阁本所钞为明代黄省曾刻本。鲁迅以二书相校，于8日校毕。通过比勘，得知张本乃从黄本出，但变乱次序，已失《嵇康集》原貌。

〔2〕　这是鲁迅在教育界索薪罢教前最后一次讲课。本月14日，北京教育界开始索薪罢教，鲁迅即停止在各校授课，直到下学期才重行开讲。

〔3〕　写《青琐高议》讫　这天写完的是2月28日借得的残本。后又陆续补钞，于1923年4月17日钞毕前集。现存钞本共二七五页。

〔4〕　周作人1920年底患肋膜炎，是时病势恶化，故移住山本医院，6月2日至香山碧云寺休养，9月21日返寓。鲁迅曾先后借款七百余元用作医疗费用。

四月

一日　晴。上午得俞物恒信。午后从许季市假泉百。

二日　昙。午后往山本医院视二弟，取回《佛本行经》二本。夜濯足。

三日　昙。星期休息。午后李遐卿、王倬汉来。

四日　晴，风。上午得蝉隐庐明信片。

五日　晴。上午从齐寿山假泉五十。午后往山本医院视二弟。下午蟫隐庐寄来《毛诗草木鸟兽虫鱼疏》、《永嘉郡记》辑本、《汉书艺文志举例》各一本,共泉一元四角。夜风。

六日　昙,大风。上午寄蟫隐庐信。下午往山本医院。夜小不适。

七日　晴。上午卖去所藏《六十种曲》一部,得泉四十,午后往新华银行取之。

八日　晴。休假。下午孙伏园来。

九日　晴。上午寄蔡谷青信。下午往山本医院。

十日　昙。星期休息。下午孙伏园来。

十一日　昙。晚得伏园信,附沈雁冰、郑振铎笺。夜得玄同等五人信,问二弟病。译《沉默之塔》[1]讫,约四千字也。

十二日　昙。上午寄孙伏园信并稿二篇[2]。寄玄同等五人信。午后往山本医院视二弟,带回《出曜经》一部六本。下午托齐寿山从义兴局借泉二百,息分半。寄沈甌士信。

十三日　昙。上午寄沈雁冰信。午后大风,霾。晚得孙伏园信。

十四日　昙,大风。休息。午后晴。得沈兼士信。

十五日　昙。上午寄孙伏园信并《俗谚论》一本。下午小雨。

十六日　晴,风。上午寄沈兼士信。寄李遐卿信。三弟往留黎厂,托买来《青箱杂记》一本,《投辖录》一本,共泉五角。

十七日　晴。星期休息。午后孙伏园来。夜得遐卿信,言谷青病故。

十八日　晴。上午以《工人绥惠略夫》译稿一部寄沈雁冰。下午得沈兼士信。得钱玄同信。夜风。得沈雁冰信。

十九日　晴，风。午后寄李守常信。

二十日　晴。午后往留黎厂买得《严㮣君刻石》二枚，二元；《张起墓志》一枚，杂造象二枚，一元。下午风。

二十一日　晴。上午寄沈雁冰信。夜风。

二十二日　晴。上午蟫隐庐寄来《楚州金石录》一本，《五馀读书廛随笔》一本，共泉一元五角。午后往山本医院视二弟。

二十三日　昙，风。无事。

二十四日　晴。星期休息。午后陶望潮来。孙伏园来。

二十五日　小雨。无事。

二十六日　昙。午后从齐寿山假泉廿。夜李遐卿与其弟宗武来。小雨。

二十七日　晴。午后收九年十二月上半月奉泉百五十。还齐寿山泉廿。下午往山本医院视二弟，持回《起世经》二本，《四阿含暮抄解》一本。

二十八日　昙。张仲苏母寿辰，在中央公园设宴，午间与齐寿山、戴芦舲同往。下午得小说月报社信并汇单一张。得沈兼士信。风。

二十九日　晴。上午许季上来。午后往高师校取二月、三月薪水泉三十四元。往图书分馆还子佩泉廿。下午雨一陈。夜得沈雁冰信。

三十日　微雨，上午霁。寄其中堂信并泉三圆四十钱。

午后往山本病院视二弟,持回《楼炭经》一部。下午小雨。晚寄沈雁冰信并译稿一篇[3],约九千字。寄沈兼士信。

*　　*　　*

〔1〕 译《沉默之塔》 《沉默之塔》,小说,日本森鸥外作,鲁迅译文发表于本月21日至24日《晨报副刊》,后收入《现代日本小说集》。

〔2〕 指所译《沉默之塔》及周作人诗《过去的生命》。

〔3〕 即《医生》。小说,俄国阿尔志跋绥夫作,鲁迅据德译本重译并作译者附记。发表于《小说月报》第十二卷号外《俄国文学研究》(1921年9月),后收入《现代小说译丛》。

五 月

一日　晴。星期休息。下午寄孙伏园信,内二弟诗三篇。夜风。

二日　晴。午后寄李遐卿信并书泉三元四角。下午得遐卿信,晚复。

三日　雨。午后寄孙伏园信并稿一篇[1]。还齐寿山泉百。

四日　晴。午后往留黎厂商务印书馆取《工人绥惠略夫》译稿泉百廿。买《涵芬楼秘笈》第九集一部八册,二元二角。

五日　晴。上午随母亲往山本医院诊。下午得李遐卿信。寄孙伏园信。

六日　晴。上午得沈雁冰信。

七日　昙。下午往山本医院视二弟。雨,晚晴,夜风。

八日　晴。星期休息。上午得沈兼士信。许季上来。张仲苏来。午后寄沈雁冰信。

九日　晴。晚以书架一个还朱遏先。

十日　晴。午后往山本医院视二弟,持回《当来变经》等一册。晚小雨。

十一日　晴。午后赙蔡谷青家银四元。

十二日　昙。午后寄沈兼士信。下午风。

十三日　晴。上午寄孙伏园信并三弟文稿。晚理发。夜得沈雁冰信。

十四日　昙。下午往山本医院视二弟。

十五日　晴。星期休息。午后寄沈雁冰信并三弟译稿一篇。下午昙,风。夜濯足。

十六日　昙。上午得朱可铭信。下午得郑振铎信。晚小雨。

十七日　雨。上午其中堂寄来《李长吉歌诗》三册,《竹谱详录》二册,共泉四元四角。夜风。得沈兼士信。

十八日　晴。午后往山本医院视二弟。得仲甫信。

十九日　晴。上午寄郑振铎信。寄李守常信。寄钱玄同信。

二十日　昙。上午收去年十二月下半月奉泉百五十。夜得沈雁冰信。雨。

二十一日　昙。午后往山本医院。

二十二日　晴。星期休息。无事。

二十三日　晴。无事。

二十四日　晴。上午齐寿山来，同往香山碧云寺[2]，下午回。浴。

二十五日　晴。午后寄沈雁冰信。寄孙伏园信。午后往视二弟。得李守常信。

二十六日　晴。午后往山本医院视二弟。

二十七日　晴。清晨携工往西山碧云寺为二弟整理所租屋，午后回，经海甸停饮，大醉。夜得孙伏园信。

二十八日　昙。午后访宋子佩。下午至山本医院视二弟。夜寄沈雁冰信，内三弟译稿一篇。

二十九日　晴。星期休息。下午孙伏园来。晚雷雨一陈。

三十日　晴。上午得宋子佩信并见假泉五十。下午从李遐卿假泉四十。

三十一日　晴。上午寄沈兼士信。校《人间的生活》讫[3]，寄还李遐卿。午二弟出山本医院回家。午后往留黎厂买《寇侃墓志》并盖二枚，《邸珍碑》并阴二枚，《陈氏合宗造像》四面并坐五枚，共泉四元。又《杨君则墓铭》一枚，一元。

*　　*　　*

〔1〕即《鼻子》。小说，日本芥川龙之介作，鲁迅译文发表于本月11日至13日《晨报副刊》，后收入《现代日本小说集》。

〔2〕碧云寺　在北京西郊香山东麓，又称西山碧云寺。始建于元至顺二年(1331)。原名碧云庵，明正德年间扩建后改名。周作人病

稍愈，鲁迅于是日租定寺内般若堂西厢房，供他养病。

〔3〕 校《人间的生活》讫 《人间的生活》，小说，日本武者小路实笃作，毛咏棠、李宗武合译。鲁迅本日校讫后，7月由周作人作序。

六 月

一日 晴。下午得宋子佩信，晚复。

二日 晴。下午送二弟往碧云寺，三弟、丰一俱去，晚归。夜雨。

三日 雨。无事。

四日 雨。下午从齐寿山假泉五十。得沈雁冰信。夜得孙伏园信。

五日 昙。星期休息。下午孙伏园来。得二弟信，昨发。

六日 晴。上午得李遐卿信。午后往图书分馆还宋子佩泉五十。往留黎厂买《比丘法朗造象》并阴共二枚，一元。下午寄刘同恺信。还齐寿山泉五十。

七日 昙，夜雨。无事。

八日 晴，下午小雨。无事。

九日 晴。午后寄李遐卿信并文一篇。寄沈雁冰信。晚孙伏园来。

十日 晴。旧端午，休假。上午寄大学注册部信。

十一日 晴。上午寄孙伏园译稿一篇[1]。收一月、二月分奉泉六百。付直隶水灾振十五，煤泉廿七，还义兴局二百，息泉六。

十二日 晴。星期休息。晨往西山碧云寺视二弟，晚归。

十三日　昙。上午寄汪静之信。寄李霞卿信。下午雨，晚晴。

十四日　晴。上午寄大学注册部以试卷十七本。下午往卧佛寺[2]购佛书三种，二弟所要。夜得李遐卿信。夜濯足。

十五日　晴。无事。

十六日　昙。下午得沈雁冰信。

十七日　昙。午后往留黎厂及青云阁买杂物。

十八日　晴。上午得孙伏园信。下午至卧佛寺为二弟购佛经三种，又自购楞伽经论等四种共八册，《嘉兴藏目录》一册，共泉一元七角五分。

十九日　昙。星期休息。晨往西山碧云寺视二弟，晚归。

二十日　昙。无事。

二十一日　晴。无事。

二十二日　昙。上午往山本医院为潘企莘译。往卧佛寺为二弟购《梵网经疏》、《立世阿毘昙论》各一部。午后得孙伏园信，即复。夜得二弟信。

二十三日　雨。上午寄沈雁冰信。

二十四日　晴。午后往留黎厂电话总局及师范学校。在德古斋买《毌丘俭平高句骊残碑》并碑阴题记共二枚，泉一元五角。

二十五日　昙。午后往山本医院。下午小雨即霁。晚孙伏园来。

二十六日　晴。星期休息。晨往香山碧云寺。下午小雨即霁。

二十七日　晴,风。午后往山本医院。晚得二弟信并《大乘论》二部。

二十八日　晴,夜风雨。无事。

二十九日　晴。下午浴。晚得二弟信。

三十日　晴。午后寄二弟信。下午得汪静之信。

*　　　*　　　*

〔1〕　即《罗生门》。小说,日本芥川龙之介作,鲁迅译文发表于本月16日至17日《晨报副刊》,后收入《现代日本小说集》。

〔2〕　卧佛寺　北京有两处卧佛寺,一在西山,一在崇文门外花市大街附近,这里指后者。

七月

一日　晴。午后得沈雁冰信。晚得二弟信。

二日　晴。铭伯先生于昨亥刻病故,午前赴吊。晚得二弟信并佛书四部。寄仲甫信并文稿一篇[1],由李季收转。

三日　昙。星期休息。上午理发。蒋抑之来。午后孙伏园来。

四日　晴。休假。晨母亲往香山。下午得二弟信,晚复。

五日　晴。无事。

六日　昙,午晴。晚得二弟信。大风,雷雨一陈。

七日　晴。上午寄沈雁冰信。寄孙伏园信。寄大学编辑部印花[2]一千枚〖枚〗并函,代二弟发。往卧佛寺为二弟购佛书五种,又自购《大乘起信论海东疏》、《心胜宗十句义论》、

《金七十论》各一部,共五本,价九角。

八日　晴。上午大学仍将印花退回。午后雨一陈。晚得二弟信并《人间的生活》序一篇,即附笺转寄李遐卿。

九日　晴。下午得李遐卿信。孙伏园来。

十日　晴。星期休息。晨往香山碧云寺视二弟。下午季市亦来游,傍晚与母亲及丰乘其汽车回家。

十一日　晴。夜寄孙伏园译稿一篇[3]。

十二日　晴。无事。

十三日　晴。下午得二弟信,夜复。

十四日　晴。晨得孙伏园信。下午昙。

十五日　晴。下午浴。

十六日　昙。午后得沈雁冰信。

十七日　昙。星期休息。晨寄二弟信。下午得孙伏园信。晚得二弟信。小雨。

十八日　雨。上午收三月分奉泉三百。付直隶旱振十五,所得税[4]二·七,碧云寺房租五十。夜寄李季子信退回。

十九日　晴。上午还许季市泉百。托三弟买《涵芬楼秘笈》第十集一部八册,二元一角。夜仍寄陈仲甫信并稿一篇。寄沈雁冰稿一封,代二弟发。

二十日　晴。无事。

廿一日　晴。晨沛以下痢入山本医院。上午得王式乾信。

二十二日　晴。晚得二弟信。

二十三日　大雨。下午寄汪静之信。寄章锡琛信,代二弟发。

二十四日　昙。星期休息。晨往西山碧云寺视二弟。夜雨。

二十五日　雨,午后晴。下午孙伏园来。

二十六日　晴。下午得二弟信。晚寄沈雁冰信,附二弟文稿一篇。

二十七日　昙。下午浴。

二十八日　昙。上午往裘子元寓,以方自巨鹿归,为购宋磁枕一个,已破碎而缀好者,价三元五角,因往取之。又见赠一碟,其足有一"宋"字,并一押。午后得李遐卿信,即复。晚得二弟信并译稿。夜雨。

二十九日　大雨。项痛,午后往山本医院诊,并视沛。

三十日　雨。午代二弟寄宫竹心信并《欧洲文学史》、《或外小说集》各一册。下午得李宗武信,二十日千叶发。

三十一日　昙。星期休息。上午得遐卿信。得二弟信,下午复。晴。

* 　　*　　*

〔1〕　即《三浦右卫门的最后》。小说,日本菊池宽作,鲁迅译后并作附记。此稿寄出后,18日退回,19日迳寄陈独秀,发表于《新青年》第九卷第三号(1921年7月),后收入《现代日本小说集》。

〔2〕　寄大学编辑部印花　商务印书馆拟再版周作人的《欧洲文学史》,鲁迅代周作人将版税印花寄北大编译处转商务。后编译处不允代转,于8日退回。

〔3〕　即《父亲在亚美利加》。小说,芬兰亚勒吉阿作,鲁迅据德译

本重译,并作译后记。发表于本月17日至18日《晨报副刊》,后收入《现代小说译丛》。

〔4〕 所得税　此前公务员的缴税无明确规定,1920年9月15日北洋政府发布所得税条例,自1921年1月起实施。由于各界反对,财政部、农商部宣布延期三个月,经议会提出议案,定于1921年4月起施行。

八　月

一日　晴。晨寄孙伏园译稿二篇,二弟作。下午宋子佩来。

二日　昙。午得沈雁冰信。

三日　大雨。下午得二弟信。

四日　微雨,上午晴。寄二弟信,晚得复,并译稿二篇,佛书四种。

五日　晴。无事。夜雨。

六日　晴。上午从许季市假泉百。下午得二弟信。

七日　晴。星期休息。晨寄二弟信。下午得宫竹心信。夜得二弟回信。

八日　雨。小病休息。午后代二弟寄何作霖译稿一篇。

九日　晴。仍休息。午后寄沈雁冰信附二弟译稿两篇,半农译稿一篇。

十日　晴。午后从子佩借泉百,由三弟取来。午后浴。高福林博士来。

十一日　晴。上午赙许宅五元。下午沛退院回家。晚得二弟信。

十二日　晴。午后往图书分馆访子佩,借泉五十。晚得二弟信并译稿一篇,《文艺旬刊》一帖。夜李遐卿来。

十三日　雨。休息。午以昨稿寄东方杂志社。复沈雁冰信。

十四日　晴。星期休假。午后赴长椿寺吊铭伯先生。晚得二弟信。夜得沈雁冰信。

十五日　晴。上午收三[四]月上半月俸泉百五十。

十六日　晴。无事。

十七日　雨。上午寄沈雁冰信。寄宫竹心信。得子佩信并《新青年》一册。午晴。晚得二弟信并译稿一篇。

十八日　晴。晨寄二弟信。寄子佩信。晚得宫竹心信。

十九日　晴。晚得二弟信。夜遐卿来并赠《新教育》一本,苹果十六枚。

二十日　晴,热。下午浴。夜得沈雁冰信。

二十一日　晴。星期休息。晨往香山视二弟,晚归。

二十二日　晴。下午子佩来。晚尹默在中央公园招饭,并晤士远、玄同、幼渔、兼士及张君凤举,名黄。夜风。

二十三日　雨。上午往南昌馆访张凤举。

二十四日　昙。午寄沈雁冰信。寄宫竹心信。夜雨。

二十五日　小雨。下午得二弟信。夜得宫竹心信。

二十六日　晴。上午得季市信,即复。晚得二弟文稿一篇。

二十七日　晴。下午寄沈雁冰信并校正稿一帖。

二十八日　晴。星期休息。下午得二弟信。晚寄马幼渔信。代二弟发寄李守常信。

二十九日　晴。下午张凤举来,赠以《或外小说集》一册。晚三弟回自西山,得二弟信并稿一篇,说目[1]一枚,夜复。寄沈尹默《新村》七册,代二弟发。

三十日　晴。上午李宗武寄来《夜アケ前ノ歌》一册。下午寄陈仲甫信并二弟文一篇,半农文二篇。寄沈雁冰信并文二篇[2],又二弟文二篇。

三十一日　晴。晨得沈雁冰信。上午寄宫竹心信。收四月下半月份奉泉百五十。寄二弟信,下午得复。得张梓生信。晚李遐卿来。

＊　　＊　　＊

〔1〕　说目　指与周作人合作编译的《现代日本小说集》拟收作品篇目。鲁迅又建议增补。

〔2〕　即小说《疯姑娘》及《战争中的威尔珂》。前者为芬兰明那·亢德作,后者为保加利亚跋佐夫作。鲁迅据德译本重译,并作译后记。二文译成后均经齐寿山校阅。发表于《小说月报》第十二卷第十号"被损害民族的文学号"(1921年10月),后收入《现代小说译丛》。

九　月

一日　晴。下午往图书分馆还子佩泉百。往留黎厂。晚马幼渔招饭于宴宾楼,同席张凤举、萧友梅、钱玄同、沈士远、尹默、兼士。

二日　晴。上午得孙伏园信。下午三弟启行往上海。[1]

得二弟信。晚得宫竹心信。

三日 晴。上午往卧佛寺买《净土十要》一部，一元二角。午后齐寿山往西山，托寄二弟《净土十要》一部，笔三支并信。寄宫竹心信。

四日 晴。星期休息。午后寄张梓生信。夜得二弟信并稿一篇。

五日 昙。上午往大学代二弟取薪水。寄李季谷信并小为替三圆五十钱。晚得二弟信并稿一篇。寄潘垂统《小说月报》八号一册，又七号一册。

六日 晴。上午寄李季谷信。寄宫竹心信并《说报》八号一册。下午得沈雁冰信两封并校稿一帖。得二弟信。

七日 晴。午后代二弟寄大学信。下午孙伏园来。得二弟信。晚寄沈雁冰信并史稿一篇[2]，校稿一帖。

八日 晴。午后往留黎厂买专拓片二十六枚，三元；《甘泉山刻石》未剜本二枚，二元五角；《上庸长刻石》一枚，一元；《王盛碑》一枚，一元五角；杂造象八种十二枚，二元五角。晚得阮久孙信。得沈雁冰信。夜濯足。

九日 晴。上午寄二弟信。寄三弟信。午后往大学补课[3]。晚得二弟信。

十日 晴。上午寄沈雁冰信并稿一篇[4]。寄陈仲甫稿二篇，又郑振铎书一本，皆代二弟发。下午寄孙伏园稿二篇，一潘垂统，一宫竹心。

十一日 晴。星期。未明赴孔庙执事。

十二日 晴。晨朱六琴及可铭来。上午寄二弟信，晚得复。

十三日　晴。上午寄伏园信并稿[5]。得三弟信。寄宋子佩信。寄高等女师校信,又章士英信,皆代二弟发。得沈雁冰信。下午高阆仙赠《吕氏春秋点勘》一部三本。

十四日　晴。午后往高师校授课。买《李太妃墓志》一枚,二元。

十五日　晴。上午寄还李遐卿《日文要诀》一册。

十六日　昙。旧历中秋,休息。下午程叔文来。夜雨。

十七日　昙。上午得三弟信,下午复。寄二弟信。寄宫竹心信。收五月分奉泉三百。付碧云寺房泉五十。夜腹痛。

十八日　晴。星期休息。下午孙伏园来。服补写丸二粒。夜雨。

十九日　晴,风。晚得二弟信并稿三篇。

二十日　晴,风。上午得宫竹心信。午后往大学取薪水。

二十一日　晴。上午得李宗武信。午后往高师讲。往图书分馆还子佩泉五十。晚得二弟信。夜二弟自西山归。得沈雁冰信。

二十二日　晴。上午寄沈雁冰信。下午得羽太父信。得李遐卿信。得孙伏园信。

二十三日　昙。午后雨一陈。赴大学讲。

二十四日　晴,下午大雨一陈即霁。无事。

二十五日　晴。星期休息。上午得三弟信片。得陈仲甫信。夜得宫竹心信。

二十六日　晴。上午寄宫竹心信。寄三弟信并李虞琴稿一篇。寄陈仲甫信并二弟、三弟稿及自译稿[6]各一篇。下午孙伏园来。

　　二十七日　晴。上午得李宗武信片。寄高师校信。夜得孙伏园信。

　　二十八日　晴。休假。下午宫竹心来。

　　二十九日　晴。无事。

　　三十日　昙。上午得三弟信,廿七日发。季市赠《越缦堂日记》一部五十一册。午后往大学讲。赙裘子元之祖母丧二元。

*　　*　　*　　*

〔1〕　经鲁迅、周作人托人介绍,周建人在上海商务印书馆谋得一职,本日赴任。

〔2〕　即《近代捷克文学概观》。捷克凯拉绥克作,鲁迅据德文本重译,并作译后记。发表于《小说月报》第十二卷第十号"被损害民族的文学号"(1921年10月),后收入《译丛补》。

〔3〕　往大学补课　补授因三月间教员罢教耽误的课程。

〔4〕　即《小俄罗斯文学略说》。德国凯尔沛来斯作,鲁迅译,并作译后记。发表于《小说月报》第十二卷第十号"被损害民族的文学号",后收入《译丛补》。

〔5〕　即《池边》。童话,俄国爱罗先珂作,鲁迅译,并作译后附记。发表于本月24日至26日《晨报副刊》,后收入《爱罗先珂童话集》。

〔6〕　即《狭的笼》。童话,俄国爱罗先珂作,鲁迅译于9月中旬,译后记署"八月十六日",误。发表于延期出版的《新青年》第九卷第四号(1921年8月),后收入《爱罗先珂童话集》。

十 月

一日　昙。上午寄孙伏园信。许璇苏来。

二日　昙。星期休息。上午马幼渔、朱遏先来。冀君贡泉送汾酒一瓶。下午得孙伏园信。章士英来，字飚斋，心梅叔之婿。

三日　晴。午后寄李遐卿信。傅增湘之父寿辰，其徒敛钱制屏，与一元。

四日　晴。上午得三弟信。夜得李遐卿信。

五日　晴。午后往高师讲。往浙江兴业银行取泉十四。下午寄李遐卿信。寄许羡苏信。夜钞《青琐高议》。

六日　晴。无事。

七日　晴。上午得遐卿笺。午后往大学讲。下午服补写丸二粒。高阆仙赠吴氏平点《淮南子》一部三本。寄遐卿、子佩、伏园信约饮。晚伏园来。

八日　昙。下午至女高师校邀许羡苏，同至高师校为作保人[1]。

九日　昙。星期休息。午后晴。李季谷寄来英文书一本，共日金一圆三十钱，是二弟托买者。下午复昙。自订书两本。晚孙伏园、宋子佩、李遐卿先后至，饭后散去。夜半小雨。

十日　昙，大风。休假。为李宗武校译本。[2]

十一日　晴。夜得章士英信。寄马幼渔信。濯足。

十二日　晴。下午校李宗武译本毕，即封致李霞卿并附一笺。

十三日　晴。上午得李遐卿复。午后往留黎厂买《石鲜墓志》连阴、侧一枚,《鞠遵墓志》、《孙节墓志》各一枚,《杨何真造象》一枚,杂专拓片七枚,共银六元五角。晚孙伏园来。

十四日　晴。夜得宫竹心信并译稿二篇。

十五日　昙。午前寄宫竹心信。下午得三弟信,十一日发。晚服规那丸三粒。

十六日　昙。星期休息。上午得三弟信片。午寄三弟信。下午宫竹心来。

十七日　昙。上午寄伏园信。得三弟信,十三日发。

十八日　微雨。午后往大学讲。晚寄三弟信。

十九日　微雨。午后往高师校讲,收九月薪水十八元。在德古斋买萧氏碑侧并碑坐画象六枚,耿道渊等造象四枚,共泉二元五角。寄孙伏园稿一篇[3]。还二弟买书泉六元。

二十日　晴。午后往留黎厂。

二十一日　晴。无事。

二十二日　昙。上午寄沈士远信。午蒋子奇至部来访。吴复斋病困,下午赠以泉五元,托雷川先生持去。晚孙伏园来。

二十三日　晴。星期休息。上午得三弟信。下午蒋子奇来,送茶叶、风肉。

二十四日　晴。午后游小市,买笔筒一,水盂一,共泉五角。下午往午门索薪水[4]。

二十五日　晴。午后往大学讲。下午同戴螺舲、徐思贻游小市,买陶器二事,五角。

二十六日　晴。午后往高师校讲。

二十七日　晴。上午教育部复暂还前所扣振捐泉六十。[5]寄三弟译稿乙篇。[6]下午往小市买白磁花瓶一,泉五百五十文。得宫竹心信。

二十八日　晴。上午得三弟信,廿五日发,少顷又寄到《周金文存》卷五、卷六共四册,泉六元;又《专门名家》二集一册,二元,误买重出;又王辟之《渑水燕谈录》一册,五角也。下午略阅护国寺市。

二十九日　晴。下午寄三弟信。

三十日　晴。星期休息。晚孙伏园来。蒋子奇来。

三十一日　晴。无事。

*　　*　　*

〔1〕 许羡苏原在北京女子高等师范学校就读,决定转入高等师范学校,遂请鲁迅作担保人。

〔2〕 指《人间的生活》。

〔3〕 即《春夜的梦》。童话,俄国爱罗先珂作,鲁迅译,并作译后附记。发表于本月22日《晨报副刊》,后收入《爱罗先珂童话集》。

〔4〕 往午门索薪水　北洋政府因国库空虚,截至本年10月底所欠军政各费达一亿四千五百七十三万元。迄本年10月,教育部已欠薪五个月,故部员起而索薪。

〔5〕 北洋政府常以赈灾为名摊派捐款,从薪金中扣除。由于教育部职员进行索薪斗争,不得不暂还所扣赈捐。

〔6〕 即《鹇的心》。童话,俄国爱罗先珂作,鲁迅译文发表于《东方杂志》第十八卷第二十二号(1921年11月),后收入《爱罗先珂童

话集》。

十一月

一日　微雪。午后往大学讲。

二日　晴。午后往高师讲。吴又陵寄赠自著《文录》一本。

三日　晴。晚从齐寿山借泉卅。夜得宫竹心信。

四日　晴。上午得胡愈之信。午后往图书分馆访宋子佩。往留黎厂买《清内府所藏唐宋元名迹》景印本一册,一元二角。下午复宫竹心信。

五日　晴。上午寄胡愈之信。午往许季市寓,假泉五十。午后游小市。赙蔡松冈家一圆。夜寄西泠印社信。风。

六日　昙,风。星期休息。下午孙伏园来。

七日　晴,风。无事。

八日　晴。午后往大学讲。

九日　晴。午后往高师讲。下午从大同号假泉二百,月息一分。还齐寿山卅。

十日　晴。无事。

十一日　晴。上午孙伏园来。

十二日　晴。上午西泠印社寄来书目一册。夜往教育部会议。

十三日　晴。星期休息。无事。

十四日　晴。无事。

十五日　晴。上午得三弟信并《广仓专录》一册,直二元。午后往大学讲。下午寄三弟信并译稿一篇[1]。得章士英信。

十六日　昙,风。午后往高师讲。得三弟信。

十七日　晴。无事。

十八日　晴。下午寄三弟信。

十九日　晴。休息。无事。

二十日　昙。星期休息。下午孙伏园来。夜濯足。风。

二十一日　晴。午后宋子佩来。晚寄宫竹心信。寄章士英信。

二十二日　晴。午后往大学讲。

二十三日　昙。午后往高师讲。晚得孙伏园信。夜大风。

二十四日　晴。上午得三弟信。

二十五日　晴。晚孙伏园来。宫竹心来。

二十六日　休息。无事。

二十七日　昙。星期休息。午李遐卿来。晚孙伏园来。

二十八日　晴。上午得沈雁冰信并校正稿,晚复之,并寄阿尔志跋绥夫小象[2]一枚。寄许季市信。

二十九日　晴。上午三弟寄来《现代》杂志一本。午后往大学讲。

三十日　晴。上午得胡愈之信。午后往高师讲。

※　　※　　※

〔1〕　即《鱼的悲哀》。童话,俄国爱罗先珂作,鲁迅译,并作译后

附记。发表于《妇女杂志》第八卷第一号（1922年1月），后收入《爱罗先珂童话集》。

〔2〕 阿尔志跋绥夫小象　此像印入《工人绥惠略夫》中译单行本卷首。

十 二 月

一日　晴。夜得沈雁冰信并爱罗先珂文稿一束[1]。

二日　晴。无事。

三日　晴。休息。上午得孙伏园信。午后寄沈雁冰信并爱罗先珂文稿及译文各一帖[2]，又附复胡愈之笺一纸。晚孙伏园来。

四日　晴。星期休息。无事。

五日　晴。无事。

六日　晴。午后往大学讲。

七日　晴。上午得许羡苏信。午后往高师讲。

八日　昙。休息。午后寄孙伏园信，内文稿。[3]下午许羡苏来。

九日　昙。上午得沈雁冰信，下午复。夜风。

十日　晴。休息。午后理发。

十一日　晴。星期休息。无事。

十二日　晴。无事。

十三日　晴。上午得胡愈之信片。午后往大学讲。

十四日　晴。午后往高师讲。

十五日　昙。休息。晚孙伏园来。

十六日　晴。上午得沈雁冰信并阿尔志跋绥夫象一枚。许季市来，赠以《湖唐林馆骈文》一册。午后得龚未生信并《浙江图书馆报告》一本。夜大风。

十七日　晴。下午复沈雁冰信。夜风。

十八日　晴，风。星期休息。

十九日　晴。无事。

二十日　晴。午后往大学讲。夜校《一个青年之梦》[4]讫，即寄沈雁冰。

二十一日　晴。午后往高师讲。在德古斋买《伯望刻石》共四枚，五元。又《广武将军碑》并阴、侧、额共五枚，六元。

二十二日　晴，冷。休息。下午寄沈雁冰信。

二十三日　晴。无事。

二十四日　晴。上午得宋子佩信，午后复。夜濯足。

二十五日　晴。星期休息。晨乔大壮来，未见。下午寄心梅叔信。寄宋子佩信。

二十六日　昙。上午得胡愈之信，又《最后之叹息》一册，爱罗先珂赠。

二十七日　晴。晨寄胡愈之信并译稿一篇[5]。午后往大学讲。

二十八日　晴。午后往高师讲。

二十九日　晴。晨往齐耀珊寓。得沈雁冰信。

三十日　晴。上午得三弟信，二十七日发。午后得李季谷所寄赠《现代八大思想家》一册。下午买玩具十余事分与诸儿。

三十一日　晴。上午寄李宗武信。寄三弟信并《现代》杂志一册。午后往留黎厂，德古斋赠专拓片三种，皆端氏物。下午收六月分奉泉三成九十元。

＊　　＊　　＊　　＊

〔1〕　即《世界的火灾》原稿。

〔2〕　即《世界的火灾》原稿及鲁迅译文。译文发表于《小说月报》第十三卷第一号（1922年1月），后收入《爱罗先珂童话集》。

〔3〕　即《阿Q正传》部分文稿。这篇小说自本月4日起在《晨报副刊》连载。

〔4〕　校《一个青年之梦》　该书单行本付排前，鲁迅对译文又作了一些修改，并于本月19日写《后记》。

〔5〕　即《两个小小的死》。童话，俄国爱罗先珂作，鲁迅译文发表于《东方杂志》第十九卷第二号（1922年1月），后收入《爱罗先珂童话集》。

书　　帐

王世宗等造象二枚　一・〇〇　一月五日

豆卢恩碑一枚　一・〇〇

杂造象五种六枚　二・〇〇

杂专拓片七枚　一・〇〇

元景造象一枚　换来

霍扬碑一枚　同上

李苞题名一枚　〇・五〇　一月二十六日

元飐墓志一枚　一・〇〇

元详墓志一枚　一・〇〇

杂专拓片三枚　〇・五〇

簠室殷契类纂四本　四・〇〇　一月二十八日　　一二・〇〇〇

霍君神道一枚　〇・五〇　二月五日

段济墓志一枚　〇・五〇

段模墓志并盖二枚　〇・五〇

郭达墓志一枚　〇・五〇

李盛墓志一枚　一・〇〇

梁瑰墓志盖一枚　〇・三〇

孔神通墓志盖一枚　〇・三〇

樊敬贤等造象并阴二枚　一・四〇

商务馆印宋人小说五种七册　二・〇〇

元鸾墓志一枚　一・〇〇　二月六日

商务馆印宋人小说十五种廿二册　六・〇〇

涑水纪闻二册　〇・八〇　二月十四日

说苑四册　〇・四〇

柳川重信水滸伝画譜二册　二・三〇　二月十六日

忠义水浒传前十回五册　一・〇〇

新话宣和遗事四册　四・〇〇　二月廿一日

铁桥漫稿四本　三・〇〇　二月廿三日　　　二五・五〇〇

邑义五十四人造象一枚　〇・六〇　三月二日

敬善寺石象铭一枚　〇・四〇

宋人说部书四种七册　一・七六〇　三月十日

八年分艺术丛编六册　一六・三二〇

九年分艺术丛编三册　八・一六〇

北斋水滸画伝一册　一・二〇　三月十四日

拾遗记一册　〇・四〇　三月十七日

云峰山石刻零种四枚　一・五〇　三月二十三日

杂砖拓片三枚　一・〇〇

𠵘赤齐造象三枚　一・〇〇　三月三十一日

孙昕造象三枚　一・〇〇

宋仲墓志一枚　〇・五〇　　　　　　　三二・二四〇〇

毛诗草木疏新校正本一本　〇・八〇　四月五日

永嘉郡记辑本一本　〇・一〇

汉书艺文志举例一本　〇・五〇

宋人说部二种二本　〇·五〇　四月十六日
严㯿君刻石二枚　二·〇〇　四月二十日
张起墓志一枚　〇·六〇
杂造象二种二枚　〇·四〇
楚州金石录一册　一·〇〇　四月二十二日
五馀读书廛随笔一册　〇·五〇　　　　　六·三〇〇
涵芬楼秘笈第九集八册　二·二〇　五月四日
李长吉歌诗三册　二·七〇　五月十七日
竹谱详录二册　一·六〇
寇侃墓志并盖二枚　一·〇〇　五月三十一日
邸珍碑并阴侧共二枚　二·〇〇
陈氏造象并阴、侧坐共五枚　一·〇〇　　一〇·五〇〇
法朗造象并阴、侧共二枚　一·〇〇　六月六日
楞伽经三种译本共七册　一·三〇　六月十八日
入楞伽心玄义一册　〇·一〇
嘉兴藏目录一册　〇·三五〇
卌丘俭残碑并题记二枚　一·五〇　六月二十四日　四·二五〇
大乘起信论海东疏二册　〇·三七〇　七月七日
心胜宗十句义〔义〕论二册　〇·三二〇
金七十论一册　〇·二一〇
涵芬楼秘笈第十集八册　二·一〇　七月十九日　三·〇〇〇
净土十要四册　一·二〇　九月三日
城专拓片六枚　一·五〇　九月八日
杂专拓片二十枚　一·五〇

甘泉山刻石二枚　二·五〇

上庸长刻石一枚　一·〇〇

王盛碑一枚　一·五〇

杂造象八种十二枚　二·五〇

李太妃墓志一枚　二·〇〇　九月十四日

越缦堂日记五十一册　许季黻赠　九月三十日　　一三·七〇〇

石鲜墓志并阴、侧共二枚　二·〇〇　十月十三日

麹遵墓志一枚　二·〇〇

孙节墓志一枚　〇·五〇

杨何真造象一枚　〇·八〇

杂专拓本七枚　一·二〇

萧氏碑侧并座上画象六枚　二·〇〇　十月十九日

耿道渊等造象四枚　〇·五〇

周金文存卷五二册　三·〇〇　十月二十八日

周金文存卷六二册　三·〇〇

专门名家二集一册　二·〇〇

渑水燕谈录一册　〇·五〇　　　　　一五·五〇〇

清内府藏唐宋元名迹一册　一·二〇　十一月四日

广仓专录一册　二·〇〇　十一月十五日　　　三·二〇〇

宋伯望刻石四枚　五·〇〇　十二月二十一日

广武将军碑并阴、侧五枚　六·〇〇

专拓片三种三枚　德古斋赠　十二月三十一日　　一一·〇〇〇

　　本年除互易者外，共用买书钱百三十七元一角九分。

日 记 十 二

一 月

一日　晴。休假。邀徐耀辰、张凤举、沈士远、尹默、孙伏园午餐。风。

二日　晴。休假。午后理发。

三日　晴。休假。晚寄孙伏园译稿一篇[1]。

四日　晴。赠秦君以汉玉一事。

五日　晴。上午收三弟所寄书一包,内《月河所闻集》一本,《两山墨谈》四本,《类林杂说》二本,共泉二元三角。往高师讲。买景印《中原音韵》一部二本,泉三元二角。晚访季市。永持德一君招饮于陶园[2],赴之,同席共九人,至十时归。

六日　昙。午后寄胡适之信。寄三弟信。其中堂寄到书目一本。

七日　昙。星期休息。午后井原、藤冢、永持、贺四君来,各赠以《会稽郡故书杂集》一部,别赠藤冢君以唐石经拓片一分。下午丸山君来,并绍介一记者桔君名朴。

八日　晴。午后步于小市。

九日　晴。上午往大学讲。寄蔡先生信,附拓片三枚。寄其中堂泉三元。

十日　晴。午后寄章菊绅信。游小市，以泉二角买《好逑传》一部四本。晚朱遏先、张凤举、马幼渔、沈士远、尹默、欧士来，赠遏先以自臧专拓片一分。

十一日　晴。下午寄孙伏园信。

十二日　晴。上午往高师校讲。夜得章菊绅信，即复。

十三日　晴。晚寄上海医学书局信并泉十二元八角，预约《士礼居丛书》及《唐诗纪事》。伏园来。

十四日　雨雪。星期休息。午霁。下午得三弟信，十一日发。晚得章厥生信片。夜风。寄伏园稿一篇斥魏建功[3]。

十五日　晴。下午许钦文君持伏园信来。[4]

十六日　晴。上午往大学讲。

十七日　晴。无事。

十八日　晴。午后寄三弟信。

十九日　昙。上午往高师校讲。午后往牙医陈顺龙寓，切开上腭一痛，去其血。又至琉璃厂，在德古斋买魏张澈、元寿安、元诲、元珽妻穆夫人、隋郭休墓志打本各一分，又山东商河出土之《龙泉井志铭》一分，共泉八元。复至高师校听爱罗先珂君演说[5]。晚收去年九月下半月分奉泉百五十元。同僚张绂君病故，赙五元。

二十日　昙。下午医学书局寄来缩印《士礼居丛书》一部三十本，排印《唐诗纪事》一部十本。晚爱罗先珂君与二弟招饮今村、井上、清水、丸山四君及我，省三亦来。

二十一日　昙。星期休息。晚寄医学书局信，索补《唐诗纪事》阙叶。

二十二日　昙。午后寄马幼渔信。

二十三日　晴。上午往大学讲。

二十四日　晴。无事。

二十五日　晴。下午大学送来《国学季刊》一本。

二十六日　晴。上午往高师校讲。午后往商务馆买《天籁阁旧藏宋人画册》一本，三元。下午以E君在高师演说稿寄孙伏园。其中堂寄来《五杂组》八册，《麈馀》二册，共泉四元六角。

二十七日　晴。午后游小市。下午得三弟信，廿三日发。代E君寄稿一篇。

二十八日　晴。星期休息。午后子佩来。晚伏园来。夜重装《麈馀》二本。

二十九日　晴。上午得镜吾先生信。得医学书局信。

三十日　晴。上午往大学校讲。午后往留黎厂买《为孝文皇帝造九级浮屠碑》并阴共二枚，价泉一元。往高师校取讲义稿。下午得宋子佩信，即复。寄高阆仙信。

三十一日　晴。夜重装《五杂组》八本。

＊　　＊　　＊

〔1〕　即《观北京大学学生演剧和燕京女校学生演剧的记》。俄国爱罗先珂作，鲁迅译文发表于本月6日《晨报副刊》，后收入《译丛补》。

〔2〕　永持德一招待日本留学生竹田复，邀蔡元培、鲁迅等同席。席间鲁迅为书《诗经》句："昔我往矣，杨柳依依；今我来思，雨雪菲菲。"

〔3〕　即《看了魏建功君的〈不敢盲从〉以后的几句声明》。现编

入《集外集拾遗补编》。

〔4〕 许钦文通过孙伏园的介绍来访,希望推荐至女子高等师范学校任教。

〔5〕 至高师校听爱罗先珂君演说 爱罗先珂应该校国文学会之邀,往讲《过去的幽灵》。记录稿经耿勉之译成中文,26日由鲁迅寄孙伏园,29日发表于《晨报副刊》。

二 月

一日 晴。无事。

二日 晴,风。午后往留黎厂买景元本《本草衍义》一部二册,二元八角。

三日 晴,风。上午寄马幼渔信。直隶官书局送来《石林遗书》一部十二本,四元五角;《授堂遗书》一部十六本,七元。午后往富晋书庄买书,不得。下午收去年十月上半月分奉泉百五十。买大柜两个,二十三元。

四日 晴。星期休息。下午补钞《唐诗纪事》一叶。

五日 晴。下午钱稻孙赠《道光十八年登科录》一册。胡适之寄《读书杂志》数枚。

六日 晴。下午同徐吉轩、裘子元游小市。夜省三寄来书一本。

七日 晴。午后自游小市。晚得其中堂寄来之左暄《三余偶笔》八册,《巾箱小品》四册,共泉三元二角。二弟亦从芸草堂[1]购得佳书数种。

八日 曇。困顿,不赴部。订书数本。

九日　晴,风。午后游小市,买《太平广记》残本四册,每册五十文。寄镜吾先生信。

十日　昙。夜制书帙二枚。

十一日　晴。星期休息。上午制书帙二枚。下午贺慈章君引今关天彭君来谈,并赠《北京ノ顧亭林祠》一册。夜其中堂寄来《世说逸》一册,五角。

十二日　晴。休假。重装《金石存》四本,制书帙二枚,费一日。

十三日　晴。无事。

十四日　晴。上午收去年十月下半月分奉泉百五十。午后往留黎厂买《元玹墓志》并盖二枚,二元;《唐土名胜图会》六册,五元;《长安志》五册,二元五角。买陶水滴二枚二元,其一赠二弟。下午收去年十一月上半月分奉泉百五十。

十五日　晴。下午游小市。旧除夕也,夜爆竹大作,失眠。

十六日　晴。休假。无事。

十七日　晴。休假。午二弟邀郁达夫、张凤举、徐耀辰、沈士远、尹默、畋士饭,马幼渔、朱遏先亦至。谈至下午。

十八日　晴。星期休假。无事。

十九日　微雪即止。休假。无事。

二十日　晴。下午同裘子元往松云阁买土偶三枚,共泉五元。收去年十一月下半月分奉泉百五十。

二十一日　晴。午后游留黎厂,买汉画象拓本三枚,一元五角。又至松云阁买土寓人八枚,共泉十四元。又在小摊上得《明僮敍录》一本,价一角。

二十二日　晴。午后游留黎厂,买《丁柱造象》拓片一枚,有翁大年题,值二元五角。

二十三日　晴。午前张凤举邀午饭,同席十人。

二十四日　晴。上午得张俊杰信。

二十五日　晴,风。星期休息。下午得三弟信。

二十六日　晴,风。午后游厂甸,买《缓曹造象》及《毛叉造象》共四枚,计泉二元。下午其中堂书店寄到《巢氏诸病源候论》一部十册,值亦二元。夜得郁达夫柬招饮。王叔钧之长公子结婚,送礼四元。

二十七日　晴。上午往大学讲。午后胡适之至部,晚同至东安市场一行,又往东兴楼应郁达夫招饮,酒半即归。

二十八日　晴。午后游厂甸,买杂小说数种。至庆云堂观篁斋臧专拓片,价贵而似新拓也。买《曹全碑》并阴二枚,皆整张,一元五角;王稚子阙残字及画象各一枚,题记二枚,三元。又石门画象二枚,六元,其一为阴,有"建宁四年"云云题字,二榜乃伪刻。夜得郁达夫信。

*　　*　　*

〔1〕　芸草堂　日本的一家书店。明治二十八年(1895)四月山田直三郎创设于京都,大正七年(1918)增设东京店。出版经营美术书籍。

三　月

一日　昙,午后晴。无事。夜大风。

二日　晴,风。上午往高师讲。游厂甸,买《张盛墓碣》拓本一枚,一元。

三日　晴。上午寄三弟信。复张俊杰信。

四日　晴。星期休息。改装旧书二本。

五日　晴。无事。

六日　晴。上午往大学讲。晚得沈兼士信。

七日　昙,晚雨。无事。夜大风。

八日　昙,大风。项背痛,休息。傍晚风定。

九日　晴。上午往高师校讲。

十日　雨雪。无事。

十一日　昙。星期休息。下午子佩来。夜风。

十二日　晴。无事。

十三日　昙。上午往大学讲。下午风,晴,夜微雨。

十四日　昙。午后得胡适之信并还教育部之《大名县志》。

十五日　昙。午后理发。得郁达夫信。下午收去年十二月分上半月奉泉百五十。夜小雨。

十六日　昙。上午往师校讲。晚晴。收泰东书局[1]所寄《创造》一册。夜濯足。

十七日　晴。下午同徐吉轩、裘子元游小市,买《读书杂释》四本,价一元。

十八日　晴。星期休息。午后寄胡适之信。下午李又观君来。晚丸山君来,为作书一通致孙北海,引观图书馆。

十九日　晴。无事。

二十日　晴。上午往大学讲。午后往留黎厂买影印《焦氏易林》一部十六册,四元。夜寄马幼渔信。

二十一日　晴。下午孙伏园携其子惠迪来。

二十二日　晴。晚得丸山信。得李遐卿信。

二十三日　晴。上午往高师校讲。至直隶书局买石印《夷坚志》及《聊斋志异》各一部,各一元八角。下午往孔庙演丁祭礼。

二十四日　晴。下午略观护国寺集会。

二十五日　晴。星期。黎明往孔庙执事,归涂坠车落二齿。

二十六日　小雨。休息。晚霁。

二十七日　昙。休息。上午协和来。晚雨。三弟寄来《弥洒》一本。

二十八日　晴。休息。上午季市来,赠以《小说史》讲义[2]四十一叶。

二十九日　晴。新潮社赠《风狂心理》一本。

三十日　晴。上午往师校讲。买《藕香零拾》一部三十二本,八元四角。

三十一日　昙,晚雨。无事。

＊　　＊　　＊　　＊

〔1〕　泰东书局　即上海泰东图书局,赵南公主持。1930年该局

曾约请鲁迅等编辑《世界文化》月刊。

〔2〕《小说史》讲义　即北京高等师范学校所印《中国小说史大略》讲义,后经修改易名《中国小说史略》出版。

四　月

一日　晴。星期休息。无事。

二日　昙,风。午后大学送《太平广记》八十册又别本九册来,属校正。

三日　昙。上午往大学讲。下午游小市,买石刻《孔子及弟子象赞》拓本共十五枚,泉四角。晚得蔡先生信并还汉画象拓本三枚。夜雨。

四日　昙。无事。

五日　晴。无事。

六日　昙。清明,休假。无事。

七日　昙,风。下午小雨即止。无事。

八日　晴。星期休息。上午丸山、细井二君来,摄一景而去。下午伏园携惠迪来,因并同二弟及丰一往公园,又遇李小峰、章矛尘,同饮茗良久,傍晚归。

九日　晴。休假。补钞《青琐高议》阙卷。下午雷川先生来。

十日　晴。上午往大学讲。闻王仲仁以夜三时没于法国病院[1],黯然。午后往留黎厂托直隶书局订书。下午小说月报社寄来《小说月报》一号一本。

十一日　晴,大风。夜寄马幼渔信。

十二日　晴。下午伏园来。夜风。

十三日　晴。上午得李遐卿信。得何植三等信。往高师校讲。在德古斋买《王智明等造象》二〔?〕枚,《陈神姜等造象》四枚,《严寿等修塔记》一枚,《法真等造象记》四枚,共泉三元。在云松〔松云〕阁买唐佛象塈一枚,一元,陕西出。午后寄孙伏园信。游小市,买《汉律考》一部四本,一元。

十四日　晴,风。午后寄师校讲义稿。得丸山信。

十五日　晴,风。星期休息。上午寄周嘉谟君信。午丸山招饮,与爱罗及二弟同往中央饭店,[2]同席又有藤冢、竹田、耀辰、凤举,共八人。下午同耀辰、凤举及二弟赴学生所集之文学会[3]。夜伏园、小峰并惠迪来。

十六日　昙,午后雨。晚张凤举招饮于广和居,同席为泽村助教黎君、马叔平、沈君默、坚士、徐耀辰。爱罗先珂君回国去。

十七日　雨。上午往大学讲。下午晴,风。得周嘉谟君信并剧稿一卷。胡适之赠《西游记考证》一本。夜补抄《青琐高议》前集毕。

十八日　晴,风。下午同裘子元往松云阁买土偶人四枚,共泉五元。

十九日　晴。午后寄季市《小说史》讲义印本[4]一卷。

二十日　晴。无事。

二十一日　晴。上午子佩赠火腿一只,茗一合。夜译Ｅ君稿一篇[5]讫。

二十二日　晴。星期休息。护国寺集会,午后游一过。

下午子佩来。

二十三日　昙。无事。

二十四日　晴。上午往大学讲。午后游小市,以钱五百买《觉世真经阐化编》一部八本。下午同徐吉轩、裘子元往松云阁,以其方有人自洛来也,因以泉五元买六朝小土寓人二枚,宋磁小玩物六枚。夜大学寄《国学季刊》一册。

二十五日　晴。无事。

二十六日　晴。无事。

二十七日　晴。上午往高师校讲。往直隶书局买《铜人腧穴针灸图经》一部二本,一元四角。又石印《圣谕象解》一部十本,一元。往松云阁买土寓人二校〔枚〕,鸡、豚各一枚,五元。下午同戴螺舲阅小市,以泉一元一角买磁小花盆一枚,磁大粗盘二枚。夜风。

二十八日　晴。下午寄胡愈之译文一篇。夜濯足。

二十九日　晴。星期休息。下午寄胡愈之信。装书六本讫。晚伏园来。

三十日　晴。上午收郑振铎信并版税泉五十四元。下午收去年十二月下半月奉泉百五十。夜三弟归,赠我烟卷两合。

*　　*　　*

〔1〕　法国病院　即法国医院,在北京东交民巷西口。三一八惨案后鲁迅曾在此避难。

〔2〕　丸山昏迷在中央饭店设宴为爱罗先珂回国饯行,鲁迅等应邀出席。

〔3〕 指春光社的集会。该社是以北京大学学生为主组织的文艺社团,1923年春成立,成员有许钦文、董秋芳、龚宝贤、何植三等二十余人。

〔4〕《小说史》讲义印本 即《中国小说史略》讲义本。鲁迅自1920年秋开始在北京大学讲授中国小说史,并将讲义陆续排印分发学生。是日将陆续排印而未装订的讲义一百七十三页寄赠许寿裳。《中国小说史略》于本年12月由北京大学新潮社出版上卷,次年6月出版下卷。

〔5〕 即《红的花》。童话,俄国爱罗先珂作,鲁迅译讫后于本月28日寄胡愈之。发表于《小说月报》第十四卷第七号(1923年7月)。1931年收入上海开明书店版爱罗先珂童话合集《幸福的船》。

五 月

一日 晴,风。午后往图书分馆访子佩,不值。往商务印书馆取版税泉五十四元,买《玉篇》三本,《广均》五本,《法言》一本,《毗陵集》四本,共泉三元四角。往松云阁买土偶人五枚,七元。三弟以外氅一袭见让,还其原价十四元。夜复郑振铎信。

二日 晴,风。无事。

三日 昙,下午小雨。收正月上半月奉泉百五十。

四日 小雨,下午晴。丸山君来部,为作一函致孙北海,绍介竹田、小西、胁水三君参观图书馆。王君统照来。

五日 晴。无事。

六日 晴。星期休息。午孙伏园来。

七日 昙,夜大风。无事。

八日　昙，风。上午往大学讲。见丸山及石川半山二君。晚丸山君招饮于大陆饭店，同坐又有石川及藤原镰兄二人。

九日　晴。无事。

十日　晴。有人醵泉为秦汾制屏幛，给以一元。省三将出京，以五元赠行。晚与二弟小治肴酒共饮三弟，并邀伏园。

十一日　晴。上午往师校讲。

十二日　晴。上午得省三信。夜得赵子厚信。

十三日　晴。星期休息。午后与二弟应春光社约谈话。下午至中央公园会三弟及丰丸同饮茶。晚伏园来。夜重装《颜氏家训》二本。

十四日　晴。晨三弟往上海，托以《最後之溜[嘆]息》一册转赠梓生。晚与裘子元往西吉庆饭，复至大学第二院听田边尚雄讲说《中国古乐之价值》[1]。

十五日　昙。上午往大学讲。午后高阆仙为代买得《王右丞集笺注》一部，泉五元。晚雨一陈。夜重装《石林遗书》十二本讫。

十六日　晴。夜濯足。

十七日　晴。夜修补旧书。

十八日　雨。上午往高师校讲。至达古斋买《浩宗买地券》一枚，二元；《寇胤哲墓志》并盖一枚，残石二种二枚，共二元。往图书分馆查书，又致子佩泉十元贺其移居。下午晴。

十九日　小雨。下午遐卿来并赠《近代八大思想家》一册，太平天国坈印本二枚。夜得三弟信，十六日上海发。重装旧书三部,共十二本讫。饮酒。

二十日　昙。星期休息。下午子佩来。伏园来,赠华盛顿牌纸烟一合,别有《浪花》二册,乃李小峰所赠托转交者,夜去,付以小说集《呐喊》稿一卷,并印资二百[2]。

二十一日　昙。下午晴。寄三弟信并书一册。寄周嘉谟君信并剧稿。游小市,买《朝市丛谈》一部八本,泉二角。

二十二日　晴。上午往大学讲并还《太平广记》。三弟寄来《草隶存》一部二本,直三元二角。

二十三日　晴。下午泽村君及张凤举来。晚寄郑振铎信。夜大风。

二十四日　晴,风。午后以《北京胜景》一册寄赠季市。晚伏园来。

二十五日　昙。上午往高师校讲。往德古斋为泽村君买《孝堂山画象》一分,泉三元五角。下午得伏园信并代印名刺百枚。历史博物馆赠摹利玛窦本地图影片一分三枚。夜补书十六叶[3]。雨。

二十六日　晴。上午得三弟信,廿三日发。下午风。晚二弟治酒邀客,到者泽村、丸山、耀辰、凤举、士远、幼渔及我辈共八人。

二十七日　晴,风。星期休息。午后得久巽信。得三弟信。理发。

二十八日　晴。上午得三弟信,廿五日发。午后往帝王庙[4]观阿博洛展览会[5]绘画。下午收正月分奉泉三成九十。观小市。夜复三弟信。

二十九日　晴。上午往大学讲。下午往德古斋买黄肠石名二枚,杂造象七种十枚,墓名三种三枚,共泉十二元。

三十日　晴。无事。

三十一日　晴,晚风。无事。

*　　*　　*

〔1〕　《中国古乐之价值》　原题为《支那古代音乐的世界价值》,日文讲辞载本月20日、27日日文《北京周报》第六十五、六十六号,译文载本月23日《晨报副刊》。

〔2〕　《呐喊》将于本年8月由新潮社出版,因该社经费支绌,故鲁迅借与印资二百元。此款在1924年3月14日、4月4日分两次还清。

〔3〕　当指补抄《王右丞集笺注》。鲁迅自5月15日购得该书,于本日开始抄补,至6月9日全书补讫。

〔4〕　帝王庙　即历代帝王庙,在北京阜成门内大街,民国后成为公共场所,常在此举行展览会。

〔5〕　阿博洛展览会　指阿博洛学会于本月15日至30日举行的第二届画展。阿博洛(Apollon),通译阿波罗,希腊神话中的太阳神。阿博洛学会成立于1922年夏,是研究西洋绘画的团体,主要成员有王子云、钱稻孙、李毅士等。

六　月

一日　晴。上午得三弟信,廿八日发,晚复。

二日　晴。痔发多卧。

三日　晴。星期休息。上午徐耀辰、张凤举、沈士远、尹默来。夜濯足。

四日　晴,热。无事。

五日　小雨。上午往大学讲。晚霁。

六日　晴。上午得伏园信。午后寄季市《小说史》三篇。晚浴。从上午至夜半共补钞《王右丞集笺注》四叶。风。

七日　晴。午后往世界语学校筹款游艺会[1]。夜补《王右丞集》二叶。

八日　晴。上午往高师校讲。寄还郭耀宗君小说稿。往德古斋买《吕超静墓志》一枚,一元;六朝造象七种十二枚,二元。夜雷雨。补钞《王右丞集》三叶。

九日　晴。上午钞《王右丞集》一叶,全书补讫。夜阅大学试卷四十六本。

十日　晴。星期休息。上午得三弟信,七日发。午后小雨,晚霁。伏园来。夜装钉《王右丞集》八本。阅高师校试卷二十七本。

十一日　晴。无事。

十二日　晴。下午往师校。得福冈君信。晚寄伏园信。

十三日　昙。下午伏园来。小雨即止。

十四日　晴。下午得缪金源信并《江苏清议》三枚,《栟角公道话》二枚。

十五日　晴。下午往戴芦舲寓。往高师校取薪水。夜风。

十六日　晴,热。午齿痛,下午服舍利盐一帖,至晚泻二次,渐愈。

十七日　昙,风。星期休息。上午复缪金源信。寄三弟信。伏园携惠迪来，并持交春台自法国来信。晚晴。

十八日　晴。旧端午也，休假。午邀孙伏园饭，惠迪亦来。连日重装《授堂遗书》，至夜半穿线讫，计十六本，分为两函。

十九日　晴。下午收奉泉五十一元，正月分之一成七也。晚齿又小痛。

二十日　晴。上午至伊东医士寓治齿，先拔去二枚。

二十一日　晴。下午收特别流通券百十六元，二月分奉泉之三成三也。

二十二日　昙，风。下午往伊东寓疗齿，拔去二枚。

二十三日　晴。下午往留黎厂买土偶人一枚，小磁犬一枚，共泉二元。

二十四日　晴。星期休息。午后风。晚伏园来。

二十五日　晴，风。晚浴。夜雷雨。

二十六日　晴。上午往伊东寓拔去一齿。往禄米仓访凤举、曜辰，并见士远、尹默，二弟已先到，同饭，谈至傍晚始出。至东安市场，见有蒋氏刻本《札朴》，买一部八本，直二元四角。得三弟信，二十三日发。得冯省三信。夜小雨。

二十七日　昙。上午赒遐卿五元。黄中塏嫁女，与一元。

二十八日　昙。上午往伊东寓补龋齿一。午后伏园来。下午雨。

二十九日　晴。上午往留黎厂。往青云阁买鞋一两。往大学新潮社，旋与李小峰、孙伏园及二弟往第二院食堂午餐，伏园主。晚得三弟信。

三十日　晴。上午往伊东寓补龋齿二。下午子佩来并赠茗两包。

* * *

〔1〕 世界语学校筹款游艺会　系为创办北京世界语专门学校筹款而举办,在北京东安门外真光剧场举行。演出者有刘天华、韩世昌等。世界语学校,即北京世界语专门学校。本年开始筹备,鲁迅为发起人和董事之一,并于本年9月至1925年3月在该校讲授中国小说史。

七 月

一日　晴。星期休息。晚风。无事。

二日　晴。无事。

三日　昙。休假。寄三弟信。与二弟至东安市场,又至东交民巷书店,又至山本照相馆[1]买云冈石窟佛像写真十四枚,又正定木佛像写真三枚,共泉六元八角。下午伏园来,并持交锡马一匹,是春台之所赠。

四日　晴。上午凤举、士远、尹默来。

五日　晴。无事。

六日　晴,午后昙,晚小风雨。浴。

七日　晴。午后得伏园信。得师校信,即复。得马幼渔信并残本《三国志演义》十六本,下午复。晚小风雨。

八日　晴。星期休息。下午伏园来。晚雷,夜微雨。

九日　昙。劳顿,休息。无事。

十日　晴,下午雨一阵即霁。无事。

十一日　晴,下午大风雨一阵。无事。

十二日　晴。上午得三弟信,九日发。下午收商务印书馆所寄三色爱罗先珂君画像[2]一千枚,代新潮社购置。得马幼渔信。

十三日　晴。晚浴。

十四日　晴。午后得三弟信。作大学文艺季刊稿一篇成。[3]晚伏园来即去。是夜始改在自室吃饭,[4]自具一肴,此可记也。

十五日　昙。星期休息。下午空三来。李遐卿携其长郎来,并赠越中所出笔十支。晚雨。

十六日　雨。下午寄三弟信。

十七日　昙。上午戴昌霆君交来三弟所托寄之竹箑一个,布一包。收商务印书馆制板所所寄爱罗君画像铜板[5]三块。下午雨。

十八日　昙。午得久巽信。晚微雨。

十九日　昙。上午启孟自持信来[6],后邀欲问之,不至。下午雨。

二十日　晴。午后寄马幼渔信并还《列女传》、《唐国史补》、残本《三国志演义》。下午伏园来。夜省三、声树来。夜半大雷雨。

二十一日　晴。下午理发。

二十二日　晴。星期休息。无事。

二十三日　晴。上午以大镜一枚赠历史博物馆。得三弟信,廿日发,夜复。

二十四日　晴。下午声树来。

二十五日　晴。上午往伊东寓治齿。寄声树信。

二十六日　晴。上午往砖塔胡同看屋[7]。下午收拾书籍入箱。

二十七日　晴。上午得伏园信。下午紫佩挈其子侄来,并赠笋干、新茶各一包,贻其孩子玩具二事。

二十八日　晴。上午往伊东寓治齿。下午孙伏园持《桃色之云》二十册来,即以一册赠之,并托转赠李小峰一册。夜寄三弟信。

二十九日　晴。星期休息。终日收书册入箱,夜毕。雨。

三十日　昙。上午以书籍、法帖等大小十二箱寄存教育部。寄马幼渔信并还《唐国史补》及《青琐高议》。赠戴芦舲、冯省三以《桃色之云》各一本。午雨一陈。得三弟信,廿六日发,夜复。

三十一日　晴。上午访裘子元,同去看屋。寄许季市信并还《文选》一部,送《桃色之云》一册。下午收拾行李。

＊　　＊　　＊

〔1〕　山本照相馆　日本人山本赞七郎开设的照相馆,在北京王府井大街霞公府。1897年(清光绪二十三年)开业。除摄影外,并经营照相器材等。

〔2〕　爱罗先珂君画像　此像后刊于《桃色的云》中译本卷首。

〔3〕　作大学文艺季刊稿一篇成　未详。

〔4〕　鲁迅兄弟及家属原同住八道湾,因鲁迅与周作人失和,是夜起鲁迅改在自室用餐。

〔5〕 爱罗先珂画像系日本人中村彝所绘,印入本月北大新潮社出版的《桃色的云》卷前,为三色版。因北京制版工艺不精,故委托上海商务印书馆代印。

〔6〕 启孟自持信来　周作人信全文如下:"鲁迅先生:我昨天才知道,——但过去的事不必说了。我不是基督徒,却幸而尚能担受得起,也不想责谁,——大家都是可怜的人间。我以前的蔷薇的梦原来都是虚幻,现在所见的或者才是真的人生。我想订正我的思想,重新入新的生活。以后请不要再到后边院子里来,没有别的话。愿你安心,自重。七月十八日,作人。"

〔7〕 往砖塔胡同看屋　鲁迅与周作人失和后,准备迁出八道湾宅,经许羡苏介绍,往砖塔胡同六十一号看屋。

八　月

一日　昙。上午往伊东寓治齿,遇清水安三君,同至加非馆小坐。午后收拾行李。下午得冯省三信。晚小雨。寄三弟信。

二日　雨,午后霁。下午携妇迁居砖塔胡同六十一号〔1〕。

三日　晴。下午赠许羡苏、俞芬《桃色之云》各一册。

四日　晴。上午以《桃色之云》各一册寄赠福冈、津曲二君。寄冯省三信。晚潘企莘来。

五日　昙。星期休息。晨母亲来视。得三弟信,七月卅一日发。晚孙伏园来并持示春台里昂来信。小雨。

六日　晴。上午得三弟信,二日发,即复。

七日　晴。无事。

八日　昙。上午往伊东寓治齿并补齿毕,共资泉五十。伏园来,交爱罗君画像印资二十八元六角。陈百年君母故,赙二元。下午常维钧来并赠《歌谣》周刊一本。子佩来。小雨。

九日　昙,午晴。无事。

十日　昙。上午冯省三来。往伊东寓修正所补齿。下午孙伏园来。夜雨。

十一日　雨。无事。

十二日　昙。星期休息。午雨。得伏园信,即复。下午晴。章矛尘、孙伏园来。夜校订《山野掇拾》一过。

十三日　晴。上午得三弟信,九日发。母亲来视,交来三太太笺,假十元,如数给之,其五元从母亲转借。夜校订《山野掇拾》毕。

十四日　昙。上午寄伏园信并还《山野掇拾》稿本,又附寄春台笺。寄三弟信。寄李茂如信。午晴。得季市信。

十五日　昙。上午得三太太信。午后雨一阵。

十六日　晴。上午寄季市信。寄三弟信。午后李茂如、崔月川来,即同往菠萝仓一带看屋,[2]比毕回至西四牌楼饮冷加非而归。

十七日　晴。无事。

十八日　晴。上午收二月分奉泉四元,即付工役作夏赏。

十九日　晴。星期休息。上午母亲来。得福冈君信片,十二日发。午得伏园信。

二十日　小雨。午后与李姓者往四近看屋。下午大雨。

二十一日　晴。上午收二月分奉泉四元。午后母亲往八道弯宅。

二十二日　晴。上午得三弟信并泉十五元。下午与秦姓者往西城看屋两处。晚伏园持《呐喊》二十册来。

二十三日　晴。得罗膺中结婚通告，贺以一元。以《呐喊》各一册分赠戴螺舲、徐耀辰、张凤举、沈士远、尹默、冯省三、许羡苏、俞芬、泽村。夜小雨。

二十四日　晴。上午得三弟所代买书四本，共泉二元伍角。以《呐喊》各一册赠钱玄同、许季市。而省三移去，昨寄者退回，夜与声树同来，复取去。

二十五日　晴。上午往伊东寓修正补齿。得朱可铭信，四日发。下午约王仲猷来寓，同往贵人关看屋。晚许钦文、孙伏园来。

二十六日　晴。星期休息。上午母亲遣潘妈来给桃实七枚，三弟之款即令将去交三太太收。下午许钦文来。李遐卿来。夜濯足。

二十七日　晴。午后寄三弟信。

二十八日　昙。午后同杨仲和往西单南一带看屋。下午小雨即霁。夜又小雨且雷。

二十九日　晴。上午母亲来，交三太太信并所还泉五元，所赠沙丁鱼二合，即以泉还母亲，以一合鱼转送俞芬小姐。

三十日　昙。下午得沈士远信。雨。

三十一日　晴。上午母亲往新街口八道湾宅去。下午同杨仲和看屋三处，皆不当意。

※　　※　　※

〔1〕　迁居砖塔胡同六十一号　鲁迅是日迁居于此,共住九月余。1924年5月25日移居阜成门内西三条二十一号。

〔2〕　往菠萝仓一带看屋　鲁迅因母亲也欲迁出八道湾和他同住,故本日起四出觅购房屋。

九　月

一日　昙。上午崔月川来引至街西看屋。下午以《呐喊》各一册寄丸山及胡适之。

二日　晴。星期休息。下午昙。声树来。潘企莘来。

三日　晴。上午阮和森来,留午饭,饭既去。午后得丸山信。夜雨。

四日　晴。下午往图书分馆访紫佩并查书,借《甲申朝事小记》一部而归。

五日　雨。下午收二月分半月奉泉百五十。夜大雨。

六日　昙。无事。

七日　晴。午后游小市。

八日　晴。晨母亲来。上午往留黎厂取高师薪水,买《庄子集解》一部三册,一元八角。又买方木二合,分送俞宅二孩子。下午得潘企莘信,夜复。

九日　昙。星期休息。无事。

十日　晴。师曾母夫人讣至,赙二元。彭允彝之父作生日,有人集资,出一元。

十一日　晴。午后往大学取四月分薪水泉九。下午寄常维钧信。子佩来,贻火腿一块,赠以《桃色之云》、《呐喊》各一册。李小峰、孙伏园来,各赠以《呐喊》一册,又别以一册托转赠章矛尘。夜小雨。

十二日　晴。上午同母亲往山本医院诊。午后往中校[1]为俞芬小姐作保证。雨一陈。

十三日　昙。上午和孙来。下午同李慎斋往宣武门附近看屋。夜濯足。

十四日　晴。上午往师校取薪水二月分者二元,三月分者四元。买《管子》一部四本,《荀子》一部六本,共三元。往山本医院取药。寄丸山信。午后往东单牌楼信义洋行买怀炉灰［炭］,又买五得一具。访丸山,不直。马幼渔来,不直。晚风,小雨即止。

十五日　晴。下午往裘子元寓,复同至都城隍庙街看屋。

十六日　晴。星期休息。上午许钦文来。往山本医院取药。下午昙。三太太以信来问母亲疾。雷雨一陈即止。夜散步于四牌楼。得和森信。

十七日　晴。上午得伏园信。午后往世界语专门学校讲。

十八日　昙。上午同母亲往山本医院诊。午后晴。母亲往八道湾宅。夕风。

十九日　晴。下午寄三弟信并钱稻孙译稿一本。晚省三来取讲义稿子。夜半雷雨,不寐饮酒。

二十日　昙。下午潘企莘来,同至西直门内访林月波君看屋。

二十一日　晴。午后访孙伏园,赠我《梦》一本。晚林月波君来。

二十二日　昙。上午往西北城看屋。得晨报馆征文信。[2]午后小雨。下午往表背胡同访齐寿山,假得泉二百。

二十三日　昙。星期休息。晨和森来,尚卧未晤。下午往世界语专门学校交笺,请明日假。秦姓者来,同至石老娘胡同,拟看屋,不果。

二十四日　昙。欲买前桃园屋,约李慎斋同访林月波,以议写契次序不合而散,回至南草厂又看屋两处。下午访齐寿山,还以泉二百。咳嗽,似中寒。[3]

二十五日　晴。秋节休假。午后李茂如来言屋事。往四牌楼买月饼三合,又阿思匹林饼一筒。夜服药三粒取汗。

二十六日　晴。午后得季市信,即以电话复之。收三月分奉泉五十六元,一月之一成七。

二十七日　晴。晨母亲来。晚李茂如来。

二十八日　小雨,午后晴。下午往鼎香村买勒鲞、茶叶。

二十九日　晴。上午往师范校取薪水十四元,三月分讫。往商务印书馆买《孟子》一部三本,《说苑》一部六本,共泉二元八角。下午和森来。

三十日　晴。星期休息。午李茂如来。夜得世界语校信并九月薪水泉十。

*　　*　　*

〔1〕　中校　指北京女子高等师范学校附属中学(1924年改为北

京女子师范大学附属中学),当时俞芬在该校学习。

〔2〕 指晨报馆为出版五周年纪念增刊发的征文信。

〔3〕 为鲁迅肺病复发。至次年3月转愈。

十 月

一日 昙,大风。上午李茂如来,同出看屋数处。午后往世界语校讲。得三弟明信片,九月廿七日发。夜李小峰、孙伏园来。大发热,以阿思匹林取汗,又写四次。

二日 晴。上午往山本医院诊。得李茂如信。

三日 晴。泻利加剧,午后仍往山本医院诊,浣肠,夜半稍差。

四日 晴。午后往山本医院诊。晚始食米汁、鱼汤。

五日 晴。晚李慎斋来。

六日 晴。午后寄三弟信。往山本医院诊。

七日 昙。星期休息。下午子佩来。伏园来。晚风。

八日 晴,风。午后往世界语校讲。下午往山本医院诊。以《中国小说史略》稿[1]上卷寄孙伏园,托其付印。夜得季市信。

九日 晴。午后寄马幼渔信。季市来部,假我泉四百,即托寿山暂储。

十日 晴。休假。上午得夏蕡如信,即复。午后得章菊绅信,即复。母亲往八道湾宅。访李慎斋,同出看屋数处。

十一日 晴。午后往山本医院诊。下午和森来,未遇。

十二日 晴。午后往半壁街看屋。

十三日 晴。晨往女子师校讲。[2]上午得三弟信,十日发,午后复。下午昙。寄钱稻孙信。晚诗荃来,赠以《桃色之云》、《呐喊》各一册。夜风。

十四日　晴,风。星期休息。午后往德胜门内看屋。晚孙伏园来。

十五日　晴。上午钱稻孙来,赠以《桃色之云》、《呐喊》各一册。午后往世界语校讲。下午往山本医院诊。寄三弟信。寄章菊绅信。

十六日　晴。午后往针尖胡同看屋。

十七日　晴。午后李慎斋来,同往四近看屋。晚服燕医生补丸二粒。

十八日　昙。下午收教育部补足正月分奉泉十。晚李小峰、孙伏园来。

十九日　雨。上午往高师校讲。午后大风。往大学讲。收大学四月下半及五月全月薪水共二十七元。下午得孙伏园信,即复。和森来访,不相值。

二十日　晴。晨往女子师范校讲。上午母亲来。下午许钦文来。

二十一日　晴。星期休息。晚孙伏园来并持示春台信。

二十二日　晴,午后风。往世界语校讲。下午寄许诗荃信。得三弟信,十九日发,附卖稿契约[3]一纸,即以转寄钱稻孙。往通俗图书馆还书、借书。托孙伏园买《呐喊》五本,晚令人送来,其直二元五角。夜大风。

二十三日　晴,风。午后李慎斋来。寄孙伏园《小说史》稿一束。[4]寄三弟信。下午得伏园信,晚复。风定。夜得伏园信。

二十四日　晴。上午得孙伏园信,午后复。午后李慎斋来,同至阜成门内看屋。

二十五日　晴。午后得沈士远祖母夫人讣,赙二元。

二十六日　昙。上午往师校讲。午后往大学讲。往京师图书馆阅书,晚归。得钱稻孙信。

二十七日　晴。晨寄钱稻孙信。寄三弟信。往女子师校讲。上午得钱稻孙信片。午后杨仲和、李慎斋来,同至达子庙看屋。

二十八日　昙。星期休息。晚访李慎斋。许钦文、孙伏园来,同至孙德兴饭店夜饭后往新民大戏院观戏剧专门学校[5]学生演剧二幕。

二十九日　晴。午后往世界语校讲。寄大学讲义。寄常维钧信。得三弟信,二十七日发,夜复。理发。

三十日　晴。午后杨仲和、李慎斋来,同至阜成门内三条胡同看屋,因买定第廿一号门牌旧屋六间,[6]议价八百,当点装修并丈量讫,付定泉十元。

三十一日　雨,上午晴。和森自山西来,赠糟鸭卵一篓,汾酒一瓶。下午往骡马市买白鲞二尾,茗一斤。寄王仲猷信。夜绘屋图三枚。世界语校送来本月薪水泉十五元。雨。

＊　　＊　　＊

〔1〕《中国小说史略》稿　系鲁迅1920年至1923年间在北京大学、北京高等师范学校的讲义改订而成,分上、下两册,由新潮社出版。

上册十五篇。这里所寄是上册的一部分。

〔2〕 往女子师校讲　女子师校,即国立北京女子高等师范学校。鲁迅应该校校长许寿裳之请,本日起前往讲授小说史等课,直至1926年离京止。参看本卷第413页注〔1〕。

〔3〕 卖稿契约　指钱稻孙所译《神曲一脔》版权售与商务印书馆的合同。该书后于1924年12月出版。

〔4〕 《小说史》稿一束　即《中国小说史略》上册余稿。

〔5〕 指人艺戏剧专门学校。蒲伯英、陈大悲等创办,1922年11月成立。址在宣武门外丞相胡同。是晚该校在新明剧场(日记误作新民大戏院)演出新剧《平民的恩人》及《良心》。

〔6〕 本日买定阜成门内西三条旧屋后,11月办理过户手续,12月2日立契,次年1月开始翻建,5月25日迁入。鲁迅在此住至1926年8月。今为鲁迅博物馆的一部分。

十一月

一日　晴。午后托王仲猷往警署报转移房屋事。

二日　晴。上午往师范校讲。午后往大学讲。得三弟信,十月廿九日发。

三日　晴。上午母亲往八道湾宅。午后昙。

四日　昙。星期休息。上午母亲令人持来书二部,鸭肝一碗,花生一合。午后寄朱可铭信。寄三弟信。下午微雨。夜濯足。

五日　雨。午后往世界语校讲。

六日　昙,下午晴,风。三弟邮来卫生衣一包,即取得并转送于母亲。

七日　晴,大风。午后往图书阅览所查书,无所得。买馒头十二枚而归。晚风定。

八日　晴。午后装火炉,用泉三。陈援庵赠《元西域人华化考》稿本一部二册,由罗膺中携来。夜饮汾酒,始废粥进饭,距始病时三十九日矣。

九日　晴。上午往师校讲。午往世界书局,见所售皆恶书,无所得而出。午后回寓,母亲已来,因同往山本医院诊,云是感冒。得春台自巴黎来信并鸟羽二枚,铁塔画信片一枚,均由伏园转寄而至。晚始生火炉。

十日　晴。晨往女子师校讲。午后得三弟信,六日发。下午得丸山信。李小峰、孙伏园来,并交俞平伯所赠小影,为孩提时象,曲园先生携之。

十一日　晴。星期休〔息〕。上午往山本医院取药。午后买煤一顿半,泉十五元九角,车泉一元。

十二日　昙,大风。上午得丸山信。午后往世界语学校讲。下午得宫野入博爱信。得三弟信,八日发。晚和森来,饭后去。

十三日　晴。午后访李慎斋。寄伏园信。寄三弟信。往山本医院取药。下午紫佩来。

十四日　昙。上午得孙伏园信。丸山来〔来〕并持交藤冢教授所赠《通俗忠义水浒传》并《拾遗》一部八十本,《標注训訳水滸伝》一部十五本。晚伏园来。

十五日　晴。午后郁达夫来。往山本医院取药。

十六日　晴。晨往高师校讲。午后往大学校讲。下午往内右四区第二路分驻所,又至西四[三]条胡同二十一号。又使吕二连[送]信于连海。晚李慎斋来。

十七日　晴。上午往女子师范校讲。往山本医院取药。

十八日　晴。星期休息。上午和森来。邀李慎斋同往西三条胡同连海家,约其家人赴内右四区第二路分驻所验看房契。夜风。

十九日　晴,风。上午得伏园信。午后往世界语校讲。寄伏园信并小说史一篇[1]。

二十日　晴。午后访子佩于图书分馆并还书。往高师校取薪水泉十二元,即在书肆买《耳食录》一部八册,《池上草堂笔记》一部亦八册,共·元六角也。

二十一日　昙。午后往山本医院取药。

二十二日　晴。下午收奉泉二月分者三十一,又三月分者百。郁达夫赠《茑萝集》一册。

二十三日　昙,大风。午后往大学讲。下午收三月分奉泉百五十。

二十四日　晴,大风,午后风定。往山本医院取药。

二十五日　晴。星期休息。上午击煤碎之,伤拇指。午后往留黎厂买《魏三体石经》残石拓片六枚,《比丘尼慈庆墓志》拓片一枚,共泉六元。

二十六日　晴。午后往世界语校讲。下午紫佩来,不直,留笺而去。

二十七日　晴。下午许钦文来。夜风。

二十八日　晴。无事。

二十九日　晴。午后往留黎厂。得吴月川信。

三十日　晴。上午得子佩信。午后往大学讲。得三弟信，廿七日发。晚伏园来。世界语学校送来本月薪金十五元。寄常维钧信。

* * *

〔1〕　即《宋民间之所谓小说及其后来》。系应《晨报五周年纪念增刊》征文作，后收入《坟》。

十 二 月

一日　晴。上午母亲往八道湾宅，由吕二送去。齐寿山交来季市之泉四百。得寿垿之妇赴，赙一元。伏园来，示《小说史》印成草本。

二日　晴。星期休息。上午寄三弟信。午在西长安街龙海轩成立买房契约，当付泉五百，收取旧契并新契讫，同用饭，坐中为伊立布、连海、吴月川、李慎斋、杨仲和及我共六人，饭毕又同吴月川至内右四区第二分驻所验新契。空三来，不值，夜复来谈。

三日　晴。午后访李慎斋。往世界语校讲。晚同慎斋往警区接洽契价事。

四日　昙。上午得张凤举信并泽村教授所赠自摄大同石窟诸佛影象一册。夜空三来。

五日　昙。无事。

六日　昙。午后得三弟信，三日发，附郦荔臣笺。晚雪。

七日　晴。晨往师校讲，收四月分薪水三成五，又五月分者二成，共泉十元。午后往大学讲。下午寄三弟信。赠齐寿山、杨仲和以《桃色之云》、《呐喊》各一册。得陈蓉镜夫人赴，赙以一元。晚服阿思匹林丸一粒。

八日　晴。晨往女子师校讲。往通俗图书馆查书。午后往鼎香村买茶叶二斤，二元二角。往留黎厂买《情史》一部十六本，二元。又杂小说三种，二元弱。

九日　晴。星期休息。下午子佩来。

十日　晴。上午母亲寄来花生一合。午后往世界语校讲。

十一日　晴。上午往西三条派出所取警厅通知书，午后又往总厅交手续费一元九角五分。下午寄季市信并讲义一帖。孙伏园寄来《小说史略》印本二百册，即以四十五册寄女子师范校，托诗荃代付寄售处，又自持往世界语校百又五册。

十二日　大雪，上午霁。收晨报社稿费十五元。陈师曾赴来，赙二元。下午伏园来部。赠螺舲、维钧、季市、俞荣小姐、丸山以《小说史》各一本，李慎斋以《呐喊》一本。夜风。

十三日　晴。齐寿山将续娶，贺以泉二。

十四日　晴。晨往高师校讲。午后往大学讲。下午得三弟信，十一日发。

十五日　晴。晨往女子师校讲。上午往通俗图书馆借书。午后往总布胡同燕寿堂观齐寿山结婚礼式，留午饭。赠企莘、吉轩以《小说史》各一册。

十六日　晴，风。星期休息。午后子佩来。何君来。下午李慎斋、王仲猷来,同至四牌楼呼木匠往西三条估修屋价值。

十七日　晴。上午母亲来。午后往世界语校讲。

十八日　晴。昨夜半以两佣妪大声口角惊起失眠,颇惫,因休息一日。

十九日　晴。无事。

二十日　晴。午后邀王仲猷、李慎斋同往西四牌楼呼木工,令估修理西三条胡同破屋价目。夜草《中国小说史》下卷[1]毕。风。

二十一日　晴,风。上午往师校讲并收五月分薪水五元。午后往北京大学校讲并收六月分薪金十八元。下午得许诗荃信。寄三弟信。得孙伏园信。

二十二日　晴。晨往女子师校讲。午后往市政公所验契。伏园至部来访。下午得季市信并《越缦堂骈文》一部。赠玄同、幼渔、矛尘、适之《小说史略》一部,吉轩《呐喊》一部。春台寄赠 Styka 作托尔斯多画象邮片二种。

二十三日　晴。星期休息。下午李慎斋来。宋子佩来。

二十四日　晴。休假。上午得王仲猷信。午后往世界语校讲。下午访许诗荃,不值。访季市还《越缦堂骈文》。得章矛尘信。夜风。

二十五日　晴。午后寿洙邻、阮和森来。李慎斋来。下午李小峰、孙伏园及惠迪来。

二十六日　晴。上午郁达夫来并持赠《创造周报》半年汇刊一册,赠以《小说史略》一册。午后往市政公所补印,因廿二日验契时一纸失印也。往通俗图书馆还书并借书。夜往徐吉轩宅小坐。往女子师校文艺会讲演[2]，半小时毕，送《文艺会刊》四本。同诗荃往季市寓饭，十时归。

二十七日　晴，风。无事。

二十八日　晴，大风，严冷。上午往师校讲。午后往大学讲。得胡适之笺。还常维钧前所见借小说二种。夜风定。

二十九日　晴。上午往女子师校讲。寄胡适之信。午后往通俗图书馆换书。

三十日　晴。星期休息。下午李慎斋来。李小峰、章矛尘、许钦文、孙伏园及惠迪来，赠钦文《小说史略》一册。得宋子佩信。

三十一日　晴。午买阿思匹林片二合，服二片以治要胁痛。午后往世界语校讲。收本部三月馀奉及四月奉泉二成，共百三十二元。付工役节奖十二元。赙范吉六夫人之丧一元。

* 　　* 　　*

〔1〕　《中国小说史》下卷　下册稿包括第十六篇至第二十八篇，鲁迅于是日写毕后复进行校订。1924年3月4日校毕，8日寄孙伏园付印。

〔2〕　往女子师校文艺会讲演　女子师校文艺会，即北京女子高等师范学校文艺研究会。鲁迅本日应邀作《娜拉走后怎样》的讲演。讲稿后收入《坟》。

书　　帐

月河所闻集一册　〇·二〇　一月五日

两山墨谈四册　一·三〇

类林杂说二册　〇·八〇

景元本中原音韵二册　三·二〇

张澈墓志一枚　一·五〇　一月十九日

元玶妻穆墓志并盖二枚　一·五〇

元寿安墓志一枚　一·五〇

元诲墓志一枚　二·〇〇

郭休墓志一枚　一·〇〇

龙泉井志铭一枚　〇·五〇

景印士礼居丛书三十册　八·六〇　一月廿日

排印唐诗纪事十册　四·二〇

天籁阁宋人画册一册　三·〇〇　一月廿六日

五杂组八册　三·六〇

麈余二册　一·〇〇

为孝文造九级碑并阴二枚　一·〇〇　一月三十日　三四·九〇〇

本草衍义二册　二·八〇　二月二日

石林遗书十二册　四·五〇　二月三日

授堂遗书十六册　七·〇〇

道光十八年登科录一册　钱稻孙赠　二月五日

三余偶笔八册　二·二〇　二月七日

巾箱小品四册　一·〇〇

世说逸一册　〇·五〇　二月十一日

元琰墓志并盖二枚　二·〇〇　二月十四日

唐土名胜图会六册　五·〇〇

长安志五册　二·五〇

汉画象三枚　一·五〇　〔二月二十一日〕

丁柱造象一枚　二·五〇　二月二十二日

缓曹造象二枚　一·〇〇　二月二十六日

毛叉造象二枚　一·〇〇

巢氏诸病源候论十册　二·〇〇

曹全碑并阴二枚　一·五〇　二月二十八日

王稚子阙残字并题记四枚　三·〇〇

石门画象并阴二枚　六·〇〇　　　　　四六·〇〇〇

张盛墓碣一枚　一·〇〇　三月二日

读书杂释四册　一·〇〇　三月十七日

易林十六册　四·〇〇　三月二十日

藕香零拾三十二册　八·四〇　三月三十日　　一四·四〇〇

孔子弟子象赞十五枚　〇·四〇　四月三日

王智明等造象四[？]枚　〇·五〇　四月十三日

陈神姜十三人等造象四枚　一·五〇

严寿等修故塔记一枚　添

檀泉寺比丘法真等造象四枚　一·〇〇

汉律考四册　一·〇〇
铜人针灸图经二册　一·四〇　四月二十七日
石印圣谕像解十册　一·〇〇　　　　　　　　　　六·八〇〇
玉篇三册　〇·九〇　五月一日
广韵五册　一·四〇
扬子法言一册　〇·三〇
毗陵集四册　一·〇〇
王右丞集笺注八册　五·〇〇　五月十五日
浩宗买地券一枚　二·〇〇　五月十八日
寇胤哲墓志并盖一枚　一·〇〇
残石拓本二种二枚　一·〇〇
朝市丛谈八册　〇·二〇　五月二十一日
草隶存二册　三·二〇　五月二十二日
黄肠石铭二枚　一·〇〇　五月二十九日
杂造象七种十枚　五·〇〇
字安宁墓志一枚　五·〇〇
孟敞墓名一枚　〇·五〇
成公志盖一枚　〇·五〇　　　　　　　　　　二八·〇〇〇
吕超静墓志一枚　一·〇〇　六月八日
六朝造象七种十二枚　二·〇〇
札朴八册　二·四〇　六月二十六日　　　　　　五·四〇〇
云议友议一册　〇·七〇　八月二十四日
山右金石录一册　〇·六〇
循园金石跋尾一册　〇·七〇

越讴一册　〇·五〇　　　　　　　　　　二·五〇〇

庄子集解三册　一·八〇　九月八日

管子四册　一·二〇　九月十四日

荀子六册　一·八〇

孟子三册　一·〇〇　九月二十九日

说苑六册　一·八〇　　　　　　　　　七·六〇〇

元西域人华化考稿本二册　陈援庵赠　十一月八日

通俗忠义水浒传八十册　藤冢赠　十一月十四日

標注訓訳水滸伝十五册　同上

耳食录八册　〇·八〇　十一月二十日

池上草堂笔记八册　〇·八〇

魏三体石经残石六枚　四·〇〇　十一月二十五日

比丘尼慈庆墓志一枚　二·〇〇　　　　七·六〇〇

大同石窟佛象摄影一册　泽村教授赠　十二月四日

情史十六册　二·〇〇　十二月八日

　　总计一四九·二〇〇，每月平均一二·四三三元。

日 记 十 三

一 月

一日　晴。休假。上午得胡适之信并文稿一篇[1]。许钦文、孙伏园来，留午饭。下午宋子佩携舒来。晚服阿思匹林片一。

二日　晴。下午李慎斋来，同至西三条胡同接收所买屋，交余款三百元讫。

三日　晴。休假。无事。

四日　晴。上午往高师讲，收薪水九元，五月分讫。午后往大学讲。

五日　晴。上午往女子师校讲。往通俗图书馆借书。收其中堂所寄书目一本。下午寄胡适之信并文稿一篇，《西游补》两本。夜服补泻丸二粒。

六日　晴，风。星期休息。下午空三来。服补泻丸二粒。夜濯足。

七日　晴，风。午后寄伏园信。往世界语校讲。夜服阿思匹林片一枚，小汗。

八日　晴。下午孙伏园来部交《呐喊》赢泉二百六十并王剑三信，即付五元豫约《山野掇拾》、《纺轮故事》各五部。往女师校以泉廿付许羡苏君，内十三元为三弟款。

九日　晴。无事。夜向培良来。

十日　晴。午后往市政公所取得买屋凭单并图合粘一枚,付用费一元。夜空三来。

十一日　晴。上午往高等师范学校讲。午后往北京大学讲。下午得孙伏园信。晚空三及声树来。

十二日　晴。晨寄孙伏园信,附答王剑三笺。往女师校讲。午后同李慎斋往本司胡同税务处纳屋税,作七百五十元论,付税泉四十五元,回至龙海轩午餐。

十三日　晴。星期休息。午后子佩来。下午小峰、钦文、矛尘、伏园及惠迭来。夜风。

十四日　晴。午后寄孙伏园信。从齐寿山假泉二百。得丸善书店信片。

十五日　晴。午后得和荪信,十二日太原发。与瓦匠李德海约定修改西三条旧房,工直计泉千廿。下午寄丸善书店泉五。晚李慎斋来。陈声树来。

十六日　晴。下午寄丸善书店信。晚李慎斋来。付李瓦匠泉百。

十七日　晴。午后寄三弟信。下午往师大附中校校友会讲演[2]。往鼎香村买茶叶二斤,每斤一元。访孙伏园于晨报社,许钦文亦在,遂同往宾宴楼晚饭,买糖包子十四枚而归。得丸善明信片。

十八日　晴。上午往师大讲。午后往北大讲。晚付李瓦匠泉二百。

十九日　晴,风。上午往女师校讲。买什物五元。下午从齐寿山假泉二百。

二十日　晴。星期休息。午前李慎斋来，同至西三条看瓦、木料，并付李瓦匠泉百。午后子佩来，未遇。下午丸山来。晚理发。

二十一日　晴。上午冯省三来。宋子佩来。下午寄胡适之信并《边雪鸿泥记》稿本一部十二册。晚付李瓦匠泉百。得小说月报社征文信，即复绝。

二十二日　晴。午后往通俗图书馆还书。游小市。

二十三日　昙。午后子佩来。寄孙伏园信。晚付李瓦匠泉二百。夜微雪。

二十四日　昙。无事。夜风。

二十五日　晴，大风。午后往北大讲。下午得三弟信，二十二日发。

二十六日　晴。上午往女师校讲。午后寄三弟信。寄师大补考卷一本。

二十七日　晴。星期休息。上午李慎斋来，饭后同至西三条胡同看卸灰。下午昙。夜向培良来。

二十八日　晴。晨得冯省三信。上午李慎斋来，同至西三条胡同看卸灰，合昨所卸共得八车，约万五千斤。王仲猷代为至警署报告建筑。午后得孙伏园信。

二十九日　晴。上午李秉中来，字庸倩。午后寄马幼渔信。

三十日　晴。晚李慎斋来。

三十一日　晴，风。上午往警区验契。

〔1〕 文稿即胡适所作《〈水浒续集两种〉序》。鲁迅在同月5日复信中认为"序文极好,有益于读者不鲜。"

〔2〕 讲题为《未有天才之前》。讲稿后收入《坟》。

二 月

一日 晴。上午李慎斋来,同至西三条胡同看卸灰。下午得三弟信,一月二十九日发。

二日 晴。上午得三太太信。午后得郑振铎信并板权税五十六元。赠乔大壮以《中国小说史》一册。还李慎斋代付之石灰泉十八元。晚同裘子元往李竹泉店观唐人墨书墓志。往商务印书馆买《淮南鸿烈集解》一部六册,三元。

三日 晴。星期休息。上午郑振铎寄赠《灰色马》一本,顾一樵寄赠《芝兰与末利》一本。午后李慎斋来。晚许钦文、章矛尘来。

四日 晴。上午寄三弟信,附致郑振铎笺。午世界语校送来去年十二月分薪水泉十五元。午后往大学取去年七月分薪水十八元,又八月分者八元。下午同裘子元游小市。收去年四月分奉泉百八十。买酒及饼饵共四元。夜世界语校送来《小说史》九十七本之值二十三元二角八分。旧历除夕也,饮酒特多。

五日 昙。休假。上午晴。午李遐卿携其郎来,留之午饭。

六日 雨雪。休假。下午许钦文来。夜失眠,尽酒一瓶。

七日　晴。休假。午风。无事。

八日　昙。上午H君来。张国淦招午饭,同席吴雷川、柯世五、陈次方、徐吉轩、甘某等。下午商务馆寄来《妇女杂志》十年记念号一本。得丸善书店信。

九日　雪。下午寄胡适之信。

十日　昙。星期休息。午晴。下午游厂甸,买《快心编》一部十二本,一元四角。夜雨雪。

十一日　昙。午后晴,风。转寄俞芬小姐信两封。晚得胡适之信。

十二日　晴。休假。下午女子师校送来九月、十月分薪水共二十七元。

十三日　晴。晨母亲往八道弯宅去。午后得张凤举信,即复。转寄俞芬小姐信一。

十四日　晴,大风。午后母亲寄来花生一合。访季市。得三弟信,九日发。

十五日　晴,风。午王倬汉、潘企莘来。下午寄三弟信。

十六日　晴。午后丸善书店寄来德文《东亚墨画集》一本,其直五元,已先寄之。晚寄胡适之信并百卅[廿]回本《水浒传》[1]一部。

十七日　晴。星期休息。上午李庸倩与其友来。李慎斋来。母亲来,午饭后去。下午宋子佩来。许钦文来。H君来。蔡察字省三者来,不晤。

十八日　晴。上午李慎斋来,同至西三条屋巡视。往巡警分驻所取建筑执照,付手续费二元七角七分五厘。晚空三来,不晤。夜成小说一篇。[2]

十九日　昙。午后晴。晚寄母亲汤圆十枚。夜风。

二十日　晴。午后寄女师校附属中学信。下午俞芬小姐自上海来,赠薄荷酒两瓶,水果两种。晚空三来。夜月食,风。

二十一日　晴,风。晚付李瓦匠泉百。

二十二日　晴,大风。上午往高师校讲并收六月分薪水泉十八元。午后往大学讲。往本司胡同税务处取官契纸。晚买糖两合食之。

二十三日　晴,风。上午往女师校讲。买茗一斤,一元。下午得三弟信,二十日发。

二十四日　晴。星期休息。下午许钦文来。

二十五日　晴。午后往世界语校讲。由校医邓梦仙种痘三点,又乞其诊胁痛处,云是轻症肋膜炎,即处方一。下午寄三弟信并小说稿一篇。夜 H 君来。

二十六日　晴。晚往世界语校取药,不得。得李秉中信,即复。寄胡适之信。夜风。

二十七日　昙。夜李庸倩与其友人来。

二十八日　晴。上午母亲来,下午往八道弯。往山本医院诊,云是神经痛而非肋膜炎也,付诊费及药泉四元六角。夜空三及邓梦仙来,赠以《桃色之云》一册。

二十九日　晴。上午往师大讲。午后往北大讲。同常维钧往北河沿国学专门研究所[3]小憩。下午得秦锡铭君之父赴,赙以一元。

﹡　　﹡　　﹡

〔1〕　寄胡适之信并百廿回本《水浒传》　当时胡适在研究《水浒传》，鲁迅在2月9日致胡适信中告知，齐寿山的本家有百廿回本《水浒传》复本愿出售，价五十元。胡适于11日复信表示欲购，故鲁迅代齐寿山寄之。胡适于4月12日付给书款四十五元，鲁迅于4月14日将书款交齐寿山。

〔2〕　即《幸福的家庭》。本月25日寄周建人。后收入《彷徨》。

〔3〕　国学专门研究所　即北京大学研究所国学门。1921年成立。本年鲁迅被增聘为该所委员会委员。

三　月

一日　晴。晨往女子师校讲。赠夏浮筠《小说史》一本。午后往山本医院诊。下午得三弟信并书籍提单一纸，二月二十七日发。

二日　晴。星期休息。下午罗蓂阶、李慎斋来。王有德字叔邻来。

三日　晴。午后往世界语校讲。下午得季巿信，晚往访之。

四日　微雪。上午H君来。午后往山本医院诊。夜校《小说史》下卷讫。

五日　昙。无事。夜风。

六日　昙。下午往山本医院诊。得三弟信，三日发。夜校定师大附中讲稿一篇[1]讫。

七日　晴。上午往师校讲。以讲稿交徐名鸿君。午后往北大讲。下午孙伏园来部,示以春台所作之《大西洋之滨》。夜世界语〖送〗校送来一月上半及二月下半之薪水泉共十五元。读春台所作《大西洋之滨》讫。

八日　晴。晨往女师校讲。上午往山本医院。三太太携马理子来。下午往山本医院诊。夜H君来。寄孙伏园《大西洋之滨》及《中国小说史》下卷稿。

九日　晴,风。星期休息。下午伏园来。子佩来。钦文来。夜得朱可铭信,东阳发。

十日　晴。上午母亲来,午后去。往世界语校讲。得丸善明信片。夜濯足。

十一日　晴。午后往山本医院诊。下午寄丸善信并泉一元六角。寄三弟信。夜李庸倩来。微风。

十二日　晴,风。无事。

十三日　晴,风。午后往山本医院诊。

十四日　晴。上午往高师校讲。午后往北京大学讲。下午得张梓生信。晚伏园来并交前新潮社所借泉百。夜向培良来。

十五日　晴。晨往女子师校讲。上午往山本医院诊。旧存张梓生家之书籍[2]运来,计一箱,检之无一佳本。下午寄常维钧《歌谣》周刊封面图案[3]二枚。

十六日　晴。星期休息。下午空三来。晚李慎斋来。付李瓦匠泉百。

十七日　晴。上午李慎斋来。午后往世界语校讲。寄三弟信,附小说稿[4]及复张梓生信。

十八日　晴。午后郁达夫赠《创造》一本。往山本医院诊。下午得许诗荀结婚通知,贺以二元。寄师大注册部信。

十九日　晴。晚得孙伏园信。

二十日　昙。午后往山本医院诊。得三弟信,十七日发。夜H君来。

二十一日　昙。上午往师大讲。午后往北大讲。下午雨一阵。

二十二日　晴。晨母亲来。往女子师范校讲。下午寄三弟信。往山本医院诊。夜风。

二十三日　晴,风。星期休息。下午钦文来。晚伏园来。夜甚惫,似疲劳,早卧。

二十四日　晴,下午昙。得三弟信,廿一日发。寄伏园小说稿一篇[5]。夜风。身热不快。断烟。

二十五日　晴。午后往山本医院诊,云是感冒。夜H君来。得师大信,极谬。

二十六日　晴。终日偃息。

二十七日　晴。晨寄师大信辞讲师。[6]寄北大、女师信请假。午后往山本病院诊。下午许钦文来。晚李慎斋来。

二十八日　昙。下午伏园来并赠小菜四包。钦文来。

二十九日　晴,风。午后往山本医院诊。下午子佩来。寄三弟信。顾世明、汪震、卢自然、傅岩四君来,皆师大生。夜得三弟信,二十六日发。得玄同信。自二十五日至此日皆休假,闲居养病,虽间欲作文,亦不就。

三十日　晴。星期休息。上午杨遇夫来。午后理发。李庸倩及其友来。吕生等来,皆世界语校生。晚因观白塔寺集[7],遂〔往〕西三条宅一视。夜李慎斋来。

　　三十一日　晴。午后寄钱玄同信。往山本医院诊。下午从李慎斋假泉五十,付李瓦匠泉百。寄孙伏园信。

＊　　＊　　＊　　＊

　　〔1〕　即《未有天才之前》。
　　〔2〕　旧存张梓生家之书籍　1919年12月鲁迅卖掉绍兴新台门老宅,举家迁居北京时,曾将部分书籍存于住在绍兴五云门外的学生张梓生家。
　　〔3〕　《歌谣》周刊封面图案　鲁迅应该刊编辑常惠(维钧)之约,为《歌谣》周刊纪念增刊而作。
　　〔4〕　即《祝福》。后收入《彷徨》。
　　〔5〕　即《肥皂》。后收入《彷徨》。
　　〔6〕　辞师大讲师事。鲁迅于本月25日得师大注册部信,措词乖谬,疑有人嗾使,故本日去信辞讲师职。29日顾世明等来慰问后,30日该校国文系主任杨树达(遇夫)前来解释,始知此信确系注册部职员所写,并无背景,遂消辞意。
　　〔7〕　白塔寺　即妙应寺,因寺中有白色喇嘛塔,又名白塔寺。在北京阜成门内。建于元至元八年(1271),初名大圣寿万安寺,明天顺元年(1457)改现名。清代以后,白塔寺庙会为北京四大庙会之一,每逢旧历四、五有集市。

四　月

　　一日　昙,晚小雨。买茗一斤,一元。夜校《小说史》[1]

三十叶。

二日　昙,风。下午寄伏园《小说史》稿校本。钱稻孙嫁女,送泉一元。

三日　昙,大风。午后省三来。

四日　晴。上午往高师校讲并支薪水十八元。午后往大学讲。常维钧赠《歌谣》周刊纪念刊二本。下午商务印书馆寄来《东方杂志》纪念刊上、下二册。丸善书店寄来《比亚兹来传》一本。晚孙伏园来并交泉百,乃前借与新潮社者,于是清讫。买饼饵一元五角。

五日　晴。清明,休假。午后视三条胡同屋。晚省三来假去泉二元。夜风。

六日　晴,风。星期休息。午后许钦文来。下午李宗武携其侄来。

七日　晴。午后往世界语校讲而无课,遂至顺城街访陈空三。下午收奉泉百零二,去年四月分之三成一也。还李慎斋泉五十。

八日　晴。休假。午后大风。往北大取薪水十元,八月分讫。往崇文门内信义药房买杂药品。往东亚公司[2]买《文学原论》、《苦闷の象徵》、《真実はかく伴る》各一部,共五元五角。往中央公园小步,买火腿包子卅枚而归。

九日　晴。午后李生来。大学赠《歌谣》增刊五本,即赠季市二本,寿山一本。

十日　晴。上午得李庸倩信。

十一日　晴。上午往师大讲。午后往北大讲。夜校《小说史略》。

十二日　昙。晨往女子师校讲。午后往北大取九月分薪水泉十二。往一五一公司买木工用小器一副,二元。往平安电影公司看《萨罗美》[3]。世界语校学生来,未遇,留函而去。得胡适之信并书泉四十五元。晚许钦文来,交以《小说史》校稿,托其转交伏园也。夜得三弟信并商务馆稿费四十元。至夜半钞小说一篇[4]讫。

十三日　晴。星期休息。上午至中央公园四宜轩。遇玄同,遂茗谈至晚归。

十四日　晴。上午声树来。午后往世界语校讲。下午以书钱四十五元交齐寿山,托转付。

十五日　昙。上午钱稻孙来,见借《中央美术》四本。下午得和森信,十二日并州发。寄三弟信并小说稿一篇,又许钦文者二篇[5]。晚H君来。

十六日　晴。晚往女师校文艺研究会,遇顾竹侯、沈尹默。

十七日　晴,下午风。往西三条宅。付李瓦匠泉卅。

十八日　晴。上午往高师校讲,并支薪水泉廿六。午后往北大讲。下午大风。

十九日　晴。晨往女师校讲。午后往开明戏园观非洲探险影片[6]。寄季市以《小说史略》讲义印本一束,全分俱毕。北大寄来《国学季刊》第三期一本。夜空三来。得李庸倩信。

二十日　晴,大风。星期休息。下午杨遇夫来。许钦文来。

二十一日　晴。午后往世界语校讲。寄李仲侃信。寄和森信。

二十二日　昙,风。下午往西三条胡同宅。得伏园信并校稿,即复。

二十三日　晴。午后往世界语校听小坂狷二君演说[7]。

二十四日　晴。上午李仲侃来,未见。午后昙,大风。下午得三弟信,二十一日发。

二十五日　晴。上午往师大讲。午后在月中桂买上海竞马采票一张,十一元。往北大讲。下午从齐寿山借泉百。收去年四月分奉泉卅。收孙〔伏〕园寄校稿。

二十六日　晴。晨往女师校讲。上午往留黎厂买什物。午后往视西三条胡同宅。下午寄三弟信并竞马券一枚。寄还伏园校稿。

二十七日　晴。星期休息。午后昙,风。无事。

二十八日　昙。午后往世界语校讲。下午小雨。晨报社送来稿费十五元。

二十九日　晴。午后母亲往八道弯宅去。下午寄三弟信。夜濯足。

三十日　晴。午后郁达夫来。往西三条胡同视所修葺之屋。付李瓦匠泉廿。还齐寿山泉五十。夜风。

※　　※　　※

〔1〕《小说史》　即《中国小说史略》,鲁迅本日开始校阅该书下册清样,6月17日校毕。

〔2〕 东亚公司　日本人设在北京东单的商店,附带出售日本书籍。鲁迅1924年至1926年间常往购书。

〔3〕 《萨罗美》　即《莎乐美》,根据英国作家奥斯卡·王尔德小说改变的电影。美国联艺电影公司1922年出品。平安电影公司在北京东长安街。

〔4〕 即《在酒楼上》。本月15日寄周建人。后收入《彷徨》。

〔5〕 所寄小说稿,即《在酒楼上》。许钦文二篇,指许钦文在12日来访时带来请鲁迅指导的两篇作品。

〔6〕 非州探险影片　即纪录片《非洲百兽大会》,美国大都会影片公司1923年出品。开明戏园在北京前门外珠市口,后为珠市口影院。

〔7〕 小坂狷二君演说　演讲题为《大同的企图》,讲演稿载日文《北京周报》第一一〇号。

五　月

一日　晴。上午李慎斋来,同至四牌楼买玻黎十四片,十八元五角,又同至西三条胡同宅。下午夏穗卿先生讣来,赙二元。得谢仁冰母夫人讣,赙一元。晚李庸倩来。

二日　晴。上午往师大讲。午后往北大讲。下午往中央公园饮茗,并观中日绘画展览会[1]。

三日　晴。晨寄胡适之信。寄张永善信。寄张目寒信。往女师校讲。上午往留黎厂买《师曾遗墨》第一、第二集各一册,共泉三元二角。午后李慎斋来。

四日　晴。星期休息。下午孙伏园来并交春台寄赠之印画四枚。

五日　晴。上午H君来，付以泉十二。午后往世界语校讲。得三弟信，二日发，即寄以《全国中学所在地名表》一本。夜得李庸倩信。

六日　晴。晨母亲来，午后往八道弯宅。下午寄三弟信。高阆仙赠《论衡举正》一部二本。收三弟所寄回许钦文稿一篇。晚买茗一斤，一元；酒酿一盆，一角。李小峰、章矛尘、孙伏园来。季市欲雇车夫，令张三往见。

七日　昙。下午清水安三君来，不值。

八日　昙。午后往集成国际语言学校[2]讲。下午往吊夏穗卿先生丧。晚孙伏园来部，即同至中央公园饮茗，逮夕八时往协和学校礼堂观新月社祝泰戈尔氏六十四岁生日演《契忒罗》剧本二幕，[3] 归已夜半也。

九日　晴，大风。上午往师大讲。午后往北大讲。往公园饮食。晚得春台信。

十日　晴。晨往女师校讲。上午往李慎斋寓。午后李慎斋来，同至西三条胡同宅，并呼漆匠、表糊匠估工。下午收去年四月分俸泉卅。寄孙伏园信并校正稿。

十一日　昙。星期休息。午后往广慧寺吊谢仁冰母夫人丧。往晨报馆访孙伏园，坐至下午，同往公园啜茗，遇邓以蛰、李宗武诸君，谈良久，逮夜乃归。

十二日　晴。李瓦匠完工，付泉卅九元五角讫。午后往世界语校讲。

十三日　昙。上午子佩来并见借泉二百。下午得三弟信，十日发。往西三条胡同看屋加油饰。托俞小姐乞画于袁匋盦先生,得绢地山水四帧。夜孙伏园持《纺轮故事》五本至,即赠俞、袁两公各一本。风。

十四日　晴,大风。午后往商务印书馆买《邓析子》、《申鉴》、《中论》、《大唐西域记》、《文心雕龙》各一部,共二元八角。又棉连纸印《太平乐府》一部二本,四元。得三弟所寄荔丞画一帧。下午寄三弟信。

十五日　晴,午后风。往集成学校讲。下午访常维钧,以其将于十八日结婚,致《太平乐府》一部为贺。得郑振铎信并版税泉五十五元。晚寄伏园信。

十六日　晴。上午往师大讲,并取薪水泉二十三元,为九月分之六成三。午后往北大讲并取薪水泉十一元,为九月分之余及十月分之少许。往中央公园饮茗,食馒首。下午寄郑振铎信。

十七日　晴。晨往女师校讲。午后风。

十八日　晴。星期休息。午后大风。许钦文来。下午孙伏园来。

十九日　昙,风。午后往世界语校讲。以《纺轮故事》一册赠季市。

二十日　晴。晨母亲来,午后仍往八道弯宅。访李慎斋,邀之同出买铺板三床,泉九元。收奉泉六十六元,去年四月分之余及五月分之少许。还齐寿山泉五十。寄孙伏园校稿并信。得三弟信,十六日发,属以泉十交芳子太太。晚往山本医院视芳子疾,并致泉十,又自致十。夜风。

二十一日　晴。午后寄三弟信。往三条胡同宅视。付漆匠泉廿一,表糊匠泉十二。晚以女师校风潮[4]学生柬邀调解,与罗膺中、潘企莘同往,而续至者仅郑介石一人耳。H君来。夜雷电而雨。

二十二日　昙。午后往集成学校讲。下午骤雨一陈。寄孙伏园校稿。

二十叁日　晴,风。晨诗荃来。上午往师大讲。午后往北大讲。买《中古文学史》、《词余讲义》、《文字学形义篇》及《音篇》各一本,共泉一元。往中央公园饮茗并食馒首。晚孙伏园来。得吴家镇母夫人讣,赙泉一。夜诗荃来。

二十四日　晴。晨往女师校讲。上午往图书分馆访子佩不值,下午复访之,还以泉百。付漆工泉廿。夜收拾行李。

二十五日　星期。晴。晨移居西三条胡同新屋。[5]下午钦文来,赠以《纺轮故事》一本。风。

二十六日　晴。上午季市见访并赠花瓶一事,茶具一副六事。午后往世界语校讲。下午往山本医院看三太太。晚得李庸倩信。

二十七日　晴,风。下午寄李庸倩信,附与胡适之函。晚赴撷英居,应诗荃之邀。

二十八日　晴。上午母亲来。午后子佩来。下午随母亲往山本医院诊病。

二十九日　晴。午后往集成校讲。下午得和森信,廿七日发。得三弟信,廿六日发。收去年五月分奉泉五十。晚伏园来,并与钦文合馈火腿一只。夜往山本医院。

三十日　晴,热。上午往师大讲并取去年九月分薪水泉七元。午后往北大讲。假李庸倩以泉五十。遇许钦文,邀之至中央公园饮茗。夜风。

　　三十一日　昙。晨往女子师范校讲。上午买旧卓倚共五件,泉七元。午访孙伏园于晨报社,在社午饭。下午往鼎香村买茗二斤,二元。往商务印书馆买《新语》、《新书》、《嵇中散集》、《谢宣城诗集》、《元次山集》各一部,共七本,泉二元二角。以粗本《雅雨堂丛书》卖与高阆仙,得泉四元。夜濯足。

＊　　＊　　＊　　＊

　　〔1〕 中日绘画展览会　即中日绘画联合展览会。会址在中央公园社稷坛。展出中国画家陈半丁、齐白石、姚茫父和日本画家广濑东亩、小石翠雪等数十人作品。

　　〔2〕 集成国际语言学校　日记又作国际语言学校、集成学校、集成校。鲁迅于本年5、6月间在该校兼课。

　　〔3〕 新月社是以留学英美的知识分子为核心的文学和政治性团体。成立于1923年,主要成员有胡适、徐志摩、闻一多、梁实秋等。1924年4月印度诗人泰戈尔访华,5月间到北京时正逢其六十四岁生日,新月社因借东单协和医学校礼堂为他举行庆祝会,由胡适主持,梁启超说明泰戈尔中文名"竺震旦"的含义,泰戈尔致词,嗣由徐志摩、张歆海、林徽因演出他的剧本《契忒罗》。

　　〔4〕 女师校风潮　本年2月底杨荫榆继许寿裳任北京女高师校长,她的家长式作风引起师生的强烈不满。4月底,女高师十五名教员联名宣布辞职,其他教员也相继停止教学,遂酿成风潮。本日晚,鲁迅应学生柬邀前往调解。

　　〔5〕 移居西三条胡同新屋　鲁迅自上年8月2日迁出八道湾十

一号后,于10月30日买得西三条胡同二十一号房六间,本年初开始翻修,至本月中旬完工,本日迁入。至1926年8月离京后,母亲及朱安继续在此居住。1949年10月19日作为鲁迅故居对外开放。

六 月

一日　晴。星期休息。下午子佩来。晚往山本医院。夜校《嵇康集》[1]一卷。

二日　晴。午后往世界〔语〕校讲。下午寄三弟信。得伏园信。夜得胡适之信并赠《五十年来之世界哲学》及《中国文学》各一本,还《说库》二本。有雨点。

三日　昙。上午李慎斋来。午后理发。下午大雨一陈。夜校《嵇康集》一卷。

四日　晴。上午小金阮宅[2]寄来干菜一篓。下午寄孙伏园校稿。报建筑工竣。

五日　晴。午后往集成校讲。访胡适之不见。下午收去年五月分奉泉百,六月分者六十九。买威士忌酒、蒲陶干。夜H君来。往山本医院。

六日　晴。旧历端午,休假。终日校《嵇康集》。晚李人灿君来并示小说稿二本。

七日　昙。上午往女子师校讲。午访孙伏园。寄胡适之信。下午得三弟信,三日发。夜风。校《嵇康集》至第九卷之半。雨。

八日　昙。星期休息。晨母亲来。上午得三弟信,五日发。下午矛尘、钦文、伏园来。王、许、三俞小姐等五人来。夜校《嵇康集》了。

九日　晴。午后往世界语校讲。往山本医院。下午巡警来丈量。李人灿君来。

十日　晴。上午寄三弟信。午后往右四区分署验契。下午风。夜撰校正《嵇康集》序。[3]

十一日　晴,风。晨得杨[陈]翔鹤君信。上午寄郑振铎信。寄阮和森信。往山本医院为母亲取药。寄伏园校稿。下午往八道湾宅取书及什器,比进西厢,启孟及其妻突出骂詈殴打,又以电话招重久及张凤举、徐耀辰来,其妻向之述我罪状,多秽语,凡捏造未圆处,则启孟救正之,然终取书、器而出。夜得姚梦生信并小说稿一篇。

十二日　晴。午后至集成校讲。晚伏园来。李庸倩来。

十三日　晴。上午往师范大学考。在商务馆买《潜夫论》、《蔡中郎集》、《陶渊明集》、《六臣注文注[选]》各一部,共三十六本,泉十元四角。收师大九月分俸泉陆元,十月分者十九元。

十四日　晴。上午往女子师校讲。午访孙伏园交校稿。下午昙,晚大风一陈。

十五日　晴。星期休息。上午郁达夫来。晚雷雨一陈。

十六日　小雨。上午复陈翔鹤信。复姚梦生信。午暴雨,遂不赴世界语校讲。下午霁,整顿书籍至夜。月极佳。

十七日　晴。下午孙伏园持校稿来,即校讫,并作正误表[4]一叶。晚李庸倩来。

十八日　晴。午往山本医院。下午李仲侃来。得伏园信。晚声树来。

十九日　小雨。上午寄集成学校信请假。午往山本医院取药。夜H君来,假泉十。

二十日　晴。下午得久孙信,十二日发。晚孙伏园来并持到《中国小说史略》下卷一百本,即以一本赠之,又赠矛尘、钦文各一托转交,又付女师校五十本亦托携去。

二十一日　晴。上午往女师校讲。赠夏浮云、戴螺舲、潘企莘、郑介石、李仲侃、宗武、徐吉轩、向培良、许季市以《中国小说史》下卷各一本。下午得陈翔鹤信。晚张〔李〕人灿来。出访季市不值,以携赠之干菜一包、《小说史略》下卷一本交诗英。至滨来香食冰酪并买蒲陶干,又购饼六枚持至山本医院赠孩子食之。

二十二日　晴。星期休息。下午许钦文来。晚伏园来。李小峰、章矛尘来。

二十三日　昙。上午同母亲往山本医院诊。午后小雨即止。晚俞小姐来,赠以《中国小说史略》下卷一本,又以一本托转赠袁小姐。夜雨。阅女子师范试卷讫。

二十四日　晴。上午得集成学校信,即复。寄久巽信。寄女师校试卷四十三本,分数单两张。赠齐寿山《小说史略》上、下各一本。裘子元赠永元十一年断砖拓片一枚,花砖拓片十枚,河南信阳州出,历史博物馆藏。下午子佩来。晚李庸倩来。

二十五日　晴。午往山本医院取药。夜阅师校试卷。

二十六日　晴。上午得子佩信并北大招生广告,即以广告转寄俞小姐。午后往国际语言学校讲。赠胡适之《小说史略》下一本。下午得李仲侃信。收久巽所寄干菜一篓。夜阅师校试卷讫。

二十七日 晴,热。上午寄师校试卷二十本。寄钱玄同《小说史》下卷一本。晚李仲侃招饮于颐乡斋,赴之,同席为王云衢、潘企莘、宋子佩及其子舒、仲侃及其子。

二十八日 晴。午后赴北京大学监考。下午访李庸倩。至晨报社访孙伏园,而王聘卿亦在,遂至先农〔坛〕赴西北大学[5]办事人之宴,约往陕作夏期讲演也,同席可八九人。大风,旋止。买四尺竹床一,泉十二元。子佩送榆木几二。

二十九日 晴。星期休息。下午伏园来。晚向培良来。空三来。

三十日 晴。午访孙伏园,遇玄同,遂同至广和居午餐。下午同伏园至门匡胡同衣店,定做大衫二件,一夏布一羽纱,价十五元八角,又至劝业场一游。得傅佩青信,王品青转来。夜风。

* * *

〔1〕 校《嵇康集》 鲁迅于5月31日自商务印书馆购得影印明嘉靖四年汝南黄氏南星精舍刊本《嵇中散集》,本日起即以此书比勘自己的校录本,8日校讫。

〔2〕 小金阮宅 即啸唫阮宅。参看本卷第427页注〔2〕。鲁迅大姨母之子阮梦庚、阮久荪、阮和荪与鲁迅多有往来,阮久荪曾因患神经分裂症在鲁迅寓所暂住。

〔３〕 撰校正《嵇康集》序　鲁迅从1913年起多次校勘《嵇康集》,至此基本写定,除作《〈嵇康集〉逸文考》、《〈嵇康集〉著录考》外,是日写《〈嵇康集〉序》。此三篇现均编入《古籍序跋集》。

〔４〕 指《中国小说史略》正误表。

〔５〕 西北大学　1923年创办于西安,校长为傅铜。当时该校与陕西省教育厅合议筹设"暑期学校",聘学者名流前往任教。经王品青介绍,该校邀鲁迅等去西安讲学。是日席间商定后鲁迅即作启程准备。

七　月

一日　昙。上午访季市。午伏园来部,同至西吉庆午餐,又同至女师附中校观游艺会一小时许。晚许钦文来。

二日　昙,午雨。得向培良信。晚晴。

三日　昙。休假。午后访郁达夫,赠以《小说史》下卷一本。访孙伏园,下午同至劝业场买行旅用杂物。寄三弟信。寄幼渔信,附向培良笺。晚雨一陈旋止。夜郁达夫偕陈翔鹤、陈厶君来谈。

四日　昙,午雨。往季市寓午餐。午后往市政公所验契。晚伏园、小峰、矛尘来,从伏园假泉八十六元。王捷三来约赴陕之期。

五日　晴。上午从季市假泉廿。寿山赠阿思匹林三筒。寄北大考卷十九本。寄马幼渔、常维钧《小说史》下卷各一册。午后三弟来。下午李庸倩来。子佩来谈。夜往西庆堂理发并浴。李仲侃来,不值。

六日　昙。星期休息。上午三弟来。李庸倩偕常君来,假旅费十元,又赠以《小说史略》各一部。午后幼渔来。下午小雨即止。晚伏园来。夜小雨,旋即大雨。

七日　昙。上午三弟来并交西谛所赠《俄国文学史略》一本。寄女子师校考卷一本。寄向培良信。雨。午往山本医院,以黄油饼十枚赠小土步。晚晴。赴西车站晚餐,餐毕登汽车向西安,[1]同行十余人,王捷三招待。

八日　忽晴忽雨。下午抵郑州,寓大金台旅馆。晚与四五同伴者游城内。

九日　晴。上午登汽車发郑州。夜抵陕州[2],张星南来迎,宿耀武大旅馆。

十日　晴。晨登舟发陕州,沿河向陕西。下午雨。夜泊灵宝[3]。

十一日　昙。晨发灵宝。上午遇大雨,逆风,舟不易进,夜仍泊灵宝附近。

十二日　晴。晨发舟,仍逆风,雇四人牵船以进。夜泊阌乡[4]。腹写。

十三日　星期。晴。晨发阌乡。下午抵潼关,夜宿自动车[5]站。腹写,服 Help[6] 两次十四粒。

十四〔日〕　晴。晨发潼关,用自动车。午后抵临潼,游华清宫故址,并就温泉浴。营长赵清海招午饭。下午抵西安,寓西北大学教员宿舍。寄母亲信。晚同王峄山、孙伏园至附近街市散步,买枊桐扇二柄而归。

十五日　昙。午后游碑林。在博古堂买耀州出土之石刻拓片二种,为《吴[蔡]氏造老君象》四枚,《张僧妙碑》一枚,共泉乙元。下午赴招待会。晚同张勉之、孙伏园阅市,历三四古董肆,买得乐妓土寓人二枚,四元;四喜镜一枚,二元;魌头二枚,一元。

十六日　晴。午后同李济之、蒋廷辅、孙伏园阅市。晚易俗社[7]邀观剧,演《双锦衣》前本。

十七日　昙。午同李、蒋、孙三君游荐福及大慈恩寺。夜观《双锦衣》后本。

十八日　昙。午后小雨即霁。同李济之、夏浮筠、孙伏园阅市一周,又往公园饮茗。夜往易俗社观演《大孝传》全本。月甚朗。

十九日　晴。午后往南院门阎甘园家看画。晚往张辛南寓饭。

二十日　晴。上午买杂造象拓片四种十枚,泉二元。赴夏期学校开学式并摄景[8]。夜小雨。赠李济之《小说史略》上、下二本。

二十一日　雨。上午讲演一小时。[9]晚讲演一小时。夜赴酒会。

二十二日　雨。午前及晚各讲演一小时。

二十三日　昙。上午小雨。讲演二小时。午后晴。王焕猷字儒卿来。晚与五六同人出校游步,践破砌,失足仆地,伤右膝,遂中止,购饼饵少许而回,于伤处涂碘酒。

二十四日　晴。上午寄母亲信。寄季市信。午前讲演一小时。晚赴省长公署饮[10]。

二十五日　晴。上午讲演一小时。午后盛热,饮苦南酒而睡。

二十六日　晴,热。午前讲演一小时。晚王捷三邀赴易俗社观演《人月圆》。

二十七日　晴,热。星期休息。午后大风。

二十八日　晴。上午讲演一小时。午后收暑期学校薪水泉百。下午讲演一小时。

二十九日　晴。午前讲演一小时,全讲俱讫。午后雷雨一陈即霁。下午同孙伏园游南院门市,买弩机一具,小土枭一枚,共泉四元。晚得李庸倩信,二十一日发。夜风。

三十日　晴。上午托孙伏园往邮局寄泉八十六元还新潮社。下午往讲武堂讲演[11]约半小时。夜风。

三十一日　晴,热。上午尊古堂帖贾来,买《苍公碑》并阴二枚,《大智禅师碑侧画象》二枚,《卧龙寺观音象》一枚,共泉一元。下午雷雨一陈即霁。

*　　　*　　　*

〔1〕　是晚陕西省长驻京代表在西车站食堂饯行,饭后即登车往西安。同行者有王桐龄、蒋廷黻、李济之、陈定谟、夏元瑮、陈钟凡、胡小石、孙伏园、王小隐等,由王捷三陪同。鲁迅自是日启程,至8月12日返京,前后共三十七天。汽车,日语,即火车。

〔2〕　陕州　即今河南三门峡市,当时为陇海铁路西段终点,故次日鲁迅等改由黄河水路西进。

〔3〕　灵宝　县名。在河南省西部,北临黄河。

〔4〕　阌乡　旧县名,今并入灵宝县。

〔5〕 自動車　日语,即汽车。

〔6〕 Help　音译为"海尔普",助消化药。

〔7〕 易俗社　即易俗伶学社。1912年7月成立。宗旨为"编演新戏曲,改造旧社会"。鲁迅留西安时曾五次观看该社演出,并曾捐款资助及与同行讲师联名题赠匾额。

〔8〕 赴夏期学校开学式并摄景　开学式于上午十时在西北大学礼堂举行,出席者除所请讲师外,有省长代表郭涵、督军代表范滋泽、校长傅铜及军政界要人并该校教职员约二百人。开学仪式前在后院合影。

〔9〕 本日暑期学校讲学开始,鲁迅上午开讲《中国小说的历史的变迁》,本月29日讲毕。共讲十一次,十二小时。

〔10〕 赴省长公署饮　陕西省长兼督军刘镇华是晚设宴招待暑期学校讲师。

〔11〕 往讲武堂讲演　暑期学校讲演完毕后,鲁迅应邀对陆军学生作讲演一次,仍讲小说史。

八　月

一日　晴。上午同孙伏园阅古物肆,买小土偶人二枚,磁鸠二枚,磁猿首一枚,彩画鱼龙陶瓶一枚,共泉三元,以猿首赠李济之。买弩机大者二具,小者二具,其一有字,共泉十四元。晚储材馆[1]招宴,不赴。大雷雨。

二日　昙,上午晴。下午寄母亲信。

三日　晴。星期。上午同夏浮筠、孙伏园往各处辞行。午后收暑期学校薪水并川资泉二百,即托陈定谟君寄北京五十,又捐易俗社亦五十。下午往青年会浴。晚刘省长在易俗社设宴演剧饯行,[2]至夜又送来《颜勤礼碑》十份,《李二曲集》一部,杞果、蒲陶、蒺藜、花生各二合。风。

四日 晴。晨乘骡车出东门上船,由渭水东行,遇逆风,进约廿里即泊。

五日 晴。小逆风,晚泊渭南[3]。

六日 晴。逆风,夜泊华州[4]。

七日 晴。逆风,向晚更烈,遂泊,离三河口[5]尚十余里。

八日 昙。午抵潼关,买酱莴苣十斤,泉一元。午后复进,夜泊阌乡。

九日 晴。逆风。午抵函谷关[6]略泊,与伏园登眺,归途在水滩拾石子二枚作记念。下午抵陕州,寓耀武大旅馆,颇有蜰虫,彻夜不睡。

十日 星期。晴。晨寄刘雪亚信。寄李济之信。乘陇海铁路车启行,午后抵洛阳,寓洛阳大旅馆。下午与伏园略游城市,买汴绸一匹,泉十八元;土寓人二枚,八角。晚在景阳饭庄饭。雨一陈即霁。

十一日 晴。晨乘火车发洛阳。上午抵郑州,寓大金台旅馆。午后同伏园往机关枪营访刘冀述君。阅古物店四五家,所列大抵赝品。晚发郑州。

十二日 晴。黎明车至内丘,其被水之轨尚未修复,遂步行二里许,至冯村复登车发。夜半抵北京前门,税关见所携小古物数事,视为奇货,甚刁难,良久始已,乃雇自动车回家。理积存信件,中有胡适之信,七月十三日发;三弟信,八月一日发；商务印书馆所寄稿费十六元；女子师范学校所寄去年十一月分薪水十三元五角，又聘书一纸。余不具记。

十三日　晴。下午寄胡适之信。寄还女师范校聘书。[7]访李慎斋，赠以长生果、枸杞子各一合，汴绸一匹，《颜勤礼碑》一分。往山本医院视三太太疾，赠以零用泉廿。赠重君蒲陶干一合。夜雨。浴。

十四日　昙。晨寄三弟信。寄伏园信。上午晴。下午H君来。晚李慎斋来，交所代领六月分奉泉百六十五元，又已代为付新屋税泉四十二元，即还之。得朱可铭信，七月十九日东阳发。感冒，服药。

十五日　昙。晨访季市，还以泉十，赠以鱼龙陶瓶一，四喜镜一，《颜勤礼碑》一分，酱莴苣二包。下午品青、矛尘、小峰、伏园、惠迭来。

十六日　昙。上午寄三弟信。往师范大学取去年十月及十一月薪水泉各十七元。买《师曾遗墨》第三集一本，一元六角。赠徐思贻以《颜勤礼碑》一分，徐吉轩、齐寿山各二分。晚李庸倩来并赠南口所出桃十一枚。

十七日　雨。星期休息。上午得三弟信，十四日发。下午钦文来。空三来。晚晴。

十八日　昙。上午寄三弟信。寄李约之《中国小说史略》二本。寄李级仁《桃色之云》一本。戴螺舲赠自画山水一帧，赠以《颜勤礼碑》一分。下午向培良来。晚伏园来。夜雨。

十九日　雨，午晴。寄紫佩信并酱莴苣一包。赠吉轩以枸杞子一合。晚夏浮筠同伏园来,邀至宣南春夜饭。

二十日　晴。下午李庸倩持来尚献生所赠照象一枚。

二十一日　晴。下午伏园来。晚 H 君来。

二十二日　晴。午后往松云阁,置持畚偶人一枚,泉二。至德古斋买《吕超静墓志》一枚,亦泉二。下午李庸倩来。宋子佩来。新潮社送来再板《呐喊》二十本。

二十三日　晴。晨得三弟信,二十日发。上午以《中国小说史略》及《呐喊》各五部寄长安,分赠蔡江澄、段绍岩、王翰芳、昝健行、薛效宽。以《吕超静墓志》交吴雷川,托转送邵伯絅。午得商务分馆信,是收据两纸。下午寄许钦文信并收据一纸。寄昝健行信。晚大风雨,雷电,继以小雨。

二十四日　晴。星期休息。上午寄三弟信。寄伏园信。下午伏园来并赠毕栗[8]一枚,长安出。夜录碑。雷电,无雨。

二十五日　昙,午小雨。以《呐喊》一本赠季市。午晴。晚工缮墙垣讫,用泉十一元。

二十六日　昙,午晴。下午得伏园信二,即复。李庸倩来。三弟寄来衣一件。

二十七日　晴。午往商务印书馆取稿费六元。往番禺新馆买《晨风阁丛书》一部十六本,八元。

二十八日　昙。上午得李庸倩信。寄三弟信。下午常惟钧来。

二十九日　昙。上午复李庸倩信。午小雨即晴。得昝健行、薛效宽信。下午李济之、孙伏园来。向培良来。夜田君等来。H君来,假去泉廿五。

三十日　晴。下午张目寒来。不快,似发热,夜腹写,服药三粒。

三十一日　晴。星期休息。午李人灿来,因疲未见,见赠《比干墓题字》及《观世音象》各一枚。服阿思匹林片四。

*　　*　　*

〔1〕　储材馆　1923年前后陕西省长兼督军刘镇华储备候补文官的机构,馆址原为清中兴名臣多忠勇公(多隆阿)祠前院(在今西安五味什字巷路北)。

〔2〕　因鲁迅、夏元瑮、孙伏园三人将先行返京,陕西省长刘镇华设宴饯行。

〔3〕　渭南　县名,属陕西省。

〔4〕　华州　指今华县,因境内有华山而名,属陕西省。

〔5〕　三河口　在陕西省华阴县北,东通黄河。

〔6〕　函谷关　在河南省灵宝县东北,距黄河岸约里许,相传为关尹喜望候老聃的地方。

〔7〕　寄还女师范校聘书　由于不满杨荫榆的治校方针,鲁迅退还女师大聘书,宣布辞职;后因学生热诚挽留,才继续任教。

〔8〕　毕栗　亦作觱篥,古代簧管乐器的一种。

九　月

一日　晴。下午寄孙伏园信。李庸倩来,假以泉廿。晚钦文、矛尘来,矛尘见赠《月夜》一册。夜小峰、伏园来。

二日　晴。上午得三弟信,八月三十日发。寄朱可民信并泉五十。夜得胡适之信。

三日　晴。上午得李庸倩信并吴吾诗。午后往孔庙演礼。夜收西大所寄讲稿一卷[1]。

四日　晴。上午得孙伏园信并《边雪鸿泥记》稿子两本。以《观世音象》赠徐吉轩。下午寄三弟信。夜得李庸倩信。夜半往孔庙,为丁祭执事。

五日　昙。下午姚梦生来,字曰裸人。夜订阅西北大学讲稿。小雨。

六日　雨。上午以补考题目寄北大注册部。午后改订讲稿,至夜半讫。

七日　晴。星期休息。夜H君来。

八日　晴。上午以改定之讲稿寄西北大学出版部。自集《离骚》句为联,[2]托乔大壮写之。下午孙伏园、李晓峰来并交《桃色之云》板权费七十。晚李庸倩来。

九日　晴。上午寄荅健行、薛效宽信。取增修房屋补税契来,其税为四十二元。午往山本医院交泉五十。下午收《小说月报》第七期一本。

十日　晴。齐寿山为从肃宁人家觅得"君子"专一块,阙角不损字,未定直,姑持归,于下午打数本。俞芳、俞藻小姐来延为入学保证人,即为书保证书讫。夜雨而雷电且风。校杂书。

十一日　晴。上午得三弟信,六日发。下午许钦文来。修蠹书。

十二日　晴。午后得西北大学出版部信。往北京大学取去年十月薪水余款十三元,又十一月及十二月全分各十八元。访李庸倩,不值。略游公园。晚孙伏园、李小峰来并交《桃色之云》板税四十七元。夜补蠹书。

十三日　昙。旧历中秋,休假。上午得朱可民信,八日发。李若云为送李慎斋所代领奉泉百十五元来,若云名维庆,慎斋子。午后晴,夜小雨。

十四日　昙。星期休息。上午杨荫榆、胡人哲来。午后罗蓂阶、李若云来,罗君赠屏四幅,自撰自书。下午潘企莘来并赠板鸭一只,梨一篓,返鸭受梨。三弟寄来《妇女问题十讲》一本,章锡箴赠,八日付邮。晚李庸倩来,属为其友郭尔泰、朱曜冬作入南方大学保证,即书证书讫。

十五日　昙。得赵鹤年夫人赴,赙一元。晚声树来。夜风。

十六日　雨。上午得世界语校信,即复。午后以《月夜》寄还张目寒。下午得邵伯絅信。晚矛尘、伏园来。

十七日　晴。晚往图书分馆访子佩,还以泉五十。

十八日　晴。上午得胡人哲信并稿二篇。午后寄三弟信。下午往师范大学取去年十一月分薪水十九元,又十二月分者十四元。在德古斋买杂造象十九种二十四枚,共泉五元。在李竹庵家买玉独大小二枚,二元。在商务馆买杂书三种四本,一元六角。夜略整理砖拓片。

十九日　昙。夜H君来。夜半小雨。

二十日　晴。上午张目寒来并持示《往星中》译本[3]全部。午后昙,风。

二十一日　晴。星期休息。上午幼渔来,赠以"君子"专杙本一分。许钦文来。下午孙伏园来。夜整理专拓片[4]。看《往星中》。

二十二日　晴。午后复胡人哲信。夜译《苦闷的象征》[5]开手。

二十三日　晴。午后理发。得朱孝荃赴,赙泉二元。夜H君来。

二十四日　晴。上午陆秀贞、吕云章来。晚往山本医院交泉十二。得李庸倩信。

二十五日　昙。休假。上午寄马幼渔信。寄李庸〔倩〕信。午幼渔来。钦文来并持示小说三篇。晚得胡人哲信并文二篇。

二十六日　小雨即止。下午得幼渔信。晚小峰、伏园、惠迭来。

二十七日　晴。上午寄张目寒信。寄李庸倩信。寄孙伏园信。寄许羡苏、俞芬小姐信。得阮久巽信,二十日绍兴发。午后得伏园信并草稿纸一束。晚得李庸倩信。夜H君来。

二十八日　晴。星期休息。午后吴冕藻、章洪熙、孙伏园来。

二十九日　晴。午后寄李庸倩信。寄伏园信二。以六元买"君子"专成。夜雨。得李级仁信。夜半星见。

三十日　晴。晚往山本医院。李庸倩来。

＊　　　＊　　　＊

　　〔1〕　即《中国小说的历史的变迁》之记录稿。鲁迅于6日改订完毕。现编入《中国小说史略》作附录。

　　〔2〕　自集《离骚》句为联　联句为："望崦嵫而勿迫,恐鹈鴂之先鸣。"

　　〔3〕　《往星中》译本　剧本,俄国安特列夫著,李霁野译。鲁迅次日即开始校阅,11月上旬约译者面谈。

　　〔4〕　整理专拓片　鲁迅将多年搜集的古砖拓本整理成集,题作《俟堂专文杂集》并于本日写《题记》。此书1960年3月由文物出版社影印出版。《题记》现编入《古籍序跋集》。

　　〔5〕　译《苦闷的象征》　鲁迅本日开译,10月10日译毕,连载于10月1日至31日《晨报副刊》;后曾以之为教材,在北大等校讲授。1925年出版单行本。

　　十　月

　　一日　昙。午后得三弟信,九月二十七日发。寄伏园信。夜雨。

　　二日　雨。上午得和森信。得胡人哲信并文二篇。午后晴。寄吴[胡]人哲信并文三篇。寄伏园信并译稿二章[1]。协和之弟达和续娶,简来,送礼二元。晚得张目寒信。夜章洪熙、孙伏园来。新潮社送来《徐文长故事》二册。

　　三日　晴。上午得三太太信。午后寄常维钧信。寄三弟信。往世界语校讲。下午以《徐文长故事》一册赠季市。往女师校讲并收去年十二月分薪水十叁元五角。晚往山本医院并交泉二十。得伏园信二函并排印讲稿一卷。夜风。

　　四日　　晴。晚空三来。夜重装《隶释》八本讫。

　　五日　　晴。星期休息。晚伏园来。三太太来。

　　六日　　昙。下午俞小姐来并送手衣一副。夜风。

　　七日　　昙。上午得伏园信。

　　八日　　晴。下午寄伏园信并译文一章。

　　九日　　晴。午后往历史博物馆。夜濯足。

　　十日　　晴。休假。午后张目寒来。下午伏园、惠迭来。寄女师注册课信。寄陈声树信。夜译《苦闷的象征》讫。

　　十一日　　晴。午后往北大取一月分薪水十八元。往东亚公司买《近代思想十六講》、《近代文芸十二講》、《文学十講》、《赤露見タママの記》各一部，共泉六元八角。晚得伏园信。夜H君来。

　　十二日　　晴。夜〔星〕期休息。下午顾颉刚、常维钧来。下午许钦文来。夜李庸倩来。

　　十三日　　晴。午吴〔胡〕萍霞女士来。午后往女师校讲。晚孙伏园、章洪熙来。

　　十四日　　昙。午后往世界语专校讲。下午伏园转来夏浮筠信片一。夜大风。

　　十五日　　昙，大风。上午后〔得〕段绍岩信，八日长安发。下午寄和森信。收去年七月奉泉二十六元。

　　十六日　　晴。午得胡萍霞信并文稿，午后复，又代发寄晨报社信片。寄三弟信。寄孙伏园译稿三章。

　　十七日　　昙。上午得春台信并画信片二枚，九月廿一日里昂发。往师范大学讲并收薪水泉十一元。午后往北京大学讲。买《古今杂剧》三十种一部五本，二元。

十八日　晴。上午得三太太信，昨日西山发。晚李庸倩来。夜风。

十九日　晴。星期休息。上午得胡萍霞信。得《人類のためめに》一本，盖SF君寄赠。晨报社送来《副镌》合订本二本。下午章矛尘、孙伏园来。

二十日　晴。上午得三弟信，十四日发。午后寄伏园信。往女师校讲。下午得伏园信。得李庸倩信。

二十一日　晴。上午寄李庸倩信。买煤一吨十三元，车钱一元二角。午后往世界语校讲。下午得章矛尘信。

二十二日　晴。上午李庸倩来别，赆以泉廿。午后许钦文来。

二十三日　晴。上午李庸倩来。晚H君来，交以泉十。

二十四日　晴。上午往师范大学讲。午后往北京大学讲。

二十五日　昙。午后伏园来。往季市寓商量译文[2]。

二十六日　晴。星期休息。上午得胡萍霞信。午伏园、惠迭来。下午昙。晚李庸倩来。夜小雨。

二十七日　昙。午后往女师校讲。下午得伏园信。晚H君来并交所代买《象牙の塔を出て》、《十字街頭を行ク》各一本，共泉四元二角。

二十八日　晴。上午H君来。午后寄常维钧信。往世界语专校讲。下午寄胡萍霞信。从季市假泉十。晚宋子佩来。收北大《社会科学季刊》一本。

二十九日　晴。午后许钦文来。晚收《旅伴》一本,李小峰寄赠。

三十日　晴。上午H君来并交线衫一件,托寄去泉五。下午从子佩假泉五十,还季市十。

三十一日　晴,风。上午得胡平霞信。往师范大学讲。午后往北京大学讲。晚得三弟信,二十六日发。夜译文。[3]

* 　　* 　　*

〔1〕　指《苦闷的象征》译稿。3日的"排印讲稿",8日、16日所寄译稿均同此。

〔2〕　指商量《苦闷的象征》中所引英文诗的译文。

〔3〕　即《西班牙的剧坛将星》。论文,日本厨川白村作。本日开译,11月1日译毕,并作《译后附记》。5日寄周建人,发表于《小说月报》第十六卷第一号(1925年1月),后收入《壁下译丛》。

十一月

一日　晴。下午得李庸倩信。夜译论一篇讫。

二日　昙。星期休息。上午郁达夫来。下午许钦文来。李庸倩来。

三日　晴。上午许钦文来。孙伏园来。午后昙。夜章洪熙来。

四日　晴。上午得胡萍霞信。午后往世界语校讲。

五日　晴。上午王捷三来。下午寄三弟信并文稿一篇,又许钦文者三篇。

六日　晴。上午得胡萍霞信并文稿一篇。夜风。

七日　晴。上午往师大讲。午后往北大讲。下午得三太太信。

八日　晴,风。午后寄胡萍霞信。收去年七月分奉泉廿三元。晚伏园、衣萍来。

九日　晴。星期休息。下午张目寒来。许钦文来。

十日　晴。午后往女子师校讲。往小市买小说杂书四种十本,共泉一元。高阆仙赠《淮南子集证》一部十本。收世界语校十月分薪水泉十五元。

十一日　晴。午后往世界语校讲。

十二日　晴,风。午后女师校送来一月分薪水六元。

十三日　晴。上午有一少年约二十余岁,操山东音,托名闯入索钱,[1]似狂似犷,意似在侮辱恫吓,使我不敢作文,良久察出其狂乃伪作,遂去,时约十时半。访衣萍。晚伏园、矛尘来。衣萍来。

十四日　晴。午后往北大讲。下午得和森信,二日发。

十五日　晴。晚小峰、伏园送《语丝》五分来。赙陶书臣父丧泉二元。

十六日　晴。星期休息。午后荆有麟来。下午子佩来。夜矛尘、伏园来,以泉拾元交付之,为《语丝》刊资之助耳。

十七日　晴。午后往女师校讲并收薪水泉二元。夜衣萍、伏园来。

十八日　昙。午后往世界语校讲。下午访陈文虎。访俞小姐。访章衣萍。夜衣萍、伏园来。小雨,夜半成雪。

十九日　雪。上午得三弟信,十二日发,下午复,并寄《语丝》一分。寄荆有麟信。收去年七月分奉泉八十三元。收《小说月报》一本。

二十日　晴。上午季市来。午后荆有麟来。晚女师校送来薪水泉五元五角,一月分讫。夜郁达夫来。

二十一日　晴。上午往师大讲并收去年十二月、今年一月薪水泉各八元。午后往北大讲并收二月分薪水泉十五元。晚得语丝社信。

二十二日　晴,风。上午得三太太信。矛尘、伏园来。小峰赠《结婚的爱》一本。

二十三日　晴,风。星期休息。午后H君来。下午钦文来。晚伏园来。夜衣萍来。

二十四日　晴。上午得李遇安信并文稿,即复。寄孙伏园信并文稿[2]。午后荆有麟来。往女师校讲。晚访衣萍不值,留字而出。夜伏园来。

二十五日　晴。午后往世界语校讲。晚伏园来。荆有麟来。

二十六日　晴。上午得玄同信。得子佩信。得李庸倩信片,十四日上海发。下午复玄同信。复子佩信。晚H君来。收《东方杂志》一本。得新潮社信。

二十七日　晴。上午伏园来。下午得杨遇夫信。夜风。

二十八日　晴。上午往师大讲。午后往北大讲。下午往东亚公司买《辞林》一本,《昆虫记》第二卷一本,共泉五元二角。收晨报社稿费七十元,付印讲义费五元一角。夜李人灿来,假以泉五元。

二十九日　晴。上午得胡萍霞信。午后昙。寄子佩信,还《言海》。下午大风。

三十日　晴。上午得三弟信,廿二日发。往真光观电影[3]。与孙伏园同邀王品青、荆有麟、王捷三在中兴楼午饭。下午访小峰,不值。晚往新潮社取《语丝》归。

＊　　＊　　＊

〔1〕　指北京师范大学学生杨鄂生。他因精神病发作,自称杨树达(时任北京师范大学国文系主任)到鲁迅家索钱滋事。鲁迅疑为受人指使,当晚作《记"杨树达"君的袭来》予以指斥,后经杨鄂生的同学说明,鲁迅特作《关于杨君袭来事件的辩正》。二文后收入《集外集》。

〔2〕　李遇安文稿,即《读了"记'杨树达'君的袭来"》,后发表于同年12月1日《语丝》周刊第三期。寄孙伏园信并文稿,即《关于杨君袭来事件的辩正》。

〔3〕　所观电影为《游街惊梦》,滑稽片,美国马克斯·塞耐特影片公司1923年出品。真光电影院在东华门大街,后为儿童剧场。

十二月

一日　晴。上午高女士来。午后往女师校讲。夜荆有麟来。声树来。伏园来。

二日　晴。午后往世界语校讲。晚得臧亦蘧信。得郑振铎信。H君来,付以泉十,托其转交。夜得李遇安信并文稿。

三日　晴。午后陶璇卿、许钦文来。下午寄三弟信。复臧亦蘧信。晚子佩来。

四日　晴。上午复李遇安信。寄常维钧信。午昙。下午裘子元赠《石佛衣刻文》拓本二枚,其石为美国人毕士博买去。收《东方杂志》一本。夜衣萍来。空三来假泉三。有麟来。校《苦闷之象征》[1]。

五日　晴。上午往师校讲。午后往北大讲。寄顾颉刚信并《国学季刊》封面图案[2]一枚。下午寄郑振铎信。晚李人灿来。有麟来交文稿[3]。夜收《小说月报》一本,《妇女杂志》一本。

六日　晴。晚有麟来,取文稿去。夜得子佩柬。得三弟信,二日发。

七日　晴。星期休息。上午高秀英小姐、许以敬小姐来。曙天小姐及衣萍来。午后伏园来。下午钦文来。空三来。

八日　晴。上午得有麟信。午后风。往女师校讲。晚子佩招饮于宣南春,与季市同往,坐中有冯稷家、邵次公、潘企莘、董秋芳及朱、吴两君。大风。

九日　晴,风。午后往世界语校。夜小峰、伏园来。校印刷稿。

十日　晴。午后钦文来。下午寄三弟信。寄新潮社校正稿。夜风。长虹来并赠《狂飙》及《世界语周刊》。得伏园信。

十一日　晴。晚有麟来。

十二日　晴。上午往师校讲。午后往北大讲。往东亚公司买《希臘天才之諸相》一本,ケーベル《続続小品集》一本,《文芸思潮論》一本,共泉五元二角。晚H君来,付以旅资泉卅。伏园来。有麟来。夜校《苦征》。

十三日　昙。下午往北大取二月分薪水三元，又三月分者五元。往新潮社交校正稿。往东亚公司买《托爾斯泰卜陀斯妥夫斯ヵ》一本，《伝説の時代》一本，《浅草ダヨリ》一本，《人類学及人種学上ヨリ見タル北東亜細亜》一本，共泉九元四角。夜伏园来。衣萍来。

十四日　晴。星期休息。上午得王锡兰信。得李庸倩信，五日发自广州。傅筑夫^{作楫}_{永年}、梁绳祎^{子美}_{行唐}来，师范大学生，来论将收辑中国神话[4]。高鲁君寄来《妇女必携》一本。下午复王锡兰信。晚伏园来。

十五日　晴。上午矛尘来。午后往女师校讲。晚有麟来。郁达夫来。得伏园信。得顾颉刚信。向培良来。校《苦征》稿。

十六日　晴。午后往世界语校讲。下午理发。东亚公司送来亚里士多德《詩学》一本，勖本华尔《論文集》一本，《文芸復興論》一本，《昆虫記》第一卷一本，共泉六元四角。夜得李遇安信并文稿。

十七日　雾。上午章矛尘来。午后钦文来。以《语丝》寄李庸倩。

十八日　昙。下午寄三弟信。晚往南千张胡同医院看胡萍霞之病。

十九日　晴。上午往师校讲。午后往北大讲。下午收去年七月奉泉四十三元。晚有麟来。东亚公司送来《革命期之演劇与舞踊》一本,价泉六角也。

二十日　晴。午后云五、长虹、高歌来。下午访胡萍霞,其病似少瘥。

二十一日　晴。星期休息。上午张目寒来。衣萍、曙天来。季市来。午后有麟来。晚伏园来。向培良来。夜得李醒心信。

二十二日　晴。休假。上午复李醒心信。寄伏园信。午后有麟来。夜衣萍来。

二十三日　晴。午后往世界语校讲。收《妇女杂志》一本。晚培良来。子佩来。

二十四日　晴。上午复孙楷第信。复李遇安信。复李庸倩信。下午寄伏园信并文稿[5]。晚子佩来。仲侃来。长虹来。

二十五日　晴。休假。午后有麟来。钦文来。衣萍、曙天来。下午得吕琦信,字蕴儒。子佩来。夜郁达夫来并赠《Gewitter im Mai》von L. Ganghofer 一本。李人灿来并还泉五,又交小说稿一篇。濯足。

二十六日　晴。上午往师范大学讲并收一月分薪水泉二十五。午后往北大讲。晚收李寄野信。收有麟信片。子佩来。收李庸倩信,十四日发自广州黄埔。夜得向培良信。

二十七日　昙。午后钦文来。姚梦生来。晚伏园来。有麟来。

二十八日　晴。星期休息。荆有麟邀午餐于中兴楼[6],午前赴之,坐中有绥理绥夫、项拙、胡崇轩、孙伏园。下午往东亚公司买《タイス》一本，泉一元。得三弟信，廿三日发。

二十九日　昙。午后往女师校讲。夜子佩来。世界语校送来九月、十一月薪水泉各十元。

三十日　雨雪。午后往世界语校讲。下午霁，夜复雪。校《苦征》印稿。

三十一日　晴，大风吹雪盈空际。下午伏园来，托其寄小峰信并校正稿去。晚有麟来。

*　　*　　*

〔１〕　校《苦闷之象征》　指校阅该书单行本清样，至1925年2月校讫。

〔２〕　《国学季刊》封面图案　为鲁迅所设计，后用于该刊第一、二两卷封面。

〔３〕　指荆有麟所编《民众文艺周刊》创刊号的稿件，特请鲁迅校读。鲁迅为该刊校读至第十七期。

〔４〕　当时傅筑夫、梁绳祎为中华书局编辑一种注音、石印的儿童周刊，欲据中国古代神话改写成儿童故事，来向鲁迅请教。

〔５〕　即《通讯（致郑孝观）》。后收入《集外集拾遗》。

〔６〕　荆有麟邀午餐于中兴楼　北京世界语学校新来的白俄世界语教授绥理绥夫希望会见鲁迅，该校学生荆有麟在东安市场中兴楼备餐安排会见。

书　　帐

淮南鸿烈集解六本　　三・〇〇　　二月二日

东亚墨画集一本　　五・〇〇　　二月十六日　　　　　八・〇〇〇

比亚兹来传一本　　一・五〇　　四月四日

文学原论一本　　二・七〇　　四月八日

真実はかく偽る一本　　一・一〇

苦闷之象徵一本　　一・七〇　　　　　　　　　　　　七・〇〇〇

师曾遗墨第一集一本　　一・六〇　　五月三日

师曾遗墨第二集一本　　一・六〇

论衡举正二本　　高阆仙赠　　五月六日

邓析子一本　　〇・一〇　　五月十四日

申鉴一本　　〇・三〇

中论一本　　〇・四〇

大唐西域记四本　　一・五〇

文心雕龙一本　　〇・五〇

太平乐府二本　　四・〇〇

文字学讲义二本　　〇・四四〇　　五月二十三日

中古文学史讲义一本　　〇・三二〇

词余讲义一本　　〇・二四〇

新语一本　　〇・二〇　　五月三十一日

546

新书二本　〇・七〇

嵇中散集一本　〇・四〇

谢宣城集一本　〇・三〇

元次山集二本　〇・六〇　　　　　　　　　一三・二〇〇

潜夫论二本　〇・六〇　六月十三日

蔡中郎集二本　〇・七〇

陶渊明集二本　〇・七〇

文选六臣注三十本　八・四〇

永元断专拓片一枚　裘子元赠　六月廿四日

花专拓片十枚　同上　　　　　　　　　　一〇・〇四〇

蔡氏造老君象四枚　〇・六〇　七月十五日

张僧妙碑一枚　〇・四〇

郭始孙造象四枚　〇・六〇　七月二十日

锜氏造老君象四枚　〇・〔八〕〇

华严经第十二品一枚　〇・三〇

明圣谕图解一枚　〇・二〇

九九消寒图一枚　〇・一〇

苍公碑并阴二枚　一・〇〇　七月三十一日

大智禅师碑侧画象二枚

卧龙寺观音象一枚　　　　　　　　　　　四・〇〇〇

颜勤礼碑十分四十枚　刘雪雅赠　八月三日

李二曲集十六本　同上

师曾遗墨第三集一本　一・六〇　八月十六日

吕超〔静〕墓志一枚　二・〇〇　八月二十二日

晨风阁丛书十六本　八·〇〇　八月二十七日
比干墓题字一枚　李怡山赠　八月三十一日
吴道子观音象一枚　同上　　　　　　　一一·六〇〇
崔懃造象一枚　一·〇〇　九月十八日
六朝杂造象十一种十四枚　三·〇〇
残杂造象七种十枚　一·〇〇　　　　　五·〇〇〇
赤露見タママノ記一本　〇·七〇　十月十一日
近代思想十六講一本　二·一〇
近代文芸十二講一本　二·〇〇
文学十講一本　二·〇〇
古今杂剧卅种五本　二·〇〇　十月十七日
人類の為めに一本　S. F. 君贈　十月十九日
象牙の塔を出て一本　二·一〇　十月二十七日
十字街頭を行く一本　二·一〇　　　　一三·〇〇〇
淮南子集证十本　高阆仙赠　十一月十日
辞林一本　二·八〇　十一月二十八日
昆虫記第二卷一本　二·四〇　　　　　五·二〇〇
石佛衣刻文拓本二枚　裘子元赠　十二月四日
希臘天才の諸相一枚［本］　二·〇〇　十二月十二日
ケーベル続続小品集一本　一·六〇
文芸思潮論一本　一·六〇
托氏卜陀氏一本　二·四〇〇　十二月十三日
伝説的時代一本　三·二〇〇
浅草ダヨリ一本　一·二〇

北東亜細亜一本　　二·六〇
亜里士多德詩学一本　　一·七〇　　十二月十六日
勖本华尔論文集一本　　一·二〇
文芸復興論一本　　一·二〇
昆虫記第一卷一本　　二·三〇
革命期の演劇と舞踊一本　　〇·六〇　　十二月十九日
タイース一本　　一·〇〇　　十二月二十八日　　　　二二·二〇〇
　　总计九九·二四〇,每月平匀八·二八六元耳。

日 记 十 四

一 月

一日　晴。午伏园邀午餐于华英饭店,有俞小姐姊妹、许小姐及钦文,共七人。下午往中天看电影[1],至晚归。

二日　晴。下午品青、小峰来。夜有麟来。

三日　昙。晚服补写丸二粒。夜为《文学周刊》作文一篇[2]讫。

四日　晴。星期休息。午后有麟来。下午伏园来。紫佩携舒来。夜衣萍来。译彼象飞诗三篇[3]讫。

五日　晴。午后往女师校讲并收去年二月分薪水泉五元。收教育部前年七月分奉泉八十六元。收其中堂书目一本。收《支那研究》第二期一本。收东亚公司通知信。下午至滨来香饮牛乳并买点心。

六日　晴。晨寄三弟信。寄李庸倩信。午后往世界语校讲。往东亚公司买《新俄文学之曙光期》一本,《支那馬賊裏面史》一本,共泉二元二角。钦文来,托其以文稿一篇交孙席珍。夜校《苦征》印稿。有麟来。

七日　晴。下午寄新潮社校正稿。

八日　晴。晚衣萍来。夜崇轩、有麟来。

九日　晴。上午往师范大学讲。午后往北京大学讲。下

551

午昙。得伏园信,附王铸信,晚复。[4]夜衣萍、伏园来。有麟来。向培良、钟青航来。

十日　昙。上午寄伏园信。寄常维钧信。寄李庸倩《语丝》第四至第八期。晚伏园来。收去年十二月分《京报附刊》稿费泉卅。

十一日　晴。星期休息。午后有麟来。下午姚梦生来。紫佩来。夜得玄同信。

十二日　晴。午后往女师校讲并收去年三月分薪水泉六。下午寄李小峰以校正稿。复钱玄同信。晚有麟来。

十三日　昙。午后衣萍来。晚有麟来。

十四日　昙。午后衣萍来。下午往北大取薪水,计三月分者十三元,而四月分者四元也。夜成短文一篇。[5]校《苦征》印稿。

十五日　晴。午后钦文来。有麟来。下午寄小峰信并稿。晚伏园来。

十六日　晴。晚往季市寓饭。夜赴女师校同乐会[6]。

十七日　晴。上午得三弟信,十日发。午后衣萍来。夜有麟来。得李遇安信。

十八日　晴。星期休息。午后孙席珍来。下午钦文、伏园来。

十九日　晴。上午得李庸倩自黄埔所寄照片。夜有麟来。

二十日　晴。下午寄许钦文、陶璇卿信。夜服补写丸二粒。

二十一日　昙。上午陈子良来。午后有麟来。夜衣萍来。伏园来。服仁丹廿。

二十二日　昙。上午得高歌信,十八日开封发。同母亲往伊藤医寓治牙。往东亚公司买《近代恋愛観》一本,泉二。午后游小市,买《轰天雷》一本,铜泉十枚。下午许钦文来并赠酒二瓶。伏园来。夜收《小说月报》一本。

二十三日　晴。下午收《东方杂志》一本。往留黎厂买石印王荆公《百家唐诗选》一部八本,泉二元四角。夜有麟来并赠瓯柑十六枚,鲫鱼二尾。李慎斋来并交所代领奉泉百九十八元,是为前年之七月及八月分。

二十四日　晴。旧历元旦也,休假。自午至夜译《出了象牙之塔》[7]两篇。

二十五日　晴。星期休息。治午餐邀陶璇卿、许钦文、孙伏园,午前皆至,钦文赠《晨报增刊》一本。母亲邀俞小姐姊妹三人及许小姐、王小姐午餐,正午皆至也。夜译文一篇。[8]

二十六日　晴,风,假。午后子佩来。下午至夜译文三篇。有麟来。

二十七日　晴。休假。午后衣萍来。得三弟信,二十日发。

二十八日　晴。上午寄马幼渔信。午后品青、衣萍来并赠汤圆三十。下午伏园来。晚寄三弟信。寄李遇安信。寄李小峰信并校正稿及图版。[9]夜译白村氏《出了象牙之塔》二篇。作《野草》一篇。[10]

二十九日　大雪。上午得孙席珍信并诗。午晴,风。晚有麟来。

三十日　晴。夜有麟来,取文稿去。

三十一日　晴。午后钦文来。下午收《东方杂志》一本。晚伏园来。衣萍来。夜有麟同吕蕴儒来。

*　　*　　*

〔1〕　所观电影为《爱的牺牲》。中天剧场时在宣武门内西绒线胡同。

〔2〕　即《诗歌之敌》。6日托许钦文转交孙席珍。后收入《集外集拾遗》。

〔3〕　译彼象飞诗三篇　即裴多菲诗《太阳酷热地照临》、《坟墓休息着……》和《我的爱——并不是……》三首,以《A·Petöfi 的诗》为题发表于《语丝》周刊第十一期(1925年1月26日)。后与该刊第九期(1925年1月12日)发表的《我的父亲的和我的手艺》、《愿我是树,倘使你……》两首以《Petöfi Sándor 的诗》为题收入《译丛补》。

〔4〕　鲁迅复王铸信连同王铸来函以《关于〈苦闷的象征〉》为题,发表于1925年1月13日《京报副刊》,后收入《集外集拾遗》。

〔5〕　即《忽然想到(一)》。15日又作附记。后正文收入《华盖集》,附记收入《集外集拾遗》。

〔6〕　女师校同乐会　指北京女子师范大学新年同乐会。会上演出北京大学学生欧阳兰的独幕剧《父亲的归来》。后有人指出该剧本系剽窃日本菊池宽的《父归》。

〔7〕　译《出了象牙之塔》　本日开译,至2月18日译完,发表于1925年2月14日至18日、21日、23日、25日、28日、3月2日至5日、7日、9日、11日《京报副刊》。

〔8〕　指《出了象牙之塔》,26日译文同此。

〔9〕　指《苦闷的象征》清样及插图铜版。

〔10〕 即《好的故事》。后收入《野草》。

二月

一日　晴。星期休息。晚衣萍、小峰同惠迭来。夜伏园来。

二日　晴。上午得李庸倩信片，一月十六日发。肋间神经痛作。

三日　晴。上午往师大取去年一月分余薪三元，二月全份三十六元，又三月分者十五元。略游厂甸。在松云阁买鸮尊一，泉一。又铜造象一，泉十，后有刻文云"造像信士周科妻胡氏"。买《罗丹之艺术》一本，一元七角。夜有麟来。

四日　昙，午晴。钦文来。夜校小峰译文[1]讫。

五日　昙。下午寄小峰信并校稿。夜衣萍来。有麟来。伏园来。

六日　昙。无事。

七日　晴。上午张凤举来，未见。得李庸倩信，一月二十二日发。夜有麟来取稿去。是日休假，云因元夜也。

八日　昙。星期休息。上午寄张凤举信。午后长虹、春台、阎宗临来。下午衣萍、曙天来。有麟来。夜伏园来，托其以校正稿寄小峰。风。

九日　晴，风。午后往女师校讲。晚寄李小峰信。夜向培良来。

十日　晴。上午得李庸倩信，一月三十日发。下午寄伏园信并稿[2]。寄北大注册部信。往留黎厂买《师曾遗墨》第四集一本,一元六角。夜得李霁野信并文稿三篇。夜作文一篇并写讫。[3]服阿斯匹林片一。

十一日　晴。午后许钦文来。晚往店买茶叶及其他。夜伏园来,取译稿[4]以去。衣萍来。有麟来并赠饼饵一合。长虹来。得三太太信。

十二日　晴。休假。下午伏园、向培良、吕蕴儒来。晚王品青、小峰、衣萍、惠迭来。夜同品青、衣萍、小峰、伏园、惠迪至同和居饭。

十三日　晴。上午往北大取薪水四月全分,五月分六元。往东亚公司买《思想山水人物》一本,二元。晨报社送来《增刊》一本,三希帖景片三枚。夜有麟来。

十四日　晴,风。上午东亚公司店员送来《露国现代の思潮及文学》一本,三元六角。晚 H 君来。得三弟信,九日发。胁痛向愈,而胃痛作。

十五日　晴。星期休息。下午伏园延母亲观剧。衣萍、曙天来。冯文炳来,未见,置所赠《现代评论》及《语丝》去。钦文来。收李霁野《黑假面人》译本[5]一。

十六日　昙。午后往女子师校讲并收薪水泉去年三月分者八元五角,四月分者十三元五角,五月分者五元。收《妇女杂志》一本。晚得李霁野信。夜培良来。长虹来。伏园来。大风。

十七日　晴。下午伏园送来译文泉卅。邵元冲、黄昌谷邀饮[6],晚一赴即归。

十八日　晴。上午寄王捷三信。寄李霁野信。午后收北京大学《国学季刊》卷一之四号一本。下午寄伏园信并稿[7]。寄任国桢信。得李庸倩信片,东莞野营中发。晚伏园来。夜有麟来。译《出了象牙之塔》讫。

十九日　晴。午后衣萍来,同往中天剧场观电影[8]。夜培良、有麟来。

二十日　昙。上午往师大讲并取去年三月分薪水泉十一。午后往北大讲,下午得王捷三信。收《东方杂志》一本。得任国桢信。得李霁野信。

二十一日　晴。午后钦文来。下午寄常维钧信。寄任国桢信并译稿。晚往博益书社买《新旧约全书》一本,一元。夜有麟来。

二十二日　晴,大风。星期休息。无事。

二十三日　晴。上午得吴[胡]萍霞信,十九日孝感发。得任国桢信。午后往女子师校讲。下午寄蒋廷黻以《小说史略》及《呐喊》各一部。寄李济之以《呐喊》一部。收《小说月报》一本。夜有麟来。伏园来。

二十四日　晴。午后衣萍、曙天、小峰、漱六来。晚高歌来。伏园来。夜蕴儒、长虹、培良来。复任国桢信。

二十五日　晴。下午收《妇女杂志》一本。夜有麟来。风。

二十六日　晴。夜有麟来。

二十七日　昙。上午往师大讲。午后往北大讲。下午与维钧、品青、衣萍、钦文入一小茶店闲话。夜伏园来。项亦愚、荆有麟来。

二十八日　晴,午后曇。下午寄小峰信。夜大风。成小说一篇[9]。

*　　　*　　　*

[1]　指校《两条腿》。鲁迅将李小峰译稿对照德文译本加以校改。

[2]　即《咬文嚼字(二)》。后收入《华盖集》。

[3]　即《青年必读书》。后收入《华盖集》。

[4]　指《出了象牙之塔》,2月14日起陆续在《晨报副刊》发表。

[5]　《黑假面人》译本　李霁野译毕,寄请鲁迅校阅、修改并联系出版。鲁迅校改后于3月14日寄周建人转商务印书馆编译所,未被采用。1927年3月由未名社出版。

[6]　邵元冲、黄昌谷邀饮　邵、黄分别为筹办中的《北京民国日报》总编辑和总经理,是日邀饮约稿。鲁迅应约于本月28日写成小说《长明灯》,3月1日交邵元冲,3月5日至8日在该报连载。

[7]　即《忽然想到(四)》。后收入《华盖集》。

[8]　所观电影为《水火鸳鸯》,故事片,上海大陆影片公司1924年出品。

[9]　即《长明灯》。后收入《彷徨》。

三　月

一日　晴,风。星期休息。上午毛壮侯来,不见,留邵元冲信而去。有麟来。下午往民国日报馆交寄邵元冲信并文稿。往商务印书馆豫约《别下斋丛书》、《佚存丛书》、《清仪阁古器物文》各一部,共泉三十六元七角五分。伏园来,未遇。夜有麟、蕴儒、长虹、培良来。

二日　晴。上午寄三弟信。得李遇安信。下午往女师讲。得三弟信，二月廿六日发。

三日　晴，风。下午得李济之信。夜伏园来。有麟来。

四日　晴。午后钦文来。夜有麟来并赠水果四罐。长虹来。是晚子佩来访，因还以泉五十。

五日　晴。午后衣萍来。晚往东亚公司买《新俄美术大观》一本，《現代仏蘭西文芸叢書》六本，《最新文芸叢書》三本，《近代劇十二講》一本，《芸術の本質》一本，共泉十五元八角。夜有麟来。培良来。

六日　晴，风。上午往师大讲。午后往北大讲。下午同小峰、衣萍、曙天至一小店饮牛乳闲谈。夜伏园来。有麟来。

七日　晴。午后有麟来。下午新潮社送《苦闷之象征》十本。夜衣萍来。

八日　晴。星期休息。上午得杨[李]遇安信并文稿。寄师大讲义课信。午后大风。下午李宗武来，赠以《苦闷之象征》一册。寄许、袁、俞小姐《苦闷之象征》各一册。夜伏园来。

九日　晴。上午得三弟信，四日发。午后往女师校讲。下午赠季市《苦征》两本。寄李遇安信并文稿。夜有麟来，赠以《苦征》一本。阎宗临、长虹来并赠《精神与爱的女神》二本，赠以《苦征》各一本。得自署曰振者来信并诗稿。

十日　晴，风。下午寄小峰信。寄三弟信并剧本一卷。晚理发。夜得赵其文信并文稿。有麟来。新潮社送来《苦闷之象征》九本。

十一日　晴。上午访李小峰。午后大风。伏园持来《山野掇拾》四本。得许广平信。夜衣萍、伏园来。寄世界语专门学校信辞教员职。

十二日　晴。上午寄赵其文信。复许广平信。得梁生为信。午高歌来，赠以《苦闷之象征》一本。下午寄徐旭生信。以《山野掇拾》及《精神与爱之女神》各一本赠季市。晚为马理子付山本医院入院费三十六元二角。晚吕蕴儒、向培良来，赠以《苦闷之象征》各一本。

十三日　晴。午后往北大讲。得赵其文信。往小峰寓。下午得三太太信。

十四日　晴。下午寄三弟信并李霁野译文一卷。得紫佩信。夜伏园来。

十五日　昙。星期休息。上午雨雪。寄梁生为信。寄赠俞小姐、许小姐以《山野掇拾》各一本。午后有麟来。下午钦文来。夜培良来。衣萍、伏园来。

十六日　晴。上午得许广平信。午钦文来。寄任国桢信。夜长虹来。

十七日　昙。无事。收《东方杂志》、《妇女杂志》、《小说月报》各一册。

十八日　晴。晚往商务印书馆取稿费十五元。往新明剧场观女师大史学系学生演剧[1]。得任国桢信。北大送来《社会科学季刊》一本。有麟来，钦文、璇卿来，衣萍来，均未遇。夜作小说一篇[2]并钞讫。

十九日　昙。上午得任国桢信。得李遇安信并义稿。复许广平信。午后晴。陶璇卿、许钦文来，少坐即同往帝王庙观陶君绘画展览会[3]。遇张辛南、王品青。下午同季市再观展览会。夜有麟来。衣萍、伏园来。

二十日　昙。上午往师大讲并收薪水三月分十元，四月分八元。午后往北大讲。刘子庚赠自刻之《濯绛宧词》一本。晚衣萍来。夜有麟来。长虹来并赠《精神与爱的女神》十本。

二十一日　昙。上午得许广平信。午吴曙天、衣萍、伏园邀食于西车站食堂，同席又有王又庸、黎劭西。晚小雨。有麟来。夜濯足。

二十二日　昙。星期休息。上午许诗荃、诗荀来，赠以《苦闷的象征》、《精神与爱的女神》各一本。长虹来。目寒、霁野来。高歌、培良来。有麟来。午后璇卿、钦文来。下午小雨，晚晴，风。有麟来持去短文[4]一篇。

二十三日　昙。午后寄孙伏园信。寄李小峰信。往女师校讲。得高歌信。得蒋廷黻信。黎劭西寄赠《国语文法》一本。收前年八月分奉泉百六十五元。夜向培良偕一友来，赠以《苦闷之象征》一本。复高歌信。

二十四日　昙。上午得长虹信。午后访培良不值，留函而出。下午寄李遇安信并文稿。寄蒋廷黻信。寄许广平信。晚得三弟信，十九日发。钦文来。夜有风。李小峰、孙伏园及惠迭来。寄赠《苦闷之象征》一本与钱稻孙。

二十五日　晴，风。上午访李小峰，选定杂感。[5]往北大取前年五月分薪水八元，六月分五元。往东亚公司买《学芸論鈔》、《小説研究十二［六］講》、《叛逆者》各一本，共泉四元六角。晚往新民[明]剧场观女师大哲教系游艺会演剧[6]。

二十六日　晴。上午得培良信。得霁野信并蓼南文稿。午后有麟来。

二十七日　晴。上午往师大讲。午后往北大讲。得刘弄潮信。同小峰、衣萍、钦文至一小肆饮牛乳。得东亚公司信。下午得孙伏园信。得许广平信。夜李人灿来。有麟来。复刘弄潮信。雨。

二十八日　昙。上午得高歌信。新潮社送来《苦闷之象征》十本。午后大风,晴。寄三弟信,附致郑振铎信并蓼南稿。寄《苦闷之象征》四本分赠振铎、坚瓠、雁冰、锡琛。收十二年八月分奉泉十七元,又九月分者百六十五元。还季市泉百。夜刘弄潮来。有麟、崇轩、陆士钰来。

二十九日　晴,风。星期休息。午后有麟来。下午曙天、衣萍来。伏园、惠迭来。收京报社二月分稿费四十。夜刘弄潮来。培良来。长虹来。

三十日　晴。上午寄徐旭生信。午后往女师校讲并收去年五月分薪水八元五角。

三十一日　晴。上午衣萍来。下午寄小峰信。晚往厂甸。夜有麟来。

*　　　*　　　*

〔1〕 女师大史学系学生演剧　本日该系学生在新明剧场演出《卓文君》和《环琅璘与蔷薇》。

〔2〕 即《示众》。后收入《彷徨》。

〔3〕 指陶元庆西洋绘画展览,本月18、19日在北京西四帝王庙中华教育改进社举行。共展出水彩油画等二三十幅。

〔4〕 即《战士和苍蝇》。后收入《华盖集》。

〔5〕 即《热风》。鲁迅于本日选定该书篇目,由李小峰等着手编印,本年10月校阅清样。

〔6〕 女师大哲教系游艺会演剧 该系学生为往外地实习筹款,在新明剧场演出《爱情与世仇》(疑即莎士比亚的《罗密欧与朱丽叶》)等剧。

四 月

一日 昙,风。上午寄许广平信。寄伏园短文[1]。下午还齐寿山泉百。收《东方杂志》一本。收《支那二月》第二期一分。晚孙席珍来。张凤举来。

二日 晴,午后昙。冯文炳来。紫佩来。夜衣萍来。

三日 晴,风。上午往师大讲。午后往北大讲。浅草社员赠《浅草》[2]一卷之四期一本。夜有麟来。云松阁李庆裕来议种花树。得赵其文信。

四日 晴。午后钦文来。得孔宪书信。下午收《妇女杂志》一本。夜培良、有麟来。

五日 晴。星期休息。上午得三太太信。得李庸倩信,三月廿日粤宁县发。云松阁来种树,计紫、白丁香各二,碧桃一,花椒、刺梅、榆梅各二,青杨三。午后孙席珍来。收俞小姐所送薄荷酒一瓶,袁匋盦所送自作山水一幅。下午得赵其文信,即复。寄李小峰信。晚衣萍来。夜培良等来。长虹等来,以《苦闷之象征》二本托其转寄高歌。

六日　昙。补昨清明节假。上午孔宪书来。下午钦文来,赠以《精神与爱之女神》一本。得李遇安信并诗文稿。夜得许广平信。

七日　晴。下午寄女师校注册部信。寄许广平《猛进》五期。晚得李遇安信并诗稿。夜有麟、培良来。得郑振铎信。衣萍来。

八日　晴,大风。休假。午后矛尘来。下午衣萍、曙天来。品青、小峰、惠迭来。得赵其文信。静恒来。

九日　晴。上午寄赵自成信。寄赵其文信。寄刘策奇信。寄许广平信。寄任国桢信。下午寄郑振铎信并《西湖二集》六本。

十日　晴。上午得任国桢信。往师大讲。午后往北大讲。赠矛尘、斐君以《苦闷之象征》各一本。寄李小峰信。下午寄衣萍信。得三弟信,七日发。夜唐静恒来。

十一日　晴。上午得赵其文信,午复。寄三弟信。钦文来。午后俞芬、吴曙天、章衣萍来,下午同母亲游阜成门外钓鱼台。夜买酒并邀长虹、培良、有麟共饮[3],大醉。得许广平信。得三弟信,八日发。

十二日　晴,大风。星期休息。下午小峰、衣萍来。许广平、林卓凤来。晚寄李遇安信并还诗稿一篇。

十三日　晴。午后往女子师校讲。下午寄三弟信。晚钦文来。夜培良来。长虹来。

十四日　晴。上午得李遇安信。晚培良以赴汴来别,赠以《山野掇拾》一本及一枝铅笔。夜刘弄潮寄来文一篇。收《东方杂志》、《小说月报》各一本。

十五日　晴。上午寄许广平信。寄李小峰信并稿[4]。午后得臧亦蘧信,诗稿一本附。有麟来。钦文来。夜人灿来并交旭社[5]信。

十六日　昙。午后衣萍来。晚游小市,买《乌青镇志》、《广陵诗事》各一部,共泉一元二角。风。夜胡崇轩、项亦愚来,不见。校《苏俄之文艺论战》讫。

十七日　晴。上午往师大讲。午后往北大讲并收薪水十三元,去年六月分讫。下午得许广平信。夜长虹同常燕生来。风。得孙斐君信。得李庸倩信。

十八日　昙。午后有麟来。曙天来。晚风。夜衣萍来。

十九日　晴。星期休息。上午得郑振铎信。得三太太信。午后有麟来。下午小峰、衣萍、惠迪来。胡崇轩、项亦愚来。晚雨。

二十日　晴。午后往女师校讲,并领学生参观历史博物馆[6]。往中央公园。下午得三弟信,十七日发。夜刘弄潮来。有麟来。

二十一日　晴。上午得廷璠信,十三日南阳发。以译稿[7]寄李小峰。以诗稿寄还臧亦蘧,附笺一。目寒来并交译稿二篇。寄三弟信。下午得许广平信。收《东方杂志》一本。得紫佩信。夜有麟来。长虹来。得臧亦蘧信。得梓模信并《云南周刊》。得常燕生信。

二十二日　晴。上午得吕琦信,附高歌及培良笺,十八日开封发。钦文来。下午访衣萍。晚衣萍、曙天来。夜雨。编《莽原》第一期稿。

二十三日　昙。晨有麟来。寄许广平信。复梓模信。午后得李遇安信,即复。下午有一学生送梨一筐。夜有麟来。复蕴儒、高歌、培良信。

二十四日　雨。午后往北大讲。下午寄许广平信并《莽原》。夜有麟来。

二十五日　晴,大风,午后昙。无事。

二十六日　晴。星期休息。上午得孙永显信并燕志儁诗稿。午寄小峰以文稿[8]。下午衣萍、曙天来。小峰来。伏园来并交春台信及所赠德译洛蒂《北京之终日》一本,画信片二枚,糖食二种,干果一袋。夜长虹、有麟来。

二十七日　晴。晨得许广平信。得向培良信并稿。上午得李遇安信,知前日之梨,其所赠也,在定县名黄香果云。晚钦文来并赠小说集[9]十本。夜目寒、静衣来,即以钦文小说各一本赠之。得任国桢信并译稿一本。

二十八日　晴。上午寄伏园信。寄李遇安信。有麟来。午后得许广平信并稿[10]。下午收奉泉百六十五元,前年九月分讫。还齐寿山泉百。夜向[尚]钺、长虹来。寄伏园信。

二十九日　晴。上午寄许广平信。寄陈空三信。午后有麟来。晚往留黎厂商务印书馆买《说文古籀补补》四本,四元。夜得培良信,二十七日发。

三十日　昙。午后衣萍、小峰来,并送三月分《京报》稿费卅。得丁玲信。得蒋鸿年信。夜小酩来。H君来。有麟来。

※　　※　　※

〔１〕　即《这是这么一个意思》。后收入《集外集拾遗》。

〔２〕　浅草社　文艺社团。1923年3月成立于北京。主要成员有林如稷、陈祥鹤、陈炜谟、冯至等。该社编辑出版《浅草》(文艺季刊)。并曾在上海《民国日报》上编辑过《文艺旬刊》。本日冯至将《浅草》送与鲁迅。鲁迅在本月10日写的《一觉》中记载此事。

〔３〕　邀长虹、培良、有麟共饮　席间,鲁迅等商定创办《莽原》周刊,并于十天后开始编辑。

〔４〕　即《鲁迅启事》与《忽然想到(五)》。两文均发表于《京报副刊》。前者编入《集外集拾遗补编》;后者收入《华盖集》。按:自本月初至下旬,《京报副刊》编辑孙伏园离京,该刊由李小峰代编。

〔５〕　旭社　北京大学学生的文学团体,出版《旭光》旬刊。来信系向鲁迅约稿。

〔６〕　历史博物馆　设在故宫午门楼上,当时尚未对外开放。鲁迅以筹备人员的身份带领学生前往参观。

〔７〕　即《徒然的笃学》。杂文,日本鹤见祐辅作,鲁迅译文发表于4月25日《京报副刊》,后收入《思想·山水·人物》。

〔８〕　即《死火》、《狗的驳诘》。后均收入《野草》。

〔９〕　指《短篇小说三篇》。许钦文作,北京沈讷斋出版。

〔10〕　许广平稿即《乱七八糟》,后发表于《莽原》周刊第三期(1925年5月8日),署名"非心"。

五　月

一日　昙。午后访李小峰,见赠《从军日记》及《性之初现》各一本。夜有麟来。寄李小峰信。得许广平信。为《语丝》作小说一篇成。[1]

二日　昙。下午得三弟信,附久巽及梁社乾笺,四月二十九日发。夜有麟来。长虹及刘、吴二君来,赠长虹及刘君以许钦文小说各一本。

三日　晴。星期休息。上午目寒来,托其以小说稿一篇携交小峰。午后钦文来。有麟来。唐君来。下午衣萍、曙天及吴女士来。晚寄许广平信。长虹来。得向[尚]钺信二。得金天友信。

四日　晴。午后寄孙伏园信。往女师大讲。夜小峰、矛尘、伏园、惠迭来。

五日　小雨。晨得张目寒信。上午伏园来。有麟来。午后得张目寒信。得培良、蕴儒信。晚衣萍来。夜长虹、玉帆来。

六日　小雨。上午有麟来。得三弟文稿。得赵善甫信并稿。下午得李霁野稿。夜有麟来。寄金天友信。得赵荫棠信。

七日　晴。上午有麟来。得燕生信。午后得春台信。

八日　晴。上午往师大讲并取去年薪水四月分者二十八元,五月分者三元。午后往北大讲。得曹靖华信。下午得费同泽信。晚有麟来。夜长虹来。

九日　晴。上午目寒、丛芜来。下午寄蕴儒、培良信并稿[2]。寄曹靖华信,附致王希礼笺[3]。晚有麟来。夜长虹、钟吾来。小酩来。衣萍、小峰、漱六来。伏园来。得钝拙信。

得三弟信并稿,六日发。

十日　昙。星期休息。午后有麟、金天友来。下午得许广平信。雨一陈即霁也。

十一日　晴。下午访季市。夜有麟来。李渭滨来。得李遇安信并稿。

十二日　昙。午后钦文来。下午往女师校开会。[4]得常燕生信片。晚钦文来。

十三日　雨。上午得培良信。下午寄常燕生信。寄三弟信。

十四日　晴。上午得尚钟吾信。有麟来。午后张辛南、张桃龄字冶春来。下午理发。晚长虹来。夜索非、有麟来。衣萍、品青来。静农、鲁彦来。

十五日　昙。上午往师大讲。午后往北大讲而停课。往张目寒寓。下午雨,至夜有雷。得李宗武信,十三日天津发。

十六日　昙。上午有麟来。午后得李庸倩信,七日梅县发。下午雨一陈。晚衣萍来。夜钦文来。收《小说月报》一本。

十七日　昙。星期休息。午有麟来。午后雨。鲁彦、静农、素园、霁野来。下午晴。夜得许广平信并稿。得张目寒信并稿。

十八日　昙。午得衣萍信。午后寄钱玄同信。寄山川早水信。往女师校讲并收去年六月分薪水泉十一元。晚陈斐然来。夜有麟来。目寒来。得陈百年信。

十九日　晴,风。上午寄许广平信。寄陈文华信。午后钦文来。夜长虹来。

二十日　晴,风。上午有麟来。得三弟信,十五日发。午后得许广平信。得静农信并稿。寄孙伏园信。晚鲁彦、静农来。小酩来。夜得王志恒信并稿。得曹靖华信。看师范大学试卷。

二十一日　晴。下午往女师校学生会[5]。晚得台静农信。夜寄吕云章信。长虹、有麟来。崇轩来。品青、衣萍来。得小酩信。

二十二日　晴。上午往师大讲并交试卷。午后往北大讲。下午得培良信二封,十九、二十发。晚任国桢来,字子卿。邹明初、张平江来。夜有麟来。

二十三日　晴。上午云松阁送来月季花两盆。午后鲁彦来。下午寄李小峰信。晚有麟来。夜小峰、衣萍来。雨。

二十四日　雨。星期休息。午后晴。访幼渔。下午得赵其文信。晚小酩来。寄李小峰信。夜有麟、目寒来。钦文来。有电,已而雷雨。

二十五日　晴。午后往女师校讲。下午得三弟信并稿,二十一日发。晚寄李小峰信。寄邵飘萍信。夜长虹、钟吾来。大风。

二十六日　晴。上午复赵其文信。寄小酩信并译稿。得章锡箴稿。下午雨〔一〕陈即霁。晚有麟来。夜得小酩信。

二十七日　晴,风。下午寄三弟信。寄曹靖华信。寄李小峰信。收奉泉六十六元。夜小峰、衣萍等来。得许广平信。

二十八日　昙。午后往容光照相。[6]往商务印书馆取

《别下斋丛书》、《佚存丛书》各一部。晚许广平、吕云章来。夜鲁彦来,赠以《苦闷之象征》一本。

二十九日　昙。上午往师大讲并收去年五月份薪水泉五。午后往北大讲。晚有麟来。赵荫棠来。长虹、钟吾来。夜作《阿Q传序及自传略》讫。

三十日　晴。上午访季市。下午大睡。宗武寄赠《文录》一本。夜衣萍来。

三十一日　雨,上午霁。陈翔鹤、陈炜谟来。张平江等来。午李宗武来。寄许广平信。寄许季市信。午后钦文来。下午季市、诗荃来。晚品青来。有麟来。雷雨。

* 　　* 　　*

〔1〕　即《高老夫子》。3日托张目寒转交李小峰。后收入《彷徨》。

〔2〕　即《北京通信》。后收入《华盖集》。

〔3〕　致王希礼笺　王希礼经曹靖华介绍,翻译鲁迅的《阿Q正传》,请鲁迅作序并答疑,鲁迅在是日信中绘图解答其询问。

〔4〕　往女师校开会　北京女子师范大学于本月7日举行国耻纪念大会,校长杨荫榆登台为主席遭学生抵制,杨随即非法开除学生自治会职员刘和珍、许广平等六人,致使学潮进一步扩大。是日,学生自治会封闭校长室,坚持驱杨出校,并于下午二时召集师生联席会议,请教职员照常维持一切课务。鲁迅出席会议给以支持。

〔5〕　往女师校学生会　应女师大学生自治会之邀,前往商议维持校务等事宜。

〔6〕　王希礼向鲁迅索序、自传和照片,鲁迅是日往容光照相馆照

相,次日作《俄文译本〈阿Q正传〉序及著者自叙传略》,后收入《集外集》。

六 月

一日 小雨。午后往女师大讲并收薪水二元五角,去年六月分讫。得许广平信。得三太太信。夜有麟来。大雨一陈。

二日 昙。上午得张目寒信,五月三十日开封发。午有麟来。下午寄许广平信。寄师范大学注册部信。晚晴。

三日 昙。上午得培良等信。晚长虹来。夜鲁彦、有麟来。夜雨。

四日 小雨,午晴。下午同季市往中天〔剧〕场观电影[1]。郑振铎寄赠《太戈尔传》一本。李小峰寄赠《两条腿》二本。得三弟信,一日发。夜有麟来。

五日 昙。上午得李遇安信。得仲平信。午后林卓凤来,为上海事募捐[2],捐以五元。晚钦文来。有麟来。夜雨。得赵赤坪信。

六日 晴,风。上午得许广平信。品青来。午后衣萍来。下午往中天看电影[3]。晚往容光取照相。得尚钟吾信。夜小雨。

七日 昙。星期休息。午得任子卿信。午后钦文来。下午小峰、衣萍来。得李桂生信并稿。晚子佩来。夜有麟来。

八日 晴。上午寄尚钟吾信。寄任子卿信。濯足。下午以《阿Q正传序、自叙传略》及照象一枚寄曹靖华。尚钟吾来。寄李遇安信并文稿二篇。晚长虹来。有麟、鲁彦来。夜得有麟信。

九日　昙。午前得任子卿信。晚许钦文来别。夜得李遇安信并文稿。

十日　晴。上午得朱宅[4]信。有麟来。下午大雷雨,有雹。夜作短文二[5]。

十一日　晴。下午寄任子卿信。夜作杂感一[6]。

十二日　晴。下午寄三弟信。寄小峰信并稿[7]。晚有麟来。夜风雨。

十三日　晴。午后往大学买各种周刊并访小峰。下午得许广平信并稿。得尚钟吾信并稿。小酩来。收《社会科学季刊》一本。晚钟吾、有麟来。长虹及张希涛来。夜得任子卿信并《烦恼由于才智》原文一本。得蔡丏因信并《诸暨民报五周年纪念册》一本。

十四日　晴。星期休息。上午寄许广平信。下午许广平、吕云章来。晚钟吾、有麟来。得曹靖华信。夜伏园来并交《京报》四月分稿费廿,五月分十。得梁社乾信并誊印本《阿Q正传》[8]二本。

十五日　晴。晚矛尘来。夜修整旧书。

十六日　晴。上午仲侃来。晚有麟来。长虹、已燃来。得胡祖姚信。得毛坤信。收《小说月报》、《妇女杂志》各一本。夜得三弟信,十三日发。

十七日　晴。上午得常燕生信。衣萍来。小峰赠《徐文长故事》二集两本,下午以一本转赠季市。寄小峰信。

十八日　晴。上午复毛坤信。寄蔡丏因信。小酩来。下午得许广平信。晚长虹来。夜得许钦文信,十五日浦镇发。收《微波》第三期一。

十九日　晴。下午得张目寒信。晚陈斐然来。有麟来。

二十日　晴。午后得刘策奇信。寄梁社乾信并校正《阿Q正传》。得许广平信。得尚钟吾信。得胡斅信。晚小雨。有麟来。小峰、品青、衣萍来。

二十一日　晴。星期休息。无事。

二十二日　昙。上午寄张目寒信。寄章矛尘信。寄三弟信。下午雨。收《东方杂志》一本。还齐寿山泉百。李小峰寄赠《昨夜》二本,夜长虹来,即以一本赠之。

二十三日　晴。上午得台静农信并稿。得李寄野信并稿。下午寄师范大学试卷十四本。晚雨一陈。品青、矛尘来。得三弟信,二十一日发。

三[二]十四日　晴。上午得李桂生信并稿。下午收奉泉百九十八。还季市泉百。夜雨。

二十五日　晴。端午,休假。上午得有麟信。下午得三弟信,廿二日发。晚雨。

二十六日　晴。晚H君来。得有麟信。

二十七日　晴。上午得许广平信。下午收奉泉卅三。晚得培良信。得钟吾信。

二十八日　晴。星期休息。晚品青来。夜小峰、衣萍来。

二十九日　晴。上午寄向培良信。寄许广平信。晚得许广平信并稿,即复。长虹来并交有麟信又《髯篱纪念刊》一本。夜雨。得孙伏园信。

三十日　晴。上午得李遇安信并稿。下午寄李桂生信并稿。

*　　*　　*

〔1〕　所观电影为《斩龙遇仙记》上集,原名《Siegfried》,德国故事片。1924年出品。

〔2〕　指为五卅惨案募捐。五卅惨案消息传到北京后,北京各大学一致罢课,声援上海工人运动。女师大学生自治会于6月4日召集全体大会,决定发起募捐,以慰恤受伤受害者。

〔3〕　所看电影为《斩龙遇仙记》下集,原名《Knimhild's Revenge》。

〔4〕　朱宅　指朱安的娘家。

〔5〕　即《田园思想》和《〈敏捷的译者〉附记》。前文收入《集外集》,后文编入《集外集拾遗补编》。

〔6〕　即《忽然想到(十)》。后收入《华盖集》。

〔7〕　即《俄文译本〈阿Q正传〉序及著者自叙传略》,是日交《语丝》发表。

〔8〕　誊印本《阿Q正传》　指梁社乾英译《阿Q正传》的誊印本,鲁迅校订后于6月20日寄回,次年由商务印书馆出版。

七　月

一日　晴。午后得许广平信。晚H君来别。

二日　晴。上午寄尚钟吾信。寄三弟信。寄张目寒以照相一枚。午前许广平来。午后得梁社乾信并照片三枚。得李桂生信。得吕蕴儒信并合订《豫报副刊》一本。

三日　晴。休假。午后昙,晚雨。得有麟信。

四日　昙。上午得培良信,二日郑州发。午后往中央公园,在同生照相二枚[1]。晚有麟来假泉廿。夜得许广平信并稿。

五日　晴。星期休息。午后仲芸、有麟来。下午子佩来。晚长虹来。夜品青来。小峰来并赠《蛮性之遗留》二本。得静农信,附鲁彦信。

六日　晴。午后往第一监狱工场买藤、木器具八件,共泉卅二。下午静农、素园、赤坪、霁野来。抱朴来。晚许广平、许羡苏、王顺亲来。得有麟信并素园译文。得玄同信。

七日　晴。上午寄有麟信。复玄同信。高阆仙赠《抱朴子校补》一本。

八日　雨。午得有麟信,附刘梦苇、谭正璧信。下午得尚钟吾信,六日开封发。晚晴。有麟来,赠以《呐喊》一本。

九日　昙。午后得车耕南信,六日天津发。下午有麟来。雨。

十日　昙。上午寄许广平信。寄尚钟吾信。午后往中央公园。下午静农、目寒来并交王希礼信及所赠照相,又曹靖华信及译稿。晚仲芸、有麟来。夜得吕云章信并稿。

十一日　晴。午后访李小峰取《呐喊》九本,又见赠《吕洞宾故事》二本。下午季市来,以所得书各一本赠之。胡成才来并交任国桢信。金仲芸来,赠以《呐喊》一本。晚目寒、有麟来。

十二日　晴。星期休息。上午寄吕云章信。寄柯仲平信。下午品青来。

十三日　晴。晨得韦素园信并稿。午后寄梁社乾信并《呐喊》壹本，照相一张。寄车耕南信。寄曹靖华信。寄谭正璧信。寄钱玄同信。下午紫佩来。陈斐然来。晚长虹来，赠以《呐喊》一本。夜霁野、静农来，属作一信致徐旭生，托其介绍韦素园于《民报》。得钟吾信。得小峰信。得广平信。

十四日　晴。午往女师校取去年九至十二月薪水泉五十四元。往佛经流通处买《弘明集》一部四本，《广弘明集》一部十本，《杂譬喻经》五种共五本，共泉三元八角四分。午后得素园信。得静农信并稿。得赵荫棠信。晚仲芸、有麟来。长虹来。夜雨。得吕云章信。

十五日　晴。上午寄许广平信。午后往师大取去年五、六月薪水六十二元，又九月分四十元，付沪案捐四元五角，又八元。买《匋斋臧石记》一部十二本，三元。买《师曾遗墨》第五、六集各一本，共三元二角。午后胡成才来。夜得任子卿信。

十六日　晴。午后得许广平信，下午复。伊法尔来访，胡成才同来，赠以《呐喊》一本。晚寄韦素园信。夜鲁彦来。

十七日　晴。晚品青、衣萍、小峰来邀往公园夜饭并观电影[2]。夜得钦文信。

十八日　晴。午素园来，未晤。得广平信。夜得玄同信。

十九日　晴。星期休息。上午得素园信并稿。得李遇安信。午后许广平、吕云章来。胡成才来。素园、丛芜、霁野来。

下午目寒来,赠以《呐喊》一本。长虹来。晚静农来。夜小雨。寄李小峰信并稿[3]。

二十日　晴。午后有麟、仲芸来。鲁彦及其夫人来,赠以《呐喊》一本。寄李遇安信及《莽原》。下午得常燕生信。寄玄同信。夜长虹来。得梁社乾信。

二十一日　晴。上午得尚钟吾信。午后理发。下午许广平、淑卿来。王顺亲及俞氏三姊妹来。得三太太信。晚胡成才来。夜得玄同信。雨。

二十二日　昙,午后雨。同季市、寿山往西吉庆午饭,又同游公园。

二十三日　绵雨终日。

二十四日　雨。上午寄吕云章信。寄梁社乾信。寄三弟信。

二十五日　雨。上午复白波信。收十二年十月、十一月奉泉八十三元。寄李小峰稿[4]。得杨遇夫信,附鲍成美稿。下午有麟来。校印稿彻夜。

二十六日　昙。星期休息。上午得韦素园信并稿。得曹靖华信。下午张目寒及汪君来。晚金仲芸来。

二十七日　雨。上午往太和殿检查文溯阁书[5]。午后霁。下午鲁彦来。得许广平信并稿。得韦丛芜信并稿。长虹来。

二十八日　晴。午后往东亚公司买《ユカリ》一本,三元。往中央公园。下午霁野、素园来。许广平、许羡苏、王顺亲来。晚仲芸、有麟来。小雨。

二十九日　雨。上午往保和殿检书。午后霁。晚有麟来。夜雷雨。

三十日　晴。上午寄许广平信。午后得三太太信。夜衣萍来。得梁社乾信。

三十一日　晴。上午往保和殿检书。夜衣萍来。有麟来。夜雨即霁。得三弟信,二十九日发。

*　　*　　*

〔1〕　《阿Q正传》英译者梁社乾索赠照片印入译本,故往同生照相馆照相。

〔2〕　是晚中央公园室外剧场放映电影《乱世英雄》(Scaramouche),美国大都会影片公司1922年出品。

〔3〕　即《论"他妈的!"》。后收入《坟》。

〔4〕　即《论睁了眼看》。后收入《坟》。

〔5〕　往太和殿检查文溯阁书　原沈阳文溯阁藏《四库全书》,于1914年运到北京存太和殿、保和殿。1925年7月16日张作霖致电段祺瑞政府要求送还,于8月8日运到沈阳。鲁迅参加了启运前的检查工作。

八　月

一日　昙,上午大雨。往保和殿检书。午后访韦素园不值,留书而出,附有致丛芜笺并译稿。访李小峰。下午季市来。鲁彦及其夫人来。得重久君信,二十六日东京发。霁。晚吕云章来。夜雨。

二日　雨。星期休息。上午寄李小峰信。寄三弟信。下午晴。品青来,赠以《百喻法句经》一本。有麟、仲芸来。晚长虹来。璇卿、钦文来并见赠火腿一只、茗一合。

三日　晴。上午得韦素园信并稿。得李遇安信并稿。

四日　昙。上午寄李小峰信。下午长虹来。钦文来。目寒来。有麟来。

五日　晴。上午得尚钟吾信。午后同齐寿山往公园,下午季市亦至。晚长虹来。有麟、仲芸来。夜柯仲平来。

六日　昙。午后往商务印书馆取豫约之《清仪阁古器物文》一部十本。下午璇卿、钦文来。晚寄韦丛芜信。寄李小峰稿[1]。

七日　晴。午同寿山、季市往公园。下午赴女子师范大学维持会。[2]夜有麟来。

八日　昙,午雨。下午赴女师大维持会。[3]夜钦文来。得培良信,八月廿日衡阳发。

九日　昙。星期休息。上午得有麟信。寄胡成才信。寄尚钟吾信。耕南及其夫人来。午后有麟来。下午钟吾、长虹来。晚陈斐然来。

十日　昙。上午往北京大学取去年七至九月分薪水泉共五十四。午后往女师大维持会。[4]晚霁野、素园来。有麟来。长虹来。

十一日　晴。上午寄韦素园信。寄伊法尔信并小说十四本。午后往北京饭店访王希礼,已行。往东亚公司买《支那童話集》、《露西亜文学の理想と現実》、《賭博者》、《ツアラトウストラ》、《世界年表》各一本,共泉十元二角。下午赴女

师大维持会。[5]晚有麟、仲芸来。夜钟青航来,似已神经错乱。

十二日　晴。午后往留黎厂。下午往维持会。[6]晚张目寒来。吴季醒来。夜得三弟信,八日发。衣萍寄赠《深誓》一本。紫佩属其侄德沅送赠笋干及茗。

十三日　昙。午赴中央公园来今雨轩之猛进社[7]午餐。午后赴维持会。[8]晚有林、仲芸来。夜子佩来。

十四日　晴。我之免职令发表。[9]上午裘子元来。诗荃来。季市、协和来。子佩来。许广平来。午后长虹来。仲侃来。高阆仙来。下午衣萍来。小峰、伏园、春台、惠迭来。潘企莘来。徐吉轩来。钦文、璇卿来。李慎斋来。晚有麟、仲芸来。夜金钟、吴季醒来。得顾颉刚信。

十五日　大雨,上午止。得吕云章信。得台静农明信片。午矛尘来。品青来。下午赴女师大维持会。[10]晚往中央公园,为季市招饮也。

十六日　晴。午后有麟、仲芸来。耕南夫人归天津去。下午洙邻来。子佩来。

十七日　晴。上午得韦素园信。王仲猷、钱稻孙来。午徐思贻来。季市来。午后赴女师大维持会。[11]张靖宸来,未遇。王品青、李小峰来,未遇,留《春水》一本,合订《语丝》五本。晚往公园,寿山招饮也,又有季市及其夫人、女儿。夜韦素园、李霁野来。得三弟信,十五日发。

十八日　晴。上午寄三弟信。往维持会。[12]午后访季市。访子佩。下午得车耕南信。得高歌信。钟吾、长虹来。

晚得季市信。常维钧来。

十九日　晴。上午访季市。访幼渔。赴维持会。[13]夜大雨。

二十日　晴。上午寄顾颉刚信。访季市，午后同至寿山家，而芦舲亦在，饭后又同至中央公园茗饮。晚长虹来。有麟来。夜子佩来。

二十一日　晴。上午李遇安来访，未见，留函并晚香玉一束而去。访季市。

二十二日　昙。上午得培良信。素园、霁野同来。午季市来。有麟来。得白波信并稿。下午微雨。得任子卿信。

二十三日　星期。雨。上午访季市。午后访士远。晚小峰、品青来。夜长虹来。

二十四日　晴。上午季市来。鲁彦来。午伏园、春台来。午后长虹来。有麟来。夜寄任子卿信。寄台静农信。得三弟信，二十一日发。

二十五日　晴。上午赴维持会。[14]午后访季市。夜有麟来。

二十六日　晴。上午往邮局汇日金二十二圆。往东亚公司买《革命と文学》一本，一元六角。访齐寿山，又同至德华医院看李桂生病。午后得培良信。下午季市来。子培来。诗荃来。汪静之及衣萍、曙天来，并赠酒一瓶。夜寄H君信。

二十七日　晴。上午张仲苏来。赴维持会。[15]夜潘企莘来。

二十八日　昙。上午访季市，不值。午后长虹来。子佩来。晚建功、伏园来。[16]夜雨。

二十九日　昙。下午晴。季市来。裘子元来。

三十日　星期。晴。上午赴维持会。[17]下午雨。夜李霁野、韦素园、丛芜、台静农、赵赤坪来。[18]

三十一日　晴。上午赴平政院纳诉讼费[19]三十元,控章士钊。访季市不在。午后寄三弟信。下午季市来。

＊　　　＊　　　＊

〔１〕　即《女校长的男女的梦》。发表于《京报副刊》,后收入《集外集拾遗》。按:8月间孙伏园在太原开会,《京报副刊》由李小峰代编。

〔２〕　赴女子师范大学维持会　8月1日女师大校长杨荫榆依恃北洋政府宣布解散该校四个班级,亲率保安警察及打手驱逐在校学生。8月5日学生自治会召开全体同学大会,决议敦请本校教职员及社会关心教育人士与同学共组校务维持会,进行各项校务,拒绝解散令,驱逐杨荫榆。本日下午五时召开校务维持会,鲁迅前往参加。

〔３〕　赴女师大维持会　本日鲁迅到会,与马裕藻、孙逢祯、张贻惠、谢循初、文元模等发起于10日举行全校教员会议。

〔４〕　往女师大维持会　本日会议商讨善后补救学校之法。出席者教员十四人,学生三十余人。会上议决女师大校务维持会实行委员制,并规定委员名额。

〔５〕　赴女师大维持会　下午三时,女师大校务维持会开会。教员出席者有鲁迅等十四人,学生到会者三十余人。会上票选鲁迅等九位教员为该会委员,学生方面十二名委员由自治会职员轮流担任。因手续未完备,本日未公布选举结果。

〔６〕　往维持会　女师大学生自治会午后举行全体学生紧急会

议,鲁迅等四位教员应邀出席。会上由自治会职员报告与有关方面交涉经过以及各校援助情况,并决定会后的工作方针。

〔7〕 猛进社 文艺社团,1925年3月成立于北京,主要成员有徐炳昶、李宗侗等。出版《猛进》周刊。鲁迅支持该社,曾在《猛进》周刊发表《十四年的"读经"》、《碎话》及《通迅》(致徐旭生)。

〔8〕 赴维持会 会上鲁迅被正式推举为女师大校务维持会委员。

〔9〕 我之免职令发表 因鲁迅支持女师大学潮,教育总长章士钊以"结合党徒,附和女生,倡设校务维持会,充任委员"为由,于8月12日呈请段祺瑞执政府免去鲁迅教育部佥事职务,13日段祺瑞照准。

〔10〕 赴女师大维持会 下午二时女师大校务维持会在该校大礼堂向社会各界人士揭露章士钊、杨荫榆密谋停办女师大的真相。留日学生回国代表、北京学生联合会代表、北京各校沪案后援会代表、广州学生联合会代表相继发言,指出女师大问题实为中国全国教育界之问题,章士钊之解散女师大,即为摧残全国教育之初步,并提议组织各界驱章大同盟及女师大毕业生后援会。

〔11〕 赴女师大维持会 本日会上由女师大学生自治会、家长及保证人联席会、女师大校务维持会、北京各校沪案后援会、女师大毕业生后援会、北京学生联合会、上海学生总会等单位组成驱章大同盟。会上鲁迅提议本校物件不准教育部接收。

〔12〕 往维持会 会议决定:一、本月25日开始招考新生;二、因章士钊上段祺瑞呈文措词有辱女生人格,女师大在京学生联名具状向法院控告章士钊。

〔13〕 赴维持会 是日上午,章士钊令教育部专门教育司司长刘百昭率武装巡警和教育部部员强行接收女师大,与学生发生冲突。学

生七人受伤,各校、各团体代表十四人被捕。当晚校务维持会举行会议讨论应付办法,直至深夜。

〔14〕 赴维持会 继 19 日后,刘百昭又于 20 日、22 日两次率众进占女师大。22 日下午,刘指挥流氓、女佣将学生强拖出校,强行接收。本日校务维持会讨论恢复学校及驱章办法,决定另租校舍,函告回籍学生返京,教员义务上课,由维持会筹募复课经费等事项。

〔15〕 赴维持会 由于女师大校舍被强占,校务维持会在报子街补习学校设临时事务所。

〔16〕 建功、伏园来 魏建功来访系邀请鲁迅往黎明中学任教。

〔17〕 赴维持会 这时女师大捐募的经费,已足敷本年之用;校舍也已觅得,即日着手修理;并先后聘定若干教授任教。本日会上决定一面上课,一面联合各团体进行倒章(士钊)运动。

〔18〕 是夜李霁野等来访时鲁迅发起组织未名社。

〔19〕 赴平政院纳诉讼费 平政院,北洋政府设立的专门处理行政诉讼的机构。8 月 22 日鲁迅向平政院控诉章士钊违法免去他的教育部佥事职务,本日据平政院通知前往缴纳诉讼费。

九 月

一日 晴。上午往山本医院。访季市。下午霁野、赤坪、素园、丛芜、静农来。夜刘升送来奉泉六十六元。有麟、仲芸来。小酩来。

二日 晴。上午吕剑秋来。下午小峰、伏园、春台、惠迭来。晚仲侃来并赠笔十二支。

三日 晴。上午得陶璇卿、许钦文信,八月二十八日台州发。寄李小峰信。午幼渔来。夜得任子卿信,一日奉天发。

四日　昙。上午邹明初来。访季市。午鲁彦及其夫人来。午后常维钧来并赠《京本通俗小说》第廿一卷一部二本。晚季市来。寿山来。

五日　昙。上午诗荃来。杨遇夫来。宋孔显来。下午往山本医院。李宗武来。章矛尘来。已燃、长虹来。

六日　星期。晴,风。上午孙尧姑来。高君风来。下午往山本医院。夜得子佩信。

七日　晴。上午往北大。访幼渔。[1]买《海纳集》一部四本,泉五元五角。夜建功来。得王品青信。得许广平信并稿。

八日　昙。上午访季市。浴。下午得峰簸良充信并季市介绍片。

九日　晴。上午往北大取去年十月分薪水泉十。往东亚公司买《ケーベル博士小品集》、厨川白村《印象记》、《文芸管见》各一部,共泉四元五角。下午素园、丛芜、赤坪、霁野、静农来。峰簸良充来。季市来。小峰、学昭、伏园、春台来,并赠《山野掇拾》一本。夜长虹来。夜半大雷雨。

十日　昙。上午往校务维持会。午后往黎明中学[2]讲。下午有麟、仲芸来。雨。

十一日　晴。上午季市来。子元来。下午雨。晚得幼渔信。有麟来。

十二日　晴。上午得三弟信,九日发。收《ツアラツストラ解釈并びに批評》一本,H君所寄。午后往女师大教务委员会。[3]晚寿山来。

十三日　星期。晴,风。上午寄三弟信。高君风来。郑介石来。裘子元来。有林来。下午子佩来。李小峰来。寿山来。晚王品青来。得钦文信。

十四日　晴。午后长虹来。往女师大。下午素园、丛芜、静农、霁野来。夜小峰来。

十五日　晴。午后访李小峰。往东亚公司买《支那詩論史》一本，《社會進化思想講話》一本，共泉四元。下午访季市。夜有麟来。得徐旭生信。

十六日　晴。午后钟吾来。下午往女师大。晚峰簌君来。夜收教育部奉泉四十。

十七日　晴。上午得任子卿信。得冯文炳信。午后往黎明中学讲。下午往女师大。晚访季市，不值。往石田料理店应峰簌良充君之招饮，座中有伊藤武雄、立田清辰、重光葵、朱造五及季市。夜寿山来。

十八日　晴。上午往大中公学[4]讲。访李小峰取《苏俄之文艺论战》十本，又见赠《徐文长故事》二本。下午长虹来。季市来。夜有麟来。丛芜来。霁野来。

十九日　晴。午后往外国语校[5]。得寄野信。下午幼渔来，未遇。

二十日　星期。晴。上午寄李玄伯稿[6]。复孟云桥信。寄任子卿信。有麟来。子佩来。午后往外语专校监女师大入学试验。晚学昭、曙天、春台、衣萍、伏园、惠迭来。夜阅卷。得诗荃信。

二十一日　昙。晨赴女师大开学礼式[7]。夜得春台信。得三弟信并文学研究会[8]版税五十元，十九日发。得有麟信。夜小雨。

二十二日　昙。下午季市来。晚长虹、有麟来。收教育部奉泉四十。

二十三日　晴。上午往中国大学[9]。午后发热，至夜大盛。[10]得楼亦文信。

二十四日　晴。上午裘子元来。晚有麟来。素园、寄野来。服规那丸。

二十五日　晴。上午往山本医院诊。访季市。得丛芜信。晚有麟来。高阆仙来。夜得王品青信。得章锡琛寄赠之《新文学概论》一本。

二十六日　晴。上午复楼亦文信。复韦丛芜信。得洙邻信。午后访李小峰。往东亚公司买《支那文化の研究》一本，《支那文学史綱》一本，《南蛮广记》一本，共泉九圆三角。夜长虹来并赠《闪光》五本，汾酒一瓶，还其酒。夜小雨。品青来。

二十七日　星期。晴。上午往山本医院诊。访季市，不值。途遇吴雷川先生，至其寓小坐。下午鲁彦及其夫人、孩子来。晚长虹来。

二十八日　昙。上午季市来。往女师大维持会。[11]下午季市来。给紫佩信。寄洙邻信。得李遇安信。夜子佩来。得钦文信并书面画[12]一枚，陶璇卿作。

二十九日　晴。上午寄三弟信。寄吕云章信。寄钦文信并《苏俄的文艺论战》三本，又寄赠章锡琛一本。往山本医院诊。午访季市。夜得任子卿信。得黄鹏基信并稿。夜雨。

三十日　雨。午后幼渔来。

＊　　＊　　＊

〔1〕　访幼渔　女师大校务维持会赁得宫门口里南小街宗帽胡同十四号校舍后,随即筹备开学。本日鲁迅往访马幼渔,商谈有关文科教学事宜。

〔2〕　黎明中学　五卅运动中由魏建功等创办的一所学校,李宗桐任校长。鲁迅应魏建功之请任该校高中文科小说教员,本日起往讲,本年12月中旬辞职。

〔3〕　往女师大教务委员会　13日女师大开始招收新生,本日会上议决:招收文理预科新生各一班,各级插班生共二十六人。

〔4〕　大中公学　1924年创办,由蔡元培兼任校长,五卅运动后与北大"沪案后援会"创办的五卅学校合并。鲁迅本年9月至11月兼任该校高中新文艺学科教员。

〔5〕　外国语校　即私立北京外国语专门学校,马叙伦、宋春舫等创办,校址在西城东斜街。女师大本月18日至20日借该校举行新生入学考试,鲁迅前往察看,次日考博物学科,又往监考。

〔6〕　即《并非闲话(二)》。后收入《华盖集》。

〔7〕　女师大开学礼式　女师大在新址举行开学典礼,到会者二百余人。鲁迅在会上讲话。

〔8〕　文学研究会　文学团体,1921年1月成立于北京,由沈雁冰、郑振铎、叶圣陶等发起。该会编辑的《小说月报》、《文学旬刊》、《文学研究会丛书》、《小说月报丛刊》等都曾收载鲁迅的著译。

〔9〕　中国大学　原名国民大学,由孙中山创办,1913年成立,1917年改名中国大学。校长初为宋教仁,1925年时为王正廷。鲁迅本

年9月至次年5月兼任该校本科小说学科教师。

〔10〕 肺病复发,至次年1月初转愈。

〔11〕 往女师大维持会 是日女师大校务维持会举行教务会议讨论课程安排问题,并决定10月5日开学。

〔12〕 书面画 指许钦文的小说集《故乡》封面画。参看本卷第594页注〔1〕。

十　月

一日　晴。晨寄钦文信。寄李小峰信。上午往山本医院诊。下午郑介石来。晚长虹、钟吾来。收十二年十一月分奉泉九十三元,又十二月分百有五元。夜静农来。素园、霁野、丛芜、赤坪来。

二日　晴。旧历中秋。下午曙天、衣萍、品青、小峰及其夫人来。夜有麟来。

三日　晴。午后往山本医院诊。下午胡成才来。魏建功来并交黎明中学薪水六。

四日　星期。晴。上午收大中公学薪水泉八角。下午季市来。夜得沈琳、翟凤鸾信及其家书。得伏园、春台信。

五日　晴。上午寄还沈、翟家书。复春台信。午访季市,同至西安饭店访峰簌君,已往张家口。得王顺亲信。下午往山本医院诊。

六日　晴。上午往师范大学收去年薪水九月分五元,十月分四十五元,十一月分四十二元。往商务馆收板税泉五十,买《Art of Beardsley》二本,每本一元七角。午得三弟信并《故乡》画面[1]。

七日　昙。上午寄韦丛芜信。寄任子卿信。寄三弟信。往中国大学讲。午晴。得台静农信。下午往小峰家取《中国小说史略》[2]二十本，《呐喊》五本，《陀螺》八本。收教育部奉泉三十三元，十三［二］年十二月分。晚胡成才来，赠以《说史》一本，《俄文艺论战》一本。夜阅试卷。

八日　晴，风。上午赴女师大交试卷。致季市信并赠《小说史》两本，《陀螺》一本。午后往黎明中学讲。往山本医院诊。夜季野来。得吕云章信。

九日　晴。上午往大中公学讲。往李小峰寓买《苏俄的文艺论战》四本，一元。午后往女师大讲。王捷三寄赠照相一张。寄锡琛、西谛、谭正璧以《小说史》各一本，钦文以《小说史》、《陀螺》各一本，璇卿以《Art of Beardsley》一本。下午季市来。晚小峰、品青来，并赠《孔德学校旬刊》合本一本。柯仲平来。

十日　晴。上午以校稿[3]寄素园。下午素园、丛芜来，赠以《小说史》、《陀螺》各一本。

十一日　星期。晴。夜得小峰信。

十二日　晴。下午长虹、培良来，赠以《小说史》各一本。季市来。晚衣萍来。

十三日　晴。上午往女师大讲。鲁彦来。午衣萍来，托其寄小峰信并稿[4]。下午得台静农信并稿。晚丛芜来。夜得钦文信。得H君信。得平政院通知[5]，即送紫佩并附信。得王品青信并《模范文选》（上）一本。

十四日 晴。上午往山本医院诊。往东亚公司买《西藏遊记》一本，二元八角。夜得钦文信。得谭正璧信并《中国文学史大纲》一本。得金仲芸信。

十五日 晴。午后往黎明讲。下午紫佩来。钟吾来。晚潘企莘来。夜齐寿山来。

十六日 晴。晨寄黄鹏基信。寄吕云章信。复刘梦苇信。上午往大中讲。访小峰。下午紫佩来，赠以《小说史略》、《苏俄文艺论战》各一本。收三弟所寄文稿一篇。夜有麟来。

十七日 晴。上午寄三弟信。往山本医院诊。访季市，遇范文澜君，见赠《文心雕龙讲疏》一本。得三弟信，十四日发。得吕云章信。夜风。

十八日 星期。昙。晚长虹来。夜素园、静农、霁野来，付以印费二百[6]。

十九日 晴。下午季市来。晚子佩来。曹靖华赠《三姊妹》一本，小酩持来。

二十日 晴。上午季市来。午访韦素园，不遇。访齐寿山，又同访董雨苍，观其所藏古器物。买车毯一，值泉十二元二角。

二十一日 晴。上午往中大讲。往前门外买帽。得刘策奇信并稿。下午郑介石来。

二十二日 晴。午后往黎明讲。往山本医院诊。下午品青、小峰、衣萍来。伏园、春台来。晚迁住北屋。夜校杂感[7]。

二十三日　晴。上午往大中讲。午后往女师校讲。下午迁回原屋。鲁彦、有麟来。

二十四日　昙。郁达夫来。下午季巿来。得常燕生信。

二十五日　星期。晴。上午寄紫佩信。丛芜来。子元来。下午王希礼来,赠以《苏俄文艺论战》及《中国小说史略》各一本。晚齐寿山来并赠土偶人一枚。

二十六日　晴。下午季巿来。晚素园、季野、静农来。夜得和森信,二十三日发。

二十七日　晴。上午得尚钟吾信并稿。午后培良、长虹来。下午季巿来。

二十八日　晴。上午往中大讲并收九月分薪水泉五。买《淮南旧注校理》一本,《经籍旧音辨证》一部二本,各八角四分。寄裘子元信。午裘子元来并交女师大旧欠十三元五角。尚钟吾来。得有麟信并稿。下午往六国饭店访王希礼,赠以《语丝》合订本一及二各一本。往西交民巷兴华公司买鞋,泉九元五角。晚李福海君来。得吕云章信。寄女师大信。寄齐寿山信。矛尘来。

二十九日　晴。午后往黎明讲。往山本医院诊。下午得寄野信,即复。朋基来。

三十日　晴。上午寄季巿信。往大中讲。买《天马山房丛著》一本,一元二角。午后访小峰,取《小说史略》五本。得钦文、璇卿信,十七日发。往女师大讲。收黎明薪水八。

三十一日　晴。晚邀寿山、季巿饭。

* * *

〔1〕 《故乡》画面 《故乡》,许钦文著短篇小说集,封面采用陶元庆作的水彩画《大红袍》。此画原寄上海商务印书馆印制未果,故鲁迅嘱周建人寄回,改由北京财政部印刷局印制。

〔2〕 《中国小说史略》 指北新书局印行的合订本。

〔3〕 即《出了象牙之塔》清样。以下11月6日、13日、17日、19日条中的"校稿"、"印刷稿"皆同。

〔4〕 即《小说的浏览和选择》及《译后附记》。《小说的浏览和选择》,论文,俄国拉斐勒·开培尔作,鲁迅译文发表于《语丝》周刊第四十九、五十期(1925年10月19、26日),后收入《壁下译丛》;《译后附记》现编入《译文序跋集》。

〔5〕 平政院通知 本日平政院送来章士钊答辩书副本,要求鲁迅在5日内答复。

〔6〕 印费二百 指交付未名社的开办费。

〔7〕 指校阅《热风》清样。

十一月

一日 星期。晴。上午收十二年十二月分奉泉六十六元。午后诗荃来辞行,赴甘肃也。下午收大中校薪水三元二角。晚裘子元来并交女师大欠薪四十八元。夜得三弟信,十月二十七日发。得新女性社信。[1]小雨。得有麟信并稿。

二日 晴。上午访韦素园。访小峰取泉百。往北大讲。午后风。往女师校教务会议。

三日 晴,风。上午往女师校十七周年纪念会。晚访张凤举,见赠造象题记残字拓片一枚,云出大同云冈石窟之露天佛以西第八窟中。

四日　晴。上午往中大讲。往山本医院诊。夜素园、季野来。

五日　晴。午后往黎明讲。访李小峰。访张凤举。往东亚公司买《近代の恋愛観》、《愛慾と女性》、《創造の批評論》各一本,泉五。夜得尚钟吾信,二日罗山发。

六日　昙,午后晴。往女师大讲。晚寄季野信并校稿。夜有麟来。长虹、培良来。

七日　晴。上午季市来。得胡萍霞信,三日孝感发。下午寄钦文信。寄幼渔信。得三弟信,十月卅一日发。

八日　星期。晴。上午得张凤举信。许广平、陆秀珍来。午矛尘来。品青来。

九日　晴。上午往北大讲。午后访徐旭生。

十日　雨。上午〔后〕往女师大讲。

十一日　雨。午后季市来。往女师大教务会议。[2]下午得钦文信。晚寿山来。

十二日　晴。午后往黎明讲。往山本医院诊。下午理发。

十三日　晴。上午往大中讲。访李小峰。往东亚公司买《犬・猫・人間》一本,一元五角。午后往女师大讲。下午寄朱宅贺礼泉十元。紫佩来。晚季市来。夜有麟来。风。校印刷稿。

十四日　晴。上午得丛芜信并稿。下午曙天、衣萍、品青、小峰来,并赠《热风》四十本。夜素园、季野来。得黄鹏基信并稿。

十五日　星期。晴。下午出外闲步。

十六日　晴。上午往北大讲。下午寄霁野信。季市来。夜得汤鹤逸信。

十七日　晴。上午转寄胡萍霞信于王剑三。寄李小峰信。往女师大讲。午阴。下午得素园信并校稿。晚子佩来。

十八日　晴。上午往中大讲并取十月分薪水泉十。午后阴。夜收《鸟的故事》四本。

十九日　晴。上午得李季野信并校稿。午后往黎明讲。晚得钦文信并《往星中》之书面画[3]，十一日发。

二十日　晴。晨得张凤举信。上午往大中讲。访韦素园，未遇。访李小峰，见赠《竹林故事》二本。寄李玄伯稿[4]。下午往女师大讲。夜有麟来。大风。

二十一日　晴。上午季市来。午后往精华印书局定印图象[5]，付泉十。往直隶书局买《金文编》一部五本，七元；《曹集铨评》一部二本，二元四角；《湖北先正遗书》零种三种五本，三元。往师大取去年十一月分薪水三元，十二月分者十三元。下午李季谷来。夜向培良、黄鹏基来。

二十二日　星期。晴。上午得凤举信。下午王品青来。夜得有麟信。

二十三日　晴。上午访[往]北大讲。午访韦素园，其在[在其]寓午饭。寄张凤举信。

二十四日　晴。上午往女师大讲。下午寄新女性社文一篇[6]。寄许钦文信并《热风》二本。寄三弟信并《热风》三本,丛芜小说稿一篇。

二十五日　晴。上午往中大讲。下午得三弟信,二十日发。夜衣萍来。素园、静农、季野来。

二十六日　晴。上午得向培良、黄鹏基信。午后往黎明讲。得韦素园信。下午矛尘来。寄妇女周刊社信并稿[7]。晚子佩来。得衣萍信。得顾孟余信。

二十七日　晴。上午往大中讲。访李小峰。午后风。往女师大讲。沈尹默赠《秋明集》二本。夜风。有麟来。伏园、春台、惠迭来。

二十八日　晴。晨寄三弟信。上午季市来。寄赠洙邻《小说史略》一本。午后往山本医院诊。往教育会[8]俟顾孟余不至。晚访李小峰。夜培良来。从精华印书局所制铜板五,锌板六,其价为十六元六角六分。得顾孟余信。

二十九日　晴。上午往教育会访顾孟余。午访韦素园。访李小峰。下午季市来。品青来。曙天、衣萍来。夜译《自然主义之理论及技巧》[9]讫。

三十日　晴。上午往北大讲。访李小峰,见赠《大西洋之滨》二本,又交泉百。访韦素园。下午季市来,同至女师大教育维持会送学生复校[10]。晚大风。季市来。夜有麟来。伏园来并还《越缦堂日记》二函,春台同来并赠《大西洋之滨》一本。

＊　　＊　　＊

［1］　得新女性社信　章锡琛为创办《新女性》月刊,向鲁迅约稿。

〔2〕 往女师大教务会议　会上讨论旧生复学问题。

〔3〕 《往星中》之书面画　陶元庆应鲁迅之托而作。

〔4〕 即《十四年的"读经"》。后收入《华盖集》。

〔5〕 定印图像　即定制《出了象牙之塔》封面及插图的铜、锌版。

〔6〕 即《坚壁清野主义》。后收入《坟》。

〔7〕 即《寡妇主义》。后收入《坟》。

〔8〕 教育会　指北京教育会，会长顾孟余，会址在北长街。

〔9〕 《自然主义之理论及技巧》　论文，日本片山孤村作，鲁迅译文后收入《壁下译丛》。

〔10〕 女师大复校　1925年11月底，北京工人、学生及各界民众为要求关税自主，举行示威游行，提出"驱逐段祺瑞"的口号；段祺瑞集团的官员纷纷潜逃。本日，在北京女师大校址另办的"国立女子大学"学生得知章士钊已逃往天津，即倡议女师大复校，并公推代表十余人往宗帽胡同欢迎女师大学生返校。下午女师大学生六十余人在鲁迅等教员护送下返回原校，并发表取消女子大学，恢复女师大的复校宣言。

十二月

一日　晴，大风。上午得钦文信。得季野信。得有麟信。午后往女师大开会，后同赴石驸马大街女师大校各界联合会，其校之教务长萧纯锦嗾无赖来击。[1]夜素园、季野、静农来。得培良、朋其信。

二日　晴。上午得季市信并稿。午后赴师大取十二月分薪水十四。往国民新报馆[2]。

三日　晴。午后往黎明讲。往北大取去年十一、十二月分薪水三十一元。访李小峰,见赠《徐文长故事》四集两本。往东亚公司买《芸術と道德》、《続南蛮広记》各一本,共泉四元八角。晚得培良信并稿。衣萍来。夜作《出了象牙之塔》跋[3]讫。

四日　晴。晨寄衣萍信,即得复。上午季市来。得季野信,下午复。往山本医院诊。往女师校。夜译书校稿。

五日　晴。上午得季市信。午寄培良信。下午丛芜来。寄林语堂信。

六日　星期。晴,风。下午得邓飞黄信,即复。寄林语堂信。晚紫佩来,赠以合本《语丝》一及二各一本。夜培良来,假以泉十,赠《竹林故事》一本。

七日　晴。上午往北大讲。午后访李小峰,见赠《文学概论》二本。晚邓飞黄来。

八日　晴。上午得林语堂信。季市来。夜素园来别[4],假以泉四十。

九日　昙,风。上午往中大讲。晚得季市信并稿。

十日　晴。午后往黎明讲。往山本医院诊。

十一日　晴。午后往女师大讲。晚霞卿来。晚得季野信。濯足。

十二日　晴。上午得培良信。晚有麟来。夜季野、静农来。

十三日　星期。晴。午裘子元来。下午寄黎明学校信辞教课。寄有麟稿。

十四日　晴。上午得丛芜稿。往北大讲。访季野不值,留信而出。寄北大学生会稿[5]。致曲广均信并还稿。往东亚公司买合本《三太郎日记》一本，二元二角。夜得徐旭生信并稿。矛尘来。

十五日　微雪即霁。上午得季野信。得曲广均信。得朋其信。晚子佩来。夜得林语堂信并稿。风。

十六日　晴。上午往中大讲。午后得徐吉轩笺并教育部俸泉三十三元。得衣萍信。下午寄曲广均信。寄李霁野信。夜得李遇安信。得季市信。

十七日　晴。上午寄李遇安信。寄林语堂信。午后往北大二十七周年纪念会[6]。往女师大教务维持会。[7]夜得培良信。

十八日　晴。上午往女师大讲。夜静农、寄野来。

十九日　晴。午后往山本医院诊。夜得王振钧信，即复。得有麟信。

二十日　星期。晴。上午寄邹明初信。午后静农、丛芜、寄野来。季市来，托其以《热风》及《语丝增刊》各一本寄赠诗荃。夜风。柯仲平来。

二十一日　晨。培良来，未见，留赠《狂飙》不定期刊五本。上午往北大讲。李玄伯赠《百回本水浒传》一部五本。访小峰，见赠《微雨》二本。下午寄小峰信。晚紫佩来。

二十一[二]日　晴。上午得培良信。午后冯文炳来，未见。下午季野来。培良及郑君来。晚得曲广均信并稿。得李小峰信。夜得长虹信。得素园信。

二十三日　晴。上午往中大讲。下午寄邓飞黄信。寄有麟信。

二十四日　晴。上午访李小峰。季市来，未遇，留函而去。下午寄李玄伯信并稿[8]。得有麟信。晚季市来。

二十五日　晴。午后黎劭西来。晚衣萍、品青、小峰来。

二十六日　晴。上午得三弟信，二日发，又一函，五日发。午后往山本医院诊。下午往师范大学取薪水，而会计已散。往直隶书局买《春秋左传杜注补辑》一部十本，《名义考》一部三本，泉四。夜静农、丛芜、寄野来。有麟来。北京大学研究所[9]送来考古学室藏器摄景十幅，又明信片十二幅，又拓片四十三种。

二十七日　星期。昙，风。上午季市来。得钦文信，九日发。得语堂信。下午大风。

二十八日　晴，大风。上午往北大讲。访李霁野，收素园所还泉卅。

二十九日　晴。上午寄语堂信。得季市信。晚往女师大教务会议。夜得林语堂信并稿。

三十日　晴，风。上午往中大讲并收上月薪水泉十。得邓飞黄信。下午访李小峰。访台静农。往东亚公司买《近代美術十二講》一本，二元六角。

三十一日　晴。晚伏园、春台、惠迪来。夜有麟来。

＊　　＊　　＊

〔1〕　萧纯锦嗾无赖来击　本日下午二时女师大学生在校礼堂招待各界代表，报告复校经过，原女子大学教务长萧纯锦嗾使数十人捣

乱，为各界代表阻止。

〔2〕 国民新报馆　北京国民党左派主持的宣传机构，1925年底发行《国民新报》，由邓飞黄主编。鲁迅应该报之请与张凤举按月轮流值编《国民新报副刊》乙刊，是日往该馆即为讨论编辑《副刊》事。

〔3〕 即《〈出了象牙之塔〉后记》。现编入《译文序跋集》。

〔4〕 素园来别　韦素园将前往开封国民军第二军担任俄语翻译，次年3月回京。

〔5〕 即《我观北大》。后收入《华盖集》。

〔6〕 北大二十七周年纪念会　北大为纪念建校二十七周年，于17、18两日举行庆祝活动。是日下午在第三院大礼堂演出广东音乐、京剧等节目，并展出历代重要文物。

〔7〕 往女师大教务维持会　会上决定增聘史学科、体育科主任，续开补习班，拒绝女子大学家长代表"自派舍监"的要求等事宜。

〔8〕 即《碎话》。后收入《华盖集》。

〔9〕 北京大学研究所　1921年根据北京大学评议会第三次会议提出的《国立北京大学研究所组织大纲》成立，分自然科学、社会科学、国学、外国文学四个分支。1922年1月设国学门，其中有编辑室、考古研究室、歌谣研究会、风俗调查会、明清档案整理会、方言调查会等，在学校图书馆内还设有研究用的特别阅览室。

书　　帐

新俄文学之曙光期一本　〇・六〇　一月六日

支那馬賊惊面史一本　一・六〇

近代の恋愛観一本　二・〇〇　一月二十二日

百家唐诗选八本　二・四〇　一月二十三日　　　　　六・六〇〇

罗丹之艺术一本　一・七〇　二月三日

师曾遗墨第四集一本　一・六〇　二月十日

思想山水人物一本　二・〇〇　二月十三日

露国現代の思潮及文学一本　三・六〇　二月十四日

新旧约全书一本　一・〇〇　二月二十一日　　　　　九・九〇〇

别下斋丛书四十本　一四・七五〇　三月一日

佚存丛书三十本　一〇・五〇

清仪阁古器物文十本　一一・五〇

新俄美術大観一本　〇・七〇〇　三月五日

現代仏国文芸叢書六本　六・七二〇

最新文芸叢書三本　三・三六〇

近代演劇十二講一本　二・九〇〇

芸術の本質一本　二・三四〇

濯绛宧词一本　刘子庚赠　三月二十日

国语文法一本　黎劭西赠　三月二十三日

叛逆者一本　〇・六五〇　三月二十五日
小説研究十六講一本　二・一〇
学芸論鈔一本　一・八五〇　　　　　　　　五七・一五〇
乌青镇志二本　〇・七〇　四月十六日
广陵诗事二本　〇・五〇
北京之终末日一本　孙春台赠　四月二十六日
说文古籀补补四本　四・〇〇　四月二十九日　　五・二〇〇
抱朴子校补一本　高阆仙赠　七月七日
弘明集四本　一・〇〇　七月十四日
广弘明集十本　二・二〇
杂譬喻经五本　〇・六四〇
匋斋臧石记十二本　三・〇〇　七月十五日
师曾遗墨第五集一本　一・六〇
师曾遗墨第六集一本　一・六〇
由加里一本　三・〇〇　七月二十八日　　　一三・〇四〇
支那童話集一本　三・一〇　八月十一日
露西亜文学の理想と現実　二・〇〇
賭博者一本　一・五〇
ツアラトウストラ一本　二・四〇
最新世界年表一本　一・二〇
文学ト革命一本　一・六〇　八月二十六日　　一一・八〇〇
京本通俗小说第廿一卷二本　常维钧赠　九月四日
Heine's Werke 四本　五・五〇　九月七日
ケーベル博士小品集一本　二・〇〇　九月九日

604

印象記一本　　・・五〇
文芸管見一本　　一・〇〇
ツアラツストラ解釈并びに批評一本　一・二〇　九月十二日
社会進化思想講話一本　一・六〇　九月十五日
中国诗论史一本　二・四〇
支那文学史綱一本　二・二〇〇　九月二十六日
支那文化の研究一本　四・四〇
南蛮広記一本　二・五〇　　　　　　　　二四・三〇〇
Art of Beardsley 二本　三・四〇　十月六日
西藏遊記一本　二・八〇　十月十四日
经籍旧音辨证二本　〇・八四〇　十月二十八日
淮南旧注校理一本　〇・八四〇
天马山房丛著一本　一・二〇　十月三十日　　　九・〇四〇
云冈造象题记拓片一枚　张凤举赠　十一月三日
近代の恋愛観一本　二・一〇　十一月五日
女性と愛慾一本　一・九〇
創造的批評論一本　一・〇〇
犬・猫・人間一本　一・五〇　十一月十三日
金文编五本　七・〇〇　十一月二十一日
曹集铨评二本　二・四〇
嵩阳石刻集记二本　一・二〇
茅亭客话一本　〇・六〇
东轩笔录二本　一・二〇
秋明集二本　沈尹默赠　十一月二十七日　　一八・四〇〇

芸術と道徳一本　二・一〇　十二月三日

続南蛮広記一本　二・七〇

合本三太郎の日記一本　二・二〇　十二月十四日

春秋左传杜注补辑十本　三・〇〇　十二月二十六日

名义考三本　一・〇〇

北大考古学室臧器拓片四十三种　　北京大学赠

近代美術十二講一本　二・六〇　十二月三十日　　一三・六〇〇

　　总计一五九・一三〇,每月平匀一三・二六〇元。

日　记　十　五

一　月

一日　晴。夜往北大第三院观于是剧社演《不忠实的爱情》。[1]

二日　晴。午后往山本医院,值其休息。往女师大维持会。[2]紫佩、秋芳、品青、小峰来,均未遇。夜静农、霁野来。

三日　星期。晴。上午访季市。仲侃来,未遇,留赠茗二合。晚矛尘来。

四日　晴。上午得沈兼士信。往北大讲。午后访张凤举,赠我 H. Bahr:《Expressionismus》一本,磁小品一件,又为代买 M. Beerbohm:《Fifty Caricatures》一本,五元二角。往东亚堂买《アルス美術叢書》五本,共泉七元二角。夜朋其来,赠以《出了象牙之塔》一本。

五日　晴。上午往女师大讲。往山本医院诊。下午以《出了象牙之塔》三本寄陶璇卿、许钦文。寄张凤举以各人所投稿[3]。

六日　晴。上午寄三弟信。寄钦文信。寄戴敦智信。寄曲广均信。寄朋其以《自叙传略》。寄还贺云鹏稿。寄还有麟稿。往中大讲。下午季市来。晚收教育部奉泉十七元。

七日　晴。上午得寄野信。得李遇安信并稿。得曲广均信并稿。下午得培良信。下午伏园、春台来。晚季市来。夜荆有麟来别。

八日　晴。上午往女师大讲。

九日　晴。上午寄邓飞黄信。寄霁野信。下午季市来。晚衣萍、品青来。小峰来并交泉八十。夜得矛尘信。得李遇安信并稿。

十日　星期。晴。上午国民新报馆送来上月编辑费卅。季市来。午后培良来，交与泉十为长虹旅费。下午往女师大校务维持会[4]。晚半农至女师校来访，遂同至西吉庆夜饭，并邀季市。夜收《新性道德讨论集》一本，盖章雪箴寄赠。

十一日　昙。上午得梁社乾信。往北大讲。访李霁野。访李小峰。访张凤举，见赠厨川白村墓及奈良寺中驯鹿照象各一枚。下午得重久君明信片。紫佩来，还以泉五十，旧欠俱讫。

十二日　晴。上午往女师大讲。往师大取薪水，计前年十二月分十八元，去年一月分十一元。往直隶书局买严可均校道藏本《尹文子》及《公孙龙子》各一本，共八角；《词学丛书》一部十本，八元。上午寄邓飞黄信。寄曲广均信。寄凤举信。晚季市来。夜得孙伏园信。得静农信并稿。

十三日　昙。上午赴女师大校长欢迎会[5]。得季野信。夜静农来，交以《莽原》[6]稿并印费六十。往女师大纪念会[7]。得凤举信。

十四日　晴。上午寄霁野信。下午季市来。

十五日　昙。上午寄凤举稿[8]。往女师大讲。午同季市往西吉庆饭。下午赴各校教职员联席会议[9]。夜季野来。得尚钟吾信。濯足。

十六日　晴。上午往北大集合多人赴国务院索学校欠薪,晚回。晚得季市信。

十七日　星期。晴。上午得张光人信。寄李霁野信。柯仲平、宋紫佩来,未见。

十八日　昙,风。午后访李霁野,托其寄朋其稿费十二,遇张目寒,托其寄荫棠稿费二。访李小峰取《雨天之书》十本。下午往教育部。[10]

十九日　晴,大风。上午寄张凤举信。往女师大讲。晚紫佩来。寄品青信。夜培良来。

二十日　晴。上午得车耕南信。往中大讲。捐中大浙江同乡会泉五。收教育部薪水泉三十三元。夜得季市信并稿。

二十一日　晴。上午寄李静川信。寄凤举稿。寄霁野信并稿。得三弟信,十四日发。得品青信。得赵荫棠信。下午寄徐旭生信。得凤举信二函。夜靖农、霁野来。寄邓飞黄信。

二十二日　晴。上午往女师大讲。下午往东升平园理发并浴。夜得徐旭生信。风。

二十三日　晴。上午得钦文信,十五日上海发。得朋其信。得霁野信。晚品青来。

二十四日　星期。晴。上午得有麟信,十五日猗氏发。下午季市来。夜得小峰信。

二十五日　晴。上午往北大讲。午后访霁野。访小峰。夜收教育部奉泉卅三。

二十六日　晴。上午往女师大讲。寄小峰信并稿[11]。寄北大注册部试题。以书籍分寄厨川白村纪念会[12]、山本修二、许钦文、许诗荃。寄还陶璇卿画稿。午得姜华信。

二十七日　晴。上午往中大讲。得静农稿。

二十八日　晴。上午章矛尘来。下午收北大薪水二十一元，计前年十二月分十三元，去年一月分八元，矛尘代领。夜得曲广均稿。得爱华剧社索捐信。

二十九日　昙。上午寄张凤举稿[13]。往女师大讲并收本月薪水四十元五角。午往西吉庆饭。下午往师大取去年一及二月分薪水卅二元。往直隶书局买《拜经楼丛书》一部十本，四元二角。晚李静川来，付以印讲义纸费五元六角，钞写费十元，给工人二元。夜风。长虹来。

三十日　晴。下午季市来。晚子佩来。寄邓飞黄信。

三十一日　星期。晴。上午李季谷赠年糕一筐。午后品青、小峰来。下午曙天、衣萍来。夜得语堂信。寄还霁野稿等。静农、丛芜、善甫、霁野来。复林语堂信。

＊　　＊　　＊

〔1〕于是剧社　北京大学学生黄鹏基等组织的戏剧团体。《不忠实的爱情》，话剧，向培良作。1929年启智书局曾出版单行本。

〔2〕往女师大维持会　此次到会者有许寿裳、鲁迅、陈启修、马幼渔等十四人。会上提议由支持女师大维持会的教育维持会主席易培基任校长，经全体同意后即起草公函，并派代表四人敦促政府当局批准。

〔3〕 寄张凤举以各人所投稿 1月份的《国民新报副刊》乙刊由张凤举值编，故鲁迅将收到的稿件寄张处理。

〔4〕 往女师大校务维持会 到会者有鲁迅、许寿裳、冯祖荀、马幼渔、郑奠等八人。前议推举易培基任校长的提案已经阁议通过，会议决定召开欢迎校长就职会，并决定解散校务维持会，通过了《校务维持会交卸职务宣言》。

〔5〕 女师大校长欢迎会 为欢迎易培基校长举行大会，由许寿裳主持，鲁迅和许广平分别代表校务维持会、学生自治会致欢迎词，会后全体合影。

〔6〕 指《莽原》半月刊。是日鲁迅将审阅过的第二期稿交台静农带回编排目次付印，并垫付印费。

〔7〕 女师大纪念会 本日为女师大学生发表反杨宣言周年纪念，该校学生自治会举行文艺晚会。

〔8〕 即《有趣的消息》。后收入《华盖集续编》。

〔9〕 各校教职员联席会议 为反对北洋政府克扣教育经费和拖欠教工薪金，北京国立九校教职员本日召开联席会议，决定次日赴国务院联合索薪。鲁迅代表女师大出席了这次会议。

〔10〕 教育部于1月17日发表"复职令"："兹派周树人暂署本部佥事，在秘书处办事"，故鲁迅是日赴部复职。

〔11〕 即《学界的三魂》及该文《附记》。前者收入《华盖集续编》，后者见《华盖集续编·学界的三魂》注释。

〔12〕 厨川白村纪念会 全名为"故厨川博士纪念事业实行委员会"，由石田宪次、新村出等发起筹建，1924年7月在东京成立，设于东京帝国大学。鲁迅所寄书为《出了象牙之塔》和《苦闷的象征》中译本。

〔13〕 即《古书与白话》。后收入《华盖集续编》。

611

二　月

　　一日　晴。上午得培良信。得钦文信，二十一日发。得衣萍信。

　　二日　晴。上午季市来。衣萍来。寄小峰稿[1]。

　　三日　晴。午后往北大，在售书处买《中国文学史略》一本，《字义类例》一本，共泉一元。访季野。访小峰，不值。往东亚公司买《戯曲の本質》一本，《仏蘭西文学の話》一本，《日本漫画史》一本，共泉六元八角。访寿山。晚紫佩来。得广平兄信。

　　四日　晴。上午寄伏园稿[2]。得李遇安信并稿。下午陆晶清等来。季市来。东亚公司送来《アルス美術叢書》四本，共泉六元八角。

　　五日　晴。上午访季市。午前往中央公园来今雨轩俟季市、寿山、幼渔同饭。下午品青、小峰来交泉百。寄霁野信。得凤举信。得洙邻信。

　　六日　晴。上午得邓飞黄信。下午寄霁野信。复雷助翔信。复姜华信。寄李小峰稿。复凤举信。寄还甄永安稿。

　　七日　晴。星期。上午得钦文信，廿七日绍兴发。钟青航寄来照片一张。李静川来。下午寄霁野信。寄三弟信。得姜华信。晚季市来。得凤举信并稿费四元。夜静农、霁野来。培良来。

　　八日　晴。上午以《中国小说史略》一本寄藤冢君。寄钦文信并《国民新报副刊》一本。下午寄张凤举信。寄徐旭生信。晚得培良信并还衣服。甄永安来，不见，交到张秀中信并《晓风》一本。

九日　昙。午后往北大交试卷四本。赠平民夜校[3]书籍三本。访李小峰,见赠《吴稚晖学术论著》一本,买《儒林外史》一部,九角。下午季市来。夜得李霁野、台静农信并稿。风。

十日　晴,风。上午得徐旭生信。下午寄静农、霁野信。寄丛芜信。夜寄野、静农、丛芜来。

十一日　晴。上午得柯仲平信。夜微雪。

十二日　晴。晚长虹及郑效洵来。夜收教育部奉泉二百三十一元,十三年一月分。

十三日　旧历丙寅元旦。晴。上午得尚钟吾信并稿。下午长虹、效洵来。

十四日　星期。晴,大风。下午季市来,还以泉百。培良来。晚寄重光葵信。寄邓飞黄信。夜甄永安来。

十五日　晴。上午董秋芳来,赠饼饵两合,赠以《出了象牙之塔》、《雨天的书》各一册,《莽原》三期。得钦文信,七日发。下午寄凤举信。紫佩及舒来。郑介石来。得陶璇卿信并图案画一枚[4],四日绍兴发。夜甄永安来,未见。

十六日　晴。无事。

十七日　雨雪。下午得丛芜信并稿。夜得凤举信。大风。

十八日　晴。无事。

十九日　晴。上午寄霁野信。寄丛芜信。下午矛尘来假去《游仙窟》二本。夜得丛芜信并稿。至夜半成文一篇五千字[5]。

二十日　晴。午后寄凤举信。寄语堂信。游厂甸,买小本《陶集》、石印《史通通释》各一,共二元二角。夜霁野、静农、丛芜来。得李小峰信,附敬隐渔自里昂来函[6]。

二十一日　星期。昙,大风。上午得邓飞黄信并稿。

二十二日　晴。上午得长虹信并稿。午后大风。得语堂信。夜长虹来,假去泉十。

二十三日　晴。午后寄林语堂信。访李季野。往东亚公司买书九种,共泉二十四元八角。访齐寿山,不值。访张凤举。得章矛尘信并《唐人说荟》两函,代领北大薪水廿。得许季上信。夜柯仲平来。

二十四日　晴。上午寄霁野信。寄矛尘信。下午季市来。夜得洙邻信。培良来。

二十五日　晴。下午访齐寿山。晚访李霁野取《莽原》。

二十六日　晴。上午寄季市信。寄邓飞黄信。得许季上明信片。下午得钦文信并稿,十七日发。品青、小峰来。夜丛芜、霁野来。

二十七日　〔星〕晴。上午寄陶元庆信。寄朋其信并稿。复许季上信。濯足。下午得林语堂信并稿。寄韦丛芜信。寄许钦文信并《莽原》四本。寄敬隐渔信并《莽原》四本。夜重订旧书。

二十八日　星期。晴。上午得有麟信,二月九日发。得丛芜信。下午俞小姐来并送板鸭一只。仲侃来,未见。夜得害马[7]信。得寄野信。得小峰信。

＊　　＊　　＊

〔1〕 即《不是信》。后收入《华盖集续编》。

〔2〕 即《我还不能"带住"》。后收入《华盖集续编》。

〔3〕 指北京大学平民夜校,1920年1月20日成立。

〔4〕 图案画一枚　此画后用作《唐宋传奇集》封面。

〔5〕 即《狗·猫·鼠》。后收入《朝花夕拾》。

〔6〕 敬隐渔自里昂来信　敬隐渔在来涵中告知,他把鲁迅的《阿Q正传》节译为法文后,请罗曼·罗兰介绍发表;罗曼·罗兰读后表示赞赏,拟发表于《欧罗巴》杂志。还告知,罗曼·罗兰的评价原文已寄给创造社。后未见创造社刊物刊登。

〔7〕 害马　指许广平。在女师大风潮中,许广平等学生自治会职员被杨荫榆斥为"害群之马",故鲁迅以此戏称。

三　月

一日　晴。上午寄还赵泉澄稿。寄丛芜信。寄伏园信并三弟稿一篇。以一法国来信转寄长虹。下午幼渔来。衣萍来。寄小峰稿[1]。

二日　晴。上午访静农。访小峰,在其书店[2]买石印本《知不足〔斋〕丛书》一部,石印本《盛明杂剧》一部,《万古愁曲、归玄恭年谱》合刻一本,共泉四十一元六角。收三弟所寄《自然界》两本。

三日　晴。上午得三弟信,二月二十五日发。往中大讲并收去年十二月份薪水泉十。季市来。得董秋芳信。晚得钦文信,二月二十二日发。夜风。

四日　晴,风。上午寄张凤举信。访李小峰。晚子佩来。

五日　晴。下午小峰、伏园来。

六日　晴。晨寄霁野信。往女师大评议会[3]。上午得凤举信。旧历正月二十二日也,夜为害马剪去鬃毛。静农、霁野来。培良来。

七日　星期。晴。下午小峰来交泉百。季市来,同品青、小峰等九人骑驴同游钓鱼台。晚赴半农家饭,同席十人,有凤举、玄伯、百年、语堂、维钧等。得曲广均信。

八日　昙。上午矛尘来。得寄野信。收女师大二月分薪水泉二十元二角五分。夜雨。

九日　晴,风。上午寄霁野信。复董秋芳信。复曲广均信。往女师大讲。午季市招饮于西安饭店,同席有语堂、湘生、幼渔。下午得邓飞黄信并三月分《国民新报副刊》编辑费三十元。晚鲁彦来。

十日　晴,风。晨寄邓飞黄信并稿[4]。上午寄翟永坤信。寄李遇安信。往中国大学讲。午访台静农。访李小峰,收泉廿,在其寓午餐。

十一日　晴。上午寄寄野信。下午翟永坤来,付以稿费二。

十二日　晴。午后得寄野信,即复。晚紫佩来。

十三日　晴,风。上午得厨川白村会信。下午得季野信。得有麟信。

十四日　星期。晴,大风。下午长虹、培良来。晚寄邓飞黄信。

十五日　晴,风。上午往美术学校看林风眠个人绘画展览会[5]。访季市。下午得霁野信。夜霁野、静农来。寄陈仲骞信。静农还泉十。

十六日　晴。上午往女师大讲。游小市,买《汉律考》一部四本,一元。下午季市来。夜甄永安来。

十七日　晴。上午往中大讲。往平政院交裁决书[6]送达费一元。得霁野信并稿子。下午访李小峰。往《国民新报》编辑会。朱大枏、寋先艾来,未见。晚紫佩来。

十八日　晴。上午寄小峰信。下午有麟来并赠糖食三种。夜鲁彦来。得秋芳信。

十九日　雨雪。上午得凤举信,晚复。寄小峰信。校再版《苦闷之象征》稿[7]毕。

二十日　晴,风。下午培良来。晚得任国桢信,八日吉林发。

二十一日　星期。晴。下午季市来。曹靖华、韦丛芜、素园、台静农、李霁野来。冯文炳来。紫佩来。晚裘子元来。

二十二日　晴。午后往女师大评议会。晚季市来。寿山来。得三弟信,十六日发。

二十三日　晴。上午紫佩来。收师大薪水五十三元。午后访素园。访小峰。访寿山。往东亚公司买《愛と死の戯》一本,《支那上代画論研究》一本,《支那画人伝》一本,共泉七元四角。下午寄素园信。寄小峰信。晚紫佩来。夜长虹来。韦素园、静农、霁野来。

二十四日　晴。午后访季市。往孔德校。访齐寿山。晚子佩来。

二十五日　晴。上午赴刘和珍、杨德群两君追悼会[8]。得凤举信。得曲广均信并稿。下午品青来。季市来。

二十六日　晴。上午得伏园信。得钦文信,十五日台州发。下午赴女师大评议会。晚访子元,又同访季市。收教育部奉泉三元正。

二十七日　晴。上午季市来。午有麟来。下午小峰、衣萍来。霁野来。

二十八日　星期。昙。下午子佩来。以三弟信转寄小峰。寄任子卿信。得秋芳信。

二十九日　晴。上午入山本医院。[9]上午淑卿来。有麟来。下午紫佩来。夜寄霁野信。

三十日　晴。午后访裘子元,不值。下午收女师大薪水二十元二角五分。收小峰持来泉七十元,又还三弟者十三元。

三十一日　昙。上午往中国大学讲并收二月分薪水泉五。下午访韦素园等。访小峰。晚紫佩来。

＊　　　＊　　　＊

〔1〕　即《无花的蔷薇》。后收入《华盖集续编》。

〔2〕　指北新书局。

〔3〕　女师大评议会　该校研究和决定重大校务问题的最高机构,由校长、教务主任、总务主任和公选的教授代表组成。女师大复校后,重建评议会,鲁迅被推举为该会成员。

〔4〕　即《中山先生逝世后一周年》。后收入《集外集拾遗》。

〔5〕　林风眠个人绘画展览会　1926年3月10日起在国立艺术

专门学校举行,展期一周,展出作品四十幅。

〔6〕 平政院裁决书于本月23日下达,宣布章士钊对鲁迅"呈请免职之处分系属违法,应予取销"。31日,国务总理贾德耀"训令"教育部执行。

〔7〕 校再版《苦闷之象征》稿 《苦闷的象征》初版售罄,1925年10月起鲁迅着手再版准备工作。是日校毕,4月初出书。

〔8〕 刘和珍、杨德群追悼会 为悼念三一八惨案牺牲的刘和珍、杨德群二烈士,女师大师生于是日举行追悼大会。鲁迅赴会,并于4月1日作《记念刘和珍君》。

〔9〕 当时《京报》披露段祺瑞执政府于3月26日密令通缉鲁迅等文化教育界人士四十八人,鲁迅入山本医院暂避,至4月8日返回。

四 月

一日 晴。下午季市来。

二日 晴。上午理发。得曹靖华信,午后复。季市来。下午寄紫佩信。寄长虹信。寄三弟信。晚紫佩来。

三日 晴。午后访霁野。访小峰,得再版《苦闷的象征》十五本。季市来。晚紫佩来。

四日 星期。昙。午后寄霁野信。下午有麟来。

五日 晴。上午得秦君烈信,即复。寄还李英群文稿。下午访季市,未遇。寄韦素园信。晚季市来。夜有麟来。紫佩来,托其代定石印《嘉泰会稽志及宝庆续志》一部,黄纸,计泉六元八角。

六日 晴。上午往女师大讲。回家。得韦素园信。得霁野信。下午访霁野。访小峰。仍至医院。从小峰收泉卅。晚寄小峰信。寄凤举信。晚紫佩来。夜有麟来。

七日 晴。上午寄培良信。寄伏园稿[1]。往中大讲。午后访季市。下午季市来。有麟来。

八日 昙,大风。上午得凤举信。午寄霁野信。午后得矛尘信。下午出山本医院。访季市。得长虹信。晚长虹来。夜得小峰信。

九日 晴。午后访霁野,不在寓。访小峰。往东亚公司买《美学》一本,《美学原論》一本,《有島武郎著作集》一至三各一本,绒布制象一个,共泉七元。访齐寿山,以绒象赠其第三子。夜紫佩来。

十日 晴。上午有麟来。季市来,即同访寿山。下午衣萍来。培良、芝圃来。紫佩来。有麟来。仲侃来,赠以《中国小说史略》一本。

十一日 星期。晴。上午得小峰信。下午长虹来。晚季市来。矛尘、伏园、春台来。

十二日 晴。上午往北大讲。午后访小峰。得钦文信,三月卅一日发。夜访季市。

十三日 晴。上午往女师大讲。得丛芜信,午复。寄李天织信。夜得长虹信。得霁野信。校印稿。[2]

十四日 晴。上午得田问山信并稿。往中大讲。午后寄伏园稿[3]。下午培良来。得丛无[芜]信,晚复之。夜得朋其信并稿。濯足。

十五日 晴。上午寄霁野信。寄朋基信。下午季市来,同访寿山。往山本医院。得季野信。晚移住德国医院。[4]

十六日　雨。下午淑卿来。寄凤举信。晚访寿山。

十七日　晴。上午回家一省视。往东亚公司买《有岛武郎著作集》第十一一本，《支那游记》一本，共泉二元五角。寄伏园信。寄霁野信。夜往东安饭店[5]。

十八日　星期。晴。上午往东安饭店。得董秋芳信。午有麟来。紫佩来。寿山来，同往德国饭店午餐。下午广平来。晚淑卿来。得钦文及元庆信，八日发。

十九日　昙，风。上午有麟来。得季野信。

二十日　晴。上午淑卿来。有麟来。得小峰信。访寿山。午寄霁野信。午后访小峰。回家一省视。

二十一日　晴。上午淑卿来。回家省视，夜至医院。得三弟信，十四日发。

二十二日　昙。上午寿山来。晚淑卿来。得培良信并稿，十七日杨柳青发。得朋其稿。得田间山信，骂而索旧稿，即检寄之。有麟来。夜小雨。

二十二[三]日　昙。上午往女师大考试。回家一视。得敬隐渔信。午后访静农。访小峰。晚自德国医院回家。得韦素园信。得钦文信并图案一枚，三月廿八日发。夜得李遇安信，十五日定县发。

二十四日　昙。上午寄凤举信。寄钦文信。寄三弟信。下午有麟来。

二十五日　星期。晴，风。下午秋芳来。寄敬隐渔信。紫佩来。夜得李遇安信。得衣萍信。得名肃信。得霁野信并稿。

二十六日　昙。上午往北大讲。访霁野,付以印书泉百。午后访小峰,收泉百。得凤举信。往东亚公司买《有岛武郎著作集》第十二辑一本,一元二角。访寿山,不值。下午季市来。夜往法国医院。[6]

二十七日　晴。下午访寿山。往东亚公司买《最近之英文学》一本,二元。

二十八日　晴。下午子佩来。如山来。夜浴。

二十九日　晴。无事。

三十日　晴。下午得曲均九信。得台静农信。寄邓飞黄信。夜回家。

* 　　* 　　*

〔1〕 即《如此"讨赤"》。后收入《华盖集续编》。

〔2〕 指校阅《华盖集》清样。

〔3〕 即《大衍发微》。后收入《而已集》附录。

〔4〕 此时奉系军阀张作霖的先头部队到达京郊高桥,北京形势又趋紧张,鲁迅在齐寿山帮助下与许寿裳移住德国医院,至23日返寓。

〔5〕 往东安饭店　因盛传当局将搜查被通缉者的住所,故鲁迅托人将亲属等接到东长安街东安饭店暂住。

〔6〕 往法国医院　本日清晨,被通缉者之一、进步报人邵飘萍被奉系军阀杀害,为防止意外,鲁迅避居法国医院。

五　月

一日　昙。午后寄静农信。复曲均九信。下午陈炜谟、冯至来。缪金源来。晚往医院。

二日　星期。晴。上午紫佩来。午后访小峰不遇,取《故乡》十本。访素园,校译诗[1]。下午回家一转,仍往医院。晚小峰、矛尘来。夜回家。[2]

三日　昙。上午往北大讲。午后往邮政总局取陶璇卿所寄我之画象[3],人众拥挤不能得,往法国医院取什物少许,仍至邮政总局取画象归。夜东亚公司送来《男女と性格》、《作者の感想》、《永遠の幻影》各一本,共泉四元五角。

四日　昙。上午得丛芜信。下午季市来。得三弟信,二十八日发,即复。紫佩来。

五日　小雨。上午静农来并交《莽原》十本。往中大讲并收三月分薪水泉五。买鞋一双,二元五角。得邓飞黄信并上月编辑费卅,即复。晚得陈炜谟信并《沉钟》第四期一分,安特来夫照象一枚。夜得车耕南信片,四日天津发。

六日　晴。上午得邓飞黄信。午后大风。下午访韦素园。访李小峰。往法国医院取什物。

七日　晴。上午凤举、旭生来。晚季市来。得凤举信。

八日　晴。午后高歌、段沸声来。下午李季谷来,未见,留赠杭笔八枝。得凤举信。

九日　星期。昙,午后小雨。访李遇安,交以稿费五。托直隶书局订书。

十日　晴。上午往北大讲。访小峰。访季野。得谭在宽信。午后得语堂信招饮于大陆春[4],晚赴之,同席为幼渔、季市。董秋芳来,赠以《故乡》一本。

十一日　晴。下午半农寄赠《瓦釜集》一本。

十二日　晴。晨寄谭在宽信。寄钦文、璇卿信。上午往中大讲。季市来。晚子佩来。夜川岛来。得钦文信,四日发。

十三日　昙。上午寄霁野信并稿[5]。寄小峰信。午后得霁野信。得小峰信并《寄小读者》一本。得素园信。晚寄品青信并稿[6]。与耀辰、幼渔、季市饯语堂于宣南春。季野来过,未遇。得李季谷信。

十四日　晴。上午寄霁野信。往女师大讲。午后得品青信。

十五日　晴。上午语堂来。午后昙,风。下午收女师大薪水泉六。顾颉刚、傅彦长、潘家洵来。晚教育部送来奉泉七十九元。夜濯足。

十六日　星期。昙,午后小雨,下午晴。朋其来,假以泉十。高歌来。

十七日　晴。上午往北大讲。午后访素园、霁野。访小峰,见赠《寄小读者》、《情书一束》、《渺茫的西南风》各二部,又即在其书局买《公孙龙子注》一本,《春秋复始》一部六本,《史记探原》一部二本,共泉二元八角。下午往北大取薪水计二月分八元,三月分者二元。

十八日　晴。上午得半农信。晚得秋芳信并稿。夜风。

十九日　晴。上午往中大。午后北大送来《国学季刊》一本。下午往师大取三月分薪水二十四元。往直隶书局取改订书,计工泉一元二角。赴女师大饯别林语堂茶话会,并收薪水泉十元一角。

二十日　晴。下午得霁野信。寄半农信。

二十一日　晴。上午往女师大讲。午往西吉庆饭。下午得丛芜信。得李遇安信并稿。季市来。晚东亚公司送来《有岛武郎著作集》第十三至十五辑共三本,计泉三元七角。

二十二日　晴。上午得翟永坤信。雷川先生来。夜得寄野信片,二十一日天津发。得小峰信。雨。

二十三日　星期。雨。午后得丛芜信并稿。

二十四日　晴。晨寄半农信。上午往北大讲。午后访小峰。访素园。得黄运新信并诗。晚秋芳来,假以学费十五。得织芳信,二十二日保定发。夜得三弟信,附伏园信,十七日发。得语堂辞行片并照象。得苏滨信。

二十五日　雨。上午复苏萍信。寄素园信。李世军来。

二十六日　昙。上午耕南夫人来。午抑卮来。下午阅试卷讫。夜得半农信。

二十七日　雨。上午寄还刘锡愈稿。寄翟永坤信。寄女师大评议会信辞会员。午得宫竹心信。午后访韦素园,见《往星中》已出,取得十本。访李小峰,见赠《纺轮故事》三本,《女性美》二本。寄半农信并文。[7]得郑振铎信并版税汇票五十九元。

二十八日　昙。上午往女师大讲。午后访季市。往留黎厂买《师曾遗墨》第七至第十集共四本,计泉六元四角。下午得织芳信,廿四日肥乡发。晚季谷来。

二十九日　晴,夜大风。无事。

三十日　晴,风。上午得钦文信,二十日发。得冯文炳信。往女师大讲。[8]品青来,未遇。下午得钦文稿。冯文炳来，赠以《往星中》一本。晚得李秉中信并画片三枚，十二日墨斯科发。寄还女师大试卷。

三十一日　晴。上午以《往星中》一本寄诗荃，一本寄钦文，又代未名社以四本寄璇卿。晚复沈立之信。寄中国大学信，辞续讲。

＊　　＊　　＊

〔1〕　指与韦素园同校胡㗅所译《十二个》，对译文作了一些修改。

〔2〕　指从法国医院返寓。

〔3〕　我之画象　指陶元庆根据鲁迅照片所绘炭笔画鲁迅像，后长期悬挂于北京西三条鲁迅故居南屋。

〔4〕　林语堂已受聘任厦门大学文科主任，邀请鲁迅前往任教。

〔5〕　即《二十四孝图》。后收入《朝花夕拾》。

〔6〕　即《〈痴华鬘〉题记》。后收入《集外集》。

〔7〕　即《〈何典〉题记》。后收入《集外集拾遗》。

〔8〕　往女师大讲　本日鲁迅出席女师大"五卅"纪念会并作讲演，讲词佚。

六　月

一日　晴。上午得织芳明信片，二十八日金滩镇发。往邮政总局取泉五十九元。往孔德学校访品青未遇，留书而出。访小峰。午后访素园。在东亚公司买《有島武郎著作集》第十六辑一本，《無產階級芸術論》一本，《文芸辞典》一本，共泉四元六角。从小峰收泉百。夜校印刷稿子。[1]寄赠马珏小姐《痴华鬘》一本。

二日　晴。夜裘子元来。东亚公司送来《文学に志す人に》一本,一元四角。得高歌信。

三日　晴。上午寄素园信并《〈穷人〉小引》[2]。寄小峰信,午后得复并《华盖集》廿本,下午复之。寄凤举信。寄三弟信,附与郑振铎笺。晚寿山来,同饮酒,并赠以书四种。夜得马珏小姐信。校排印稿子。

四日　晴。上午往女师大讲。午后访季市。下午陆秀珍来。晚得凤举信。

五日　晴。上午寄小峰信。濯足。下午得高歌信。夜风。

六日　星期。晴。上午陈炜谟、冯至来。往中央公园看司徒乔所作画展览会[3],买二小幅,泉九。品青、小峰来,未遇,留《痴华鬘》五本而去。夜得钦文、璇卿信,上月二十八日发。

七日　晴。午后访素园。访小峰,得《何典》十本。晚季市邀夜饭,并寿山。得罗学濂信。得陈炜谟信。寄王品青信。夜失眠。

八日　晴。清晨耕南夫人回天津。上午得品青信并稿。罗学濂来。

九日　晴。上午赵荫棠、沈孜研来。夜雨。

十日　雨。上午得车耕南信。

十一日　昙。上午寄凤举信。寄素园信并稿[4]。下午得小峰信。得织芳信,六日洛阳发。晚 Battlet、丛芜及张君来。

十二日　晴。无事。编旧抄关于小说之琐闻。[5]

十三日　星期。晴。上午访丛芜。访小峰,得《心的探险》十二本。下午紫佩来。季市来。

十四日　旧端午。晴。午后吕云章来。得长虹稿,八日杭州发。得董秋芳信。晚收教育部奉泉八十三元。濯足。

十五日　晴。午前陈慎之来。下午顾颉刚寄赠《古史辨》第一册一本。收女师大薪水泉廿。

十六日　晴。下午访丛芜、素园。访小峰,遇品青、半农。

十七日　晴。上午寄李秉中信并书三本。雨。往师大取薪水三月分八元,四月分十四元。往直隶书局买《太平广记》一部,缺第一本,泉八元。又《观古堂汇刻书目》一部十六本,十二元。得钦文信,七日发。晚寄品青信。

十八日　雨。上午得三弟信,十二日发。陈慎之来。得兼士信。午后晴。季市来。晚半农来。

十九日　晴。上午季市、诗荃来,为立一方治胃病。兼士来。夜东亚公司送来《現代法蘭西文芸叢書》四本,《東西文芸評論》一本,共泉八元二角。得品青信并书。

二十日　星期。雨。上午托淑卿往商务印书馆豫约石印《汉魏丛书》一部四十本,《顾氏文房小说》一部十本,共泉二十一元三角。

二十一日　昙。上午寄三弟信。寄王品青信。午晴。得遇安信。得素园信。得衣萍信并稿。午后托广平往北新局[6]取《语丝》,往未名社[7]取《穷人》。下午季市来。夜得阮久巽信,十二日发。

二十二日　昙。夜东亚公司送来《アルス美術叢書》七本，十二元八角。得半农信。

二十三日　晴。午后得小峰信并《飘渺的梦》十五本，又半农见借之《浣玉轩集》二本。下午素园来。得品青信并《诗人征略》二函，即还以前所借书。晚高歌来，赠以书三本。夜风。

二十四日　晴。上午秋芳来，未见。有麟来并赠柿霜糖两包。寄半农信。寄朋其信。寄小峰信。寄素园信。寄女师大试题。下午雨。

二十五日　晴。午后访季市。往留黎厂取书。下午雨一陈。

二十六日　晴。午后访品青并还书。访寿山，不值。往东亚公司买《猿の群から共和国まで》一本，《小說から見たる支那の民族性》一本，共泉三元八角。访小峰，未遇。访丛芜。下午得朋其信。得季野信。得李季谷信片。

二十七日　星期。晴。母亲病，往延山本医士来。下午寄朋其信。寄遇安信。晚小峰、品青来。夜有麟来。

二十八日　晴。上午往留黎厂。往信昌药房买药。访刘半农，不值。访寿山。下午访小峰，收泉百，并托其寄半农〔信〕并稿[8]。夜得小峰信，即复。濯足。收久巽所寄干菜一篓。

二十九日　晴。晚得陈慎之信，即复。

三十日　晴。上午以小说史分数寄北大注册部。寄小峰信。下午得遇安信。季市来。晚遇安来并持来《国文读本》

三本,赠以《华盖集》等四本。夜得高歌信并《弦上》第十九期五分。

*　　　*　　　*

〔1〕 指校阅《彷徨》校样。

〔2〕《〈穷人〉小引》 《穷人》,韦丛芜译,鲁迅以日译本进行校订并作小引,后收入《集外集》。

〔3〕 司徒乔所作画展览会 6月4日至6日司徒乔在北京中央公园水榭举行个人画展,鲁迅往观并购《五个警察一个○》和《馒店门前》各一幅。

〔4〕 即《通信(复未名)》。后收入《集外集》。

〔5〕 指《小说旧闻钞》。编完后于本年8月1日作序。

〔6〕 指北新书局。1925年3月李小峰在鲁迅等支持下创办于北京。1926年设立上海分店,1927年春总店迁沪。鲁迅除将自己大部分著译交它出版外,又为之编选、校阅书稿,介绍作品、编辑丛书。1927年冬起,又先后为它编辑刊物《语丝》和《奔流》,并为《北新》半月刊译稿。后由于该店改变经营方针,长期拖欠鲁迅和其他作者的版税、稿费,关系逐渐疏远,几至诉诸法律。

〔7〕 未名社 文学团体。1925年8月由鲁迅发起成立于北京,主要从事外国文学的翻译介绍。成员除鲁迅外,尚有韦素园、李霁野、台静农、曹靖华和韦丛芜。鲁迅曾将自己的部分著译交未名社出版,为该社编订书稿,编辑刊物。创办初期并在经济上给予支援。1930年秋后因个别社员不顾社务,滥支社款,遂使工作停滞,经济亏损。鲁迅于1931年5月声明退出,不久该社解体。

〔8〕 即《马上日记·豫序》。后收入《华盖集续编》。

七 月

一日　晴。上午得语堂信,六月廿一日厦门发。寄半农稿[1]。午后理发。下午得敬隐渔信并《欧罗巴》[2]一本。晚得兼士信。得品青信。得东亚考古学会[3]柬。夜符九铭来。夜寄小林信辞东亚考古学会之招宴。

二日　晴。晚寄久巽信。寄小峰信。寄半农稿。

三日　晴。上午同母亲往山本医院诊。郑介石来,未遇。午后往伊东医士寓拔去三齿。访齐寿山。往东亚公司。访小峰。访素园。

四日　星期。晴。上午得素园信,即复,旋又得答。培良、高歌来。下午得高歌信并稿。兼士来。晚寄半农信。得语堂信,六月二十五日厦门发。得三弟信并丛芜稿,六月二十九日发。

五日　晴。晚得半农信。寄语堂信。寄品青信。寄三弟信。夜东亚公司送来《新露西亜パンフレット》二本,《現代文豪評伝叢書》四本,共泉八元二角。

六日　晴。上午得小峰信并泉五十,《语丝》合订本第四册六本,即复。午后往信昌药房买药。下午往中央公园,与齐寿山开始译书。[4]晚培良、高歌来。

七日　晴。上午季市来。午后钦文来。下午往公园译书,遇螺舲。晚得品青信。得兼士信,即复。夜濯足。

八日　晴。上午往伊东寓。午后访兼士。下午往公园。

九日　晴。午后往公园。晚得矛尘信,即复。夜小雨。

十日　雨。午后往伊东寓补牙讫,泉十五。往东亚公司买《詩魂礼贊》一本，一元三角也。往信〔昌〕药房买药。下午晴。访寿山，往中央公园，遇季市同饮茗，晚归。得小峰信并《语丝》十五本，《呐喊》十本。得建功信。夜东亚公司送来《仏蘭西文芸叢書》一本，一元四角。得陆晶清从杭州所寄信片及照相。得半农信。

十一日　星期。晴。上午矛尘来。午后秋芳来。下午往公园。晚小雨。半农来，在途中遇之。得建功信并校稿[5]。钦文来。

十二日　晴。上午璇卿来。钦文来。下午得季市信。陈炜谟等四人来。大雨一陈。

十三日　晴。晨收以"三言"为中心之小说书目并表[6]五分，长泽规矩也氏自东京寄来。上午李仲侃来。幼渔来。下午往公园。丛芜来，未遇。得矛尘信。

十四日　雨。下午寄半侬稿两封[7]。寄素园信。寄矛尘信。往公园。晚得长虹信并稿，十一日杭州发。得素园信。

十五日　昙。上午静赠茶叶两合。下午寄培良信。往公园。晚钦文赠茶叶一合。得素园信。夜高歌、培良来。

十六日　晴。上午访素园、丛芜。访小峰，在其寓午饭，并买小说等三十三种，共泉十五元，托其寄给敬隐渔。[8]下午往公园。矛尘来，未遇。晚得有麟信，十四日保定发。

十七日　晴。上午寄素园信。下午往公园。晚得朋其信并稿。

十八日　星期。昙。上午陶书诚来。钦文来。下午晴。往公园。郑介石来，未遇。夜培良、高歌来。

十九日　晴。上午寄建功信。得丛芜信。午前幼渔来，并借我书。晚紫佩来。夜东亚公司送来《バイロン》一本，《無產階級文學の理論と實際》一本，共二元二角。

二十日　雨，午晴。萧盛巇来，未见。钦文来。下午往公园。

二十一日　晴。晨萧盛巇来，未见。午后访素园。访小峰，得《扬鞭集》卷上二本。下午往公园。往教育部取十三年二月分奉泉九十九元。[9]晚得李秉中信，六日墨斯科发。得已然信，六月二十九日法国发。得三弟信，十七日发。大雨。

二十二日　晴。上午寄朋其信。得品青信并《青琐高议》一部，即复。下午往公园。金仲芸来。夜钦文来。

二十三日　晴。上午陈炜谟、陈翔鹤来。下午往公园。

二十四日　晴。上午得李遇安信并稿。午得韦丛芜信二封。午后得小峰信并泉四十，《茶花女》二本。下午往公园。收女师大薪水十二元三角二分，三、四月分。

二十五日　星期。晴。上午得久巽信片。书臣来。矛尘来。午后培良、高歌、沸声来。下午往公园。夜雨。

二十六日　昙。上午寄丛芜信。午陶璇卿来。下午得小峰信并《骆驼》两本，即复。陶书臣来，交以寄公侠函二。得静农信并稿，十八日霍邱发。丛芜来。

二十七日　昙。晨得半农信并《扬鞭集》、《茶花女》各一本。上午陶冶公来。午后访小峰。下午寄矛尘信并还书。寄敬隐渔信。往公园。凤举来，未遇，留赠毕力涅克照像一枚，柿霜糖一包。晚寄陶璇卿信。钦文来。得兼士信。

二十八日　晴。午得素园信。午后寄久巽信。寄三弟信。寄小峰信。下午访兼士，收厦门大学[10]薪水四百，旅费百。往公园，还寿山泉百，又假以百。

二十九日　晴。晨得素园信，即复。寄紫佩信。午后得丛芜信。下午往公园。伍斌来，未遇，留笺而去。晚收北大薪水泉十五。金仲芸来。

三十日　晴。上午得素园信。寄伍斌信。寄陈炜谟信。午后雨一陈。得矛尘信，下午复。寄凤举信。寄素园及丛芜信。往公园。得伏园信并屋子照相一枚。得紫佩及秋芳信。

三十一日　昙。上午寄陶冶公信。郁达夫来。得小峰信。下午雨。往公园。有麟来，未遇。得重久君信，廿四日日本东京发。

* * *

〔1〕　即《马上日记》。次日所寄稿同。后收入《华盖集续编》。

〔2〕　该刊1926年5月、6月号连载敬隐渔翻译的《阿Q正传》。

〔3〕　东亚考古学会　日本的一个学术团体。本年6月下旬该会代表，京都大学滨田教授、东京帝国大学岛村教授到北京参观访问，受到中国有关学术部门的招待。他们在回国前宴请北京考古学家和各国旅京学者，鲁迅未赴会。

〔4〕　指译《小约翰》。本日起鲁迅与齐寿山在中央公园据德文本重译荷兰望·蔼覃所作长篇童话《小约翰》，8月13日译成初稿，1927年5、6月间鲁迅在广州又重加整理。

〔5〕　指《唐宋传奇集》校稿。鲁迅编选《唐宋传奇集》时，多从清代黄晟所刊小字本《太平广记》中辑录，因虑其讹误，故请魏建功以北京

大学所藏明代许自昌刊本相校。

〔6〕 小说书目并表 系盐谷温的学生长泽规矩也从日本内阁文库、帝国图书馆等处所藏图书中录出。

〔7〕 即《马上日记之二》。后收入《华盖集续编》。

〔8〕 敬隐渔受罗曼·罗兰之托请鲁迅代为搜集的中国文学作品,鲁迅特托北新书局代寄。

〔9〕 鲁迅以本日领薪情况为素材于当晚写《记"发薪"》。后收入《华盖集续编》。

〔10〕 厦门大学 爱国华侨陈嘉庚1921年在厦门创办的一所大学,校长为林文庆。1926年5月林语堂任该校文科主任兼国学研究院秘书,经他推荐,该校聘鲁迅任文科国文系教授兼国学研究院研究教授。鲁迅8月26日离京,取道上海,9月4日抵厦门,次年1月16日离厦门去广州,在厦大共四个月又十二天。

八 月

一日 星期。晴。上午翟永坤来,未见。上午得季市信,七月廿九日嘉兴发。车耕南来,饭后去。下午访小峰。访丛芜,分以泉百。访凤举,被邀往德国晚[饭]店夜饭,并同傅书迈君。往东亚公司买《風景は動く》一本,二元。往山本照相店买 ALBUM[1]三本,每本一元。李遇安来,未遇,留笺并师大《国文选本》二册而去。晚小雨。得陶冶公信。

二日 晴。上午往师大取四月分薪水泉五。往东升平园浴。下午有麟、仲芸来。晚半农来。夜钦文来。

三日 晴。上午得兼士信,即复。寄凤举信。寄李遇安信。下午往公园。得丛芜函约在北海公园茶话,晚赴之,坐中有李[朱]寿恒女士、许广平女士、常维钧、赵少侯及素园。

四日　晴。上午兼士来,同往松筠阁视土俑。下午往公园。收世界日报社稿费十四元三角。夜丛芜来。得凤举信,附胡适之信。

五日　晴。上午得诗荃信,七月十九日兰州发。得顾颉刚信并《孔教大纲》一本。午后紫佩来。下午寄小峰信。寄培良信。往公园。晚冯君来,不知其名。夜东亚公司送来《アルス美術叢書》、《近代英詩概論》各一本,共泉五元四角。

六日　晴。上午得小峰信。下午往公园。晚雨。得三弟信,三日发。

七日　昙。上午得三弟信,四日发。季市来,还以泉百。得幼渔信。下午往公园。晚紫佩、仲侃、秋芳在长美轩饯行,坐中又有紫佩之子舒及陶君。

八日　星期。晴。晨得广平信。上午广平、陆秀珍来。裘子元来。培良、高歌来。得李小峰信并泉百五十。午后有麟、仲芸来。下午访幼渔。访冶公。晚幼渔、尹默、凤举在德国饭店饯行,坐中又有兼士及幼渔令郎。

九日　昙。上午得黄鹏基、石珉、仲芸、有麟信,约今晚在漪澜堂饯行。午雨。下午矛尘来并交盐谷节山信及书目一分。晚赴漪澜堂。

十日　晴。上午得丛芜信。午后钦文来。仲芸来。下午往公园。夜东亚公司送来《仏教美術》一本,《文学論》一本,共泉五元二角。得丛芜诗并信。

十一日　昙,午后晴。钦文来。寄季市信。寄张我军信。

下午往公园。寄半农信并朋其稿。夜遇安来。张我军来并赠台湾《民报》四本。

十二日　晴。午得素园信，即复，附致丛芜笺。下午寄小峰信。往公园。常维钧来，未遇。得小峰信并食物四种，《小说旧闻钞》二十本，《沉钟》十本。得吕云章、许广平、陆秀珍信。夜培良等来，不见。

十三日　晴。上午赴女子师范大学送别会。午赴吕、许、陆三位小姐们午餐之招，同坐有徐旭生、朱遏先、沈士远、尹默、许季市。下午寄常维钧《小说旧闻钞》一本，照相一张。往公园译《小约翰》毕，寿山约往来今雨轩晚餐，同坐有芦舲、季市。夜大风一陈。东亚公司送来《東西文學比較評論》一部二本，共泉七元四角。

十四日　晴。上午赵丹若来。午往小市买书柜一个，泉十元。往山本医院诊。夜高歌、培良、沸声来。雨。

十五日　星期。晴。上午寄吕、许、陆小姐信。往山本医院行霍乱预防注射。午陶冶公来。得玉堂信二封。午后访韦素园。访小峰。

十六日　晴。晨得素园信。上午季市来。午邀云章、晶清、广平午餐。下午以丛芜诗转寄徐耀辰。得三弟信，十三日发。钦文来。晚复三弟信，附致振铎笺。

十七日　晴。上午分寄盐谷节山、章锡箴、阎宗临书籍。往公园，望潮约午餐。晚得紫佩信。辛岛骁君来并送盐谷节山所赠《全相平话三国志》一部，冈野同来。

十八日　晴。上午得公侠信。下午书臣来。晚寄语堂信。寄小峰信。雨。

十九日　晴。上午辛岛君来,留其午餐,赠以排印本《西洋记》、《醒世姻缘》各一部。下午季市来。夜小峰来并交泉百,品青同来,并赠《孔德学校国文教材》十余册,常维钧所赠《托尔斯泰寓言》一本,又尹默所代买《儒学警悟》七集一部共十本,泉二十四元。

二十日　晴。上午洙邻兄来。刘亚雄来。下午钦文来。晚李遇安来。

二十一日　晴。上午往山本医院续行霍乱预防注射。午赴中央公园来今雨轩应季市午餐之约,同席云章、晶卿、广平、淑卿、寿山、诗英。下午紫佩来。得钦文信。晚有麟来并赠罐头食物四个。

二十二日　星期。晴。上午往女师大毁校周年纪念[2]并演说。以李遇安稿寄半农。下午马巽伯来。

二十三日　昙。上午得小峰信。访素园。访小峰。下午寄素园信。夜培良来。

二十四日　晴。上午季市来。寄小峰信并稿[3]。午矛尘来。下午紫佩来。晚钦文来。雨。

二十五日　晴。收拾行李。晚吕云章来并赠《漫云》一本。得小峰信。夜风。

二十六日　晴。上午寄盐谷节山信。季市来。有麟、仲芸来。下午寄小峰信。子佩来,钦文来,同为押行李至车站。三时至车站,淑卿、季市、有麟、仲芸、高歌、沸声、培良、璇卿、云章、晶清、评梅来送,秋芳亦来,四时二十五分发北京,广平同行。七时半抵天津,寓中国旅馆。

二十七日　晴。上午以明信片寄寿山、淑卿。午登车,一点钟发天津。

二十八日　昙。午后二时半抵浦口,即渡江寓招商旅馆。下午以明信片寄淑卿、季市。同广平阅市一周。夜十时登车,十一时发下关。

二十九日　昙。晨七时抵上海,寓沪宁旅馆,湫小不可居。访三弟,同至旅舍,移孟渊旅社。午后大雨。晚广平移寓其旅[族]人家,持行李俱去。夜同三弟至北新书局访李志云。至开明书店[4]访章锡箴。以明信片寄淑卿。

三十日　昙。上午广平来。午李志云、邢穆卿、孙春台来。午后雪箴来。下午得郑振铎柬招饮,与三弟至中洋茶楼饮茗,晚至消闲别墅夜饭,座中有刘大白、夏丏尊、陈望道、沈雁冰、郑振铎、胡愈之、朱自清、叶圣陶、王伯祥、周予同、章雪村、刘勋宇、刘叔琴及三弟。夜大白、丏尊、望道、雪村来寓谈。雨。

三十一日　昙。午后广平来。长虹、雪村来。李志云来并赠糖三合,酒四瓶。下午雨,晚霁。夜同三弟阅市,在旧书坊买《宋元旧书经眼录》一部一本,《萝藦亭札记》一部四本,共泉四元八角。雪村、梓生来。

*　　　*　　　*

〔1〕　ALBUM　英语:粘贴簿,即相册。

〔2〕　女师大毁校周年纪念　1925年8月6日章士钊呈请段祺瑞

政府停办女师大,在该校原址另立女子大学,22日专门教育司司长刘百昭率军警、流氓殴曳学生出校。1926年8月22日适为周年,故开会纪念,鲁迅出席并作讲演,向培良记录,题作《记谈话》。

〔3〕 即《记谈话》。后收入《华盖集续编》。

〔4〕 开明书店　章锡琛等创办,1926年8月成立于上海。1931年未名社解体后,将印刷发行等事务委托该店办理,所存书版亦由该店承受。未名社及其个别社员积欠鲁迅等人的版税等款,则由该店代售未名社书款和个别社员在该店出版作品的版税中付还。

九 月

一日　昙。上午金有华来。下午寄羡苏明信片。同三弟阅市,买《南浔镇志》一部八本,三元二角。夜十二时登"新宁"轮船,三弟送至船。雨。

二日　昙。晨七时发上海。

三日　昙。无事。

四日　昙。下午一时抵厦门,寓中和旅馆。以明信片寄羡苏及三弟。语堂、兼士、伏园来寓,即雇船移入厦门大学。〔1〕

五日　星期。晴。上午林君来。雨。午寄淑卿信。寄三弟信。寄广平信。同伏园往语堂寓午餐,下午循海滨归,拾贝壳一匊。

六日　晴。晚至海滨闲步。

七日　晴,下午昙。无事。

八日　晴,风。午后寄季市信。寄小峰信并稿〔2〕。下午得淑卿信,二日发。陈定谟君来。俞念远来。顾颉刚赠宋濂《诸子辨》一本。

九日　晴。午后访陈定谟君,同游南普陀[3]。夜臥士赠景印《教宗禁约》一分。风。

十日　昙,下午风,雨。收八月分薪水泉四百。夜大风雨,破窗发屋,盖飓风也。

十一日　昙。上午托伏园往中国银行汇泉二百于三弟,又一百托其买书。

十二日　星期。晴。下午寄淑卿信并明信片一。寄辛岛君信。

十三日　晴。上午寄广平信片。寄韦素园信片。寄三弟信。下午收三弟所寄《顾氏文房小说》一部,商务印书馆书目一本,四日发。夜雨。

十四日　晴,风。上午得广平信二函,六日及八日发。得素园信,四日北京发。得寄野信,八月廿五日安徽发。寄三弟信。以培良文稿寄长虹。下午寄广平信并《新女性》一本。晚庄奎章来。

十五日　晴。上午得三弟所寄《自然界》二本,四日发。下午雨一陈。

十六日　昙。下午得矛尘信。得小峰信并《语丝》。得三弟信,九日发。夜风雨。

十七日　昙。晨寄三弟信。寄素园信。上午小雨且风。下午晴。得景宋信,十三日发。得小峰所寄《彷徨》及《十二个》各五本。得苏遂如君等信。夜风。

十八日　晴，风。上午寄羡苏信并《语丝》十本。寄景宋书二本。寄小峰信。

十九日　星期。晴。上午得乌一蝶信。得三弟信并西泠印社书目一本，十三日发。得辛岛骁君所寄《李卓吾墓碣》拓本一分，北京发。戴锡璋、宋文翰来邀至南普陀午餐，庄奎章在寺相俟，同坐又有语堂、兼士、伏园。

二十日　晴。上午寄小峰信。寄素园信并稿[4]。赴厦门大学开学礼式[5]。得辛岛骁信并李卓吾墓摄影一枚，十日北京发。得章雪村信。下午寄广平信。

二十一日　晴。朱镜宙约在东园午餐，午前与毦士、伏园同往，坐中又有黄莫京、周醒南及其他五人，未询其名。旧历中秋也，有月。语堂送月饼一筐予住在国学院中人，并投子六枚多寡以博取之。

二十二日　晴。上午理发。午后得景宋信，十七日发，晚复。

二十三日　晴。上午寄章雪村信。寄三弟信。午后得羡苏信，十五日发。

二十四日　晴。上午寄羡苏信并《语丝》。寄紫佩信。得广平信，十八日发。

二十五日　晴。下午从国学院迁居集美楼[6]。夜风。

二十六日　星期。昙，大风。上午得三弟信，十九日发。得陶书臣信，十九日徐州发。

二十七日　昙，风。上午寄广平信。收璇卿所画象，收小景片十二枚，十六日淑卿自北京寄。下午雨一陈即霁而风。

二十八日　晴,大风。下午收开明书店所寄书籍、杂志等四种。

二十九日　晴,风。上午得霁野及丛芜信,十九日发。下午得季市信,廿一日发。得三弟信,廿四日发,并书一包五种十九本,共泉四元四角。

三十日　晴,风。上午得广平信,廿四日发。

＊　　＊　　＊

〔1〕　移入厦门大学　本日起,鲁迅移住厦大生物学院三楼国学研究院陈列所空屋。

〔2〕　即《上海通信》。后收入《华盖集续编》。

〔3〕　南普陀　即南普陀寺,厦门的著名古刹,在厦门大学后山麓。建于唐代。鲁迅在厦门期间曾多次应邀到该寺会友、活动。

〔4〕　即《从百草园到三味书屋》。后收入《朝花夕拾》。

〔5〕　厦门大学开学礼式　开学典礼在厦门大学"群贤楼"二楼礼堂举行。鲁迅于次日开始讲授文学史、小说史课程,每周各二小时。

〔6〕　迁居集美楼　因陈列所将陈列物品,故鲁迅迁居集美楼,至离开厦门为止,共住一百十三天。

十　月

一日　昙。上午寄广平信并《莽原》二。寄小峰信并《语丝》五。寄幼渔信。下午收九月分薪水泉四百。晚欧阳治来谈。夜大风。

二日　昙,风。上午伏园往厦门市,托其买《四部汇刊》本《乐府诗集》一部十六本,四元五角。下午得羡苏信,廿四日发。得李遇安信,廿五日发。

三日　星期。昙。上午罗常培君见访。

四日　晴。上午寄矛尘信。寄淑卿信。寄素园、丛芜、霁野信。寄三弟信。得广平信,廿九日发。得淑卿信,廿七日发。下午寄季市信。

五日　晴。上午寄公侠信。寄广平信。寄辛岛骁信。收三弟所寄书籍五包九种八十五本,又杂书一包四种六本,共泉三十元五角,下午得信,一日发。得品青信,九月二十七日发。林仙亭来访并赠《血泪之花》一本。

六日　晴。午后寄淑卿信。寄三弟信。寄小峰信附答品青笺。下午收北新书局所寄书籍四包,又未名社者一包。晚大风。得董秋芳信并译稿[1]。

七日　晴,风。无事。

八日　昙,风。上午寄素园信并稿[2]。夜微雨。

九日　昙。上午寄陶书臣信。寄董秋芳信。兼士赠唐人墓志打本二枚。

十日　星期。昙。上午本校行国庆纪念。午后开国学研究院成立会[3]。下午得钦文信,九月卅日发。得漱园信,同日发。得矛尘信,四日绍兴发。夜赴全校恳亲会听演奏及观电影。濯足。

十一日　昙。上午寄广平信。寄矛尘信。林仙亭及其友四人来。下午得小峰信,九月二十九日发。夜风。

十二日　晴,风。上午得品青所寄稿[4]及钦文所寄《故乡》四本。下午得紫佩信,三日发。得广平信,五日发。

十三日　晴,风。上午寄紫佩信。得遇安信片,四日大连发。得春台笺,六日上海发。

十四日　昙。晨收紫佩所寄《历代名人年谱》一部十本,二元五角。上午往周会演讲[5]三十分时。下午伏园往市,托其买《山海经》一部二本,五角。

十五日　晴。上午得景宋信,八日发。下午编定《华盖集续编》。[6]

十六日　晴。晨寄景宋信。上午得景宋信,十日发。得郑介石信。得留仙电。[7]寄韦素园信并稿[8],附致小峰笺一。夜风甚大。

十七日　星期。昙,风。无事。

十八日　晴,风。上午寄景宋信。复郑介石信。得淑卿信,九日发。得三弟信,十一日发。晚同人六人共饯兼士于南普陀寺。

十九日　晴。上午寄三弟信。寄淑卿信。寄小峰信并《卷葹》及《华盖续》稿。下午得季市信,十二日发。得淑卿信,十二日发。得漱园信片,十日发。

二十日　晴。上午寄淑卿信。寄漱园信。寄春台信。下午得广平信,十五日发。

二十一日　晴。上午寄广平信并书一包。寄小峰信。收日本文求堂[9]所赠抽印《古本三国志演义》十二叶,淑卿转寄。下午寄春台信。晚南普陀寺及闽南佛学院公宴太虚和尚,[10]亦以柬来邀,赴之,坐众三十余人。夜风。

二十二日　晴。午后得谢旦信。下午得钦文信,十六日发。

二十三日　晴。上午与兼士同寄朱骝先信。[11]得遇安信,十九日广州发。得小峰信,十三日发。下午得景宋信并稿,十九日发。得静农信,十六日发。得矛尘信,十五日发。夜风。

二十四日　星期。晴,大风。上午寄景宋信并《语丝》、《莽原》。寄遇安信附与星农函。寄矛尘信。下午寄小峰信。夜观影戏,演林肯事迹。[12]

二十五日　晴。下午复谢旦信。收钦文所寄小说一包。收中国书店所寄《八史经籍志》一部十六本,直五元,由三弟代买,十八日发。晚寄钦文信。夜风。

二十六日　晴,风。上午收淑卿所寄绒线衣两件,十滴药水一瓶,八日付邮。

二十七日　昙。晨兼士来别。上午得景宋信,廿二日发。得伏园信,廿三日发。得三弟信,二十日发。得矛尘信,廿一日发。得季野信,十五日发。得秋芳信,十七日发。下午得北新局所寄书一包八种,十八日发。夜雨。

二十八日　雨。上午寄淑卿信。

二十九日　晴。上午寄景宋信。得伏园信,附达夫函,廿五日发。得景宋信,二十三日发。得璇卿信,二十四日发。寄三弟信,附景宋稿。午后复陶璇卿信。寄小峰信。下午大风。

三十日　晴,大风。晨寄广平信。上午寄霁野信。收三弟所代买寄《全汉三国晋南北朝诗》一部二十本,《历代诗话》及《续编》四十本,直十九元。收辛岛君所寄《斯文》三本。下午得谢旦信。

三十一日　星期。晴,风。上午得重久信,二十三日发。得漱园信,二十二日发。

＊　　＊　　＊

〔1〕　即《争自由的波浪》。译者董秋芳寄请鲁迅编订和介绍出版。鲁迅编订并作《小引》后,11月17日寄李小峰。

〔2〕　即《父亲的病》。后收入《朝花夕拾》。

〔3〕　国学研究院成立会　国学研究院,即厦门大学国学研究院。由林文庆兼任院长,沈兼士、林语堂分任主任、秘书。该院成立大会于是日下午举行,来宾约三百余人。林文庆、沈兼士等演说后,即进行茶叙,并参观该院图书部及古物陈列室。展品中有鲁迅所藏六朝、隋、唐等造象拓片。

〔4〕　即《卷葹》。淦女士(冯沅君)的小说集。王品青寄请鲁迅审阅并编入《乌合丛书》,又请转托陶元庆绘制封面。

〔5〕　往周会演讲　厦门大学规定每周四为周会。是日鲁迅应校长林文庆之请在群贤楼大礼堂演讲,主要内容为"少读中国书"和"做好事之徒"。记录稿在《厦大周刊》发表时,"少读中国书"的内容被删。

〔6〕　《华盖集续编》于1926年10月着手编集,14日写《〈记谈话〉附记》、《〈华盖集续编〉小引》等,15日编讫,19日将稿寄李小峰。到厦门后写的杂文七篇,于1927年3月编成《续编的续编》,一并收入该集。

〔7〕　留仙电　留仙,指朱騮先,即朱家骅,他致电鲁迅、沈兼士和林语堂,请他们到广州参加中山大学改革学制问题的讨论。

〔8〕　即《琐记》与《藤野先生》。后均收入《朝花夕拾》。

〔9〕 文求堂　日本人田中庆太郎在东京开设的书店,经营中国古书,也出版一些新书。

〔10〕 闽南佛学院　南普陀寺附设的一所佛学院。太虚从美国讲佛学回国,在厦门逗留,南普陀寺及闽南佛学院举行公宴。

〔11〕 寄朱骝先信　当时许寿裳失业,鲁迅与沈兼士联名给朱家骅信,介绍许往中山大学任教。

〔12〕 影片为《阿伯拉罕·林肯》(Abraham Lincoln),美国第一国家影片公司1924年出品。

十一月

一日　晴。午后得广平信,十月廿七日发。夜风。

二日　晴。下午寄广平信。下午得王衡信,十月廿四日发,并照相。

三日　晴。下午得郑振铎信,附宓汝卓信,即复。得曹轶欧信,即复。收辛岛骁君所寄抽印《古本三国志演义》十二叶,十月二十六日付邮。风。

四日　晴,风。上午寄漱园信并《坟》之序目[1],附致小峰信,又附振铎来信之半。下午收十月分薪水泉四百。得景宋信,十月卅日发。

五日　晴,风。上午得季黻信,廿八日发。得吕云章信,同日发。得淑卿信,同日发,午后复,附致季市笺。寄景宋信。下午伏园自广州回,持来遇安信并代买之广雅书局书十八种三十四本,共泉十二元八角。

六日　晴,风。上午得素园信片,十月廿七日发。

七日　星期。晴,风。上午得素园信二封,廿九及卅日发。得钦文信,二十九日发。

八日　晴。午后汪剑尘来。寄吕云章信。寄景宋信并书一包。寄小峰稿[2]。寄漱园信。下午得漱园信片,二十九日发。夜大风。

九日　晴。下午得景宋信,五日发。

十日　晴。上午寄景宋信。寄漱园信。同伏园往厦门市买药及鞋、帽、火酒等,共泉二十二元。在商务印书馆买《资治通鉴考异》、《笺注陶渊明集》各一部,信封百,笺五十,共泉二元八角。往南轩酒楼午餐,下午雇船归。得淑卿信,一日发。得漱园信,二日发。得春台信,三日绍兴发。得邢墨卿信,三日上海发。夜风。

十一日　晴。上午得中山大学[3]聘书并李遇安信,五日发。得景宋信,七日发。

十二日　晴。上午寄饶超华信并稿。寄韦漱园信并稿。寄邢墨卿信。

十三日　晴。夜同丁山、伏园往南普陀寺观傀儡戏,食面。大风雨。

十四日　星期。晦。上午寄漱园信并稿[4],附致小峰笺。大风雨。寄淑卿信。

十五日　风雨。上午得李季谷信,五日发。得三弟信,七日发,下午复。

十六日　昙。上午得汪剑余信。下午寄景宋信。得小峰信,七日发。得矛尘信,十一发。夜林景良及和清来。

十七日　晴。上午寄矛尘信。午后寄小峰信并秋芳稿一包。下午校中教职员照相毕开恳亲会,终至林玉霖妄语,缪子才痛斥。[5]夜大风。

十八日　晴。下午得广平信,十二日发。夜大风。

十九日　晴。下午寄广平信。得叶渊信。

二十日　晴。上午得景宋信三函,十五、六、七日发。下午赴玉堂邀约之茶话会。

二十一日　星期。昙。上午寄景宋信并刊物一束。寄漱园信并稿,附致小峰信。寄春台及墨卿信,雪村信,附启事稿。[6]得淑卿信,十一日发。得幼渔信,十三日发。得漱园信,十三日发。得培良信,十二日发。得矛尘信,十二日发。得璇卿信,十二日发。午复幼渔信。夜风。

二十二日　晴。上午寄矛尘信。寄淑卿信。寄漱园信。下午得广平信,十七日发。得霁野及丛芜信,十四日发。夜大风。

二十三日　晴。下午寄璇卿信。寄培良信。

二十四日　晴。下午收璇卿所寄画一帧。[7]寄寿山信。寄霁野、丛芜信。

二十五日　晴,风。午林梦琴邀午餐。下午寄淑卿信,内附与钦文信,又刊物一包九本,内附璇卿画一枚。寄王衡信。寄李季谷信。

二十六日　晴,大风。下午寄景宋信。林河清来。晚蒋希曾来。夜观电影。

二十七日　晴。晨蒋希曾及玉堂来,同乘小汽船往集美学校[8],午后讲演三十分,与玉堂仍坐汽船归。得广平信,二十三日发。夜礼堂走电,小焚。

二十八日　星期。晴。上午得漱园信,十六日发。得淑卿信,十七日发。得静农信,二十日发。得邝富灼信,二十四日发。晚魏兆淇、朱斐、王方仁、崔真吾合饯伏园于镇南关之一福州小饭店,邀同往,饮馔颇佳。

二十九日　阴。上午寄淑卿信。寄漱园信。寄三弟信。寄广平信。午后收广平所寄毛线背心一件,名印一枚,十七日付邮。得静农信,十七日发。

三十日　晴,风。午后收商务印书馆所寄英译《阿Q正传》三本,分赠玉堂、伏园各一本。下午得淑卿信,廿三日发。得钦文信,同日发。得有麟信,廿二日发。又得仲芸信,同日发。得漱园信,廿三日发。得矛尘信,廿六日发。得三弟信,廿七日发。夜雨。

＊　　　＊　　　＊

〔1〕　指《坟·题记》及《坟》的目录。

〔2〕　即《厦门通信(二)》。后收入《华盖集续编》。

〔3〕　中山大学　原名广东大学,1924年2月由原国立广东高等师范、广东公立法科大学、广东公立农业专门学校合并而成。1926年9月为纪念孙中山更名中山大学。同年10月改校长制为委员制,并重行厘订规章制度,进行改革。鲁迅被聘为该校教授。

〔4〕　即《写在〈坟〉后面》。后收入《坟》。

〔5〕　林玉霖妄语,缪子才痛斥　是日恳亲会上学生指导长林玉

霖说:校长对教职员的体贴真如父母一样。这话遭到哲学系教授缪子才的痛斥。

〔6〕 即《所谓"思想界先驱者"鲁迅启事》,鲁迅以此稿同时寄韦素园、李小峰、孙福熙、章锡琛等,分别发表于《莽原》半月刊、《语丝》周刊、《北新》周刊、《新女性》月刊。后收入《华盖集续编》。在寄韦素园稿中另有《范爱农》一篇,后收入《朝花夕拾》。

〔7〕 即《坟》的封面画。陶元庆作。因许钦文对校三色版较有经验,故鲁迅于次日将画稿寄许羡苏转许钦文在京印制。

〔8〕 集美学校 陈嘉庚于1912年创办。1926年时校长为叶渊。鲁迅应邀往该校讲演,记录稿经鲁迅修订后于12月2日寄回该校。因所讲内容与叶渊观点不同,《集美周刊》未刊登。讲稿佚。

十二月

一日 昙。上午寄邝富灼信。寄有麟、仲芸信。寄矛尘信。寄淑卿信。寄三弟信。寄苏州振新书社信并泉八元一角以买书。晚小雨。

二日 晴,风。上午得广平信,廿七日发。下午寄集美学校讲演稿。

三日 晴。晨寄广平信并期刊五本。下午寄景宋信。收上月薪水泉四百。捐给平民学校[1]五元。夜略看电影,为《新人之家庭》[2],劣极。

四日 晴。午与伏园合邀魏、朱、王、崔四人饮。下午得漱园信,十一月二十八日发。

五日 星期。晴。上午寄漱园信。寄三弟信。晚陈定谟、罗心田来谈。

六日　昙。上午得顾敦鍒及梁社乾信,十一月廿八日闸口发。下午得景宋信,二日发。收北新书局所寄《中国小说史略》四十本[3],《桃色之云》、《彷徨》各五本。

七日　晴。上午寄景宋信。寄淑卿信。下午雨,夜大风。

八日　晴,风。上午得矛尘信,一日发。得淑卿信,上月廿九日发,附敬〔隐〕渔来函及画信片四枚,从巴黎。下午得漱园信,即复。夜大风,天气骤冷。

九日　晴。上午寄淑卿信。复梁社乾、顾雍如信。复之江大学月刊社信。傍晚往铃记理发。

十日　晴。上午同伏园往厦门市,在别有天午餐。买皮箱一口,泉七元。在商务馆买《外国人名地名表》一本,泉一元三角。夜略观电影。大风。

十一日　晴。上午丁丁山邀往鼓浪屿,并罗心田、孙伏园,在洞天午餐,午后游日光岩及观海别墅,下午乘舟归。收梁社乾所寄赠英译《阿Q正传》六本。

十二日　星期。晴。上午寄广平信。赴平民学校成立会,演说五分钟。得景宋信三函,其二七日发,一函八日发。晚同伏园访语堂,在其寓夜餐。

十三日　昙。上午寄景宋信。寄还宋文翰《小说史略》上下册,并赠以三版合本一册。以译稿[4]寄漱园并英译《阿Q正传》二本,分赠霁野、丛芜。午后得骝先信[5],七日发。下午得尚钺信,一日发。得淑卿信,一日发。得小峰信,六日发。得漱园信,六日发。得振铎信,六日发。夜雨。

十四日　小雨。上午寄振铎信。寄小峰信。寄兼士信。

得遇安信,八日发。午后赵凤和、倪文宙来。下午寄广平以期刊一束。语堂邀晚饭,并伏园。

十五日　晴,暖。下午收小峰所寄书三包。收茶叶二斤、印泥一合,皆三弟购寄。晚李叔珍来。夜大风,微雨。

十六日　晴。上午得景宋信,十二日发,下午复。晚庄奎章来。夜风雨。

十七日　昙。午郝秉衡、罗心田、陈定谟招饮于南普陀寺,同席八人。午后收《魏略辑本》二本,《有不为斋随笔》二本,共泉二元,三弟购寄。夜风。

十八日　晴,大风。午后伏园南去。下午林木土字筱甫等来访。

十九日　星期。昙。上午得春台信,十二日发。得三弟信,十三日发。得淑卿信,九日发,附福冈君函。得有麟信,十日发。得兼士信,十日发,即复之。下午张亮丞来谈。赵凤和来。夜小雨。

二十日　昙。上午寄福冈君信。寄淑卿信。寄三弟信。夜风。

二十一日　昙。上午寄广平信。寄遇安信。得达夫及遇安信,十四日发。午得中山大学信[6],十五日发。下午捐浙江同乡会泉二元。夜风。

二十二日　冬节。晴,风。上午得矛尘信,十五日发。寄有麟信。

二十三日　晴。下午得景宋信,十九日发。晚林洪亮来。夜大风。

二十四日　晴。上午寄景宋信。下午昙。矛尘至。下午得景宋信，十六日发。得钦文信，十五日发。得振铎信，廿日发。收三弟所寄《阿Q正传》两本。收振新书局所寄费氏影宋刻《唐诗》合本一本，《峭帆楼丛书》一部二十本。夜看电影。风。赠艾锷风、萧恩承英译《阿Q正传》各一本。

二十五日　小雨。上午寄广平信。收中国书店书目一本。午后丁山来。下午霁。矛尘赠精印《杂纂四种》、《月夜》各一本，糟鹅、鱼干一盘，酥糖二十包。

二十六日　星期。晴。上午寄中大信。夜风。崔真吾赠五香凤尾鱼一合。

二十七日　晴。午后寄小峰稿二篇[7]，下午发信。寄三弟信。夜大风。

二十八日　晴。上午得季市信，廿一日发。得淑卿信，十八日发。得中国行信，即复。午寄小峰信。寄振铎信。寄季市信。下午得伏园信二，廿一及廿二发。得素园信，二十一发。得宋文翰信，二十一发。

二十九日　晴。午后寄漱园信。下午开会。[8]陈万里赠泉州十字石刻拓本一枚。

三十日　晴。上午寄季市信。寄景宋信。午寄春台稿[9]。下午丁山来。晚玉堂来。夜风。访矛尘。

三十一日　晴。午周弁民招食薄饼，同坐有欧君、矛尘及各夫人。下午同矛尘访玉堂。收《文学大纲》一本，振铎寄赠。辞厦门大学一切职务。夜毛瑞章来。罗心田来。寄辛岛骁信。

*　　*　　*　　*

〔1〕 平民学校 厦门大学学生自治会主办。教员多由学生兼任;学员为厦大年轻工人和附近工农子女。本月12日借厦门大学群贤楼召开成立会,邀请鲁迅、林文庆、林玉霖等人出席并演说。

〔2〕 《新人之家庭》 国产故事片,上海明星影片公司1924年出品。

〔3〕 《中国小说史略》四十本 供厦大选修中国小说史的学生作教材用。

〔4〕 即《说幽默》。杂文,日本鹤见祐辅作,鲁迅译并写《译者识》,发表于《莽原》半月刊第二卷第一期(1927年1月)。译文后收入《思想・山水・人物》;《译者识》现改题《译后记》编入《译文序跋集》。

〔5〕 骝先信 朱家骅来信催鲁迅早赴广州。

〔6〕 中山大学信 中山大学委员会来信,通知鲁迅已被聘为正教授,并请早日启程。

〔7〕 即《〈走到出版界〉的"战略"》和《新的世故》。现均编入《集外集拾遗补编》。

〔8〕 国学研究院开会,根据林文庆示意讨论聘请理科各主任为国学院顾问以"联络感情"问题,鲁迅表示反对。

〔9〕 即《关于三藏取经记等》。后收入《华盖集续编》。

书　　帐

H. Bahr：Expressionismus　张凤举赠　一月四日
M. Beerbohm：Fifty Caricatures　五・二〇
アルス美術叢書四［五］本　七・二〇
校道藏本公孙龙子一本　〇・四〇　一月十二日
又尹文子一本　〇・四〇
词学丛书十本　八・〇〇
拜经楼丛书十本　四・二〇　一月二十九日　　　　二七・四〇〇
中国文学史要略一本　〇・四〇　二月三日
字义类例一本　〇・六〇
戯曲の本質一本　二・五〇
仏蘭西文学の話一本　二・一〇
日本漫画史一本　二・二〇
アルス美術叢書四本　六・八〇　二月四日
吴稚晖学术论著一本　小峰赠　二月九日
袖珍本陶渊明集二本　〇・六〇　二月二十日
景印史通通释八本　一・六〇
支那文学研究一本　六・七〇　二月二十三日
支那小説戯曲概説一本　二・六〇
支那仏教遺物一本　二・七〇

657

支那南北記一本　三・〇〇

信と美一本　三・〇〇

文学入門一本　一・四〇

無産者文化論一本　一・二〇

ベトォフエン一本　一・二〇

芸術国巡礼一本　三・〇〇　　　　　　　　四一・六〇〇

知不足斎丛书二百四十本　三九・〇〇　三月二日

盛明杂剧十本　二・二〇

万古愁曲一本　〇・四〇

汉律考四本　一・〇〇　三月十六日

愛と死の戯一本　一・四〇　三月二十三日

支那上代画論研究一本　三・六〇

支那画人伝一本　二・四〇　　　　　　　五〇・〇〇〇

嘉泰会稽志及续志十本　六・八〇　四月五日

有島武郎著作集三本　二・四〇　四月九日

美学一本　一・八〇

美学原論一本　二・五〇

有島著作第〔一〕十一集一本　一・四〇　四月十七日

支那遊記一本　二・一〇

有島著作集第十二辑一本　一・二〇　四月二十六日

最近の英文学一本　二・〇〇　四月二十七日　　　一九・二〇〇

男女と性格一本　二・一〇　五月三日

作者の感想一本　一・五〇

永遠の幻影一本　〇・九〇

公孙龙子注一本　〇・六〇　五月十七日

春秋复始六本　一・六〇

史记探原二本　〇・六〇

有島著作集三本　三・七〇　五月二十一日

師曾遺墨第七至十集四本　六・四〇　五月二十八日　一八・九〇〇

有島著作第十六集一本　一・三〇　六月一日

無産階級芸術論一本　一・〇〇

文芸辞典一本　二・三〇

文学に志す人に一本　一・四〇　六月二日

古史辨第一册一本　顧頡剛贈　六月十五日

太平广记六十三本　八・〇〇　六月十七日

观古堂汇刻书目十六本　一二・〇〇

仏蘭西文芸叢書四本　六・二〇　六月十九日

東西文学評論一本　二・〇〇

汉魏丛书四十本　一七・〇〇　六月二十日

顾氏文房小说十本　四・三〇

アルス美術叢書七本　一二・八〇　六月二十二日

猿の群から共和国まで一本　二・六〇　六月二十六日

小説から見たる支那の民族性一本　一・二〇　七一・九〇〇

新露西亜パンフレット二本　二・六〇　七月五日

文豪評伝叢書四本　五・六〇

詩魂礼賛一本　一・三〇　七月十日

仏国文芸叢書一本　一・四〇

文豪評伝叢書一本　一・四〇　七月十九日

鲁　迅　日　记（一）

新俄パンフレット一本　〇・八〇　　　　　　一二・七〇〇
風景は動く一本　二・〇〇　八月一日
アルス美術叢書一本　一・八〇　八月五日
近代英詩概論一本　三・六〇
仏教美術一本　三・一〇　八月十日
文学論一本　二・一〇
東西文学比較評論二本　七・四〇　八月十三日
全相三国志平话一部　盐谷教授寄赠　八月十八[七]日
儒学警悟十本　二四・〇〇　八月十九日
宋元旧书经眼录一本　二・四〇　八月三十一日
萝藦亭札记四本　二・四〇　　　　　　　　四八・八〇〇
南浔镇志八本　三・二〇　九月一日
教宗禁约两帖　硔士赠　九月九日
顾氏文房小说十本　四・〇〇　九月十三日
李卓吾墓碣拓本一分　辛岛骁君寄赠　九月十九日
石印说文解字四本　一・〇〇　九月三十[二十九]日
世说新语六本　〇・七〇
晋二俊文集三本　〇・九〇
玉台新咏集三本　〇・八〇
才调集三本　一・〇〇　　　　　　　　　　一一・六〇〇
乐府诗集十六本　四・五〇　十月二日
唐艺文志二本　三・〇〇　十月五日
元祐党人传四本　一・八〇
眉山诗案广证二本　〇・五〇

660

湖雅八本　四・〇〇
月河精舍丛钞二十三本　六・〇〇
又满楼丛书八本　四・〇〇
离骚图二种四本　四・〇〇
建安七子集四本　一・〇〇
汉魏六朝名家集三十本　七・〇〇
唐蒋夫人墓志拓本一枚　兼士赠　十月九日
唐崔黄左墓志拓本一枚　兼士赠
历代名人年谱十本　二・五〇　十月十四日
山海经二本　〇・五〇
抽印古本三国〔志〕演义十二叶　文求堂赠　十月二十一日
八史经籍志十六本　五・〇〇　十月二十五日
全汉三国晋南北朝诗廿本　八・八〇　十月三十日
历代诗话十六本　四・四〇
历代诗话续编廿四本　五・八〇　　　　　　六二・〇〇〇
抽印古本三国演义十二叶　辛岛君赠　十一月三日
旧晋书等辑本十本　三・四〇　十一月五日
补艺文志等九种九本　三・二〇
屈原赋注等三种五本　二・二〇
少室山房集十本　四・〇〇
资治通鉴考异六本　一・四〇　十一月十日
笺注陶渊明集二本　〇・六〇　　　　　　一四・八〇〇
外国人名地名表一本　一・三〇　十二月十日
魏略辑本二本　一・五〇　十二月十七日

有不为斋随笔二本　〇·五〇
费氏刻唐诗二种一本　〇·八〇　十二月二十四日
峭帆楼丛书二十本　七·三〇
泉州十字石刻拓本一枚　陈万里赠　十二月二十九日
文学大纲第一卷一本　郑振铎赠　十二月三十一日　一一·四〇〇
　　总计四〇〇·三〇〇
　　平均每月三三·三六元。